DIE UNBESCHRIEBENE WELT

Roman

Robert Hoffmann

© 2024
Verlag: BoD • Books on Demand GmbH, In de Tarpen 42,
22848 Norderstedt
Druck: Libri Plureos GmbH, Friedensallee 273, 22763
Hamburg
Text, Bildmaterial: Alle Rechte vorbehalten.
Robert Hoffmann, 10178 Berlin
rohplanet@gmail.com
30. Dezember 2018
www.die-unbeschriebene-welt.de
www.facebook.com/DieUnbeschriebeneWelt
2. Auflage 2019 v1.11
isbn: 978-3-7431-1190-5

Hiermit möchte ich mich namentlich bei einigen Personen bedanken, ohne die der Roman sicher nicht in der Form zustande gekommen wäre:
Hakan Ates - Sein Feedback und Lektorat half mir besonders in der Anfangsphase, die so lebendigen Szenen und Charaktere in meinem Kopf ebenso prägnant zu Papier zu bringen.
Jan Liebetrau - In unzähligen Mittagspausen, in denen ich ihm meine neusten Ideen zum Plot detailliert schilderte, gab er mir beständig wertvolle Anregung.
Weitere Personen, denen ich danken möchte: Nicole Loeser, Klaus Riech, Andreas Wengel, Michael Herm.

KAPITELÜBERSICHT

Der Wasserfall - 9

Memoria - 21

Die Schmiede - 39

Der Sonnenschirmmacher - 53

Am Ende der Welt - 83

Die Aufgabe - 131

Der Konvent - 143

Der längste Tag - 161

Der Plan - 175

Salvento - 189

Das Gründungsfest - 219

Zeitenwende - 241

Kairos - 253

Acra - 275

Jules - 303

Maria - 341

Katharsis - 355

Der Turm - 365

Paul - 377

Die Erde - 415

Die unbeschriebene Welt - 461

Der menschliche Antrieb

Geboren in eine Welt der Unterscheidung – das Ich, das Ihr und das Dingliche – wollen wir uns erkennen, um uns zu befreien, von der Fremdbestimmung.
Der Zündfunke menschlicher Intention ist das Bestreben erkannt zu werden, damit wir uns erkennen. Uns erfahren – nicht als ein Objekt, sondern als Mensch.

Sidus von Bouquin – Die freie Gesellschaft

Der Wasserfall

(.)

Ich öffne die Augen, helle Schlieren flirren über die Netzhaut, geblendet halte ich die Hand vor das Gesicht. Ein tiefes Rauschen dringt an meine Ohren; die mit Feuchtigkeit gesättigte Luft vibriert, es riecht erdig nach nasser Vegetation. Eine Taubheit breitet sich von meinem Kopf bis in die Glieder aus. Ich spüre den Boden, wie er sich mit meinem Atem hebt und senkt, als wäre ich mit ihm verwachsen, als hätte er mich soeben erst geboren. Wie nach einem tausendjährigen Schlaf, zwinge ich meine Lider, sich mehr und mehr zu öffnen, sich tränend an das grelle Sonnenlicht heranzutasten. Aus den unscharfen Konturen entsteht ein erstes klares Bild: eine wippende Baumkrone, ein blasser Regenbogen, ein weißer Vogelschwarm. Meine Hände ertasten den Untergrund: feuchtes Moos und kantiges Felsgestein. Ich richte meinen Oberkörper auf; dünne Bäume mit großen, kreisrunden Blättern umgeben mich, dazwischen drängen sich hohe Sträucher, an denen gelbe Früchte wachsen. Insekten schwirren herum und verfangen sich in einem Spinnennetz. Die Fülle der Sinneseindrücke überkommt mich wie die Sintflut einen Dürstenden: diese würzige Luft, diese intensiven Farben, dieses durchdringende Rauschen. Etwas stimmt nicht – wo bin ich?

Nichts.

Wie komme ich hierher?

Nichts.

Ich richte mich, an einen Baum stützend, auf. Was ist das

Letzte, an das ich mich erinnern kann? Alles, was vor dem Aufwachen geschah, scheint wie ausgelöscht, eine klaffende Leere, die mich anstarrt. Als hätte es ein *davor* nie gegeben, als wäre es überhaupt lächerlich danach zu suchen – gleich der Frage, was vor dem Urknall war.

Ich blicke an mir hinunter: ein braunes Jackett, eine blaue Jeans und für diese Gegend viel zu schlichte Schuhe. Vielleicht bin ich gestürzt und mit dem Kopf aufgeschlagen? Ich taste durch die Haare hindurch den Schädel ab, kann aber, mit einer gewissen Enttäuschung, keine schmerzhafte Stelle oder Wunde entdecken. Ein entferntes Dröhnen lässt den Boden erschüttern, dann höre ich nur noch durchdringendes Rauschen. Irgendwo in der Nähe muss ein Wasserfall sein. Die Vegetation ist hier so dicht, dass ich kaum weiter als ein paar Meter blicken kann. Sobald ich herausfinde, wo ich bin, wird mir sicher wieder alles einfallen. Mein Körper bahnt sich einen Weg durch die Sträucher. Der sandige Boden gibt meinen glatten Sohlen Halt. Das Rauschen schwillt zu einem tosenden Fauchen an. Im Gewirr der Zweige kann ich eine Lichtung erkennen. Die Luft ist von feinen Wassertropfen durchsetzt und taucht die Gegend in einen diesigen Schleier. Ich drücke die letzten Sträucher zur Seite. Mit wackeligen Beinen betrete ich die Lichtung.

»Was ... ?«

Ich blicke auf eine Wasserwand, die wie ein flatterndes Tuch von der Felskante hoch über mir herabfällt. Weiße Streifen von aufgeschäumtem Nass ziehen ihre Bahnen im endlos blauen Gewebe. Die tosende Masse stürzt haushoch vor mir herab. Auf der rechten Seite wird die Strömung flankiert von einer Felswand, auf der linken Seite scheint es kein Ende zu geben. Dort winden sich die Wassermassen Hunderte von Meter dahin, bis sie in einer Biegung aus dem Sichtfeld verschwinden. Meine Augen versuchen unwillkürlich, dem herabfallenden Geflecht aus weißen Formen zu folgen. Mir wird schwindelig und mein Körper fängt an, unkontrolliert hin und her zu schwanken. Ich strecke, nach

Balance suchend, die Arme aus und mein Blick findet im grasigen Untergrund Halt.

Unmöglich!

Ich müsste mich doch an eine derartige Szenerie erinnern können. Dieses Vakuum in meinem Gedächtnis droht, meinen Verstand zu verschlingen. In meinem Kopf sehe ich einen Lichtblitz, Energiewellen, die sich verdichten, Staub, der sich zu Sternen formt, Galaxien, die auseinanderdriften – mein persönlicher Urknall – gab es mich zuvor gar nicht? Gab es bis vor wenigen Minuten überhaupt irgendetwas? Ich habe das Gefühl zu fallen – in das Nichts, von dem ich gekommen bin.

Die Wolken geben die Sonne frei und das nasse Gras schimmert farbig im Licht. Ich spüre die Wärme auf der Haut und atme tief ein. Es wird sich schon alles wiederfinden, von irgendwo muss ich schließlich hergekommen sein. Niemand entsteht einfach aus dem Nichts. Ich erkunde, immer noch mit wackligen Beinen, die kleine Lichtung. Auf der linken Seite endet sie in einem Abgrund. Erst jetzt erkenne ich, dass dort der Wasserfall noch tiefer hinabstürzt. Auf der rechten Seite befindet sich eine Anhöhe – zu steil, um hinaufzuklettern. Vielleicht gibt es weiter vom Wasserfall entfernt irgendeinen Pfad?

Ich gehe zurück durch die Sträucher, erklimme linker Hand eine Böschung, dann klettere ich über Steinblöcke. Da ich in meinen Schuhen auf den feuchten Felsen immer wieder wegrutsche, komme ich zunehmend ins Schwitzen. Eigentlich, wie ich feststelle, ein angenehmes Gefühl von Körperlichkeit, von Lebendigkeit. Ich bemerke, wie sich auch auf dieser Seite ein Abgrund vor mir auftut. Je näher ich der äußersten Kante komme, umso klarer wird mir, dass ich hier keinen Weg finden werde.

Auf einem Felsen lassen meine Knie nach, und ich muss mich entkräftet hinsetzen. Von hier ist die Aussicht ebenso beeindruckend. Der Wasserfall ergießt sich weit unter mir in einen großen See. Der blaue Himmel verfärbt sich zum Horizont in orangefarbene Dunstschwaden, die nur hier und da von blassblauen Hügeln durchstoßen werden. Bänder von grüner Vegetation umrahmen ockerfarbene Felder. Überall zeichnen weiße Blumen kreisförmige Muster. Die gesamte Landschaft wird von immer feiner verästelten Flüssen durchzogen, welche vom See gespeist werden, der wiederum vom Wasserfall genährt wird. Das weite Land ist ein lebendiges, atmendes Organ mit blauem Wasser statt Blut. Eine Brise wirbelt Pollen durch die Luft. Es riecht nach nassem Gras. Nicht weit ab von drei großen Flüssen, kann ich bei einem von ihnen rechteckige Gebäude erkennen. Sie ragen als gelbe Flächen aus dem dichten Wald heraus. Details sind nicht auszumachen, aber es muss eine Siedlung sein. Ob ich von dort komme? Müsste mir dann nicht wenigstens der Name einfallen? Der Name – in diesem Augenblick fällt es mir erst auf – wie ist mein Name?

Nichts.

Was ist bloß mit mir passiert? Es ist, als wenn mich eine große Hand packt, mich zurückzieht in das Nichts. Eilig durchsuche ich meine Hosentaschen: eine durchsichtige Plastikkarte, ein zerfranstes Papiertaschentuch – kein Name.

»Das kann doch nicht ...«

Moment, das Jackett. In der rechten Tasche spüre ich einen Gegenstand und ziehe ihn heraus. Es ist ein abgenutztes Notizbuch. Hektisch blättere ich durch die Seiten: Endlose Tabellen mit Häkchen, zahlen und Abkürzungen, die mir nichts sagen. Was soll das sein? Auf dem Umschlag befindet sich ein großes P.

Ein rot verschwommener Lichtreflex erscheint im Blickfeld. Er hat die Form eines Schmetterlings und bewegt sich, meinem Blick folgend, zu den gelben Blüten, dann verblasst er so schnell, wie er gekommen ist. Ich reibe mir die Augen. Es muss einen Weg zur Siedlung geben. Von hier aus gibt es nur noch eine Möglichkeit – zurück zum Wasserfall. Ich richte mich auf und entdecke eine flache Felsebene, dort entlang sollte es mir leichter fallen zurückzulaufen. Meine Gedanken kreisen weiter um das schwarze Loch in mir. Was, wenn meine Erinnerung für immer ausgelöscht bleibt? Kann man überhaupt jemand seien, ohne zu wissen, wer man ist?

Der Felsen führt mich auf einen Hügel, und obwohl die Steigung nicht stark ist, muss ich meine volle Aufmerksamkeit darauf richten nicht auszurutschen. Als ich die höchste Stelle der Anhöhe erreiche, halte ich inne und blicke mich nach allen Seiten um. Es ist ein Plateau! Ich befinde mich auf einer Hochebene, die wie eine mächtige Pfeilspitze mitten aus dem Wasserstrom herausragt. Somit gibt es nur einen Weg hinunter: durch den Wasserfall. Ich schüttle den Kopf. »Unmöglich«, hauche ich. Wie soll ich unter diesen reißenden Strom hindurch kommen? Gleich unterhalb der Erhöhung bemerke ich einen Pfad, der mit Steinplatten im Boden angedeutet ist. Er führt in einer geraden Linie auf den Wasserfall hinzu. Ich klettere an einem umgestürzten Baum die Böschung hinunter. Der Weg ist etwas erhöht, wirkt beinahe wie der Kamm auf einem Deich, nur, dass dieser direkt in das Wasser führt anstatt parallel dazu. Mein Blickfeld wird nun gänzlich von dem reißenden Wasserstrom eingenommen. Ein dunkler Spalt zeichnet sich in der weiß aufschäumenden Gischt ab. Einige Meter über dem Plateau befindet sich ein Vorsprung, an dem sich die Wassermassen teilen. Der Spalt scheint zunächst zu klein, um hindurch zu gelangen, aber mit jedem Meter, mit dem ich mich nähere, wird deutlich, dass in dieser Umgebung *klein* sehr relativ ist.

Es donnert nun ohrenbetäubend. Die Böschung ist hier mit großen Steinplatten verstärkt, sodass das Wasser zu den Seiten abgelenkt wird. Ich stelle den Kragen meines Jacketts auf. Die Wasserwand erzeugt einen kühlen Luftstrom, der mir entgegenschlägt. Das Licht bricht sich in unzähligen Prismen, offenbart kurz seine farbigen Bestandteile und fügt sich wieder zusammen. Das Schauspiel ist von solch erhabener Naturgewalt, dass ich nicht einmal mehr Angst verspüre. Zügig und gebückt schreite ich in den Wasserspalt. Es spritzt überall Gischt auf; meine Hose saugt sich bis zu den Knien mit Feuchtigkeit voll; ich laufe der Dunkelheit entgegen. Ein Name formt sich in meinem Kopf: »Paul!« Meine Stimme erschallt in der großen Kammer hinter dem Wasserfall. Ein Druck entlädt sich von meiner Brust, die innere Unruhe ebbt allmählich ab. Ein gutes Gefühl, seinen Namen zu kennen.

Der Raum ist mit mehreren Stützpfeilern durchzogen. Von der Decke hängen zwei diffus schimmernde Lampen. Auf der linken Seite befindet sich eine silbermatte Wand. Sie hebt sich deutlich von den sie umgebenen, dunklen Felswänden ab. Ihre Oberfläche wirkt, als wenn sie aus einem durchsichtigen Überzug bestehen würde, unter dem eine silberne Schicht liegt. Ich berühre die Fläche, meine Hand schreckt zurück – etwas leuchtet auf. Im Sekundentakt erscheinen weiße Symbole, dann bricht es ab. Mitten in der Wand befindet sich auf Hüfthöhe eine runde, wenige Zentimeter große Öffnung. Ich berühre die matte Fläche erneut. Die Sequenz mit den Symbolen startet von vorne. Einige Zeichen bestehen aus einem Kreis als Grundform, sie variieren durch Linien und Punkte innerhalb des Kreises. Andere Symbole basieren auf einem Quadrat, das auf verschiedene Weise mit Linien durchzogen ist. Die Quadrate wiederum sind zu Ketten verbunden. So sehr ich mich auch bemühe, ich kann daraus keine sinnvollen Ziffern, Buchstaben oder Darstellungen ableiten. Außer bei einem Symbol, das wie ein Zahnrad aussieht. – Wie seltsam es ist, dass ich weiß, was ein Zahnrad ist, ohne mich daran zu erinnern, je eines gesehen zu haben. Auf der rechten Seite zweigt ein Korridor ab und endet an einer Treppe. Ich folge unschlüssig dem Gang. Obwohl mir die Erinnerung fehlt, bin ich mir sicher, dass ich diesen Korridor noch nie betreten habe. Aber es ist offensichtlich der einzige Weg nach unten.

Überall liegen Felsbrocken herum und das Geländer

ist an einigen Stellen verbogen. Die ganze Konstruktion wirkt wie eine uralte, große Nottreppe. Vorsichtig gehe ich Stufe für Stufe hinunter. Das Rauschen des Wasserfalls ist hier wesentlich leiser. Der Treppenschacht verläuft in einer Nische, die in das Gestein geschlagen wurde. Das Licht fällt durch einen breiten Spalt seitwärts auf die gesamte Struktur.

»Ah ...«, höre ich plötzlich.
»Ist da jemand?«
»Ja, hier drüben!«, schallt es zurück.

Auf jeder zweiten Etage befindet sich eine größere Plattform. Die Ebene direkt unter mir ist mit Felsbrocken übersät und Staub liegt in der Luft. In einer Ecke, nahe der Felswand, ragen Hände wild gestikulierend aus dem Geröll. Er hustet heftig. Seine Beine und der halbe Oberkörper sind unter einem Haufen aus Stein und Schutt begraben. Er hat schwarz zerzauste Haare, wirkt blass und hager. Ich schätze ihn auf Ende zwanzig. Er schaut mich mit großen Augen an und wischt sich den Staub aus dem Gesicht.

»Paul, richtig?«, stammelt er. »Ich wollt nach oben zum Plateau, dacht, da hätt' sich was bewegt, ... dann gab es diesen Rums und mit einem Mal bebte hier alles.«

Ich beginne, seinen Oberkörper freizuräumen.

»Du kennst mich? Ich ... ich bin oben aufgewacht, ... kann mich irgendwie an nichts mehr erinnern.«

»Ja, das ist hier quasi der Normalzustand.«

Auch wenn mich seine Antwort verwirrt, entferne ich weiterhin das Geröll.

»Da, das rechte Bein, es steckt fest«, sagt er.

Ein massiver, unförmiger Felsbrocken liegt als Letztes auf seinem Bein. Ich fasse ihn am Sockel, rolle ihn langsam herum, aber nach nur wenigen Zentimetern blockiert er. Ich drücke stöhnend, doch meine Schuhe rutschen weg, die Kraft lässt nach und schließlich wippt der Stein zurück.

»Au!«, schreit er auf, »Paul, vorsichtig! Der Brocken ist zu schwer für dich, ... vielleicht holst du besser Hilfe, von allein wird hier sicher niemand raufkommen.«

»Warum nicht?«, erwidere ich und taste prüfend den Brocken ab.

Er deutet mit den Händen auf die Umgebung.

»Weil sie Angst haben, dass hier womöglich alles zusammenkracht.«

»Verstehe.«

Immerhin scheint es ihn nicht davon abgehalten zu haben und mich offensichtlich auch nicht. Er bäumt sich auf und versucht, seinen Fuß herauszuziehen, gibt aber schnell mit einem frustrierten Gesichtsausdruck auf.

»Das bringt nichts«, meint er. »Wenn du unten in der Stadt erzählst, dass Will hier oben feststeckt, werden sicher einige helfen kommen.«

Ich möchte ihm zustimmen, doch da spüre ich, wie die Plattform vibriert, dann hört es schlagartig auf. Er schaut mich erschreckt an. Mit einem Mal höre ich ein knirschendes Geräusch über uns. In diesem Moment fällt ein Schwall von Geröll und Staub auf uns herab. Ich ziehe im Reflex die Arme über meinen Kopf. Zum Glück kommen keine größeren Brocken bis zu uns hindurch. Die Luft ist wieder mit Staub durchsetzt, und ich höre ihn heftig husten.

»Vermutlich haben wir dafür keine Zeit mehr«, meine ich.

»Ja, womöglich«, keucht er.

»Mir fällt gerade was ein, ... oben hab ich einige Stangen gesehen, die aus dem Geländer ragen. Ich werd mich mal umschauen.«

Er nickt und klopft sich den Staub von seinem Oberkörper.

»Einen Versuch ist es wert.«

Ich gehe, das Geländer prüfend, die Treppen hinauf. An einigen Stellen ist es so verbogen, dass sich die Querstreben am oberen Ende von der Brüstung gelöst haben. Ich umgreife eine Strebe und ziehe sie, ohne viel Kraft anzuwenden heraus. Wenn er meinen Namen kennt, wird er sicher auch wissen, was mit mir passiert ist. Vielleicht sind wir ja zusammen hergekommen? – Nein, dann hätte er wohl anders reagiert.

»Denkst du, dass dein Bein in Ordnung ist, nichts gebrochen oder verrenkt?«, frage ich, als ich wieder bei ihm bin.

»Alles okay, ich kann es sogar etwas bewegen«, erwidert er.

»Genug, um den Fuß herauszuziehen, sobald ausreichend Platz da ist?«

Er nickt. Ich suche eine gute Position, um die Stange anzusetzen.

»Bereit?«

»Sicher.«

Ich beginne den Stein zu rollen, klemme die Stange immer weiter nach vorne und drücke sie mit beiden Händen – noch ein bisschen, noch etwas. Verdammt! Kein Anzeichen eines Drehpunkts. Stattdessen biegt sich die Stange zunehmend. Ich hole etwas Schwung und presse mit aller Kraft. Ein knirschendes Geräusch und es macht *Plong*. Die Stange knickt in der Mitte ein und der Brocken rollt mit Wucht zurück.

»Vorsicht!«, schreie ich, springe zur Seite und kann mich gerade noch auf den Beinen halten. Jemand tippt mir auf die Schulter; ich zucke zusammen und drehe mich um. Er lächelt mich breit an und streckt mir seine Hand entgegen.

»Ich bin William, kannst mich Will nennen. Danke für deine Hilfe, Paul.«

»Keine Ursache, Will. Aber sag mir, woher kennst du mich?«

»Ich kenn dich nicht ... nur dein Namen. Den hast du vorhin laut genug gerufen, war nicht zu überhören.«

»Ach ja, stimmt. Aber wie kommst du darauf, dass es mein Name war? Ist doch eher ungewöhnlich, seinen eigenen Namen zu rufen.«

Er humpelt zum Geländer, stützt sich dort ab und klopft sich den Staub von der Kleidung.

»Okay, lass mich raten, du weißt nicht mehr, wie du hierher kamst und wer du eigentlich bist, stimmt's?«

Ich nicke. »Denk nicht, dass du womöglich der Erste bist, dem es hier so ergangen ist. Ob du es glaubst oder nicht, es ist uns allen passiert.«

»Allen? Aber es ist nicht von Dauer?«

»Wir erinnern uns mit der Zeit an bestimmte Dinge wie ... an unseren Namen oder zum Beispiel an – sagen wir – Pizza.«

»Ich weiß, was eine Pizza ist, das ist nicht mein Problem.«

»Dann geht das bei dir schneller, ich brauchte dafür ne Weile. Aber sag, kannst du dich auch daran erinnern, je eine gegessen zu haben?«

»Natürlich ...«, erwidere ich und suche nach einer Erinnerung, aber alles endet mit dem Aufwachen am Plateau. Für einen Moment durchfährt mich wieder diese Unruhe. »Ich ... nein ... wie ist das nur möglich?«
Will verlagert das Körpergewicht prüfend auf den lädierten Fuß.

»Tja, das ist die Frage. Lass uns erst mal von der Treppe runter«, meint er und zeigt die Stufen hinab. Ich nicke.

»Wenn wir uns erinnern, dann nur sehr eingeschränkt. Es fehlen quasi die Erlebnisse«, er kratzt sich am Kopf. »Wie sagt es doch Maria immer: Das faktische Wissen – also zum Beispiel, was eine Pizza ist – kommt zurück, aber nicht die gedanklichen Verknüpfungen.«
Mir wird schwindelig, und ich sacke auf einer Treppenstufe zusammen.

»Willst du mir damit sagen, dass niemand hier irgendeine Ahnung hat, was eigentlich passiert ist?«
Er nickt.

»Aber ... dann brauchen wir Hilfe. Wo ist die nächste Stadt?«
Er setzt sich neben mich.

»Es gibt hier nur eine Stadt und allen dort erging es so

wie dir ... aber Paul, das ist halb so wild, uns geht es trotzdem gut.«

»Nur eine Stadt? Du meinst die Siedlung unten am Fluss?«

»Ja, Memoria.«

»Memoria? Wie lange bist du schon hier?«

»Meinst du in Tagen?«

»Zum Beispiel.«

Er prustet. »Also ... wo soll ich anfangen? Es wird dich überraschen, aber der Tag ist hier 28 Stunden lang.«

»Was? Wie kommt ihr darauf?«

»War nicht einfach rauszufinden, wo ja quasi alle Geräte, die wir so bei uns hatten, nicht mehr funktionieren. Zum Glück besaß Alex noch so eine altmodische Uhr«, erklärt er. »Okay, also alle hundert Tage feiern wir das Gründungsfest ... lass mal überlegen ... ja, vor Kurzem hatten wir das Zwanzigste, somit bin ich hier vor etwa ... zweitausend Tagen aufgewacht.«

»Das sind ... über fünf Jahre?«

Will blickt grübelnd nach oben.

»Wenn du es in die 365 Tage aufteilst. Aber es sind ja 28 Stunden pro Tag, zudem haben wir hier auch keine Jahreszeiten.«

Ich schüttle den Kopf und überlege, ob ich ihm glauben soll.

»Das ist mir erst aufgefallen, als ich einmal vom Schlittschuhlaufen träumte«, erklärt er und steht von der Treppenstufe auf. »Lass uns nach Memoria gehen. Maria richtet dir ne Unterkunft ein und du kannst dich erst mal einfinden.«

Ich richte mich auf und spüre, wie mein Magen knurrt. Wir folgen den Stufen, bis sie auf der Höhe des Sees enden. In der Nische hinter dem Wasserfall dominiert wieder das donnernde Getose. Er deutet in eine Ecke, von der aus eine flache Rampe in einen Tunnel führt. Hier hängen weitere diffus schimmernde Lampen von der Decke.

»Dort gelangen wir zur Uferseite«, meint er.

Ich kneife die Augen zu als wir aus dem Tunnel in die helle, offene Landschaft treten.

Ein beißender Hunger macht sich bei mir bemerkbar.

»So eine Pizza könnte ich jetzt wirklich vertragen«, sage ich.

Er lacht. »Die haben wir leider nicht, aber andere leckere Dinge ... wie Mohnkuchen, Honwurst und Karmon.«

»Karmon«, murmele ich.

»Ja, das sind kleine runde Knollen, womöglich so ähnlich wie Kartoffeln.«

»Ich verstehe das einfach nicht, ich erinnere mich an den Geschmack von Kartoffeln, aber nicht daran, jemals eine gegessen zu haben.«

»Ich weiß, aber glaub mir, daran wirst du dich schnell gewöhnen.«

Memoria

(:)

Der Weg führt durch weite Felder aus ockergelbem Gras. Hüfthohe Blumen mit großen, weißen Blüten durchziehen das Land in verschlungenen Linien. Die Luft ist angefüllt mit Pollen, welche im Abendlicht rosa schimmern. Das entfernte Rauschen des Wasserfalls wird zunehmend von Vogelgezwitscher überlagert. Will deutet auf die tief am Horizont stehende Sonne und erklärt mir, dass sie sich auf einer Kreisbahn bewege, deren Mittelpunkt sich nie ändere und weit über dem Horizont liege. Daher sei es nachts nie richtig dunkel.
»Die Sonne, so haben wir uns hier geeinigt, zieht ihre Kreisbahn im Norden«, erklärt er.
»Aber ist Norden nicht dort, wo die Kompassnadel hin zeigt?«
»Klar, nur ... also ich kann es dir auch nicht richtig erklären. Das Magnetfeld dreht sich ständig, ... ich glaub, alle drei Tage einmal ... aber da frag am besten Sid«, erwidert er und zieht die Schultern hoch.
Ich nicke zögerlich. So folgen wir – der Sonne entgegen – dem Weg nach Norden und passieren zunehmend dichtere Waldabschnitte. Im Licht der Abendsonne fällt mir auf, welche kunstvolle Kleidung Will trägt: eine braune Weste mit eingesticktem Karomuster, darunter ein graues Hemd mit silbernen Knöpfen. An seiner rotbraunen Hose befinden sich aufgenähte Taschen, auf die jeweils ein Vogelmotiv gestickt wurde. Alles scheint ihm auf den Leib geschneidert

worden zu sein. Er wirkt elegant und nicht erinnerungslos, gestrandet oder gar bedürftig. Seine gelöste Art ist ansteckend, den auch ich fühle mich seit unserer Begegnung irgendwie entspannt. Vermutlich, weil ich hier überhaupt einem anderen Menschen begegnet bin. Auch wenn es unsinnig erscheint, ist dies auf eine Art die Bestätigung dafür, dass ich – existiere. Obwohl mich vieles von dem was er sagt, verwirrt, mich zweifeln lässt – schließlich kenne ich ihn ja gar nicht. Mein Blick mustert ihn bei dem Gedanken. Er lächelt mich mit einer natürlichen Unbedarftheit, mit einer mühelosen Freude in seinen grünen Augen an. – Nein, ich glaube ihm. Zum ersten Mal seit meinem Erwachen spüre ich wieder festen Boden unter den Füßen. Er zeigt auf ein Getreidefeld.

»Schau, dort ist das Feld von Austin, dann ist es nicht mehr weit.«

Ich blicke auf eine ausgedehnte, ebene Fläche, die wie ein Schachfeld mit verschiedenen Getreidearten bepflanzt wurde.

»Wie habt ihr es geschafft, ein so großes Feld zu bestellen?«

»Na ja, wenn Austin sich was in den Kopf setzt, kann er sehr hartnäckig sein. Das Feld war anfangs natürlich kleiner. Als wir immer mehr über die Schmiede herausfanden, hat er sich quasi die nötigen Dinge für Bewässerung und Ernte anfertigen lassen.«

»Ihr habt eine Schmiede?«

»Also ... es ist keine gewöhnliche Schmiede. Sie liegt etwas außerhalb der Stadt. Ein erstaunlicher Bau, sag ich dir. Er wandelt so Zeugs wie Holz, Erz und Getreide um, aber das wirst du bald selber sehen.«

Der Weg zieht eine Schneise durch den Wald und das entfernte Rauschen des Wasserfalls versiegt endgültig. Wir laufen einen Hügel hinauf. In der Entfernung sehe ich etwas schimmern, es bewegt sich gemächlich auf uns zu, dann erkenne ich schwarze Reifen unter einer silbernen

Fahrerkabine.

»Wo wir grad von Austin sprechen, da ist er«, meint Will und zeigt auf das Fahrzeug. Es wirkt wie eine Mischung aus Strandbuggy und Mondfahrzeug, einfach aber robust. Ein kräftiger Mann mit grauen, scheckigen Haaren sitzt hinter dem Steuer.

»Tag, William. Hast du einen Neuen aufgegabelt?«, ruft er mit tiefer Stimme.
Will hebt grüßend die Hand.

»Ja, nur war es quasi umgekehrt. Paul hat mich aufgegabelt.«
Austin nickt mir kurz zu.

»Na, besser, wenn sie zuerst auf dich treffen«, meint er und fährt an uns vorbei.
Will zeigt mit dem Daumen über seine Schulter zum Vehikel.

»Also der Tog, wie wir ihn nennen, ist unser einziges Fahrzeug. Er stand, wenn ich mich recht erinnere, einfach in der Schmiede rum. Wir haben schon überlegt ihn zu kopieren, aber dafür ist er, wie Sid meint, zu kompliziert.«
Ich schüttle den Kopf.

»Ich verstehe das nicht. Der Tog und die Schmiede waren einfach da?«

Er nickt. »Aber irgendwer muss sie doch gebaut haben? Wer weiß, vielleicht hast du den Tog gebaut und kannst dich nur nicht mehr daran erinnern?«

»Ich glaube nicht, dass ich den Tog gebaut hab«, erwidert er, »aber gelegentlich frag ich mich schon, ob ich das eine oder andere, womöglich bereits einmal gemacht habe.«

»Wenn ich mich umschaue, habe ich jedenfalls nicht das Gefühl, diesen Weg schon einmal gegangen oder diesen Wasserfall schon einmal gesehen zu haben«, erwidere ich.

»Das hast du sicherlich auch nicht. Ich kenne jeden in Memoria und wir sind uns heute das erste Mal begegnet ... also ... zumindest, seitdem ich mich erinnern kann.«

»Aber wie bin ich dann dort oben hingelangt?«

Er zieht die Schultern hoch.
»Das ... ich weiß nicht ... ist das so wichtig?«
Ich bleibe stehen und schaue ihn fragend an. Er scheint irritiert, beinahe erschreckt von meinem Blick.
»Paul, solche Fragen stellen wir uns einfach nicht mehr. Uns geht es gut!«, versichert er und nickt nachdrücklich.
Ich überlege, ob es einem gut gehen kann, wenn man sich keine Fragen mehr stellt? Aber ich nicke wieder zögerlich und wir setzen unseren Weg fort.
Der Wald wird lichter und zwischen den Zweigen kann ich die ersten gelben Häuser erkennen.
»Da ist es«, sagt Will.
Der Weg führt direkt auf einen hohen Torbogen aus Holz zu. Er ist mit kunstvoll geschnitzten Ornamenten überzogen. Es gibt weder eine Mauer noch irgendwelche Türen. Der Bogen steht frei vor dem Eingang zur Siedlung. Er wirkt eher wie ein massives Schild als ein Tor. Über dem Bogen ruht ein mächtiger Sockel, auf dem eingeschnitzt in großen Buchstaben MEMORIA steht. Wir gehen durch das Tor und betreten die Stadt. Der Kiesweg knirscht unter unseren Schritten und windet sich einen leichten Anstieg hinauf. Die meisten Häuser sind quadratisch und besitzen zwei Etagen. Eine Brise trägt den Geruch von frischem Brot durch die Luft. Aus einem Haus höre ich Gelächter. Das Erdgeschoss einiger Gebäude ist zur Straßenseite offengelegt. In einem Parterre kann ich einem Mann beim Schnitzen einer Figur zusehen. In einem anderen drängen sich Menschen an Tischen und stoßen mit ihren Gläsern an. Wir nähern uns einem ovalen Platz, in dessen Mitte ein massiver, silberner Zylinder von etwa einem Meter Durchmesser haushoch emporragt. Er besteht aus dem gleichen Material wie die Wand hinter dem Wasserfall. Der Platz ist umgeben von kleinen runden Rasenflächen, in denen steinerne Skulpturen gelblich in der Abendsonne glitzern. Überall schlendern Menschen in eleganter Kleidung durch die Gegend. Meine Anwesenheit wird hier und da von einem nickenden Gruß

zur Kenntnis genommen. Ich bin mir nicht sicher, was ich eigentlich erwartet hatte, aber diese rege Stadt erstaunt mich. Nichts deutet darauf hin, dass sie isoliert oder rückständig wäre, dass es eine Stadt von Erinnerungslosen sei.

»Ihr seid hier gut organisiert«, meine ich schließlich.

»Organisiert ...«, wiederholt er langsam, als hätte er das Wort zum ersten Mal gehört. »Ach was, jeder geht dem nach, was er am besten kann. – Lass uns gleich zu Maria gehen, sie wird dir ne Behausung einrichten. Sie weiß gut Bescheid mit dem Brunnen«, fügt er an und zeigt auf die silberne Säule. Am Sockel des Zylinders befindet sich ein Becken. Der Zylinder ruht jedoch nicht zentriert, sondern versetzt am Beckenrand. Er sieht tatsächlich wie ein Brunnen aus. Auf der vom Becken abgewandten Seite gibt es eine etwa zehn Zentimeter hohe Plattform direkt vor dem Zylinder. Ich beuge mich vor und blicke in das Becken. Es ist mit etlichen, etwa daumengroßen, blauen Kugeln gefüllt. In diesem Moment kommt eine Frau vorbei, lächelt mich an und nimmt sich einige Kugeln aus dem Becken.

»Gut, und wozu dient nun der Brunnen?«

Will bläst die Backen auf, als hätte ich ihm eine unlösbare Aufgabe gestellt.

»Mit dem Ding können wir die Stadt ausbauen. Klingt womöglich seltsam, ... da wachsen Häuser aus dem Boden«, erklärt er.

»Ich verstehe das nicht, ihr seid hier aufgewacht und habt dann diese Stadt gefunden?«

Er schüttelt den Kopf.

»Nein, damals gab es noch keine Stadt, nur den Brunnen.«

Wir gehen auf das Haus zu, welches auf der linken Seite vom Platz liegt.

»Ihr habt das alles selbst aufgebaut?«

Er nickt. »Keine einfache Zeit, ... zum Glück hatten wir Salvento. Er hat schnell herausgefunden, wie Brunnen und Schmiede funktionieren. Maria kam erst später dazu.«

Ein schmaler Weg führt uns durch eine Rasenfläche. Vor dem Haus befindet sich eine Veranda. In einer Ecke stehen zwei alte Stühle und ein winziger Tisch. Die gelben Wände und die großen Fenster geben dem Gebäude ein schlichtes, aber dennoch idyllisches Aussehen. Will klopft an die Tür, da fällt mir der glänzende Knauf ins Auge. Er hat die Form einer Blume aus poliertem Metall. In den Blättern sind rote Steineinlagen eingearbeitet. In der Blütenmitte schimmert ein Schmetterling in einer runden Glasverzierung.

»Ja, immer herein«, höre ich eine Frauenstimme rufen. Noch bevor Will reagiert, packe ich den Knauf und öffne die Tür. Wir betreten einen kurzen Korridor. Zur linken Seite liegt ein großer Raum, in dem eine Frau mit langen, dunkelbraunen Haaren an einem massiven Esstisch sitzt.

»Hallo Will, kommt rein und setzt euch«, sagt sie.
Auf dem Tisch stehen ein Topf, eine Schale und etwas Brot. Sie schöpft sich mit einer Kelle Suppe in die Schale. Der Tisch ist umgeben von zwei einfachen Bänken. Das Fenster hinter ihr zeichnet eine leuchtende Kontur auf ihren Körper und taucht das Zimmer in ein helles Gelb. Ein würziger Geruch von Muskat und Orange liegt in der Luft. Will setzt sich ihr gegenüber und deutet mir an, mich danebenzusetzen.

»Maria, ich hab jemand Neues gefunden, oben am Wasserfall«

»Mensch Will, dort ist alles sehr instabil. Sei bloß vorsichtig!«

Ihre durch eine Haarsträhne verdeckten Augen springen kurz zu mir und zurück zu Will.

»Ich mag es nicht, wenn du *jemand Neues* sagst. So etwas kann einem fraglos Angst einflößen. Mir hat es damals Angst gemacht«, erwidert sie und greift zum Löffel neben der Schale. »Kennst du schon deinen Namen?«

»Ja, Paul«, sage ich und lege meine Ellenbogen auf den Tisch.

»Hat dich Will schon aufgeklärt?«

»Er hat mir von dem Brunnen erzählt und das sich hier niemand mehr erinnern kann.«

»Und von der Schmiede«, fügt Will an.

Ich nicke. »Ja, und dem Tog, aber sicher gibt es hier noch so einiges, von dem niemand mehr weiß, wo es eigentlich herkommt.«

Wieder springen ihre Augen kurz zu mir, diesmal begleitet von einem Lächeln. Will fängt an, ausschweifend zu gestikulieren.

»Es hat mich beinahe oben erwischt auf der Treppe. Aber zum Glück kam mir Paul zur Hilfe, ansonsten wäre ich womöglich immer noch dort eingeklemmt oder längst von nem Brocken erschlagen.

»Alleine sollte dort niemand mehr hingehen«, erwidert sie mit hochgezogenen Augenbrauen.

»Also, ich mag ja hin und wieder übertreiben ... aber diesmal stimmt es aufs Wort: Paul ist ein Held!«, meint Will.

»Ein Freund«, füge ich schnell hinzu.

Er schüttelt den Kopf.

»Und ein Held. Völlig erinnerungslos hat er keine Sekunde gezögert.«

»Will übertreibt, es war nur ein Felsbrocken, den ich wegräumte.«

Maria streicht sich die Haare aus dem Gesicht, große braune Augen kommen zum Vorschein. Er blickt auf die Schüssel.

»Das duftet aber gut. – Nun braucht er natürlich ne Bleibe.«

Sie nimmt ein Stück Brot, zerteilt es in kleine Stücke und lässt sie in die Suppe fallen.

»Dort drüben sind ein paar Schalen, bedient euch ruhig«, erwidert sie. »Soso, ein Held. Ja sicher, lass uns nach dem Essen zum Brunnen gehen. Hinten an der Bellusbrücke ist noch viel Platz, da werde ich dir was einrichten.«

Will holt das Geschirr herüber und füllt uns jeweils die Schalen auf. Ich nehme mir etwas Brot und tunke es hinein. Die Suppe ist rötlich, sämig und hat einen leicht fruchtigsüßen Geschmack. Ich merke, wie eine würzige Schärfe im Gaumen emporsteigt – nicht zu stark, sondern genau richtig und mit nichts zu vergleichen, an das ich mich erinnern kann. Während ich versuche, die Suppe nicht zu gierig zu verschlingen, berichtet Will noch einmal in allen Einzelheiten von den Ereignissen am Wasserfall.

Als wir zum Brunnen aufbrechen, hat sich die Dämmerung auf die Stadt gelegt. Maria übernimmt mit schwungvollem Schritt die Führung. Wir gehen über den mittlerweile leer gewordenen Platz. Sie wirkt sportlich, ich schätze sie auf Ende dreißig. Hohe Wangenknochen umrahmen ihre intelligenten Augen. Die schulterlangen, dunkelbraunen Haare fallen strähnig in einem Bogen herab. Sie trägt ein dunkelrotes Kleid mit langen Ärmeln und einer Kordel um die Hüfte.

»Wie kann der Brunnen dabei helfen, ein Haus einzurichten?«, frage ich.
Sie gestikuliert und zeichnet mit den Fingern ein Rechteck in die Luft.
»Über die Konsole am Brunnen können wir die Stadt verwalten und Bauaufträge erteilen«, erklärt sie.
»Und dann?«
»Das ... ist nicht leicht zu erklären. Die Wände wachsen gewissermaßen aus dem Boden. Ich denke, es ist eine Art von intelligentem Bauschaum.«
»Und der kommt einfach so aus der Erde?«
Sie schüttelt den Kopf.
»Nein, nur an vorbestimmten Stellen. Wenn man genau hinschaut, kann man sie erkennen. Er schiebt sich heraus und baut Schicht für Schicht das Haus auf. Präzise in die Form, die ich an der Konsole eingebe«, erklärt sie und versucht, den Vorgang mit den Händen zu veranschaulichen.
»Beeindruckende Technologie«, bemerke ich.

»Fraglos beeindruckend«, erwidert sie. »An der Konsole kann ich vorgegebene Segmente zusammenstellen oder alles selbst errichten. Ich kann sogar Abschnitte wieder verflüssigen und umbauen.«
Wir bewegen uns unter einem dunkelgrauen Himmel direkt auf den Zylinder zu.
»Ja, und Wasseranschluss, Küche, Bad und Heizung sind integriert«, fügt sie an.
»Aber wie kann so etwas aus einem Bauschaum erzeugt werden?«
»Soweit wir wissen, gibt es mehrere Sorten davon. So werden die Fliesen und Leitungen von einer Art Keramik gegossen. Fensterscheiben von wieder einer anderen Sorte von Bauschaum ... also ich gebe zu, das Wort trifft es irgendwie nur ungenügend.«
Wir erreichen den Brunnen, und ich nehme eine der blauen Kugeln aus dem Becken.
»Und wozu sind diese Dinger da?«
»Die Globen, wie wir sie nennen, sind gewissermaßen Energiebehälter. Alles hier wird über die Globen mit Energie versorgt. Dazu gibt es diese runden Öffnungen«, erklärt sie und zeigt auf ein Loch auf Hüfthöhe, mitten in der silbernen Säule.
»Für dein Haus werde ich vier Globen benötigen«, meint sie.
»Verstehe, so etwas wie Batterien. Wo kommen die Globen her?«
Maria stellt sich auf die Plattform vor dem Zylinder.
»Batterien ... was für ein lustiges Wort, das habe ich lange nicht mehr gehört«, murmelt sie. »Die Globen werden allem Anschein nach von dem Brunnen produziert. Wie genau, wissen wir nicht.«
Sie berührt mit ihren Fingern die Zylinderwand. Es erscheinen weiße Kreise an den Fingerspitzen und quadratische Symbole direkt darüber.
»Die Bedienung beruht auf einer Symbolsprache, die

wir erst zum Teil verstehen«, erklärt sie und schaut konzentriert auf die Eingabefläche.

»Also, ich hab bei diesen Symbolen noch nie durchgeblickt«, bemerkt Will.

Ihre Finger gleiten geübt über die Oberfläche. Es erscheint eine Abfolge von weiteren Zeichen, dann erkenne ich eine Karte, die wie ein Stadtplan aussieht. Darin befindet sich ein blinkendes Quadrat an einer Kreuzung.

»Ich gebe dir zwei Etagen am Bellusplatz. Jetzt brauche ich die Globen«, sagt sie und deutet in das Becken. Ich nehme vier von den blauen Kugeln aus dem Brunnen und reiche sie ihr. Sie beugt sich vor; ihr Kleid flattert im Wind, da bemerke ich etwas Metallenes – eine Stange mit Drähten – wo eigentlich ihr linkes Bein sein sollte. Sie blickt mich kurz an und wirft die Globen in die Öffnung.

»Das war's.«

»Das ging schnell. Kann ich es von hier aus sehen?«

Sie schüttelt den Kopf und zeigt in eine Richtung quer über den Platz.

»Dafür ist es zu weit weg, auf der anderen Seite des Flusses.«

Sie steigt von der Plattform hinunter und reicht mir die Hand.

»Willkommen in Memoria, Paul.«

Unsere Augen treffen sich zum ersten Mal für einen längeren Moment.

»Ich hoffe, meine Prothese hat dich nicht erschreckt?«, fragt sie.

Ich schüttle den Kopf.

»Nein.«

»Ja, das war schon ein Schock, als ich hier ohne Erinnerung aufgewacht bin und dann bemerkte, dass mir ein Unterschenkel fehlt. Stattdessen nur diese Prothese.«

»Das kann ich mir vorstellen«, erwidere ich.

»Damals hatte sie noch eine Gummi-Manschette, hat ziemlich echt ausgesehen. Ich hab sie jedoch entfernt, so komme ich viel besser ran, um sie hin und wieder zu reparieren«, erklärt sie und streckt ihr linkes Bein – die Prothese – vor. Die Stange endet in einem ebenso metallenen Fuß, der in einem gewöhnlichen Schuh steckt. Sobald sie ihr Gewicht verlagert, gibt eine Feder fein dosiert nach, sodass ihre Bewegungen geschmeidig bleiben.

»Ich hab es überhaupt nicht an deinem Gang bemerkt.«
»Ich bin damit genauso beweglich wie jeder andere.«
»Und du hast keinerlei Erinnerung an einen Unfall?«
Sie schüttelt den Kopf.
»Nein, in all den Jahren kein einziges Mal.«
»Würdest du es überhaupt noch wissen wollen?«, wirft Will ein.
»Anfangs ... aber mittlerweile ... es würde ja nichts ändern«, erwidert sie.
Sobald ihr Mund ein Lächeln formen will, zeichnet sich ein feines Grübchen auf ihrer rechten Wange ab. Sie streicht sich eine Strähne aus dem Gesicht und schaut mich sanft an.

Aus einer Gasse taucht eine ältere Frau auf und kommt zielstrebig auf uns zu. Maria blickt zu ihr hinüber und ihr Lächeln verschwindet.

»Judit, wie geht es Sebastian?«, fragt sie.
»Nicht gut ... ich ... ich suche Jules, weißt du, wo er ist?«
»Ich glaube im Theater«, erwidert Maria. »Will, zeige Paul doch sein neues Haus, dann kann ich mit ihr nach Jules suchen.«
»Okay«, erwidert er.
Er zeigt in eine Straße.
»Zum Bellusplatz geht es dort am Primus entlang bis zur Brücke.«
Ich verlasse mit ihm den Brunnenplatz und blicke kurz zurück zu Maria, sie biegt mit Judit in eine Seitengasse ab.

»Maria ist offensichtlich sehr wichtig in Memoria«, sage ich.
»Ja, sie kümmert sich quasi um alles, was mit der Stadt

zu tun hat.«

»Dann ist sie so etwas wie die Bürgermeisterin?«

»Äh ... das Wort kommt mir bekannt vor ... ich glaube, das ist sie wohl, obwohl wir hier dieses komische Wort nicht verwenden.«

Wir laufen an großen und kleinen Häusern vorbei, kaum eines gleicht dem anderen. Die meisten Fenster sind eher unregelmäßig angeordnet, sie formen mit den Türen unsymmetrische Gesichter, manche fröhlich andere grimmig dreinschauend. Wir treffen auf einen Fluss und folgen dem Ufer. Will erklärt mir, dass vom Wasserfall drei große Flüsse abgehen. Vom Plateau aus gesehen befände sich links der Primus, in der Mitte der Secum und ganz rechts der Ora. Vor uns taucht eine elegante Holzbrücke auf, die auf einem Bogen über dem Fluss zu balancieren scheint. Ein Dunstschleier verstärkt die Dämmerung und gibt den erleuchteten Fenstern der Häuser einen diffusen Lichtkegel. Hin und wieder erscheinen darin Silhouetten, die wie Pupillen in die Stadt blicken und den Häusergesichtern Charakter verleihen.

»Was ist mit Sebastian?«, frage ich.

»Weiß nicht ... er ist schon sehr alt. Jules hat ihn auf über hundert geschätzt.«

»Wer ist Jules?«

»Er und Ben sind bei uns quasi die Ärzte.« Zum ersten Mal sehe ich Will mit ernster Miene. »Schade, dass wir hier kaum noch Neuankömmlinge wie dich haben.«

»Wie viel leben hier eigentlich?«

»Wir sind nun auf unter eintausend geschrumpft.«

»Und wie lange ist es her, seitdem der Letzte vor mir erschienen ist?«

Er blickt grübelnd in die Luft.

»Hm ... es muss etwa ein Jahr her sein, da ist Jules auf Austin getroffen. Das war verrückt, Jules war völlig außer sich – nicht so besonnen wie du, Paul. Austin wollte ihn beruhigen, nicht eben seine Stärke, da wurde Jules handgreiflich. Austin verlor die Balance, schlug hart mit dem Kopf auf, ja, da lag er dann mit blutender Kopfwunde. Irgendwas muss daraufhin in Jules *klick* gemacht haben. Er vergaß seine Aufregung, behandelte die Wunde mit einer Pflanze und zerriss sein Hemd, um Austin zu verbinden. Ja, und so wurde er schließlich unser Arzt.«

»Aber auch Jules ist nicht wieder eingefallen, was er zuvor tat und wie er hierherkam?«, frage ich, obwohl ich die Antwort schon erahne.

»Nein, auch er kann sich nicht mehr erinnern.«
»Ist das da vorne die Bellusbrücke?«
»Ja, aber lass uns zuerst zum nächsten Bona-Fama.«
»Bona ... Wohin?«
Er zeigt auf ein Gebäude gleich neben der Brücke.

»Das Bona-Fama ist ... eine Art Lager, in das quasi jeder hineinstellen kann, was er nicht mehr benötigt oder anderen geben möchte.«

»Eine Tauschbörse?«
Er überlegt und schüttelt den Kopf.

»Eigentlich nicht. Du musst ja nichts tauschen. Dort gibt es alles, was man so braucht wie Nahrung, Kleidung ... ja und womöglich auch Matratzen und Bettdecken. Oder wodrauf willst du heute schlafen?«

»Ja, richtig.«
Sein Gesicht strahlt mit einem Mal.

»Mina ist bei uns die Frau für Kleidung, Polster und Stoffe. Sie ist so süß und wunderschön wie ein Engel, sag ich dir. Sie stellt immer was ins Bona-Fama.«

Gleich am Eingang des Lagers stehen einige Handkarren. Will nimmt einen davon, zieht ihn hinter sich her und drückt die Schwingtür auf. Er berührt eine Fläche an der Wand, und große Quadrate an der Decke fangen an zu leuchten. Der hohe Innenraum ist mit Trennwänden in drei Abschnitte unterteilt. Umlaufend befinden sich schmale

Fenster direkt unterhalb der Decke, doch zu hoch, als dass man hinausschauen könnte. Auf der rechten Seite befindet sich ein Regal mit seltsamen, silbernen Platten, darüber eine Schale mit Globen und daneben ein weiteres Regal mit kleinen Gefäßen, aufgerollten Tüchern und einer Schere.

»Das ist unsere kleine Not-Apotheke«, meint er und zeigt auf das Regal.

Ich nicke. Mein Blick fällt auf einen blauen Sessel, er steht inmitten einer Ansammlung von Möbelstücken, gegenüber vom Eingang. Ich ziehe ihn hervor und setze mich hinein.

»Sehr bequem!«

»Dann rauf damit auf den Karren«, erwidert er.

Wir packen den Sessel und legen ihn auf die Ladefläche. Auf der rechten Seite führt ein Durchgang zum nächsten Bereich. Hier sind diverse Lebensmittel auf Regale verteilt. Daneben gibt es Schüsseln, Töpfe und Besteck.

»Werden die Lebensmittel nicht irgendwann schlecht?«

»Nein, wir kümmern uns regelmäßig darum. Und alles, was zu schnell verdirbt, ist dort drüben im Kühlfach«, erklärt er und zeigt auf eine metallene Klappe in der Wand. Er nimmt ein Stück Brot, eine Kräuterpaste und eine Wurst aus dem Regal und legt sie in den Karren.

»Honwurst, die musst du probieren. Hon ist ein großer Vogel, der gar nicht fliegen kann. Lena führt bei uns ne Zucht. Die Hon-Eier haben so ne hellblaue, gepunktete Schale. Sind so lecker ... aber leider grad nicht da.«

Wir gehen zurück, an den Möbeln vorbei, zu den Kleidern und Polstern. An zwei langen Stangen, die bis zur Mitte des abgetrennten Bereichs verlaufen, hängen unzählige Kleider, Hemden, Jacketts und Hosen. Will meint, ich solle jedoch besser zu Mina gehen, damit sie genau Maß nehmen könne. Die Kleidung hier sei eher als Reserve gedacht, sagt er. Mir fällt eine dunkelgrüne Jacke ins Auge, ich nehme sie vom Bügel und probiere sie an. Sie ist innen mit einem weichen Flanellstoff bedeckt, besitzt zwei große Taschen und passt, als wäre sie für mich geschneidert worden. Will meint, dass sie viel zu warm für Memoria wäre, aber ich lege sie trotzdem in den Karren. Gegenüber der Kleidung liegen zwei aufgerollte Matratzen. Er nimmt eine davon und zeigt auf einen Stapel aus Decken und Kissen.

Der Karren füllt sich zunehmend. Mir erscheint es etwas merkwürdig, sich all diese Dinge einfach so zu nehmen. Aber Will erklärt, sie seien genau dafür da und dass ich womöglich bald selber etwas ins Bona-Fama stellen würde.

Der Karren poltert über die Dielen der Holzbrücke. Ich blicke in den dunkelgrauen Himmel.

»Ist diese Dämmerung ... die Nacht?«

»Ja, dunkler wird es nicht. Ich weiß, dass die Nächte normalerweise düster sein sollten, aber ich kann mich an keine solche Nacht mehr erinnern«, sagt er und fängt an zu lachen. »Womöglich bekäm ich bei einer dunklen Nacht mittlerweile richtig Angst.«

Der Platz hinter der Brücke öffnet sich zu einem kleinen Park. In der Mitte entfaltet ein alter Baum seine Krone. Der Stamm wirkt wie ein geschnürtes Bündel aus verschiedensten Pflöcken, als hätte sich ein ganzer Pulk von Bäumen entschieden, zu einem Baum zu verschmelzen. Die mächtigen Wurzeln sprießen bereits über dem Boden in Schlaufen heraus und vergraben sich behutsam in die Erde. Der adrige Stamm verläuft kerzengrade in die Höhe, dann, als würde er an etwas zerschellen, zerbirst die Krone in einem beinahe waagerechten Astgeflecht. Der Baum ist von Sitzbänken umgeben, und um den gesamten quadratischen Platz verlaufen steinerne Säulen, die mit schmalen Bögen verbunden sind. Es ist ein pittoresker Ort, an dem einem Maler vermutlich nie die Motive ausgehen würden. Will zeigt auf ein Haus direkt am Platz gegenüber der Brücke.

»Das dort ist es.«

»Es ist etwas dunkler als die anderen«, erwidere ich.

»Ja, weil es noch ganz frisch ist, aber das verliert sich in den nächsten Stunden.«

»Ist es denn überhaupt schon bewohnbar?«

»Sicher. Ist bereits ausgehärtet, aber könnte noch etwas riechen«, erklärt er.

Wir gehen quer über den Platz an dem Baum vorbei. Dann bemerke ich tatsächlich den seltsamen Geruch.

»Es riecht ... schwer zu beschreiben ... säuerlich?«, meine ich.

»Kein Problem, bis du deine Matratze hier aufschlägst, hat sich das verzogen.«

Ein Ruck fährt durch Will, und er fängt an, mit einer aufgesetzten Stimme zu sprechen.

»So, Herr Paul, wenn ich ihnen ihre neuen Gemächer zeigen dürfte?«

Er hält die Tür auf, macht eine Verbeugung und winkt mich übertrieben hinein.

»Zu ihrer Linken sind die Ess- und Kochbereiche. Zur Rechten haben wir ein Wohnzimmer, womöglich für ausgelassene Feierlichkeiten, und wenn sie mir bitte nach oben folgen würden.«

Er springt mit großen Sätzen die Treppe hinauf. Ich folge ihm.

»Hier haben wir dann das Schlafzimmer, mit einem Balkon zum Platz und auf der anderen Seite ein Bad.«

»Danke, Herr William«, entgegne ich. »Fehlen nur noch die Möbel.«

»Die kannst du dir quasi Stück für Stück aus dem Bona-Fama holen oder du fragst Alex, er macht die Schränke, Stühle und Tische genau auf Maß.«

»Irgendwie verrückt, ich wache an einem unbekannten Ort auf und bekomme gleich am ersten Tag ein Haus geschenkt. Wie kann ich das je wieder gutmachen?«

Er blickt mich fragend an.

»Geschenkt? Es ist ja nur ein Haus. Schließlich braucht

ja jeder eine Unterkunft. – Finde einfach etwas, das du machen möchtest, der Rest ergibt sich dann von selbst.«

»Du meinst etwas Nützliches wie ... Tische schreinern oder Kleidung schneidern? Wer weiß, vielleicht bin ich ja ein Schneider?«

Er zieht die Augenbrauen hoch.

»Ja, wer weiß.«

Ich schüttle den Kopf.

»Nein, wohl eher nicht. Es ist schwierig herauszufinden, was man ist, wenn man nicht mehr weiß, wer man ist.«

»Ach was, das ist nicht schwer. Tue einfach irgendwas ... und das bist du dann!«, erwidert er und nickt.

»Und wenn ich feststelle, dass ich das gar nicht sein will?«

Er blickt mich wieder fragend an.

»Dann machst du halt was anderes.«

Seiner unkomplizierten Logik habe ich nichts Brauchbares mehr entgegenzusetzen.

»Danke, Will, hoffentlich wache ich morgen nicht auf und habe wieder alles vergessen.«

Will gähnt und seine Stimmung wechselt schlagartig in eine matte Müdigkeit.

»Das wirst du nicht. Das ist hier jedem nur einmal passiert«, erwidert er.

»Woher willst du das wissen?«

»Also ... ich weiß es einfach!«

Er taumelt die Treppe hinunter.

»Richte dich erst mal in Ruhe ein. Bin echt müde, war'n langer Tag. Maria wird dir morgen sicher die Schmiede zeigen. Du wirst staunen, sag ich dir.«

»Ich bin gespannt«, erwidere ich.

Nachdem er gegangen ist, hole ich die Matratze, das Kissen und die Decke aus dem Karren und mache es mir im Schlafzimmer bequem. Als ich die Geschehnisse dieses seltsamen

Tages durchgehe, überkommt mich tiefe Müdigkeit, der ich unvermittelt nachgebe.

DIE SCHMIEDE

(|)

Die Sonne blendet mich durch die Augenlider hindurch. Ein Moment von Orientierungslosigkeit. Ich bin ... in Memoria. Erinnerung – so fühlt sich das an. Ich verdränge meine Müdigkeit, stehe auf und tappe zum Balkon. Das Sonnenlicht ergießt sich über den Platz, taucht seine Strahlen in das Grün der Blätter, in das Beige der Säulen und in das Ocker der Häuser. Mitten in dem Farbenspiel erscheint vor mir wieder der rote Lichtreflex, ein Schmetterling, der sich im Blau des Himmels auflöst. In dem großen Baum zwitschert ein gelber Vogel. Ein älterer Mann fegt Laub zu einem Haufen zusammen, und eine Gruppe von Frauen schlendert, ins Gespräch vertieft, an den Säulen entlang. Auch wenn ich mich nicht damit abfinden mag, dass meine Erinnerung möglicherweise nie wieder zurückkommt, fällt es mir doch leicht, diesen Platz als mein neues Zuhause anzunehmen.

Ich denke, ich werde von der Honwurst probieren und den Sessel vom Karren holen. Wenn mein Aufenthalt hier von Dauer ist, benötige ich natürlich mehr als nur einen Sessel und eine Matratze. Ich sollte ins Bona-Fama zurück und überlegen, was ich noch gebrauchen kann. Vielleicht finde ich dort etwas zum Schreiben, um mir einige Notizen zu machen. Da fällt mir mein Notizbuch wieder ein. Ich gehe zu meinem Jackett und greife in die Tasche. Sie ist leer. Ich muss es oben am Wasserfall vergessen haben. Das Notizbuch ist meine einzige Verbindung zu dem Leben vor Memoria. Bei der Einsturzgefahr wäre es allein wohl zu gefährlich dort hinzugehen, besser ich frage Will.

***

Als ich mit dem Karren vom Bona-Fama zurückkomme, läuft mir Maria entgegen.

»Morgen Paul, allem Anschein nach kommst du schon gut zurecht. Benötigst du da überhaupt noch meine Hilfe?«

Ich nicke. »Ja, ich würde mir einige Notizen machen wollen, aber im Bona-Fama hab ich nichts zum Schreiben gefunden ... und diese Schmiede von der Will gesprochen hat ... kann ich sie mir mal anschauen?«

»Also, zum Schreiben«, meint sie und hilft mir, die Sachen von dem Karren ins Haus zu tragen, »sind Stift und Papier, nun ja, ein wenig aus der Mode gekommen. Wir benutzen dafür solch silberne Leuchttafeln. Wir nennen sie einfach nur: *Q*.«

»Ach so, dazu sind sie da. Ich glaube, ich habe welche im Bona-Fama gesehen.«

Sie nickt. »Richtig. Allerdings, wenn wir zur Schmiede gehen, kommen wir sowieso an meinem Haus vorbei, da kann ich dir gleich ein Q und eine Tasche geben.«
Sie lächelt und mir fällt auf, dass es dazu keines bestimmten Anlasses bedarf, es ist schlicht ihr Gesichtsausdruck, ihr Wesenszug.

»Wie geht es Sebastian? Konntest du gestern noch Jules finden?«, frage ich.
Maria erstarrt kurz in ihrer Bewegung und presst die Lippen zusammen.

»Sebastian ist ... gestern von uns gegangen.«

»Das tut mir leid!«
Sie schüttelt andeutungsweise den Kopf.

»Es ist nicht allein wegen Sebastian. Natürlich, er war ein warmherziger und immer fröhlicher Mensch. Ein großer Verlust. Aber es erinnert mich daran, dass wir in

Memoria immer weniger werden ... wir sterben aus, Paul.«

»Will hat mir davon erzählt. Was denkst du, warum nur noch selten Neuankömmlinge hier aufwachen?«

»Das ist eine gute Frage. Hat dir Will auch schon erzählt, dass der Tag hier vier Stunden länger ist?«

»Ja, aber ich kann das kaum glauben«, entgegne ich, beuge mich über die Ladefläche und schiebe den Tisch nach vorn.

»Es stimmt. Nun ja, dennoch fasse ich die Tage gerne in Jahren zusammen, auch wenn mich Sid immer damit aufzieht«, erklärt sie. »Die allermeisten sind hier vor über 5 Jahren aufgewacht, dann im Verlauf des ersten Jahres kamen über zweihundert dazu, darunter auch ich. Von da an endete es abrupt. Und vor einem Jahr tauchte Jules auf, ja, und nun du.«
Sie greift den Tisch am anderen Ende, und wir tragen ihn ins Haus.

»Hat jemand solch eine Ankunft beobachtet?«

»Nein, leider nicht. Alle wachen irgendwo am Wasserfall auf, meistens so wie du auf dem Plateau. Anfangs untersuchten wir die Gegend, konnten aber nichts Besonderes finden. Mittlerweile schaut nur noch Will gelegentlich vorbei.« Wir stellen den Tisch mitten im Wohnzimmer ab. »Versuche ihm das bitte auszureden, die Konstruktion dort ist zu instabil«, fügt sie an und zupft sich ihr Kleid zurecht. Ich nicke, obwohl ich mehr denn je motiviert bin, mir das Gebiet anzuschauen. Wenn dort die meisten aufgetaucht sind, muss es einen Grund dafür geben.

»Ich hab oben in der Kammer, hinter dem Wasserfall, so eine silberne Wand mit Symbolen gesehen.«

»Ja, die Konsole. Wir haben schon alles probiert, sie zeigt immer die gleiche Sequenz. Vermutlich ist sie einfach defekt.«

Auf dem Weg durch die Stadt wird Maria immer wieder in Gespräche verwickelt. Einige möchten ihre Häuser umbauen, andere fragen nach dem Ertrag der letzten Ernte. Je näher wir dem Brunnenplatz kommen, desto mehr füllen sich die Straßen. Mir fallen wieder die Häuser mit den geöffneten Erdgeschossen auf. In einem ist ein Friseur bei der Arbeit, in einem anderen bietet jemand Früchte an, daneben gibt es Brot, und ein weiterer malt an einem Gemälde.

»Der Brunnenplatz ist euer Marktplatz?«, frage ich.

»Gewissermaßen. Einige wollten ihre Fähigkeiten zur Verfügung stellen und fragten mich, ob ich ihr Haus, mithilfe des Brunnens, im Erdgeschoss öffnen könne. Mit der Zeit schlossen sich immer mehr an. Das war fraglos, eine unserer besten Ideen. Es gab uns ein ganz neues Gemeinschaftsgefühl.«

Mit einem Mal bleibt eine junge blonde Frau vor mir stehen.

»Oh! Das steht dir ausgezeichnet, ganz fantastisch!«, schallt es aus ihr heraus. Sie zeigt auf meine grüne Jacke aus dem Bona-Fama.

»Die gelben Nähte mit dem kurzen Kragen, das passt zu deinen braunen Haaren«, bekräftigt sie und streicht über die Jacke. »Du musst Paul sein. Will hat mir schon alles über dich erzählt. Der Held vom Wasserfall.«

Sie ist einen Kopf kleiner als ich und trägt ein blaues Kleid, das ihre weibliche Figur elegant betont. Ihre dunkelblauen Augen werden von einer geschwungenen Nase und kurvigen Lippen untermalt. Tatsächlich, Will hatte nicht übertrieben, sie hat etwas Engelhaftes.

»Du bist dann sicher Mina?«, erwidere ich.

»Richtig! Gut angezogen und auch noch blitzgescheit. Maria, da braucht er bald ein größeres Haus«, erwidert sie laut lachend.

Ich will antworten, doch sie fährt mit lauter Stimme fort.

»Du benötigst selbstredend mehr Kleidung, ich habe einiges auf Lager, für drunter und drüber. Kommt doch gleich mit zu mir, dann kann ich bei Paul sofort Maß nehmen.«

»Später vielleicht. Paul will sich die Schmiede ansehen«, wirft Maria ein.

»Ach so, ihr seid auf einem Besichtigungsrundgang ... gut, gut. Paul, erwarte da nicht zu viel. Die Schmiede mag praktisch sein, aber sie ist unsagbar langweilig.«

»Will hat gemeint, ich soll sie mir unbedingt anschauen.«

»Sicherlich, schau sie dir an. Aber wie gesagt, dort gibt es nur Bänder, Röhren und Kontrolltafeln.«

»Und Sid«, meint Maria.

»Stimmt, Sid. Er ist ganz besessen von der Schmiede ... aber ich will mich nicht beklagen. Er versorgt mich mit feinstem Garn und Gewebe«, erklärt sie und streicht demonstrativ über ihr Kleid.

»Sid ist genauso begeistert von seiner Tätigkeit wie du von deiner, Mina«, bemerkt Maria.

Mina nickt. »Ja, ja, selbstredend und das zum Wohle aller, ansonsten wäre es ja eine Verschwendung. Denkst du an Kleidung, denkst du an Mina, sag ich immer«, erwidert sie und lacht herzhaft.

»Also, Paul, komm einfach vorbei, sobald du Zeit hast. Mein Haus ist dort drüben.« Sie zeigt auf eines der wenigen dreistöckigen Gebäude.

»Gerne, Mina.«

Als wir schließlich an Marias Haus ankommen, höre ich Mina über den gesamten Platz rufen: »Hallo Ingrid, hast du die Decken bekommen? Was sagst du zu den Blumenmustern? Sind die nicht fantastisch?«

Ich blicke zurück und sehe sie auf der anderen Seite des Platzes mit einer Frau überschwänglich diskutieren.

»Ja, sie ist schwer zu überhören«, meint Maria, »darum probt sie auch für dieses neue Theaterstück. Ich glaube, es heißt: *Der Sonnenschirmmacher*.«

»Das klingt sehr ... tiefsinnig«, erwidere ich.

Ihr Grübchen am Mund vertieft sich, und sie lächelt. Vor

der Tür fällt mir wieder der kunstvolle Türknauf auf.

»Das ist ein ungewöhnlich aufwendiger Knauf«, bemerke ich.

Sie nickt. »Es ist etwas verrückt ... ich habe es bisher noch niemanden erzählt. Aber eines Nachts träumte ich von einem Blumenfeld, und überall flogen Schmetterlinge herum. Als ich eine der Blüten berühren wollte, verwandelte sie sich in meiner Hand zu einem Türknauf.«

»Nicht gerade etwas, dass ich mit einer Blume verbinden würde«, erwidere ich.

»Na ja, am Tag zuvor hatte sich der alte Griff von meiner Tür gelöst, er fiel immer wieder ab, gewissermaßen ist er dann wohl in meinem Traum gelandet.«

»Und dann hast du ihn in der Schmiede anfertigen lassen?«

Sie greift den Knauf und drückt die Tür auf.

»So einfach war das nicht. Nahezu jede Fertigkeit aus Memoria war letztlich für die Umsetzung nötig. Ich wollte es schon einige Male abbrechen. Ich meine, es ist ja albern, so ein Aufwand für einen Knauf. Aber es war nicht mehr zu stoppen.«

»Wegen dem Traum?«

Sie schüttelt den Kopf.

»Nein, nein, das war mir nicht so wichtig. Sondern, weil die Leute so begeistert von der Aufgabe waren, sie es schlicht machen wollten. Sie sahen es gewissermaßen als eine Herausforderung an. – Das mit dem albernen Traum weiß niemand ... es bleibt natürlich unter uns«, meint sie und lächelt verlegen.

»Natürlich.«

»So, ich hole schnell das Q. Dann können wir weiter zur Schmiede«, sagt sie und geht ins Haus.

Als Maria zurückkommt, reicht sie mir eine silberne Platte, die nicht größer wie ein Buchdeckel ist. Es wirkt wie ein mattes Stück Metall, mit abgerundeten Kanten. Ich berühre die Oberfläche und verstehe, warum es Q genannt wird. Es erscheint ein Kreis, aus dessen Mitte – wie bei einem Q – eine schräge Linie nach rechts unten verläuft. Das Symbol leuchtet kurz auf und verschwindet wieder. An meinen Fingerspitzen entstehen kleine leuchtende Symbole. Eines davon erkenne ich sofort, es zeigt die Buchstabenfolge: ABC. Ich wähle es mit einem kurzen Antippen aus und bekomme eine Tastatur und ein Textfeld eingeblendet.

»Das Q kann unser Alphabet?«

»Nun ja ... sie können Symbole verarbeiten. Das Alphabet brachte ihnen jemand von uns bei. Er hatte eine ungewöhnliche Begabung, mit der Technik hier umzugehen.«

»Hatte?«

»Ja, er ist eines Tages verschwunden, aber das war noch vor meiner Zeit. Will kannte ihn, er kann dir sicher mehr erzählen. Ach, und hier nimm diese Tasche, die ist sehr stabil und praktisch.«

Sie reicht mir eine Umhängetasche mit einem breiten Riemen.

»Danke. Wie schalte ich das Q eigentlich aus?«

»Gar nicht. Die brauchen nur sehr wenig Energie, wir legen sie vielleicht einmal im Jahr auf die Ladeplatte. Die Bedienung ist selbsterklärend, aber wenn du mehr wissen möchtest, solltest du Jules fragen. Er kennt sich mit den Qs am besten aus.«

Ich nicke, hänge mir die Tasche um und stecke das Q hinein.

»Dann auf zur Schmiede. Wir müssen diesem Weg aus der Stadt folgen«, sagt sie und zeigt in eine Gasse neben dem Haus.

Der Weg verläuft an bewachsenen, steilen Hügeln vorbei. Nach einiger Zeit betreten wir eine Lichtung, in deren Mitte ein großes Gebäude steht. Es sieht anders aus als alle bisherigen Bauwerke. Die gelben Wände sind unterbrochen von silbernen Strukturen, Schächten und Rohrleitungen. Zudem bemerke ich ein tiefes Summen. So tief, dass ich es eher durch den Körper als durch die Ohren wahrnehme.

»Ich verstehe, warum die Schmiede sich nicht in der Stadt befindet«, sage ich.

»Ja, und gelegentlich riecht es auch etwas unangenehm«, meint Maria.

Vom Eingangstor des Bauwerks führt eine breite Rampe hinab zum Weg.

»Es sieht gar nicht aus wie eine Schmiede, eher wie eine ... Fabrik.«

»Genau das ist es auch. Eine automatische Fabrik. Wir geben Rohmaterialien in die Schächte und die Schmiede produziert das von uns zuvor in Auftrag gegebene Erzeugnis. So geben wir Erze aus der Umgebung hinein und können gewissermaßen jede Art von Metallteilen herstellen. Soweit funktioniert es wirklich wie eine Schmiede. Allerdings ist die Prozedur nicht nur auf Erze und die Metallgewinnung beschränkt. Aus dem Rohstoff Holz erzeugen wir Grundelemente für Möbel, aus bestimmten Pflanzen bekommen wir Textilien und aus Getreide gewinnen wir Mehl.«

Ich stehe mit offenem Mund vor dem summenden Gebäude.

»Erstaunlich! Jetzt wird mir klar, wie ihr diesen Wohlstand erreichen konntet.«

»Fraglos, die Schmiede ist eine wichtige Grundlage für Memoria«, erwidert sie und mustert das Bauwerk. »Obwohl wir immer mehr herausfinden, gibt es auch Grenzen. So können wir nur Rohmaterialien hineingeben und nicht – sagen wir – Holz und Stoff zu einem fertigen Stuhl verbinden.«

»Du meinst, die Schmiede erzeugt also nur die Rohprodukte?«

»Richtig, und in der Stadt bearbeiten wir sie dann weiter, so wie Mina Stoff und Garn zu Kleidung und Alex Holzteile zu Möbeln verarbeitet.«

Mit einem Mal quietscht es, eine Wand bewegt sich und

Rohrleitungen schieben sich von unten nach oben.

»Ach ja, und wie du siehst, das Gebäude ändert sich ständig. Es passt sich damit an die jeweiligen Aufträge an.«

»Und wie erteilt ihr diese Aufträge?«

»Die geben wir an einer Konsole in der Schmiede ein oder übertragen sie mit den Qs. Sid ist dafür unser Experte. Er ist sicher grade drin, lass uns hineingehen.«

Wir laufen die Rampe hinauf. Maria schiebt das Tor auf, und wir gehen hinein. Das Innere der Schmiede wirkt wie eine Schaltzentrale und Fabrikhalle zugleich. An der Wand gegenüber des Eingangs befinden sich silberne Konsolen mit weiß leuchtenden Zeichen. Dahinter ermöglichen breite Fenster den Blick auf Förderbänder und Apparaturen. Davor steht ein Mann vielleicht um die dreißig mit kurzen roten Haaren. Er dreht sich um und ein Ruck geht durch seinen Körper.

»Hey Maria, ich denke, ich hab's rausgefunden!«, platzt es aus ihm heraus, dann blickt er zu mir. »Ah, und du musst Paul sein?«

»Ja, das hat sich schnell herumgesprochen«, erwidere ich.

»Du erinnerst dich nicht zufällig noch an dein vorheriges Leben und könntest mir einige Fragen beantworten?«, sagt er mit einer Stimme, die erkennen lässt, dass er es nicht ernst meint.

»Tut mir leid, da muss ich dich wohl enttäuschen.«

Er nickt. »Tja, unsere Gehirne sind hier sozusagen einmal von irgendwas geröstet worden, ... ist wohl so ne Art Eintrittsbedingung«, erwidert er, wischt sich die Hand an der Hose ab und streckt sie mir entgegen.

Maria stellt sich zwischen uns und blickt ihn an.

»Du hast es? Das heißt, wir können wieder Nahrung produzieren?«

»Also ... ich müsste noch einige Tests machen, aber wenn wir nicht gleichzeitig schmelzen ... dann sollte es klappen.«

»Was hat das Schmelzen damit zu tun?«, fragt Maria.

»Möglicherweise ist es ein Schutzsystem der Schmiede. Bei der Verflüssigung des Erzes kann es zum Ausstoß von Strahlung kommen, welche eventuell die Nahrungsmittel belasten könnte.«

»Welche Strahlung?«, bricht es aus Maria heraus.

»Ja, das war sozusagen auch meine Reaktion, wo ich hier doch so viel Zeit verbringe. Die Schmelzkammern sind von hier aus weit genug entfernt. Aber nicht die Verarbeitungskammer für die Nahrung.«

Maria stellt sich vor eines der Fenster und blickt auf die Förderbänder.

»Sie würde verstrahlt werden?«

»Die Strahlungsdosis ist gering, sodass nur eine Dauerbelastung ein Problem wäre«, erklärt er.

Maria setzt sich vor eine der Konsolen und beugt sich nachdenklich nach vorne.

»Darum schaltet die Schmiede die Produktion ab. Und wir dachten immer, es sei ein Energieproblem. Wir müssen es einfach zeitlich abstimmen.«

»Genau, nur wird das nicht einfach. Wir brauchen ein Zeitfenster von bis zu drei Tagen nach dem letzten Schmelzen. Und du weißt ja, dass unser Bedarf steigt. Wenn wir keine Lösung finden, wird es sicher zu Engpässen kommen«, erwidert Sid.

Maria lehnt sich zurück und wendet ihren Blick wieder auf eines der Förderbänder.

»Warum tritt dieses Problem erst jetzt auf? Die letzten Jahre funktionierte es noch reibungslos.«

Sid nickt. »Zuerst dachte ich, es lag an der geringeren Auslastung. Dann schaute ich mir die alten Protokolle an ... also einige Male waren beide gleichzeitig in Betrieb. Ich weiß nicht, ... vielleicht war da das Schutzsystem noch nicht aktiviert?«

Da ich nichts Wesentliches zur Diskussion beitragen kann, löse ich mich von beiden und fange an die Halle etwas zu erkunden.

»Aber ... das heißt doch, wir haben damals allem Anschein nach verstrahlte Nahrung gegessen?«, höre ich aus der Entfernung Maria fragen.

Sid räuspert sich.

»Das ... also ... als ihr rein kamt, war ich grad die Protokolle am Prüfen ... also, ob das Sicherheitssystem jemals aus war. Bisher hab ich nichts dazu gefunden, aber du kannst mir an der Konsole dort drüben gerne helfen.«

Am anderen Ende der Halle mischen sich ihre Stimmen mit dem Summen der Schmiede. Ich frage mich, wo die nötige Energie zum Betreiben einer solchen Anlage herkommt, da sehe ich eine große Tonne, randvoll mit Globen. Anscheinend wird hier wirklich alles mit diesen blauen Kugeln angetrieben. Dennoch verblüfft es mich, dass ein so hoher Energiebedarf, wie er für das Schmelzen von Erz nötig ist, von diesen kleinen Kugeln kommen soll. Die Halle ist etwas verwinkelt, überall ragen Leitungen und kleinere Luken hervor. Die Außenwände sind fensterlos, aber das Dach ist großflächig verglast. In der Ecke der Halle gibt es einen kleinen Raum. Ich blicke durch das runde Fenster in der Tür. An diversen Haken hängen verschiedene Werkzeuge. Auf dem Boden liegen ein paar Reifen. Vermutlich eine Art Werkzeugraum für das Vehikel. Ich folge für einige Meter einem Bündel von Rohrleitungen und gehe dann auf der gegenüberliegenden Seite zurück in die Mitte der Halle. Einige Kanister stehen auf einer Palette herum, daneben befindet sich ein Anhänger – sicher für den Tog, um die Rohstoffe zu transportieren. Das allgegenwärtige Summen schwillt ab und ich kehre zu Maria und Sid zurück.

»So, das war die letzte Schmelzung für heute«, bemerkt Sid.

»Vielleicht liegt es am Erz«, höre ich mich überrascht sagen.

Sid streift sich mit der Hand über den Mund.

»Interessant!«

Ich schaue durch die Fensterscheiben auf die angehaltenen Förderbänder.

»Das könnte erklären, warum es früher keine Probleme gab. Das Erz war nicht belastet, vielleicht kam es von einem anderen Ort«, bemerke ich.

»Das ... ja ... das kam es ganz sicher. Warum bin ich nicht selbst darauf gekommen? Das alte Erz ... davon hab ich noch was, ... aus der dritten Charge ... ja ... «, murmelt er und wendet sich der Konsole zu. Seine Hände fliegen über die Oberfläche und die leuchtenden Symbole flimmern auf. Maria beugt sich zu mir herüber.

»Na, da hast du ihm was zum Grübeln gegeben. Nun ist er wieder in seinem Modus, ... wir nennen ihn den Sid-Modus. Er vergisst dann zu essen und zu schlafen, ja und vermutlich sogar zu atmen«, erklärt sie. »Nicht wahr, Sid?«

»Was? Ja ... ich muss die Schmelzung kurz starten, ist nur für ne Probe von Charge drei, okay?«, erwidert er, ohne seinen Blick von der Konsole zu lösen.

»Sicher, Sid«, meint Maria und das Brummen setzt wieder ein.
Sie zeigt zum Ausgang.

»Lass uns zurück gehen, ich denke, das reicht wohl für eine erste Besichtigung.«

Auf dem Rückweg erklärt mir Maria, dass es bisher eigentlich keine Schwierigkeiten mit der Schmiede gab, bis kurz vor dem letzten Gründungsfest die Getreideverarbeitung stoppte.

»Erz schmelzen, Holz verarbeiten, Mehl erzeugen ... und das könnt ihr alles über die Konsole eingeben?«

»Gewissermaßen, aber es dauerte, bis wir das alles herausfanden. Übrigens, Will hat mir erzählt, dass er dort in diesem Werkzeugraum die Qs gefunden hatte.«

»Ach so, die gab es auch schon wie den Tog und den Brunnen?«

»Richtig.«
Wir laufen eine Weile den kurvigen Weg entlang, dann tauchen wieder die ersten Häuser auf.
»Wie hat dir eigentlich meine Suppe geschmeckt?«, fragt sie plötzlich.
Ich schmunzle. »Es war die beste Suppe, an die ich mich entsinnen kann.«
»Was ... ja hier nicht so viel heißt«, entgegnet sie.
Ihr Grübchen kündigt wieder das Lächeln an.
»Ich fand sie sehr lecker.«
»Ich mache sie aus Karmonknollen und Lauchkraut. Ohne Beihilfe der Schmiede. Also sollte es zumindest bei der Suppe zu keinen Engpässen kommen«, erwidert sie.
»Ich verstehe. Denkst du an Suppe, denkst du an Maria!«, erwidere ich.
Sie lacht lauthals.

Der Sonnenschirmmacher

(.|)

Vom Balkon aus betrachte ich den alten, knorrigen Baum in der Mitte des Platzes. Die Morgensonne wirft lange, goldgelbe Schatten. Es sind nur wenige Tage vergangen, seitdem ich die Stadt zum ersten Mal betrat und dennoch finde ich mich in Memoria gut zurecht. Die Menschen hier besitzen eine Ruhe, die schwer mit Worten zu beschreiben ist. Die meisten fanden etwas, dass sie mit großer Hingabe tun. Ob es Brot backen, Getreidefelder bestellen oder Kleidung schneidern ist, sie tragen ihren Teil zur Gemeinschaft bei; dies gibt ihnen eine innere Zufriedenheit, die sich auf andere überträgt. Und obwohl viel Arbeit in allem steckt, ist das Leben von einer mühelosen Leichtigkeit geprägt.

Was ist mein Beitrag? Wann stelle ich etwas in das Bona-Fama? Mich fordert natürlich niemand dazu auf, dennoch – es nagt an mir. Ich nehme das Q und lege eine Notiz an. Zunächst sollte ich herausfinden, was ich überhaupt kann. Da ich keine Erinnerung mehr habe, muss ich wohl einiges ausprobieren. Am besten, ich erstelle mir eine Liste. Es müsste etwas sein, das mich interessiert. Ich beginne zu schreiben:

```
Wo bin ich hier? Gibt es noch andere
Städte wie Memoria? Wieso sind wir hier
alle erinnerungslos aufgewacht?
```

Mir wird klar, dass es die Rätsel dieser Welt sind, die mich interessieren. Aber wie kann dies für das Bona-Fama nützlich sein? – Die Gegend zu erkunden könnte vielleicht zu einer Karte führen. Ich berühre wieder das Q, die Buchstaben flackern kurz auf und verblassen dann gänzlich. Mein Finger streift über die Oberfläche, aber es bleibt ohne jede Reaktion – nur noch ein flaches Stück Metall. Beim Ablegen des Qs merke ich eine Spannung in der Haut, die von der rechten Schulter bis zum Oberarm reicht. Dieses Spannungsgefühl plagte mich schon die ganze Nacht. Die Haut fühlt sich dort uneben und verdickt an. Ich blicke in die verspiegelte Tür meines Kleiderschranks. Auf dem Rücken, der Schulter und dem Oberarm ist die Haut hell, porenlos und mit leichten Vernarbungen durchzogen. Ich erschrecke für einen Moment, prüfe dann die Haut an der anderen Schulter – dort ist alles normal. Was ist mit mir passiert? Ein Unfall? Ich schaue meinem Spiegelbild in die Augen, als könne ich eine Antwort herauslesen. Es ist ein seltsames Gefühl, als hätte jemand Fremdes sich meinen Körper ausgeborgt und ihn beschädigt wieder zurückgegeben. Ich werde am besten Jules einen Blick darauf werfen lassen und ihn auch gleich fragen, was mit dem Q los ist.

***

»Jules wohnt am Rande der Stadt, nördlich vom Brunnenplatz«, erklärt mir Maria. »Es ist das Gebäude mit dem Gewächshaus im Vorgarten.«
»Danke, warst du gerade auf dem Weg zu mir?«, erwidere ich.
Sie schüttelt den Kopf.
»Sid kam gestern noch aufgeregt zu mir und meinte, dass du vermutlich recht hattest mit dem Erz. Ich bin auf der Suche nach Will, um ihm zu sagen, dass er sich den Tog nehmen soll. Wir brauchen anderes Erz, für weitere Tests.«
»Wisst ihr schon, wo es noch anderes Erz gibt?«
»Ja, in Richtung des Secum liegen einige Gesteinsfelder, aber das war uns bisher zu weit weg.«

»Gibt es eigentlich noch mehr Siedlungen wie Memoria?«
Maria dreht sich langsam von mir weg.
»Anfangs haben wir die Gegend etwas sondiert, aber wir sind auf keine weiteren Siedlungen gestoßen. Alles, was wir weit draußen fanden, waren Brunnen.«
»Ach, es gibt noch andere Brunnen?«
»Paul, lass uns besser ein anderes Mal darüber sprechen. Ich habe dort hinten gerade Will gesehen.«
»Natürlich«, meine ich, kann jedoch meine Enttäuschung nicht verbergen. Maria dreht sich um, geht einige Schritte, hält inne und richtet den Blick wieder zu mir.
»Ach so, Paul, morgen Abend wird *Der Sonnenschirmmacher* aufgeführt. Wollen wir uns das ansehen?«
»Oh, sicher.«
»Schön, ich hole dich dann ab.«
Ich schaue ihr kurz nach und setze schließlich meinen Weg zu Jules fort.

***

»Das sind Brandwunden! Meines Erachtens gut verheilt. Die Vernarbungen führen zu dem Spannungsgefühl, ist infolgedessen normal. Ich hole dir etwas zum Eincremen der Narben,« erklärt Jules und geht aus dem Zimmer.
Ich schätze ihn auf Ende fünfzig, allerdings ist das schwer zu sagen, er besitzt eine sehr dynamische Ausstrahlung. Seine Haare sind grau meliert und seine Schläfen schneeweiß. Die blaugrauen Augen haben einen präzisen, durchdringenden Blick. Seine Wohnung sieht aus wie eine Mischung aus Gewächshaus und Labor. Auf dem Tisch liegt ein Stapel von Qs. An den Wänden hängen einige Skizzen von der Schmiede und dem Brunnen. Auf der anderen Seite des Raumes gibt es ein Regal mit Töpfen, in denen die verschiedensten Pflanzen wachsen.
Er betritt schnaufend das Zimmer.

»Hier habe ich dir einen Becher davon aufgefüllt«, sagt er und reicht mir ein kleines Glasgefäß mit einer gelben Salbe.

»Einmal täglich, am besten kurz vor dem Zubettgehen, dünn auftragen, das sollte das Spannungsgefühl deutlich lindern.«

»Danke, Jules.«

Er schaut mich musternd an.

»Normalerweise würde ich diese Frage nicht mehr stellen, aber ... erinnerst du dich an irgendetwas bezüglich der Brandwunden?«

»Nein, leider nicht. Kannst du abschätzen, wie alt die Wunden in etwa sind?«

»Ich würde, angesichts des Heilungszustandes, auf ein bis zwei Jahre schätzen.«

Ich greife in meine Tasche und nehme das Q heraus.

»Maria meinte, dass du dich am besten mit den Qs auskennst. Es ist plötzlich einfach ausgegangen.«

Er nimmt das Q und schaut es prüfend an.

»Hm ... die Energie wird aufgebraucht sein, kommt nicht allzu oft vor.«

Er geht zu dem Regal, legt das Q auf einen dunklen Kasten und wirft einen Glob hinein.

»Ist das eine Ladeplatte?«

»Korrekt.«

»Du hast hier sehr viele von den Qs«, sage ich und zeige auf den Stapel, »bist du der Einzige, bei dem man sie aufladen kann?«

Er schüttelt den Kopf.

»Keineswegs. Vielleicht besitzt nicht jeder eine Ladeplatte, aber einige schon. Ich experimentiere zurzeit mit den Qs, daher ist es sehr nützlich eine davon hier zu haben«, erzählt er und zeigt auf die Notizen.

»Experimente? Was versuchst du herauszufinden?«

Er zieht seine grauen Augenbrauen hoch.

»Ja ... wir Spätankömmlinge sind wissbegierig, das

haben wir den anderen voraus«, meint er. »Ich möchte besser verstehen, wie die Qs funktionieren und wie sie kommunizieren, beziehungsweise ob sie untereinander Daten versenden können.«

»Du meinst, sodass wir uns Nachrichten schicken könnten?«

»Richtig, sodass wir uns Emails schicken können«, erklärt er und fixiert mich mit seinen blaugrauen Augen. »Email ... sagt dir das etwas, Paul?«

»Ja ... jetzt wo du es erwähnst ...«

Seltsam, wie mir in Memoria immer wieder Wörter begegnen, die bisher bedeutungslos waren, so als hätte es sie und das, was sie beschreiben, zuvor gar nicht gegeben.

»Sich Nachrichten mit dem Q schicken zu können, wäre natürlich praktisch. Aber wieso glaubst du, dass die Qs dazu überhaupt in der Lage sind?«

Er nickt. »Zum einen können die Qs bereits mit der Schmiede kommunizieren. Allerdings bisher nur, wenn sie direkt auf der Konsole liegen«, entgegnet er, nimmt ein Q von seinem Tisch und reicht es mir herüber. »Versuche mal damit auf deine Texte zuzugreifen.«

Ich öffne die Tastatureinblendung und sehe dort, obwohl es ein anders Q ist, tatsächlich meine Texte.

»Also werden die Daten nicht im Gerät gespeichert, aber wo dann?«

Er hebt den Zeigefinger.

»Richtig, das ist die Frage. Meiner Meinung nach im Brunnen.«

Ich nicke. »Ja, das würde Sinn machen, schließlich ist der Brunnen die Grundlage von Memoria. In dem Fall müssten die Qs mit dem Brunnen natürlich in Verbindung stehen. Aber ... Moment, warum funktioniert es dann nicht schon? Wieso sehe ich nur meine Texte und nicht alle, die auf dem Brunnen gespeichert sind?«

Jules zieht wieder seine grauen Augenbrauen hoch und nickt.

»Paul, du besitzt eine schnelle Auffassungsgabe. Du siehst nur die Daten, welche zu deinem Login gehören.«
»Login? Ich habe mich doch gar nicht eingeloggt.«
»Dies geschieht demzufolge automatisch. Meines Erachtens über den Fingerabdruck bei der ersten Berührung«, erklärt er.
»Das ... wäre durchaus möglich.«
Er setzt sich an seinen Schreibtisch und zieht eine Schublade heraus.
»Paul, erkennst du diese Geräte?«
Ich gehe zu dem Tisch und blicke hinein. Dutzende schmaler Plastikkarten und andere flache Objekte in verschiedenen Farben und Formen sind zu sehen. Ich überleg kurz, dann fällt es mir ein.
»Das sind Handys!«, stelle ich fest. »Wo hast du sie her?«
Seine Stimme wird tief und seine Augen verengen sich.
»Ich wusste es! Paul, ist es dir nicht auch schon aufgefallen? Wir sind anders.«
»Was? Wegen der Handys?«
»Unsinn! Die Leute kamen damit einfach zu mir, sagten, dass sie das bei sich trugen, als sie hier ankamen.«
»Und, funktionieren sie noch?«
»Nein. Ich habe versucht, sie aufzuladen, aber sie sind alle defekt«, erwidert er und schiebt die Schublade wieder zu, »doch das ist nicht der Punkt. Was ich meine ist, dass wir später als alle anderen hier ankamen, infolgedessen sind wir anders. Wir können uns schneller an solche Begriffe wie Handy oder Email erinnern ... und wir wollen wissen, was passiert ist.«
Ich komme ins Grübeln. Kann das sein? Ist die Wirkung des Gedächtnisverlustes bei uns schwächer?
»Vielleicht ist da was dran«, erwidere ich zögerlich.
Er wird immer unruhiger.
»Es ist evident! Und nicht nur das, die Leute haben aufgegeben.«

»Inwiefern aufgegeben? Memoria ist doch voller Leben und überall diese Kunstfertigkeit.«

»Sie haben aufgehört, sich die wichtigen Fragen zu stellen: Wo kommen wir her? Was ist passiert? Wer sind wir? Das interessiert sie nicht mehr, sie sind wie indoktriniert«, entgegnet er mit solcher Empörung, dass seine Wangen erröten.

Ich schüttle den Kopf.

»Nein, das glaub ich nicht. Sie haben viel herausgefunden über den Brunnen und die Schmiede.«

»Sicher, ich sage ja nicht, dass sie nichts täten. Aber alles, was vor Memoria war, ist ihnen egal.«

Er hält kurz inne und schaut aus dem Fenster.

»Paul, sag mir, was denkst du, wo wir hier sind?«

»Ich weiß nicht, vielleicht auf einer Insel?«

Er lacht laut.

»Du meinst, auf der Erde? Und wie erklärst du dir den 28-Stunden-Tag?«

»Das ... sicher ein Messfehler ... ich habe darüber noch nicht nachgedacht, aber wo sonst?«

»Dann hast du es noch nicht gesehen?«

»Was gesehen?«

»Sie haben es dir also nicht gesagt oder wissen es nicht einmal mehr. Allerdings macht es auch wenig Sinn, es zu erklären. Wenn du schon die 28 Stunden nicht glaubst, würdest du mich wahrscheinlich für verrückt halten. Du musst es dir selbst anschauen.«

»Was?«

»Nimm dir den Tog und fahre immer entgegen der Richtung des Wolkenzugs«, erklärt er und zeigt aus dem Fenster.

»Was ist dort?«

»Das musst du herausfinden.«

In diesem Moment klopft es an der Tür.

»Ja, ich komme!«, ruft er. »Siehst du, dein Q ist wieder voll einsatzbereit«, erklärt er ruhig, als hätte die Diskussion nie stattgefunden.«

Er reicht mir das silberne Gerät und geht zur Tür.

»So, Paul, ich habe nun im Theater zu tun. Du kommst doch morgen Abend zur Aufführung?«

»Ja, mit Maria.«

***

»Das wird großartig!«, meint Will, während wir uns auf den Weg zu meinem Haus machen. Ich packe mir den großen Stoffsack und schwinge ihn mir über die Schulter.

»Mina hat mir da wirklich viel Kleidung gegeben. Gut, dass du mir beim Tragen hilfst.«

»Natürlich, du musst heute Abend schließlich was hermachen.«

»Worum geht es in dem Theaterstück überhaupt?«

»Mina wollte mir nichts verraten. Ich weiß quasi nicht mehr, als dass es von einem Sonnenschirmmacher handelt. Maria war übrigens gestern auch bei Mina ... hat sich ein wirklich schönes Kleid ausgesucht«, meint er und lächelt mich an.

Die Dielen der Holzbrücke knarren unter unseren Füßen. Ich muss an Maria denken, an ihren schwungvollen Gang und wie sich ihre braunen Haare über der Schulter kräuseln.

»Hat sie mit dir bereits über das neue Erzfeld gesprochen?«, frage ich.

»Ja, ich werde mich gleich morgen auf den Weg machen. Willst du nicht mitkommen?«

»Natürlich, das wollte ich dich gerade fragen. Warst du schon einmal dort?«

Er nickt. »Ich bin dem Secum schon einmal gefolgt, hab die Erzfelder aber nur von Weitem gesehen. Damals, als wir noch die Gegend erkundet haben.«

»Warum habt ihr das Erforschen der Umgebung aufgegeben?«

»Naja, es gab keinen zwingenden Grund mehr dafür.«
»Keinen Grund? Die unbekannte Gegend zu erkunden kann nur von Vorteil sein, dafür braucht man doch keinen weiteren Grund?«
Er hebt abwehrend die Hand.
»Paul, da redest du quasi mit dem Falschen. Ich fahre gern mit dem Tog raus. Ja ... und morgen ist es wieder so weit, das wird ein Riesenspaß!«
»Ich würde danach gerne noch einmal zum Wasserfallplateau. Mein Notizbuch muss dort oben irgendwo liegen.«
»Ach so? Können wir machen ... mal gucken, ob die Treppen überhaupt noch stehen.«
Als wir an meinem Haus ankommen, reicht mir Will den Stoffsack mit der Kleidung.
»Okay, ich geh dann mal rüber zu Austin. Werd ihm sagen, dass wir morgen den Tog brauchen. Wir sehen uns dann nachher im Theater«, meint er.
»Gut. Bis dann.«

Nachdem ich einige Jacken, Hemden und Hosen durchprobiere, finde ich schließlich etwas, das mir angemessen erscheint. Die restliche Kleidung sortiere ich in den bisher nahezu leeren Schrank ein. Ich nehme mein Q und setze mich in den Sessel. Maria wird sicher bald kommen, die Dämmerung legt sich bereits über die Stadt. Mir fällt wieder das seltsame Gespräch mit Jules ein. Ich denke, ich sollte Maria davon vorerst nichts erzählen. Es erscheint mir sinnlos, irgendwo hinzufahren, um nach etwas zu suchen, von dem ich nichts weiß. Ich schaue auf mein Q und frage mich, ob es tatsächlich mit dem Brunnen in Verbindung steht. Sich Nachrichten mit den Qs schreiben zu können, würde die Kommunikation natürlich erheblich vereinfachen. Vielleicht könnten wir dann auch Kontakt mit anderen Siedlungen aufnehmen, sofern es da draußen überhaupt noch weitere gibt.

»Wer sitzt denn hier so betrübt?«, höre ich plötzlich eine Stimme.

»Maria! Wo sind die ... Sonnen...«, stottere ich.

Sie trägt eine rote Schleife im Haar und ein ebenso rotes, langes Kleid, das mit einem silbernen Blumenmuster durchsetzt ist. Sie schaut mich andächtig mit ihren tiefen, braunen Augen an.

» ...schirme!«, versuche ich, meinen Satz zu beenden.

»Sonnenschirme? Naja, bei dem Wetter sollten es besser Regenschirme sein, aber noch ist alles trocken«, erwidert sie.

»Dann sollte das Stück wohl besser *Der Regenschirmmacher* heißen?«

»Ach, das klingt so trübsinnig, dann würde ich es mir nicht anschauen wollen«, erwidert sie und ihr Grübchen kündigt ein Lächeln an.

Ich streife mir das Jackett über und wir machen uns auf den Weg.

»Wo befindet sich das Theater eigentlich?«

»Es liegt vor dem großen Tor, etwas außerhalb von Memoria, in einer breiten Senke. Daher haben wir es ohne dem Brunnen, komplett mit eigenen Händen, errichten müssen.«, erklärt sie.

»Wieso ausgerechnet dort?«

»Es heißt, dass Mina beim Pilze sammeln im Wald, ein Lied vor sich hingesungen hat. Ja ... und da sei ihr dort die perfekte Akustik aufgefallen.«

»Mina singend beim Pilze sammeln im Wald? Das hört sich beinahe selbst wie ein Theaterstück an.«

Sie lacht und gibt mir einen Klaps auf den Arm. Von allen Seiten treffen immer mehr Menschen zusammen und strömen den Weg hinunter zum Theater. Das Gewirr von Stimmen und Gelächter erzeugt eine knisternde, erwartungsfrohe Atmosphäre.

Das Theater ist größer, als ich es erwartet hatte. Die Senke ist kreisförmig und nimmt zur Mitte hin an Steigung ab. Es erinnert mich von der Form an etwas, ... dessen Name mir im Moment nicht einfallen will. Die Bühne wurde in den gegenüberliegenden Hang hineingebaut. Sie erstreckt sich bis beinahe zur Mitte des Beckens und wird von einer aufwendigen Holzkonstruktion umrahmt. Die in einem Halbkreis angeordneten, weißen Bänke reichen Reihe für Reihe bis zum obersten Rand der Mulde. Jetzt fällt es mir ein – die Form erinnert mich an eine riesige Radioschüssel. Dieser Eindruck wird von einem schlanken Mast, der vom Bühnengerüst bis in die Mitte ragt, noch verstärkt. Von ihm aus verlaufen Gewebebahnen wie die Speichen eines Rades über das gesamte Theater. Den Eingang säumen zwei lebensgroße Holzfiguren. Eine davon stellt eine Frau in einem langen Gewand dar, sie hat die Augen geschlossen und ist in ein Harfenspiel vertieft. Bei der anderen Figur handelt es sich um einen Mann, der mit gespitzten Lippen in eine Querflöte bläst.

»Da ist Will«, bemerkt Maria und zeigt auf eine der hinteren Reihen.

»Ihr seid ja spät dran«, meint er angespannt, als wir uns zu ihm setzen.

»Der Bau ist sehr beeindruckend«, meine ich, »und das, wo er ohne Brunnen errichtet wurde.«

Will nickt. »Ja, das war ein ganzes Stück Arbeit, hat echt ewig gedauert.«

Maria meint, dass das Einsetzen der Bänke sogar länger gedauert hat als der Bau der Bühne selbst.

Ein Gong erklingt. Der Ton schwebt für einige Sekunden klar und weich im Raum, bis er sich ausbreitet – an all den Ecken und Kanten bricht und schleichend an Stärke verliert. Zur selben Zeit schwillt ein gelbes Licht an, als würde es die

Energie des Tons verschlingen und in Helligkeit umwandeln. Die Bühne löst sich nun leuchtend aus der Dämmerung heraus und der Vorhang gleitet geräuschlos zur Seite. Mina tritt in das Licht. Ein einfaches, weißes Gewand fällt von ihren Schultern in unzähligen Falten herab. Sie schreitet bis zum linken Bühnenrand. Ihr schweifender Blick scheint jede Reihe zu sondieren, dann hebt sie die Hand, als würde sie in dem lautlosen Theater um Ruhe bitten.

»Es gibt Geschichten, die berichten von Helden und ihrem Kampf gegen übermächtige Dämonen, von Hinterlist, Mord, Liebe und Leidenschaft. Die Geschicht', die ich euch heut' erzählen will, besitzt gewiss von allem etwas, und doch ist sie ganz anders. Es ist die Geschicht' von Phil, dem Sonnenschirmmacher.«

Ein kleiner Mann mit kurzem, grauen Haarkranz betritt die Bühne. Er blickt suchend über den sandigen Boden. Sein Hemd und seine Hose sind völlig zerschlissen. Hin und wieder durchzieht er mit einem Stock prüfend das Erdreich. Im Hintergrund befinden sich Palmen, aufgemalt auf einer Leinwand. Er kniet sich nieder, scharrt etwas frei und streift den Sand davon ab.

»Ja, genau, was ich suche!«, ruft er. »Diese Muschel hat die richtige Form.«

Das Licht fällt wieder auf Mina.

»Phil war ein Reisender auf der Suche nach dem Baum der Wahrheit. Seinerzeit gab es einen weitverbreiteten Glauben an ein verzaubertes Gewächs. Es sollte die Gabe besitzen, einem zu offenbaren, wer man sei. Menschen, so die Mär, welche unter dem Baum nächtigten, riefen am Morgen voll Freud: Nun kenn ich meinen Klang im Lied der Welt!«

Ein weiterer Vorhang öffnet sich und offenbart die ganze Tiefe der Bühne. In einer einfachen Hütte fertigt Phil aus Ästen und Stroh ein Gestell an. Erst als er es mit großen Blättern bedeckt, erkenne ich, dass es sich um einen Schirm handelt. Die geriffelte und geschwungene Form erinnert tatsächlich an eine Muschel. Mina tritt erneut am Rand der Bühne hervor.

»Phil war sich sicher, dass der Baum jenseits des großen Ozeans liegen müsse. So nahm er das nächste Schiff.« Sie bewegt sich einen weiteren Schritt nach vorn. Auf ihr Gewand fällt ein flackerndes Licht. »Aber dann zeigte das Meer sein teuflisches Gesicht: peitschende Winde, gewaltige Wellen, panische Schreie im berstenden Körper aus Holz und Metall. Phil rettete sich auf eine Planke und nach endlosen Tagen spülte es ihn an diese Insel.«
Im Hintergrund fertigt Phil weiter seine Schirme an.

»Dies alles hat ihm der Schreck längst aus seinem Verstand geraubt. Im Wald traf er auf seltsame Eingeborene. Sie nahmen ihn auf und teilten ihr Essen mit ihm. Er bedankte sich mit dem Einzigem, das er nicht vergessen hatte, mit dem, was er am besten konnte.«
Phil tritt vor die Hütte. Von allen Seiten erscheinen Darsteller mit verzerrten Masken. Sie tanzen in einer merkwürdig gebückten Haltung um ihn herum. Er nimmt seine Schirme und verteilt sie unter den Maskenwesen.

»Ja, Franziskus, du bekommst auch einen, ... und du Sophia, du auch. So seid ihr immer geschützt vor der Sonne, meine Freunde.«
Sie nehmen die zerbrechlichen Objekte gerne an, scheinen jedoch nicht zu verstehen, wozu sie gedacht sind. Einer schlägt den Schirm freudig gegen einen Baum, ein anderer dreht seinen Schirm auf den Kopf und setzt sich hinein. Phil beachtet es nicht weiter. Der Schiffbruch hat seinem Verstand offensichtlich schwer zugesetzt. Er fängt an, wirre Geschichten zu erzählen.

»Wollt ihr wissen, wie ich hierher fand?«
Die Eingeborenen scharen sich um ihn.

»Ich segelte auf Schnee, ... natürlich kein echter Schnee. So nannte ich mein Schiff. Hatte es mir aus dem Salzbaum geschnitzt. Der wächst hier nicht. Das Holz, das ist ganz weiß, so wie das Fruchtfleisch der Kokosnuss. Ihr müsst wissen, es hatte keine Segel, also ... keine über dem Wasser. Zwei Krebsscherensegel unter dem Bug, in den Planktonwind gesetzt, gaben ihm den Antrieb. So machte ich beinahe zwanzig Knoten, selbst bei stärkster Flaute. Nur ... die See ist hungrig in diesen Breiten, langsam aber unaufhaltsam fraß es das weiße Holz. Hilflos musste ich zusehen, wie es sich auflöste, wie es unter meinen Füßen dahin schmolz. Dann als ich auf der letzten Ecke stand, sah ich die Insel, sah, wie sie im Mondlicht glitzerte. Die Sterne tanzten vor Aufregung, immer schneller und schneller. Die Wolken konnten nicht widerstehen und nahmen den Rhythmus auf. Es wirbelte und brauste um mich herum, ich sage euch, Poseidon selbst riss es aus seinem Becken und mich gleich mit. Da spannte ich meinen besten Schirm auf, hielt ihn derart geschickt in den Strom von Äther und Sternenstaub, dass ich – ihr werdet es nicht glauben – doch tatsächlich trockenen Fußes meine Ballen in den Sand des Ufers bohrte.«

Die Eingeborenen geben zustimmende Laute von sich, obwohl ich bezweifele, dass sie auch nur ein Wort verstanden haben. Einer von ihnen reicht Phil eine längliche Frucht.

»Nein, das ist keine gute Form. Ach, Mantis, du musst noch viel lernen, so kann man doch keine Sonnenschirme bauen.«

Maria beugt sich zu mir herüber.

»Das ist allem Anschein nach doch ein trauriges Stück. Ich wünschte, es würde nun regnen«, flüstert sie.

In der nächsten Szene sucht Phil wieder den Strand ab, dabei stößt er auf angespülte Kisten und Trümmerteile.

»Von wo kommt das denn her?«

Ein Klopfen dringt aus einer der Kisten. Er geht einige Schritte auf sie zu, da springt sie auf. Eine Frau fällt heraus, ich erkenne sie an ihrem weißen Gewand – es ist Mina. Phil kniet sich neben sie.

»Wer bist du?«

Plötzlich öffnet sie die Augen und packt ihn am Arm.

»Phil, es ist an der Zeit; verliere die Welt, erlange die Freiheit«, raunt sie.
Er erstarrt. Ein dünner Vorhang – eher ein Schleier – fällt herab. Dahinter verliert sich die Szene in unscharfe Schattenspiele.

Als sich der Vorhang wieder hebt, liegt Phil zwischen den Trümmern am Strand. Von Mina fehlt jede Spur. Er richtet sich mühsam auf und reibt sich die Augen.

»Ich ... ich erinnere mich, ... das sind die Reste der Astonia. Ein Gewitter zog auf, der Mast brach, ... ich hatte Glück, eine Planke wurde mir ein Rettungsfloß. Wo bin ich? Gab es im Wald nicht eine Siedlung?«

Er scheint wie ausgewechselt. Seine Körperhaltung lässt ihn nun größer erscheinen und in seiner Stimme liegt eine Zielstrebigkeit. Er muss nicht lange nach der Siedlung suchen. Die Eingeborenen tauchen auf und umkreisen ihn wieder. Diesmal jedoch haben sie ihre Masken verloren. Affengesichter, die auf die Darsteller gezeichnet wurden, kommen zum Vorschein. Sie geben Affenlaute von sich und bewegen sich nun wie welche. Einige benutzen die Sonnenschirme, um sich zu kratzen, andere versuchen damit Früchte zu pflücken. Phil sackt auf die Knie.

»Ich Narr, ich hab unter Affen gelebt!«
In den nächsten Szenen fertigt sich Phil aus den Resten der Astonia ein Floß an. Er kann sich nicht verzeihen, Affen für Menschen gehalten zu haben.

»Ich bin doch nicht verrückt! Ich muss mir beim Schiffbruch den Kopf gestoßen haben. Sobald ich den Baum der Wahrheit finde, kann er mir sicher sagen, was das alles zu bedeuten hat.«

Phil setzt das Floß in Bewegung und hält Ausschau nach Rettung. Schließlich trifft er auf ein Handelsschiff, das ihn an Bord nimmt. Der Kapitän erklärt ihm, dass er auf dem Weg zur Stadt Riga sei. Phil ist sehr erfreut, da er einst gehört hat, dass der Baum sich irgendwo im Umkreis von Riga befinden soll. Er fragt den Kapitän, ob er schon von dem Gewächs gehört hätte.

»Natürlich! Ich bringe regelmäßig Pilger auf die andere Seite des Ozeans. Aber ich halte es nur für eine Legende.«

»Nein, es gibt einfach zu viele Hinweise, die können doch nicht alle erfunden sein. Es soll sogar ein Buch geben, das Arbor Vera, in dem der Weg genau beschrieben sei«, erwidert Phil.

Der Kapitän nickt. »Ja, ich hielt es sogar schon in der Hand. Ein Pilger zeigte es mir einst.«

Phils Augen springen auf. »Erzählte er ihnen auch, wo er es erworben hatte?«

»Nein, aber soviel ich weiß, kam er aus Riga. In der Stadt gibt es einige Buchhändler. Sie sollten es dort probieren.«

In der nächsten Szene durchstöbert Phil Bücherregale, die auf Leinwandbahnen gezeichnet, von der Bühne hängen. Er trifft auf den Buchhändler, der ihm erklärt, dass es einige Abschriften des Arbor Vera gebe, die aber wertlos seien, da sie die Karten nicht enthielten. Nur der uralte Einband im Museum von Riga sei noch komplett.

Phil macht sich sofort auf, betritt das Museum und findet nach kurzer Suche tatsächlich das Buch. Es liegt unter einer der Vitrinen. Das Interesse der meisten Besucher fällt jedoch auf eine silberne Lanze, dem offensichtlichen Prunkstück des Museums, auf der anderen Seite des Raumes. Auf dem Einband ist ein goldener Baum zu erkennen, darunter steht in roten Buchstaben: Arbor Vera. Er blickt prüfend um sich, wickelt seine Hand in den Mantel und nähert sich der Glasscheibe. Der Vorhang fällt.

Als er sich wieder öffnet, betritt Phil ein einfaches Zimmer mit einem kleinen Tisch. Er greift unter seinen Mantel, zieht das Buch hervor und legt es darauf ab. In den nächsten Szenen sieht man ihn in die Seiten vertieft.

»Das ist es!«, ruft er mit einem Mal. »Ich muss die Feuerhöhlen durchqueren, den Pfad durch das blaue Moor beschreiten, und dem Fluss Somnus zur Quelle folgen. Hier steht es: An der Quelle des Stroms grab ich meine Wurzeln, an der Quelle ergießt sich mein Wissen in den Schlaf.«

Phil erkundigt sich in der Stadt nach der Feuerhöhle. Einige erzählen ihm von einer Felsengrotte, andere von Klüften, in denen Bären hausen. Schließlich findet er jemanden, der ihm von einer glühenden Höhle im Süden berichtet. In den nächsten Szenen irrt Phil mit einer flackernden Laterne über die mit grauen Tüchern verhangene Bühne. Hin und wieder tauchen leuchtende rauchende Spalten auf. Bei dem Überspringen einer breiten Lavaspalte verbrennt er sich beinahe den Fuß. Er irrt durch die Gänge. Immer mehr glühende Risse und Spalten tun sich um ihn herum auf. Phil ist orientierungslos und blättert hektisch durch das Buch.

»Ja ... hier ist eine Karte der Höhle, ... aber ... wo bin ich?«

Schließlich betritt er einen großen Dom, von dem drei Abzweigungen weiterführen.

»Diese Stelle, sie war doch markiert ... ja ... die große Kreuzung ... hier ist es!«, ruft er und tippt auf die Karte. Er findet die Orientierung wieder und folgt dem eingezeichneten Weg.

Als er endlich aus der Höhle tritt, liegt kein Moor, sondern eine Steppe vor ihm. Unbeirrt setzt Phil seinen Weg fort. Die Nacht bricht herein, und ein heulendes Geräusch schreckt ihn auf.

»Wer ist da?«

Knurrende Darsteller umkreisen ihn auf allen vieren. »Wölfe«, höre ich Will neben mir flüstern. Sie greifen ihn an. Er versucht, sich mit einem Knüppel zur Wehr zusetzen. Inmitten des Chaos fällt der Vorhang. Unruhe im Publikum.

Als sich der Vorhang öffnet, ist der Kampf vorbei, und Phil hält sich den blutenden Kopf.

»Nur das Ohr, ... mehr bekommt ihr nicht von mir!«, flucht er.

Phil verbindet sich mit einem Tuch den Kopf und setzt seinen Weg fort. Nach einer Weile sieht er in der Entfernung die Lichter einer Siedlung. Er ist völlig euphorisiert, als er erkennt, dass ein schmaler Fluss aus ihr herausführt.

»Der Somnus! ... Bald werden all meine Mühen belohnt.«

Phil betritt die Stadt und ist sichtlich verwirrt, als er feststellt, dass niemand dort je von dem Baum der Wahrheit gehört hat.

»Die Quelle des Flusses liegt etwas außerhalb der Stadt«, erklärt ihm ein Anwohner. »Allerdings ist dort mittlerweile ein Stausee.«

In der nächsten Szene steht Phil auf einer Holzkonstruktion – dem Staudamm – und beugt sich kopfschüttelnd über das Geländer. Nicht weit von ihm schlägt jemand mit einer Axt einen Holzpfahl spitz. Er bemerkt Phil und stellt seine Arbeit ein.

»Ziemlich beeindruckend, nicht wahr?«, meint er.

»Der Damm treibt alle unsere Mühlen und Maschinen an. Ich bin Murus, der Dammwächter.«

Phil blickt ihn mit schmerzverzerrtem Gesicht an.

»Ihr Narren! Ihr habt den Baum der Wahrheit ertränkt. Warum habt ihr das getan?«

Murus schaut ihn verwirrt an.

»Da ... da unten im See sind viele Bäume, aber ... es sind ja nur Bäume.«

Außer sich vor Wut greift Phil Murus an und schlägt ihn zu Boden. Er nimmt die Axt an sich und haut sie krachend in einen der Pfeiler der Konstruktion.

»Ich werd dich wieder zurückholen. Es ist nicht meine Schuld. Sie wussten nicht, was sie taten!«

Murus rappelt sich wieder auf und packt Phil von hinten.

»Nein! Bist du wahnsinnig? Der Damm wird brechen, und alle in der Stadt werden ersaufen!«

Sie kämpfen um die Axt, bis Murus stolpert und zu Boden stürzt. Phil steht über ihm und holt zu einem Schlag aus.

Ich spüre Marias Hand auf meinem Arm.

Phil verharrt in der Ausholbewegung. Ein dünner Vorhang fällt herab. Nur wenige Sekunden später öffnet sich der Schleier. Phil hält immer noch die Axt in der Hand, jedoch liegt nun nicht Murus, sondern Mina am Boden. Sie streckt ihm den Arm entgegen. »Phil, es ist an der Zeit; verliere die Welt, erlange die Freiheit!«
Er schreckt zurück und lässt die Axt fallen. Sein Körper sackt in sich zusammen, er kauert nieder und weint bitterlich. Der Vorhang senkt sich. Ein Licht fällt auf den rechten Bühnenrand. Mina tritt in den leuchtenden Kegel.

»Es war gewiss nicht leicht für Phil, seine Suche aufzugeben. Für einige Zeit spürte er nichts mehr, nahm die Welt um ihn herum kaum wahr. Die Tage vergingen und er beschloss, ohne ein Ziel vor Augen, weiter zu ziehen.«
Der Vorhang öffnet sich. Phil steht an einer Reling, hinter ihm sind weiße Wolken, aufgemalt auf einer blauen Leinwand zu sehen. Taue und Verstrebungen verlaufen von einem Mast bis zu der Reling herab. Jemand nähert sich ihm von der Seite, ich erkenne ihn wieder, es ist derselbe Kapitän, der ihn einst aus dem Ozean fischte.

»Und, ... konnten sie den Baum der Wahrheit finden?«, fragt er.

Phil zögert. »Nein.«

»Es ist eben doch nur eine Legende«, erwidert der Kapitän.

»Ich weiß nicht, ... aber selbst wenn es ihn gäbe, welcher Antworten könnte ich überhaupt gewahr werden, wenn mich die Suche nach ihm erblinden und ertauben lassen?«
Beide blicken für einige Zeit auf das Meer.

»Wir sind auf dem Weg nach Altus, einem kleinen Land auf einer Halbinsel im Norden. Der König persönlich wird seine Lieferung entgegennehmen. Er liebt solche Geschichten, sie sollten ihm diese nicht vorenthalten.«
In der nächsten Szene legt das Schiff am Hafen an und der Kapitän stellt Phil dem jungen König vor. Sie kommen

schnell ins Gespräch und Phil schildert, wie er unter Affen lebte und von seiner Suche nach dem Baum. Der König ist völlig fasziniert von den Abenteuern und lädt ihn zum Speisen an seinen Hof ein. Dort erzählt Phil von seiner Leidenschaft Sonnenschirme anzufertigen. Der König erwidert, dass er zufällig nach einem Hoftischler Ausschau halte.

»Wenn es euch gelänge, unseren Hof mit einigen von euren Schirmen zu erfreuen, würde ich euch die Stelle eventuell offerieren«, meint der König und prostet Phil zu.

»Wenn ihr mir eine kleine Werkstatt bereitstellt, werde ich sofort damit beginnen«, erwidert Phil.
Inspiriert von dem Giebel eines hohen Turmes, den er vom Palast aus mitten in der Stadt emporragen sieht, formt er seine Sonnenschirme. Die Leute am Hof sind begeistert. Seine Schirme werden schnell zur Mode und er wird zum königlichen Hoftischler ernannt. Er erhält einige Zeichnungen, nach denen er neue Möbel anfertigen soll. Phil ist über die seltsamen Formen verwundert, will jedoch den König nicht enttäuschen.

»Ist euch von den Aufständen in der Stadt zu Ohren gekommen?«, fragt der König Phil eines Tages.

»Nein, ich arbeite den ganzen Tag an euren Möbeln. Gegen was begehren sie denn auf?«

»Diese ... Bauern glauben, ich würde zu viele Abgaben verlangen. Sie haben keine Vorstellung davon, wie aufwendig es ist, das Land zu verwalten. Ich liege oft in der Nacht wach und sorge mich, ... ja, sorge mich um jeden einzelnen Bürger. Aber mir scheint, dass nicht jeder meine Sorge verdient.«

»Und wenn ihr versucht, es ihnen zu erklären?«, erwidert Phil.
Der König lacht mit einem Geräusch, das mich irgendwie an eine knarrende Tür erinnert.

»Es sind Bauern und Mägde! Sie können es nicht mit ihren kleinen, winzigen Schädeln begreifen, dafür wurden sie nicht geschaffen«, entgegnet er.

Nun folgen größere zeitliche Sprünge. Phils Werkstatt vergrößert sich, und er bekommt Untergebene. Er nimmt an Leibesfülle zu. Seine Kleidung wird immer pompöser. Allerdings kann er sich an dem Luxus schon lange nicht mehr erfreuen, stattdessen wirkt er angespannt und verhält sich abschätzig gegenüber seinen Bediensteten. Er befürchtet ständig, er könne seinen Stand beim König verlieren. In der nächsten Szene blickt er von seinem Fenster aus auf die Stadt.

»Was ist dort unten los? Der Turm, er brennt! Oh nein, die Meute hat ihn angezündet.«

Sein Entsetzen steigert sich, als er bemerkt, dass die aufgebrachte Menschenmasse, mit brennenden Sonnenschirmen, zum Palast strömt. In Panik sucht er nach dem König und findet ihn, blutüberströmt mit einem Messer in der Brust, tot im Speisesaal liegen. In diesem Moment erstürmen die Aufständischen den Palast. Die Wachen fliehen vor der Überzahl. Der tobende Mob erreicht schließlich den Speisesaal. Sie umkreisen den toten König und starren ungläubig auf den Leichnam.

Der Vorhang fällt. Ein aufgeregtes Gemurmel durchläuft das Publikum. Ich blicke zu Maria hinüber.

»Wie spannend, was so ein Sonnenschirmmacher alles erlebt«, meint sie.

Der Vorhang hebt sich. Phil sitzt auf einem Stuhl. Der Lichtkegel öffnet sich und vor ihm sind nun drei Personen zu erkennen, die ihrerseits an einem großen Tisch sitzen. Die Frau in der Mitte trägt eine schwarze Robe. Einige Zuschauer befinden sich hinter einer roten Kordel als Absperrung auf der gegenüberliegenden Seite des Raumes. Ein hochgewachsener, schlanker Mann in einem Frack schreitet eine Weile vor dem Tisch hin und her, dann wendet er sich Phil zu.

»Sie wollen dem Gericht ernsthaft weiß machen, dass sie nichts über den Turm wussten?«

Er nimmt einen Sonnenschirm vom Tisch und öffnet ihn.

Empörung bricht im Gerichtssaal aus. Die Richterin muss um Ruhe bitten.

»Und das die Form ihrer Sonnenschirme genau der Turmkuppel entspricht, ... nur ein Zufall?«
Phil wischt sich mit einem Tuch den Schweiß von der Stirn.

»Ich ... ich hatte keine Ahnung davon, mir wurde nicht mitgeteilt, dass es sich um ein Gefängnis handelte. Ich sah nur das Dach von meinem Fenster aus und gab den Schirmen die Form, ... ich wusste nicht ...«
Gelächter erschallt im Gerichtssaal.

»Ich habe den Königspalast nie verlassen ...«
Der Ankläger zeigt mit ausgestrecktem Arm auf Phil.

»Ganz genau! Warum verließen sie den Palast nie? Weil sie eben doch von dem Elend und dem Terror da draußen wussten!«
Der Ankläger wendet sich der Richterin zu.

»Ich bitte nun um das Beweisstück.«
Die Richterin nickt. Es wird eine Bank mit Riemen und Ketten hereingetragen.

»Dieses Möbelstück, hier nur als Referenz von über zwanzig Exemplaren, stammt aus ihrer Werkstatt, richtig?«

»Ja ... aber ...«, stammelt Phil.

»Das heißt, sie bauten Folterinstrumente für den König und wussten nichts davon? Wollen sie uns zum Narren halten?«

»Nein, nein, so sah die Bank nicht aus, als sie meine Werkstatt verließ. Von Riemen und Ketten weiß ich nichts.«
Rufe und Aufregung breiten sich im Saal aus. Diesmal hebt der Ankläger die Hände und bittet um Ruhe.

»Ich habe mich erkundigt, es stimmt, dass diese Dinge erst im Turm angebracht wurden. Aber sie fragten auch nicht, wozu die ganzen Ösen und Bolzen nötig sind, ... weil sie es ja wussten!«
Der Vorhang fällt.
In der nächsten Szene läuft Phil in einer Gefängniszelle auf und ab.

»Was wollen diese Bürger nur von mir? Was habe ich ihnen denn getan?«
Mit einem dumpfen, schleifenden Geräusch schiebt sich plötzlich eine Wand zur Seite. Phil bleibt wie erstarrt stehen. Aus dem dunklen Spalt ragt zuerst eine Hand heraus, dann zwei Arme. Eine Gestalt schält sich aus dem Schatten – es ist Mina.

»Phil, es ist an der Zeit; verliere die Welt, erlange die Freiheit«, flüstert sie.
Wieder fällt der dünne, seidige Vorhang und taucht alles dahinter in ein Spiel von dunklen Flächen und Silhouetten. Als er sich schlagartig öffnet, liegt Phil auf der Pritsche. Der Spalt in der Wand wie auch Mina sind verschwunden. Er richtet sich auf und ein Lächeln breitet sich auf seinem Gesicht aus. Eine neue Szene beginnt im Gerichtssaal.

»Sie baten um das Wort und wollen sich erklären«, meint der Ankläger. »Nun, da bin ich sehr gespannt.«
Phil nickt und erhebt sich von seinem Stuhl. »Ich habe über die Geschehnisse nachgedacht. Es stimmt, dass ich von dem Gefängnis und der Folter nichts wusste, jedoch trifft es auch zu, dass es mich nicht interessierte. Ich hinterfragte nie, wie der König zu seinem Wohlstand kam und wie es seinem Volk ergeht. Die Wahrheit ist, ich war ausschließlich bemüht meinen Besitz und Stand zu mehren, oder zumindest zu halten. Mein Eigennutz entsprang nicht aus einer Boshaftigkeit, er formte sich aus der Furcht. Der Furcht zurückzufallen und der Befürchtung den Erwartungen nicht zu genügen. Dessen bekenne ich mich schuldig.«
Phil setzt sich. Die Stille im Gerichtssaal wird erst von dem sichtlich überraschten Ankläger unterbrochen.

»Über die Schuld haben sie nicht zu entscheiden. Das ist die Angelegenheit der Richterin«, sagt er mit dünner Stimme.
Nach der Anhörung weiterer Zeugen, welche Phils Aussage zu bestätigen scheinen, kommt die Richterin zu ihrem Urteil.

»Ich befinde den Angeklagten für schuldig, jedoch nicht im Sinne der Anklage. Ich bin davon überzeugt, dass er tatsächlich nicht wusste, was im Turm vor sich ging. Die Schuld liegt, wie der Angeklagte selbst ausführte, im Narzissmus. Desinteresse und Egoismus sind jedoch keine Straftaten vor dem Gesetz. Wären sie es, würde ein Großteil unserer Gesellschaft unter Anklage stehen. Dennoch half er dem König und schädigte somit unserem Volk. Da er kein Bürger dieses Landes ist, erkläre ich ihn hiermit zu einer unerwünschten Person. Der Angeklagte wird dazu verurteilt, das Land binnen eines Tages zu verlassen. Ende des Verfahrens.«

In der nächsten Szene nimmt Phil auf einer Bank in einem Zugabteil Platz. Neben ihm befindet sich ein großes Fenster, hinter dem eine aufgemalte Landschaft vorbeizieht. Er blickt in eben diese, als eine dunkelhaarige Frau das Abteil betritt und sich ihm gegenübersetzt.

»Hallo, wenn ich sie fragen darf, wohin geht ihre Reise?«, fragt sie.

»Ich weiß es nicht, ich glaube nirgendwo hin.«

»Das klingt ... melancholisch?«

»Nun, bisher war ich beständig auf der Suche nach einem Sinn, und immer wenn ich dachte, ich hätte ihn gefunden, erkannte ich, dass es nur eine Illusion war. So langsam komme ich zu der Überzeugung, dass es womöglich gar keinen gibt«, erklärt er ohne sich vom Fenster abzuwenden.

»Ah, ich sehe, sie suchten nach einer Bestimmung, einem Zweck im Leben.«

Phil nickt und beide schauen für einige Zeit aus dem Fenster.

»Eine Bestimmung«, meint sie schließlich, »so wie dieser Zug, dessen Zweck es ist, für immer auf dem Gleis zu fahren. Aber ... würde ein solcher Zweck uns nicht ziemlich einschränken? Immerzu auf denselben vorbestimmten Bahnen, nur hier und da bereits gestellte Weichen? Für eine

Lok ist dies gewiss alles, was sie braucht, ... nur ... wird der Mensch ja nicht mit Dampf betrieben.«

Phil schaut sie an und lehnt sich zurück.

»Also sind wir zwecklos, sinnlos und bedeutungslos, weil wir Menschen sind«, fährt es aus ihm heraus.

Sie schüttelt den Kopf.

»Zwecklos, im Sinne von: frei von Zweck. Aber nicht bedeutungslos. Gerade weil wir zwecklos sind, sind wir frei und können, ja müssen, über Bedeutung selber verfügen, unseren eigenen Sinn bestimmen, ... in jedem Augenblick und immer wieder von Neuem.«

Phil streift sich nachdenklich über das Kinn.

»So hab ich das noch nie betrachtet.«

»Ich bin Silvia«, sagt sie und reicht ihm die Hand.

»Ich bin Phil.«

Sie erzählt ihm, dass sie auf dem Weg zurück in das Rotgebirge sei. Er berichtet ihr, von seiner Suche nach dem Baum der Wahrheit und sie ihm von ihrer Heimatstadt Parius im Rotgebirge. Sie erklärt ihm, dass es dort regelmäßig rot regne und der Schlamm danach alles mit einer ziegelroten Schicht überdecke. Dies käme von der Vulkanasche des Rufus. Er beschreibt, wie er es liebe, sich immer wieder neue Formen für seine Sonnenschirme auszudenken. Sie fragt ihn schließlich, ob er sie nicht nach Parius begleiten möge, wo er doch sowieso kein Ziel habe. Er stimmt zu.

»Phil, wenn du bleiben möchtest, solltest du aber von Sonnen- auf Regenschirme umsteigen. Nicht, dass wir keine Sonnentage hätten, aber der rote Regen ist nicht ohne Grund unser Wahrzeichen.«

Zwischen den nächsten Szenen liegen abermals größere zeitliche Abstände. Phil richtet sich in Parius eine kleine Werkstatt ein und fertigt Regen- und Sonnenschirme an. Er und Silvia werden ein Paar und bekommen eine Tochter. In einer Szene bringt Phil ihr die Herstellung der Schirme bei. Er erklärt dem interessierten Mädchen, welche Stoffe sich für den Schirm am besten eignen und wie der Klappmechanismus funktioniert. Plötzlich durchdringt ein heftiger Paukenschlag das ganze Theater. Einige erschreckte Laute sind im Publikum zu hören. Silvia kommt in die Werkstatt gerannt.

»Phil, es ist, wie wir befürchtet hatten, der Rufus, er ist wieder aktiv! Die Leute sagen, er könnte kurz vor dem Ausbruch stehen.«

»Pack das Nötigste zusammen, wir müssen hier sofort weg!«

Sie rennen durch die Stadt. Auf den Straßen ist ein wildes Durcheinander von hektischen Menschen. Ein weiterer Paukenschlag lässt die Bühne vibrieren. Die Luft ist durchsetzt von kleinen roten Stofffetzen. Alle Darsteller bewegen sich nun wie in Zeitlupe.

»Nein«, haucht Maria neben mir.

Mina läuft von der Seite in die unwirkliche Szene hinein und kommt vor Phil zum Stehen.

»Es ist an der Zeit, ... verliere die Welt, erlange die Freiheit.«

Mit einem Mal löst sich Phil aus der Zeitlupenbewegung und schaut sie ruhig an.

»Jetzt erkenne ich dich. Du bist Mina!«

»Ja, und du bist Alex«, erwidert sie. Er nickt.

Ich bin verwirrt. Natürlich ist das Mina, aber wer ist Alex? Phil wendet seinen Blick in das Publikum. Mit einem Ruck springt er plötzlich von der Bühne.

»Es ist nur ein Theaterstück!«, ruft er und rennt durch die Zuschauerreihen. »Nur ein Theaterstück!«

Das Bühnenlicht erlischt. Der Hauptvorhang fällt herab. Es bleibt nur die Dämmerung und totale Stille. Im Theater sind verwirrte und teilweise erschreckte Blicke zu erahnen. Dann, wie die ersten Tropfen eines heraufziehenden Sommerregens, fallen vereinzelte Klatscher; immer mehr stimmen ein, scheinen kurz einen Rhythmus zu finden, bis alles zu einem tosenden Applaus anschwillt. Der Vorhang hebt sich. Die Bühne wird erleuchtet und die aufgereihten

Darsteller verbeugen sich. Will springt neben mir auf und macht sich auf dem Weg zur Bühne.

»Ja, das war fraglos ein überraschendes Ende«, bemerkt Maria. »Ich weiß nicht, war es nun ein trauriges oder doch eher hoffnungsvolles Stück?«
Ich bemerke einige Regentropfen auf meinem Arm.

»Angesichts dessen, dass wir hier in der Nähe eines Wasserfalls und nicht eines Vulkans leben, stimmt es mich eher hoffnungsvoll.«

»Ja, es ist eben eine Frage der Perspektive«, erwidert sie und schaut blinzelnd in den Himmel, dann schüttelt sie den Kopf. »Aber ich will die Welt nicht verlieren, ich finde sie gut, so wie sie ist.«
Ihr Gesicht ist so nahe, dass ich ihren Atem spüre.

»Aber nichts ist für immer, alles ändert sich irgendwann.«

Sie lächelt. »Aber im Moment doch nur zum Guten.«

»Ach, da seid ihr ja noch«, höre ich Will hinter mir. »Mina und ich wollen noch in das Lokal vorn am Brunnenplatz. Wollt ihr nicht mitkommen?«

»Sicher«, erwidert Maria.

Das Lokal ist gut gefüllt, wir finden dennoch einen freien Tisch. Mina, immer noch in ihrem weißen Bühnengewand, wird mit einem kleinen Applaus begrüßt, sie lacht herzhaft und wirkt beinahe etwas verlegen. Von einem der anderen Tische tönt ein Lied herüber, sie stoßen mit ihren Gläsern an und brechen in Gelächter aus. Der Regen prasselt auf das Dach der Veranda, die Tropfen ziehen feine senkrechte Linien, die hier und da im Schein der gelben Laternen durch die Dämmerung flirren. Es liegt ein Geruch von frischem Gebäck und Mandeln in der Luft.

»Mina, ich bin über das Theaterstück wirklich erstaunt«, betone ich. »Die Welt von Phil hatte so viel – wie soll ich sagen – Dinge, mit denen wir in Memoria eher nicht vertraut sind, so als ... wenn sich doch jemand wieder erinnert hätte.«

Sie nickt. »Ja, wir haben einiges an Material im Depot gefunden, eine unsagbare Inspirationsquelle, sag ich euch. Wusstet ihr, dass Will die Rolle des Anklägers angeboten wurde? Aber er wollte nicht.«

Will nippt kurz an seinem Getränk.

»Bin halt kein Schauspieler, ... ist quasi nich' meine Richtung.«

»Was meinst du mit: *im Depot gefunden*?«, frage ich.

Maria streicht mit dem Finger über den Rand ihres Glases.

»Im Depot sammeln wir alle Gegenstände, die wir so dabei hatten, als wir hier in Memoria aufgewacht sind«, sagt sie.

»Jules hat mir gestern eine Schublade voll mit Handys gezeigt, ... aber das ist nicht das Depot?«

»Nein«, erwidert sie, »die meisten Geräte aus dem Depot sind mittlerweile bei Jules. Keines von ihnen funktioniert mehr, und er wollte herausfinden weswegen. Das Depot befindet sich im Auditorium, es ist ein kleines Zimmer rechts vom Foyer.«

Mina winkt jemandem zu.

»Joseph, kannst du uns noch einen Krug von dem Gerstenwein bringen? Ach, und natürlich einen Mohnkuchen für uns – das wär ganz lieb«, ruft sie. »Wo waren wir? Ach ja, das Depot, dort haben wir auch ein paar alte Bücher. Das Theaterstück basiert freilich nicht direkt auf einem davon, aber die verschiedenen Schauplätze und so einige Ideen – wie die Szene mit der Gerichtsverhandlung – beruhen schon auf der einen oder anderen Geschichte.«

»Und Paul, was befand sich damals in deinen Taschen?«, fragt Will.

»Ich hatte ein Notizbuch dabei. Voll mit Listen und Abkürzungen, die ich nicht recht verstehe. Leider habe ich es wohl irgendwo oben am Wasserfall verloren.«

Maria schmunzelt. »Nun ja, wenn du damit nichts

mehr anzufangen weißt, dann kannst du ja auch darauf verzichten.«

Ich merke, wie mir unwohl bei dem Gedanken ist, das Notizbuch aufzugeben. Irgendetwas, irgendein Hinweis könnte dort vielleicht enthalten sein. Joseph taucht mit der Bestellung an unserem Tisch auf.

»Mina, da hast du aber Glück, das ist mein letzter Mohnkuchen für heute«, sagt er und stellt einen großen Teller vor uns ab. Darauf befindet sich ein kreisrunder Kuchen, umgeben von einigen kleinen Schalen, die mit verschiedenfarbigen Soßen gefüllt sind. Will nimmt sich ein Stück und tunkt es in eine der Schalen.

Mina lacht. »Wie süß von dir, dass du mir immer einen zurückhältst. Übrigens, ich hab ganz neue Stoffmuster, die passen vorzüglich zu deiner Einrichtung. Komm einfach vorbei«, sagt sie und prostet ihm zu.

Will zeigt auf das dunkelbraune Gebäck.

»Paul, probiere ein Stück mit der Pilzsoße, das ist so lecker ...«

»Pilzsoße? Naja, solange sie nicht aus dem Depot kommt.«

Ich nehme ein kleines Stück, tunke es in die Soße und koste davon.

»Also«, sagt Will zögerlich, »quasi ... kommt sie schon von dort.«

Ein leicht fauliger Geschmack breitet sich im Mund aus, und ich schlucke das Stück widerwillig herunter. Es bleibt mir im Hals stecken, und ich muss husten.

»Das Rezept meine ich natürlich, nicht die Pilze«, fügt Will hinzu.

»Die Soße ... schmeckt wirklich wie hundert Jahre alt«, erwidere ich räuspernd.

Mina fängt schallend an zu lachen, und kurz darauf lachen wir alle. Maria meint, dass sie die Pilzsoße auch widerlich finde und ich es mit der Honigsoße probieren solle. Nachdem ich sie koste, verstehe ich, warum der Mohnkuchen hier so beliebt ist. Auch wenn die dunkelbraune, körnige Struktur dem ähnelt, was ich mit Mohnkuchen verbinde, scheint der Geschmack nicht dazu zu passen. Er ist fruchtig, herb und besitzt eine süße Schärfe, die mich an Zimt erinnert.

Wir diskutieren über das Theaterstück und stellen fest, dass jeder eine andere Auffassung davon hat. Für Mina war es ein Riesenspaß. Will meint, dass er es sehr spannend fand und sich frage, ob Phil nicht hinunter zum Baum hätte tauchen können. Maria mochte das Ende nicht, es hätte die Leute zu sehr erschreckt. »Phil hat einmal zu viel die Welt verloren«, meint sie. Ich erwidere, dass ich es gerade deswegen so gut fand und es zum Nachdenken anregt, da Phil mit jedem Verlust auch immer etwas gewonnen hatte.

Der Kuchenteller leert sich schnell, und Joseph schenkt uns von dem Wein nach. Ich erzähle, dass ich an Marias Grübchen erkennen kann, ob sie gleich lachen wird.

»So wie zum Beispiel jetzt!«, meine ich.
Die Blicke springen zu Maria, und sie lächelt breit. Mina winkt ab und wirft ein, dass sie an Wills Ohren erkennen könne, ob er gleich niesen werde. Dann schaut sie betont auf sein Ohr und meint: »Nein, wird er nicht.«
Will blickt sie verwirrt an.

»Seht ihr!«, meint sie schließlich.
Wir brechen wieder in Gelächter aus. Ich nehme mein Glas und lehne mich zurück. Eine wohlige Stimmung breitet sich in mir aus. Es ist einer dieser Abende, die nie zu Ende gehen sollten. Solche Momente müsste man einrahmen und ins Bona-Fama stellen, damit sie jeder erleben kann.

AM ENDE DER WELT

(:|)

»**D**a drüben muss es irgendwo sein!«, meint Will und zeigt auf die gegenüberliegende Seite des Flusses. Die Luft ist durchsetzt von feinen Staubpartikeln. Die Sonne durchdringt den diesigen Schleier in einer Kaskade von leuchtenden Ringen und taucht die Landschaft in goldgelbe Schattierungen.

»Ich war noch nie so weit weg von Memoria«, sage ich und umklammere krampfhaft den Griff am Sitz, da der Tog heftig hin und her wippt. Die Strecke ist uneben und mit Geröll bedeckt. Ungeachtet dessen rast Will mit Höchstgeschwindigkeit über die Landschaft.

»Ich war schon n' paar Mal so weit draußen, aber das ist lang her«, erwidert er.

»Ich wusste nicht, dass der Tog so schnell sein kann«, sage ich mit bewusst besorgter Stimme.

Sein Blick springt kurz zu mir.

»Bin ich dir zu schnell?«

»Das ist hier nicht gerade eine Rennstrecke, Will«, erwidere ich, während mein Kopf hin und her wippt. Er grinst und reduziert die Geschwindigkeit. Der diesige Himmel öffnet sich etwas, und ein blasses Blau tritt fleckig hervor.

»Ist dir aufgefallen, dass die Wolken immer nur in eine Richtung ziehen, ganz egal wie hier der Wind weht?«, frage ich.

»Glaub' Jules erwähnte das womöglich mal. Wieso?

Sollte das ein Problem sein? Bin ja kein Metronom oder so was.«

»Meteorologe, meinst du. Seltsam erscheint es mir schon.«

Wir passieren ein Waldgebiet und fahren einige Zeit lang parallel zum Fluss.

»Dort kommen wir mit dem Tog sicher rüber«, meint er und zeigt auf eine flache Uferböschung.

»Mit dem Tog?«

»Ach so, ja ... der Tog kann quasi auch über Wasser fahren. Nicht grad schnell, aber es reicht, um nen Fluss zu durchqueren.«

Er steuert direkt in das Gewässer hinein. Mit einem schwankenden Ruck lösen wir uns vom Boden, treiben kurz dahin, bis sich die Räder etwas herausschieben. Hinter den Reifen kommen schmale Schaufeln zum Vorschein. Der Fluss ist an dieser Stelle knapp zwanzig Meter breit, aber die Strömung ist sehr schwach. Nur wenig später erreichen wir das gegenüberliegende Ufer.

»Wie erkennen wir eigentlich das richtige Erz?«, frage ich.

»Sid meinte, es sei ein dunkelblaues, kantiges Gestein.«

»Kantig? Sind das nicht nahezu alle Steine?«

»Ja, das habe ich ihm auch gesagt. Er meinte, es platzt halt in so kantigen Scheiben ab.«

»Vielleicht hätte Sid besser mitkommen sollen«, bemerke ich.

»Sid? Der hat für solche Streifzüge kein' Nerv.«

Auf der linken Seite, wo sich zwei Hügelflanken treffen, bricht der Boden in eine flache Felsformation auf. Verdorrte Büsche ragen zwischen den Spalten des Gesteinfeldes hervor. Einige Meter darüber schimmert eine glatte Abbruchkante bläulich im Sonnenlicht. Ich deute in die Richtung. Will nickt und beschleunigt. Ich muss mich wieder am Griff festhalten, um nicht aus dem Sitz geschleudert zu werden. Mit einer schnellen Bewegung lenkt er schlagartig ein und bremst ab. Der Tog driftet seitwärts und kommt kurz vor der Felsebene zum Halt. Wir steigen aus, und ich nehme die Hacke von der Lade des Togs. Ein kleiner Absatz führt uns hinauf auf den untersten Felssockel. An einem breiten Riss klettere ich etwa einen Meter hinunter und schlage dosiert auf die Kante. Ein Teil platzt als schmale Scheibe ab. Will hebt sie auf und hält sie ins Sonnenlicht. Die Bruchstelle ist übersät mit bläulich schimmernden Partikeln.

»Das ist es!«, sagt er und nimmt mir die Hacke aus der Hand. Er schlägt mit viel Schwung auf die Felskante, und es platzen weitere Stücke ab. Eine Bewegung im Augenwinkel lenkt mich ab; oben auf dem Hügel – eine Gestalt? Mein Blick schweift prüfend über den Felskamm. Hinter mir schlägt Will krachend den nächsten Brocken ab.

»Will, warte mal ... dort oben!«, bemerke ich und zeige auf die Stelle.

»Was ist da?«

»Ich weiß nicht, eine Bewegung.«

»Ach, sicherlich nur ein Vogel.«

»Nein, so hat das nicht ausgesehen, ... ich werd mir mal von dort oben einen Überblick verschaffen.«

Will wischt sich mit dem Ärmel den Schweiß von der Stirn.

»Okay.«

Von der Felsebene aus klettere ich den Anstieg hinauf. Hin und wieder muss ich einen Absatz erklimmen. Aus der Entfernung höre ich, wie Will weiter die Steine zerkleinert. Ebene für Ebene arbeite ich mich in einer Schlangenlinie hoch, schließlich erreiche ich die oberste Kante der Anhöhe. Das Plateau ist völlig eben, als wäre die Hügelspitze mit einem großen Messer abgeschnitten worden. Der Bergrücken verläuft in einem leichten, lang gezogenen Gefälle herab. Eine weite Landschaft öffnet sich vor mir. Gewundene Bäume mit rotbraunen Blättern formen einen dichten herbstlich anmutenden Wald. Er erstreckt sich vom Horizont in einem breiten Band bis zu einer seltsamen, weißen Fläche unten im Tal. Schnee? Nein, so rapide kann sich die Temperatur von der hier nicht unterscheiden. Immer wieder versetzt mich die Umgebung in Erstaunen. Mitten in der weißen Ebene blitzt etwas in der Sonne auf. Ein Gebäude? Ich beschatte mit der Hand meine Augen. Ein Brunnen? Hier draußen?

»Will, das musst du dir ansehen!«, rufe ich. In diesem Moment sehe ich ihn über die Kante des Plateaus klettern.

»Was zum ... ist das Schnee?«, fragt er schnaufend und stützt sich mit den Händen auf seinen Knien ab.

»Ich weiß nicht, siehst du den Zylinder ... dort?«

»Ach, ein Brunnen? Maria hat mal davon gesprochen, das wird er sicher sein.«

»Soweit ich sehe, gibt es keine Häuser«, meine ich. »Aber der Brunnenbereich könnte sich bis in den Wald hinein erstrecken.«

»Mit Sicherheit«, erwidert Will.

»Was meinst du, kommen wir hier irgendwie mit dem Tog herauf?«

Er blickt zurück in Richtung des Vehikels.

»Sieh an, jetzt wird unser Ausritt womöglich doch noch spannend. Also an dieser Stelle ist es unmöglich, ... aber da drüben, wo die Felsen aufhören, müsst' es klappen.«
Als wir nach dem Abstieg wieder beim Tog ankommen, nehme ich den Behälter für das Erz, und wir sammeln die abgeschlagenen Brocken ein.

»Das sollte wohl reichen«, meint Will.

»Wenn das Erz in Ordnung ist, müssen wir hier sicher öfters herkommen«, bemerke ich.

Er nickt. »Ist kein Problem, für den Tog gibt's nen Anhänger, und wir würden sicher auch n' bisschen Verstärkung bekommen.«
Kleine Wolken ziehen vereinzelt über den dunstverschmierten, blassblauen Himmel. Die Sonne steht im Zenit, aber von ihrer Wärme gelangt nur ein Bruchteil hindurch. Ich verstaue das Erz auf der Ladefläche und setze mich in den Beifahrersitz.

»Mit dem Erz an Bord sind wir noch schwerer, hoffentlich schaffen wir so die Steigung«, meine ich.

Will fährt eine Schleife und richtet den Tog zum Hügel aus.

»Nur eine Frage des Schwungs«, erwidert er und drückt den Steuerknüppel bis zum Anschlag nach vorne. Die Beschleunigung bleibt jedoch zunächst verhalten. Der Motor surrt und wir werden beständig schneller. Obwohl der Untergrund hier sehr eben ist, schüttelt es uns zunehmend durch. Ich stütze mich mit beiden Füßen im Innenraum ab und drücke mich so in den Sitz. Die Steigung wird immer stärker, dennoch beschleunigen wir weiter. Die Steine klappern im Behälter. Vor mir sehe ich nur noch den trüben Himmel.

»Festhalten!«, ruft Will.

Das Surren ist zu einem hochfrequenten Pfeifen geworden. Der Tog erzittert. Ein schwereloses Gefühl im Magen. Das Vehikel neigt sich, und das Blassblau in der Frontscheibe wird vom Erdbraun des Untergrunds verdrängt. Ein Schlag! Mein Kinn stößt auf das Knie. Die Federung des Togs nimmt dem Aufprall einen Großteil der Wucht. Er bremst ab und ballt die Faust.

»Ja!«

»Will, du solltest mich bei solchen Aktionen besser vorwarnen.«

»Wieso? Hat doch bestens geklappt.«

Aber selbst sein Abenteuerdurst wurde offenbar vorerst gestillt. Mit gemächlicher Geschwindigkeit nähern wir uns der großen, weißen Fläche.

»Das ist kein Schnee«, sage ich, als wir mit dem Tog über den weißen Untergrund fahren.

»Salz, oder?«, erwidert er.

Seitdem wir den Hügel überquert haben, ist der Himmel klar, nahezu wolkenlos, keine Spur mehr von den verhangenen Staubschleiern. Die Temperatur ist deutlich angestiegen, und die Sonne brennt merklich auf der Haut. Je näher wir dem silbernen Zylinder kommen, desto häufiger tauchen quadratische Senken in dem Salzboden auf. Einige sind nur Zentimeter tief, andere sicher über einen Meter. Die Szenerie erinnert an ein vor langer Zeit zerfallenes Dorf, das nun unter einer dicken Salzschicht begraben liegt. Will umfährt geschickt alle Vertiefungen und Furchen, bis wir nicht weit entfernt vom Brunnen anhalten und aussteigen. Auf der Konsole sind rot leuchtende Linien zu erkennen.

»Keine Globen!«, meint Will, nachdem er einen Blick ins Becken wirft.

»Offenbar ist er nicht aktiv, aber auch nicht ausgeschaltet. Auf unserem Brunnen habe ich noch nie solch rote Anzeigen gesehen«, bemerke ich.
Will zieht die Achseln hoch.

»Weiß nicht ... hab noch nie drauf geachtet.«
Wir stehen vor dem Zylinder, inmitten der weißen Ebene und schauen auf die flimmernde Darstellung.

»Moment, das ist eine Karte. Dort ist der Wasserfall und da ragt das Plateau heraus, siehst du?«, meine ich.

»Ja, sieht so aus.«
Die Perspektive der Karte ändert sich.

»Was ist das? Dort oben auf dem Wasserfall – ein Turm?«

»Ich weiß nicht«, erwidert er.

»Will, gibt es einen Zugang bis dort oben hinauf?«

»Glaub' nicht. Hab nie nachgeschaut, dachte, da sei nur Wasser.«
Die Karte flackert und erlischt plötzlich. Ein markdurchdringender Knall breitet sich aus – meine Ohren schmerzen. Ich zucke zusammen, möchte mich drehen, aber meine Beine sind vom Schock wie gelähmt. Ich falle in der Drehung nach hinten und lande auf dem Salzboden. Ein Mann mit zerzausten, braungrauen Haaren und notdürftig geflickter Kleidung, steht in etwa zehn Meter Entfernung vor uns und schaut uns mit aufgerissenen Augen an. Er hält eine Pistole in Richtung Himmel und richtet die Waffe nun langsam auf uns aus. Will steht erstarrt neben mir.

»Salvento? Ich dachte ... das kann nicht sein«, stammelt er.

Die Augen des Mannes zucken. Sein Blick ist wirr auf den Boden vor uns gerichtet.

»Väterchen, lass sie einfach ... *Reset*, das ist meine Operation, wir hatten uns geeinigt ... «, murmelt der Mann.

Ich raffe mich langsam vom Boden auf.

»Tut mir leid, ich verstehe sie nicht. Warum haben sie geschossen?«

»Wer hat euch geschickt?«, fragt er mit harter Stimme.

»Wir sind nur wegen des Erzes hier«, erwidere ich.

»Unsinn! Hier ist kein Erz. Hier ist nur Salz ... nur Salz.«

Will bewegt sich einen Schritt auf ihn zu. Salvento bemerkt es und richtet sofort die Waffe auf ihn.

»Salvento, wir kennen uns doch. Ich bin William, du erinnerst dich? Memoria?«

Der Mann lacht herablassend.

»Erinnern? Was weißt du denn schon? An was kannst *du* dich erinnern? Du bist auch nur ein Nuller, Hirntoter, Reseter. Mich fresst ihr nicht ... mich nicht!«

Ein Schuss löst sich aus der Waffe. Salz staubt auf und wirbelt herum. Die Kugel muss einige Meter vor Will in den Boden eingeschlagen sein. Salventos Blick schweift orientierungslos umher. Er fasst sich an den Kopf, als hätte ihn dort etwas getroffen.

»Genau, die wissen nichts! Gar nichts ... Väterchen ... schick sie weg«, murmelt er.

Auch wenn mir Salvento dem Wahnsinn nahe scheint, ahne ich irgendwie, dass er doch mehr weiß als wir.

»Der Turm über dem Wasserfall, wie kommt man dort hin?«, frage ich, mit einer Schärfe, die mich selbst überrascht. Blitzartig richtet er die Waffe auf mich.

»Du bist neu, dich erkenne ich nicht ... noch nicht.«

»Ich bin Paul, und ich will wissen, was zum Teufel hier vor sich geht! Wo kommen wir her? Warum können wir uns nicht erinnern? Wo ist die Erde?«

Er lässt die Hand mit der Waffe zu Boden sinken. Seine Stimme wird weinerlich.

»Die Erde ... du würdest sie nicht mehr mögen ... unser alter Kumpel ... zerschunden ... zerschunden wie ein abgenutzter Schuh.« Er schüttelt den Kopf und sackt plötzlich zu Boden. »Anna! Ich ... ich konnte das nicht wissen«, ruft er.

Ich blicke zu Will.

»Wer ist Anna?«

»Seine Tochter, so denkt er. Sie ist aber nie hier aufgetaucht.«

»Also kann er sich erinnern?«

»Ich ... ich weiß nicht ... ich meine, schau ihn dir an.«

»Väterchen, lass mich nur machen, dann wird's besser ... besser Vergesser ... nur für den Moment.«

Er erhebt sich langsam, seine Haltung ändert sich. Er blickt um sich und wirkt erschreckt, als er die Waffe in seiner Hand bemerkt. Will läuft zwei Schritte vor, bleibt jedoch abrupt stehen, als Salvento die Pistole wieder auf ihn richtet.

»Will? Was wollt ihr hier?«, fragt Salvento mit weicher Stimme.

Will schaut mich stirnrunzelnd an.

»Wir sahen den Brunnen aus der Entfernung. Was machst du hier eigentlich? Wie kannst du hier alleine überleben?«, frage ich.

»Der Brunnen, hab mir dort ein Haus gebaut«, erwidert er und deutet zum Waldrand.

»Willst du nicht mitkommen? Nach Memoria?«

Er schüttelt den Kopf. »Nein, habe alles, was ich brauche. Ich komme vielleicht, wenn ich fertig bin.«

Will bewegt sich vorsichtig ein paar Schritte zurück.

»Wie du meinst.«

»Ja, ihr geht jetzt besser. Väterchen bleibt nie lange weg.«

»Gut, wir machen uns wieder auf den Weg. Ich bin

übrigens Paul«, füge ich an.
Er nickt, dreht sich um und läuft geradewegs auf den Wald zu. Wir blicken ihm für eine Weile nach, bevor wir uns zurück zum Tog wagen. Salvento läuft unbeirrt weiter und beachtet uns nicht mehr. An seinen Händen ist zu erkennen, dass er wieder mit sich selbst spricht.

»Nichts wie weg hier«, meint Will.

Wir fahren für einige Zeit schweigend durch die Landschaft.

»Was hat es mit Salvento auf sich, und wieso besitzt er überhaupt eine Waffe?«, frage ich schließlich.

»Er hat zur ersten Gruppe gehört, baute Memoria mit auf, dann eines Tages ist er plötzlich durchgedreht, ... suchte nach Anna und konnte sie nicht finden. Faselte was davon, dass er zurück will, oder so.«

»Zurück? Zur Erde?«

Vor uns taucht wieder der Fluss auf. Will verringert die Geschwindigkeit und steuert den Tog in den Strom hinein.

»Erde? Paul, ich verbinde das hier – Memoria – damit. Sicher, mag sein, dass es womöglich eine Welt davor gab, eine von der wir kommen, aber das ist schon so lang her.«
Ich beneide ihn irgendwie. Dass ihm diese Ungewissheit, dieses Rätsel, so unberührt lässt. In mir erzeugt es eine zunehmende Unruhe. Fragen bohren sich in meinen Verstand; ich kann mich dem einfach nicht entziehen. Jeder Stein, jede Blume, jedes Gramm Staub ist voll von Fragen, welche sie mir stumm entgegen schreien.

»Wie ging es mit Salvento weiter?«

»Naja, er beruhigte sich, es schien, als wenn er wieder normal sei. Dann, eines Tages war er verschwunden, mit ihm der Tog und die Pistole aus dem Depot. Wir suchten tagelang, fanden aber nur, einige Kilometer außerhalb, den Tog, von ihm ... keine Spur. War mir sicher, dass er längst tot sei.«

»Denkst du, dass er sich wieder erinnern kann?«

»Ich ... glaub, dass er es glaubt. Paul, da stimmt offensichtlich was nicht mit seinem Gehirn.«
In der Entfernung tauchen die ersten gelben Häuser auf.
»Will, mit unser aller Gehirn stimmt etwas nicht, ansonsten müssten wir uns doch erinnern. Ob verrückt oder nicht, er brachte den Brunnen dazu, eine Karte vom Wasserfall anzuzeigen.«
»Okay, aber in so technischen Dingen war er ja schon immer gut.«

Kurz bevor wir Memoria erreichen, fällt mir mit einem Mal wieder mein Notizbuch ein.
»Lass uns doch gleich mal am Wasserfall nachschauen, dauert mit dem Tog ja nur ein paar Minuten«, höre ich mich sagen.
Er runzelt die Stirn.
»Das wird Maria sicher nicht gefallen, ... aber egal. Ich kenne das, es wird dich eh nicht in Ruhe lassen, bis du es dir angeschaut hast.«
Mir fällt wieder ein, was Jules mir gesagt hatte, dass die Menschen hier aufgegeben hätten, so auch Will. Nur seine Abenteuerlust treibt ihn an. Nach Antworten sucht er längst nicht mehr.
Wir fahren vorbei an Memoria und den Getreidefeldern, bis zu dem Tunneleingang am Ufer.
»Wisst ihr, warum die Treppe eigentlich so beschädigt ist?«, frage ich.
»Sid vermutet, dass der ganze Berg instabil ist, er meinte was von: Verschiebung der Tektonik, oder so.«
Wir durchschreiten den Tunnel und betreten die Treppe. Der Wasserfall donnert hinter uns nieder.
»Diese ganze Konstruktion muss doch zu irgendetwas gut sein«, sage ich.
»Womöglich ist sie einfach nur wegen der schönen Aussicht da«, erwidert er.

Wir steigen den zweiten Treppenabsatz hinauf. Will befindet sich einige Stufen vor mir, als er eine hektische Handbewegung macht.

»Gibt es hier Spinnen? Ich glaub, ich hab grad eine verschluckt«, er spuckt, »äh ... ich hasse Spinnen.«
Er stolpert in seiner Bewegung, kann sich aber eine Stufe tiefer abfangen. Ich höre ein Knirschen; schlagartig gibt die Stufe nach. Er schreit auf, rutscht hinunter und greift nach dem Geländer. Nun biegt sich die Brüstung. Ich mache einen Sprung nach vorn, greife seinen Arm; er kippt mit einem Teil des Geländers von der Treppe und zieht mich mit. Ich verhake meine Füße in den Treppenstufen und kann ihn gerade noch halten. Frei hängend blickt er zu mir hoch.

»Paul, lass los!«
»Da sind noch knapp zwei Meter unter dir, denkst du, du kriegst das hin?«
»Klar, aber du musst runter von der Treppe, die gibt gleich nach!«
In diesem Moment höre ich ein Stakkato von dumpfen Schlägen. Ich lasse Will los. Mit einem Mal dreht sich die Treppe und schleudert mich herum. Ich kann mich an einer Querstrebe festhalten. Aus dem Augenwinkel bemerke ich, wie sich etwas großes Metallenes rasch nähert ...

***

Feuerbrennendeshaus ... Glühendweißerturm ... Unseralterkumpel ... Schwarzgrauweiß ...

»Er kommt wieder zu sich!«
»Paul, wie geht es dir?«
»Maria?«
Ich blicke in große, braune Augen. Die Iris ist von gezackten, orangefarbenen Linien durchzogen – ein leuchtender Kranz, der die Pupille umläuft. Maria beugt sich über mich. Ich spüre ihre Hand auf meiner Schulter.

»Es hat dich ziemlich hart erwischt.«
Mein Kopf schmerzt. Meine Hand geht zur Schläfe. Ich bemerke einen Verband an meiner Stirn.
»Wo bin ich? ... Was ... ist passiert?«
Aus dem Hintergrund höre ich Wills Stimme.
»Am Wasserfall ... der Treppenabsatz kippte weg. Und du hast mir mal wieder die Haut gerettet ...«
Ich richte stöhnend den Oberkörper etwas auf.
»Wir haben dich erst mal zu mir gebracht«, sagt Maria. »Jules hat die Wunde versorgt und dir strikte Bettruhe verordnet.«
»Jules? Wie lange ...«
»Ein paar Stunden ... hast einige Male vor dich hingemurmelt«, meint Will.
»Ich ... hatte wirre Träume.«
Mir wird schwindelig und ich sacke zurück auf das Kissen. Es fällt mir schwer, die Augen offen zu halten. Ich höre, wie Maria aufgeregt mit Will redet, aber kann ihren Worten nicht mehr folgen. Sie streift mit der Hand über meinen Kopf.
»Ruh dich aus, Paul.«

***

Ein unruhiger Traum weckt mich. Ich richte mich schwerfällig auf. Die Welt um mich herum schwankt, scheint meinen Bewegungen nur mit einer Verzögerung zu folgen. Auf dem Bett sitzend konzentriere ich mich auf meine Füße, bis sich das Schwindelgefühl legt. Von der verspiegelten Schranktür vor mir starrt mich jemand mit einem Kopfverband und zerzausten Haaren an. Ich kann mich erinnern, dass mich irgendetwas auf der einstürzenden Treppe traf. Ich kann mich sogar daran erinnern, dass Will auf mich einredete, mich bis zum Tog stützte und ich dann zusammenbrach ... aber vielleicht war es auch nur Teil meines Traums.

Ich finde meine Kleidung auf einem Stuhl, ziehe mich

an und verlasse das Zimmer. Vom Flur aus kann ich Maria in der Küche vor dem Herd stehen sehen.

»Danke, Maria, mir geht es schon viel besser«, rufe ich zu ihr herüber.

Sie stoppt kurz in ihrer Bewegung und rührt dann weiter in dem Topf herum.

»Hast du vielleicht etwas von deiner Suppe übrig?«, frage ich.

»Schön, dass es dir besser geht, Paul. Ich kann dir etwas frisches Hon-Ragout anbieten«, erwidert sie, ohne mich anzuschauen.

»Gern, ich kann mich vor Hunger kaum auf den Füßen halten.«

»Kein Wunder, das war fraglos ein schwerer Tag für dich.«

Ich richte mir den Verband.

»Will hat mir von Salvento erzählt«, fügt sie an. »Unglaublich! Wie kann er so verwirrt da draußen überleben?«

Sie zeigt auf den großen Tisch und nimmt den Topf vom Herd. Ich setze mich auf die Bank.

»Vielleicht ist er nicht so verwirrt, wie es scheint«, erwidere ich. »Hat dir Will auch von der Karte vom Wasserfall auf der Konsole erzählt?«

»Ja, seltsam. Ich bekomme nur eine Karte von der Stadt. Wieso sollte der Brunnen eine Ansicht vom Wasserfall anzeigen? Soweit reicht er ja gar nicht.«

Sie stellt zwei Schalen hin, setzt sich neben mich und füllt sie auf. Ich schlinge das Ragout förmlich in mich hinein.

»Auf der Karte hat es so ausgesehen, als wenn es einen Turm oben über dem Wasserfall gibt«, sage ich mit vollem Mund.

»Paul, darüber wollte ich mit dir reden.«
»Über den Turm?«
»Du musst damit aufhören!«
»Womit?«

»Es ist dort zu gefährlich, um irgendwelchen Hirngespinsten nachzujagen.«

»Hirngespinst? Die Karte war deutlich zu sehen.«

»Ach ... du hast nur gesehen, was Salvento dort in seinem Wahn eingegeben hat. Er besitzt ein Talent für die Geräte hier, und nun baut er sich seine eigene Traumwelt.«

»Traumwelt? Das glaube ich nicht. Aber selbst wenn, wir müssen es herausfinden. Es ist sicher eine Erkundung Wert.«

Maria steht auf und räumt das Geschirr vom Tisch.

»Nein Paul, das ist es nicht!«

»Wie kannst du das sagen? Wir müssen doch jede Chance nutzen.«

Sie blickt mich ernst, beinahe zornig, an.

»Das führt zu nichts. Bitte gib es auf. Akzeptiere, dass du jetzt hier bist ... in Memoria. So schlecht geht es uns doch nicht, oder?«

Ich schüttle den Kopf.

»Nein, ... mir gefällt es hier, das ist es nicht.«

»Was ist es dann?«

»Ich will herausfinden, wie das alles zusammenhängt.«

Sie schaut mich mit hochgezogenen Augenbrauen an.

»Warum?«

»Das ... das ist eben meine Natur. Ich kann nicht anders.«

»Deine Natur? Das bildest du dir nur ein. Woher weißt du, ohne dich zu erinnern, was deine Natur ist?«

»Ich ... ich glaube einfach, dass es wichtig ist herauszufinden, was passiert ist.«

Sie schüttelt den Kopf.

»Irgendwann geht dabei noch jemand drauf und was ist dann? – Deine Natur ist Mist!«, sagt sie aufgebracht, öffnet die Tür und verlässt das Haus.

Ich sitze eine Weile fassungslos am Tisch. Wie kann sie so etwas sagen? Wie kann sie nur so starrsinnig sein? Schließlich folge ich ihr nach draußen. Auf dem Platz befinden sich einige Leute, aber ich habe keine Lust, sie nach Maria zu fragen. Auf dem Weg zum Bellusplatz kreisen meine Gedanken endlos um die rote Karte, um Salvento und um Maria.

***

Ich versuche, mich nach einer unruhigen Nacht mit der Einrichtung meiner Wohnung abzulenken. Ich hänge ein paar Bilder auf und räume meine Möbel um. Dennoch muss ich immer wieder über die Geschehnisse der letzten Tage nachdenken. Ich muss Jules zustimmen, die Menschen in Memoria suchen keine Antworten mehr. Eine Stimme erschallt vor dem Haus und reißt mich aus den Gedanken.

»Paul, bist du da?«, ruft jemand und klopft gegen die Tür.

Ich gehe auf den Balkon und blicke nach unten.

»Sid? Was hat dich aus der Schmiede geholt? Komm ruhig rein«, erwidere ich und bin über die willkommene Ablenkung froh.

»Nimm doch Platz«, sage ich, als ich ihn im Wohnzimmer begrüße und zeige auf einen Sessel. Seine Augen wirken geschwollen. Einige Haarbüschel stehen ihm zu Berge und einer seiner Ärmel ist hochgekrempelt. Er wird die Nacht über sicher nicht geschlafen haben. Ich biete ihm etwas zu trinken an, aber er lehnt dankend ab.

»Paul, dein Erz ...«, meint er und ringt um Worte.

»Hat es funktioniert? Keine Strahlung mehr?«

»Sozusagen ... aber ... also ... ich machte einen ersten Testlauf ... also mit dem Erz, meine ich. Ja, und alles lief wie geplant. Die Strahlungswerte waren normal ... also beinahe null. Toll, dachte ich, wir haben das Problem gelöst. Ich nahm eine zweite Probe ... also von dem Erz. Alles schien genauso zu laufen ... bis ... ja, bis ... «, stammelt er und fährt sich ununterbrochen mit den Händen durch die Haare, »die Schmiede verrücktspielte.«

»Verrücktspielte?«

»Alle Systeme gingen mit einem Mal aus. Ich stand sozusagen im Dunkeln ... aber nur kurz, ... da liefen plötzlich rote Symbole über die Konsolen. Ja, und dann ... dann begann die Transformation ...«, erklärt er und schnappt nach Luft. Ich setze mich ihm gegenüber.

»Transformation ... zu was?«

»Ich sage dir, ... ich war in Panik. Die Wände und der Boden bewegten sich, und es gab einen Höllenlärm. Ich dachte, jetzt stürzt alles ein, ich rannte, rannte einfach raus.«

»Vielleicht ein Erdbeben?«

Er schüttelt den Kopf.

»Die Schmiede ... du musst sie dir anschauen, die ist jetzt größer und drinnen gibt es neue Konsolen mit gelber Beleuchtung.«

»Und das alles wegen dem Erz?«

Er zieht nervös an seinem Kragen herum.

»Kann ich jetzt doch was zu trinken haben?«

»Natürlich«, erwidere ich und gieße ihm einen Saft ein.

»Ich habe sozusagen die ganze Nacht darüber gebrütet. Ich analysierte das Erz. Konnte zuerst nichts Besonderes finden, also machte ich einen weiteren Test mit einer dritten Fuhre.«

»Nach der Transformation? Also funktioniert die Schmiede noch?«

Er nickt. »Ja, also – Mann, hatte ich ein' Schiss –, aber ich musste es probieren. Lief planmäßig. Und beim Schmelzen fiel es mir dann auf: In einigen Erzbrocken sind Kristalle gewachsen.«

»Und ... das ist nicht gut?«

»Verunreinigungen ... normal, eigentlich kein Problem für die Schmiede. Diese Kristalle jedoch ... also ... halt mich für verrückt, aber ich glaube, da ist so was wie eine Nachricht eincodiert. Also ... nicht für uns, sondern ... verstehst du? Die Schmiede liest sie und bum!«, sagt er und greift zu seinem Glas.

Eine Zeit lang verharren wir sprachlos. Er wirkt immer noch völlig mitgenommen von den Ereignissen. Mir kommt das alles weit hergeholt vor, aber er ist einfach nicht der Typ, der wild spekuliert.

»Eine Codierung? Also künstlichen Ursprungs?«

Er zieht die Schultern hoch.

»Ich weiß ... das klingt sicher, ... aber in dem Kristall sind strukturelle Abweichungen«, meint er und gestikuliert mit seinen Händen, »sozusagen aus dem Raster gedreht.«

»Und das bedeutet?«

»Das ... ich ... ich hab keine Ahnung. Sieht jedoch nicht so aus, als wenn die Kristalle künstlich erzeugt wurden. Sie sind so ... ja ... gewachsen, obwohl das auch nicht sein kann«, erklärt er kopfschüttelnd und nimmt einen Schluck aus dem Glas.

»Vergiss nicht, dass wir uns wahrscheinlich nicht mehr auf der Erde befinden. Also könnte es schon sein, dass die Dinge hier anders aufgebaut sind«, erwidere ich.

»Das hast du von Jules, richtig? Also, ich glaube das nicht. Das hier ist die Erde. Wir haben nur vergessen, was passiert ist.«

»Ach, und die 28 Stunden?«

»Es sind 27 Stunden und 44 Minuten. Hab's für die Einrichtung der Zeitanzeige auf den Qs genau gemessen. Irgendwas ist mit der Erde passiert, vielleicht ist sie von etwas getroffen worden.«

»Und dabei ... haben wir alle unsere Erinnerung verloren?«

»Ja, so in etwa.«

»Was ist mit der Schmiede? Funktioniert sie noch?«

»Besser als zuvor. Ich hab eine der gelben Konsolen untersucht, jede Menge an neuen Bauplänen. Da tun sich ganz neue Möglichkeiten auf.«

»Inwiefern?«

»Also, ich muss mir das noch genauer anschauen, aber ich glaube, wir können nun Rohstoffe auf molekularer Ebene umformen.«

Ich nicke. »Und das alles wegen dem Erz«, murmele ich.

»Sozusagen«, erwidert er. »Ach so, das hätte ich beinahe vergessen. Als die Schmiede verrücktspielte, produzierte sie plötzlich etwas.«
Ich blicke ihn fragend an. Er holt etwas aus seiner Jackentasche.

»Drei von denen«, sagt er und legt es auf den Tisch.

»Ein gelber Glob? Was soll das bedeuten? Hast du ihn schon ausprobiert?«
Er schüttelt den Kopf.

»Nein, war erst mal genug Aufregung. Hab mir nur die Protokolle angeschaut. Wahrscheinlich besitzen sie ne höhere Energiedichte.«

»Kann ich den behalten?«, frage ich.

»Sicher.«

»Weiß Maria schon davon?«

»Nein. Sie war nicht zu Hause.«

Ich erzähle ihm von dem Streit mit Maria. Er meint, dass mir in einigen Jahren sicher auch die Motivation ausgehe, herausfinden zu wollen, was passiert sei. Früher oder später würde ich eine Beschäftigung finden, so erklärt er, dann wäre dies einfach wichtiger. Ich sage ihm, dass ich noch auf der Suche sei. Er meint, wir sollten Salvento wieder zurückholen, weil, ob verrückt oder nicht, er brillant sei und wir ihn brauchten. Dann reden wir über das Theaterstück. Er erklärt mir, dass er es nicht verstand, mittendrin einschlief und vom Applaus am Ende aufgewacht sei.

Nachdem er gegangen ist, fühle ich mich sogar noch verwirrter als zuvor. Mir rauscht das Blut in den Ohren, und meine Wunde schmerzt. Ich lege mich auf das Sofa. Zu viele Dinge gehen mir durch den Kopf, zu viele lose Enden. Bei dem Versuch, alles noch einmal zu durchdenken, verschwimmen die Bilder zu einem Strom, der sich in meinem Kopf ausbreitet. Ich folge für einige Zeit dieser oder jener Idee, aber zunehmend verblassen meine Gedanken. Die Bilderflut versiegt und das angenehme Gefühl des Loslassens breitet sich aus.

***

Vogelgezwitscher weckt mich. Obwohl ich die Nacht auf dem Sofa verbracht habe, fühle ich mich erholt und klar wie seit Tagen nicht mehr. Ich dusche mich und frühstücke etwas. Vom Balkon aus genieße ich die Morgensonne auf meinem Gesicht. Die Ruhe in meinem Kopf verblüfft mich, vielleicht finde ich mich nun doch so langsam mit den Rätseln in dieser Welt ab. Ich merke, wie die Helligkeit hinter meinen geschlossenen Augenlidern abnimmt. Dicke Wolkenschichten schieben sich vor die Sonne. Und erneut bewegen sie sich in dieselbe Richtung. Mit einem Mal wird mir klar, was ich zu tun habe. Ich muss mich auf den Weg entgegen der Zugrichtung der Wolken machen. Ich muss herausfinden, was Jules mir sagen wollte. Dafür werde ich den Tog brauchen. Will? Nein, ich möchte nicht, dass er noch mehr Ärger bekommt. Ich bin auch nicht in der Stimmung zu diskutieren. Ich muss nun handeln. Und Maria? – Sie wird es sicher irgendwann verstehen.

Ich nehme meine Tasche und stecke mir einige Globen und etwas Proviant ein. Die Wolkendecke hat sich in viele kleine Segmente zerteilt, zwischen denen der blaue Himmel hervorquillt wie ein Puzzlespiel, das sich langsam auflöst. Ich muss nicht lange nach dem Tog suchen, er steht vor dem Bona-Fama hinter der Bellusbrücke. Ich steige ein und drücke den Steuerknüppel nach vorne.

Es ist nicht leicht, einen Weg aus Memoria zu finden, welcher nicht über den Brunnenplatz führt. Schließlich will ich keine unnötige Aufmerksamkeit auf mich ziehen und jede Diskussion vermeiden. Ich muss mich durch eine kleine Gasse und zwischen zwei Häuser zwängen, wobei ich ein Blumenbeet streife, dann öffnet sich endlich die Landschaft vor mir. Zur linken Seite verläuft ein Waldrand, gerade zu breitet sich eine grüne Wiese mit den hier so typischen weißen Blumen aus. Ich blicke in den Himmel, dicke bauchige Wolken schippern über einen tief blauen Ozean. Ihre Richtung ist nicht schwierig auszumachen: von Ost nach West. Ich suche mir eine markante Waldformation, um mich zu orientieren und beschleunige den Tog. Die hohen Hügel bilden dunkle Täler; es ist, als wenn sich die Zeit beschleunigt und ich Sonnenauf- und -untergang im Minutentakt durchlaufen würde.

Nach einer Weile ändert sich die Landschaft. Sie wird flacher und die blumige Wiese wechselt zu einer gelben, borstigen Weide. Vor mir taucht eine Schneise auf, die sich scheinbar in den Untergrund gegraben hat. Erst als ich kurz davor bin, erkenne ich den Fluss. Natürlich, da ich die ganze Zeit in östlicher Richtung fahre, musste ich irgendwann auf den mittleren Strom, auf den Secum treffen. Ich finde schnell eine Stelle, die mir flach genug erscheint, und steuere behäbig darauf zu. Als alle Räder im Wasser sind, hebt der Tog vom Grund ab. Leider habe ich bei Wills Überquerung nicht aufgepasst. Ob ich den Amphibienmodus irgendwo aktivieren muss? Ich drücke den Steuerknüppel nach vorn und beuge mich – die Reifen prüfend – aus der Fahrerkabine. In diesem Moment schieben sie sich heraus und geben die Schaufeln frei. Wasser spritzt auf und trifft mich mitten ins Gesicht. Ich reduziere die Geschwindigkeit und überquere den ruhig dahinströmenden Fluss.

Als ich an der gegenüberliegenden Uferböschung ankomme, frisst sich ein Reifen langsam in den Schlamm. Das Vehikel dreht sich zur Seite, dann findet das vierte Rad den Bodenkontakt wieder. Mit dosiertem Schub bekomme ich den Tog frei. Das anfangs kniehohe, gelbe Gras verliert sich in einem sandigen Untergrund. Nur kleine Büsche vermitteln mir das Gefühl von Bewegung. Da sich das Dach nicht öffnen lässt, kann ich vom Tog aus die Zugrichtung der Wolken nicht gut erkennen. Immer wieder muss ich aussteigen, um die Richtung zu prüfen. Am Horizont wächst ein Wald empor. Die dünnen Bäume schrauben sich wie in einem Gewinde nach oben. Sie stehen so dicht zusammen, dass die Kronen sich zu einem einzigen, grünen Gewebe vereinen – unmöglich, dort hindurchzukommen. Ich ändere meinen Kurs und versuche, einen Weg um das Dickicht herum zu finden.

Parallel zum Waldrand fahre ich nun direkt auf die Sonne zu. Ihre leuchtende Silhouette zeichnet sich hinter zerfransten Wolkenschichten ab. Immer wieder höre ich quietschende Laute aus dem Gehölz erschallen, gefolgt von einem kurzen Pfeifen. Es ist schwierig diese Geräusche einzuordnen, sie besitzen einen metallenen Klang und zugleich auch etwas Tierisches. Der Wald lichtet sich schließlich. Zwischen den Zweigen kann ich ein weiteres Flussbett erahnen. Das muss der dritte, große Strom sein. Will hatte mir den Namen gesagt, aber ich kann mich nicht mehr daran erinnern. Plötzlich bemerke ich eine Bewegung inmitten der Bäume – etwas im Wald läuft parallel zu mir. Ich reduziere auf Schrittgeschwindigkeit. Zwei orangefarbene Augen starren mich an. Ein hüfthoher Vogel mit Stummelflügel folgt dem Tog. Er öffnet den Schnabel und gibt den quietschenden Laut von sich. Aus dem Wald hinter ihm höre ich als Antwort das Pfeifen. Er dreht blitzartig den Kopf, gibt zwei Laute von sich und rennt in das Geäst zurück. Hat er den Tog irrtümlich für einen Artgenossen gehalten, oder war er nur neugierig? Die gleiche Neugier, die mich antreibt, mich aus meinem Gehölz hervorlockt. Noch pfeift mich niemand zurück und würde ich überhaupt darauf hören?

Der Wald endet abrupt, und eine flache Uferböschung öffnet sich vor mir. Der gelbe Fluss ist um die zehn Meter breit. Die starke Strömung treibt mich stark ab. Erst als ich den Tog in die Flussrichtung drehe, drifte ich zügig an das gegenüberliegende Ufer. Vor mir liegt eine weitere, sandige Ebene, durchsetzt mit kleinen Flächen aus ockerfarbenen Gras und vertrockneten Sträuchern. Der Umgebung nach muss es einst eine Dürre gegeben haben. Jedoch hatte die Natur noch keine Zeit, sich auf das mildere Klima einzustellen. Obwohl ich mit für den Tog guter Geschwindigkeit fahre, ändert sich die Umgebung kaum: eine konstante Monotonie von vertrocknetem Gras und Buschwerk. Im völligen Gegensatz dazu wird die Luft feuchter und kühler. Der frische Fahrtwind schlägt zu den Seiten herein, sodass es mich fröstelt und ich mir meine gefütterte Jacke überstreifen muss.

Das Land vor mir wird mit jedem Meter karger. Dem hellen Gelb ist nun endgültig ein sandiges Braun gewichen. Die Sicht wird zunehmend trüber, die Wolken verschmelzen zu einem konturlosen Grau – so wird es sicher bald schwierig, die Zugrichtung zu erkennen. Ich fange an zu grübeln – Zweifel über den Sinn meiner Reise, kommen auf. Was ist, wenn ich mich hier verirre? Niemand weiß, wo ich bin. Wie weit würde ich fahren, bis ich umkehre? Was, wenn der Tog Probleme macht? Ich habe Verpflegung für etwa ein bis zwei Tage dabei und eine Handvoll Globen. Will meinte, dass der Tog mit einem Glob einen ganzen Tag auskommt. Das sollte doch reichen? Oder ist, was immer ich suche, viel weiter weg? Etwas zu suchen, von dem man nicht weiß, was es ist – macht das überhaupt einen Sinn?

Vor mir baut sich der Anstieg eines Hügels auf. Der Motor surrt in einer höheren Frequenz. Da ich mir eine Übersicht verschaffen will, steuere ich auf die höchste Stelle zu. Die Steigung wird immer flacher, dann erreiche ich den windigen Kamm. In der Entfernung windet sich erneut ein Fluss durch die Landschaft. Vielleicht ist es sogar derselbe, den ich erst vor einigen Stunden durchquerte, denn er besitzt die gleiche gelbliche Färbung. Er durchzieht ein Tal mit großen Bäumen – eine grüne, ovale Oase inmitten der braunen Weite. Die Sonne steht bereits tief am Horizont.

Besser ich ruhe mich dort unten im Tal, im Windschutz der Vegetation, aus als in dieser tristen Umgebung.

Als ich den Hügel hinab fahre, höre ich ein prasselndes Geräusch auf dem Dach. Es regnet! Auch das noch. Auf der Frontscheibe bildet sich ein Rinnsal. Die Reifen rauschen auf dem nassen Untergrund. Die Sicht verschlechtert sich zunehmend. Schließlich finde ich einen Schalter, der ein Gebläse an der Frontscheibe aktiviert. Die Sicht klart sich wieder auf.

Ich erreiche die Oase und halte unter einem großen Baum. Die Wolkendecke ist nun eine geschlossene graue Masse. Ich bin ohne Orientierung. Es stürmt und regnet immer stärker. Mir ist kalt. Ich knöpfe mir die Jacke zu. Da der Tog keine Türen besitzt, wird es ungemütlich, der Wind peitscht den Regen hinein. Ich greife nach meiner Tasche auf dem Beifahrersitz, um mir etwas Honwurst zu nehmen. Hinter dem Sitz fällt mir plötzlich eine Kiste ins Auge. Ich öffne sie und finde eine Flasche Wasser, eine Dose mit Brot, zwei Globen und eine Plane. Ich nehme die Plane und falte sie auseinander. Sie besitzt Ösen am Rand, vermutlich kann man sie irgendwo am Vehikel befestigen, aber wo? Ich steige aus und bemerke kleine Haken an der Dachkante. Hektisch breite ich die Plane über dem Dach aus und versuche, sie einzuhaken. Meine Finger sind durch die Kälte steif, ich benötige einige Anstrengungen, um die Ösen einzuhängen.

Nachdem ich halbwegs durchnässt bin, ist die Plane schließlich über den Tog gespannt. Sie besitzt an beiden Enden eine magnetische Fläche, die an der Karosserie haftet. Dadurch lassen sich die Seiten zum ein- und aussteigen leicht öffnen und schließen.

Endlich sitze ich im Trockenen und nehme mir ein Stück von dem Brot. Müdigkeit überkommt mich. Solange oben diese graue Masse am Himmel steht, kann ich sowieso nichts tun; also kippe ich den Fahrersitz so weit wie möglich nach hinten. Ich lehne mich zur Seite, und das einschläfernde Geräusch des prasselnden Regens übernimmt den Rest.

***

Für einen Moment bin ich orientierungslos – Vogelgezwitscher? Vom Bellusplatz? Nein, ich bin im Tog. Meine Hand fährt über die Augen. Ich richte den Sitz auf, dann höre ich es erneut, oben im Baum. Ich blicke zur Frontscheibe hinaus und sehe, wie ein kleiner, blauer Vogel sich auf einem Ast sein Gefieder putzt. Es hat aufgehört zu regnen. Ich blicke auf mein Q – es ist sieben Uhr morgens. Ob man mich in Memoria mittlerweile vermisst? Wahrscheinlich nicht, dafür bin ich noch nicht allzu lange weg. Aber vermutlich sucht Austin oder Will bald nach dem Tog. Ich hätte zumindest eine Nachricht hinterlassen sollen. Jedoch wird sich Jules sicher denken können, warum der Tog und ich verschwunden sind. Ich steige aus und erkunde entlang des Flusses die Umgebung. Das Wasser bricht sich schäumend an abgerundeten Steinbrocken. Hin und wieder sehe ich gelbe Fische unter der Oberfläche huschen. Am grau-weiß gefleckten Himmel kann ich leicht den Wolkenzug ausmachen. Ich gehe zurück zum Vehikel und fahre aus der grün bewachsenen Oase heraus.

Am Horizont ist ein Waldrand zu erahnen. Der Fluss gräbt sich in ein tiefes Bett und taucht erst kurz vor dem Wald wieder auf. Allzu weit kann, was immer ich suche, nicht mehr entfernt sein – so jedenfalls sagt es mir mein Gefühl. Ich brauche eine bessere Übersicht. In der Umgebung befindet sich keine Anhöhe, die ich nutzen könnte. Mein Blick fällt auf den Tog – das Dach? Ich klettere hinauf. Nun sehe ich, dass der Fluss an Breite zunimmt. Die Landschaft wird hügelig, und der Wasserlauf führt zunächst weiter in Richtung Osten, verliert sich mit einer scharfen Linkskurve schließlich am Horizont. Gut, so kann ich mich orientieren. Einfach dem Flusslauf folgen bis zu der Biegung und dann werde ich weitersehen. Ich steige ein, nehme mein Q und versuche, den bisherigen Weg zu beschreiben. Ich notiere mir einige Anmerkungen zu der Überquerung der beiden Flüsse, der Begegnung am Honwald und füge ein Kommentar über die ehemals vertrocknete Steppe hinzu, die mich schließlich zu dieser Oase führte. Meine Hände frieren. Ich reibe sie mir, hauche meinen Atem hinein und setzte meine Fahrt fort.

Mit einigem Abstand fahre ich parallel zum Fluss. Die Ebene steigt langsam an, und ich steuere auf den nächsten Hügel zu. Mit einem Mal surrt und stottert der Tog. Etwas stimmt nicht, denn so steil ist der Anstieg nicht. Plötzlich ein Fiepen und der Motor geht aus. Ohne Antrieb verliere ich schnell an Fahrt und beginne schließlich rückwärts den Hügel hinunter zu rollen. Als ich bemerke, dass die Lenkung nicht mehr reagiert, betätige ich die Handbremse und der Tog kommt widerwillig und mit einem schleifenden Geräusch zum Stillstand. Hoffentlich ist ihm nur die Energie ausgegangen. Ich nehme einen Glob aus der Tasche und werfe ihn in die Öffnung neben dem Steuerknüppel. Meine Anspannung löst sich, als ich wieder das Summen des Motors vernehme. Von diesem seltsamen Fahrzeug hängt mein ganzes Schicksal ab. Hatte ich das bedacht, als ich mich in dieses Wagnis stürzte? Vielleicht hätte ich zuerst mehr über den Tog lernen sollen? Wie ich ihn reparieren kann und wo die Belastungsgrenzen liegen. In dem Moment erreiche ich die Hügelkuppe. Etwas mitten in der weiten Landschaft unter mir blitzt auf. Was war das? Ich bremse ab und schaue in die diesige Weite. Durch die teilweise beschlagene Scheibe verschwimmt alles in unscharfen Konturen. Ich öffne den Magnetverschluss der Plane an der Seite und steige aus. Mein Blick fällt sofort auf ein helles, längliches Objekt unten am Waldrand. Die Sonne bricht durch die Wolkenschicht, und es schimmert erneut auf. Jetzt kann ich es ausmachen, die vertraute Zylinderform – ein weiterer Brunnen. Offenbar ist diese ganze Welt in weiten Abständen mit diesen Säulen versehen. Auch an diesem Brunnen kann ich keine Häuser erkennen. Von dem Hügel aus sehe ich deutlich den Flusslauf. Genau an der Flussbiegung, noch außerhalb des Waldes befindet sich der Zylinder. Werde ich dort finden, was ich suche? Ich springe aufgeregt ins Vehikel und fahre direkt auf den Brunnen zu. Die Erinnerung an den Vorfall mit Salvento springt mir in den Kopf – vielleicht sollte ich diesmal etwas vorsichtiger sein. Ich ändere den Kurs und steuere den Tog auf das Flussufer zu. Von dort müsste ich mich zu Fuß, aus der Deckung der Ufervegetation, dem Gebäude ungesehen nähern können.

Ich halte inmitten zweier Bäume. Auf dem Weg zum Brunnen bemerke ich, wie mein Magen knurrt. Bei dieser Kälte brauche ich meine Verpflegung schneller auf, als ich ahnte. Für die Rückfahrt wird sie sicher nicht mehr reichen. Irgendwie habe ich so weit nie geplant, es kam mir gar nicht in den Sinn, dass die Reise kein Ende haben könnte.

Die Vegetation ist nicht sonderlich dicht, und ich kann die gesamte Ebene bis zum Fluss überschauen. Hinter dem Brunnen erstreckt sich die ockerfarbene Landschaft mit einem kaum merklichen Anstieg. Die Sonne wirft schimmernde Säulen durch den fleckigen Himmel, wie Lichtkegel durch das Glasmosaik einer Kathedrale. Der Wolkenschatten zieht wie ein mächtiges Tuch über die gelben Gräser und Büsche. Ich schüttele den Kopf, hier draußen ist nichts und niemand. Ich verlasse meine Deckung und gehe zum Brunnen.

Er ist mit einer dünnen Reifschicht bedeckt. Ob das Wetter in dieser Gegend normal ist? Vielleicht gibt es hier Jahreszeiten? Die Flora am Ufer und die umgebende Steppe deuten auf ein dauerhaft warmes Klima hin, doch der Boden wirkt hart und durchgefroren. Angespannt prüfe ich die Brunnenkonsole – keine leuchteten Zeichen. Das Becken ist leer. Ich stelle mich auf die Rampe und berühre die silberne Fläche. Ein kurzes Aufflackern, zu schnell um etwas zu erkennen, dann reagiert die Konsole nicht mehr. Ich nehme einen Glob aus meiner Tasche und werfe ihn in die Öffnung. Es erscheint ein weißes Symbol: ein Quadrat, in das ein Pfeil von oben hinein zeigt. Was kann das bedeuteten? Ich berühre erneut die Konsole – keine Reaktion. Ich umkreise den Brunnen und erkenne in der Umgebung Strukturen im Boden. Das müssen die Stellen sein, wo der Bauschaum emporsteigt. Als ich zu der Brunnenkonsole zurückkehre, ist das Symbol verschwunden. Noch einen Glob einzuwerfen erscheint mir ... sinnlos. Und nun? Ich laufe frierend und frustriert zurück zum Tog.

»Jules, da wolltest du mich wohl aufziehen!«, rufe ich in die Stille.

Ob das so ein Scherz für Neuankömmlinge ist? Der – *Schick ihn zum toten Brunnen* – Witz? Ich kann nicht lachen. Ich will zurück nach Memoria. So eine Schale Hon-Ragout wäre jetzt genau das Richtige. Im Tog versuche ich, mich etwas aufzuwärmen. Ich stecke mir die Hände unter die Arme und betrachte meinen kondensierenden Atem. So was Dummes, wie konnte ich nur darauf reinfallen? Ich beschleunige das Vehikel. Durch die Frontscheibe bemühe ich mich, die Zugrichtung der Wolken zu erkennen. Irgendetwas stimmt nicht. Genau entgegen der Wolkenrichtung wird der Himmel immer dunkler. Er verläuft von einem grauen zu einem dunklen Blau und endet über dem Horizont in einem schwarzen Streifen. Vielleicht gibt es in dieser Region eine dunkle Nacht? Nein, das kann nicht sein, die Sonne steht hoch am Himmel. Es wirkt irgendwie ... unnatürlich. Ich stoppe das Vehikel. Unsinn! Es wird einfach eine Schlechtwetterfront sein. Ich bin übermüdet, hungrig und mir ist kalt. Zeit, nach Hause zu fahren. Ich setze den Tog wieder in Bewegung und lenke ihn nach Westen – in Richtung Memoria. Doch meine Gedanken kreisen um den dunklen Himmel. Was kann das bedeuten? Es wirkte eher wie eine atmosphärische Veränderung als eine Wetterfront. Wenn ich dem jetzt nicht nachgehe, wird es mich sicher verfolgen, es wird mir keine Ruhe geben, egal was ich versuche mir einzureden. Ich bremse, wende das Fahrzeug und beschleunige auf den dunkelblauen Streifen zu.

»Jetzt lache ich, Jules. Jetzt lache ich!«

Ich drücke den Steuerknüppel ganz nach vorn. Wenn ich dem nachgehe, dann wenigstens schnell, bevor mich die Kälte endgültig zermürbt. Ich passiere den Brunnen. Der Fluss biegt an einem Felsplateau nach links ab. Vor mir öffnet sich ein Feld mit kleinen, vereinzelten Bäumen. Dahinter taucht eine Wand aus weißen Punkten auf. Von einem Augenblick zum anderen bin ich umgeben von Schneeflocken, die an mir vorbeiwirbeln. Die Helligkeit nimmt ab, während die Sonne weiterhin hoch am Himmel steht. Der Schatten des Togs wird tiefschwarz. Die Landschaft wechselt von dem mit Reif überdeckten Gras zu einer geschlossenen Schneedecke. Ich höre, wie die Räder das Weiß mit einem Knirschen durchpflügen. Der schwarzblaue Himmel invertiert den weißen Untergrund. Oben und unten scheinen sich vertauscht zu haben – es fühlt sich an, als wenn ich auf dem Kopf fahre. Die Hand am Steuer schmerzt vor Kälte. Ich stecke sie in die Jackentasche und versuche, mit der linken Hand zu lenken. Allerdings fehlt mir so die Kontrolle und das Übergreifen ist unbequem. Ich entleere meine Stofftaschen, stülpe sie über den Steuerknüppel und stecke meine Hand hinein.

Die gesamte Ebene steigt allmählich an. Es ist still, selbst der Motor und das Knirschen der Reifen ist kaum mehr wahrzunehmen. Abrupt endet die Schneedecke in einer völlig geraden Linie, als hätte jemand mit einem riesigen Besen über die Landschaft gestrichen. Gleich dahinter endet die Steigung an einer Kante. Ich bremse ab, und der Tog kippt ruckartig auf die Anhöhe. Das Fahrzeug kommt zum Stillstand. Dann sehe ich es! Mein Blick erstarrt, entsetzt über das, was sich auf der Frontscheibe abzeichnet.

»Das ... kann nicht ...«

Schlagartig springe ich aus dem Sitz, drücke die Plane zur Seite und stolpere aus dem Vehikel. Das Land, der Kontinent, der Himmel – einfach alles – endet! Da ist nur ein Abgrund ohne Boden. Ich stehe vor einer schwarzen Wand, die mit Sternen übersät ist. Es wirkt, als wär ein sternenklarer Nachthimmel umgefallen und hätte das Land unter sich begraben. Wie ist so etwas nur möglich? Ich will es verstehen und versuche, mich dem Abgrund vorsichtig zu nähern, da bläst mir ein starker, überraschend warmer Luftstrom entgegen. Ich gehe zuerst gebückt, dann verliere ich den Halt und krieche auf allen Vieren weiter. Meine Augen tränen, und ich muss mein Gesicht abwenden, um Luft zu bekommen. Ich krabble weiter, ziehe mich an Büschen voran. Einige Meter vor mir liegt die Kante. Ich muss es einfach sehen! Mit einem Mal lässt der Sturm abrupt nach. Ich richte mich auf, der Luftzug schwillt erneut an. Diesmal jedoch in Richtung des Abgrunds. Ich verliere die Balance, falle nach hinten. Der Sog wird immer stärker; ich presse mich auf den Boden. Mit einem Ruck hebt es mich vom Untergrund, wirbelt mich herum. Ich greife nach einem Busch und halte mich daran fest. Ein knirschendes Geräusch über mir – der Tog – er schaukelt auf und rollt auf mich zu. Ich kann mich gerade noch zur Seite drehen, ohne von ihm getroffen zu werden. Er rollt an mir vorbei, direkt über die Kante in den Abgrund. Mit einem Ruck reißt es den Busch mitsamt der Wurzel aus der Erde. Nun gibt es kein Halten mehr und es schleudert mich ebenso über die Kante. In diesem Moment lässt der Luftstrom nach. Ich falle auf den Rand, rutsche – versuche, mich hochzuziehen, aber es lösen sich große Brocken vom Untergrund. Ich gleite an der Wand entlang in den Abgrund, greife hektisch in die sandige Steilwand und erwische eine Wurzel. Sie biegt sich, gibt einige Meter nach, aber bricht nicht. Ich hänge mitten im Nichts. Unter mir und über mir nur Sterne, nur Weltraum. Das Atmen fällt mir schwer. Die Steilwand scheint nach unten hin kein Ende zu nehmen. Auch nach oben gibt es nichts zum Hinaufklettern. Mir wird schwarz vor Augen; ich ringe nach Luft. Eine warme Windböe schlägt mir von unten ins Gesicht; meine Lunge füllt sich wieder. Der Luftzug wird stärker, bis es mich nach oben zieht. Ich klammere mich fest um den Zweig, dann schießt mir plötzlich durch den Kopf: Das ist meine einzige Chance! Ich lasse los.

Wie eine Marionette wirbelt es mich durch die Luft nach oben. Ich sehe die Landschaft unter mir. Der Windstoß ebbt ab. Ich falle – schlage hart einige Meter vor der Kante auf dem Boden auf. Ein Schrei durchfährt den schwarzen Himmel. Für einen Moment liege ich benommen da, dann spüre ich wieder den steigenden Sog zum Abgrund. Ich schrecke auf und schaue mich um. Nicht weit von mir liegt mein Q. Ich schnappe es mir und renne humpelnd vom Abgrund weg. Vielleicht hundert Meter weiter sinke ich völlig außer Atem auf die Knie. Als ich mich etwas erholt habe, richte ich mich auf und halte mir schmerzverzerrt die Schulter. Der Tog ist über die Kante gegangen und mit ihm mein Proviant und alle Globen. Alles, was mir blieb, ist das Q. Im Abgrund zu sterben, scheint mir das bessere Schicksal zu sein. Ein Schmerz an der Schläfe. Ich berühre die pochende Stelle. Blut! Die Kopfwunde ist aufgegangen. Kein Wunder, wenn man von einem Schlund verschlungen und ausgespuckt wird.

Der Brunnen? Ich muss ihn in Gang bringen und mir irgendwie eine warme Unterkunft schaffen. Die Kälte macht sich wieder bemerkbar. Ich stecke meine Hände in die Jackentaschen und laufe los, konzentriere mich nur auf den nächsten Schritt. Mein Kopf ist leer, keine Gedanken, keine Empfindungen. Die Luft strömt in meine Lunge; der Herzschlag; das Geräusch der Schritte auf dem Schnee – Rhythmen, die sich ihren Weg bahnen. Plötzlich ist da wieder das Blau des Himmels – ein Durchströmen von Lebendigkeit. Ich blicke zum Horizont, ein Baum krümmt sich unter der Last des Schnees. Meine Beine bewegen sich auf ihn zu, dann ist es ein Busch, dann der nächste Baum, dann endet die Schneedecke, dann laufe ich auf einen Steinbrocken zu. Dort! Der Brunnen? Die Strecke habe ich länger in Erinnerung. Die letzten Meter renne ich beinahe, muss aber kurz danach humpelnd auf das Gehen zurückfallen.

Es sind weiterhin keine Globen im Becken. Mir muss etwas einfallen. Ich spüre, wie sich die Kälte in meinen Körper frisst. Ich suche in meinen Jackentaschen, dann in meinen Hosentaschen – was ist das? Ein Glob? Ich hole ihn hervor. Es ist der gelbe Glob, den mir Sid gab. Den hatte ich völlig vergessen. Ohne zu zögern, werfe ich den Glob in die Öffnung. Der Brunnen tönt auf, als hätte ich eine riesige Klangschale angeschlagen. Das Quadrat mit dem Pfeil erscheint, nur dieses Mal blinkt es rot. Ich berühre das Symbol und die Anzeige wechselt zu einer roten Risszeichnung des Brunnens. Ich probiere einige Symbole neben der Zeichnung aus und bekomme andere Darstellungen und Daten angezeigt. Die ganze Brunnenkonstruktion ragt demnach tief in die Erde hinein.

»Geothermie«, flüstere ich.

So funktionieren die Brunnen, von dort bekommen sie die Energie. Auf einer der Darstellungen blinken Linien unterhalb des Brunnenzylinders. Offensichtlich sollen sie auf ein Problem hinweisen. Ich berühre die Stelle und die Darstellung zoomt hinein. Unter der Abbildung ist wieder das Symbol mit dem Quadrat und dem Pfeil. Ich berühre das Zeichen, es tauchen zwei weitere Symbole auf: ein Dreieck und ein X in einem Quadrat. Eine *Ja oder Nein* Frage? Ich wähle das Dreieck. Die Darstellung wechselt in die Vogelperspektive und zeigt die Skizze des Brunnens mit einem Kreis, der sich blinkend ausbreitet. Ein Abstand? Ein Sicherheitsabstand! Was habe ich da ausgelöst? Die Selbstzerstörung?

Ich bewege mich langsam rückwärts vom Zylinder weg, dann sehe ich zwei rote Kreise, die sich im Sekundentakt mit einem Fiepen ändern. Ein Countdown! Ich renne. Meine Rippen schmerzen; meine Beine sind steif.

Nach etwa fünfzig Metern reicht meine Kraft nicht mehr. Ich sinke an einem Baum zu Boden. Lehne mich sitzend an den Stamm und beobachte die zylindrische Konstruktion. Die roten Symbole verschwinden. Für einen Moment bleibt alles ruhig, dann schiebt sich zischend die Hülle des Zylinders einige Meter nach oben und gibt den Blick auf sein Inneres frei. Ich sehe komplexe Verstrebungen, blau leuchtende Kabelstränge und blitzende Energieladungen. Begleitet von einem tiefen Dröhnen entsteht ein immer heller werdendes Glühen im Kern. Das gleißende Licht schmerzt in meinen Augen, ich muss mich abwenden. Ein Hitzeschwall kommt mir entgegen und brennt auf meiner Haut wie ein heißer Sommertag. Die Energie entlädt sich. Es donnert. Der Boden bebt. Die Wucht wird tief in den Untergrund geleitet. Schließlich ebbt die Erschütterung in immer schwächer werdenden Wellen ab. Ich wage wieder einen Blick. Die Umgebung dampft, aber der Brunnen sieht aus wie zuvor. Das Gras ist stellenweise von der Hitze verkohlt. Ich raffe mich auf und gehe zu dem Zylinder zurück. Zu meiner Überraschung ist die Oberfläche nur handwarm. Die Konsole reagiert diesmal genauso wie in Memoria. Mit einem »Klack« erscheint der erste blaue Glob im Becken. Die Entladung hat den Brunnen offensichtlich wieder in Betrieb gesetzt. Aber nun brauche ich noch eine Behausung, um die Nacht zu überstehen. Ich versuche, mit der Steuerung zurechtzukommen. Obwohl ich mittlerweile einige Symbole kenne, sind mir die meisten weiterhin rätselhaft. Einige lassen neue Zeichen entstehen, andere scheinen nichts zu bewirken. Die Hitze hat sich verflogen, und die Kälte schlingt sich um mich wie eine eisige Decke. Leuchtende Zeichen huschen über die Konsole. Müdigkeit überkommt mich. Meine Augen fallen zu – ich schrecke auf. Ich muss mich konzentrieren, wenn ich überleben will. Durch ein Quadrat gehen zwei Linien von oben nach unten, das Symbol kenne ich, ein Zeichen für die Kartendarstellung. Ich wähle es aus und eine Ansicht der Umgebung aus der Vogelperspektive erscheint. Darauf sind die quadratischen Bereiche des Bauschaums im Boden dargestellt. Ich berühre ein Rechteck in der Nähe des Brunnens. Es werden verschiedene Häuservarianten angezeigt. Ich wähle ein einfaches, einstöckiges Gebäude. Ein Kreissymbol mit zwei Punkten taucht auf. Sicher die Anzahl der Globen, die ich dafür brauchen werde. Ich schaue in das Becken. Eine Handvoll Globen sind bereits entstanden. Eigentlich seltsam, dass der Brunnen selbst Globen braucht, wo er sie doch produziert. Vermutlich ist die Menge an Energie, die er pro Sekunden erzeugen kann, begrenzt. Für größere Aufgaben müsste man dann warten. Zum anderen ist es nur konsequent, wenn alle Systeme gleich funktionieren.

Ich werfe zwei Globen ein. Sofort staubt es in einiger Entfernung auf, dann knackt es und Wände steigen aus dem Untergrund empor. Die Geschwindigkeit, mit der der Bau voranschreitet, ist verblüffend. Ich gehe einige Schritte darauf zu und betrachte das wachsende Mauerwerk. Es sieht nicht so aus, als wenn es nach oben geschoben wird, sondern, als wenn es an der Oberfläche herauswächst. In den Wänden sind verschiedene Strukturen zu erkennen. In eine Öffnung schiebt sich eine Glasscheibe hinein. Zum Abschluss entfaltet sich ein Dach aus dem Inneren.

Ich gehe zurück zum Brunnen und nehme mir zwei weitere Globen. Mein Körper fängt an, unkontrolliert zu zittern. Erschöpft laufe ich geradewegs in das Haus. Sofort halte ich mir den Kragen vor die Nase. Der saure Geruch der frischen Wände ist intensiv. An der Steuerungstafel neben der Tür werfe ich einen Glob ein und stelle die Heizung auf Maximum.

In einer Nische des Wohnzimmers setze ich mich auf den Boden. Die Wärme der Wände ist hier deutlich zu spüren. Die Hitze dringt wie ein Schwall von Nadeln in meinen Körper. Der Geruch ist verflogen, oder ich habe mich daran gewöhnt. Ich ziehe meine Jacke aus und falte sie zu einem Kissen. Trotz meiner Erschöpfung und der angenehmen

Wärme, fällt es mir schwer einzuschlafen. Ich sehe mich am Abgrund stehen, erinnere mich an den blauen Himmel und das Gefühl von Lebendigkeit. Ich sehe Maria, wie sie empört das Haus verlässt. Endlich überkommt mich der Schlaf.

***

Ich wache auf. Mein Körper schmerzt bei jeder Bewegung. Es wundert mich nicht, der Aufprall am Abgrund war hart. Ich stehe mühsam auf und gehe zur Tür. Als ich sie öffne, spüre ich, wie die eisige Kälte hereinzieht. Mein Blick geht kurz zum Brunnen und dann zum Himmel. Die Sonne strahlt durch eine dünne Wolkendecke. Ich schließe die Tür. Ohne das warme Haus hätte ich die Nacht niemals überstanden. In dem leeren Zimmer laufe ich gedankenversunken hin und her. Der Brunnen hat mich gerettet, aber ich kann nicht ohne Nahrung und Wasser hier bleiben. Moment – hier muss es doch ...? Ich gehe durch den Flur und finde zwei Räume weiter eine Küche. Am Becken drücke ich auf den Hahn. Nach einem fauchenden Geräusch strömt klares, kaltes Wasser heraus. Ich halte meine Hände darunter und trinke, bis sich der Durst gelegt hat.

Was könnte ich an dem Brunnen noch erzeugen, außer Häuser und Globen? Für Kleidung und Nahrung benötige ich eine Schmiede. Die Schmiede! Wenn der Brunnen die Basis für eine Siedlung darstellt, muss es hier auch eine Schmiede geben. Aber selbst wenn ich sie finde, muss ich lernen, sie zu bedienen und das dürfte komplizierter sein als bei dem Brunnen.

Wie weit ist es wohl bis nach Memoria zurück? Ich nehme das Q und gehe durch meine Notizen. Meine reine Fahrzeit wird sicher um die zwanzig Stunden liegen. Wenn ich im Schnitt dreißig Kilometer pro Stunde gefahren bin, sind es um die 600 Kilometer. Das ist sehr weit zu Fuß und auch nur eine grobe Schätzung. Ohne Nahrung und bessere

Kleidung werde ich es niemals schaffen. Also muss ich die
Schmiede finden. Sie kann eigentlich nur im Wald liegen,
auf der anderen Seite des Flusses, ansonsten hätte ich sie
vom Hügel aus sehen müssen.

Der ursprünglich verkohlte Kreis um den Brunnen herum
ist nun komplett mit einer dünnen, weißen Schicht bedeckt.
Auf dem zylindrischen Gebäude selbst liegt jedoch kein
Schnee. Als ich ihn berühre, verstehe ich warum: Die silberne Oberfläche ist immer noch handwarm. Es ist im
Vergleich zu gestern noch kälter geworden. Die frostige
Luft schmerzt in meiner Lunge, und ich habe Mühe, meine
Hände kontrolliert zu bewegen. Ich streife ungelenk über
die Konsole und die quadratischen Zeichen erscheinen. Mir
fällt sofort das Quadrat mit dem Pfeil darin auf. Der gelbe
Glob muss es dauerhaft hinzugefügt haben. Ich wähle es aus
und die Anzeige wechselt erneut in den roten Modus. In
einem weiteren Menü taucht das Kartensymbol auf. Diesmal werden verschiedene Karten zur Auswahl dargestellt.
Die Anzeige erinnert mich sofort an Salventos Brunnen. Ob
er den gelben Glob bereits kennt? Mit Sicherheit – schließlich befindet sich das Erz direkt vor seiner Haustür.
    Ich gehe durch die Darstellungen und finde schnell
eine Umgebungskarte. Ein Weg ist hervorgehoben, er führt
über den Fluss zu einer Anhöhe. Dort sehe ich ein rautenförmiges Symbol in einem Kreis. Ich berühre es. Eine Risszeichnung der Schmiede erscheint. Ich wechsle zurück zur
Kartenansicht und präge mir den Weg ein.

Eine einfache Brücke führt über den, trotz der Kälte, immer
noch dahin strömenden Fluss. Dahinter umschließt der
Wald einen Pfad. Das Blätter- und Zweiggewirr bietet mir
etwas Schutz vor dem kühlen Wind. Einige Bäume tragen
orangefarbene Früchte. Von einem niedrig hängenden Aste

pflücke ich mir eine davon. Ich streife von der faustgroßen, ovalen Form den Reif ab und rieche daran – fruchtig herb. Sie ist noch überraschend weich, also kann der Kälteeinbruch hier nicht lange her sein. Ich bin mir sicher, dass ich jemanden in Memoria solch eine Frucht essen gesehen habe. Ich beiße entschlossen hinein. Die Haut ist dünn, das Fruchtfleisch weich und ebenso orange. Ein extrem süßer Geschmack breitet sich aus, gefolgt von einem bitteren Nachklang – intensiv aber durchaus angenehm. Ich blicke mich um, es gibt hier jede Menge von diesen Fruchtbäumen. Damit werde ich sicher einige Zeit auskommen. Eine Lichtung öffnet sich, und in der Mitte ragt ein fabrikartiges Gebäude empor. Die Schmiede wirkt, trotz der Schneeschicht auf dem Dach, kleiner als in Memoria. Ist sie vielleicht auch so defekt wie der Brunnen? Ich laufe die Rampe hinauf und schiebe schwerfällig die Tür am Eingang auf. In der Halle sehe ich die Kontrollpulte und daneben die Sichtfenster auf die Rohmaterialverarbeitung. Alles genau wie in Memoria. Ich schaue mich im hinteren Bereich der Halle um. Eine große Plane bedeckt etwas, das vor einer Wand steht. Ich greife eine Ecke der Plane und ziehe sie langsam weg.

»Nicht zu fassen ...«, raune ich.

Die Lösung all meiner Probleme – ein Tog. Das neue Vehikel ist vom alten Gefährt kaum zu unterscheiden. Ich öffne die Kiste hinter dem Beifahrersitz und finde tatsächlich eine zusammengefaltete Plane. Ich spanne sie sofort über die Seiten, verhake, wie schon bei dem alten Vehikel, die Ösen mit dem Tog. Jeder Schutz vor der Kälte bringt mich einen Schritt näher nach Memoria. Fährt er überhaupt? Ich setze mich hinter das Steuer, werfe einen Glob hinein und drücke den Steuerknüppel leicht nach vorne. Der Motor surrt leise, und der Tog setzt sich sofort in Bewegung. Ich fahre bis vor das Tor und steige aus. Mein Blick schweift prüfend durch die Halle. Wo ich nun den Tog habe, muss ich mich nicht mehr mit der Bedienung der Schmiede herumschlagen. Das

Einzige von Nutzen, das ich sehe, ist die andere große Plane, unter der der Tog verborgen war. Sie ist etwas dicker und steifer als die Plane aus der Kiste. Ich falte sie zusammen und lege sie auf den Beifahrersitz. Meine Hände schmerzen von der kalten Oberfläche. Ich versuche, sie in meinem warmen Atem aufzuwärmen. Vermutlich besitzt die Schmiede auch eine Heizung, aber ich brauche nicht mehr hierzubleiben. Mein Blick fällt auf die Werkzeugkammer in der Ecke der Halle. Ich gehe hinüber und öffne die Tür. Die Regale sind voll bepackt mit Hunderten von Qs. In der Mitte steht ein Anhänger, und wie in Memoria hängen einige Werkzeuge an Haken von der Decke. Alles wirkt wie vorbereitet, ja, wie hingestellt, um von Neuankömmlingen in Betrieb genommen zu werden. Aber wer sollte je hierher finden? Mich selbst hat es nur aus Zufall hierherverschlagen. Um eine neue Siedlung aufzubauen, bedarf es mehr. Ob wohl das ganze Land mit Brunnen und Schmieden durchsetzt ist? Aber welchen Sinn würde dies machen, bei nur knapp tausend Menschen? Nun wird mir eines völlig klar: Es muss hier noch mehr von uns geben.

Im Wald nahe der Schmiede pflücke ich mir einige der orangefarbenen Früchte. Schließlich fahre ich weiter, überquere die Brücke am Fluss zurück zu dem Haus am Brunnen. Ich fülle meine Wasserflasche auf und lasse die Wärme der Räume ein letztes Mal meinen Körper durchdringen. Die Sonne steht nun im Zenit, und die Wolken ziehen längliche Bahnen am Himmel, als würden sie wie Pfeile in Richtung Memoria deuten. Ich setze mich in den Tog, nehme die große Plane vom Beifahrersitz und wickele sie, so gut es geht, um mich herum. Die kalte Oberfläche lässt mich zunächst erzittern, aber dann spüre ich schnell, wie sich die Luft in den Zwischenräumen erwärmt. Ein letztes Mal fahre ich am Brunnen vorbei, das Becken ist nun voll mit Globen. Die Gegend ist kaum wiederzuerkennen. Es ist eine eisige

Winterlandschaft. Zum Glück muss ich mich nur auf den Wolkenzug konzentrieren, denn anhand der Umgebung ist eine Orientierung kaum mehr möglich.

Ich fahre für einige Zeit über die weiße Fläche, dann reißt sie schlagartig auf und wechselt zu braunem Sand mit gelbem Gras. Die Kälte kostet mich viel Energie. Ich habe ständig Hunger und esse eine Frucht nach der anderen. Die Hände sind von dem Fruchtfleisch so klebrig, dass ich sie mit etwas Wasser abspülen muss. Die Landschaft ändert sich zu einer gelbgrünen Steppe mit vereinzelten Bäumen. Nun wird es mit jedem Meter wärmer. Ich wickele mich zunächst aus der Plane, bald darauf öffne ich die Jacke. Die Sonne steht tief und gibt der Landschaft einen dämmrigen, roten Ton. Der Fluss biegt vor einem Hügel nach rechts ab, da erkenne ich die Stelle wieder. Von der Anhöhe aus entdeckte ich bei der Hinfahrt die ovale Oase. Nun fällt mir der Name des dritten Flusses ein: Ora, so hatte Will ihn genannt. Was er wohl von meiner abenteuerlichen Fahrt halten wird? Sicherlich wäre er ohne zu zögern mitgekommen, wenn ich ihn danach gefragt hätte. Aber eigentlich ich bin erleichtert, dass ich es nicht tat, hatte ich doch schon ganz alleine jedes Stück an Glück aufgebraucht, um dies zu überleben.

Ein Lichtkegel breitet sich vor mir aus. Ich fahre durch das nächtliche Zwielicht und versuche, meine Müdigkeit zu verdrängen. Noch eine Nacht möchte ich nicht hier draußen verbringen. Ich konzentriere mich auf den beleuchteten Untergrund vor mir. Dass der Tog auch über ein Frontlicht verfügt, wusste ich nicht. Es muss sich automatisch aktiviert haben, so ähnlich wie der Amphibienmodus bei Wasserkontakt. Zum ersten Mal kreisen meine Gedanken um das Undenkbare, dem Abgrund ins Nichts. Es fällt mir schwer, aus dem Erlebten irgendein sinnvolles Bild hervorzubringen. Bin ich bereits gestorben? Ist dies vielleicht der Himmel oder die Hölle? Ich erinnere mich an das Gefühl der Lebendigkeit, als ich wieder den blauen Himmel erblickte.

Nein, ich bin nicht tot! Aber wie kann die gesamte Landschaft einfach so enden? Das ist völlig unmöglich. Kein Wunder, dass ich nach übernatürlichen Erklärungen suche. Ich erhöhe die Geschwindigkeit und fahre gedankenversunken über Hügel und Täler. Vor mir taucht ein gelber Fluss im Lichtkegel auf. Das muss der Ora sein, sicher fließt er vom Wasserfall abgehend in einem langen Bogen nach Osten und schlängelt sich dann bis zu dem Brunnen am Abgrund. Ich finde schnell eine seichte Uferböschung und überquere ihn zügig.

Trotz der Dämmerung zeichnen sich Waldränder vor dem grafitfarbenen Himmel ab. Einige Abschnitte kommen mir vertraut vor, vermutlich durchfuhr ich sie bereits auf dem Hinweg. Plötzlich sehe ich mich – wie ich, auf dem Weg zum Abgrund, mir selbst entgegenfahre. Ich möchte ihm zurufen, ihn warnen vor dem Sog, vor der Kälte, aber er reagiert nicht und fährt mit starrem Blick an mir vorbei – mir kommt diese Person dort am Steuer so fremd vor.

Vor mir baut sich ein Abhang auf. Ich lenke den Tog seitwärts und nähere mich langsam. Es ist die Uferböschung des Secum, nun ist es nicht mehr weit. Das Ende der Welt, der Abgrund, das ist es, was Jules mir zu erklären versuchte. Ich muss mit ihm reden. Ob überhaupt alle vom Abgrund wissen? Wie könnten sie das einfach so hinnehmen? Am Horizont tauchen die ersten Gebäude auf.

Ich gehe auf Jules Haus zu. Er öffnet sofort die Tür.
»Paul, wo warst du? Wir haben dich schon gesucht.«
»Nun ja, hat länger gedauert, als ich erwartet habe. Allerdings solltest gerade du wissen, wo ich war.«
Jules bittet mich herein. Wir setzen uns an einen kleinen Tisch. Er beugt sich nach vorn und reibt mit der Hand über sein Kinn.
»Dann ... dann hast du es gesehen?«
Ich nicke. »Ich ahnte es natürlich«, fährt er fort,

»dachte aber, dass du nicht einfach so losziehst, ohne jemandem Bescheid zu sagen.«

»Na ja, mir war an dem Morgen nicht zum Diskutieren zumute, ich wollte endlich Antworten finden.«

»Verstehe.«

»Es war leichtsinnig, und ich wäre dabei beinahe draufgegangen. Du hättest mich warnen sollen, dass es an der Kante starke Winde gibt und dass es dort so bitterkalt ist.«

»Kalt? Du musst wissen, ich habe den Abgrund da draußen nur aus der Entfernung gesehen. Was ist passiert?«

»Der Sog hat mich und den Tog über die Kante gezogen. Ich konnte mich gerade noch an etwas festhalten, dann drehte sich der Luftstrom ... und hat mich wieder zurückgeschleudert.«

»Den Tog hat es auch in den Abgrund gezogen? Wie bist du ...«

»Ich hatte einfach nur Glück, hab in der Nähe einen Brunnen gefunden und mir ein Haus für die Nacht gebaut. Die Schmiede lag nicht weit ab ... und mitten drin, unter einer Plane, war tatsächlich ein neuer Tog. Ansonsten wär ich wohl immer noch da draußen.«

Jules schüttelt den Kopf und lehnt sich zurück.

»Ich hatte keine Ahnung, dass es so gefährlich sein würde. Es hat dich sogar hineingezogen«, sagt er und starrt mich mit offenem Mund an. »Und? Da du es nun selbst gesehen, ja, am eigenen Leib erlebt hast, was hältst du davon?«

»Ich ... ich verstehe es nicht. Wie kann die Welt einfach so aufhören?«

»Wie kann so etwas sein ... ja, das ist die Frage«, erwidert er.

Mein Nacken schmerzt, als ich den Kopf schüttele.

»Alles, was ich von den Naturgesetzen weiß, sagt mir, dass es unmöglich ist. Wie sollte so die Atmosphäre bestehen bleiben? Was ist mit der Gravitation? Müsste sie den Planeten nicht ... abrunden?«

»Völlig richtig, also? Infolgedessen kann es nur eine Antwort geben.«
Ich fixiere seine blaugrauen Augen.
»Welche? Ich verstehe es nicht?«
Er steht auf, geht zu einem Schrank, nimmt zwei Gläser heraus und stellt sie auf den Tisch. Er öffnet eine Flasche und gießt uns etwas Traubenwein ein.
»Du hast es ja selbst gesagt, es ist nicht möglich. Alles nur eine Scharade, eine Illusion, ein Irrgarten. Wie du es auch formulieren möchtest, wir sind nur die Ameisen in einem Spiel.«
»Was? Du meinst, ein Experiment? Von wem und wozu? Wer könnte so etwas konstruieren? Das ... das kann ich nicht glauben ... unmöglich!«
Er reicht mir ein Glas.
»So unmöglich, wie, dass die Welt einfach in einem Nichts endet? Paul, ich erinnere mich an Technologien, mit der man künstliche Welten erschaffen konnte. Wenn du mich fragst, das erscheint mir sehr viel wahrscheinlicher.«
Als er es erwähnt, kann ich mich schlagartig an diese virtuellen Welten erinnern, aber sie waren nie derart realistisch. Die Vorstellung, das alles sei nicht existent, nicht echt, erschreckt mich.
»Nein! Das will ich nicht glauben. Es ... es fühlt sich nicht so an«, hauche ich.
»Paul, höre dich selber reden, ... du reagierst irrational. Was natürlich angesichts dieser Erkenntnis durchaus verständlich ist.«
»All diese Optionen sind irrational. Es muss eine andere Erklärung geben«, sage ich und entleere das Glas mit einem Schluck. »Bist du damals zufällig auf den Abgrund gestoßen, oder woher wusstest du es?«
»Maria hat mir davon erzählt. Aber ich konnte es erst glauben, als ich diesen Abgrund ins Weltall mit eigenen Augen sah.«
»Maria? Sie ... sie weiß davon? – Natürlich!«

»Natürlich«, wiederholt er.
Darüber, dass Maria es schon längst wusste, hatte ich bisher noch gar nicht nachgedacht. War sie deshalb so gegen meine Nachforschungen, weil sie nicht wollte, dass ich es herausfinde?

»Jules, ich muss mich erst einmal ausschlafen und das alles verarbeiten.«

»Sicher Paul, gehe aber auf dem Weg bei Maria vorbei, sie war über dein Verschwinden sehr besorgt.«
Ich nicke.

Es nieselt aus der geschlossenen Wolkendecke. Jedes Mal, wenn ich bei Jules war, fühle ich mich beunruhigter als zuvor. Bin ich irrational? Eigentlich bin ich mir absolut sicher, dass dies alles hier keine Illusion ist. Aber etwas beharrlich zu glauben, obwohl Indizien dagegen sprechen – beschreibt das nicht Irrationalität? Spricht der Abgrund überhaupt dafür, dass es das hier alles gar nicht gibt? Ist dies nicht eine voreilige Schlussfolgerung? Es ist eine These, weiter nichts. Nur weil uns im Moment keine andere Begründung einfällt, heißt das nicht, dass es keine gibt.

Ich gehe langsam auf den Brunnen zu und überlege, wie ich es Maria erklären soll. In diesem Moment sehe ich sie mit gesenktem Blick aus dem Haus gehen. Als ich mich weiter auf sie zubewege, bemerkt sie mich. Sie schaut mich an und bleibt stehen. Ich weiß noch immer nicht, was ich sagen soll. Der Regen wird stärker. Schließlich bricht sie das Schweigen.

»Und, hast du deinen Zugang gefunden?«
»Zugang?«
»Am Wasserfall.«
»Nein. Dort war ich nicht.«
»Wo dann?«
»Ich bin den Wolken entgegen gefahren, Maria, ich habe das Ende der Welt gesehen. Warum hast du mir das

verschwiegen?«

Sie blickt mich erstaunt an.

»Ich habe es ... vergessen, und was hätte es schon gebracht?«

»Wie kann man denn so etwas vergessen? Das ändert doch alles!«

Sie schüttelt den Kopf, von ihren nassem Haar lösen sich einige Tropfen.

»Es ändert gar nichts!«

»Wie kannst du das sagen? Nun ist es doch offensichtlich, dass hier etwas nicht stimmt. Das können wir nicht ignorieren.«

»Wir können nichts anderes tun.«

Diese Teilnahmslosigkeit – ich kann sie nicht verstehen.

»Ihr versucht es nicht einmal. Vielleicht gibt es noch andere Siedlungen, andere Menschen, andere Dinge in dieser Welt, die sich zu entdecken lohnen. Ihr seid so passiv, starr, kein Wunder, dass ihr aussterbt.«

Der Regen prasselt auf uns nieder, und doch ist er so weit weg wie das Rinnen eines entfernten Baches.

»Das ist nicht wahr! Wir tun, was nötig ist, um Memoria zu erhalten. Du bist erst seit Kurzem hier. Du kannst das nicht beurteilen.«

»Genau weil ich neu bin, kann ich es beurteilen. So langsam glaube ich, dass ich mit Salvento mehr gemein habe als mit euch.«

»Wie meinst du das?«

»Ihr seid die Verrückten!«

Marias Augen weiten sich. Sie blickt durch mich hindurch, scheint nicht einmal mehr zu atmen. Ich wollte sie damit aus dieser Lethargie holen, sie wach rütteln. Ich bin zu weit gegangen. In meiner Brust pocht es wie Donnerschläge. Tränen vermengen sich mit Regentropfen. Ich gehe langsam auf sie zu. Sie rührt sich nicht. Ich laufe die letzten beiden Schritte, umfasse ihren Kopf, küsse sie, treffe aber den Mund nicht richtig. Sie ist weiterhin wie erstarrt. Ich küsse sie erneut. Ihr Mund öffnet sich leicht. Ich küsse sie wieder, sie neigt den Kopf, ich spüre ihre Hand an meiner Schulter. Sie zieht an meinem Arm und küsst mich.

»Es ... tut mir leid«, stammele ich.

»Ich weiß.«

Ich umarme sie und drücke sie an meinen Körper. Trotz des Regens kann ich den Geruch ihrer Haut in meiner Nase spüren – ein Sonnenblumenfeld. Als wir uns wieder lösen, deutet sie in Richtung ihres Hauses, und wir gehen hinein.

Sie öffnet einen Schrank und reicht mir ein Handtuch.

»Es ist gewissermaßen mein Fehler«, sagt sie, »ich hab wohl vergessen, wie mir damals zumute war., wie mir damals zumute war.« Sie trocknet sich das Gesicht und die Haare vom Regen ab. »Glaube mir, wir alle haben versucht, es zu verstehen, aber es gibt keine Antworten da draußen. Das wirst du irgendwann auch erkennen.«

»Vielleicht«, erwidere ich zögerlich.

Sie streift sich die Haare zurück und lächelt.

»Willst du etwas Hon-Ragout? Ich habe noch was da.«

»Das wäre großartig! Mir ging auf dem Weg die Verpflegung aus, und ich konnte mich nur von diesen orangefarbenen Früchten ernähren.«

»Orangenäpfel, so nennen wir sie. Ich mag sie nicht sonderlich, sie sind mir zu süß.«

Ich folge ihr in die Küche, erzähle ihr von der langen Fahrt und das ich da draußen beinahe erfroren bin. Sie erklärt mir, dass es an dem Tag, an dem sie am Abgrund stand, sehr warm gewesen sei. Wir reden über die transformierte Schmiede und dass Sid immer noch völlig aufgeregt ist. Sie füllt mir eine Schale mit dem Ragout und setzt sich neben mich. Ich spüre das würzige Fleisch in meinem Mund und die angenehme Wärme, die es in meinen Körper bringt.

»Warum hast du nicht einmal Will gefragt, ob er dich begleitet?«

»Ich war an dem Morgen wie im Rausch, ich musste es einfach alleine tun. Weiß Will überhaupt vom Abgrund?«
»Ja, aber ich glaube, er war nie dort«, erwidert sie. »Er kam erst vorhin mit einem Buch aus dem Depot vorbei. Er wollte wissen, ob ich die Sprache verstehe.«
Wir setzen uns auf das Sofa.
»Und verstehst du sie?«
Sie nimmt ein Buch vom Tisch und schlägt es auf.
»Nein. Vielleicht kannst du es ja lesen?«
Es ist ein Kunstführer durch verschiedene Museen. Voll mit Gemälden und Figuren. Die Schrift besteht aus komplexen Strichmustern, vermutlich irgendeine asiatische Sprache.
»Ich kann es versuchen«, sage ich und zeige auf ein Bild mit Linien und Klecksen. »Da steht: Dieses Gemälde entstand, als der Künstler eine Fliege von der Leinwand verscheuchte ... glaube ich.«
Sie lacht und zeigt auf ein Gemälde mit verschiedenfarbigen Quadraten.
»Und was steht dort?«
»Ja, hier steht, dass der Künstler immerzu im Schach verlor und darüber so frustriert war, dass er das Schachfeld bunt anmalte und die Felder neu sortierte.«
Sie boxt mich auf den Arm.
»Unsinn! Du verstehst kein Wort davon.«
»Oh, da war ich schon einmal!«, sage ich und zeige auf ein Landschaftsgemälde.
»Ach?«
»Unten am Strand, hinter den Bäumen, führt der Weg zu einer großen Villa. Dort gibt es einen riesigen Kamin in der Mitte.«
»Und?«
»Jetzt fällt es mir wieder ein! Den hab ich gleich angezündet ... und schwitzte danach wie verrückt, weil es doch Sommer war.«
Sie schaut mich flachsig an.
»Wie töricht! Ja, das klingt ganz nach dir.«

Nach der Hälfte des Buchs kann ich meine Augen nicht mehr offen halten. Ich lasse meinen Kopf in ihren Schoß sinken.

»Maria, ich bin die Nacht durchgefahren, ich muss mich kurz ausruhen.«

Ich spüre ihre Hand auf meiner Stirn. Ich möchte nirgendwo anders sein. Meine Gedanken versickern und wohlige Wärme fließt in den freien Raum.

***

Ein Blumenfeld – etwas kitzelt auf dem Arm. Ich liege, gehüllt in eine Decke, auf dem Sofa. Auf meinem ausgestreckten Arm ruht Marias Kopf, sie liegt mit dem Rücken zu mir. Ich spüre ihren Atem auf meiner Haut. Sie dreht sich um.

»Morgen«, flüstert sie.

Ich fahre mit der Hand durch ihre Haare und küsse sie auf die Stirn. Sie umgreift meinen Nacken und unsere Lippen berühren sich.

»Morgen«, erwidere ich.

Sie zieht die Decke zur Seite und steht auf.

»Ich mache uns erst einmal ein schönes Frühstück«, sagt sie und geht in die Küche.

Ich richte mich auf und bemerke dunkle Streifen auf meinen Händen und Unterarmen. Dann sandige Flecken auf meiner Kleidung. Natürlich, ich hatte nach meinem Ausritt noch keine Möglichkeit, mich zu waschen und das ist, was der Regen übrig ließ.

»Maria, ich gehe kurz nach Hause, mich waschen und umziehen. Ich bin gleich zurück«, rufe ich.

»Gut, bis gleich«, erwidert sie.

Ich laufe durch Memoria, und alles erscheint mir wie ausgewechselt. Die Gebäude sind heller, die Sonne ist wärmer und die Luft ist frischer. Jeder der mir entgegen kommt begrüßt mich freundlich. Schließlich erreiche ich mein Haus und öffne schwungvoll die Tür, da spüre ich ein Stechen in meiner Schulter. Sicher eine Prellung vom Aufprall am Abgrund. Der Abgrund – den hatte ich ganz vergessen. Wie kann ich dem nachgehen und dennoch Maria nicht wieder verärgern? Ich muss einfach herausfinden, was das alles zu bedeuten hat. Das muss sie verstehen. Ich ziehe meine Kleidung aus und stelle mich unter die Dusche. Das Wasser rinnt an mir herunter, während meine Gedanken endlos um eine Erklärung für das Ende der Welt kreisen. Ich trockne mich ab und schaue in den Spiegel. Auf dem Rücken und der Schulter sind einige blaue Flecke zu erkennen. Ich blicke in mein Gesicht und erschrecke über diese angestrengten Augen, die mich anstarren. Soeben war die Welt noch hell und leicht, und mit einem Mal ist alles anders. – Suche ich nun nach dem *Baum der Wahrheit*? Diese Erfahrung im Abgrund war so intensiv, so unvorstellbar. Der Abgrund ist nicht nur da draußen, er ist nun auch in mir. Das ist es, was *unvorstellbar sein* wirklich bedeutet. Nicht, dass es zu schwierig ist, oder, dass wir noch mehr Informationen brauchen, um es zu verstehen, sondern, dass es wahrhaftig nicht vorstellbar ist. Es lässt uns im Kreis laufen, bis wir ermüden und sobald wir zu Kräften kommen, beginnt es von Neuem. Wir versuchen, den Abgrund in uns aufzufüllen, bis alles, was wir waren, sind und sein könnten, vom Unvorstellbaren gefressen wurde.

    Nein!
Ich will das nicht, ich will zurück zu Maria und all dies vergessen.

DIE AUFGABE
|-(.)

»**U**nd der Schrank?«, fragt Will.
»Der bleibt erst mal hier. Marias Schrank ist groß genug. Nur die Kleidung, der Sessel, die Bilder und der kleine Tisch«, erwidere ich.

»Okay«, sagt er, nimmt den Tisch und trägt ihn hinaus zum Karren.

Ich öffne den Schrank und packe meine Kleidung in einen Stoffsack. Will kommt zurück und greift sich ein paar Bilder.

»Dass ihr so schnell zusammenzieht, ... ihr habt euch das sicher gut überlegt.«

»Haben wir. Die letzten Tage kam ich sowieso nur noch selten hierher.«

»Ja, diesen halb-halb Zustand hab ich mit Mina quasi schon ewig. Was meinst du, ob ich sie mal fragen soll?«

»Sicher, warum nicht. Allerdings ist ihre Wohnung auch Anproberaum, Werkstatt und Lager. Vielleicht sollte sie da besser zu dir ziehen?«

»Womöglich ... und genau darum hab ich sie noch nicht gefragt. Ich glaub nicht, dass sie sich je von ihrer Arbeitsstätte trennen kann.«

»So sollte sie es nicht sehen, sie kann ja weiterhin dort arbeiten.«

Ich kippe den Sessel an der Lehne nach hinten. Will packt ihn an den Beinen und wir tragen ihn hinaus.

»Vorhin war ich seit langem Mal wieder am Wasserfall«, meint er. »Sieht alles noch okay aus. Bis auf die eine

Treppe, die ist weggekippt.«

»Offenbar stürzt da nur etwas ein, wenn wir dort sind. Aber lasse dich nicht von Maria erwischen.«

»Irrtum! Maria hat mich sogar geschickt«, erwidert er.

»Ach?«

Wir wuchten den Sessel auf die Ladefläche und gehen zurück ins Haus.

»Ja, sie meinte, ich soll nachschauen, ob wir womöglich die Treppe reparieren können. Für den Fall, dass Neuankömmlinge dort runterkommen«, erklärt er.

»Stimmt, das macht Sinn. Vielleicht sollten wir dort auch ein Schild aufstellen.«

»Und was schreiben wir drauf? Unten gibt's Pizza?«, sagt er lachend.

»Schade nur, dass niemand in Memoria Pizza anbietet. Vielleicht sollte ich das ja übernehmen?«, erwidere ich.

Wir greifen uns jeweils einen Kleidersack.

»Paul, das wär doch perfekt! Du suchst ja nach einer Beschäftigung.«

»Das war nur ein Scherz. Pizzabäcker, ... darüber weiß ich einfach zu wenig.«

»Ist das nicht immer so, wenn man etwas Neues beginnt?«

»Mag sein.«

Wir packen die Säcke in den Karren und machen uns auf den Weg zu Marias Haus – zu meinem neuen Zuhause.

Maria hält uns die Tür auf, während wir den Sessel hineintragen.

»Sid war grade hier«, sagt sie, »er meint, dass wir nun die verschiedensten Geräte bauen können, die direkt mit Globen angetrieben werden. Auf einer der neuen Konsolen hat er den Bauplan dazu entdeckt.«

Will kommt ins Wanken und lässt beinahe den Sessel fallen.

»Großartig! Ein Tog für jeden«, platzt es aus ihm heraus.

»Ich glaube nicht, dass jeder einen brauchen wird«, erwidert sie, »aber ja, er wird in den nächsten Tagen an einen neuen Tog arbeiten.« Sie nimmt mir den Stoffsack mit der Kleidung ab, und Will trägt den Tisch herein. »Zudem können wir nun unsere eigenen Qs produzieren«, fügt sie an.

Will wischt sich den Schweiß von der Stirn und lässt sich in den Sessel fallen. Maria reicht ihm etwas zu trinken.

»Allerdings benötigt Sid dazu noch mehr von dem Erz«, erklärt sie.

»Alles klar, wann brechen wir auf?«, meint Will.

»Und Salvento? Ich kann euch da nicht hinschicken, wenn allem Anschein nach ein Wahnsinniger mit einer Waffe in der Nähe ist.«

»Ich glaube nicht, dass das ein Problem ist«, erkläre ich. »Sein Brunnen liegt etwa zwei Kilometer entfernt, und ich denke nicht, dass er eine Bedrohung darstellt.«

Maria blättert durch meine Gemälde, die aufgereiht an der Wand im Flur stehen.

»Paul, nachdem, was du mir erzählt hast, glaube ich auch nicht, dass er mutwillig jemandem schaden will. Aber offensichtlich hat er sich nicht mehr unter Kontrolle.«

Ich setze mich erschöpft auf das Sofa.

»Doch aus Angst vor Salvento auf das Erz zu verzichten kann nicht die Lösung sein.«

Maria nickt. »Ich hab darüber mit Sid gesprochen. Er meinte, mit der neuen Schmiede wäre es kein Problem eine Waffe zu bauen. Also, für den Fall ... sodass wir uns verteidigen können.«

Will steht auf und schüttelt den Kopf.

»Waffen bauen? Maria, das ist ne heftige Entscheidung.«

»Richtig«, erwidert sie nickend.

»Also ein Konvent?«, entgegnet Will.

»Fraglos, ein Konvent. Ich habe schon alles in die

Wege geleitet.«

»Ich vermute, dass ich euch zustimme, sobald ich weiß, was ein Konvent ist«, sage ich.

»So nennen wir es, wenn wir in einem Fall um eine Abstimmung bitten. Sie läuft immer in drei Phasen ab: Information, Diskurs und Entscheidung.« Sie setzt sich neben mich. »Die Informationskundgebung findet bereits morgen statt.«

»Und wie läuft die ab?«, frage ich.

»Wir versammeln uns im Auditorium«, meint Will, »das ist die große Halle gegenüber von Minas Haus.«

»Ihr schildert den Vorfall mit Salvento, und ich erkläre die möglichen Optionen«, fügt Maria hinzu.

»Und dann stimmen wir ab?«

»Ja, aber zunächst nicht über die Sache an sich, sondern nur, ob sich jeder ausreichend informiert fühlt.«

»Das klingt etwas kompliziert.«

»Schon, aber es ist wichtig erst dann zu entscheiden, wenn wir gewissermaßen auf dem gleichen Kenntnisstand sind.«

»Verstehe.«

»Damit wir von der Information zum Diskurs kommen, müssen 9 von 10 zustimmen. Bei der Abstimmung über den Sachverhalt – der Entscheidung – reicht dann die Mehrheit der Stimmen«, erklärt sie.

»Und wie ist eure Meinung dazu, brauchen wir Waffen?«, frage ich.

Will schüttelt den Kopf.

»Nein, ich will keine Waffen!«

Maria reibt sich nachdenklich am Ohrläppchen.

»Ich bin mir nicht sicher. Wir könnten eine Waffe bestimmt auch für die Jagd einsetzen, ... obwohl, die Tiere, die wir halten, müssen wir nicht jagen. Aber was ist, wenn da draußen noch andere Bedrohungen auf uns lauern?«

»Im Moment geht es doch nur um das Erz und die Frage, ob wir deswegen eine Waffe brauchen?«, entgegne ich. »Sofern andere Bedrohungen auftauchen, könnten wir immer noch darüber entscheiden.«

Maria nickt. »Ja, du hast recht. Das sollten wir besser voneinander trennen.«

Will meint, er habe so einige Ideen für einen neuen Tog und dass er sie gleich nachher Sid mitteilen werde. Ich denke an mein altes Haus am Bellusplatz. Wehmut steigt in mir auf. Ich mochte den Platz und seine beinahe magische Atmosphäre. Dennoch bereue ich es nicht. Mit Maria zusammenzuziehen erscheint mir von einer so klaren Unabdingbarkeit wie das Wirken eines Naturgesetzes. Ich lasse den Blick schweifen, ihr Haus ist anders geschnitten. Das Wohnzimmer ist größer, und die Fenster reichen bis zum Boden. Ich kann von hier aus den Brunnenplatz zur Hälfte überblicken. Die Fenster sind weit geöffnet und der warme, sonnendurchflutete Tag strömt herein. In der Entfernung kann ich ein Lachen hören. Die markante Stimme erkenne ich sofort. Will lächelt und steht auf.

»Wisst ihr, Mina hatte einige Befürchtungen über diese verwandelte Schmiede«, sagt er.

»Die hatten wir alle«, erwidere ich.

»Na ja, Mina hatte so ihre Zweifel ... ob die Schmiede womöglich weiterhin gute Stoffe produzieren kann. Aber wie ich höre, ist sie sehr zufrieden. Ich werde ihr gleich mal von dem Konvent erzählen«, meint er und verschwindet mit einem Wink durch die Tür.

Maria nimmt die Kleidung aus den Säcken, und wir sortieren sie in den Schrank. Obwohl ich nun schon seit Tagen bei ihr übernachte, ist sie geradezu in einer euphorischen Stimmung. Sie sucht aufgeregt nach einem Platz für meinen Sessel, verschiebt extra das Sofa und stellt den Tisch um. Wir finden im Wohnzimmer eine Stelle für mein Lieblings-Gemälde: Der Baum am Bellusplatz. Nachdem wir es aufgehängt haben, schlingt sie die Arme um mich.

»Willkommen zu Hause, Paul.«
Jemand klopft an der Tür, es ist Jules. Er und Maria besprechen die Vorbereitungen zu dem Konvent. Er erklärt, dass morgen nicht alle kommen könnten, und schlägt vor, die Informationsveranstaltung am nächsten Tag zu wiederholen. Es klopft erneut an der Tür, diesmal ist es Austin. Er befürchtet, dass bei diesem Wetter der Ertrag niedriger ausfallen werde. Marias Haare sind zu einem losen Zopf zusammengebunden. Ich beobachte, wie der Schweif bei jeder Kopfbewegung hin und her tanzt. Ihre ganze Körpersprache zeigt die Leidenschaft, mit der sie die Last der Verantwortung bewältigt. Kein Problem erscheint ihr zu kompliziert und keine Aufgabe zu schwer. Sie hat ihren Platz gefunden. Ihr Organisationstalent ist ein großer Rückhalt für Memoria.
Was ist mein Beitrag? Kann es wirklich so etwas Einfaches wie das *Pizza backen* sein? Ich kann mich zwar nicht mehr daran erinnern, dass ich je eine gegessen habe, aber durchaus daran, dass jeder Pizza mochte.

***

»Sind das Brandwunden?«, fragt sie, als sie sich neben mich ins Bett legt.

»Ja, und ich war natürlich genauso erstaunt, als ich es bemerkte wie du damals mit deiner Prothese.«

»Das kann ich mir vorstellen. Es sieht so aus, als hätte dich etwas Brennendes von oben getroffen, auf die Schulter und am Rücken hinunter.«
Sie streicht sanft über die Stelle am Rücken und ich spüre ihre Lippen auf meiner Haut. Ich drehe mich um und berühre ihr linkes Knie oberhalb der Amputation. Ich fühle die Druckstellen der Prothese und taste über die Hornhaut.

»Sieht wie ein glatter Schnitt aus. Du bist sicher in irgendeine Maschine geraten.«

»Meinst du? Aber Maschinenarbeit ist wirklich nichts

für mich.«

»Genau, und deshalb wolltest du aus Protest, deinen Schuh reinwerfen. Nur steckte dummerweise noch dein Fuß darin«, meine ich und küsse sie auf ihr Knie.

Sie lacht. »Du hältst mich also für so trottelig?«

»So ein bisschen trottelig, ist doch nichts Schlimmes«, erwidere ich, lehne mich zurück und umfasse ihre Hüfte. Sie schmiegt sich an meine Brust.

»Meine letzte Geliebte ... äh ... Jasmin«, fahre ich fort, »war auch ein Tollpatsch. Sie konnte kaum drei Meter geradeaus gehen, ohne irgendetwas umzuschmeißen.«

»Ach, und das hat dir gefallen?«

»Ja, vor allem wie süß sie sich immer entschuldigte und dabei beide Augen zukniff.«

Sie hebt den Kopf. »War sie schöner als Mina?«

»Ach, Unsinn ... keine Frau ist schöner als Mina«, erwidere ich lachend.

Sie boxt mir auf die Brust. Ich küsse sie hinter das Ohrläppchen.

»Also, mein letzter Liebhaber«, erklärt sie, »war irgendwie sonderbar. Wie eigentlich alle Männer, mit denen ich was hatte.«

»Und wie hat sich das geäußert?«

»Er schüttelte immerzu seinen Kopf, so als wenn er immer »Nein« sagen würde.«

»Und was tat er, wenn er jemandem zustimmte?«

»Dann ... machte er beides gleichzeitig, Schütteln und Nicken«, sagt sie und lächelt.

Ich versuche, die Bewegung nachzuahmen.

»Wie? Er kreiste so mit dem Kopf?«

»Genau! Und er stimmte mir immer zu.«

»Das ist schräg. Na, ein Glück, dass du den los bist.«

Ich streife mit der Hand durch ihre Haare, sie hebt ihren Kopf. Unsere Lippen finden sich. Ich spüre ihre Zunge, fühle ihren kräftigen Herzschlag. Wir küssen uns heftig, verschlingen uns mit schmatzenden Geräuschen. Jede Barriere fällt. Ich beuge mich über sie. Sie umklammert mich mit ihren Beinen. Ich greife an ihren Oberschenkel und schiebe das Nachtkleid hoch. Sie bäumt sich kurz auf, zieht das Kleid über ihren Kopf und wirft es zur Seite. Ich inhaliere ihren Duft, tauche in ein Sonnenblumenfeld, und die Dinge nehmen unaufhaltsam ihren Lauf.

***

»Morgen«, höre ich sie sagen.
Ich reibe mir müde die Augen. Sie stellt ein Tablett mit Brot, Eiern und Saft neben mir ab. Wir frühstücken im Bett.
»Ich werde heute sicher den ganzen Tag mit dem Konvent zu tun haben«, meint sie und verschwindet im Bad.
»Wann soll ich im Auditorium sein?«, rufe ich ihr nach.
»Heute Abend, so gegen 20 Uhr, wenn alles klappt.«
Als sie aus dem Bad kommt, nehme ich sie in die Arme. Sie schmiert mir etwas von ihrer Handcreme ins Gesicht und läuft kichernd weg. Ich treffe sie mit einem Kissen am Rücken.
»Oh, das gibt eine Woche keine Suppe mehr!«, ruft sie lauthals.
Wir sind albern, und es fühlt sich großartig an.
»Apropos Suppe, was hältst du eigentlich davon, wenn ich in Memoria eine Pizzeria eröffnen würde?«
»Pizza? Wie kommst du darauf?«
Ich erzähle ihr von dem Gespräch mit Will.
»Ich weiß, es ist etwas verrückt, aber es geht mir halt nicht mehr aus dem Kopf.«
Sie nickt. »Ich glaube, ich mochte Pizza. Also, solange wir dafür unser Haus nicht umbauen müssen, finde ich die Idee gut.«
Wir reden über den Konvent und sie meint, dass ich am besten frei aus meiner Sicht berichten solle.
»Aber doch möglichst sachlich und urteilsfrei?«, erwidere ich.

»Nur wenn du es so empfunden hasst, was ich nicht glaube. Sich zu verstellen, nur um irgendeine Urteilsfreiheit vorzugaukeln, wird dem nicht gerecht«, erklärt sie.

»Und was wird dem gerecht?«

»Wir bekommen einen besseren Eindruck, wenn du gewissermaßen aus deiner Sicht berichtest. Die meisten kennen dich ja schon. So kann sich jeder ein Bild machen und muss nicht denken, du hältst irgendwas zurück.«
Ich nicke. Wir küssen uns, können uns kaum lösen, aber schließlich macht sie sich auf den Weg. Ich bringe das Tablett in die Küche und blicke zum Ofen. Es ist für mich immer noch verblüffend, dass so etwas wie der Ofen mit samt dem Haus aus dem Boden herausgewachsen ist. Ich könnte zunächst einmal versuchen, überhaupt eine Pizza zu backen. Vielleicht finde ich im Depot dazu etwas.

***

Nur Bücher über Museen, Kunstwerke und einige Romane, das ist alles, was ich im Depot finden kann. Es wäre wohl zu einfach gewesen, hier zufällig ein Kochbuch aufzustöbern.

Am Brunnenplatz kommt mir Judit entgegen. Ich frage sie, was sie von meiner Idee halte und ob sie mir weiter helfen könne.

»Oh, Pizza willst du backen, das wäre ja fantastisch«, sagt sie, »also für den Teig benötigst du natürlich Mehl, da frage am besten Austin ... ja ... und Salz, Öl ... Moment irgendwas fehlt noch ... ja, natürlich: Hefe.«

»Salz und Öl haben wir, aber wo bekomme ich Hefe her?«

»Hm ... frage doch mal Tim am Brotstand, ... oder du stellst sie dir selber her.«

»Und wie?«
Sie zieht die Schultern hoch.

»Ich glaube, es hatte irgendwas mit Gärung von Obst zu tun.«

Ihr Gesicht wird ernst, und sie beugt mir ihren Kopf entgegen.

»Ich hab gehört, du erzählst uns nachher von der Schießerei?«

»Schießerei?«

»Mit Salvento ... auf dem Konvent?«

»Ach so, ja, aber als Schießerei würde ich es nicht bezeichnen.«

»Ich bin gespannt«, erwidert sie.

»Danke Judit, dann werde ich gleich Austin fragen gehen.«

Die Straßen füllen sich allmählich. Mehrere Leute sprechen mich an und wollen über den Konvent reden. Ich bin erstaunt, welche Gerüchte über den Vorfall mit Salvento kursieren. Einige dachten, ich sei angeschossen worden oder dass er uns gefangen nehmen wollte. Mir wird klar, wie wichtig die Informationsveranstaltung ist. Würden wir bei diesem Kenntnisstand abstimmen, könnten wir genauso gut eine Münze werfen. Ich erfahre, dass es in Memoria bereits über zehn Konvente gab. Einen darüber, ob die Suche nach Salvento abgebrochen werden sollte, einen über den Bau des Theaters und einen weiteren über die Zuteilung von Austins Getreidefeldern. Die Leute sind voller Vorfreude auf den Konvent. Sie möchten mehr erfahren und brennen darauf, ihre Ansichten mit anderen zu teilen. Alex kommt mir entgegen und fragt mich, wer diesmal der Pactor sei.

»Was ist ein Pactor?«, antworte ich.

»Oh, stimmt, das ist ja dein erster Konvent. Der Pactor führt den Diskurs. Er veranschaulicht die verschiedenen Meinungen und Argumente«, erklärt er.

»Und wer war der Pactor beim letzten Mal?«

»Ben. Er war richtig gut, hoffentlich macht er es auch diesmal.«

Das Interesse an dem Konvent ist enorm. Ich muss mich

einige Male damit entschuldigen, dass ich doch heute Abend alles berichten werde, um meinen Weg zu Austin fortzusetzen zu können.

»Du kannst von mir Mehl bekommen«, meint Austin, an der Tür stehend.
»Danke, und was hältst du von der Idee?«, frage ich.
Er zieht die Augenbrauen zusammen.
»Was soll ich davon halten? Pizza? Ich glaube nicht, dass ich das je gegessen habe.«
»Gut, und was ist mit der Hefe?«
Seine Augenbrauen verengen sich noch weiter.
»Was soll damit sein?«
»Die bekomme ich also nicht von dir?«
»Nein, – nur Mehl und Karmon.«
»Karmon? Will hat mir davon erzählt ... so was wie Kartoffeln.«
»Unsinn! Schmeckt völlig anders!«, sagt er, dreht sich um und schließt die Tür.
Das war selbst für Austin ungewöhnlich schroff. Ich will gerade gehen, da erscheint er wieder an der Tür und reicht mir zwei Säcke.
»Einmal Mehl und einmal Karmon«, sagt er und verschwindet wieder zurück ins Haus.
»Danke!«, rufe ich hinterher.

Auf der Straße, die vom großen Tor zum Brunnen verläuft, sehe ich, dass Tim seinen Brotstand geöffnet hat. Es ist eines von den Häusern mit offenem Parterre.
Mitten im Raum stehen auf einem Tisch verschiedene Körbe mit runden Broten. Daneben befindet sich eine große Schale, gefüllt mit einer Getreidemischung. Darunter liegt ein Stapel Papierbögen. Tim betritt von einem Nebenraum den Laden. Er trägt eine weiße Schürze und klopft sich das

Mehl von seinen Händen.

»Hey Paul. Hast du schon das neue Brot mit Tomatenzwiebelstücken probiert?«, sagt er und zeigt auf einen der Körbe.

»Nein, noch nicht. Das werde ich gleich mitnehmen«, sage ich und rolle das Brot in eines der Papierbögen ein.

»Tim, ich möchte eine Pizza backen. Dafür könnte ich etwas Hefe gebrauchen.«

»Pizza? Wenn ich mich richtig entsinne, ist das eigentlich ein anderer Teig. Ich verwende keine Hefe. Ich lasse den Teig einige Tage reifen, gebe immer etwas Mehl hinzu und knete ihn neu durch.«

Er gibt mir eine kleine Schale von dem Sauerteig und meint, ich solle ihn als Basis nehmen. Schließlich mache ich mich, mit den beiden Säcken, dem Teig und dem Brot auf den Weg nach Haus.

DER KONVENT
(.)-(.)

»Dann schlug die Kugel einige Meter vor Will in den Boden ein«, erkläre ich gestikulierend. »Mein Eindruck war, dass er sich bedroht fühlte. Allerdings bin ich mir ziemlich sicher, dass der Schuss gezielt dort einschlug. Ich denke, er wollte uns lediglich einschüchtern.«
In dem Saal sind über 500 Leute versammelt, die mir aufmerksam zuhören.

»Ob er wirklich auf jemanden schießen würde, kann ich nicht mit Sicherheit beantworten. Was ich jedoch sagen kann ist, dass er auch in seinem verwirrten Zustand davor zurückschreckt, jemanden zu verletzen. Nach dem Schuss ist er auf die Knie gesunken, rief nach Anna, und mit einem Mal wechselte seine Persönlichkeit. Er hat Will wiedererkannt und schien überrascht, als er die Waffe in seiner eigenen Hand bemerkte. Er sagte, dass er sich ein Haus im Wald errichtet hat und er zurückkommen will, wenn er ... fertig ist. Was genau er damit meinte, weiß ich nicht. Schließlich hat er sich dann wieder in den Wald zurückgezogen«, sage ich und beende meine Rede.

Will tritt nach vorne und erklärt, dass er dem nicht viel hinzuzufügen habe. Er meint jedoch, dass er sich nicht sicher sei, ob Salvento absichtlich daneben schoss.

»Salvento war womöglich der vernünftigste Mensch, den ich je kannte«, erklärt er. »Aber nun ist er irgendwie durchgedreht. Ich denke, es hat mit seiner Tochter Anna zu

tun, ... wenn es sie denn überhaupt gibt.«
Maria tritt vom Pult nach vorne.
»Gibt es weitere Fragen?«
Jules meldet sich und Maria nickt ihm zu.
»Will, du kanntest Salvento. Gab es irgendwelche Anzeichen? Hatte er vielleicht erwähnt, dass er Stimmen hörte, oder glaubte, verfolgt zu werden?«
Will schüttelt energisch den Kopf.
»Nein! Überhaupt nicht. Wie ich sagte, er war der vernünftigste Mensch, den ich kannte.«
Jemand meldet sich. Maria nickt ihm zu.
»Hattet ihr den Eindruck, dass er geübt im Umgang mit der Pistole ist?«
»Ich denke, dass es nicht sein erster Schuss mit einer Handfeuerwaffe war, aber es wirkte auch nicht so, als wenn er sie regelmäßig benutzten würde«, erkläre ich.
Mina meldet sich.
»Wie viel Munition hatten wir überhaupt für dieses Ding?«
Maria blickt auf ihr Q und tippt darauf herum.
»Also, wir hatten ... ja hier steht's ... 84 Patronen in einer Schachtel, die mit Salvento verschwunden ist.«
»Ohje ... warum haben wir dieses unsagbare Ding nicht einfach in der Schmiede entsorgt?«, erwidert Mina.
»Das war vor meiner Zeit«, entgegnet Maria, »aber vermutlich rechnete niemand mit so etwas.«
Eine junge Frau meldet sich.
»Worüber stimmen wir eigentlich genau ab?«
Maria nickt. »Richtig. Kommen wir zu unseren Optionen. Wir können mit der neuen Schmiede eine Handfeuerwaffe anfertigen, die auf Basis eines Magnetfeldes Projektile abfeuert. Wir würden sie zur Verteidigung bei allen zukünftigen Exkursionen mitnehmen. Wenn wir uns dagegen entscheiden, müssen wir abwägen, ob wir das Risiko eingehen und trotzdem zum Erzfeld fahren, oder uns nach anderen Feldern umsehen.«

Es gibt nur wenige weitere Nachfragen. Maria erklärt, dass die Veranstaltung wiederholt wird und wir danach über den Kenntnisstand abstimmen.

»Also morgen das Gleiche noch einmal?«, frage ich sie, als wir auf dem Weg nach Haus sind.

»Ja, es ist etwas anstrengend, aber wichtig. Alle müssen informiert werden. Nur so kommen wir zu einer soliden Entscheidung«, erwidert Maria.

»Wie genau stimmen wir eigentlich ab?«

»Dafür verwenden wir ein spezielles Q, das im Auditorium vorne auf dem Pult liegt.«

Maria erzählt mir von ihrem ersten Konvent, darüber, ob die Suche nach Salvento abgebrochen werden sollte. Obwohl sie ihn gar nicht kannte, stimmte sie für Nein. Die Entscheidung fiel damals jedoch trotzdem knapp mit Ja aus.

Als wir zu Hause sind, erzähle ich ihr von Austin und Tim und von dem Teigrezept. Sie ist begeistert von der Idee und überredet mich, den Teig noch am selben Abend anzusetzen.

***

Der Konvent schreitet voran. Die Abstimmung über den Wissensstand wird nach der zweiten Kundgebung ohne Gegenstimmen angenommen.

Das Auditorium füllt sich erneut und Maria erklärt mir, dass der Diskurs das Herzstück des Konvents sei. Hier werden alle Meinungen angehört, und jeder kann frei sprechen. Schließlich betritt Maria das Podium, und das Stimmengewirr im Saal ebbt ab.

»Heute findet der Diskurs zum zwölften Konvent statt. Jeden, der sprechen möchte, bitte ich, mir ein Zeichen zu geben. Ich werde ihn notieren und dem Pactor mitteilen.«

»Wer ist der Pactor?«, ruft jemand.

Maria nickt jemandem in der ersten Reihe zu.

»Ben, möchtest du beginnen?«

Ein schmächtiger, dunkelhäutiger Mann mit schulterlangen, grauen Haaren betritt das Podest. Eine rote Brille hängt an einem Band um seinen Hals. Er knöpft sich seine Strickjacke auf, geht zum Pult und legt sein Q darauf ab.

»Viele von euch hatten mich aufgefordert, erneut als Pactor zur Verfügung zu stehen. Der Aufforderung will ich natürlich Folge leisten«, erklärt er.

Sein Blick wandert langsam von der einen Seite des Auditoriums zur anderen.

»Wir wollen heute abwägen, ob wir eine Waffe zum Zweck der Verteidigung anfertigen oder nicht. Dies ist keine leichte Entscheidung, vielleicht ist sie sogar die schwerste, vor der wir je standen.«

Maria erscheint am Rand des Podiums, und Ben nickt ihr zu.

»Ich möchte vorweg noch einmal verdeutlichen«, erklärt Maria, »dass wir nicht darüber entscheiden, ob wir jemals eine Waffe bauen, sondern nur, ob wir die aktuelle Gefahr für ausreichend ansehen, um uns jetzt zu bewaffnen.«

Ben blickt auf sein Q.

»Gut, als Erste ist Sarah dran«, meint er und sucht mit seinem Blick in den Reihen des Auditoriums. Dann zeigt er auf eine dunkelhaarige Frau.

Sie erhebt sich.

»Ich hörte, Sid würde keine konventionelle Waffe bauen, sondern eine magnetische. Mich interessiert, was damit genau gemeint ist? Und wie gefährlich diese Waffe wäre?«

Ich sehe, wie sich jemand blitzartig erhebt. Ich erkenne ihn sofort an seinem roten Schopf, es ist Sid. Ben zeigt auf ihn.

»Ja Sid, willst du ihr antworten?«

»Also ... konventionelle Waffen erfordern Schießpulver, das in den Patronenhülsen steckt. Dazu müssten wir zunächst mit verschiedensten Materialien experimentieren. Das wäre sozusagen unnötig kompliziert. In einer der neuen Konsolen bin ich auf den Bauplan eines Induktionsgenerators gestoßen.«

»Und wie funktioniert ein solcher Generator?«, fragt Ben.

»Er erzeugt ein starkes, pulsierendes Magnetfeld. Mit wenigen Anpassungen kann ich daraus eine Handfeuerwaffe bauen. Sie würde kleine Metallfragmente mit enormer Geschwindigkeit abfeuern. Die Produktionskosten sind hoch, aber wir haben ja ausreichend Globen.«

»Und wie gefährlich wäre die Waffe, wenn man sie auf jemanden abfeuern würde?«, fragt Ben.

»Also ... sozusagen tödlich ... also, auch wenn man nur die Schulter oder den Arm trifft, die kinetische Energie wäre zu hoch. Es würde einen ... zerreißen.«

Gemurmel schwillt im Saal an und wird von den Wänden hallend zurückgeworfen. Ben läuft zu dem Pult und lehnt sich dagegen.

»Somit können wir sagen, dass die Waffe als absolut tödlich einzustufen wäre«, sagt er. »Ich glaube, viele fragen sich jetzt, ob wir nicht eine einfachere, weniger zerstörerische Waffe bauen könnten?«

»Darüber ... müsste ich nachdenken«, erwidert Sid. »Sicher könnte ich irgendeine Schleuder oder so was bauen, aber von der Reichweite wäre sie der Pistole von Salvento unterlegen.«

Jules meldet sich, und Ben nickt ihm zu.

»In der Umgebung wächst eine Pflanze, deren Samen eine narkotisierende Wirkung besitzt. Damit könnte man jemanden mit wenig Risiko betäuben. Aber ich gebe Sid recht, dazu müssten wir in der Tat nahe genug an Salvento herankommen.«

Ben schaut kurz auf sein Q.

»Der Nächste ist Will«, sagt er und blickt sich um. »Wo ist er?«

»Hier!«, höre ich Wills Stimme aus dem Hintergrund. Einige Leute im Gang gehen zur Seite, und er tritt nach vorne.

»Leute, auch wenn ich denke, dass Salvento durchgedreht ist, die Waffe ist doch unser Problem. Wie wollen wir das quasi mit einer weiteren Waffe lösen? Haben wir dann nicht langfristig einfach nur ein weiteres Problem?«

Ben nickt. »Ein wichtiger Punkt. Wir würden uns heute nicht bedroht fühlen, wenn es nie eine Pistole im Depot gegeben hätte. Der Bau einer weiteren Waffe, unabhängig von seiner ursprünglichen Motivation, erhöht letztlich das Bedrohungspotenzial. Wenn ich dich richtig verstehe, Will?«

Er nickt energisch.

»Absolut!«

»Jules ist der Nächste«, meint Ben.

Jules steht auf und tritt nach vorne.

»Die Waffe ist nun einmal da. Meines Erachtens müssen wir dies akzeptieren. Überlegungen, wie es ohne sie verlaufen wäre, helfen uns nicht weiter. Ich vermute, dass Salvento unter einer akuten Schizophrenie leidet. Wie ich höre, war er ein besonnener Mann. Dennoch kann sich die Störung weiter entwickeln. Er ist dann nicht mehr Herr seiner Sinne und wird mit einer Waffe für uns alle zu einer Gefahr.«

Ich melde mich. Ben blickt zum Boden und bemerkt es nicht. Er läuft langsam von der einen Seite des Podiums zur anderen.

»Jules, inwieweit kennst du dich mit Schizophrenie aus? Und inwieweit können solche Menschen gefährlich werden?«

»Ben, das kann ich angesichts dessen, dass wir unsere Erinnerung verloren haben, nicht genau beantworten. Ich würde es so formulieren: Es gibt in der Tat Menschen, die impulsiv sind. Wenn solche auch noch unter Schizophrenie leiden und sie nicht behandelt wird, kann es gefährlich werden.«

Ben blickt zu mir und bemerkt meine Meldung.

»Jedoch«, entgegnet Ben, »wie Will uns erklärte, war

Salvento nicht impulsiv.«

»Nun, das hat sich infolgedessen wohl geändert«, erwidert Jules.

»Ja, Paul«, sagt Ben und zeigt auf mich.

Ich stehe auf und lasse kurz den Blick über die Menge schweifen.

»Es wäre auch denkbar, dass er unter keiner psychischen Krankheit leidet. Vielleicht ist er wirklich teilweise erwacht«, erkläre ich.

»Wie meinst du das?«, fragt Ben.

»Ein Teil von ihm kann sich wieder erinnern und ein anderer nicht. Stellt euch vor, wie sich das anfühlen muss. Der Teil, der sich erinnert, ist voller Angst, dass er doch eines Tages alles vergisst ... ja, dass er stirbt. Ein andauernder Kampf ums Überleben, in einem Selbst.«

»Hanna, du willst dazu was sagen?«, meint Ben.

Sie steht auf.

»Wenn Paul recht hat, dann trifft es möglicherweise irgendwann noch andere, ... vielleicht werden wir sogar alle eines Tages so enden«, sagt sie.

Schlagartig wird es laut in dem Saal, und alle reden durcheinander. Ben bittet um Ruhe.

»Was schlägst du also vor, Hanna?«, fragt er.

»Salvento braucht Hilfe. Wir müssen ihn behandeln. Alleine schon, um herauszufinden, ob und wie wir solch eine Störung behandeln können, damit wir vorbereitet sind.«

»Und was, wenn er nicht behandelt werden will?«, fragt Ben.

Hanna überlegt kurz.

»Dann müssen wir ihn überwältigen, es ist in seinem eigenen Interesse.«

Maria kommt auf das Podium.

»Es ist fraglos abzusehen, dass wir solche Themen in einem weiteren Konvent behandeln müssen. Ich möchte euch jedoch erinnern, dass es hier nur darum geht, ob wir eine Waffe – oder genauer – die magnetische Induktionswaffe bauen wollen.«

Zustimmendes Nicken im Publikum. Die Diskussion verläuft weiter, und zwei Positionen scheinen sich herauszubilden. Die einen sind der Meinung, dass wir Memoria mit einer schlagkräftigen Waffe verteidigen müssen. Die anderen wollen Salvento entweder helfen oder ignorieren, sehen aber keinen Grund dafür, eine Waffe zu entwickeln. Ben setzt seine Brille auf und blickt auf sein Q.

»Wir sind die Liste mit allen Wortmeldungen durch«, sagt er. »Ich möchte es noch einmal zusammenfassen. Wir müssen auseinanderhalten, dass wir nicht darüber entscheiden, ob wir eine Waffe konstruieren, sobald wir direkt und unmittelbar bedroht werden. Wodurch deutlich wird, dass wir keiner derart konkreten Bedrohung gegenüberstehen. Was uns genau zu der eigentlichen Entscheidung bringt: Werden wir ausreichend von Salvento bedroht, sodass wir eine tödliche Waffe benötigen? Ich denke, diesen scheinbar kleinen aber relevanten Unterschied zwischen unmittelbarer und möglicher Bedrohung gilt es zu bewerten. Vermutungen besitzen eine gewisse Dynamik, sie steigern sich bei jeder weiteren erdachten Annahme. Zu welchen Waffen wird unser ständig steigender Sicherheitsanspruch dann langfristig führen? Auf der anderen Seite könnte es eventuell zu spät sein, sobald wir von Salvento tatsächlich angegriffen werden. Will führte auf, dass die Pistole im Depot überhaupt erst alles auslöste. Jules legte dar, dass wir daran nichts mehr ändern können. Jedoch können wir daraus etwas lernen. Es ist schwer vorherzusehen, wofür letztlich eine Waffe eingesetzt wird und ob sie sich nicht irgendwann gegen einen selbst richtet.«

Ben nimmt sein Q vom Pult und setzt sich wieder in die erste Reihe. Maria betritt das Podium.

»Hiermit ist der Diskurs des zwölften Konvents beendet. Die Abstimmung beginnt in einer halben Stunde«, ruft sie in den Saal hinein.

Es haben sich überall im Auditorium diskutierende Gruppen gebildet.

»Paul, ich vermute, wenn wir gegen die Waffe stimmen, wirst du trotzdem mit Will zum Erzfeld fahren?«, fragt mich Maria.

»Ja, sicher.«

»Dann muss ich wohl für die Waffe stimmen«, sagt sie lächelnd, wobei sich ihr Grübchen kaum abzeichnet.

»Maria, ich werde Will natürlich helfen. Mach dir keine Sorgen, ich glaube nicht, dass Salvento wirklich gefährlich ist.«

Sie nickt zögerlich, dreht sich um und geht zu dem Pult, sie öffnet eine Schublade, nimmt ein Q heraus und legt es darauf ab.

»Hiermit eröffne ich die Abstimmung des zwölften Konvents. Ich beginne mit der Wahl.«

Schnell bildet sich vor dem Podest eine Schlange. Die restlichen Gruppen sind merklich bemüht, ihren Wortwechsel leise zu halten. Ich bin mir sicher, dass Maria sich für die Waffe entschieden hat. Ich fühle mich nicht wohl dabei, dass sie ihre Entscheidung von meinem Verhalten abhängig macht. Aus der Entfernung kann ich Will durch eine der vier Eingangstüren den Saal betreten sehen. Er ist größer als die meisten und seine schwarzen Haare ragen zerzaust über die Menschenmenge.

»Paul, warst du schon am Pult?«

»Nein, wo kommst du her? Ich habe dich nach deinem Vortrag nicht mehr gesehen.«

»Ich war bei Mina, ihr geht's nicht gut. Womöglich ne Erkältung«, erwidert er.

»Erkältung? Bei dem Klima ... irgendwie dachte ich, dass wir hier so etwas nicht bekommen.«

»Ja, so war es auch – bisher. Okay, dann lass uns mal anstellen, damit wir diese *Waffebauen* Geschichte endlich hinter uns bringen.«

Die Schlange am Podium wird immer kürzer, dann bin ich an der Reihe und gehe zum Pult. Auf dem Q steht:
```
Abstimmung über den Bau einer magnetischen
Handfeuerwaffe zum Zweck der Verteidigung.
```
Darunter gibt es drei Felder:
```
Ja, Nein, Enthaltung.
```
Ich tippe auf Nein. Der Text verschwindet und es erscheint eine 10, gefolgt von einer 9. Im Sekundentakt wird weiter herunter gezählt. Darüber steht der Text:
```
»Nein« gewählt. Um die Entscheidung zu
revidieren, innerhalb der Zeit die Fläche
berühren.
```
Ich warte, bis die Zeit abgelaufen ist, und verlasse das Pult. Will nickt mir zu und geht an mir vorbei zu dem Q. Als er mit seiner Wahl fertig ist, frage ich ihn, ob er heute Abend mit Mina vorbeikommt, um meine erste Pizza zu testen.

»Klar komme ich, und wenn es Mina besser geht, kommt sie sicher auch«, erwidert er.

Sid und Maria schließen sich uns an. Wir diskutieren über den Bau eines neuen Togs und denken uns andere nützliche Geräte aus. Maria möchte unbedingt etwas zum Trocknen der Haare und meint lächelnd, dass wir dazu doch hoffentlich keinen Konvent brauchen. Will möchte den Tog am besten mit doppelter Leistung. Sid meint, dass er nun mehr Hilfe in der Schmiede brauche. Zunehmend wird es lauter und unruhiger im Saal. Plötzlich stellt sich Mina zu uns und hält sich, völlig verschnupft, ein Tuch vor die Nase.

»Soso, ihr unterhaltet euch hier köstlich, während andere zu Hause tausend Tode sterben.«

»Ach Mina, du siehst gar nicht gut aus«, erwidert Maria. »Gib deine Stimme ab und dann leg dich wieder ins Bett.«

»Geht schon«, erwidert sie, »Jules zwang mich, so einen übel riechenden Kräutertee zu trinken, einfach

scheußlich, sag ich euch.«
Sie geht zu dem Pult, tippt auf das Q und niest heftig in ihr Tuch. Das Q summt auf. Maria schreitet zum Pult und blickt auf das silberne Gerät.

»Die Entscheidung des zwölften Konvents ist gefallen. Es gab 12 Enthaltungen, 856 stimmten mit Nein und 123 mit Ja. Somit ist der Antrag, eine magnetische Waffe zu bauen, abgelehnt.«

***

Es klopft. Ich öffne die Tür.
»Hallo Will. Mina ruht sich noch aus?«
»Ja, es ging ihr nach dem Tee etwas besser, aber nun schläft sie erst mal.«
»Jules hat die Tage ganz schön zu tun«, erklärt Maria, »mittlerweile ist die halbe Stadt erkältet.«
»Ja, so'n Virus breitet sich bei uns aus«, meint Will.
Maria nimmt ihm die Jacke ab und deutet auf den gedeckten Küchentisch.
»Es ist die letzte Zeit ungewöhnlich regnerisch und kühl. Wir sind von dem ansonsten so warmen Klima hier zu sehr verwöhnt worden«, erklärt sie.
Er nickt und reibt seine Handflächen gegeneinander.
»Und, wo ist nun die Pizza?«
»Noch im Ofen, müsste jeden Moment fertig sein«, erwidere ich.
»Ich muss zugeben, dass ich doch von der klaren Mehrheit auf dem Konvent erstaunt bin«, meint Will und setzt sich an den Tisch. »Da haben wir wohl unsere Lektion gelernt.«
»Gewissermaßen«, erwidert Maria. »Nun muss ich euch jedoch bei der nächsten Erzexpedition begleiten.«
Ich nehme die Pizza aus dem Ofen und stelle sie auf den Tisch.
»Wieso? Das musst du nicht, wenn du nicht willst«,

sage ich.

»Doch, ... ich muss«, sagt sie, holt ein Messer und zerteilt die Pizza.

»Die ist ja riesig! Ich dachte immer, ne Pizza wäre ... rund?«, meint Will. Seine Hand greift nach einem Stück, er zuckt zusammen und lässt es auf seinen Teller fallen.

»Heiß«, haucht er, nimmt es erneut vorsichtig mit zwei Fingern in die Hand und beißt hinein. Sein Kauen stoppt mit einem Mal und setzt sich dann verlangsamt fort. Maria legt mir ein Pizzastück auf meinen Teller. Der Belag aus Karmon und Honwurst breitet sich würzig und intensiv in meinem Mund aus, dann ein störender, trockener Geschmack – der Pizzaboden – er drängt sich fad und mehlig in den Vordergrund.

Will schaut mich an. »Das schmeckt irgendwie ... seltsam. Wie Pizza auf trockenem Brot.«

»Mir schmeckt es«, erwidert Maria und nimmt sich ein zweites Stück.

»Nein, Will hat recht. Der Teig passt einfach nicht dazu. Ich denke, ohne Hefe wird das nichts.«

»Aber der Belag ist gut«, meint er. »Wann soll es denn mit der Erzbesorgung losgehen?«

»Irgendwann in den nächsten Tagen, wenn der neue Anhänger fertig ist«, erwidert Maria.

»Ein neuer Anhänger? Aber ... ich dachte, wir bauen einen neuen Tog?«, stammelt Will.

»Ja, er ist größer. Für einen neuen Tog brauchen wir mehr von dem Erz.«

»Das wird uns aber verlangsamen«, meint er.

»In den Tog passen maximal drei, vielleicht vier Personen, mit dem Anhänger gibt es weitere Sitzplätze«, erklärt sie.

Will lehnt sich zurück und wischt sich den Mund ab.

»Maria, du willst aus dem Tog einen Lastzug machen? Da fährt der sich wie ein Klotz mit Reifen.«

»Ich befürchte«, erwidert sie.

Er schaut mich fragend an.

»Paul, was sagst du dazu?«

Ich zögere und blicke zu Maria.

»Karmon mit etwas Orangenapfel zerreiben und stehen lassen, bis es gärt. So müsste es klappen«, meine ich.

»Mit der Hefe? Gute Idee«, erwidert sie.

Ein Lächeln huscht über ihren Mund. Will senkt resigniert den Kopf.

»Ich seh' schon, also bitte, ein Klotz auf Rädern«, meint er.

Sie legt die Hand auf seinen Arm. »Will, wie gehen die Arbeiten am Wasserfall voran?«

»Alex meint, dass die Holztreppe schon steht und er mit einigen Stützen und Verstrebungen für mehr Stabilität sorgen wird. Ich werd mir das morgen mal anschauen gehen.«

Mir geht durch den Kopf, dass ich danach vielleicht mein Notizbuch am Plateau suchen könnte. Ob ich Will morgen einfach begleiten sollte?

Wir reden über Alex und dessen überzeugende Darstellung als Phil beim Theaterstück. Maria erzählt mir, dass die meisten Möbel in der Stadt von ihm sind. Holz sei einfach sein Element, meint sie. Will leert sein Glas und steht schließlich auf.

»Okay, dann werd ich mal wieder, ... muss noch nach Mina schauen.«

»Sicher, tut mir leid mit der Pizza«, sage ich.

»Ach was, du bist auf dem richtigen Weg. Wann gibt's die Nächste?«

»Weiß nicht, vielleicht in den nächsten Tagen.«

»Gut, ich bin dabei.«

Am Abend zerreibe ich einige Karmonknollen und gebe den Saft von einem Orangenapfel hinzu. Ich decke das Gefäß ab und lasse es auf der Ablage stehen. Maria schaut mir aufmerksam zu. Ich bin neugierig, ob ich auf diese Weise eine Hefekultur erzeugen kann. Auch wenn der erste Testlauf nicht so befriedigend verlief, macht mir die Arbeit in der Küche, und das Herumexperimentieren großen Spaß.

»Also, mir hat die Pizza geschmeckt«, meint Maria, »aber kann natürlich sein, dass ich noch nie zuvor eine gegessen habe.«

»Mal sehen, wie der zweite Versuch wird«, erwidere ich.

»Paul, möchtest du Alex und Will morgen nicht am Wasserfall helfen?«

Ich küsse sie und sage ihr, dass sie das wundervollste Wesen im Universum sei. Sie wird rot und winkt lächelnd ab. »Ach, das höre ich andauernd.«

***

»So, das sitzt«, meint Alex und klopft auf den letzten Holzbalken, welcher die dritte Etage abstützt.

»Weiter oben, wo mich Paul gefunden hat«, erklärt Will, »gab es zwei kurze Beben und Geröll ist herabgefallen. Dagegen können wir sicher nichts machen, oder?«

»Naja, moderate Erschütterungen sollte die Konstruktion nun aushalten«, erwidert Alex. »Die oberen Treppen sind so weit in Ordnung. Wenn natürlich die halbe Felswand runterkommt, gibt's kein Halten mehr.«

»Das wollen wir nicht hoffen. Die neue Treppe ermöglicht wieder den Zugang und die Stockwerke sind stabilisiert, das ist mehr, als ich je erwartet hätte«, sage ich.

Alex nickt, packt sein Werkzeug ein, und wir machen uns auf den Weg nach unten.

»Wie geht es eigentlich Mina?«, frage ich Will.

»Besser, sie ist noch nicht völlig gesund, aber es ist am Abklingen.«

Alex blickt an jedem Treppenabsatz nochmals prüfend auf die Holzverstrebungen.

»Ja, es geht allen, die sich das eingefangen hatten, wieder deutlich besser, zum Glück«, meint er.

Als wir mit dem Tog zurück nach Memoria fahren, fällt mir plötzlich das Notizbuch ein. Mir ist überhaupt nicht in den Sinn gekommen, danach zu suchen. Ich erinnere mich wieder, wie ich damals oben auf dem Plateau aufgewacht bin. Es kommt mir vor, als läge das alles schon hundert Jahre zurück. Soviel ist seitdem passiert, so sehr hat es mich verändert. Der Wasserfall, der Abgrund und das Notizbuch – nur noch verblassende Geschehnisse auf meinem Weg nach Memoria.

***

Ich höre, wie Maria zur Tür hereinkommt.

»Auf diesen Abend freue ich mich schon!«, rufe ich ihr aus der Küche zu.

»Das riecht vorzüglich, ich bin gespannt«, erwidert sie und wirft einen Blick in den Ofen.

»Diesmal sind es drei kleine Pizzen, mit unterschiedlichem Belag«, sage ich.

»Welche Varianten?«

»Tomatenzwiebel, Pilze mit Karmon und eine mit Honwurst.«

Es klopft, und Maria öffnet Will die Tür.

»Paul, der ganze Brunnenplatz riecht nach Pizza, ich musste schon einige abhalten euer Haus zu stürmen.«

»Wo ist Mina?«, frage ich.

»Tja ... diese Erkältung hat sie wieder eingeholt«, erklärt er. »Ehrlich, es ist nicht so, dass sie sich vor deiner Pizza drücken will, Paul. Sie schnaubt und hustet schon den ganzen Abend.«

»Wie schade, ich hoffe, dass es ihr bald besser geht«, erwidere ich.

Maria runzelt die Stirn.

»Dass die Symptome zurückkommen, hab ich heute

schon einige Male gehört. Das muss sehr frustrierend sein.«
Ich öffne den Ofen und nehme die Pizzen nacheinander heraus.

»So hab ich mir das vorgestellt, rund und goldbraun«, meint Will.
Maria stellt drei Gläser auf den Tisch und gießt uns Traubenwein ein.

»Die Rote ist mit Tomatenzwiebeln, richtig?«, fragt er.

»Ja, und frischem Lauchkraut«, erwidere ich.
Ich schneide die Pizzen in jeweils vier Teile. Will nimmt sich sofort ein Stück von der roten Pizza. Er isst einen Bissen, dann einen weiteren und noch einen. Ohne ein Wort zu verlieren, nimmt er sich das nächste Stück und verschlingt es ebenso zügig. Maria probiert ein Stück von der Hon-Pizza. Sie schaut mich mit großen Augen an.

»Oh, das ist unglaublich gut!«
Will lehnt sich zurück, trinkt einen Schluck vom Wein und wischt sich mit dem Handrücken über den Mund.

»Also, das ... ist eine Pizza!«
Ich nehme mir das letzte Stück von der Tomatenzwiebel-Pizza. Die leichte Schärfe der roten Frucht breitet sich im Mund aus, gefolgt von der Frische des Lauchkrauts. Der Pizzaboden bettet alles in ein knusprig-würziges Zusammenspiel. Auf dem Gaumen stellt sich ein starkes Verlangen nach einer Wiederholung ein.

»Wie wäre es, wenn wir dein altes Haus am Bellusplatz zur Pizzeria umbauen?«, sagt Maria.

»Das klingt gut, aber da brauche ich sicher Hilfe.«

»Nein, der Umbau geht mit dem Brunnen ganz schnell«, erwidert sie.

»Der Umbau, ja. Aber für zehn oder mehr Personen gleichzeitig Pizza zu backen?«

»Ach so, fraglos. Ich werde mich mal umhören, da finden sich ganz sicher welche.«
Will nimmt sich das allerletzte Stück Pizza. »Sarah und Tim werden dir sicher helfen. Als ich letztens im Brotladen war,

habe ich davon erzählt. Sarah war völlig fasziniert von deiner Idee mit der Hefe.«

Ich nicke. »Ja, ich hatte auch schon mit Tim darüber geredet. Dann wird aus diesem verrückten Einfall also doch noch was.«

Maria schenkt uns allen Traubenwein nach, und wir reden über die geplante Fahrt zum Erzfeld. Sie meint, dass es schon morgen losgehen könne und dass sie Sid überreden konnte, uns zu begleiten. Ich versuche, Maria zu erklären, dass sie nicht mitkommen müsse, aber sie ist nicht umzustimmen. Ich bin selbst verwundert, warum es mir Unbehagen bereitet. Bin ich vielleicht doch besorgt, dass etwas schief laufen könnte? Dieser kleinste Zweifel, den ich bereit bin zu tragen, erscheint mir in ihrem Fall – ein Zweifel zu viel. Jetzt wird mir mit einem Mal klar, warum sie mitkommen will, weil es ihr genauso ergeht. Meine Hand umgreift ihre Hand. Ihre Finger verzahnen sich mit meinen Fingern. Ihr Grübchen tritt hervor und sie lächelt mich an.

Will steht auf und meint, dass er nun zurück müsse und dass die Eröffnung der Pizzeria für ihn der wichtigste Tag seit Gründung der Stadt sein werde.

Der längste Tag

(:)-(.)

Ein pochendes Geräusch weckt mich. Jemand klopft heftig gegen die Tür. Ich höre Jules rufen.
»Maria? Paul?«
Ich schaue verschlafen zu Maria hinüber. Sie dreht den Kopf zum Fenster.
»Was ist los?«, murmelt sie.
Ich raffe mich auf und gehe zum Balkon.
»Jules, was ist denn so dringend? Hat das nicht Zeit bis morgen?«
»Nein! Ich muss mit Maria sprechen, ... wir haben ein Problem.«
Maria ist mir auf den Balkon gefolgt und beugt sich vor.
»Ich komme gleich runter, einen Moment!«, ruft sie.
Wir ziehen uns, ohne ein Wort zu wechseln, an. Sie legt sich die Haare zu einem Zopf nach hinten. Ihre Hände sind unruhig, zittern beinahe und sie hat Mühe, sich die Schleife zu binden.
»Hast du eine Ahnung, worum es geht?«, frage ich.
»Vielleicht ... aber ich hoffe, ich liege falsch«, erwidert sie mit glasigen Augen.
Wir gehen die Treppe hinunter. Ich schalte das Licht ein und Maria öffnet die Tür. Jules betritt mit fahlem Gesicht das Zimmer. Auf seinem Hemd sind rote Flecken zu sehen.
»Es ist keine Erkältung!«, schnauft er.
Maria bietet ihm einen Stuhl an.
»Was ist passiert?«

Er setzt sich, stützt seine Ellenbogen auf den Knien ab und streift mit der Hand über sein Gesicht.

»Vor circa zwei Stunden kam Lena zu mir. Ihr ging es sehr schlecht. Sie fieberte und hatte starkes Nasenbluten, ... während ich sie behandelte, tauchte Will auf ...«

»Mina«, hauche ich.

»Richtig, ihr geht es noch schlechter. Sie klagt über Magenschmerzen und spuckt Blut. Dann kam Leon zu mir, gleich hinter ihm Anica ...«

Mir fällt es schwer, einen klaren Gedanken zu fassen. Ich blicke zu Maria, sie wirkt sehr gefasst. Ob sie bereits eine Ahnung hatte, dass hinter der Erkältungswelle mehr steckt?

»Jules, wenn es keine Erkältung ist, was für eine Krankheit ist es dann?«, fragt sie.

»Bei diesen Symptomen: geschwollene Lymphknoten, Ausschlag an den Armen, Blutungen, ich ... ich bin mir nicht sicher, ... könnten Viren sein oder Bakterien, in jedem Fall eine Infektion.«

»Ist es ansteckend?«, fragt sie.

»Wenn es sich wie eine Erkältung ausbreitet, ganz sicher. Allerdings ... einige Paare hatten sie zwar gemeinsam, aber andere, so wie bei Will und Mina, wiederum nicht«, erwidert er und pflügt mit der Hand durch seine Haare. »Vielleicht reicht Körperkontakt allein nicht aus, ... aber ich kann mich auch irren.«

»Und wie viele von uns hatten die Erkältung?«, fragt sie.

»Nicht jeder kam deswegen zu mir. Ich habe sicher um die hundert Personen behandelt, aber ich vermute, es sind viel mehr.«

»Was? So viele?«, platzt es aus mir heraus.

Maria läuft mit gesenktem Blick zum Tisch; sie gießt sich aus einer Karaffe ein Glas Wasser ein. Ihre Augen wandern nachdenklich hin und her. Ich schaue aus dem Fenster in die Stadt, alles wirkt so ruhig. Wie viele da draußen jetzt wohl unter der Krankheit leiden? Maria trinkt das Glas mit einem Schluck aus und stellt es hörbar zurück auf den Tisch.

»Ich würde Folgendes vorschlagen«, sagt sie mit fester Stimme, »wir sollten davon ausgehen, dass noch viel mehr erkranken werden und dass es eventuell ansteckend ist. Daher werde ich in dem bisher unbebautem Bereich ein großes Gebäude errichten, indem wir alle Erkrankten unterbringen können.«

»Ein Krankenhaus? Ja natürlich«, erwidert er.

Maria nickt. »Jules, du brauchst fraglos Hilfe. Ich werde nachfragen, wer dort die Pflege übernehmen will, und du suchst dir am besten jemanden, der dir helfen kann, die Ursache der Krankheit zu finden.«

»Das wäre dann Hanna«, entgegnet er sofort, »sie kennt sich am besten mit Bakterien und Viren aus ... und ... Ben, er kann im Krankenhaus helfen.«

»Gut. Wir brauchen auch Sid, da wir sicher die Schmiede zur Einrichtung des Krankenhauses und für weitere Analysen nutzen werden«, sagt Maria.

»Vielleicht ist es durch die Nahrung zur Infektion gekommen?«, meint Jules.

»Stimmt, wir sollten herausfinden, ob die Betroffenen irgendetwas Besonderes gegessen haben«, erwidert sie.

»Wir müssen alle darüber informieren, damit keine Panik ausbricht«, meine ich.

»Richtig. Für das Krankenhaus benötige ich sicher eine Stunde, danach müssen wir es sofort einrichten. Paul, du gehst am besten zu Mina, dort wird Will sein, nehmt euch den Tog und schaut bei Alex, wie viele Möbel er auf Vorrat hat.«

»Gut«, erwidere ich.

»Dann können wir ... sagen wir, in drei Stunden eine Versammlung im Auditorium abhalten«, erklärt sie.

»Aber ist das Versammeln im Auditorium eine gute Idee, wenn es doch ansteckend ist?«, sage ich.

Marias Augen wandern wieder nachdenklich umher.

»Wenn es so hoch ansteckend ist und durch die Luft

übertragen wird, sind wir sowieso schon alle infiziert. Letztlich bringt es nichts zu spekulieren, wir wissen einfach zu wenig. Aber eines ist gewiss, wir müssen nun zusammenarbeiten, und dazu ist es notwendig, alle zu informieren. Wenn wir uns aus Angst gegenseitig isolieren, sind wir verloren.«
Es klopft an der Tür.
»Jules, bist du bei Maria?«, ruft jemand.
»Ja, er ist hier!«, erwidert Maria.
Ben öffnet die Tür und betritt zögerlich das Zimmer. Seine ernsten Augen wirken durch die Brille zu schmalen Schlitzen verkleinert.
»Ben, also hat man dich auch schon geweckt«, sagt Jules.
»Es ist schrecklich! Die halbe Stadt spuckt Blut.«
»Ich habe einen Extrakt aus der Kajukwurzel gemacht«, erwider Jules, »es nimmt zumindest die Schmerzen. Wir müssen davon noch mehr herstellen.«
»Und es dann zum Krankenhaus bringen«, meint Maria.
»Welches Krankenhaus?«, fragt Ben.
Maria erzählt von ihrem Plan. Er nickt und stimmt zu.
»Es ist wichtig, dass alle, die die Symptome zeigen – auch die, die sich anscheinend davon erholt haben – ins Krankenhaus kommen«, fügt sie an. »Jules, du solltest keine Zeit verlieren und gleich zu Hanna und Sid gehen. Ihr müsst sofort mit der Analyse beginnen. Am besten ihr richtet euch direkt in der Schmiede ein Labor ein. Ben, versuche eine Liste aller erkrankten Personen zu erstellen. Ich werde schauen, was wir für das Krankenhaus sonst noch alles benötigen.«
Ben und Jules nicken. Meine anfängliche Ratlosigkeit weicht einem Tatendrang – eine Wirkung, die Maria auf uns alle ausstrahlt. Ich gehe zur Garderobe neben der Tür, streife mir das Jackett über und reiche Maria ihre Jacke. »Dann lasst uns hier nicht länger rumsitzen!«

Ich klopfe an Minas Tür.
»Jules?«, höre ich Wills Stimme.
»Nein. Ich bin's.«
Er öffnet die Tür.
»Paul? Komm rein.«
»Wie geht es Mina?«
»Nach dem Zeug, das Jules ihr gegeben hat, ist sie völlig benommen. Dafür geht's ihr jetzt zumindest besser.«
»Maria ist gerade am Brunnen und errichtet ein Krankenhaus.«
Er blickt mich mit leblosen Augen an.
»Ein Krankenhaus? Also hat es doch mit der Erkältung zu tun.«
Ich nicke. »Jules versucht mit Hanna, die Ursache der Krankheit zu finden. Und du kannst mir helfen, mit dem Tog alles, was nützlich sein könnte, zum Krankenhaus zu schaffen«, erkläre ich.
»Ja«, erwidert er zögerlich, »aber ich bleib lieber hier.«
»Will, es geht mittlerweile vielen so wie Mina.«
»Ja ... nein, ich kann nicht. Wenn sie aufwacht und niemand ist da, ... das geht nicht«, sagt er, blickt zu Boden und schüttelt den Kopf.
»Lass ihr eine Nachricht da. Wir können auch regelmäßig nach ihr schauen.«
»Ich ... komme dir helfen, sobald Mina aufwacht und es ihr wieder besser geht«, erwidert er.

Am Brunnenplatz kommt mir Jules mit dem Tog entgegen.
»Paul, Hanna und Sid sind bereits in der Schmiede, ich habe ihnen gerade die ersten Blutproben gebracht«, sagt er. »Nimm dir den Tog, ich werde mich zu Fuß auf den Weg zurück zur Schmiede machen. Die Einrichtung des Krankenhauses hat Vorrang.« Ich nicke und springe in das Vehi-

kel.

Direkt vor Alex' Haus halte ich an, steige aus und klopfe gegen die Tür. Die Dämmerung wird bereits von der am Horizont zu erahnenden Sonne verdrängt. Ich klopfe erneut und frage mich, ob er vielleicht auch schon erkrankt ist, da öffnet er mir verschlafen die Tür. Ich erzähle ihm hastig von dem Ausbruch der Krankheit, dem Krankenhaus und Marias Plan. Mit jedem Wort, das aus meinem Mund kommt, scheine ich ihn mehr und mehr aufzuwecken, dann zu beunruhigen und schließlich beinahe in Panik zu versetzen.

»Ich ... ich dachte, wir hätten das ... die Erkältung ... längst überstanden«, stottert er.

»Nein, es sieht eher nicht so aus. Wir brauchen nun natürlich alle möglichen Möbelstücke, die du auftreiben kannst«, erwidere ich.

Er nickt, zieht sich etwas über und öffnet sein Lager.

Als wir die erste Ladung an Betten abliefern, steht von dem Gebäude schon das untere Stockwerk. Der Bau des Krankenhauses spricht sich schnell herum. Immer mehr Menschen helfen beim Einrichten. Einige kommen mit einem Karren und bringen Lebensmittel, Matratzen und Decken.

Als wir mit der zweiten Fuhre am Krankenhaus ankommen, ist es bereits fertiggestellt. Der große Eingangsbereich ragt auf dicken Säulen aus dem Gebäudekomplex hervor und mündet in ein zentrales, zweistöckiges Haus, von dem aus sich zwei lange Flügel erstrecken. Unentwegt kommen Personen und tragen Möbel und Kisten herein. Noch bevor die Versammlung beginnt, werden die ersten Erkrankten schon im Gebäude versorgt.

Ich treffe mit Alex im Auditorium ein. Maria spricht bereits vor etwa zweihundert Zuhörern.

»Jeder, der die Erkältungssymptome hatte, sollte sich

im Krankenhaus melden. Schaut auch bei euren Nachbarn nach, wir dürfen keinen vergessen. Jules hat eine Gruppe zusammengestellt, die nach dem Krankheitserreger sucht.«

»Sollten wir nicht besser zuerst nach einer Heilung suchen?«, ruft jemand herein.

Jules erhebt sich von einer der Bänke.

»Wir planen ein Gerät zur Analyse der Blutproben zu konstruieren, um den Erreger ausfindig zu machen. Wenn wir die genaue Ursache kennen, können wir an einem Serum arbeiten«, erklärt er.

»Wie groß ist die Ansteckungsgefahr?«, fragt jemand.

»Das wissen wir nicht. Es gibt Paare, bei denen bisher nur eine Person erkrankt ist. Es kann aber genauso gut sein, dass sich bei einigen die Krankheit langsamer entwickelt oder ein Teil von uns immun ist«, erwidert er.

»Könnte es durch die Nahrung übertragen worden sein?«, fragt Alex.

»Vielleicht«, entgegnet Maria, »allerdings habe ich bereits mit mehreren gesprochen und konnte keine Besonderheiten feststellen. Sie haben dasselbe gegessen wie ihre Partner, ihre Freunde, ja wie wir alle.«

»Bei wie vielen zeigt sich die Krankheit derart schlimm?«, fragt Joseph.

»Im Moment sind wir bei über zweihundert Personen«, erwidert Maria. Ein Raunen geht durch den Saal. »Und ohne Ausnahme hatten sie zuvor die Erkältungssymptome.«
Sie erklärt, dass Ben die Leitung für das Krankenhaus übernimmt und dass dort alle mit dem Schmerzmittel von Jules versorgt werden.

Nachdem die Versammlung beendet ist, drängele ich mich an der herausströmenden Menge bis zu Maria durch.

»Ich bringe Mina ins Krankenhaus«, sage ich.

»Gut, ich werde mit Ben herausfinden, wer erkrankt ist und was wir noch benötigen, damit wir den Tog möglichst sinnvoll einsetzen«, erwidert sie.

Ich klopfe erneut an Minas Tür.

»Paul? Komm rein, ich bin oben«, ruft Will.

Ich öffne die Tür. Die Vorhänge sind zugezogen. Im Flur ist es dunkel. Meine Hand sucht nach dem Lichtschalter. Ich aktiviere die quadratische Fläche. Das Licht taucht alles in ein farbloses Grau. Der Schatten des Geländers windet sich wie eine Schlange die Stufen hinauf. Die Treppe knarrt bei jedem Schritt. Am Eingang zu ihrem Schlafzimmer steht ein Korb mit blutverschmierter Wäsche. Die Tür ist nur angelehnt, ich drücke sie auf und betrete den Raum. Mina ist wach. Will sitzt am Bett und gibt ihr etwas zu trinken. Ihr Gesicht ist dunkelgrau. Die Lippen sind teilweise mit einem weißen Belag überdeckt. Ihre Arme sind voll mit roten Pusteln.

»Paul«, sagt sie heiser, »schön, dass du da bist, ... tut mir leid, aber ich bin im Moment nicht gerade ansehnlich.« Sie hustet heftig, würgt, beugt sich über einen Napf und spuckt. Sie in diesem Zustand zu sehen ... warum geschieht dies? Ich schlucke ... diese Ohnmacht ... ich möchte schreien vor Wut.

»Wir müssen dich ins Krankenhaus bringen«, sage ich.

»Ein Krankenhaus? Haben wir jetzt so etwas?«, sagt sie und wischt sich den blutverschmierten Mund ab.

»Ja, seit heute Morgen.«

Will streicht ihr die Haare aus dem Gesicht.

»Das ist nicht nötig Paul, ich kümmere mich um sie.«

»Alleine schaffst du es nicht rund um die Uhr. Wir bringen alle dort unter, damit jeder die beste Hilfe bekommt.«

Er blickt mich mit starren Augen an.

»Vielleicht hast du recht, wir bringen sie besser ins Krankenhaus.«

»Ich befürchte«, räuspert Mina, »da müsst ihr mir etwas unter die Arme greifen.«

»Das ist kein Problem, der Tog steht vor der Tür.«

Wir suchen einige Sachen zusammen und packen sie in eine

Tasche. Will hilft Mina beim Anziehen ihres Morgenmantels. Wir stützen sie zu beiden Seiten und führen sie Schritt für Schritt zum Vehikel.

»Der neue Hänger ist dran«, bemerkt er und nimmt mit ihr auf der Bank des Anhängers Platz. Mina lehnt sich erschöpft an seine Schulter.

»Geht's so?«, frage ich.

»Ja, kann losgehen.«

Auf dem Weg durch Memoria sehe ich kaum Menschen. Die Stimmung ist bedrückend, alles hat sich geändert. Sogar der Geruch der Stadt ist anders – herb und säuerlich wie überreifer Traubenwein. Wieso bin ich nicht erkrankt? Es wäre für mich wahrscheinlich leichter zu verkraften, als Mina so zu sehen.

Schon aus der Entfernung kann ich das Krankenhaus erkennen, es ist hell erleuchtet und wirkt, als wenn es seit Jahren in Betrieb wäre. Ich halte in der Auffahrt und helfe Mina aus dem Wagen. Sie hält sich an meiner Schulter fest. Ich spüre, wie ihr Körper verkrampft und sie droht, das Gleichgewicht zu verlieren. Ich stütze ihren Arm, in diesem Moment würgt sie und spuckt blutige Brocken auf meine Brust; tränende Augen blicken mich an. »Paul, tut mir leid ... ich ...«

»Unsinn, du bist krank, dafür kannst du nichts. Diese Mikroben, die dir das antun, sollten dir leidtun, denn sobald wir sie finden, werden die sich wünschen, nie hier aufgekreuzt zu sein.«

Sie versucht zu lachen, aber es reicht nur zu einem rhythmischen Räuspern. Wir halten sie wieder zu beiden Seiten und betreten das helle Gebäude. Gleich am Eingang kommt uns Ben entgegen.

»Mina, wieso geht es dir so schlecht?«, fragt er.

»Wegen der Krankheit ...«, erwidere ich mit fragendem Blick.

»Ja, natürlich, aber ... es sollte ihr nicht derart schlecht gehen. Hat sie ihr Kajukextrakt nicht genommen?«, fragt er und führt uns in einen Seitengang.

»Sie meint, dass sie das Zeug nicht mehr brauche«, erwidert Will.

»Nein, ich brauch es nicht ... Jules meint, dass es das Gehirn angreift und ich bin freilich nicht grad die Klügste hier, ... ich will nicht völlig verdummen.«

»Mach dir doch um so was keine Sorgen. Das Wichtigste ist, dass es dir besser geht«, erklärt Will.

Ben zeigt in ein Zimmer mit zwei leeren Betten. Wir setzen sie auf das Bett nahe am Fenster.

»Auf Dauer ist der Extrakt nicht zu empfehlen, das ist richtig«, sagt Ben, »aber für ein paar Tage ist es kein Problem. Ich bringe ihr gleich ein Glas davon, dann wird es ihr sofort besser gehen.«

Mina legt sich hin, und Will deckt sie zu.

»Ich gehe und hole ihre Sachen vom Tog«, sage ich.

Als ich zurückkomme, sehe ich, wie Ben ein leeres Glas in der Hand hält. Mina liegt mit schläfrigen Augen im Bett. Ben reicht mir ein Q.

»Ich habe mit Maria eine Liste aufgestellt, am besten, du schaust mit dem Tog bei diesen Leuten vorbei.«

»Gut, wo ist Maria?«

»Sie ist zum Bona-Fama, um noch mehr Geschirr und Decken zu holen.«

»Will, ich werde dann mit dem Tog den anderen helfen gehen«, sage ich.

Mina kann ihre Augen kaum noch offen halten.

»Mir geht es schon besser«, sagt sie benommen, »es bringt nichts, wenn du hier rumsitzt. Geh und hilf Paul, Will.«

Er blickt zu Ben.

»Schaust du nach ihr?«

»Natürlich.«

Will küsst sie auf die Wange. Sie murmelt mit geschlossenen Augen etwas vor sich hin.

Wir laufen durch den Korridor zurück zum Eingang. In den Zimmern, die rechts und links vom Gang abgehen, sind die meisten Betten bereits belegt. Jemand kommt uns mit einem Rollwagen voll mit Gläsern und einem Krug mit einer weißen Flüssigkeit entgegen. Ohne den Extrakt von Jules wäre die Situation wohl ungleich schlimmer.

Als wir am Tog ankommen, lehnt sich Will gegen das Fahrzeug. Er streift sich mit Zeigefinger und Daumen über die Augenlider.

»Paul, wenn Mina nicht ...«, sagt er und ringt nach Luft, »... das stehe ich nicht durch.«

Ich lege ihm die Hand auf die Schulter; eine Träne fließt aus seinem Auge die Wange hinunter.

»Will, das musst du auch nicht. Was immer passiert – ich bringe dich da durch, das habe ich bisher getan, und ich werde es weiterhin tun.«
Sein Mund formt ein kurzes Lächeln und die Träne fällt von seiner Wange.

»Ja, ... das tust du ... und jetzt lass uns den Anderen helfen.«

Wir fahren den ganzen Tag durch die Stadt und bringen immer mehr ins Krankenhaus. Maria schafft es, ganz Memoria zu mobilisieren. Es melden sich viel mehr Leute, die im Krankenhaus helfen wollen, als nötig wären. Maria meint, dass sie nun zur Schmiede gehe, um nachzuschauen, wie weit Jules und Hanna mit ihren Nachforschungen sein.

Als sich schließlich die Dämmerung über Memoria legt, erzählt uns Ben, dass nun 326 Patienten im Gebäude sind und er von keinen weiteren Fällen mehr weiß. Die halbe Stadt ist betroffen, und die andere Hälfte tut, was sie kann. Zu meinem Erstaunen sind die meisten ruhig und zuversichtlich. Einige erzählen mir, dass Maria sicher etwas einfallen werde, dass sie alles tun werde, um Memoria zu retten. Zunächst macht es mir Angst, scheint es doch, wie der naive Glaube an eine übermenschliche Leitfigur. Aber dann erkenne ich, dass jeder in ihrer Gegenwart die Situation annimmt, wie sie ist. Vielleicht, so frage ich mich, kann man nur so zur Zuversicht gelangen. Es ist Marias Unerschütterlichkeit, ihre unverrückbare Leidenschaft, mit der sie sich gegen diese Krankheit stellt, mit der sie der Pest ins Antlitz schaut. Mit ihrer Ausstrahlung und Stärke gibt sie den Menschen Hoffnung; Hoffnung, jeden Ausgang dieses Unheils, wenn auch nicht zu überleben, so dennoch zu bestehen.

Nachdem wir die letzte Fuhre von Tischen und Stühlen zum Krankenhaus gebracht haben, zeigt Will in Richtung von Minas Zimmer.

»Ich bleibe die Nacht über im Krankenhaus«, meint er.

»Gut, ich fahre dann zur Schmiede, vielleicht haben sie ja schon etwas herausgefunden«, erwidere ich.

Auf dem Weg zu dem summenden Gebäude fallen mir hin und wieder die Augen zu. War ich jemals derartig erschöpft? Vielleicht, nachdem ich aus dem Abgrund geschleudert wurde. Der Abgrund – er lässt mich nicht los, ich bin wieder mittendrin – hänge an dem Ast und warte darauf, dass mich eine Böe herausschleudert.

Die Tore der Schmiede sind weit geöffnet. Ich halte vor der Rampe und gehe in die Halle hinein. Vor den Konsolen steht ein langer Holztisch mit verschiedenen Stühlen. In einer Ecke befindet sich ein großer Sessel, darin liegt schlafend zusammengekauert Maria. Auf dem Tisch befinden sich einige Qs, ein Mikroskop und weitere Geräte, die ich nicht zuordnen kann. Jules sitzt am Tisch, dahinter sehe ich Sid an einer der Konsolen. Neben ihm steht Hanna, eine große, dunkelhäutige Frau mit krausen, schwarzen Haaren. Sie ist in eine Zeichnung vertieft und macht sich darauf Notizen.

»Paul!«, ruft Jules und schreckt Maria auf. »Wie sieht es mit dem Krankenhaus aus?«

»Alle sind untergebracht, und es wird für sie gesorgt«, erwidere ich.

Er nickt. »Ganz erstaunlich, wie schnell das ging.«

»Wie seid ihr vorangekommen?«, frage ich.

»Wir konstruieren nach Hannas Anleitung ein Gerät zur exakten Analyse des Blutes«, erklärt er.

Hanna nimmt ihre Skizze vom Tisch und hält sie mir entgegen.

»Vier Module sind schon fertig. Fehlt noch die Abtasteinheit und die Objektkammer«, meint sie.

»Also wisst ihr noch nichts über den Erreger?«

»Nein«, sagt Hanna, »wir haben uns die Proben mit Jules Mikroskop angeschaut, aber die Vergrößerung reicht einfach nicht. Wir können nur Vermutungen anstellen, das hilft uns nicht weiter. Spätestens morgen früh wissen wir mehr.«

Maria steht mühsam vom Sessel auf und kommt auf mich zu. »Paul, lass uns nach Hause fahren. Wir können vorerst nichts weiter tun und ich bin völlig übermüdet.«

»Ja, geht mir genauso.«

»Lasst mich fahren«, meint Jules, »dann kann ich gleich einige Flaschen Kajukextrakt zum Krankenhaus bringen.«

Maria steigt erschöpft die Treppen hinauf zum Schlafzimmer.

»Ich komme gleich nach«, rufe ich und gehe in die Küche, um mir etwas zu Trinken zu holen. Auf dem Küchentisch stehen noch das Mehl und die Hefe. Ich frage mich, ob ich je wieder eine Pizza backen werde? Es erscheint mir nun so unwichtig. Wenn es Mina nicht schafft, würde es mich immer daran erinnern. Nein, ich kann es nicht mehr sehen. Ich stelle das Mehl in den Schrank, nehme den Behälter mit der Hefe und wasche ihn hastig am Becken aus.

Ich folge Maria die Treppe hinauf, gehe in das Schlafzimmer und lege mich wortlos neben sie ins Bett. Sie liegt mit dem Rücken zu mir. Ich bin mir nicht sicher, ob sie schon schläft. Mein Blick schweift durch den Raum. Eine unangenehme Leere breitet sich in mir aus. Sie frisst sich langsam, wie ein dunkler Schatten durch das gesamte Zimmer. Maria macht eine ruckartige Bewegung, als wäre sie aus einem Albtraum erwacht. Sie dreht sich um und legt ihren Kopf auf meine Brust. Ich umarme sie. Begleitet von einem kurzen Wimmern umklammert sie mich. Ich spüre den Rhythmus eines lautlosen Weinens durch ihren Körper fahren. Ich drücke sie fest an mich und die Leere – ist verschwunden.

Der Plan

(|)-(.)

Ich blicke verschlafen auf das Frühstück.
»Iss doch etwas, Paul«, sagt Maria.
»Ich habe einfach keinen Appetit.«
»Ich weiß.«
Es klopft an der Tür. »Paul? Maria?«
»Komm rein, Will«, ruft sie.
Will stürmt ins Zimmer.
»Habt ihr schon gehört? Mina geht's wieder viel besser! Ganz ohne dieses Kajukzeug«, sagt er mit weiten Augen. »Ja, allen geht's wieder besser. Ben denkt, dass wir es überstanden haben.«
Ich blicke zu Maria.
»Das ist großartig!«
Sie runzelt die Stirn.
»Das wäre es. Wir müssen dennoch die Ursache herausfinden.«
»Ach, Maria«, erwidert Will lachend, »es war einfach nur verdorbenes Essen, womöglich zu alte Honwurst.«
»Was sagt Jules dazu?«, fragt sie.
»Der ist sicher noch in der Schmiede und weiß noch nichts davon«, erwidert er.
»Dann lasst uns doch gleich los und es ihm sagen«, meine ich.

Da der Tog nirgends zu sehen ist, machen wir uns zu Fuß

auf den Weg. Maria kann sich nicht von ihrer Skepsis lösen, möchte Will jedoch nicht den Mut nehmen. Wir folgen weiter dem kurvigen Pfad. Will erzählt uns, dass seit dem Morgen die Pusteln an den Armen nahezu verschwunden seien und Mina wieder etwas essen konnte. Ben, so erklärt er uns, meinte, dass jeder Erkrankte mindestens noch einen Tag im Krankenhaus bleiben solle.

Ich sehe den Tog direkt vor der Schmiede stehen. Die Tore sind offen, und wir gehen die Rampe hinauf. Auf dem Tisch befindet sich eine quadratische Apparatur, aus der ein Zylinder emporsteigt. An der Röhre sind eine Konsole und ein Monitor angebracht. Auf dem Bildschirm erscheinen orangefarbene Ellipsen. Vor dem Gerät steht Hanna. Sie legt einen faustgroßen Würfel in eine Öffnung am Sockel. Sid liegt im Sessel, und Jules sitzt vorn übergebeugt auf einem Stuhl. Er wischt sich immer wieder die Nase mit einem Tuch ab.

»Ihr könnt euch ausruhen«, ruft Will, »wir sind über den Berg, allen geht's wieder gut!«
Jules schreckt auf und schaut uns mit blassem Gesicht an. Hanna dreht sich zu uns um. Ihre Miene ist starr, und tiefe Ringe umrahmen ihre schwarzen, intelligenten Augen.

»Genau wie du es vorhergesehen hast, Hanna«, meint Jules.

»Was habt ihr herausgefunden?«, fragt Maria.
Hanna zeigt auf den Monitor.

»Darf ich euch vorstellen, das ist unser Übeltäter.«
Sie berührt die Konsole und die Darstellung zoomt auf ein elliptisches, pulsierendes Objekt.

»Das M2-Coli-Bakterium«, erklärt sie. »An der Membran entstehen toxische Abfallprodukte, zudem heftet es sich über die Blutbahn an unsere Organe.«

»Aber nun ist es doch vorbei?«, sagt Will.
Jules schnaubt in sein Taschentuch hinein.

»Nein, nichts ist vorbei! Das Bakterium verändert seine Membran in periodischen Abständen. Infolgedessen

kommt es bei dem Sprung von dem Typ M0 zu M1 zu den Erkältungssymptomen, dann klingt es ab, bis zu dem Übergang von M1 zu M2. Die Symptome mit den geschwollenen Lymphdrüsen und den Blutungen kennt ihr ja, ... dann klingt es erneut ab.«
Maria stellt sich dicht vor den Monitor und fixiert das pulsierende Objekt.
»Und was passiert bei dem Übergang zu M3?«, fragt sie.
»Dann ... dann ... tja ...«, stottert er.
»Exitus«, sagt Hanna. Ihre Mundwinkel zucken, als würde sie noch etwas hinzufügen wollen, aber ihr die Worte fehlten.
Will stöhnt auf.
»Was? Nein, nein!«
»Wissen wir, wie viel Zeit uns bis zum Übergang zu M3 bleibt?«, frage ich.
»Tatsächlich können wir das sogar sehr genau bestimmen«, erwidert Jules und blickt zu Hanna.
Sie zeigt wieder auf den Monitor. »Seht ihr das Pulsieren? Es läuft präzise mit konstanter Periode. Bei jedem Intervall baut sich eine Proteinverschiebung auf. Irgendwann ist das Ende erreicht, dann faltet es sich zusammen und generiert den neuen Typ. Sofern dieser Rhythmus so weiter läuft, wird es bei diesem Patienten in 30 Stunden zum Übergang kommen.«
»Warum bist du dir sicher, dass die Symptome dann tödlich sind?«, frage ich.
»Die Menge an toxischen Produkten wird die Organe schnell zersetzen und zu einem sofortigen Schock führen, ... wie lange jemand so etwas überlebt ... sicher nur Minuten«, erklärt sie.
»Wieso sind nur einige von uns betroffen?«, fragt Maria.
Hanna nimmt den silbernen Würfel aus dem Sockel und öffnet die Oberseite. In dem Würfel befinden sich kleine

Zylinder, vielleicht so dick wie ein Stift. Sie nimmt einen davon heraus und kommt auf mich zu.

»Dazu habe ich bisher nur eine Theorie. Ich brauche auch von euch eine Blutprobe – ein Tropfen reicht.«
Sie deutet auf mein Ohr. Ich nicke, und sie hält den Zylinder an mein Ohrläppchen. Ich spüre einen kurzen Stich.

»Und nun noch die von Maria und William.«
Will geht zu dem Monitor und blickt auf die Darstellung.

»Wessen Blut ist das?«, fragt er.

»Minas, der Prozess ist bei ihr am weitesten fortgeschritten«, erklärt Jules, »jedoch ist das Pulsieren bei Lena etwas schneller, sie wird Mina noch überholen.«

»Also tickt es bei jedem anders?«, frage ich.

»Ja, es gibt eine gewisse Varianz«, erwidert Jules.
Hanna geht zu der Konsole und tippt darauf herum, die Darstellung ändert sich zu vielen kleinen, roten Punkten. Sie zoomt hinein, und das elliptische, pulsierende Objekt erscheint erneut.

»Ja, wie ich mir dachte«, sagt sie.

»Und wessen Blut ist das?«, frage ich.

»Marias.«
Ich spüre einen Schmerz in meiner Brust, als würden sich Hunderte von Kilo darauf abladen. Jetzt wird mir klar, dass ich unbewusst davon ausging, dass Maria und ich – dass alle die es noch nicht erwischte – immun sind. Hätten wir sonst nicht bereits Symptome gezeigt?

»Typ M0, Übergang in ... 8 Stunden zu Typ M1«, erklärt Hanna.

»Wie lang ... bis M3?«, frage ich hektisch.
Hanna schüttelt den Kopf.

»Das kann ich nicht sagen. Das Intervall offenbart sich immer nur in der jeweiligen Phase. Aber ich würde zwischen 30 bis 60 Stunden schätzen.«
Sie schaltet die Darstellung wieder um und beginnt von Neuem.

»Und bei dir, Paul ... sind es noch 33 Stunden bis Typ

M1. Das ist bisher der höchste Wert. Du wirst uns alle überleben ... zumindest für einige Zeit.«
Ich schüttle den Kopf.
»Was für ein Albtraum.«
»Und bei dir Will sind es noch 16 Stunden bis M1«, erklärt Hanna.
»Du willst damit sagen, dass wir alle längst infiziert sind?«, fragt Maria.
»Ja. Coli-Bakterien sind eigentlich ganz normal in unserem Darm. Ich weiß nicht, warum diese sich anders verhalten. Vielleicht waren sie schon in uns, bevor wir überhaupt hier aufwachten.«
»Aber wir haben noch 30 Stunden, wie können wir es aufhalten?«, fragt Will.
Jules niest und räuspert sich.
»Wir brauchen ein Antibiotikum«, erklärt er mit nasaler Stimme, »wir haben die ganze Nacht verschiedenste Substanzen getestet, aber durch die Proteinverschiebung gibt es keinen Angriffspunkt.«
»Eigentlich wäre es nicht schwer«, meint Hanna, »mit den neuen Möglichkeiten der Schmiede, ein entsprechendes Antibiotikum zu erzeugen. Jede Membran besitzt Rezeptoren. Ein Antibiotikum dockt dort an und könnte somit zum Beispiel die Hülle zerstören.«
»Genau«, erwidert Jules, »wir analysieren den Rezeptor, also das Schloss und konstruieren infolgedessen den dazu passenden Schlüssel. Jedoch ändert dieses Schloss beständig seine Form.«
»Und wenn wir den Prozess der Formveränderung blockieren?«, fragt Maria.
Hanna nickt zögerlich.
»Ja, das kam mir auch schon in den Sinn. Aber ... dazu bräuchten wir ein spezielles Protein, welches genau in den Verschiebungsmechanismus eingreift, ... das wäre eine sehr komplexe Struktur mit hunderten von Aminosäuren «, erklärt sie.

»Und?«, erwidert Maria.

Hanna schüttelt den Kopf.

»Es funktioniert nicht, weil das Pulsieren und Verschieben keine genaue Analyse zulässt.« Jules hustet und schnaubt sich wieder die Nase. Hanna schaut ihn für einen Moment an. »Es sei denn ... wo ist noch mal die Blutprobe von Jules?« Sie tippt eilig auf der Konsole herum. »Ja, hier ist sie. Es sei denn, wir erwischen ein Bakterium genau beim Übergang.«

Auf dem Monitor erscheinen kleine Punkte, dann zoomt es hinein und die orangefarbenen, ovalen Konturen sind erneut zu erkennen. Plötzlich hört eines von ihnen auf zu pulsieren. Es zieht sich zu einem Kreis zusammen und verharrt für einige Sekunden in dieser Form. Hanna tippt auf die Konsole, und Daten laufen über den Monitor.

»Das ist es!«, ruft Hanna. »Die Analyse war erfolgreich.«

»Leute, ich verstehe das alles nicht, was war erfolgreich? Haben wir jetzt ein Gegenmittel oder nicht?«, fragt Will.

»Noch nicht. Aber jetzt wissen wir, wie das Schloss aussieht. Nun brauchen wir den passenden Schlüssel«, erwidert Hanna.

»Können wir den anhand der Daten erzeugen?«, fragt Jules.

»Ja ... ja das ... kann jemand Sid wecken?«, erwidert sie. »Das wird ein komplexer Schlüssel, Tausende von Verbindungen. Wir müssen ihn mit der Schmiede berechnen, um die passenden Proteinkombinationen zu finden.«

Jules geht zu Sid und schüttelt ihn.

»Sid, aufwachen, wir haben eine Lösung.«

Er reibt sich die Augen.

»Eine Lösung? Für was?«

»Coli-Bakterium, du erinnerst dich?«, sagt Jules.

Sid springt auf.

»Was, wirklich?«

»Sid, du musst mir helfen«, ruft Hanna und winkt ihn herüber.

»Wie lange dauert das Erzeugen von diesem Protein-Dings?«, fragt Will.

Hanna und Sid gehen zu einer der Schmiedekonsolen hinüber.

»Ein Protein? Maximal zwei Minuten«, meint Sid.

Hanna hebt abwehrend die Hand.

»Nein, nein, die Herstellung ist nicht das Problem, sondern die richtige, molekulare Zusammensetzung, damit es passt. Es ist, als wenn man einen Schlüssel mit Tausenden von Zacken aus vordefinierten Bausteinen zusammenbauen möchte.«

»Gewissermaßen ein kompliziertes Puzzlespiel. Wie lange wird es ungefähr dauern?«, fragt Maria.

»Weiß ich noch nicht ... also ... wir brauchen Zeit, um alles einzugeben«, erwidert Sid.

»Natürlich«, meint Maria. Ihr Blick springt zu Will und mir. »Wir lassen sie besser in Ruhe arbeiten.«

Jules steht auf und geht zu Sid hinüber.

»Was habt ihr so weit?«, fragt er heiser.

Will und ich folgen Maria die Rampe hinunter nach draußen.

»Ich hätte nicht gedacht, dass wir sogar Proteine mit der Schmiede erzeugen können«, sage ich.

»Seit der Transformation sind die Möglichkeiten enorm, bis auf die molekulare Ebene hinunter«, erwidert sie.

»Leute«, entgegnet Will, »das ist mir alles viel zu kompliziert, ich will nur wissen wie wir dieses Bakterium erledigen, und was ich dafür tun muss.«

»Im Moment müssen wir nur warten«, sagt sie.

Will wendet sich ab.

»Das ist das Schlimmste!«, erwidert er.

Maria legte die Hand auf seine Schulter.

»Eigentlich sieht es nicht so schlecht aus. Wir wissen

nun, woran wir sind und was zu tun ist. Sobald wir das Protein haben, ist es vorbei.«
Ich blicke in den Himmel, er ist nahezu wolkenlos und die Sonne spendet eine angenehme Wärme. Durch die Luft schwirren einige Insekten und ich höre Vogelgezwitscher aus dem Wald. Es riecht nach Gras, Getreide mit einem Schimmer von Zimt. Diese üppige Natur um uns herum, und wir stehen vielleicht kurz vor dem Ende. Sind wir dieser Welt nicht gewachsen? Oder haben wir es, wie Hanna sagte, selbst eingeschleppt? Wo liegt in alldem der Sinn?

Wie hieß es doch in dem Theaterstück: Weil wir zwecklos sind, sind wir frei und können selbst über Bedeutung verfügen. – Da liegt wohl das Problem, denn ich kann in dem Ganzen keine Bedeutung finden. Stattdessen warte ich und hoffe, dass es mir jemand erklärt. So wie ein Kind, das auf die Erklärungen der Mutter wartet. Warum ist der Himmel blau? Wieso blutet es, wenn wir uns verletzen, und warum müssen wir irgendwann sterben? Es beruhigt uns, Antworten zu bekommen, an eine Ordnung zu glauben, selbst wenn wir sie nicht verstehen. Aber ich bin kein Kind mehr, es liegt nun in meiner Verantwortung, Bedeutung zu erschaffen.

Ein Summen – die Schmiede wurde aktiviert und lässt den Boden vibrieren. Jules erscheint am Eingang und winkt uns herein. Wir gehen über die Rampe zurück in die Halle. Hanna zeigt auf eine Darstellung auf der Konsole, eine Vielzahl von Kugeln, die in einem dreidimensionalen Gewirr von Linien verbunden sind.

»Die gute Nachricht ist, dass das Protein alleine ausreicht. Der Verschiebemechanismus wird blockiert, die Membran verliert ihre Funktion, und das Bakterium zerplatzt«, erklärt sie.

»Aber ist das gut? Werden dabei nicht die Gifte freigesetzt?«, fragt Maria.

»Nein, die entstehen an der Membranoberfläche, in dem Augenblick, wo wir es blockieren, ist es vorbei«, erwidert sie.

»Und was ist die schlechte Nachricht?«, frage ich.

Hanna presst die Lippen zusammen.

»Wie ich schon sagte, wir müssen die richtige Kombination von Proteinbausteinen berechnen. Sid hat dafür gerade die Schmiede gestartet.«

Marias Hand umgreift meinen Arm.

»Das ist nicht die schlechte Nachricht, richtig?«, bemerkt sie.

Hanna wendet den Blick zum Monitor.

»Auf dem Protein gibt es drei unabhängige, gleichgroße Abschnitte, und wir konnten die Rechendauer bestimmen, für jeden wird die Schmiede 18 Stunden brauchen.«

»Wie? Also 18 mal 3«, sagt Will, »... das ... das sind noch 54 Stunden ...?«

»Ja«, haucht Hanna.

»Das ... das ist nicht genug, ... bis dahin sind die meisten ...«, stottere ich.

»Ich weiß«, erwidert sie.

Jules Nase ist rot angeschwollen.

»Letztlich werden einige überleben«, meint er.

»Wie kommt ihr auf die 18 Stunden? Gibt es wirklich keine Möglichkeiten, es zu beschleunigen ... irgendwie parallel zu berechnen?«, frage ich.

Sid kommt einige Schritte auf uns zu und gestikuliert wild mit den Händen.

»Paul ... was denkst du? Würden wir euch so etwas sagen, also ... wenn ich das nicht alles längst bedacht hätte? Natürlich wird parallel berechnet, und zwar Millionen von Kombinationen im Flutmengen-Algorithmus, ... die Schmiede läuft mit maximaler Leistung ... also ich ... ich ...«

Will sinkt auf die Knie.

»Mehr geht nicht«, stöhnt er.

»Mehr geht nicht«, wiederholt Sid.

Maria zieht an meinem Arm, ich dreh mich zu ihr, und sie lächelt mich an.

»Du wirst es schaffen, Paul.«
»Was meinst du?«
»Du wirst überleben.«
»Nein, nein ... so nicht.«
Ich habe das Gefühl zu ersticken, der Raum um mich herum lässt mir keine Luft; ich reiße mich von Maria los und laufe aus dem Gebäude. Meine Gedanken, alles rast, dreht sich, ich sacke am Ende der Rampe zu Boden. Übelkeit steigt auf. Was wäre, wenn ich einfach losgelassen hätte im Abgrund? Ich sehe mich in die Tiefe stürzen. In dem Moment taucht im Augenwinkel wieder der rote Lichtreflex auf – der Schmetterling. Mein Blick fixiert sich. Ich atme tief ein und spüre, wie die Luft in meine Lungen fließt.

Drei Abschnitte, drei Schmieden.
Mein Blick folgt dem verschwommenen Schmetterling, bis er mit Marias Kleid verschmilzt. Sie steht am Eingang und blickt mich mit schweren Augen an. Ich richte mich auf und gehe zu ihr die Rampe hinauf.

»Ich habe eine Idee«, hauche ich.

»Drei Abschnitte für drei Schmieden!«, sage ich.

»Meinst du damit, dass wir nach weiteren Schmieden suchen sollen?«, erwidert Jules.

»Wir kennen bereits zwei weitere: die von Salvento und die am Abgrund.«

»Sicher, aber selbst wenn wir den gestörten Salvento überzeugen, die am Abgrund ist zu weit weg, ... also das sind sicher 10 Stunden, nur für die Hinfahrt«, entgegnet Sid.
Ich hebe beschwichtigend die Hand.

»Können wir prinzipiell die Berechnung der Abschnitte auf drei Schmieden verteilen?«

»Ja, das wäre kein Problem, und jede würde dann 18 Stunden brauchen, wir könnten die Daten auf ein Q übertragen und das Serum hier produzieren. Aber wenn du die Fahrzeiten einberechnest, würde uns nur die Schmiede von

Salvento etwas bringen«, entgegnet Sid.

»Immerhin«, meint Hanna, »das würde den Prozess von 54 auf 36 Stunden verkürzen, das ist eine Chance, um ... vielleicht die Hälfte zu retten. Denkst du denn, du kannst Salvento überzeugen?«

»Ja, das denke ich, und ich glaube, wir können alle retten.«

»Wie?«, fragt Will.
Ich zeige zum Tisch.

»Setzen wir uns und gehen das durch.«
Einer nach dem anderen sucht sich einen Stuhl und nimmt Platz.

»Also, wir haben 30 Stunden, um dieses Bakterium zu erledigen«, erkläre ich. »Will, wie lange brauchst du mit Höchstgeschwindigkeit zum Brunnen von Salvento?«

»Das ... schaffe ich, wenn es sein muss, in unter zwei Stunden.«

»Sid, wie schwierig ist es, eine andere Schmiede so einzurichten, dass sie die Berechnungen startet?«, frage ich.

»Naja, also ... ich könnte die Prozedur auf einem Q speichern ... zur Übertragung müsste man die Ablaufsteuerung an der Konsole eingeben ... ist nicht schwer, kann ich dir zeigen.«

Ich nicke. »Also, für die Schmiede bei Salvento 2 Stunden Hinfahrt plus sagen wir etwa 2 Stunden, um ihn zu überzeugen und die Schmiede zu starten. Addieren wir noch die 18 Stunden für die Berechnung, dann sind es 22 Stunden.«

»Oder Salvento erschießt dich einfach, dann ist die ganze Berechnung null und nichtig«, erwidert Maria kopfschüttelnd.

»Das wird er nicht. Will, wie lange brauchst du von Salventos Brunnen aus zur Schmiede am Abgrund? Da seine Schmiede weiter im Osten liegt, sollte es näher sein.«

»Kann ich nicht sagen, ich war noch nie dort.«

»Verstehe, ich würde meinen, wenn du ohne Unterbrechung fährst, ist es in 8 Stunden zu schaffen«, erkläre ich. »Das sind also 2 Stunden zu Salvento plus 8 und dann 18 für die Berechnung, somit 28 Stunden – also unter 30!«

»Ja, in der Tat, das wäre ein guter Plan«, meint Sid, »aber du hast etwas vergessen, den Rückweg nach Memoria, damit sind es knapp 40 Stunden.«
Hanna legt die Stirn in Falten.

»Und hinzu kommt, dass die Berechnungszeit nur für unsere transformierte Schmiede gilt, bei einer normalen dauert es sicher ein Vielfaches.«
Will schlägt die Hände vor das Gesicht, und Maria schaut mich fragend an.

»Ich weiß«, erwidere ich. »Sid, besitzt du noch etwas von dem speziellen Erz, mit dem du die Transformation ausgelöst hast?«

»Sicher.«

»Und hast du auch noch einen von den gelben Globen?«
Er nickt.

»Ich bin mir sicher, dass Salventos Schmiede bereits transformiert ist. Die Schmiede am Abgrund müssen wir mit dem Erz füttern«, erkläre ich.

»Gut, ja, das müsste funktionieren, aber der Rückweg?«, erwidert Sid.

»Jules, sag mir, wie weit bist du mit deinem Projekt, der Q-Kommunikation, vorangekommen?«
Jules blickt mich mit roten Augen erstaunt an.

»Ich ... ich bin ... keinen Schritt weiter Paul, es gab einfach zu viel zu tun.«

»Nun ja, ich würde sagen, du hast nun 30 Stunden Zeit, um eine Lösung zu finden«, erkläre ich. »Maria, nimm dir den gelben Glob von Sid und benutze ihn an unserem Brunnen, damit kommst du in eine Art von Kommandomodus. Der Weg zur Kommunikation mit den Qs hängt mit den Brunnen zusammen.«

»Paul, ich glaub, ich verstehe nun deinen Plan«, sagt

Jules. »Wir verteilen die Berechnung auf die Schmieden und senden die Ergebnisse zurück, dadurch entfällt der Rückweg.«

»Genau!«

Will hebt den Kopf.

»Moment, verstehe ich das richtig? Wir fahren zu Salvento, du steigst aus, und ich fahre dann sofort weiter zur Schmiede am Abgrund?«

Ich nicke.

»Aber ich habe überhaupt keine Ahnung von diesem Schmiedenzeugs«, entgegnet Will, »und ich kenne den Weg nicht, da muss mich jemand begleiten.«

»Sid und Jules müssen das mit dem Brunnen übernehmen«, erklärt Maria. »Ich fahre mit Will zum Abgrund.«

»Ich dachte eher an Hanna oder Sid«, erwidere ich.

Hanna schüttelt den Kopf.

»Ich möchte das Bakterium weiter studieren, vielleicht finde ich noch mehr heraus.«

Sid hebt den Finger.

»Ich sollte sozusagen besser hier bleiben, um das Serum zu produzieren, sobald wir alle Daten haben. Wir wollen ja nicht, dass dabei was schief geht.«

»Paul, es ist die logischste Wahl. Ich kenne den Weg. Von dort oben am Erzfeld bin ich damals dem Ora bis zum Abgrund gefolgt«, erklärt Maria.

»Und wenn bei dir in 8 Stunden die Erkältungssymptome ausbrechen?«

»Ich werde damit zurechtkommen«, erwidert sie.

»Aber bis du wieder hier bist, könnte es auch bei dir bereits zum Ausbruch von M2 oder gar M3 kommen«, meine ich.

»Wenn wir es schaffen, kann sie das Serum genauso gut auch dort produzieren ... sie muss nur was Organisches, ein paar Früchte oder so in die Ressourcenverteiler werfen«, meint Sid.

»Also gut. Sid, du zeigst mir und Maria, wie man den

Auftrag an die Schmiede überträgt. Und Will, du nimmst dir den Tog. Besorge uns dicke Kleidung und genug Verpflegung. Es ist dort draußen bitterkalt.«

»Alles klar«, erwidert er.

Maria nickt. »Gut, wir haben einen Plan. In 10 Minuten brechen wir auf!«

Salvento

(.|)-(.)

Sid reicht Maria drei Qs.
»Die sind frisch aufgeladen. Oben rechts seht ihr, wie viel Zeit ihr noch habt.«
Maria verteilt die Qs an mich und Will weiter. Ich blicke sofort auf die Anzeige.
»Nur noch 29 Stunden und 28 Minuten?«
»Ja, unsere Vorbereitungen haben etwas Zeit verschlungen und Hanna hat es nun so exakt wie möglich berechnet«, erklärt Sid.
Will steigt in den Tog. Ich setzte mich auf den Rücksitz, und Maria schwingt sich auf den Beifahrersitz. Die Ladefläche neben mir ist voll bepackt mit Kleidung, Decken und Verpflegung.
»Haben wir das Erz dabei?«, fragt Maria.
»Ja, das ist in der Kiste hinter deinem Sitz«, erwidere ich.
Maria wendet sich Jules zu.
»Dass ihr mir den Brunnen gut behandelt«, meint sie.
Jules nickt und hebt die Hand.
»Euch viel Glück.«
Will beschleunigt den Tog. Zu meiner Überraschung fährt er nicht in die Stadt zurück, sondern quer über die Lichtung an der Schmiede vorbei. Kurz bevor der Wald zu dicht wird, öffnet sich das Geäst wieder, und ich sehe die Uferböschung. Das muss der Primus sein, das ging schnell. Wir platschen förmlich in den Fluss hinein. Das Vehikel schwankt hin und

her. Will wartet, bis wir uns stabilisiert haben, dann steuert er auf das andere Ufer zu.

Nachdem wir aus dem Fluss heraus sind, fahren wir durch grünes Gras, aus dem hin und wieder weiße Blumen emporragen. Er fährt kontrolliert, irgendwie untypisch für ihn – schnell, aber nicht mit maximaler Geschwindigkeit. Es steht zu viel auf dem Spiel – diesmal ist es auch für ihn nicht bloß ein Abenteuer. Maria dreht sich zu mir um.

»Ich wünschte, wir hätten die Waffe gebaut«, sagt sie.

»Um was damit zu tun?«, frage ich.

»Na, damit du dich jetzt gegen Salvento verteidigen kannst, für den Fall ... gewissermaßen.«

»Du meinst wohl eher, damit ich ihn angreifen kann, um die Schmiede zu übernehmen?«

»Nein ... ach, ich weiß nicht ... vielleicht auch das. Es ist eben zu wichtig.«

»Eine Waffe würde quasi alles nur verkomplizieren. Wir müssen jetzt zusammenarbeiten«, meint Will.

»Genau! Das hast du ja selbst gesagt, Maria«, füge ich an.

»Ich hoffe, er sieht das auch so«, erwidert sie.

»Das kann er aber nur, wenn wir ihm zeigen, dass wir es so sehen«, entgegne ich.

Sie nickt verhalten.

»Ich denke nicht, dass Salvento der kritische Punkt ist«, sage ich und halte mein Q hoch, »sondern eher, die Kommunikation hiermit.«

»Vorhin hast du nicht so pessimistisch geklungen«, meint Will.

»Ich hab noch mal darüber nachgedacht. Wenn die Verbindung über den Brunnen funktioniert, dann ist es innerhalb der Stadt sicher kein Problem. Jedoch von Brunnen zu Brunnen? Die Distanz ist ja viel größer.«

»Ich vermute«, erwidert Maria, »dass die Brunnen irgendwie miteinander verbunden sind. Es wird funktionieren, denke ich.«

Wir fahren auf das nächste Ufer zu. Will fährt an einem flachen Abschnitt direkt in den Secum hinein. Die gegenüberliegende Uferböschung ist zu hoch, um dort hinauszufahren. Will nutzt die starke Strömung und wir folgen für einige Zeit dem Flusslauf. Die Umgebung wird immer schroffer und felsiger. An einer breiten Felsplatte, die aus dem Flussbett ragt, fahren wir wie auf einer Rampe aus dem Secum hinaus.

»Ab etwa der halben Strecke zum Abgrund«, erkläre ich, »wird es ungemütlich kalt. Ihr solltet die Plane über den Tog ziehen. Der Brunnen müsste mittlerweile voll mit Globen sein, dort könnt ihr euch in dem Haus aufwärmen.«

»Die Schmiede hat auch eine Heizung, ich hoffe, wir können sie in Betrieb nehmen«, entgegnet Maria.

Wir fahren durch ein Geröllfeld. Will umsteuert elegant jeden großen Brocken, der sich vor uns aufbaut.

»Liegt dort Schnee?«, fragt er.

»Zum Zeitpunkt, als ich dort wegfuhr, war alles zugeschneit.«

»Es ist schon ungewöhnlich, dass die Umgebung sich dort so geändert hat. Also gibt es hier, allem Anschein nach, doch Jahreszeiten«, meint Maria.

Wir fahren parallel zum Flusslauf, bis der Secum nach links in eine tiefe Schlucht biegt. Dann taucht am Horizont das Erzfeld auf. Will steuert an der Stelle vorbei, an der wir einst die Steinbrocken abgeschlagen hatten.

»Setzt mich einfach am Brunnen ab«, sage ich.

»Gut«, erwidert er.

Maria dreht sich wieder zu mir.

»Nimm dir Zeit, Paul, du musst nichts überstürzen. Du hast 8 Stunden mehr als wir«, sagt sie und lächelt bemüht. Ich stecke das Q und etwas Verpflegung in meine Umhängetasche.

»Festhalten!«, ruft Will und steuert auf den Hügel zu. Der Motor surrt am Hang auf. Dieses Mal nimmt er kurz vor dem Gipfel die Geschwindigkeit heraus. Wir kippen sanft auf das Plateau. Wortlos bewegen wir uns auf die weiße Fläche mit dem silbernen Zylinder zu. Keine Spur von Salvento. Will stoppt den Tog direkt neben dem Brunnen. Maria greift meinen Arm, zieht mich nach vorn und küsst mich.

»Viel Glück! Wir sehen uns dann in 36 Stunden.«

Ich steige aus. Will beschleunigt und biegt nach rechts ab. Ich blicke der Staubwolke für einige Zeit nach. Noch 27 Stunden und 10 Minuten zeigt mir mein Q an. Diesmal ist der Grund des Beckens mit Globen bedeckt. Auf dem Salzboden bemerke ich Reifenspuren. Sie können nicht von Will stammen, denn sie führen zum nahen Waldrand. Ob Salvento mich bereits beobachtet? Ich stecke das Q wieder ein – besser ich lasse die Hände frei und gut sichtbar.

Ich folge den Reifenspuren. Der Salzboden vermischt sich zunehmend mit dem braunen Sand. Die feuchte Luft des Waldes weht mir entgegen. Wie kann sich nur eine Salzwüste neben einer beinahe tropischen Vegetation halten? Aber auch der Wald ist rätselhaft, hatte er aus der Entfernung, mit seinen rostbraunen Farben, noch wie ein herbstlicher Hain ausgesehen, zeigen sich nun jedoch orangefarbene Blätter und violette Blüten. Es gibt kein Anzeichen von Laub, stattdessen umgeben goldbraune Pilze das Wurzelwerk der Stämme.

Die Spuren führen zu einer Schneise im Waldrand. Ich folge dem Pfad, der in einer leichten Steigung hinauf in das Gehölz führt. Vielleicht ist Salvento gar nicht mehr hier? Vielleicht erkundet er die Gegend, um nach Anna zu suchen? Ich höre ein Knacken – hinter mir tritt jemand auf einen Zweig. Ich drehe mich um. Weit aufgerissene Augen starren mich an. Ich blicke in die Mündung einer Pistole.

»Was ... was willst du hier? Vergesser!«

»Salvento, ich bin Paul, erinnerst du dich? Wir brauchen deine Hilfe.«

»Natürlich ... natürlich braucht ihr die ... aber nicht jetzt, es ist noch zu früh, ... du gehst jetzt besser, Fresser.«

Ich bewege mich auf ihn zu.
»Nein, das geht nicht. Memoria liegt im Sterben, es gibt kein Später.«
Ein Schuss – ich höre, wie hinter mir Holz zersplittert. Ich gehe unbeirrt weiter auf ihn zu.
»Daneben«, sage ich. »Ich glaube nicht, dass du so ein schlechter Schütze bist.«
Ich bleibe vor ihm stehen. Er umgreift die Pistole, hält sie direkt auf meine Brust. Ich schaue in seine angespannten, braungrünen Augen.
»Ein Bakterium hat uns befallen, einigen von uns geht es sehr schlecht. In etwa 27 Stunden werden die Ersten sterben.«
Sein Blick schweift kurz ab.
»Was stört euch das? ... ihr wisst doch nichts, ... ihr seid schon tot ... zerfressen, vergessen.«
»Wenn das so ist, warum fällt es dir so schwer, mich zu töten?«
»Ich ... es ist *Reset*! Er schleicht sich rein ...« Seine Stimme wird leise, und er beugt sich vor. »Psst ... ich trau ihm nicht.«
Offensichtlich nennt er seine andere Persönlichkeit *Reset*. Es ist schlimmer, als ich dachte, er ist wirklich schwer gestört. Am besten, ich gehe überhaupt nicht darauf ein.
»Wir können mit der Schmiede ein Gegenmittel herstellen, müssen aber die genaue Zusammensetzung berechnen. Das Problem ist, dass eine Schmiede zu lange braucht, ... wir benötigen mindestens drei.«
»Eins, zwei, drei ... eins, zwei, drei ... Väterchen, allein schaffen wir es nicht, allein geht es nicht«, murmelt er, und seine Pupillen zucken hin und her.
»Du musst dich entscheiden, töte mich oder hilf mir. Ich werde nicht gehen, es gibt für mich nur diesen Weg.«
Ich greife langsam in meine Tasche und hole mein Q heraus. Er rührt sich nicht, seine Augen blicken durch mich hindurch. Ich halte das silberne Gerät hoch.

»Hier ist der Auftrag für die Schmiede. Deine Schmiede ist doch schon transformiert, richtig?«

Sein Körper entspannt sich, und er senkt die Waffe.

»Ihr wisst von der Modifizierung?«

»Ja, es hat mit dem Erz zu tun, das vorne am Hang liegt.«

»Es ist nicht das Erz, es ist die Kennung. Sie steckt drinnen, in den Dingen.«

Bekomme ich doch noch Zugang zu ihm?

»Ja, wissen wir. Es ist ein Schlüssel eingebettet in die Kristallstruktur.«

»Beinah' richtig ... beinah'«, raunt er und steckt die Waffe in seine Jackentasche. »Komm mit, ich muss dir was zeigen!«

Ich folge ihm und blicke auf mein Q, noch 26 Stunden. Wir gehen weiter den Waldweg entlang, bis er an einer Abzweigung stehen bleibt.

»Dort geht's zur Schmiede und dort zum Haus, ... bin aber nicht oft dort ... immerzu in der Schmiede. Willst du was essen? Hab weit draußen ne Frucht gefunden ... schmeckt wie Melone.«

»Später vielleicht. Kann ich deine Schmiede sehen?«

»Ja, ja ... die wollt ich dir zeigen. Hab drei Kennungen zusammen ... fehlen noch drei«, sagt er und lacht. »Du suchst drei Schmieden, ich such drei Kennungen.«

Er geht voran und scheint mir nun zu vertrauen. Seine Blicke mustern mich nicht mehr.

»Salvento, eigentlich suchen wir die Schmieden nicht mehr, wir wissen schon, wo sie sind.«

»Ach so? Welche ist die Dritte?«

»Die im Osten, am Abgrund«, sage ich. »Will und Maria sind grade auf dem Weg dorthin.«

Er nickt. »Ist dort kalt geworden, ist nicht gut für die Schmiede, nicht gut.«

»Woher weißt du das? Warst du schon dort?«

»Noch nicht, ... aber es steht auf den Karten.«

Wir betreten eine Lichtung, und ich höre das vertraute Summen einer Schmiede.

»Du wirst staunen, wirst du.«

Vor dem Bauwerk sehe ich den Tog stehen. Er sieht ziemlich mitgenommen aus, so als wäre er schon Tausende von Kilometern damit gefahren. Das Tor an der Rampe ist geschlossen und quer über die Schiebegriffe ist eine Stange montiert. Salvento holt ein Q aus seiner Jackentasche, gibt etwas ein und die Stange dreht sich zur Seite. Er schiebt das Tor auf und winkt mich herein. Was für ein Chaos – die Halle ist voll mit seltsamen Geräten, leuchtenden Säulen und verschiedenen Haufen von Globen, Holzstücken, Steinen und Pflanzenteilen.

»Eine Kennung war in diesen Nüssen.« Er zeigt auf einen Tisch voll mit Samen, Hülsen und Früchten. »Ich hab die immer gegessen, dann fiel mir eine in die Kammer, da hab ich's erst gemerkt. Stell dir vor, hab danach überall gesucht, dabei hab ich sie die ganze Zeit gefressen!«, sagt er und gibt einen kurzen Lachlaut von sich.

»Das heißt, die Schmiede hat sich noch einmal transformiert?«

»Nen bisschen. Komplett ist's erst mit der Sechsten.«

»Woher weißt du, dass es sechs Kennungen gibt?«

»Die Struktur, so ist es ein Ganzes, so passt es zusammen, ... wie die sechs Seiten eines Würfels, verstehst du?«

Ich folge ihm weiter durch die Halle.

»Und was passiert, wenn du alle beisammenhast?«

»Dann ... bekomme ich Zugang.«

»Zugang zu was?«

»Unser alter Kumpel ...«

»Die Erde?«

Salvento stöhnt und hält sich kurz die Ohren zu.

»Ob er wohl grün oder rot sein wird?«, meint er plötzlich.

Was redet er da nur? Ich muss mich auf meine Aufgabe konzentrieren.

»Salvento, können wir jetzt den Auftrag auf deine Schmiede übertragen?«

»Ja, ja. Aber ich will dir doch was zeigen«, erwidert er und geht an einer der leuchtenden Säulen vorbei, »hier ist es!«

Wir halten vor einer Art Tisch. Ich will ihn fragen, was er meint, da bemerke ich erst, dass die Tischplatte frei in der Luft schwebt. Ich kann kein Gestell oder irgendeine Aufhängung erkennen. Ich drücke auf die Oberfläche, die Platte gibt etwa einen Zentimeter nach und bleibt dann völlig starr, als wenn sie auf stabilen Beinen ruhen würde.

»Wie funktioniert das? Magnetismus?«

Er hebt die Platte an. Auf der Unterseite ist eine weiße Halbkugel angebracht.

»Ein induziertes Feld ... stimmt ... aber mit dem Boden ohne Magnete ... einfach mit dem Boden ... verstehst du? Das geht überall! Hatte plötzlich die Idee dazu.«

Ich stoße die schwebende Platte an und sie gleitet schwerelos dahin.

»Erstaunlich!«, sage ich.

»Damit bau ich mir einen Tog, dann finde ich die anderen Kennungen im Nu.«

»Wie hoch kann man damit fliegen?«

Er schüttelt den Kopf.

»Schweben, nicht fliegen, nur schweben ... vielleicht zwei Meter, oder so.«

»Den Tog musst du uns zeigen, wenn er fertig ist. – Können wir jetzt den Auftrag übertragen?«

»Die Konsole ist dort drüben.«

Auf dem Weg durch die Schmiede berichtet er mir von weiteren Experimenten. Er sagt, dass die Kennung immer das Element wechsle.

»Es ist nur einmal Erz, einmal Holz und einmal Nuss«, meint er.

Als wir vor der Konsole stehen, hole ich mein Q heraus und lege es auf die Fläche – noch knapp 25 Stunden erscheinen auf der Anzeige.

»Gut, können wir mit der Übertragung beginnen?«, frage ich.

»Ja, hab ihn ... er ist in der Warteschlange ... ist eingetragen.«

»Warteschlange? Wieso das?«, frage ich laut.

Er schreckt auf und blickt mich mit großen Augen an.

»Ich ... ich arbeite grade an dem Tog, ... dann geht es schneller mit den Kennungen ... ich weiß schon, wo ich suchen muss.«

»Wie lange wird das dauern?«

»Nur zehn Stunden.«

Ich schüttle den Kopf.

»Nein, Salvento die haben wir nicht mehr. Wir brauchen 18 Stunden zur Berechnung, und es sind noch knapp 25 Stunden übrig. Du musst es unterbrechen!«

Er macht zwei Schritte zurück.

»Aber ... ich ... das geht nicht, ... ich muss zur ... zum ... alten Kumpel ...«

»Das kann doch warten, Salvento, in 25 Stunden sterben Menschen!«

Er zuckt, als hätte ihn ein elektrischer Schlag getroffen.

»Ah ... Väterchen ... nein, nein ... ich zeige ihm alles, und er macht es kaputt!«

Er greift in seine Jackentasche und holt die Pistole heraus, richtet sie jedoch nicht auf mich, stattdessen hantiert er an ihr herum.

»Warum willst du unbedingt so schnell zur Erde?«, frage ich.

»Ich muss sie finden ... ich muss sie doch finden ... Väterchen, ruhe dich aus ... eins, zwei, drei.«

Salvento richtet sich auf und blickt mich mit ruhigen Augen an.

»Paul? Wie bist du ... ist Will auch da?«

Er betrachtet die Pistole in seiner Hand und stöhnt.

»Nein, Will ist mit Maria auf dem Weg zur Schmiede

am Rand der Welt. Du erinnerst dich?«
Er lässt die Waffe scheppernd zu Boden fallen.
»Paul, es tut mir leid ... wenn Väterchen weg ist, weiß ich kaum mehr, was geschehen ist.«
»Ja, das hab ich schon bemerkt.«
Er schaut mich fragend an.
»Was ist bloß mit mir? Warum passiert das? Ich will, dass es aufhört.«
Ich weiß nicht, was ich sagen soll. Eine unangenehme Stille breitet sich aus.
»Deine Erinnerungslöschung ist offensichtlich ... unvollständig«, sage ich schließlich. »Irgendein Erlebnis zieht dich zurück, du stehst irgendwie zwischen dem, was vorher war und Memoria.«
»Aber wieso ich?«
»Vielleicht etwas stark Emotionales, ... ein Schock oder ein Trauma.«
»Ein Trauma?«
Ob ich Anna erwähnen soll? Besser nicht. Ich erkläre ihm, dass wir nur wenig Zeit haben, erzähle von dem Bakterium und dem Plan mit den drei Schmieden. Er hört mir aufmerksam zu, dann hebt er die Pistole auf und gibt sie mir. Ohne ein Wort zu verlieren, geht er zur Konsole, deaktiviert den laufenden Auftrag und startet die Berechnung für das Serum. Ich schaue auf mein Q, noch 24 Stunden und 18 Minuten.
Er setzt sich auf einen Hocker, seine Mundwinkel sind nach unten gezogen.
»Halte Väterchen mit der Pistole in Schach«, sagt er.
»Nein, das will ich nicht, und es ist auch nicht nötig. Väterchen ist nicht schlecht, nur überladen mit Informationen.«
»Du kannst ihm nicht trauen!«
»Dasselbe hat er auch über dich gesagt. Ich muss ihm vertrauen, und du solltest das auch.«
Er steht mit einem Ruck auf und geht zügig zu dem Tisch

mit den Früchten und Samen. Ich folge ihm und frage mich, ob Väterchen zurück ist? An seiner Körperhaltung erkenne ich schnell, dass er weiterhin normal ist, obwohl mir *normal* das falsche Wort für seinen Zustand zu sein scheint.

»Wo sind die Visumsamen? Ah, da sind sie. Paul, ich nehme davon zwei, dann werde ich sicher für einige Stunden schlafen. Das ist die beste Lösung.«

»Nein, was ist, wenn ich dich brauche, wenn etwas mit der Schmiede nicht funktioniert?«
Er schluckt die Samen.

»Du kennst dich doch schon gut aus, das bekommst du hin ... nur für ein paar Stunden.«
Er fängt an zu taumeln und legt sich auf eine Matratze in der Ecke der Halle. Vielleicht hat er recht, es sind noch 18 Stunden für die Berechnung – ohne Schlaf einfach zu lang. Will und Maria werden jetzt bestenfalls die Hälfte der Strecke hinter sich haben. Ich greife in meine Umhängetasche und nehme mir ein belegtes Brot. Was hat es wohl mit den Kennungen auf sich? Wenn Salvento recht hat, befinden sie sich verstreut in den verschiedensten Dingen. Für welchen Zweck? Warum wird es uns so schwer gemacht, wenn doch schon Brunnen und Schmiede von Anfang an da sind? Ich schlendere durch die Halle und bleibe vor der schwebenden Platte stehen. Wie hat er so etwas nur bauen können? Ich versuche, erneut die Platte herunter zu drücken. Wo kommt die Energie her? Ich untersuche die Seiten und entdecke eine Öffnung für die Globen. Ich glaube, die Möglichkeiten, die sich durch die Schmiede bieten, sind uns noch gar nicht wirklich bewusst. Eine Welt von ungeahnten Potenzialen. Traurigerweise sind wir einfach zu wenige – ohne echte Perspektive auf weitere Generationen. Sofern wir überhaupt die nächsten Tage überstehen.

Ich gehe zurück zur Konsole und betrachte, wie die kreisförmigen Zahlensymbole herunterzählen. Sid erklärte mir einst das Zahlensystem. Es beruht auf einer Sechs als Basis und wird von rechts nach links gelesen. Zudem passt der Rhythmus nicht ganz auf unsere Sekunde, er ist etwas schneller. Wie gut, dass ich auf meinem Q eine lesbare Zeitanzeige habe.

An meiner Jacke zieht etwas, ich greife in die Tasche – ach ja – die Pistole. Was soll ich damit machen? Ich prüfe das Magazin, noch zwei Schuss. Ich will diese Waffe nicht haben. Es zwingt mich in eine Position, die ich nicht erfüllen mag. Ich entferne rasch die Patronen.

Nachdem ich die Pistole draußen an einem Baum vergraben habe, schaue ich nach Salvento. Er liegt immer noch auf der Matratze und schläft. Nun spüre auch ich eine Müdigkeit aufkommen. Ich räume ein Sofa von Geräten und Werkzeugen frei und lege mich hin. Das Sofa ist etwas zu klein für mich, meine Füße ragen über die Lehne hinaus. Ich nehme mein Q und versuche, Salventos Beschreibungen von den Kennungen niederzuschreiben. Immer wieder fallen mir die Augen zu und ich beginne denselben Absatz von Neuem.

***

Ein surrendes Geräusch durchdringt meinen Körper. Bilder vom Brunnen am Abgrund steigen auf. Ich sehe mich am Baum sitzen und spüre die Energieentladung auf der Haut. Es surrt erneut – ich wache auf. Das Q liegt auf meiner Brust und summt. Ich nehme es in die Hand und bemerke ein blinkendes Dokument mit dem Namen: Unterhaltung. Ich öffne die Datei.

```
# hallo paul - hier ist sid - kannst du das
lesen?
```
Ich tippe:
```
# Ja! Großartig!
```
Ich richte mich in dem Sofa auf und warte auf eine Antwort. Mit einem Mal entsteht über meinem Text eine neue Zeile und Buchstaben erscheinen, so als wenn ich sie gerade selber eintippen würde.

\# ha!! - jules ist eben vor freude in die luft gesprungen - hat sich wohl dabei seinen knöchel gestaucht
\# Was ist mit seiner Erkältung?
\# die ist zurückgegangen - was ja nichts positives bedeutet - wie sieht es mit salvento und der schmiede asu??
\# Ich konnte ihn überzeugen. Der Auftrag wurde bei ca. 24 Stunden Restzeit gestartet.
\# jetzt is hanna gesprungen :-)
\# Was ist mit Maria und Will?
\# kann sie bisher nich erreichen - die kommunikation läuft über die brunnen - deren reichweite ist zu den qs auf ca 5km begrenzt
\# Ich sehe wegen des geöffneten Dokuments die Zeit nicht. Wie viel haben wir noch?
\# 19:35 - kannst das dok ruhig schließen und wieder öffnen - es wird automatisch synchronisiert
\# Gut.
\# wenn du dein q auf die konsole der schmiede legst kann ich von hier prüfen ob alles läuft und mir die daten holen
\# Mache ich. Moment.

Ich gehe zur Konsole und lege das Q darauf ab.

\# Ist drauf!
\# ja verbindung steht - noch 12st übrig - sieht alles gut aus - nun müssen wir noch auf maria warten«
\# Müsst Ihr nicht! :)
\# Maria?
\# maria bist du das?
\# Ja!!! Will ist ein Meister mit dem Tog. Wir waren schnell unterwegs. Paul, alles gut bei dir?

Ja, Salvento schläft gerade. Er hat mir, in einem seiner klaren Momente, seine Waffe gegeben. Aber Väterchen war auch hilfsbereit, nur überfordert mit seinen Erinnerungen.
Die Pistole ist in deinem Besitz? Das ist gut!
wer ist väterchen?
Nicht wichtig. Maria, wie weit seid ihr mit der Schmiede?
Wir sind gerade erst angekommen. Will meint, dass er womöglich erfrieren werde. Naja, so passt meine triefende Nase gewissermaßen zur Temperatur.
maria wenn das erz im schacht its – kannst du das q auf die konsole legen – ich mach dann alles von hire aus
Sid, das Erz ist schon drin. Habe den Schmelzprozess soeben gestartet. Oh! Alles vibriert hier und der Lärm, wir gehen erst mal raus.
Sie ist schnell, Sid.
maria eben

Ich wende meinen Blick von dem Q ab und schaue nach Salvento. Er liegt mit geschlossenen Augen da und bewegt kurz seinen Arm, als wenn er im Traum auf etwas zeigen würde. Diese Samen haben offensichtlich eine starke Wirkung.

interessant – salventos schmiede ist etwas schneller – sie wird insgesamt nur 16st brauchen
Salvento hat noch weitere Kennungen gefunden.
ach – kennung – so nennt er das – dann ist seine schmiede mehrfach transformiert??
So groß sind die Veränderungen nicht mehr, zumindest nicht äußerlich.

Bin wieder da! Imposantes Schauspiel,
diese Umformung. Enorme Schneemengen, die
da vom Dach kamen. Wir mussten uns erst den
Weg freiräumen, um mit dem Tog hineinzu-
kommen. Das Q liegt auf der Konsole Sid.
ok - ja hab zugriff
Wirklich kalt hier. Sid, können wir die
Wandheizung der Schmiede aktivieren? Oder
ziehen wir damit Energie ab?
nein kein problem die läuft getrennt über
die globen - so der auftrag wurde gestartet
- wir haben noch 18:54 - sollte reichen!!
jules meint gerade, dass er noch eine fla-
sche whisky hat - und dass er sie mit euch
trinken will - sobald ihr zurück seid

Whisky? Ich versuche, mich zu erinnern. Ein alkoholisches Getränk, mehr fällt mir nicht ein.
Ich tippe:

Wer kam denn mit einer Flasche Whisky
hierher?
jules natürlich ;-)
Will übernimmt nun. Ich werde mich für
ein paar Stunden im Tog hinlegen.
ok
Ja, schlaf gut!
Leute bin nicht so dre Tipper bin auch
schön fertig nach dem Höllenritt.
Natürlich. Pass mir auf Maria auf, dass
sie sich nicht zuviel zumutet!
Klar Paul, wenn sie denn auf mich hört.
Auhc wenns echt kalt ist, ich geh mir mal
dieBeine vertreten, dass ich nicht ein-
schlafe.
Gut. Sid kann die Schmieden von Memo-
ria aus kontrollieren. Sid, kannst du uns
ansummen, wenn nötig?
solange die qs auf der konsole liegen -

```
kann ich euch auch mit dem hier signalisie-
ren
```
Plötzlich fiept es zweimal laut in der Halle.
```
# Ja, das war deutlich.
# Leute das hat Maria ganzz aufgeregt!!!
Ich hab ihr gesagt, dass es nur ein Test
war. Bitte keinen Probealarm mehr, ok.
```
Ich höre ein Geräusch hinter mir, drehe mich um und sehe Salvento. Er hebt erschreckt von meiner Reaktion beide Hände.

»Was war das?«, fragt er.

Ich erzähle ihm von der Kommunikation mit den Qs und dass nun alle Schmieden an dem Serum arbeiten. Er nickt und ist erstaunt, dass sich die Schmiede am Abgrund modifizieren ließ.

»Salvento, nun bist du an der Reihe. Die drei Stunden Schlaf waren zu wenig für mich. Ich werde mich wieder hinlegen.«

»Was? Das kannst du nicht machen! Väterchen wird zurückkommen ... nimm die Pistole ...«

»Nein, die habe ich weggeworfen. Es ist doch ganz einfach, ich schaffe es nicht allein. Viele Menschen zählen auf uns. Ihre Leben hängen von mir und von dir ab, völlig egal, welcher Salvento grad da ist. Und so schwer ist es ja im Moment nicht, wir müssen nur warten«, erkläre ich.

Salvento setzt sich auf einen Stuhl neben der Konsole.

»Gut, ... nur warten.«

Ich verschiebe das kleine Sofa, sodass ich meine Füße auf einem Tisch ablegen kann. Das Summen des Gebäudes durchdringt meine Gedanken, mir kommt es so vor, als würde ich in einem Fahrzeug sitzen. Bilder von Landschaften ziehen an mir vorbei, ohne, dass ich sie genau fassen könnte, unscharfe Wälder, Häuser und Wege ins Nirgendwo.

***

Ein lautes Fiepen – jemand rüttelt an meiner Schulter.

»Paul, aufwachen ...«

Ich drehe mich um und reibe mir die Augen.

»Salvento? Was ist passiert?«

»Die Schmiede am Abgrund – sie schafft es nicht.«

Ich raffe mich mühselig auf und tappe zu der Konsole mit dem Q. Meine Augen prüfen verschwommen die Nachrichten:

```
# maria?? mit deiner schmiede stimmt was
nicht
# maria??
# Ja, bin wieder da. Wieso? Was ist los,
Sid?
# leistungsabfall - so wird es zu lange
dauern
# Ihr müsst sie überladen, ja überladen!
# Paul? Bist du das?
# Nein. Ich weck ihn auf.
```

Ich tippe:

```
# Bin wieder da. Woran liegt der Leistungs-
abfall?
# weiß nicht - irgendwas im energiesystem
# Und wenn wir gewissermaßen einfach mehr
Globen einwerfen?
# ja - das müsst ihr sowieso machen - der
energieverbrauch ist enorm
```

Ich blicke zu Salvento.

»Überladen«, haucht er.

Ich tippe:

```
# Wie viel Zeit haben wir noch?
# 13:32 - marias schmiede braucht nun aber
noch knapp 14 stunden
```

Ich blicke wieder zu Salvento.

»Was meinst du mit überladen?«

»Ihr müsst die gelben Globen einwerfen, die bei der Modifizierung erzeugt wurden und dann die Steuerung anpassen. So wird immer mehr Energie eingespeist.«

»Das klingt gefährlich.«

Er nickt. »Die Schmiede wird dabei sicher durchbrennen, aber wir brauchen sie ja nur einmalig ... zum Berechnen. Müsste die Überladung auf die Zielzeit anpassen, dann holen wir das Maximum an Leistung raus.«

Ich schreibe:
```
# Salvento meint, wir sollten einen gelben
Glob einwerfen, um die Schmiede kontrol-
liert zuüberladen.
# könnte klappen - aber ich weiß nicht zu
wasdas führen kann - da ist viel energie
im spiel - wenn uns das um die ohren fliegt
- das gibt einen ganz schönen knall!!
# Sid, wir machen das so! Will holt gerade
die gelben Globen. Paul, frage Salvento,
was ich machen soll.
# Maria, das gefällt mir nicht.
# paul - also eigentlich muss nur das q auf
der konsole liegen - sobald es zu brenzlig
wird - können maria und will sich zurück-
ziehen - die daten werden sowieso gesendet
# Also gut, dann lasse ich jetzt Salvento
ran.
```

Ich nicke ihm zu, er stellt sich vor das Q und fängt an zu tippen. Unruhe steigt in mir auf. Ich erinnere mich wieder an die Entladung des Brunnens und die enorme Energie, die freigesetzt wurde.

»Das war es«, sagt er.

»Väterchen war schon eine Weile nicht mehr da«, bemerke ich.

»Ja, seltsam. Vermutlich eine Wirkung der Samen. Ich sollte noch einen nehmen.«

»Nein, besser nicht. Das ist ein schlechter Zeitpunkt, um schlafen zu gehen. Wie lange wird Marias Schmiede nun brauchen?«

»Ich hab die Energielast so angepasst, dass sie in 13

Stunden fertig ist.«

»Das wird knapp.«

Wir sitzen für einige Zeit schweigend da. Ich frage ihn schließlich, ob er sich an seine Konstruktionen wie zum Beispiel diese schwebende Plattform, erinnern könne. Er blickt in die Richtung des Tisches ohne Beine.

»Ich hab so eine Ahnung ...«, meint er, »aber, sobald Väterchen weg ist, fehlt mir der Antrieb. Er ist immer ruhelos auf der Suche, das nimmt mir die Energie.«

»Weißt du, was er sucht?«

»Anna.«

»Du weißt von Anna?«

»Es ist für mich nur ein Name, aber er denkt wohl, es ist seine Tochter.«

»Und was glaubst du?«

»Ich ... ich will darüber nicht nachdenken ... es ist nur ein Name.«

»Aber wenn es stimmt, dann ist es auch deine Tochter.«

Er blickt auf sein Hemd und kratzt an einem Fleck auf dem Ärmel herum.

»Sie wäre für mich ein fremder Mensch ... und selbst ... ich wüsste nicht, was ich ihr sagen sollte. – Paul, seit wann bist du hier, ich meine in Memoria?«

»Gute Frage. Die Zeit erscheint mir hier irgendwie nebensächlich, wenn wir nicht gerade Schmieden überladen. Vielleicht um die sechzig Tage.«

»Das ist nicht lange, denkst du, dich hat jemand geschickt?«

»Was? Nein. Wozu?«

»Vielleicht um nach uns zu schauen?«

»Wieso ausgerechnet ich?«

»Weil du der Erste bist, der nach langer Zeit hier aufgetaucht ist«, meint er und schaut mich musternd an.

»Jules ist vor mir aufgetaucht. Aber ich glaube nicht, dass uns jemand geschickt hat.«

»Dann sind wir hier ... verloren gegangen, gestrandet.« Ich schüttele den Kopf.

»Ich fühle mich nicht verloren. Ganz im Gegenteil, Memoria ist mein Zuhause, ich möchte nirgendwo anders sein.«

Salvento steht auf und blickt prüfend auf die Konsole.

»Dann hast du also auch aufgegeben«, erwidert er.

»Ich weiß, was du meinst. Und ja, in gewisser Weise stimmt es, ich habe mich damit abgefunden. Dennoch möchte ich weiterhin wissen, was mit uns geschehen ist. Aber meine Zufriedenheit hängt nicht mehr davon ab.«

»Hast du Hunger?«, fragt er.

Salvento erzählt mir erneut von der Frucht, die wie Melone schmeckt. Ich sage ihm, dass ich sie gerne probieren würde. Er geht zum Tor und schiebt es auf.

»Gut, dann geh ich sie holen«, ruft er.

Es erscheint mir so absurd, dass wir wegen ihm einen Konvent über den Bau einer Waffe hatten.

»Paul, kannst du mich hören?«, ertönt es plötzlich in der Halle.

Ich schrecke hoch und schaue mich um, niemand ist zu sehen. Die quäkige Stimme erschallt erneut.

»Paul? Hier ist Sid, kannst du mich verstehen?«

Sid? Kam die Stimme von dem Q?

»Ja Sid, kannst du mich verstehen?«

»Hervorragend! Wir haben herausgefunden, wie wir mit den Qs Sprache übertragen können.«

»Erstaunlich! So etwas hätte ich nicht einmal vermutet.«

»Maria? Kannst du mich verstehen?«, höre ich Sid rufen.

»Ja ... Sid, wenn auch nur sehr schlecht. Die Schmiede ist laut geworden«, höre ich Maria verrauscht.

»Ist Will in der Nähe?«, fragt Sid.

»Er schläft tief und fest, warum?«

»Gut, es ist besser, wenn du es zuerst erfährst«, erklärt

Sid.

»Hier ist Hanna«, höre ich eine dünne, beinahe weinerliche Stimme. »Über 90 Prozent zeigten bereits die Erkältungssymptome, aber das hatten wir ja erwartet, ... was ich nicht erwartet hatte ... allen M2-Erkrankten geht es mit einem Mal deutlich schlechter. Sie benötigen nun wieder Kajukextrakt.«

»Meine Güte, sie sind doch nicht schon zu M3 gewechselt?«, fragt Maria.

»Nein, noch nicht. Wir nahmen neue Blutproben, das Bakterium, es hat sich beschleunigt.«

»Aber du hast doch gesagt, wir haben noch ...«, ich schaue auf die Zeit, » 9 Stunden und 10 Minuten?«

»Ich weiß, Paul, das ... das konnte ich nicht wissen. Das Pulsieren war immer so konstant, tut mir leid«, erwidert sie, und ich höre ein verzerrtes Niesen aus dem Q kommen.

»Wir haben es neu berechnet, nun sind es nur noch zweieinhalb Stunden«, erklärt Sid.
Meine Hände fahren durch die Haare, verhaken sich wie Klauen darin.

»Nein, nein, nein ... es lief doch alles nach Plan!«, rufe ich.

»Dann müssen wir die Schmiede hier noch weiter überladen, wir haben noch einen gelben Glob«, meint Maria.

»Ja ... das ... also das müssen wir machen, aber danach müsst ihr da sofort weg«, erwidert Sid.

»Wie viel bringt uns das?«, frage ich.

»Vielleicht ein bis zwei Stunden, wenn die Schmiede nicht vorher hochgeht.«
Ich höre, wie sich das Tor öffnet.

»Was machst du da? Das ... das ist nicht deine Schmiede ... das ... nein!«, ruft Salvento und greift in seine Jackentasche, in der zuvor die Pistole war.

»Väterchen!«
Er kommt mit einer Frucht in der Hand auf mich zu und schaut auf die Konsole.

»Du hast den Auftrag gestoppt, angehalten ... zurückgehalten.«

»Salvento, du musst dich jetzt erinnern. Die Berechnung – es gibt ein Problem, der Erreger, er tickt nun schneller, und wir haben nur noch zwei Stunden und keine Neun.« Er steckt die Frucht in seine Jackentasche und schubst mich hart weg. Ich verliere die Balance und falle seitwärts zu Boden. Er tippt wie besessen auf der Konsole herum.

»Und was ist mit dem Tog?«

»Der muss warten.«

»Ihr seid Narren, ... könnt nichts erkennen ... Nuller, Vergesser!«

»Was ist nun?«, höre ich Sid. »Er übernimmt unsere Schmiede.«

»Unterbrich die Kommunikation! Nimm sofort den Q von der Konsole!«, höre ich Jules schreien.

Ich raffe mich auf, und mir schießt durch den Kopf, dass ich Salvento nun doch angreifen muss.

»Nein warte«, erwidert Sid, »ich verstehe, was er vorhat. Er verteilt die Leistung auf unsere und seine Schmiede um. Natürlich! Darüber hab ich auch schon nachgedacht, aber die Umrechnungen ... weil dann die Abschnitte nicht mehr pro Schmiede passen ... zu kompliziert.«

Salvento tippt weiter unbeirrt auf der Konsole herum, die Symbole und Darstellungen wechseln mit jedem Wimpernschlag. Ich stellte mich neben ihn.

»Schaffst du das?«, frage ich.

Seine Pupillen weiten sich, ich ahne ein kurzes Nicken.

»Maria«, höre ich Sid aufgeregt rufen, »wirf den gelben Glob jetzt ein und dann raus da! Fahrt so schnell ihr könnt, hört ihr?«

»Verstanden, Sid. Wir sind schon weg. Paul – ich liebe dich!«

Ich bin wie gelähmt, will etwas erwidern, aber mir fehlen die Worte. Es wäre wohl sowieso zu spät, sie würde es nicht mehr hören.

»Fertig«, sagt Salvento.
»Sid?«, rufe ich.
»Also ... ja, wird knapp, wir sind nun bei 2 Stunden und 10 Minuten. Wie hat er das nur gemacht?«
Salvento geht einige Schritte rückwärts und sackt auf einem Stuhl zusammen. Ich setze mich auf das Sofa, stehe jedoch sofort wieder auf, verharre kurz, um mich dann wieder zu setzen. Ich kann ja nichts tun – oder, wenn ich Salventos Tog nehme, schaffe ich es vielleicht in 2 Stunden nach Memoria? Nein, besser ich bleibe bei Salvento. Will besitzt doch auch ein Q, vielleicht kann ich so Maria erreichen? Nein, sie sind sicher längst außerhalb der Brunnenreichweite. Ich grübele und verliere das Zeitgefühl.

Plötzlich bemerke ich einen Schatten. Ich schrecke auf – Salvento, er steht vor mir und reicht mir ein Stück von der Frucht.
»Schmeckt wie Melone ... ich ... ich weiß, ... sagte ich schon, ... kann nicht anders, ... ich bin nicht doof!«
Ich nehme die violette Frucht und rieche daran. Das Wort *Rose* kommt mir in den Kopf.
»Doof? Salvento, du hast soeben viele Menschen gerettet. Du hattest recht, gegen dich sind wir alle nur Narren.«
Zum ersten Mal sehe ich ein kurzes Lächeln auf seinem Gesicht. Die Frucht ist rund und faustgroß. Er hat sie in vier Teile geschnitten. Ich beiße in das dunkelviolette Fruchtfleisch. Wässrig wie eine Melone, aber der Geschmack ist viel intensiver, irgendwie nach Erdbeeren in Rosenwasser.
»Das schmeckt fantastisch, wo hast du sie gefunden?«
»Am Brunnen ... draußen.«
»In der Salzwüste?«
»Nein, nein, ein anderer Brunnen weit draußen ... «
»Du meinst nicht den am Abgrund?«
»Nein, andere Richtung, noch weiter weg.«
»Weißt du, ob es einen weiteren Brunnen gibt, der näher an Memoria liegt als der am Abgrund?«
Er runzelt die Stirn.

»Nein, ... ist nichts auf den Karten. Nur der im Salz.«
Ich bin irgendwie erleichtert. Es kam mir bisher nicht in den Sinn, nach einer weiteren Schmiede zu suchen. Mit unserem Brunnen im Kommandomodus hätten wir die Umgebungskarten durchgehen können, aber letztlich nur Zeit verloren. Dennoch war es ein Fehler, die Gegend nicht zu erkunden. Wir müssen einfach besser über andere Brunnen Bescheid wissen.

Salvento gibt mir ein weiteres Stück von der Frucht und erzählt von Orten, wo Bäume auf dem Kopf gedreht zu wachsen scheinen. Von einem blaugrünen Gebirge, das bis über die Wolken reicht. Von einem Tal, in dem gläserne Steine in der Nacht grün leuchten und von einem rosa Ozean, voll mit silbernen Fischen, die über die Gischt der Wellen reiten. Ich beginne mich zu fragen, wer hier eigentlich der Einsiedler ist?

»Paul?«, höre ich Sids Stimme, »wir sind kurz vor der Fertigstellung. Es sind noch 22 Minuten, bis das Bakterium bei den Ersten in die nächste Phase geht.«

»Wie lange brauchen die Schmieden noch?«

»Nur noch Sekunden.«

Ich schaue mich um und suche Salvento. Er steht bei der schwebenden Plattform und tippt auf einem Q herum, als wenn ihm das alles nichts mehr angehe. Ich höre, wie Sid die Sekunden herunterzählt.

»Drei, zwei, eins ... die Daten ... ja, Übertragung abgeschlossen.«

»Ich starte die Simulation«, sagt Hanna im Hintergrund.

»Gut, ich beginne mit der Produktion«, erwidert Sid.
Ich höre, wie Salventos Schmiede runterfährt und mich in einer beängstigen Stille zurücklässt.

»Es passt absolut perfekt!«, ruft Hanna mit verschnupfter Nase.

»Wie lange wird es dauern, bis die Wirkung einsetzt?«, frage ich.

»Ich weiß nicht genau. Es sollte schnell resorbiert werden. Nicht länger als ein bis zwei Minuten, schätze ich«, erwidert Hanna.
Salvento kommt kopfschüttelnd auf mich zu.
»Das ... das funktioniert so nicht ... die Steuerung kann nicht ohne seitliche Induktion Lateralschub erzeugen!«
Er geht zur Konsole, nimmt mein Q und hält es mir, ohne mich anzuschauen, entgegen. Ich nehme es und blicke auf die falsche Zeitanzeige.
»Sid? Wie lange noch?«, rufe ich.
»Ja ... 18 Minuten, also, das Antibiotikum ist produziert. Hanna und Ben sind bereits mit 2 Kilo davon auf dem Weg ins Krankenhaus, ... ich ... ich glaub, wir haben es geschafft, Paul. Was für ein Plan ... wer hätte das noch ... ich meine nachdem ...«, stottert er.
»Wo ist Jules?«
»Der ist schon im Krankenhaus, also als Patient. Er spuckte zum Schluss nur noch Blut.«
»Das ging aber schnell bei ihm. Kannst du abschätzen, wie lange Maria noch hat?«, frage ich.
»Nein, dazu bräuchten wir eine aktuelle Blutprobe. Mach dir keine Sorgen, in ein paar Stunden ist sie wieder zurück.«
Irgendetwas war soeben passiert – für einen Moment, vielleicht eine Sekunde, war alles dunkel, als hätte ich meine Augen fest geschlossen, ohne, dass ich sie jedoch geschlossen hatte ... oder doch? Dann durchdringt gleißendes Licht die Fenster und Spalten der Halle und verblasst wieder. Ich schaue mich verwirrt um. Diesmal kann ich mich nicht getäuscht haben, Salvento blickt sich ebenso erstaunt um. Ich gehe zum Tor und schiebe es auf. Alles scheint völlig normal. Mein Q gibt ein verzerrtes Knacken von sich, in dem ich Sids Stimme erkenne.
»Sid? Ich verstehe dich nicht, kannst du es noch einmal wiederholen?«
»Die Schmiede ... am Abgrund«, meint er, »sie ist

gerade hochgegangen.«

»Was? So heftig ... dass wie es bis hierher sehen? Was ist mit der Strahlung? Wird die Gegend vielleicht ...«

»Nein, nein, es ist keine radioaktive Strahlung, so funktionieren die nicht. Aber die Schockwelle ist gewaltig. Alles in der Nähe ...«

Ich laufe die Rampe hinunter und versuche, die Richtung zum Abgrund auszumachen. Da! Der Himmel – er ist ins Orange verfärbt, so als wenn dort eine zweite Sonne aufgehen würde. Ich renne zurück in die Halle.

»Das war die Schmiede, die war es«, meint Salvento.

Ich packe meine Umhängetasche, stecke das Q hinein, greife mir die Decke vom Sofa und werfe sie über die Schulter.

»Salvento, ich werde mir deinen Tog ausborgen. Ich muss sie suchen.«

Ich laufe, ohne ihn anzuschauen, wieder aus dem Gebäude, schwinge mich in den Tog und fahre los.

***

Am Brunnen im Salzfeld finde ich schnell die Reifenspuren von Wills Tog. Eine Schwere legt sich auf meine Brust. Die Zeit verliert jede Kontur, verformt sich wie der Film in einem blockierten Projektor. Alles versinkt in einem Meer aus Blei. Mein Gehirn erstarrt, mein Atem stoppt, die ganze Welt steht still. Und dennoch – ich fahre, folge dem gezackten Abdruck im Salz, wie dem Kondensstreifen eines längst verglühten Asteroiden.

Der weiße Untergrund wird allmählich von einem braunen Sand verdrängt. Hier kann ich die Spuren des Vehikels besser erkennen. In der Entfernung schimmert ein gelber Fluss im Sonnenlicht auf. Ich steuere auf ein Hochplateau zu, das sich parallel zum Flusslauf aufbaut. Zur rechten Seite führt eine Steilwand zum Ufer hinab, zur linken erstreckt sich ein dichter, dunkelgrüner Wald.

Auf einmal umgibt mich ein tiefes Dröhnen. Ich

halte an. Es kann also nicht vom Fahrzeug kommen. Das Brummen schwillt an, dann fängt die Luft an zu pfeifen. Plötzlich flimmert direkt vor mir der gesamte Horizont; eine Staublawine rast auf mich zu. Auf den Tog prasselt ein Sturm nieder. Der Himmel verdunkelt sich. Ich werde durchgeschüttelt. Sand und Pflanzenteile schlagen auf die Windschutzscheibe. Ich halte mir den Ärmel vor den Mund, aber es hilft nicht, ich muss husten. Schließlich schwillt es ab. Etwas Grünliches gleißt am langsam aufklarenden Horizont – ein Leuchtfeuer, dem zu folgen leichter ist, als nach Reifenspuren zu suchen. Ich beschleunige.

Sie sind vor etwa drei Stunden losgefahren, das heißt, ich werde noch mindestens fünf oder sechs Stunden fahren müssen, bevor überhaupt die Aussicht besteht, dass ich sie finde. Selbst in dieser Distanz sind die Auswirkungen drastisch. Ich blicke auf mein Q, natürlich bin ich längst außerhalb der Kommunikationsreichweite. Ob das Antibiotikum wirkt? Ob es alle geschafft haben? Zeit war noch genug, eigentlich bin ich mir sicher, dass der Plan funktioniert hat – die Frage ist, zu welchem Preis?

Die Sonne verschwindet hinter dem Horizont und lässt das grüne Leuchten am Himmel dominieren. Ich erhöhe mit jedem Kilometer die Geschwindigkeit. Die Strecke ist eben und sandig. Auf der rechten Seite zieht die steile Uferböschung an mir vorbei. Auf der linken Seite liegt der dichte Wald, aus dem hin und wieder riesige Bäume herausstechen.

Die Kälte ist wieder zurück. Ich lege mir die Decke über die Schultern. Die Frontlichter des Togs springen an. Ich richte meinen Blick auf den beleuchteten Untergrund vor mir. Der Boden spielt mit den Linien, Schatten und Wellen, die durch meinen Verstand ziehen. Eine stete Fahrt, deren Ende ich herbeisehne, deren Ende ich verfluche.

Hin und wieder schrecke ich, durch die Kälte geweckt, auf

und frage mich, ob ich die letzte Stunde im Halbschlaf verbrachte. Bin ich überhaupt wach, oder ist das alles nur ein Traum? Die Landschaft vor mir fällt ab, und ich sehe in der Entfernung, wie der Fluss ein ovales Waldstück durchquert. Der Ort kommt mir bekannt vor, es muss die Stelle sein, an der ich auf der anderen Seite des Flusses im strömenden Regen übernachtet habe. Nun kann es nicht mehr weit sein.

Der Himmel wirkt zunehmend verstörend. Obwohl die Sonne längst untergegangen ist, strahlt er nun in einem diffusen Violett und ist durchzogen von weiß zerfransten Streifen, die zu Boden laufen, als hätte etwas das Firmament wie Papier zerrissen.

Die Stunden zerfließen wie Minuten, die Minuten jedoch erscheinen mir wie Ewigkeiten, wie eine Reihe von endlosen Sphären, die existieren, ohne je voneinander zu wissen.

Zu meiner Überraschung wird es merklich wärmer. In der Luft liegt ein Geruch von angebranntem Plastik. Sobald ich dem Motor etwas Ruhe gönne, höre ich ein Knistern, das von allen Seiten her zukommen scheint. Die Atmosphäre ist durchsetzt von feinen Staubschleiern, die sich überall niederlegen. Meine Haare bewegen sich, stoßen sich voneinander ab und fallen wieder zusammen. Ein Kribbeln durchfährt meine Haut, als würde jemand darüber streichen.

Mit einem Mal taucht die Sonne am Horizont auf, und bohrt sich als helle Scheibe durch den diffusen Nebel. Zuerst denke ich, dass das die kürzeste Nacht meines Lebens gewesen sein muss, dann komme ich langsam zur Überzeugung, dass es doch die längste war.

Ich verliere den Flusslauf in der dichten Ufervegetation aus den Augen. Für eine Weile fahre ich durch den zunehmend dichter werdenden Wald. Zuerst bemerke ich einige umgekippte Bäume, dann werden es immer mehr, bis sich der Wald öffnet und ich von einer Anhöhe tief in die Landschaft blicken kann. Die Wucht der Explosion hat die Wälder ringförmig entwurzelt. Selbst die riesigen Bäume sind einfach umgeknickt und haben beim Aufschlag ihrerseits kleine Krater hinterlassen. Solche Ausmaße – es nimmt mir den Atem. Wie weit können sie gekommen sein? Von dem Augenblick, als sie die Schmiede verließen bis zur Explosion – kaum weit genug. Ich muss sie finden, egal was ich finde.

Als ich den Hügel herunter fahre, verstummt der Motor plötzlich. Der Tog bremst ab, ich nehme einen Glob aus der Tasche und werfe ihn ein. Die Sicht ist durch den Staub auf der Frontscheibe getrübt. Ich aktiviere das Gebläse. Der Dreck löst sich, außer an einer Stelle, diese bewegt sich sogar entgegen der Luftströmung – dann bemerke ich es erst, sie befindet sich gar nicht auf der Scheibe. Eine Silhouette – eine menschliche! Ich steige aus und gehe einige Schritte darauf zu. Dort unten am Waldrand, ich erkenne sie sofort – Maria! Ich laufe auf sie zu, stolpere beinahe den Hang hinunter. Hinter ihr sehe ich Will, er humpelt. Ich versuche zu rufen, aber meine Stimme versagt. Ihr Kopf dreht sich zu mir, dann schaut sie zu Will und zeigt in meine Richtung. Er erkennt mich und fällt mit einem Schrei auf die Knie. Ich laufe auf sie zu.

Einige Meter vor ihr bleibe ich stehen. Sie sieht mitgenommen aus, ihr braunes Kleid ist zerrissen. Sie trägt einen Mantel, der offen über ihren Schultern hängt. Ihr linker Arm liegt in einer Schlaufe. Wir gehen Schritt für Schritt aufeinander zu. Die Verzweiflung in ihrem Blick weicht nur langsam, mischt sich mit einem Begehren. Ihre Augen füllen sich mit Feuchtigkeit. Wir bleiben voreinander stehen. Ich berühre ihr Gesicht; sie schließt die Augen. Ein Rinnsal breitet sich über ihre staubigen Wangen aus. Ich streife mit den Fingern durch ihre Haare. Unsere Gesichter sind nur noch Zentimeter entfernt. Ich folge den feinen Verästelungen ihrer Augenfältchen, erkunde die rotbraunen Pigmentflecke und untersuche ihr Grübchen, von dem sich reife

Falten um ihren Mund legen.

»Ist es real?«

Sie öffnet ihre Augen.

»Das müssen wir herausfinden.«

Ich schmecke ihre salzigen Lippen.

»Paul, ich muss es wissen, haben wir es geschafft?«, höre ich Will.

»Ja, wir haben das Antibiotikum! Es war noch genug Zeit und sie waren schon auf dem Weg zum Krankenhaus.«

»Und mehr weißt du nicht?«

»Nein, danach war ich außerhalb der Reichweite. Aber ich bin mir sicher, dass es allen wieder gut geht. Was ist mit euch? Wo ist der Tog?«

»Die Druckwelle hat uns erfasst, obwohl wir sicher schon über hundert Kilometer entfernt waren«, meint sie.

»Haben uns überschlagen und sind gegen nen Baum geknallt«, erklärt Will. »Der Tog ist nur noch Schrott.«

Ich schaue auf Marias Schlaufe.

»Was ist mit deinem Arm?«

»Es ist die Schulter, nicht der Arm. Es schmerzt, wenn ich ihn hochhebe.«

»Ein Wunder, dass ihr das überlebt habt«, sage ich.

»Und ein Wunder, dass du uns gefunden hast. Ist das Salventos Tog da oben?«, fragt sie.

»Ja.«

»Gut, dann lasst uns endlich nach Hause fahren«, erwidert Will.

Wir gehen den Hügel hinauf. Will platziert sich sofort vor das Steuer. Ich setze mich nach hinten und kippe den Sitz so weit wie möglich zurück. Maria legt behutsam die Decke über mich und steigt ein. Ich drehe mich zur Seite. Das Vehikel setzt sich in Bewegung, und ich blicke erschöpft in die vorbeiziehende Landschaft. Die Welt – sie bewegt sich wieder.

Das Gründungsfest

(:|)-(.)

Ich spüre, wie jemand an meinem Bein rüttelt.
»Paul, aufwachen! Wir sind gleich da.«
Maria schaut mich vom Vordersitz aus an.
»In Memoria?«
Sie nickt.
»Hab ich den ganzen Weg geschlafen?«
»Tief und fest«, erwidert sie.
»Ich fahr am besten gleich zum Krankenhaus«, meint Will.
Wir kommen an meinem alten Haus vorbei, fahren über den Bellusplatz, dann den neuen Weg hinauf. Ich habe völlig das Zeitgefühl verloren. Die Sonne steht hoch am Himmel, also wird es mitten am Tag sein.

Als wir am Krankenhaus ankommen, springt Will sofort aus dem Tog und läuft hinein. Maria greift sich beim Aussteigen schmerzverzerrt an die linke Schulter. Ich reiche ihr meine Hand, und wir folgen Will in das Gebäude. In der Eingangshalle steht Ben und lächelt breit.

»Was meinst du mit: Sie ist nicht hier?«, sagt Will verschnupft.

»Mina ist wieder zu Hause. Es gab keinen Grund mehr sie hier zu behalten.«

»Also sind alle geheilt?«, fragt Maria.
Ben setzt seine Brille auf und blickt auf ein Q.
»Ich schaue mal kurz, ... nein, nicht alle, da sind noch Paul, William und Maria übrig«, erwidert er. »Wir waren

schon in Sorge, ihr würdet es nicht mehr schaffen.«

Maria nickt. »Ja, es war knapp ... und hätte uns Paul nicht gefunden ...«

Ben stellt drei kleine Gläser hin und gießt eine gelbe Flüssigkeit hinein.

»Na, dann wohl bekomm's«, meint er.

»Das ist es? Einfach etwas trinken?«, fragt Will.

»Ja, das Protein wird sofort resorbiert, es ist hochwirksam, selbst wenn ihr es wieder ausspucken würdet«, erklärt er.

Will nimmt ein Glas, hält es hoch und blickt prüfend hinein.

»So viel Mühe für so einen Becher mit ... Saft.«

Ben lacht. »Es war unglaublich«, erklärt er, »innerhalb von Minuten ging es allen wieder besser, und schon nach einer Stunde waren alle Symptome verschwunden.«

»Irgendwelche Nebenwirkungen?«, fragt Maria.

»Ihr werdet davon etwas Durchfall bekommen, das ist alles.«

Ich trinke das gesamte Glas mit einem Schluck aus. Es ist völlig geschmacklos und hinterlässt ein öliges Gefühl auf der Zunge. Maria nippt kurz an ihrem Glas und leert es dann ebenfalls. Will stellt sein geleertes Glas scheppernd auf den Tisch zurück.

»Okay, Leute, ihr könnt den Tog nehmen, ich gehe zu Fuß!«, sagt er und verschwindet aus der Tür.

»Kann ich mir das mal ansehen?«, fragt Ben und zeigt auf Marias Arm.

Sie nimmt die Hand aus der Schlaufe. Er prüft ihre Bewegungsfreiheit. Sobald sie den Arm auf Brusthöhe hebt, verzieht sie vor Schmerzen das Gesicht.

»Das Schlüsselbein, es ist gebrochen. Kein Problem, ich lege dir einen Verband an, der die Schultern wie ein Rucksack umschließt, dann heilt es schnell aus«, erklärt er.

Nachdem er die Bandage angelegt hat, wirken ihre eigentlich so schwungvollen Bewegungen steif und ungelenk.

Ben erzählt uns, dass gegenwärtig nur noch zwei Patienten im Gebäude seien. Beide wegen kleinerer Verletzungen. Maria meint, dass ein so großes Krankenhaus keinen Sinn mehr mache und dass sie es wieder verkleinern werde.

»Werde erst einmal wieder gesund!«, meine ich. »Bis dahin ist ein großes Krankenhaus sicher auch kein Schaden.«

Wir verlassen das Gebäude und steigen in den Tog. Sie will ihren Kopf an meine Schulter lehnen, aber der Verband lässt nur eine starre Haltung zu.

»Was für ein verrückter Plan, der dir da eingefallen ist. Drei Schmieden ... Kommunikation mit den Qs«, murmelt sie vor sich hin, als würde sie mit sich selbst reden.

Ich steuere durch die mit Leben gefüllten Gassen von Memoria. Als wir am Brunnenplatz ankommen, ruft jemand: »Maria!« Aber sie ist zu müde, um zu reagieren.

»Da ist Maria!«, erschallt es erneut.

»Maria und Paul«, höre ich Alex' Stimme.

»Maria ist zurück!«, ruft eine Frau.

Ich halte vor unserem Haus, stütze ihren Kopf an meiner Brust ab, umfasse Beine und Hüfte und hebe sie aus dem Wagen. Hinter mir höre ich einige in die Hände klatschen, andere klopfen auf etwas. Maria öffnet ihre Augen einen Spalt.

»Was ist ... ?«

»Schlaf weiter«, sage ich, »sie sagen nur Danke.«

Alex kommt auf mich zu und hält mir die Tür auf. Ich trage sie ins Haus und lege sie auf das Sofa.

Was, wenn Salvento ebenfalls infiziert ist? Da wir in Memoria alle davon betroffen waren, wird es ihn sicher irgendwann auch treffen. Ich nehme mein Q und öffne das Dokument, über das wir kommuniziert haben.

»Sid? Kannst du mich hören?«

Ich warte eine Weile und fange an zu tippen, da höre ich seine Stimme.

»Ja, Paul, bin da, ... Gerüchten zufolge bist du mit Maria und Will wieder zurückgekommen?«

»Die Gerüchte stimmen. Maria hat sich ihr Schlüsselbein gebrochen, aber ansonsten ist alles gut.«

»Mensch Paul, das sind gute Nachrichten, ... also ich hätte nie gedacht, dass man eine solche Energieentladung in der Distanz überleben kann.«

»Sid, kannst du eine Kommunikation mit Salvento aufbauen?«

»Also ... dafür müsste er sich mit nem Q über unseren Brunnen einmal eingewählt haben, ... aber Moment, das hat er ja, ist nur lange her. Ja, das müsste klappen.«

»Schicke ihm bitte den Auftrag für das Antibiotikum, damit er es sich selbst erzeugen kann. Und schreibe ihm, dass wir uns seinen Tog für einige Tage ausborgen.«

»Ja, kein Problem. Ich sitze sowieso grad an den Bauplänen für nen neuen Tog. Irgendwelche Wünsche?«

»Türen und eine Heizung wären praktisch.«

»Geht klar.«

Maria bäumt sich plötzlich vom Sofa auf. Benommen versucht sie sich die Prothese abzunehmen.

»Lass!«, sage ich, »ich mache das. Ruh dich aus.«

Sie sackt erschöpft zurück in die Kissen. Ich nehme ihr die Prothese ab und decke sie zu.

***

»Das schmeckt fantastisch!«, dröhnt Mina, nachdem sie ihre Pizza in winzige Stücke geschnitten und davon probiert hat. »Ganz ausgezeichnet, Paul.«

»Wann eröffnest du die Pizzeria?«, fragt Will.

»Ich weiß nicht, vielleicht in den nächsten Tagen.«

Maria stützt die Ellenbogen auf dem Tisch ab und gestikuliert mit ihren Händen.

»Ich baue dein altes Haus um. Außen errichte ich einen Vorgarten und innen eine große Küche.«

»Gut. Ich kann die Nachfrage nicht recht einschätzen«, sage ich.

»Du kannst es ja wie Joseph machen, er hat sein Lokal jeden dritten und vierten Tag offen, und natürlich zu besonderen Anlässen«, meint Mina.

Ich nicke. »Wäre ein Anfang.«

»Sid will morgen den neuen Tog fertigstellen«, erklärt Maria, »dann können wir Salventos zurückbringen.«

»Ich bezweifele beinahe, dass er den noch brauchen wird«, meine ich.

»Wegen dieses Schwebe-Dings?«, entgegnet Mina. »Das war selbstredend ein Trick.«

»Dasselbe hat mir Sid auch gesagt, aber es war kein Trick, keine versteckten Schnüre oder Magneten«, meine ich.

»Ich glaube es erst, wenn ich es mit eigenen Augen sehe.«, erwidert sie.

Will nimmt sein Glas in die Hand und steht auf. »Leute, ich möchte das einfach mal sagen«, er räuspert sich. »So verrückt das klingen mag, rückblickend war diese Virusgeschichte ...«

»Bakteriumsgeschichte«, wirft Maria ein.

»Was? Okay ... diese Bakteriumsgeschichte womöglich das Beste, was uns je passiert ist. Dank Pauls Plan sind wir alle heil aus der Sache rausgekommen. Und es hat uns noch stärker gemacht. Ich weiß nun, wie sich wahre Freundschaft anfühlt.«

Wir erheben uns und stoßen miteinander an.

»Schön gesagt«, meint Maria.

»Auf Memoria«, sage ich.

Wir verlieren uns in Gesprächen über das Wetter und ob die explodierte Schmiede einen Einfluss darauf ausübt. Wir reden über mögliche Pizza-Varianten. Will schlägt eine mit Mohnkuchen vor, ich lehne dankend ab. Wieder einmal wird mir bewusst, wie wertvoll diese Momente sind, in denen scheinbar nichts von Bedeutung passiert. Aber wir geben dem Augenblick Bedeutung, indem wir ihn leben. Die Antwort auf die Frage nach dem Sinn, ist keine mit

Worten. Es ist die Verbundenheit mit anderen und dadurch sogleich mit uns selbst.

***

Sid deutet auf das neue Vehikel vor der Schmiede.

»Also, da ist er.«

Maria streicht prüfend über die Karosserie. Ich betrachte den Tog von allen Seiten. Er ist größer, wirkt aber trotzdem windschnittiger als der Alte.

»Sogar mit Türen«, meine ich.

»Ja, plus Heizung und er hat beinahe die doppelte Leistung.«

»Großartig, fraglos eine tolle Arbeit, Sid«, sagt Maria. Sie öffnet die Tür auf der Fahrerseite und blickt mich an.

»Paul, wir sollten damit gleich eine Probefahrt unternehmen.«

»Gern, wohin?«

»Wie wäre es, wenn wir Salvento einen Besuch abstatten, ich wollte mich sowieso bei ihm bedanken.«

»Gut, dann lass uns auch gleich seinen Tog zurückbringen.«

Maria nickt und setzt sich in das neue Fahrzeug. Ich steige in Salventos Tog und beschleunige.

Wir fahren zurück zum Brunnenplatz, über die Bellusbrücke und am Krankenhaus vorbei. Ich schau mich um und sehe Maria dicht hinter mir. Die Strecke ist mir mittlerweile vertraut, dadurch kommt mir die Fahrt viel kürzer vor. Wir überqueren den Fluss und passieren das Hochplateau. Nur wenig später sind wir bereits am Brunnen im Salzfeld. Maria schließt zu mir auf, und ich zeige auf die Schneise im Wald. Wir folgen dem schmalen Weg direkt bis zur Schmiede. Ich steige aus und rufe nach ihm. Wir gehen die Rampe hinauf, aber das Tor ist verschlossen.

»Sein Haus liegt gleich unten an der Kreuzung, lass uns dort mal nachsehen«, meine ich.

Wir finden einen einfachen, einstöckigen Standardbau, der sich inmitten von Bäumen befindet. Zu meiner Überraschung ist die Haustür nicht zugesperrt, und wir treten ein.

»Wirkt aufgeräumt«, meint Maria.

»Nun ja, mit nur einem Bett und einem Tisch kann man nicht viel Unordnung verursachen. In seiner Schmiede sieht es anders aus.«

Wir suchen schnell die kargen Zimmer ab, können ihn aber auch hier nicht finden.

»Irgendwie macht es Sinn«, sage ich.

»Du meinst, er hat seinen Super-Tog gebaut?«, fragt Maria.

»Und sucht damit nach weiteren Kennungen«, erwidere ich.

»Wir sollten trotzdem den Tog da lassen, es ist ein wichtiges Zeichen«, meint sie.

Ich nicke, und wir machen uns auf den Weg zurück zur Schmiede.

»Nun bist du dran mit der Testfahrt«, sagt sie und setzt sich auf den Beifahrersitz.

Ich steige ein und bemerke beim Beschleunigen sofort die wesentlich höhere Leistung. Der Motor gibt nur ein leises Summen von sich. Die erhöhte Sitzposition ist zunächst ungewohnt, bietet jedoch eine bessere Übersicht, die, wie ich schnell herausfinde, vor allem bei der Überquerung von Flüssen von Vorteil ist.

Als wir nach nur knapp einer Stunde Fahrzeit an unserem Haus ankommen, steht Tim vor der Tür. Seine dunkelblonden Haare sind wie immer sorgfältig zu einem Scheitel gekämmt. Er trägt ein blaues Sakko mit einem weißen Einstecktuch in der Brusttasche. Auch wenn ich mich nicht mehr erinnern kann, entspricht er nicht dem, was ich mir unter einem Bäcker vorstellen würde. Neben ihm stehen vier große Säcke.

»Hallo Paul, Austin kam gerade vorbei und hat seine Mehl- und Karmon-Lieferung hier abgestellt«, sagt er.

»Warum hat er sie nicht zur Pizzeria gebracht? Die ist doch seit gestern fertig«, meint Maria.

»Das hatte ich ihn auch gefragt, aber er grummelte nur, dass er immer an die Auftragsadresse liefert.«
Ich ziehe die Schultern hoch.

»Ja, ... Austin halt.«

»Also, wann geht's mit der Eröffnung los?«, fragt Tim.

»Da wir ja den neuen Tog hier haben, würd ich sagen: sofort.«

»Hervorragend! Ich bin wirklich gespannt Paul, du musst mir alles genau zeigen. Sarah kann später dazustoßen, dann können wir alles vorbereiten«, erklärt er.
Ich nehme den ersten Mehlsack und lege ihn auf die Ladefläche des Togs.

»Ich werde dann allen Bescheid geben, dass du heute Abend eröffnest«, sagt Maria.

Im Verlauf des Tages richte ich mit Tim die Pizzeria ein. Er erklärt mir, wie ich am besten mit dem großen Ofen arbeite. Der Vorgarten reicht nun bis an den quadratischen Bellusplatz heran. Will kommt vorbei und meint, dass er noch Stühle und Tische von Alex holen werde. Ich weihe den Ofen mit einer ersten Testpizza ein.

Tim ist von dem würzigen Geschmack und der knusprigen Konsistenz begeistert. Sarah erscheint. Wir sprechen die verschiedenen Pizzavarianten ab und formen die runden Teigböden.

Ich bin so in die Arbeit vertieft, dass ich zunächst nicht bemerke, dass die ersten Pizzen schon rausgehen. Erst als der Ofen voll ist und die Bestellungen vorbereitet sind, wage ich mich aus der Küche heraus. Alle Plätze sind restlos besetzt. Ich gehe zum Vorgarten hinaus. Über den gesamten Platz verstreut sitzen sicher über fünfzig Personen. Einige haben die Bänke vom Park näher an die Pizzeria gestellt. Jules kommt mit zwei großen Krügen auf mich zu.

»Hier ist die Traubenwein-Lieferung. Auf dem Karren sind noch zwei weitere Krüge«, erklärt er.

»Davon wusste ich gar nichts.«

»Die habe ich bestellt«, meint Sarah, »deine Pizza ist außerordentlich, aber wir brauchen natürlich auch etwas zu trinken.«

»Stimmt, danke Sarah.«

Als ich den Traubenwein vom Karren hole, sehe ich zu meiner Überraschung an einem Tisch Austin sitzen.

»Ich dachte, Pizza interessiere dich nicht, Austin?«

Er blickt auf seinen leeren Teller und leckt sich die Finger ab.

»Ich muss doch prüfen, was du aus meinem Mehl machst«, entgegnet er.

»Natürlich, und was hältst du nun davon?«

»Ich ... bin mir noch nicht sicher, ... kann ich noch eine haben?«

Er zieht andeutungsweise seine Mundwickel hoch und hält mir den Teller entgegen.

»Gerne.«

Ich vermute, das ist wohl seine Art mir zu sagen, dass es ihm schmeckt. An einem Tisch, in der Ecke des Vorgartens sehe ich Maria mit Mina und Will. Mina prostet mir zu und streckt den Daumen nach oben.

Die Pizzeria ist völlig überfüllt, einige warten bereits auf freie Plätze. Die Stimmung ist fröhlich und ausgelassen. Hin und wieder klopft mir jemand auf die Schulter. An einem Tisch werde ich gefragt, wie ich auf die Idee kam, an einem anderen erzähle ich von Salventos Schmiede, und an einem weiteren darüber, wie ich die Hefe herstellte.

Sarah zeigt mir, wie alles so zu organisieren ist, dass es leicht von der Hand geht. Ich genieße diese Mischung aus konzentriertem Arbeiten in der Küche und dem Geplauder mit den Gästen. Erstaunlich, dass so etwas Einfaches wie das Pizzabacken zu so etwas Lohnenswertem führen kann. Letztlich erschließt sich der Wert einer Tätigkeit erst in der

Gemeinschaft. In ihr wird alles umgewandelt, weitergeleitet und hundertfach verstärkt. Was immer man in ihr hineingibt, kommt auf die eine oder andere Art wieder zurück.
Sarah tippt mir auf die Schulter.

»Das wird die Hundertste«, sagt sie.

»Und das an einem einzigen Abend«, erwidere ich.
Ich lege aus Honwurststücken die Ziffer 100 zusammen und schiebe die Pizza in den Ofen.

»An wem geht die?«, frage ich.

»An Austin«, meint Sarah.

»Was? Seine wievielte Pizza ist das heute?«

»Ich weiß nicht, er hat wohl großen Hunger«, erwidert sie lachend.
Tim kommt mit einem Stapel Geschirr in die Küche.

»So, der Teig ist aus und die Zutaten für die meisten Beläge sind ebenfalls am Ende. Ich habe draußen schon allen Bescheid gesagt.«

»Ja, der Andrang war nicht zu erwarten«, erwidere ich und nehme Austins Pizza aus dem Ofen.

»Das ist unsere Hundertste«, meine ich, als ich sie ihm auf den Tisch stelle.

Er nickt. »Und morgen habt ihr auch auf?«

»So ist es.«

»Gut«, sagt er, nickt wieder und nimmt sich ein Stück. Erst als die Dämmerung allmählich von der Sonne verdrängt wird, gehen die letzten Gäste. Tim meint, dass wir es nicht zur Regel machen sollten, die ganze Nacht geöffnet zu haben. Ich stimme ihm zu. Sarah erklärt, bei ihr hätten sich einige gemeldet, die uns unterstützen würden, sofern wir noch Hilfe brauchen.

Auf dem Weg nach Hause erzähle ich Maria von Austin, dass er sicher drei oder vier Pizzen aß, und dass ich die Getränke vergessen hatte und Sarah mich rettete. Und auf welche neuen Pizza-Ideen ich gekommen sei.

»Paul, du bist ja ganz aufgekratzt. Wie schön, dass du etwas gefunden hast, das dir Spaß macht.«

Ich nehme Maria in die Arme und drücke sie an mich.

»Au! Vorsichtig«, meint sie.

»Oh, ich dachte, mit deiner Schulter ist wieder alles in Ordnung?«

»Der Verband ist ja erst seit gestern ab ... aber das heißt auch nicht, dass du mich wie ein rohes Ei behandeln musst«, sagt sie lächelnd.

»Ei? Was ist eigentlich mit den Honeiern? Die sind groß, also genau das Richtige für eine Pizza.«
Maria stupst mich an.

»Paul, lass uns nach Hause und erst mal ausschlafen.«

***

»Und wo ist das Kühlfach?«, frage ich.

»In diesem Bona-Fama kenn ich mich nicht so gut aus, womöglich dort hinten«, erwidert Will.

»Die Trockenhefe können wir zu dem Mehl stellen. Aber das Pizzabrot sollte gekühlt werden, dann hält es länger.«

»Glaub nicht, dass es das muss«, meint Will und räumt einen Korb mit Obst aus dem Weg.

»Ach, da ist es«, sage ich und zeige auf die metallene Klappe.
Er reicht mir die in Papier gewickelten Brote, und ich lege sie ins Fach.

»Wie hast du die so knusprig hinbekommen?«, fragt er.

»Sie sind doppelt gebacken. Eigentlich war es ein Versehen. Ich wollte sie schon zum Tierfutter geben, dann, einige Tage später, waren sie immer noch kross, aber auch nicht zu trocken. Zu einem Glas Orangenapfelsaft genau das Richtige.«
Ich schließe die Tür zum Kühlfach und stelle die Schale mit der Trockenhefe in das Regal zu dem Mehl. Will geht an mir vorbei zurück zum Eingang. Ich bleibe wie angewurzelt vor dem Regal stehen.

»Paul? Was ist?«

»Ich hab über diesen Moment oft nachgedacht und nun ist es einfach passiert.«

»Ach so, ... du meinst, deinen Beitrag für das Bona-Fama?«

Ich nicke. »Nie im Leben hätte ich gedacht, dass es sich um Hefe und Pizzabrot handeln würde.«

»Und wie fühlt sich das an?«

»So als wenn ich nach einer langen Reise endlich angekommen bin«, sage ich und folge Will zum Ausgang.

»Weißt du, ich finde die Idee mit dem Bona-Fama toll, aber ich hatte nie den Drang, hier etwas hineinzustellen«, meint er und lächelt, »ich besitze eben andere Qualitäten.«

»Allerdings«, erwidere ich. »Ob es um einstürzende Treppen, schießwütige Salventos oder explodierende Schmieden geht, du bist immer dort, wo es gefährlich wird.«

Er lacht. »Und nicht zu vergessen: bei deinen Pizzaversuchen. Wie läuft es mit der Pizzeria?«

»Gestern war wieder alles voll, und das, nachdem wir um zwanzig Plätze erweitert haben.«
Als wir uns zum nächsten Bona-Fama aufmachen, bemerke ich bunte Stoffstreifen, die an Schnüre über die Straße gespannt wurden.

»Ah, die Vorbereitungen zum Gründungsfest fangen an.«

»Ja, ich hab davon gehört«, erwidere ich.

»Wir behängen den Brunnenplatz, und dann gibt es ein großes Lagerfeuer. Das wird großartig, sag ich dir«
Ich sehe Maria neben Jules am Brunnen stehen. Sie bemerkt uns und winkt uns heftig herbei.

»Paul, Will, habt ihr schon gehört? Hanna ist schwanger, ist das nicht fantastisch?«

»Ach was, ist das sicher?«, fragt Will.

»Das ist es. Es wird ein Mädchen«, erwidert Jules.

»Das wievielte in Memoria Geborene ist es eigentlich?«, frage ich.

Maria und Jules schauen mich erstaunt an.

»Ach, das weißt du nicht? Es wird das Erste sein«, bemerkt Jules.

»Was? Seit nun beinahe sechs Jahren ist das die erste Schwangerschaft?«

»Richtig. Ist dir noch nicht aufgefallen, dass wir hier keine kleinen Kinder haben?«, fragt Jules.

»Doch, ich dachte ... es seien sehr wenige, aber nicht, dass es gar keine gibt.«

Marias Augen strahlen und sie lacht. »Wie schön, und das kurz vor dem Gründungsfest, da haben wir richtig was zum Feiern.«

Jules meint, dass er sich nicht erklären könne, warum dies die erste Schwangerschaft sei.

»An Paaren mangelt es in Memoria nicht«, sagt er.

Während alle um mich herum ihrer Freude Ausdruck verleihen, spüre ich eine tiefe Niedergeschlagenheit. Ich blicke zu Maria, betrachte wie ihr loser Zopf bei jeder Kopfbewegung hin und her tanzt. Irgendwie bin ich immer davon ausgegangen, dass wir irgendwann Kinder haben würden. Das wäre wundervoll und einfach der Lauf der Dinge. Die Möglichkeit, dass es niemals eintreten könnte, erschreckt mich. Maria legt ihren Arm um mich und schmiegt sich an. Ich umgreife ihre Hüfte. Unsere Wangen berühren sich.

»Das wird dein erstes Gründungsfest«, meint sie, »es ist immer eine ganz besondere Stimmung. Wir feiern die ganze Nacht durch und lassen die Papierdrachen steigen. Es wird dir gefallen.«

***

Ich nehme mir ein Stück Brot aus der Schale. Mir gegenüber sitzt Maria, vertieft in ihr Q.

»Sollte ich heute Abend nicht besser die Pizzeria öffnen?«

Sie blickt mich überrascht an.

»Nein, Paul, die Gründungsfeierlichkeiten finden am Brunnenplatz statt. Die Läden sind alle geschlossen. Es gibt dort einen Pavillon mit Speisen zur Selbstbedienung. Wir wollen heute feiern und niemand soll arbeiten.«

»Ach so, wo ich dich heute nur beim Arbeiten und Organisieren des Festes sehe?«

»Ach was, das ist doch gewissermaßen ein Teil des Vergnügens«, meint sie und steht auf. »Ich geh dann mal die Papierdrachen von Lena holen.«

Mir wird bewusst, wie wichtig jedem das Fest ist. Es ist irgendwie untypisch für Memoria, da wir doch sonst keine besonderen Rituale oder Bräuche pflegen. Vermutlich, weil wir sie vergessen haben oder sie keine Bedeutung mehr für uns besitzen. Mir fällt wieder ein, dass kurz bevor ich hier erwachte, das letzte Gründungsfest stattfand. Also bin ich seit knapp hundert Tagen in Memoria, und doch erscheint es mir wie ein ganzes Leben. Es ist mein ganzes Leben! All das, was zuvor war, ist nicht mehr in meiner Erinnerung. Das Erwachen hier bedeutete so etwas wie meine zweite Geburt, und das trifft letztlich auf jeden in Memoria zu. So gesehen feiern wir alle mit dem Gründungsfest unseren Geburtstag in dieses Leben.

Ein Summen unterbricht meine Gedanken. Es ist das Q auf dem Tisch. Ich nehme es und berühre die Fläche.

»Paul?«, schallt es mir entgegen. »Alle sechs ... hab alle sechs!«

»Salvento?«

»Ja.«

»Du meinst die Kennungen?«

»Ja.«

»Und was ist mit der Schmiede passiert?«

»Er ist rot! Ein roter Glob, aber sieht irgendwie anders aus ...«

»Hast du ihn schon ausprobiert?«

»Ja, ja ... er kommt immer wieder raus ... ist kein Energieträger, nee ... ich denk, es ist ein Schlüssel. Aber ... das ist nicht was ... weswegen ich ... Paul, da ist was passiert ...«

»Ja?«

»Da ist eine Sequenz ... ich weiß nicht wozu ... sehe sie auf der Konsole.«

»Salvento, wir haben heute unser Gründungsfest, willst du nicht vorbei kommen?«

»Du verstehst nicht, die Sequenz, die zählt runter. Irgendwas wird passieren.«

»Wann?«

»Weiß nicht. Der Rhythmus ist nicht ganz konstant ... Stunden vielleicht.«

»Komm doch einfach vorbei. Hast du deinen schwebenden Tog gebaut?«

»Ja, ... ich meld mich.«

Es knackt, und die Verbindung ist unterbrochen.

***

Maria kommt mit einem Stapel von zusammengefalteten Papierfiguren unter dem Arm zurück. Ich erzähle ihr sofort von Salventos Anruf.

»Er schafft es doch immer wieder, mir Angst zu machen, und das, wo wir uns noch nie begegnet sind«, erklärt sie.

Von draußen erklingt Chorgesang mit einem Tasteninstrument als Begleitung.

»Ja, nun geht es endlich los«, sagt sie.

Maria zieht wieder ihr langes, rotes Kleid mit dem silbernen Blumenmuster an und bindet sich die rote Schleife ins Haar. Ich blicke sie an und suche nach Worten, um ihr zu sagen, wie schön sie ist.

»Paul? Schlaf nicht ein. Du musst dich anziehen!«

Wir betreten den Platz. Die Dämmerung wird von vielen Fackeln erhellt, die bis unten zum großen Torbogen reichen. Über die gesamte Fläche hängen Schnüre von Dach zu Dach, an denen bunte Stoffe wehen. Der Brunnen ist von Tischen umstellt. Unter einem großen Pavillon sind Speisen angerichtet. In der Mitte des ovalen Platzes lodert ein Lagerfeuer. Innerhalb von Minuten füllt sich der Brunnenplatz zunehmend mit feierlich gekleideten Menschen. Die meisten erkenne ich sofort, sogar Sid konnte sich von der Schmiede losreißen. Will steht mit Mina am Lagerfeuer, Hanna schaut mit Joseph vergnügt dem Chor zu, und Austin diskutiert mit Alex am Brunnen. Wir nehmen uns von einem der Tische zwei Gläser Traubenwein.

»Lass uns Hanna und Joseph beglückwünschen«, meint Maria.
Als Hanna sich zu uns dreht, kann ich bereits den Ansatz eines Babybauchs erkennen.

»Hanna, als Jules mir davon erzählt hat, dachte ich zuerst, er macht einen Scherz«, sagt Maria.

»Ja, nach all den Jahren passierte es einfach so«, erwidert Hanna.

»Die erste Memorianerin«, meint Joseph und streichelt mit der Hand über ihren Bauch.

»Darf ich fragen, ob ihr in der letzten Zeit irgendetwas anders gemacht habt?«, sage ich.

»Paul, das frage ich mich unentwegt, aber bis auf deine Pizza fällt mir nichts ein«, erwidert Hanna lachend.
Maria winkt ab.

»Das wäre schön, aber die Pizza kann es nicht sein, da hätten wir schon Drillinge.«
Wir lachen und prosten uns zu. Der Chor stimmt ein neues Lied an. Joseph nimmt Hanna in die Arme und beide wippen im Takt. Ich spüre eine Hand auf meiner Schulter.

»Paul, Maria, es gibt meines Erachtens angesichts der Festlichkeiten wohl keine bessere Gelegenheit dafür.«
Ich dreh mich um und sehe Jules mit einer grünen Flasche in der Hand.

»Ist das der Whisky?«

»In der Tat.«
Er stellt drei kleine Becher auf den Tisch, zieht, mit einem Quieken den Korken aus der Flasche und gießt die bernsteinfarbene Flüssigkeit hinein.

»Nun kann ich es ja sagen«, meint er, »ich war absolut davon überzeugt, dass bestenfalls nur noch ein paar von uns, heute hier, in einer toten Stadt ihr Dasein fristen würden. Aber dann ... kam plötzlich dein unausgegorener Plan, und gegen jede Wahrscheinlichkeit ...«
Er nimmt einen Schluck aus seinem Glas und schließt lächelnd die Augen. Wir stellen unsere Weingläser ab und greifen uns jeweils einen Becher. Ich halte meine Nase über die Flüssigkeit – Orange mit einer Note von geräuchertem Karmon. Ich nehme einen satten Schluck, spüre den Alkohol auf der Zunge kribbeln. Ein angenehmes Glühen, dann breitet sich ein rauchiger Geschmack aus und eine leichte Süße legt sich auf den Gaumen. Ich lasse ihn die Kehle herunter fließen. Ein Anflug von Holz, Salz, Orange, gefolgt von einem warmen Gefühl, das den Körper durchläuft.

»Oh, hervorragend!«, sage ich.
Maria verzieht das Gesicht.

»Schmeckt wie Putzmittel! Da bleibe ich lieber bei meinem Wein.«
Hinter uns höre ich die Leute klatschen. Ein Papierschmetterling, der an einem Stoffballon hängt, steigt in die Höhe. Wir gehen zur Feuerstelle hinüber. Will hält bereits den nächsten Ballon über das Feuer. Diesmal mit einem Papiervogel daran befestigt. Im Inneren des Ballons ist eine kleine Kerze angebracht, sodass man die Flugobjekte deutlich am Himmel ausmachen kann. Mina lässt die dritte Figur aufsteigen, ein Stern mit einem geflochtenen Schweif.

»Eine schöne Idee«, sage ich.

»Ja«, erwidert Maria.

»Wer hatte eigentlich den Einfall zum Gründungsfest?«, frage ich.
Maria zeigt auf Will, aber er schüttelt den Kopf.

»Nein, ich glaube, es war Alex«, sagt er.

»Nein, Alex kann es nicht gewesen sein, er hat mich auch schon einmal danach gefragt«, meint Jules.

Wir diskutieren hin und her, können aber niemanden finden, der das Gründungsfest ins Leben gerufen haben will. Schließlich einigen wir uns darauf, dass bei der Gründung der Stadt einfach alle feierten, ohne dass es dazu einer Idee bedurfte.

Einige fragen mich, ob ich ihnen das Pizzabacken zeigen könne. Ich erwidere, dass sie jederzeit vorbei kommen könnten. Maria legt die Hand auf meinen Arm.

»Ich bin hungrig, lass uns doch etwas essen.«

Wir gehen zum Pavillon und sie nimmt sich eine Schale von dem Karmoneintopf.

»Eigentlich hätte ich jetzt Appetit auf deine Suppe.«

Sie lächelt und zeigt auf einen Nachbartisch.

»Die steht dort.«

Ich nehme mir eine Schale und greife nach der Schöpfkelle. Plötzlich schwappt der Topf unkontrolliert hin und her. Nein – es ist nicht der Topf, es ist der Erdboden, er schwingt, pulsiert wie ein mächtiger Herzschlag. Ich kann mich kaum auf den Beinen halten. Nach vier, fünf Stößen ist es vorbei. Alle auf dem Platz schauen sich verwirrt um.

»Ein Beben?«

Ein entferntes Grollen, das wie ein Gewitter klingt, durchdringt den Nachthimmel. Maria schaut mich mit weit aufgerissenen Augen an.

»Salventos Schmiede?«, haucht sie.

»Nein, es kommt aus der anderen Richtung«, entgegne ich und zeige zum Torbogen. In diesem Moment sehe ich am Himmel einen Lichtblitz, gefolgt von einem weiteren Donnerschlag. Einige schreien erschreckt auf.

»Was ist das?«, ruft Maria.

In Richtung des Wasserfalls erscheint ein Lichtstrahl, senkrecht in den Himmel gerichtet wie eine helle Säule. Wir schauen gebannt auf die Himmelserscheinung. Eine bedrückende Stille breitet sich aus. Diese Welt, die unsere Heimat wurde, scheint uns daran erinnern zu wollen, dass ihre Rätsel noch nicht gelöst wurden.

Erst als einer der leuchtenden Ballons wieder zu Boden sackt, bricht sich die Reglosigkeit.

»Das war es wohl«, sage ich.

»Was ist das für eine Lichtsäule? Die muss über dem Wasserfall sein«, meint Will. »Wir müssen uns das sofort anschauen!«

»Nein, lasst uns das besser morgen, im Hellen und nüchtern, begutachten«, erwidert Maria.

»Hey, lasst euch nicht die Stimmung verderben. Heute wollen wir einfach feiern«, meint Mina.

Ich schaue in die bleichen Gesichter. Nach Feiern ist nun niemandem mehr zumute. Es bilden sich Gruppen, die aufgeregt diskutieren. Maria umgreift meine Hand.

»Salventos Countdown ... wie lange ist das her?«, fragt sie.

»Etwa sechs Stunden.«

Mina ist bemüht, die Stimmung aufzuhellen. Sie bringt den Leuten etwas zu trinken, dann überzeugt sie den Chor, weiter zu singen. Anfänglich klingt es dünn und unharmonisch, dann kommt Austin hinzu und gibt mit tiefer Stimme den Rhythmus vor. Die angespannte Atmosphäre löst sich.

»Austin kann singen?«, frage ich.

»Offensichtlich«, erwidert Maria.

Will kommt auf mich zu und lächelt. »Na, das war ja was ... also gut, dann werden wir gleich morgen los.«

»Sieht ganz danach aus«, erwidere ich.

»Und dann werden wir Salvento einen Besuch abstatten«, meint Maria.

»Was wieso Salvento?«, fragt er.

Ich will ihm antworten, aber in meinem Kopf explodiert ein Schmerz, als hätte mich etwas hart am Schädel getroffen. In Sekunden schwillt er an und wird unerträglich. Ich höre mich aufstöhnen.

Feuer ... überall Feuer ... Peter wo bist du? ... bist du da drin? Etwas trifft mich von oben ...

»Paul? Was ist los?«, höre ich Marias Stimme.

Vor einem grafitfarbenen Hintergrund sehe ich einen weißen Schmetterling. Der Stoffballon, er zieht über dem Platz seine Kreise. Ich liege auf dem Boden. Maria beugt sich über mich, mein Kopf befindet sich auf ihrem Schoß.

»Was ist passiert?«, frage ich.

»Du hast dir an den Kopf gefasst und bist plötzlich umgekippt.«

Jules taucht aus der Menge auf und hält mir drei Finger vor das Gesicht. »Wie viele?«

»Drei«, sage ich, »Ich fühl mich schon besser, war wohl nur die Aufregung.«

Maria stützt mich, und ich komme wieder auf die Beine. Jules Blick springt zu Maria.

»Bettruhe, und zwar sofort! Habt ihr noch von dem Kräutertee?«

»Den Tee verschreibst du immer und bei allem«, sage ich.

»Weil er wirkt! Und ganz besonders stabilisiert er den Kreislauf.«

Maria umgreift mich, und ich lege meinen Arm um ihren Nacken.

»Gut, für uns ist heute Schluss. Ich wünsch euch allen eine gute Nacht«, meint sie.

Als wir zu Hause sind, falle ich erschöpft ins Bett. Maria hilft mir beim Ausziehen.

»Ich fühle mich seltsam, wie besoffen. Ich glaube, ich habe den Whisky nicht vertragen.«

»Ruh dich aus, ich mach das schon.«

Meine Augen schließen sich, und als wenn ein Schalter umgelegt wurde, verliere ich jedes Körpergefühl, scheine in einem grauen Raum zu schweben. Eine Öffnung fällt von oben auf mich herab, wirre Bilder durchströmen mich. Eine rote Schleife flattert über einen blassgrünen Himmel. Sie verwandelt sich in einen Schmetterling, dazu höre ich Wortfetzen in einer monotonen Stimme:

»... erklären den Energienotstand ... alle unnötigen Systeme werden ...«

»... Vegetation zieht sich zurück ... Forscher rätseln ...«

»... Geburtenrate auf Tiefststand seit ...«

»... Generatoren werden heute abgeschaltet ... teilte der Vorstandsvorsitzende des AURA-Konzerns mit ...«

»... wird von den Türmen berichtet ... es wird dringend davon abgeraten ...«

Der Schmetterling fliegt auf ein gleißendes Licht zu, eine Schockwelle breitet sich über den Himmel aus. Ein leuchtender Turm erscheint am Horizont, metallischer Geschmack im Mund, blauer Himmel, ein Wasserfall, Feuer, überall Feuer und Rauch.

Ich schrecke auf, ohne das Gefühl, wirklich geschlafen zu haben. Ein Arm legt sich auf meinen Oberkörper. Ich springe entsetzt aus dem Bett. Maria zieht ihren Arm zurück und schaut mich verwirrt an.

»Paul, was hast du?«

»Ich ... ich kann mich wieder erinnern.«

»An was kannst du dich erinnern?«

»An alles!«

ZEITENWENDE

|-(:)

Maria zieht die Bettdecke bis über ihre Schultern.
»Was meinst du mit: *alles*?«
»Ich weiß, wo das Leuchten herkommt. Es ist der Turm!«
»Paul, du bist ja ganz besessen von diesem Turm. Du hast sicher nur schlecht geträumt.«
»Nein, ich erinnere mich deutlich. Auf der Erde erschienen plötzlich überall Türme und jeder, der sich ihnen näherte, verschwand einfach.«
Sie runzelt die Stirn.
»Und du meinst, wir sind einem dieser Türme zu nahe gekommen?«
»Ja, genau. Obwohl ... ich bin mit Absicht darauf zugegangen.«
Sie blickt mich wie erstarrt an. Ihr Mund zuckt kurz, sie greift nach ihrer Prothese und fixiert sie am Bein.
»Lass uns zuerst frühstücken und auf Will warten, dann schauen wir uns oben am Wasserfall in Ruhe um.«
Ich nicke. Obwohl sie versucht, es zu verbergen, kann ich die Beunruhigung in ihren Augen sehen. Sie weiß nicht, wie sie es einsortieren soll, oder ob sie es überhaupt einsortieren möchte.

Durch meinen Kopf schwirren immer neue Bilder, es ist wie der Neustart meines Lebens. Ich kann mit etwas Anstrengung meinen Erinnerungen folgen, wie einem verwaisten Pfad, den man lange nicht beschritten hat. Von

jedem aufgespürten Ereignis zweigen weitere Erinnerungen ab. Es ist wie eine Reise in mir selbst – zu mir selbst. Pizza – ja, die mochte ich. Jetzt fällt es mir ein, als Katrin zum ersten Mal bei mir war ... wir wollten uns eine Pizza zubereiten, und es ging irgendwie schief. Sie klebte am Blech fest, und wir kratzten den Belag ab. Es wurde ein besonderer Tag, einer von dem wir uns später oft erzählten. Katrin – sie ist tot. Ich merke, wie etwas Schweres auf mich niederfällt und einen Teil von mir mit sich in die Tiefe reißt. Meine Erinnerungen – ich muss vorsichtig damit sein.
Maria reicht mir etwas Brot herüber.

»Du siehst traurig aus? War es nicht das, was du immer wolltest? Dich erinnern?«

»Es ... es fühlt sich ... seltsam an, so als wenn ein Baum mit Früchten in meinem Kopf heranwächst.«

»Ein Baum?«

»Ja ... hin und wieder koste ich eine Frucht ... einige sind süß, andere belanglos ... doch manche sind faul.«

Wir frühstücken, als wäre nichts gewesen. Es kommt mir unwirklich vor. Da ist eine Unruhe, wie vor einem Sturm – irgendetwas tickt in mir.
Sie stupst mich an.

»Und was ist nun mit der Erde?«, fragt sie plötzlich.

»Die Vegetation ...« Ich zögere.

»Ja, die Vegetation?«, wiederholt sie.

»Sie geht jedes Jahr etwas zurück, niemand weiß, woran es liegt. Es kursieren nur Gerüchte. – Mein Gott! Mir wird erst jetzt bewusst, was wir verloren haben. Verglichen mit Memoria ist die Erde ... eine Wüste.«
Ihre Mundwinkel zucken wieder, und sie blickt zum Fenster hinaus. Ich räume den Tisch ab, gehe zum Herd hinüber und prüfe, ob er ausgeschaltet ist. Ich öffne den Schrank und suche nach großen Töpfen. Fülle zwei davon randvoll mit Wasser und stelle sie auf die Herdplatte.

»Paul, was machst du da?«, fragt Maria. »Wir haben doch eben erst gefrühstückt.«
»Ja, ich weiß. Ist nur zur Sicherheit.«
»Verstehe ich nicht, was meinst du?«
»Wenn wir vergessen sollten, den Herd auszuschalten oder er durch eine Fehlfunktion anspringen würde, erhitzt sich zuerst das Wasser und wir bemerken es.«
Marias Blick springt von dem Herd zu mir und zurück.
»Paul, was ist bloß los mit dir, du machst mir Angst.«
Ihre Worte verärgern mich.
»Wieso?«, sage ich. »Ich will doch, dass wir keine Angst haben müssen, so ist es doch sicherer.«
Es klopft an der Tür.
»Paul? Maria?«, höre ich Will.
»Ja, komm herein«, ruft sie.
Er stürmt förmlich ins Zimmer.
»Habt ihr gesehen? Die Leuchtsäule ist sogar am Tag noch zu erkennen.«
»Es ist der Turm, von dem wir gekommen sind«, meine ich.
Maria nickt ihm zu.
»Paul sagt, dass er sich wieder an alles erinnern kann.«
Er blickt mich mit hochgezogener Augenbraue an.
»Ach, ... er zieht uns bloß auf.«
»Nein, Will.«
»Ernsthaft?«
»Ernsthaft. Es sind viele Bilder, noch irgendwie unsortiert.«
Er lacht. »So ging es mir nach der Feier gestern auch. Zuviel von dem Traubenwein.«
Die Skepsis, welche mir von Maria und Will entgegenschlägt, überrascht mich, und ich verstehe sie nicht. Nach all dem, was wir durchgemacht haben, trauen sie mir nicht? Ich sollte mich besser mit weiteren Aussagen zurückhalten.
»Wir können nicht abschließen, da ist kein Schloss!«, sage ich, als ich die Haustür zuziehe.

»Schloss? Wozu? Da war nie eins«, erwidert Maria.
»Ja, stimmt ... hatte ich ... vergessen.«
Wir finden schnell den Tog in einer Seitenstraße vom Brunnenplatz.

Bereits auf halber Strecke ist zu erkennen, dass die leuchtende Säule direkt über dem Wasserfall aufsteigt.
»Also, Paul, klär uns auf, wo sind wir hier, und wie sind wir hier hergekommen?«, fragt Will plötzlich.
»Ich ... erinnere mich daran, dass überall auf der Erde Türme erschienen. Es gab viel Aufregung darüber. Die meisten dachten, es sei ein weiterer Versuch, die Atmosphäre zu retten. Irgendwann bin ich zu dem Turm im Park gegangen. Von ihm ging ein pulsierendes Licht aus. Ich kann mich entsinnen, wie mich ein weißer Nebel umgab, als er sich auflöste, befand ich mich auf einer Art Halbinsel. Ich bin einem Weg gefolgt bis mir mit einem Mal schwindelig wurde und ich das Bewusstsein verloren habe.«
»Okay, und wo sind wir hier?«, fragt er.
»Keine Ahnung, aber es ist mit Sicherheit nicht die Erde, dafür ist es zu grün und die Luft zu frisch.«
Er beschleunigt und wir sitzen eine Weile wortlos im Tog. Es wundert mich, dass er nicht weiter nachfragt und auch Maria zeigt sich an der Umgebung mehr interessiert als an meinen Erklärungen.

Die Kammer hinter dem Wasserfall ist mit feinen Tropfen durchsetzt. Sie bilden flimmernde Koronen um die von der Decke hängenden Lampen. Ich blicke in Richtung des Plateaus. Der Spalt in der Wasserwand zeichnet einen tanzenden Lichtkegel in den Raum. Maria stellt sich vor die silberne Wand und wirft einen Glob in die Öffnung.
»Nichts. So wie damals, als wir es zum ersten Mal probiert haben«, meint sie.

»Aber wenn dort oben der Turm ist, wie bist du von da heruntergekommen?«, fragt Will.

»Nicht nur ich, wir alle sind von dort hergekommen«, erwidere ich.

Maria studiert die leuchtenden Zeichen auf der Konsole.

»Es ist durchaus eine Aufforderung, etwas in Gang zu setzten. Und diese Symbole hier bedeuten: Aufsteigen«, erklärt sie.

Mein Blick wandert über die Zeichenketten.

»Ja, richtig. Damals waren es für mich nur Kreise und Quadrate. Vielleicht müssen wir ja einen gelben Glob einwerfen?«

Maria greift kurz in ihre Umhängetasche, streckt mir die geschlossene Faust entgegen und öffnet sie langsam. Ein gelber Glob kommt zum Vorschein.

»Wo hast du den her?«

»Von Sid.«

»Rein damit!«, meint Will.

Maria zögert. »Ich bin mir nicht sicher, ob wir ihn hierfür verwenden sollten.«

Sie presst die Lippen zusammen und wirft den Glob schließlich in die Öffnung. Die Konsole reagiert sofort. Es erscheinen die roten Zeichen des Kommandomodus. Ich berühre das Kartensymbol. Die schematische Darstellung von dem Plateau und dem Wasserfall erscheint.

»Interessant«, meint Maria.

»Bringt uns das weiter?«, fragt Will.

»Ich weiß noch nicht«, erwidert sie und durchsucht verschiedene Ansichten.

Meine Hand greift in die Jackentasche. Ich erschrecke, als ich die Leere spüre. Wo ist mein Notizbuch? Mein Blick geht zum Spalt im Wasserstrom. Natürlich, es muss da draußen liegen.

»Gut«, sage ich, »ich schaue mich auf dem Plateau um. Ruft mich einfach mit dem Q, wenn ihr etwas rausgefunden habt.«

»Sind wir denn noch in Brunnenreichweite?«, fragt Maria und holt ihr Q heraus. »Ja, habe noch Kontakt, gut«, fügt sie nickend an.

»Ich komm mit, Paul, kann bei den Symbolen eh nicht helfen«, meint Will.

Wir gehen zügig durch den Wasserspalt und betreten das Plateau. Der erhöhte Weg öffnet sich in einer breiten Ebene, die zunehmend von der Flora überwuchert wird. Hinter uns donnert der Wasserfall nieder. Erst als wir am Ende des Weges anlangen, können wir uns wieder halbwegs verständigen.

»Das kommt mir bekannt vor. Ich glaube, hier bin ich entlanggelaufen, als ich vom Turm kam. Ich war verwirrt, ging weiter nach vorne, um zu sehen, wo ich bin«, erkläre ich laut.

»Verwechselst du das nicht mit dem Aufwachen?«

»Nein. Sicher, nachdem Aufwachen war ich auch verwirrt, aber ich erinnere mich nun ebenso daran, wie ich hierher kam.«

Ich zwänge mich durch das Gebüsch und Will folgt mir.

»Ich glaub nicht, dass wir hier nen Zugang zum Turm finden«, sagt er.

»Genau hier bin ich ohnmächtig geworden. Ich erinnere mich, es war wie gestern Abend, zuerst diese Kopfschmerzen und dann nichts mehr.«

Ich klettere weiter über die Felsen.

»Und du erinnerst dich auch an die Erde?«, fragt er mit der gleichen Zögerlichkeit wie Maria.

»Ja«, sage ich und zeige auf den nächsten, blättrigen Strauch, »so etwas existiert dort kaum mehr. Es gibt hin und wieder einige Büsche und Flechten, aber überwiegend nur Sand und Staub.«

Er schüttelt den Kopf.

»Aber die Pflanzen produzieren doch den Sauerstoff?«

Ich nicke. »Zuerst gab es große Algenplantagen und dann atmosphärische Generatoren, aber das reichte nicht aus. Die Luft wurde trotzdem allmählich dünner.«

»Und warum gibt es keine Pflanzen mehr?«

»Das weiß keiner so genau. Es gab natürlich Vermutungen ...«

Mein Q in der Tasche summt auf.

»Maria, hast du etwas herausgefunden?«

»Ich bekomme diverse Darstellungen von der ganzen Konstruktion. Allem Anschein nach muss es einen Fahrstuhl geben, und du hattest recht, oben über dem Wasserfall befindet sich ein Turm.«

Warum betont sie es so? Ich habe es ihr doch gesagt. Meine Hand greift wieder in die leere Jackentasche.

»Wo soll der Fahrstuhl sein, und wie aktivieren wir ihn?«, fragt Will.

»Wenn ich ihn hier aktivieren will«, erwidert Maria, »kommt immer die Aufforderung, einen Glob einzuwerfen. Ich hab es schon mit einem blauen versucht und ein weiterer gelber wird es fraglos kaum sein. Also, ich weiß auch nicht.«

»Wir suchen erst mal das Plateau ab und kommen dann zurück«, sage ich und beende die Verbindung.

Ich erkenne den Felsen wieder, auf dem ich mein Notizbuch das letzte Mal in der Hand hielt. Meine Augen tasten den Untergrund ab.

»Glaubst du wirklich, hier im Boden würde ein Fahrstuhl sein?«, fragt Will.

»Nein, ich ... da ist es!«

Das Notizbuch liegt direkt am Fuß des Felsabsatzes. Ich bücke mich und hebe es auf.

»Ach, deswegen hast du zwischen den Steinen gesucht. Was steht denn da so Wichtiges drin?«

Ich blättere es durch und ziehe den Stift im Buchrücken heraus.

»Ich finde es wichtig, mir die Dinge aufzuschreiben, damit ich nichts vergesse«, antworte ich.

»Aber dafür haben wir doch die Qs.«

»Und was ist, wenn die keine Energie mehr haben? Nein, das ist mir viel zu unsicher.«
Ich ziehe einige Linien und lege eine neue Tabelle an. Mein Q summt erneut.

»Maria, hast du herausgefunden, wo der Fahrstuhl steckt?«

»Paul, mir geht es nicht gut, ich ... muss ...«, stammelt sie, dann bricht die Verbindung ab.

»Mit Maria stimmt etwas nicht, lass uns schnell zurück«, rufe ich.
Er nickt. Wir springen über die Felsen, passieren einen weiteren und laufen über einen mit Moos bewachsenen Abschnitt, drücken uns durch die Büsche und rennen den Weg zurück zum Wasserfall.

Direkt vor der Konsole liegt Maria auf dem Boden. Ich knie nieder und prüfe ihren Puls. Sie dreht sich zur Seite und stöhnt. Ich stütze ihren Kopf und lege ihn auf meinen Schoß. Sie öffnet ihre Augen einen Spalt.

»Paul, ... ich ... hatte plötzlich solche Kopfschmerzen, ... ich fühl mich nicht gut.«

»Wir bringen dich nach Hause. Kannst du aufstehen?«
Sie richtet sich mühsam auf. Ich umgreife sie fest, sie legt ihren Arm um meinen Nacken. Wir gehen die Treppen vorsichtig hinunter. Will bewegt sich nervös vor uns hin und her.

»Soll ich helfen?«

»Geht schon«, erwidert sie.
Nachdem wir einige Treppen hinabgegangen sind, bleibt sie stehen, beugt sich über das Geländer und übergibt sich. Will schaut mich mit aufgerissenen Augen an.

»Der Virus? Er ist doch nicht ... ?«
Ich schüttle den Kopf.

»Nein, es wird ihr so ergehen wie mir, ... sie wird sich wieder erinnern.«

»Nein«, stöhnt Maria auf, »es gibt nichts, an was ich mich erinnern muss. Mir reicht schon, was du mir erzählt

hast. Ich will mich nicht an so etwas erinnern.«
Sie nickt, ich umgreife sie, und wir gehen die Treppen hinunter.
Sollte ich ein schlechtes Gewissen haben, weil ich erleichtert bin, dass es ihr nun genauso ergeht? So sind wir wieder auf dem gleichen Stand und es gibt keinen Grund mehr für ihre seltsame Skepsis.

Als wir zu Hause ankommen, helfe ich Maria die Treppe hinaufzugehen.
»Ich kann Jules nicht erreichen, dabei hat er doch gesagt, dass er sein Q immer bei sich trägt«, meint Will.
»Ist schon gut«, meint Maria, »mir geht es schon besser, ich bin nur so müde.«
Ich helfe ihr ins Bett und decke sie zu. Sie schläft sofort ein. Will klopft leise an die Schlafzimmertür. Ich komme ihm entgegen.
»Sie schläft tief und fest«, sage ich, und wir gehen hinunter.
Will zeigt auf sein Q.
»Paul, ich hab grad mit Mina gesprochen. Sie wurde vorhin auch kurz ohnmächtig. Ich werd mal gleich nach ihr schauen.«
»Sicher«, erwidere ich.
Er nickt und rennt förmlich aus dem Haus. Trifft es uns nun alle? Ich setze mich auf das Sofa. Ob es mit der Lichtsäule am Turm zu tun hat? Aber was hat es ausgelöst?
Ich hole mein Notizbuch hervor und fülle meine Tabelle aus. Das Datum? Ich weiß es nicht, ich bin schon zu lange in Memoria. Ich werde es einfach durchnummerieren. Die Uhrzeit? Ich schaue auf mein Q und notiere:
Zeit: 16:32
Die Tür? Ist nicht abgeschlossen, sie besitzt auch gar kein Schloss. Es ist gegen meine Gewohnheit, aber ich fühle mich hier eigentlich sicher. Nächster Punkt: Licht und Geräte.

Licht ist ausgeschaltet, der Herd ... ich muss nachschauen. Ich gehe in die Küche und prüfe das Wasser auf dem Herd. Sieht alles gut aus. Ich notiere:
Tür: offen (ok)
Licht: ok
Herd: ok.
Zurück im Wohnzimmer will ich mich setzen, da fällt mir eine kleine, rote Kugel mitten auf dem Tisch ins Auge – ein roter Glob? Der war doch eben noch nicht da?

»Du musst gehen«, höre ich eine dünne Stimme vom Flur. Ich blicke erstarrt zur Tür.

»Salvento?«

Er verschwindet hinter dem Türrahmen, dann beugt er sich wieder hervor, wohl unschlüssig, ob er gehen oder bleiben solle.

»Du hast mich erschreckt, du solltest vorher anklopfen.«.

Er nickt und blickt mich eindringlich an.

»Du musst es machen ... ich ... ich kann nicht, ... finde sie!«, erwidert er und läuft aus dem Haus.

Ich schüttle den Kopf, nehme mein Notizbuch und notiere:
Tür: Schloss anbringen!

Mein Blick geht zum Tisch, ist das der rote Glob, von dem er gesprochen hat? Er sieht anders aus, mehr wie aus Glas. Ich erweitere die Tabelle. Was sollte ich noch überprüfen? Mir fällt die Konsole für unser Haus ins Auge. Ich zähle die Globen in der Schale darunter und notiere:
Schale: 13 Globen.

Was wollte Salvento mir sagen? Anna! Ich soll sie für ihn finden. Aber wie? Ich kenne sie doch gar nicht. Ich blättere im Notizbuch hin und her; meine Gedanken schweifen ab. Oder meinte er die Erde?

Habe ich jetzt alles korrekt aufgeschrieben? Besser, ich gehe es noch einmal von vorne durch. Aber irgendwas hält mich zurück, ich sitze nur da und starre auf den roten Glob. Was mache ich hier eigentlich? Fülle wieder mal unsinnige Tabellen aus als wäre nichts passiert. Ich bin seit über hundert Tagen in Memoria und kam gut ohne Notizbuch zurecht. Was meinte Salvento? Der rote Glob sei ein Schlüssel? Natürlich! Die Konsole oben am Wasserfall. Bekomme ich so Zugang zu dem Fahrstuhl? Ich spüre eine innere Unruhe, ich muss etwas tun. Entweder ich notiere weiter meine Tabellen, oder ich probiere den Glob oben an der Konsole aus. Ich nehme mein Q und sende Maria eine Nachricht. Ich schreibe ihr von Salventos Besuch, und dass ich mit dem roten Glob unterwegs zum Wasserfall bin.

Am Brunnenplatz kann ich den Tog nirgends sehen. Sicher wird Will damit zu Mina gefahren sein. Eine frische Brise schlägt mir entgegen. Ich knöpfe mir das Jackett zu und mache mich zu Fuß auf den Weg.

Kairos

(.)-(:)

Ich steige die letzte Treppe zur Kammer hinauf. Mir fällt Katrin wieder ein, ihre kurzen, roten Haare, die Sommersprossen und wie sie immer beim Lächeln ihre Schultern hochzog. Sie bekam auch solche Pusteln an den Armen und spuckte Blut wie Mina. Die Ärzte meinten, es käme vom Leitungswasser und dass die Klärwerke wegen des Stromnotstands Probleme hätten. Die rote Grippe nannte man es später – ob es vielleicht dieselbe Krankheit war? Je mehr ich darüber nachdenke, desto sicherer werde ich mir. Die Symptome und der Verlauf sind völlig identisch. Erstaunlich, eine Infektion, die auf der Erde nicht in zehn Jahren geheilt werden konnte, heilten wir in ... dreißig Stunden.

Ich trete vor die Konsole, nehme den roten Glob und blicke in die glasige Struktur. Die Erde – will ich überhaupt zurück? Vielleicht hat Maria recht und die Erinnerungen führen uns nirgendwohin. Das Aussterben der Flora und der Arten, der Geburtenrückgang. Wir gewöhnten uns daran, waren irgendwann sogar von den Berichten gelangweilt. Entweder man verlor sich in Zynismus und meinte, man sei zum Zeitpunkt des endgültigen Kollapses sowieso schon lange tot oder in Resignation, da man als Einzelner ja doch nichts ändern könne. Es werden Lösungen gefunden – hieß es in den Medien immer. Ich wollte es glauben und ahnte doch, dass wir längst über den kritischen Punkt hinweg waren. Der Planet wird zur Wüste und ohne Sauerstoff können wir bald nur noch unter abgeschlossenen Gewölben leben ... zumindest, wer es sich leisten kann. Nein, die Zukunft liegt in Memoria, und darum muss ich unbedingt zum Turm. Wir sind einfach zu wenige und ohne echte Zukunft. Ich muss versuchen, so viele Menschen wie möglich zu überzeugen hierherzukommen.

Ich werfe den Glob in die Öffnung. Die Konsole zeigt eine *100* in Symbolschrift an, dann gibt es ein klackendes Geräusch, und der rote Glob kommt wieder heraus. Eine *55* erscheint und wird im Sekundentakt herunter gezählt. Mit einem Mal fängt eine Linie im Boden an zu leuchten. Sie führt von der Konsole direkt zum Durchgang im Wasserspalt. Jetzt muss ich schnell diesen Fahrstuhl finden. Ich trete durch den Spalt auf das Plateau. Auf halben Weg zur Vegetation bleibe ich unschlüssig stehen. Wo? Ich weiß einfach nicht, wo ich hin muss. Plötzlich durchdringt ein dumpfer Schlag das Dröhnen des Wasserstroms, so als wenn ein riesiger Hammer auf einen Amboss trifft. Der Boden erzittert – jetzt verstehe ich es. Das gesamte Plateau ist der Aufzug!

Vor mir schließt sich der Spalt im Wasserfall, und ich steige mit der Ebene langsam empor. Kein Wunder, dass die Erschütterungen die Treppenkonstruktion so belasten. Das Plateau bewegt sich träge zur Wasserkante hinauf, der Lichtsäule entgegen. Meine Hand greift nach dem Notizbuch. Ich blättere darin und nehme den Stift heraus. Mir ist nicht klar, was ich überhaupt notieren will. Es ist ein Drang, dem ich mich nicht entziehen kann. Wenn ich die Dinge festhalte, prüfe, sie abzähle und niederschreibe, sind sie für mich irgendwie ... sicher. Ich kann sie dadurch nicht verlieren oder vergessen, zumindest gibt es mir dieses Gefühl.

Eine Turmspitze steigt langsam über der Kante auf. Schritt für Schritt erreicht das Plateau die obere Ebene und rastet mit einem letzten Ruck ein. Bis zum Horizont erstreckt sich eine Wasserfläche. Ein Ozean, in dem eine vielleicht zehn Meter breite Erhebung mit einem Weg aus

Steinplatten verläuft. Sie mündet in eine runde Insel, auf der ein mindestens fünf Stockwerke hoher Turm steht. Von ihm strahlt ein pulsierendes Licht aus, das in leuchtenden Wellen durch die Luft zu wandern scheint.

Ich verlasse das Plateau und betrete die ersten Steinplatten. In meiner Hand halte ich immer noch das Notizbuch. Ich notiere:

Roter Glob bringt Zugang zum Turm. Das Plateau ist der Fahrstuhl!

Ich versuche, eine einfache Skizze des Turms zu zeichnen – irgendwie ungewöhnlich, wo ich doch noch nie etwas ins Notizbuch gezeichnet habe. Er besitzt mit der länglichen, verjüngenden Form und der Kuppel an der Turmspitze, eine gewisse Ähnlichkeit mit einem Leuchtturm. Die Fassade glänzt in einem dunklen, beinahe schwarzen Blau. Obwohl mir die Skizze durchaus gelingt, fühlt es sich unbefriedigend an etwas einzutragen, das ich nicht abhaken oder abzählen kann. Mit einiger Überwindung stecke ich das Notizbuch wieder zurück in die Jackentasche. Auf der rechten Seite befindet sich ein Quader von etwa zwei Mal zwei Metern. Die Oberfläche schimmert in dem typischen, matten Silber einer Konsole. Vermutlich kann man auch von hier oben den Fahrstuhl aktivieren. Ich gehe langsam auf den Turm zu. Erinnerungen steigen auf – als ich die Türme zum ersten Mal auf der Erde sah. Alle dachten, es sei ein letzter Versuch des AURA-Konzerns, die Atmosphäre zu regenerieren. Aber dann verschwand einfach jeder, der den Türmen zu nahe kam. Unruhen brachen aus. Einige begannen, auf die Türme zu schießen, und die Polizei sperrte die Bereiche großräumig ab.

Nun fällt es mir wieder ein – es war Maria! Sie war die Frau vor mir in der Menge. Wir marschierten zu dem Turm im Park. An der Absperrung kam es zu Tumulten, und in dem Chaos wurde die Barriere überrannt. Sie fiel mir auf, mit der roten Schleife im Haar, ich war wie hypnotisiert, musste diesem roten Schmetterling einfach folgen. Mit einem Mal schaute sie sich nach mir um und löste sich vor meinen Augen in einem hellen Licht auf. Sie ging mir nicht mehr aus dem Kopf. Am nächsten Tag war ich entschlossen, ihr zu folgen, aber die Türme waren verschwunden. Als sie Jahre später erneut erschien, konnte ich es gar nicht glauben. Ich rannte sofort aus dem Haus, direkt zu dem Park.

Ob es wohl einen Zugang zum Inneren des Turmes gibt? Selbst von hier aus kann ich erkennen, dass die Kuppel im oberen Bereich umlaufende Fenster besitzt. In diesem Moment bemerke ich einen metallischen Geschmack im Mund. Es entstehen kleine, weiße Partikel um mich herum, und jede Bewegung erzeugt noch mehr davon. In der weißen, konturlosen Masse verliere ich die Orientierung. Mit einem Mal zerfällt das Weiß wieder zu Teilchen, die zu Boden sinken und sich nun ebenso schnell auflösen, wie sie gekommen waren.

Es ist dunkel, keine Dämmerung wie in Memoria, sondern eine Nacht, so wie ich sie von der Erde her kenne. Meine Augen brauchen eine Weile, aber allmählich kann ich Schatten erkennen. Der Turm zeichnet sich vor einem klaren Sternenhimmel ab, und ich kann den Weg mit seinen Steinplatten mitten in dem Ozean erahnen. Bis auf die dunkle Nacht und das der Turm nicht leuchtet, sieht es eigentlich aus wie zuvor. Bin ich doch nicht zurück? Jedenfalls ist es nicht der Park, von dem ich damals gekommen bin.

Entweder gewöhne ich mich an die Dunkelheit, oder es wird zunehmend heller. Am Ende des Weges strömt der Ozean, so wie in Memoria, in einem riesigen Wasserfall herab. In der Entfernung kann ich einige Flüsse aufschimmern sehen, jedoch scheinen sie anderen Bahnen zu folgen als in Memoria. Wo ist das Plateau? Es ist nicht hochgefahren. An der Konsole am Quader blinken dieselben Symbolfolgen wie schon in der Kammer. Ich werfe den roten Glob in die Öffnung. Eine Darstellung der Wasserfallkonstruktion erscheint, und der Glob kommt mit einem *Klack* wieder heraus. Ein dumpfer Schlag durchläuft den Boden.

Ein Gedanke durchfährt mich wie ein Stromschlag: Werde ich auf dem Plateau nicht erneut die Erinnerung verlieren? Ich blicke zurück zum Turm; er leuchtet nicht, aber heißt das, dass meine Erinnerung deswegen nicht gelöscht wird? Ich Idiot! Ich habe darüber nicht nachgedacht. Sollte ich besser gleich zurück nach Memoria? Nein, nein, dann teleportiere ich ja wieder und falle eben dort in Ohnmacht. Mir wird schwindelig; ich ringe nach Luft. Ein roter Lichtreflex überlagert die Konsole, meine Augen wollen ihm folgen, aber er verschwindet hinter den weiß leuchtenden Symbolen. Ich muss mich beruhigen. Es fühlte sich anders an als damals. Kurz, nachdem ich hindurchging, war ich wie benommen, als hätte ich zuviel getrunken.

Die Ebene rastet mit einer Erschütterung ein. Auf der Konsole erscheint erneut der Countdown und zählt von 100 aus herunter. Ich laufe auf das Plateau. Schließlich setzt es sich mit einem Ruck in Bewegung.

Als ich unten ankomme, öffnet sich der Spalt im Wasserstrom. Es wird eindeutig heller, der Himmel kündigt die Morgensonne an. Ich betrete den Raum hinter dem Wasserfall. Obwohl es auch hier die silberne Wand einer Konsole gibt, sieht alles etwas anders aus als in Memoria. So führt die Treppe von der Kammer ohne einen Zwischengang gleich nach rechts ab. Ich folge den Stufen hinunter. Es sind keinerlei Beschädigungen zu erkennen. Offensichtlich kann der Fels hier die Erschütterungen des Plateaus besser verkraften.

Unten gelange ich durch einen kurzen Tunnel zur Uferseite. Obwohl meine Erinnerung weiterhin intakt ist, habe ich keine Ahnung, wo ich bin. Auch wenn die gesamte Wasserfallkonstruktion der in Memoria sehr ähnlich ist, bin ich nicht in Memoria und mit Sicherheit auch nicht auf der Erde.

Die Sonne taucht am Horizont auf und gibt den Blick auf die Landschaft frei. Eine endlose Ebene blauer Blumen und dürrer Gräser, aus der vereinzelt riesige, gewundene Bäume herausragen. Jeder für sich steht in einer Senke, als wäre er vom Himmel gefallen und hätte beim Einschlag einen Krater hinterlassen.

Ich folge dem Pfad nach rechts. Der Weg ist hier umgeben von dünnen, goldgelben Sträuchern, in die der Wind seine Wellen zeichnet. In einem leichten Bogen laufe ich eine Anhöhe hinauf. Ein sandiges Tal kommt vom Kamm aus zum Vorschein. Genau in der Mitte der Senke befindet sich ein großer, ovaler Kuppelbau. Die Wände schimmern in dem mir so vertrautem gelblichen Ton. In der Nähe muss sich ein Brunnen befinden. Das Dach öffnet sich in der Mitte und besteht von da an nur aus einem Gerüst, an dem vereinzelt Stoffbahnen aufgezogen sind. Das Bauwerk wirkt eher wie ein kleines Stadion als ein Haus. Ein Kabel läuft von dem Dach aus zu einem Waldstück außerhalb des Tals. An ihm ist eine Art Gondel befestigt. Eine Seilbahn?

Etwas bewegt sich aus der Senke auf mich zu. Ich bin mir nicht sicher, ob ich meinen Augen trauen kann, es sieht wie ein Einrad aus. Anstelle eines Sattels ist dort ein Kasten montiert, aus dem ein Greifarm herausragt. Ich bleibe wie angewurzelt stehen und starre das Gefährt gebannt an. Etwa zehn Meter vor mir hält es, mit einer steten Pendelbewegung, inne. Eine Linse oberhalb des Kastens fixiert mich, dann wendet es sich schlagartig um und rollt in Richtung des Gebäudes zurück. Wer immer das Gefährt steuert, wird sicher in diesem Kuppelbau sitzen. Ich greife nach meinem Notizbuch, öffne eine neue Seite und beginne eine grobe Skizze des Einrads zu machen. Wie viele Speichen hatte eigentlich das Rad? Ich versuche, es auszumachen und sehe, wie es in der Entfernung hinter dem Bauwerk verschwindet – zu spät. Ich konzentriere mich auf das Gebäude. Im oberen Bereich befinden sich Fenster in regelmäßig angeordneten großen Bögen. Ich fange an, sie zu zählen. Von dieser Position aus sind es elf. Ich spüre den Drang, das Gebäude zu umrunden und alles genau durchzuzählen. Ich schüttle den

Kopf. Nein! Ich kann mich jetzt nicht damit befassen. Mit zitternden Händen stecke ich mein Notizbuch wieder ein und folge dem Weg hinab zum Bauwerk.

Der Pfad verläuft in einer Kurve um das Gebäude herum. Der Eingang muss sich auf der gegenüberliegenden Seite befinden. Hinter dem Bauwerk taucht ein runder Platz auf, er wirkt wie ein antikes, kleines Theater. Den mittigen Kreis umlaufende, sind Bänke zu Tribünen angeordnet. Dahinter erstreckt sich ein Ackerfeld, in dem grüne Pflanzenbeete schmale Säulen in Spiralen umkreisen. Vermutlich habe ich Memoria gar nicht verlassen, ich bin nur woanders herausgekommen. Und offensichtlich entwickelte sich auch hier, in der Nähe des Wasserfalls, eine Siedlung.

Der Weg führt mich weiter zur Rückseite des ovalen Baus. Die Sonne steigt zunehmend in den tiefblauen Himmel empor. Es legt sich eine trockene Hitze über das Land. Mein Blick fällt auf ein großes Tor im Kuppelbau, das sich langsam öffnet. Ein alter Mann mit einem Gehstock kommt heraus. Er trägt ein weißes Gewand und einen ebenso weißen Hut. Sein Gesicht ist mit tiefen Falten durchzogen und graue, buschige Brauen wachen über vergrabenen Augen.

»Hallo Fremder, ich bin Cajo.«

Mit einer rhythmischen Armbewegung setzt er den Stock bei jedem Schritt sanft in den Boden. Es wirkt, als wenn er den Gehstock nicht wirklich braucht.

»Du musst sicher sehr verwirrt sein, mein Kind. Aber lasse dir versichern, dass es uns letzten Endes einst allen so erging.«

Ich kann mein Lächeln nicht zurückhalten. Er denkt sicher, ich wäre hier erinnerungslos aufgewacht. Ich nicke ihm zu und er bittet mich hinein. Der Bau umrahmt einen großzügigen Innenhof, in dessen Mitte der mir vertraute, silberne Zylinder emporragt.

»Setzen wir uns«, sagt er und zeigt auf eine Bank neben einem Baum.

Die Etagen des dreistöckigen Gebäudes sind nach innen mit

einem umlaufenden Gang versehen. Der Hof selbst ist von einem breiten Säulengang umgeben. Immer mehr Personen nehmen Notiz von mir. Jeder von ihnen trägt ein weißes Gewand. Bei einigen windet sich der Stoff in faltigen Bändern um Schulter und Hüfte, andere Gewänder dagegen ähneln eher schlichten Morgenmänteln.

»Tori, sei so lieb und bringe uns etwas zu trinken«, ruft er, als wir uns setzen.

»Wie viele leben hier?«, frage ich.

Er legt die Hände auf den Knauf seines Gehstocks und berührt mit den Handknöcheln sein Kinn.

»Unsere Polis umfasst 82 Bürger, und mit dir sind es dann 83. Kennst du bereits deinen Namen?«

»Ja, Cajo, ich bin Paul. Allerdings plane ich nicht lange hier zu bleiben.«

Sein Mund legt sich in Falten, und er lächelt.

»Paul, wir erkunden die Gegend mit unseren Drohnen schon eine Weile. Wir haben weit draußen einige Zylinder entdeckt aber keine andere Siedlung. Von wo immer du herkamst, ich befürchte, es gibt letzten Endes kein Zurück.«

Ein kleiner Junge, vielleicht um die Zehn, kommt mit zwei Gläsern auf uns zu. Er reicht mir eines. Ich nehme ein Schluck von der klaren Flüssigkeit. Ein frischer Geschmack breitet sich aus, nach einer Frucht, die ich lange nicht mehr gekostet habe.

»Ihr habt hier Zitronen?«

Cajo nickt. »Genau genommen ist es eine Wurzel, aber sie erinnert vom Geschmack an Zitrone. Wir würzen hier beinahe alles damit.«

»Und alle 82 Einwohner leben in diesem Gebäude? In ... Polis?«

»Ja, so ist es. Allerdings nennen wir unsere Siedlung Kairos. Unter Polis verstehen wir die Art und Weise unserer Gemeinschaft.«

Ich stehe auf und gehe einige Schritte zur Mitte des Platzes.

»Und das ist euer Brunnen? Ihr habt damit dieses

Gebäude errichtet, richtig? Wo ist eure Schmiede? Sicher hinter dem Waldstück dort, wo das Kabel hinführt«, sage ich und zeige in die Richtung.
Es klirrt hinter mir. Ich blicke zu dem Jungen und sehe die Glasscherben vor seinen Füßen. Er schaut mich mit offenen Mund an.
»Er ... er muss die Fabrik meinen«, stottert er.
Der alte Mann legt die Stirn in Furchen und stemmt sich mit dem Gehstock empor.
»Mein Kind, du bist nicht am Wasser erwacht?«
Ich schüttle den Kopf.
»Oh, bei Athena! Es gibt doch noch andere. Wie viele seid ihr?«
»Ich komme aus Memoria. Wir sind um die tausend.«
»Tausend? Oh!«
Seine Falten scheinen über das Gesicht zu wandern und sich, um die Augen herum aufzustauen.
»Einige von uns haben es auch schon Brunnen genannt, aber die meisten sagen Zylinder dazu. Nun, wo liegt dieses Memoria, Paul? Wir kommen mit unseren Drohnen nur bis zu dem Rand, es muss also noch etwas dahinter geben?«
Immer mehr Leute umgeben Cajo, sie blicken mich neugierig an.
»Das ist nicht leicht zu erklären«, erwidere ich. »Ich bin über den Turm, der sich über dem Wasserfall befindet, hierher gelangt. Er ist ein, ... wie soll ich sagen ... eine Art Portal.«
»Portal?«, wiederholt er. »Es gibt dort einen Durchgang? Wir kennen den Turm, er ist auf den Karten, aber wir konnten bisher keinen Weg dorthin finden.«
»Das ganze Plateau ist ein riesiger Aufzug«, erkläre ich.
Er setzt sich wieder.
»Das ganze Plateau? Wir wussten von einem Aufzug, aber wir konnten ihn letzten Endes nie in Betrieb setzen.«
»In Memoria sieht die ganze Konstruktion am Wasserfall nahezu genauso aus. Und auch unsere Stadt liegt

nicht weit vom Wasserfall entfernt ... auch sie gründet sich ebenso auf einen solchen Brunnen«, erkläre ich.«

»Wie konntet ihr den Aufzug aktivieren?«, fragt jemand aus der Menge.

»Durch einen roten Glob.«

»Was ist ein Glob?«

Ich greife in meine Hosentasche und hole ihn hervor.

»Ein roter Token?«, erwidert Cajo. »Interessant! Wir kennen bisher nur die blauen und die gelben.«

»Sicher das Resultat, sobald alle Sequenzen beisammen sind«, meint eine junge Frau mit roten, langen Haaren, die lockig unter einem weißen Hut herabfallen. In ihrem sommersprossigen Gesicht schält sich fleckig die von der Sonne gerötete Haut auf ihrer Nase ab.

»Paul, darf ich dir Mariel vorstellen? Sie studiert bei uns die Token.«

Sie streckt mir die Hand entgegen.

»Willkommen in Kairos, Paul.«

»Eigentlich hatte ich gehofft, über den Turm zurück zur Erde zu gelangen«, erkläre ich.

In der Menge ist ein aufgeregtes Geflüster zu hören.

»Die Erde? Was weißt du über die Erde?«, fragt sie.

»Von dort sind wir alle einst über die Türme hierhergelangt«, erwidere ich.

Cajos Augenbrauen heben sich, und ich kann zum ersten Mal seine grünen Pupillen erkennen.

»Welch eine Überraschung!«, fährt es aus ihm heraus. »Da dachte ich, wir müssen dich behutsam einweisen, dir erst einmal alles erklären, doch da erklärst du uns alles. Und nun stellt sich heraus, dass du letztendlich voll erwacht bist.«

Mariel blickt erstaunt zu Cajo, dann wieder zu mir.

»Du meinst, ... er kann sich erinnern?«

Er nickt. »Paul, erzähle uns doch von der Erde und von Memoria.«

Ein junger, schlanker Mann mit kahlem Kopf drängt sich

nach vorne.

»Aber Cajo, was ist mit der Ekklesia?«, fragt er.

»Die werden wir heute etwas verschieben, Thomas«, erwidert Cajo.

Immer mehr Menschen drängen auf den Hof. Einige Bänke werden zusammengerückt. Ich setze mich neben Cajo und erzähle von der Erde, wie sich die Vegetation zurückbildete und dass Generatoren die Atmosphäre mit Sauerstoff versorgten. Ich erkläre, wie Salvento alle sechs Kennungen fand und er so den roten Glob erzeugte. Ich rede von Memoria, und dass das Leben dort einfach perfekt sei, aber auch, dass wir immer weniger würden. Ich berichte von den Türmen, dem weißen Partikelstrom und wie ich nach Kairos kam. Zu meiner Verwunderung gibt es keine skeptischen Nachfragen. Mehr als etwas Getuschel löse ich nicht aus. Vermutlich glauben mir nur die wenigsten hier. Aber hätte ich, noch vor einem Tag, jemandem geglaubt, der plötzlich in Memoria aufgetaucht wäre und uns eine solche Geschichte erzählt hätte?

Der Hof lichtet sich. Das Tor wird geöffnet, und einige Drohnen rollen herein. Im unteren Gebäudeteile klappen Türen zur Seite, und ich kann einen Tog in der Ecke des Raumes erkennen. Die Einräder fahren in die Garage auf ein Gestell zu, in das sie, durch eine stabile Klammer gehalten, zum Stehen kommen. Mariel scheint meinen interessierten Blick auf die Drohnen bemerkt zu haben.

»Seitdem wir die Drohnen immer weiter verbessern«, meint sie, »ist es für uns kaum noch nötig, die Gegend selber zu erkunden.«

»Wie funktionieren sie?«, frage ich. »Agieren sie völlig eigenständig oder steuert sie jemand?«

»Beides! Ich kann es dir zeigen«, erwidert sie und deutet auf eine Treppe. »Überwiegend steuern wir sie selber, aber mittlerweile können sie auch eigenständig kleinere Aufgaben übernehmen.«

Mariel führt mich herum und zeigt mir in der zweiten Etage

die Steuerpulte mit den Monitoren.

»Zurzeit sind acht Drohnen im Einsatz«, meint sie.

»Wirklich erstaunliche Technik. Hast du sie entwickelt?«

Cajo nähert sich uns mit dem rhythmischen Klang seines Gehstocks. »Mariel hatte die Idee, aber mittlerweile hat nahezu jeder von uns auf die eine oder andere Art seinen Anteil dazu beigetragen«, erklärt er.

»Ja, die Drohnen sind ein Zeichen unserer gedeihenden Polis«, erwidert Mariel.

»Nun ja, wobei das einige von uns mit gemischten Gefühlen betrachten«, entgegnet Cajo. »Da fällt mir ein ... Paul, wir halten an jedem dritten Tag eine Ekklesia ab, willst du der heutigen nicht beiwohnen?«

Ich blicke ihn fragend an.

»So nennen wir unsere Versammlung, draußen auf dem Platz – der Agora«, wirft Mariel ein.

»Eine Versammlung? Gerne«, erwidere ich, auch wenn mir Zweifel kommen. Ich möchte mich ungern einmischen, schließlich bin ich hier nur ein Besucher. Zudem sollte ich auch nicht zu lange von Memoria weg bleiben.

»Ekklesia!«, ruft Cajo in einer Lautstärke, die ich ihm nicht zugetraut hätte.

Der Hof füllt sich erneut mit Leuten, die nun durch das Tor nach draußen strömen. Mariel lächelt und deutet mir an den anderen zu folgen.

»Ich bestreite nicht, dass die Drohnen von Vorteil sind«, erklärt Thomas.

Er steht selbstbewusst in der Mitte des kreisrunden Platzes. Die Bänke sind dicht gefüllt. Ein Leinentuch, welches zur Hälfte an einem Gerüst über den Platz gespannt wurde, spendet Schatten unter der hochstehenden, glühenden Sonne.

»Aber die Arbeit auf dem Feld ist schlicht wichtiger«,

fügt er an.

Mariel schnellt neben mir hoch.

»Mit den Drohnen haben wir bereits viele Rohstoffe entdeckt, ... nicht zuletzt auch die Weizensaat, die wir heute so selbstverständlich jeden Tag mit unserem Brot verzehren«, ruft sie hinein.

»Sicher Mariel, aber nun muss sie auch jemand anpflanzen, pflegen, bewässern ... ja, und ernten.«

»Thomas, das Bewässern geschieht doch überwiegend automatisch«, entgegnet sie.

»Dennoch muss es kontrolliert, erweitert und gereinigt werden, ... was ich sagen will: Es ist harte Arbeit auf dem Feld! Wie ihr wisst, ist es nicht leicht auf dem Boden hier etwas anzupflanzen«, erwidert Thomas.

Ich blicke über die Sitzreihen hinweg zu den Feldern. Es stimmt, sie haben mit der Lage des Brunnens nicht gerade Glück gehabt. Der Boden wirkt dürr und ausgetrocknet. Ein grauhaariger Mann steht auf, sicher mindestens so alt wie Cajo.

»Die Arbeit an den Drohnen ist nicht körperlich vergleichbar, aber ebenso fordernd. Jedoch denke ich, wir sollten uns nicht in einem vergleichenden Arbeitsethos verlieren. Es geht uns doch um das *Telos*, einer Sache«, erklärt er.

»Ja, Linval«, entgegnet Thomas, »Aber sag mir, wenn neben Silas nun auch Ella lieber die Drohnen steuern möchte, was würden wir dann morgen essen? Wir brauchen eine gerechte Verteilung dieser Aufgaben.«

»Ist es nicht gerecht, wenn genau die Bürger diese Aufgaben verrichten, welche sie besonders gut können?«, erwidert Linval.

Eine gedrungene Frau mit schwarzen, krausen Haaren erhebt sich.

»Aber wie sollen wir eine für uns ungewohnte Arbeit gut verrichten, wenn uns die Übung fehlt? Versteht mich nicht falsch, ich mag die Arbeit auf dem Feld. Mit den Drohnen kenne ich mich nicht aus, aber wer weiß, vielleicht bin ich darin ja noch besser?«

»Ella, ich gebe dir gerne eine Einweisung an einer der Drohnenkonsolen«, ruft Mariel hinein.

Thomas schüttelt den Kopf.

»Nein, es ist nicht dasselbe. Die Arbeit an den Drohnen ist ein Beitrag, der hin und wieder nützlich, aber nicht zwingend nötig ist, ... ja, es ist keine wirkliche Aufgabe in dem Sinne, es ist mehr ein ... Zeitvertreib.«

Empört springen einige Leute auf, und es wird wild durcheinander gerufen. Cajo stellt sich auf den Platz und klopft mit seinem Stock auf den Steinboden. Das Stimmengewirr schwillt ab.

»Wir sollten zu Linvals Aussage zurückkehren«, meint Cajo, laut aber mit unaufgeregter Stimme. »Was ist das *Telos* der Feldarbeit?«

»Dass wir zu essen haben«, antwortet Thomas mit nach unten gerichteten Handflächen.

»Und was ist das *Telos* der Arbeit an den Drohnen?«, fragt Cajo.

»Ich weiß nicht, ... der Spaß am Austüfteln?«, erwidert Thomas.

»Austüfteln?«, ruft Mariel abfällig.

»Ja ... und eventuell fällt auch mal etwas Brauchbares ab, aber das kann man kaum als *Telos* bezeichnen«, entgegnet er.

Ein kleiner Junge meldet sich, ich erkenne ihn wieder, er ist derselbe, der mir das Getränk brachte.

»Ja, Tori sprich«, nickt ihm Cajo zu.

»Es macht mir Spaß, mit den Drohnen rumzuprobieren, es fühlt sich ... gut an, Neues zu kapieren und Dinge auszuforschen.«

Mariel erhebt sich wieder.

»Wissen!«, ruft sie. »Das *Telos* der Drohnen ist Wissen. Wir erfahren mehr über die Gegend und über unsere Fähigkeiten.«

Cajo nickt. »Richtig. Und natürlich fällt dabei Brauchbares ab, auch wenn dies nicht immer direkt ihr *Telos* war. Aber man könnte behaupten, dass letzten Endes alle unsere Verbesserungen auf diese uns innewohnende *Arete* basieren.«

Stimmengewirr schallt über den Platz. Ich bin mir nicht sicher, ob ich der Diskussion noch folgen kann. Der Begriff *Telos*, scheint für so etwas wie *der Zweck einer Sache* zu stehen, aber ich habe keine Ahnung, was *Arete* bedeutet. Cajo klopft wieder mit dem Stock auf den Boden.

»Also, kommen wir zur eigentlichen Frage: Wer von uns ist am besten für die Sicherstellung der Nahrung geeignet und wer für die des Wissens?«

Ich spüre, wie sich die Muskeln in meinen Beinen zusammenziehen und ich mich, zu meinem Erstaunen, aufrichte.

»Paul?«, ruft Cajo sofort.

Alle Blicke sind auf mich gerichtet, einige schauen interessiert, andere mit einer schneidenden Skepsis.

»Wie steht ihr in Memoria zu dieser Frage?«

»In Memoria? ... Unsere Böden sind sehr fruchtbar, und es leben dort viel mehr als hier. Jeder leistet seinen Beitrag, und es ergänzt sich. Wenn der Bedarf an etwas groß genug ist, finden sich immer genügend, die ihn decken. Sicher ist die Situation mit nur knapp achtzig Einwohnern weitaus schwieriger. Jedoch sind die Erzeugung von Nahrung und das Erlernen von Fertigkeiten für jeden wichtig. Jeder mag seine Vorzüge für die eine oder andere Arbeit haben, aber auch wenn sie sich dadurch hin und wieder aufteilt, sollte sie nicht zwanghaft getrennt werden.«

Cajo nickt. »Die Aufgabe der Polis ist es die *Arete* der Bürger zu schulen. Unser *Logos* bedarf des Wissens, und er bedarf der Nahrung, unser aller *Telos* ist demnach auch deren Erhalt.«

Ein zustimmendes Summen durchläuft die Arena. Mariel erhebt sich.

»Thomas, mit den letzten Änderungen an der Steuerung sind die Drohnen viel flexibler einsetzbar. Vielleicht kannst du uns helfen, sie zur Unterstützung bei der Feldarbeit anzupassen?«

Er nickt. »Sicher, ich wusste nicht, dass sie das überhaupt können.«

»Und wann stimmt ihr ab?«, frage ich Cajo, als wir zurück im Kuppelbau sind.

»Eine Abstimmung vollziehen wir nur, wenn die Ekklesia scheitert, was glücklicherweise nur sehr selten passiert.«

»Aber ... wenn es keine Entscheidung gibt, woher wissen die Leute dann, was sie tun sollen, woran sie sich zu halten haben?«

»Dies sollte sich letzten Endes durch die Auseinandersetzung in der *Agora* für jeden auf seine Art herausstellen. Paul, würden wir eine Mehrheitsentscheidung zur Abstimmung bringen, nehmen wir der Minderheit ihr Ansehen, und eine Front von Uneinsichtigkeit könnte sich breitmachen«, erklärt er.

Auf einem Tisch im Säulengang befindet sich ein großes Gefäß mit einem Zapfhahn. Mariel nimmt ein Glas, füllt es auf und reicht es mir.

»Das ist ein hoher Anspruch an jeden Einzelnen«, erwidere ich.

»Natürlich! Der Anspruch markiert das Ziel, nur so wird die *Arete* ausgebildet. Aber Paul, deine Rede vorhin zeugt ebenso von guter *Arete*. Die Polis in Memoria muss von hoher Güte sein«, meint er.

Mariel reicht Cajo ein Glas von dem Zitronenwasser.

»Ich weiß leider nicht, was das Wort *Arete* bedeutet.«

Er nimmt einen Schluck.

»Paul, was ist das *Telos* des Menschen?«

»Der Mensch ist frei von Zweck, daher kann er über seinen Sinn selbst bestimmen«, antworte ich.

Cajos Brauen heben sich und seine überraschten Augen tauchen darunter hervor. Mariel schüttelt den Kopf.

»Nein ... so etwas denkt ihr in Memoria? Das ist ...«

»Interessant ... und durchaus richtig«, fährt Cajo dazwischen. »Aber dennoch braucht der Mensch einen, ob er sich seines *Telos*' bewusst ist oder nicht, er wird eine Wahl treffen. Die Erkenntnis, frei von Zweck zu sein, lässt ihn nur orientierungslos in einer Wüste zurück.«

»Ich glaube nicht, dass ein Mensch sein *Telos* frei aus sich heraus bestimmen kann, er ist doch nicht ... isoliert«, meint Mariel.

»Paul sprach von Zweck und nicht von *Telos*«, erwidert Cajo.

»*Telos* ist auch ein Wort, das ich nicht kenne, ich hab es nur aus dem Zusammenhang erahnt. Was ist der Unterschied?«, frage ich und leere mein Glas.

»Ein Mensch kann einen Zweck wählen, der sich gegen sein *Telos* richtet. Das *Telos* ist die größere Frage – nachdem, was der Mensch ist. Wozu sind wir hier? Was bezweckt die Natur damit? Paul, was unterscheidet den Menschen vom Tier, von der Pflanze, ja, vom Stein?«

»Wir ... können denken. Nun gut, vielleicht besitzen bis zu einem gewissen Grad auch einige Tiere diese Fähigkeit. Aber wir können die Welt um uns begreifen, sie durchdenken und uns ihr und uns selbst bewusst sein«, erkläre ich.

»Richtig, und wir können sie mit Worten beschreiben und uns damit verständigen. Wir besitzen Vernunft, Verstand und Bewusstsein oder wie wir sagen: *Logos*«, erklärt er und hält sein Glas hoch. »So wie es das *Telos* eines Glases ist Flüssigkeit zu bewahren, so ist es seine *Arete*, dies möglichst gut und ohne zu tropfen zu vollbringen. So wie es das *Telos* eines Vogels ist, zu fliegen, ein Nest zu bauen und Insekten zu fressen, so ist es seine *Arete*, dies erfolgreich mit genügend Nachkommen zu bewerkstelligen. Und so wie es das *Telos* eines Menschen ist, seinen *Logos* zu nutzen, so ist es seine *Arete* ihn vortrefflich auszuprägen. Es ist die Ausbildung von Charakter, wie der Besonnenheit, des Sanftmuts, der Klugheit und der Beherztheit – also all dem, welches den Menschen so einzigartig macht.«

»Es geht um Tugenden«, sage ich und fülle mein Glas an dem Zapfhahn wieder auf.

»So wurde es in dem Buch übersetzt«, erwidert Mariel. »Aber wir finden, das ist ungenügend. Eine Tugend verbinden wir eher mit etwas, das uns in einer Art Wettkampf gegen andere stellt, wie eine Pflicht oder eine Form von Ehrenkodex, den es zu befolgen gilt. So verstehen wir es nicht.«

»Nicht das einstudierte, tugendhafte Verhalten ist wichtig, sondern die intrinsische Motivation«, sagt Cajo.

»Also doch selbst gewählt«, erwidere ich.

»Wenn sich der gewählte Zweck mit dem *Telos* im Einklang befindet – ja. Aber ohne eine starke Polis, die uns das gute Leben durch die Auseinandersetzung miteinander ermöglicht, uns des Führens und Geführtwerdens, des Lehrens und Erlernens befähigt, können wir nicht zu einem solchen Einklang finden.«

»Ich verstehe. Die Polis ist sozusagen der Wegweiser in der Wüste des zwecklosen Selbst, ein Schild zur nächsten Oase.«

Cajo lacht heiser.

»Vortrefflich gesprochen, Paul!«

»Wir sollten ihm die Bibliothek zeigen«, meint Mariel.

Er nickt. »Paul, vielleicht kannst du uns sagen, ob die Bücher von der Erde sind?«

Wir folgen dem Säulengang um den Hof herum bis zu einem türlosen Bogen, der in einen tiefen Raum führt. In hohen Regalen türmen sich beschriftete Schachteln. An den Wänden hängen einige Karten mit rot eingezeichneten Markierungen. In der Mitte befindet sich ein ovaler Tisch, der von schlichten Stühlen umgeben ist. In der Luft liegt ein leichter Geruch von Tabak und Leder. Mariel nimmt drei Bücher aus dem Regal und legt sie vor mir auf den Tisch. Ich setze mich und blättere sie nacheinander durch. Das erste Buch handelt von altgriechischer Philosophie, das zweite trägt den Titel »Einführung in die Energiegewinnung durch Spaltungsreaktoren« und das dritte und dickste von allen ist ein mathematisches Kompendium.

»Ja, das sind alles Bücher von der Erde. Wir besitzen in Memoria auch eine solche Sammlung. Die Bücher sind das einzig Brauchbare von der Erde, keines der Geräte, die wir bei uns getragen hatten, funktioniert mehr«, erkläre ich.

»So ist es bei uns auch«, meint Mariel. »Besonders nützlich war das mathematische Kompendium, damit konnten wir die Steuerung der Drohnen schnell entwickeln.«

»Aber wieso nur *ein* Rad? Ist es dadurch nicht sehr instabil?«, frage ich.

»Im Gegenteil. Durch die immerwährende Pendelbewegung reagiert es jederzeit aktiv auf äußere Störungen, und mit der Federaufhängung können sie bis zu einen Meter überspringen«, erklärt sie.

Cajo setzt sich neben mich und legt die Hand auf eines der Bücher.

»Paul, du hast gesagt, dass du zur Erde willst, obwohl sie, wie du es uns beschrieben hast, eine Wüste ist. Wir hatten endlose Gespräche über diese Bücher und wie wir noch mehr davon erlangen.«

Mariel nickt. »Eine Welt, die solch ein Wissen besitzt, kann nicht so schlecht sein. Vielleicht sind die Effekte, von denen du gesprochen hast, nur ein lokales Phänomen?«

Ich zeige auf das Buch über die Atomenergie.

»Hast du es gelesen?«

»Ja, sehr interessant. Es gab mir ein Verständnis von Materie und Energie, aber es ist natürlich nur theoretisch. Die Menge an hochverstrahlten Abfallprodukten, ... man müsste sie für Hunderttausende von Jahre verwahren ...«

»Auf der Erde wurden sie gebaut.«

»Was? Nein, das kann nicht sein, die Daten sind absolut eindeutig. Das konnten sie nicht übersehen«, erwidert sie.

»Man wusste es.«

»Also wurde eine Lösung gefunden?«

»Nein. Es wurde so getan, als könne man es unterirdisch derart lange lagern.«

Sie schüttelt den Kopf.

»Das ... das ist geologisch unmöglich vorhersagbar, was für eine Bürde für die folgenden Generationen!«

Ich nicke. »Diese Generation ... sind wir.«

Cajo greift nach seinem Stock und richtet sich auf.

»Und wieso möchtest du dann zur Erde?«, fragt er.

»Nicht um dort zu bleiben. In Memoria sind wir zwar um die tausend, aber das sind bei der Geburtenrate zu wenige. Weder Kairos noch Memoria haben so eine echte Zukunft. Wir müssen unbedingt mehr Menschen hierherholen.«

Mariels Augenbrauen verengen sich.

»Seid ihr dort auch von dem ... Rand umgeben?«, fragt sie.

»Du meinst, ein schwarzer Abgrund, der einfach so das Land beendet?«

Sie presst die Lippen aufeinander und nickt.

»Umgeben ... vielleicht«, erwidere ich, »zumindest in einer Richtung bin ich auf einen gestoßen.«

Plötzlich blitzt etwas draußen auf. Mariel zuckt zusammen, und Cajo dreht sich zum Eingang.

»Was war das?«, haucht er.

Wir laufen zurück in den Hof, welcher sich zunehmend mit verwirrt in den Himmel starrenden Leuten füllt. Ein Donnern durchfährt die Atmosphäre wie bei einem kräftigen Gewitter, allerdings ist es weiterhin klar und wolkenlos.

»Ich kenne das, das muss der Turm sein«, sage ich.

Ich laufe zum Tor hinaus und suche den Horizont in Richtung des Wasserfalls ab. Da ist sie – die Lichtsäule.

»Seht ihr ... dort?«, rufe ich.

»Ja«, erwidert Mariel.

»Ich werde mir das anschauen gehen, vermutlich komme ich so nach Memoria zurück«, sage ich.

»Und was ist mit der Erde?«, fragt Cajo.

»Ich hoffe, dass wir über die Türme auch dorthin gelangen können. Aber es wäre besser, wenn ich zuerst alle in Memoria darüber informiere. Möchte mich jemand von euch begleiten?«

»Was für ein Tag«, meint Cajo. »Paul, das müssen wir natürlich in einer Ekklesia besprechen.«

Mariel legt die Hand auf Cajos Schulter.

»Ich werde eine Neue einberufen«, erwidert sie und geht zurück in den Kuppelbau.

Mir fällt Maria ein, sicher ist sie bereits aufgewacht. Vielleicht funktioniert ja die Kommunikation über den Brunnen? Ich nehme mein Q heraus und berühre die Oberfläche. Aber nicht das Q-Symbol erscheint, sondern ein Kreis mit einer horizontal verlaufenden Linie anstatt der schrägen. Ich kann zwar meine Dokumente einsehen, aber das Kommunikationssymbol, welches Sid auf unseren Qs eingerichtet hat, listet keine Empfänger auf. Der Brunnen in Kairos ist offensichtlich nicht mit dem in Memoria verbunden.

»Ich kann nicht mehr so lange warten«, sage ich.

Cajo nickt. »Also gut, wir brauchen sicher etwas Zeit, das sind viele Neuigkeiten für uns. Sobald du wiederkommst, werden wir wissen, was zu tun ist. Du hast doch nichts dagegen, wenn dich eine Drohne bis zum Turm begleitet? So können wir es mitverfolgen«, fragt er.

»Natürlich, wenn sie denn auch die Treppen hinaufkommt?«

»Das ist kein Problem. Die Steuerung agiert immer dem Gelände entsprechend.«

Er streckt mir die Hand entgegen.

»Ich hoffe, dass Kairos und Memoria sich bald kennenlernen werden, Paul.«

»Ja, Cajo, das hoffe ich auch.«

ACRA

(:)-(:)

Ich stehe erneut vor dem glühenden Turm. Hinter mir höre ich das leise Surren der Drohne, die mich mit erstaunlich kontrollierten Sprüngen die Treppe hinauf begleitete. Sie rollt einige Meter an mir vorbei und hält dann mit einer steten Pendelbewegung ihre Position, wobei die Apparatur mit der Linse völlig bewegungslos auf den Turm ausgerichtet bleibt.

Meine Erinnerung wurde offensichtlich beim letzten Gang durch das Portal nicht gelöscht. Trotzdem ist mir unwohl bei dem Gedanken nun erneut hindurchzugehen, aber letztlich habe ich keine Wahl, ich muss nach Memoria zurück.

»Ich gehe nun hinein«, sage ich in Richtung der Drohne und laufe los.

Wieder erscheinen die weißen Partikel und füllen den Raum. Kurz, nachdem sie eine dichte Masse bilden, zerfällt der konturlose Äther in kleine Fragmente und löst sich auf. Mein Blick fällt auf den Weg aus Steinplatten mitten im Ozean. Vor mir stürzt das Wasser eine Klippe hinab und hinter mir ragt der Turm in die Höhe. Eigentlich wirkt es, als hätte ich mich einfach nur umgedreht. Bin ich in Memoria oder noch in Kairos? Die Drohne ist verschwunden, und die Landschaft vor mir liegt nun unter einem dichten Nebelschleier begraben. Diese Änderungen sind zu abrupt, ich muss irgendwo anders sein.

Erst direkt vor der Kante bemerke ich im Dunst, dass

das Plateau nicht oben ist. Ich laufe zu der Konsole am Quader und rufe den Aufzug. Auf einer der Anzeigen fällt mir ein Symbol auf, das genauso aussieht wie das Q-Symbol, welches immer auf unseren Qs in Memoria erscheint. Darunter befindet sich ein Zeichen, wie es mir in Kairos auf dem Q angezeigt wurde. Vermutlich sind dies die Symbole für die verschiedenen Welten. In derselben Reihe befinden sich zwei weitere Zeichen. Eines mit einer vertikalen Linie durch den Kreis und eines mit einem auf dem kopfstehenden V in einem Kreis. Ich hole mein Notizbuch hervor und notiere mir die Symbole:

Q Memoria
G Kairos
Q
Ⓐ

Das Plateau rastet mit einem Quietschen ein. Nein – es ist nicht Memoria. Die Oberfläche des Plateaus wurde zu einem Park umgestaltet. Gepflegte Rasenabschnitte werden von Blumenbeeten umrahmt. Kieswege führen in geschwungenen Bahnen um vereinzelte Bäume. Ich betrete die Grünanlage und die Ebene setzt sich wieder in Bewegung. An der Spitze des Plateaus wurde eine hölzerne Aussichtsplattform errichtet. Mit der steten Abwärtsbewegung lichten sich allmählich die Nebelschwaden und geben den Blick auf die Landschaft frei. Ackerflächen formen quadratische Muster, wie die bunten Felder eines riesigen Würfelspiels. In den Tälern kommen beschauliche Dörfer zum Vorschein. Ein mächtiger Fluss führt vom See ab und windet sich in weiten Kurven durch die Landschaft. Mitten unter Palmenbäumen kann ich hinter einer Hügelkette einige gelbe Flächen erkennen, vermutlich Brunnengebäude. Jedoch, soweit ich es von hier ausmachen kann, wurden die meisten grauen Häuser mit ihren roten Dächern sicher nicht mit dem Brunnen errichtet. Die kleinen Siedlungen bilden Höfe mit Stallungen und Getreidefeldern.

Das Plateau kommt schließlich zum Halten. Ich laufe durch die Parkanlage zurück zu dem sich auftuenden Wasserspalt und durchquere zügig die Kammer dahinter. Auch hier sind die Treppen völlig unbeschädigt. Allerdings fällt kein Tageslicht in den Schacht, dafür hängen die mir vertrauten, diffusen Lampen in jedem Stockwerk von der Decke. Am Fuß des Treppenschachts suche ich vergeblich nach einem Tunnel. Dann erst bemerke ich vor der tosenden Wasserwand einen Steg, der sich unter einem Überhang um den Felsen schmiegt.

Die Dielen knirschen bei jedem Schritt und biegen sich ein wenig durch. Die ganze Konstruktion wurde mit mächtigen Balken an der Felswand montiert. Eine dunkle, mittige Spur auf dem Holz zeugt von einer regelmäßigen Nutzung. Vermutlich ist der Park oben auf dem Plateau eine beliebte Attraktion. Ob sie wohl irgendeine Ahnung davon haben, dass es sich um einen Aufzug handelt?

Nach einer langen Linksbiegung endet der Steg an einer einfachen Brücke, die mich zur Uferseite führt. Ich folge einem groben Kiesweg, der sich zwischen zwei Hügeln drängt. Eine Flora baut sich vor mir auf, die – ich muss vielleicht acht oder neun gewesen sein – mich unmittelbar an einen Ausflug erinnern lässt. Alles hatte damit angefangen, dass meine Mutter in einem Preisausschreiben eine Tageskarte für den Besuch im großen Gewächshaus am Stadtrand gewann. Während sie vor Begeisterung kaum zu bremsen war, wollte ich eigentlich nicht mitkommen. Ich konnte mir nicht vorstellen, was es in einem verglasten stickigen Haus zu sehen gab. Später gingen mir die bunten Vögel mit ihren seltsamen Lauten nicht mehr aus dem Kopf. Damals war ich überzeugt, dass sie mit ihren melodischen Schreien zu den mir so fremden Pflanzen sprachen. Meine Mutter war nach dem Besuch völlig niedergeschlagen. Ich dachte schon, die schwirrenden Insekten hätten sie gestochen und mit irgendetwas infiziert. Dann umgriff sie mich plötzlich, drückte mich, auf der Rückfahrt im Zug, an sich und flüsterte mir ins Ohr, ich solle das alles nie vergessen, denn ich würde so etwas Schönes nie wieder im Leben zu sehen bekommen.

»Doch Ma, ... ich sehe es ... ich sehe es ...«, flüstere ich. Die Sonne steht nahezu senkrecht über mir und wirft einen ungewohnt kurzen Schatten. Das Klima ist zwar feucht, aber für die tropische Fauna, welche sich vor mir auftut, erscheint es mir doch etwas zu mild zu sein.

Der Weg führt mich durch ein Dickicht aus Palmenbäumen, Farnen und weißen Blüten, aus denen lange, rote Fäden ragen. Ein Geruch von süßen Früchten liegt in der Luft. Winzige, grün-schimmernde Vögel fliegen von Ast zu Ast und stecken ihre gelben Schnäbel in kelchförmige Pflanzen.

»Wo bin ich jetzt wieder gelandet?«
Mariel hatte mich gefragt, ob Memoria auch von einem Abgrund umgeben sei. Wenn das auf Kairos zutrifft, dann ist sicher auch Memoria davon umschlossen. Das würde bedeuten, dass Kairos und Memoria sich nicht auf demselben Erdteil, ja, nicht einmal auf demselben Planeten befinden. Und wo befindet sich in diesem Puzzlespiel nun diese Landschaft hier? Es ist mir völlig rätselhaft, wie ein solch gigantischer Wasserfall, wie ich ihn auf der Erde nie gesehen habe, nahezu identisch auf drei unterschiedlichen Welten entstehen soll.

Die Umgebung öffnet sich und gibt den Blick frei auf eine Lichtung. Am Wegrand taucht ein Gebäude auf, das mich an ein altes Herrenhaus erinnert. Es wurde aus sorgfältig polierten, grauen Steinen erbaut. Die grünen Vorhänge an den Fenstern bilden einen ungewöhnlichen Kontrast zu dem ziegelroten Dach. Über dem Eingang hängt ein Schild, auf dem *Soif Fin* steht. Ich blicke durch das kleine, quadratische Fenster in der Tür und klopfe.

»*Entrez!* Herein, nur herein!«, höre ich eine Frauenstimme.
Ich öffne die Tür und betrete den Raum. Tische und Stühle

drängen sich dicht an dicht. Hinter einem Tresen steht eine große Frau, um die dreißig, bäuerlich gekleidet und das Haar zu einem langen Zopf geflochten. Sie trocknet ein Glas ab und nickt mir zu.

»Hallo, ich bin Paul«, sage ich heiser und blicke mich um.

An einem Ecktisch sitzen zwei in ein Gespräch vertiefte Frauen. Sie tragen altertümliche, rüschenverzierte Kleider und viktorianische Hüte.

»*Salut!* Was soll's denn sein, milder Herr?«, erwidert die Frau hinter der Theke.

Ich blicke sie fragend an.

»Ich ... ich ...«

»*Je comprends!* Ihr seid nicht von hier? Im *Soif Fin* bieten wir das Gerbenbräu und das Sants im Ausschank. Das Sants ist unsere Spezialität, es wird aus Kerben gemacht, nicht aus Hopfen«, sagt sie und lächelt breit.

»Stimmt, ich komme ... von weit her und habe nichts, womit ich es bezahlen könnte.«

Sie lacht laut.

»Zahlen? Milder Herr, das ist bei uns nicht üblich. Zahlen gebrauchen wir nur zum Rechnen, nicht zum Trinken.«

»Also, dann das Gerbenbräu«, höre ich mich sagen, obwohl ich mir nicht sicher bin, ob sie mich richtig verstanden hat. Sie nickt und ich setze mich an die Theke.

Hinter mir öffnet sich die Tür, und drei Männer betreten das Lokal. Alle sind in Gehröcken und bauschige Hemden gekleidet, als wenn sie aus dem späten 18. Jahrhundert kommen würden. Mein Blick springt zu dem Tisch mit den Frauen. Bin ich etwa in der Zeit gereist? Irgendetwas will sich nicht in dieses Bild einfügen. Dann fällt es mir auf: Die Hosen und die Schuhe wirken zu modern, sie passen nicht dazu. Die Kleidung ist eher eine Interpretation der Mode jener Epoche als eine exakte Kopie.

»Drei Sants, milde Dame«, ruft einer von ihnen, während sie sich an einen der Tische setzen.

Die Frau stellt mir ein hohes Glas mit einer dunkelbraunen Flüssigkeit und einer schaumigen Krone hin.
»*Oui!* Kommt sogleich«, erwidert sie.
Ist es wirklich das, für was ich es halte? An dem Glas kondensiert die Feuchtigkeit in kleinen, runden Tropfen. Die Schaumkrone knistert leise vor sich hin. Ich nehme einen kräftigen Schluck. Frischer, feiner, malziger Biergeschmack fließt mir kühl die Kehle hinunter. Wie absurd! Eigentlich suche ich nach der Erde, stattdessen sitze ich hier – wo immer das ist – und trinke das beste Bier meines Lebens.
Einer der Männer blickt zu mir herüber.
»Milder Herr, ihr scheint von fern daherzukommen«, ruft er.
Ich schätze ihn auf Anfang dreißig. Er hat kurze, dunkelblonde Haare. In seinem entschlossenen Blick liegt eine beinahe schon aggressive Neugier.
»Ja, das würde ich sagen«, erwidere ich.
»Gab es dort keine Freiheit, euch zu kleiden?«
»Was? Ich verstehe nicht ...«
»Ihr meint tatsächlich ein Mensch – frei und selbstbestimmt – könnte sich fürwahr so unredlich einkleiden? Sicherlich seid ihr auf der Flucht und es fehlte die Zeit? Womöglich vor einer angebandelten Verehrerin?«, erwidert er mit einer amüsierten Stimme.
Einer der Männer lacht laut.
»Lasst euch von Sidus nicht derangieren, milder Herr. Er treibt gewiss nur seinen Spaß«, meint der andere und prostet mir zu.
Ich schaue an mir herunter und sehe die fleckige, zerknitterte Hose und das ausgebeulte Jackett. Dann fällt mein Blick in den großen Spiegel hinter der Theke, sofort versuche ich, meine zerzausten Haare zu ordnen.
»Nun, ich würde sagen, sie treffen mich nicht grade in der besten Aufmachung an. Zudem hatte ich eine ... ungewöhnliche Reise. Und über Geschmack lässt sich schließlich nicht streiten«, entgegne ich und proste zurück.

Sidus wischt sich über den Mund.

»Weit gefehlt, Herr ...«, erwidert er und fordert mit ausgestreckter Hand meinen Namen.

»Paul«, antworte ich.

»Weit gefehlt, milder Paul. Geschmack ist, was uns zum Menschen macht, wenn wir nicht einmal hiervor zu Felde ziehen, dann ist unser Leben fürwahr unnütz.«

»Unnütz, oder man könnte auch sagen ohne Zweck, oder warum es nicht gleich beim Namen nennen: frei!«

»Hört, hört«, ruft der eine.

»Aber sie haben ebenso recht. Darüber zu streiten ist unnütz, und genau das macht uns frei, daher ist es wiederum ... nützlich«, höre ich mich sagen. Oh je ... das Bier und meine Müdigkeit zeigen offensichtlich ihre Wirkung. Er schaut verblüfft zu seinen Begleitern.

»Stellt er einfach das von mir Gesagte auf den Kopf und behauptet, insolenterweise, ich habe damit recht?«
Er steht auf und legt die Hand auf seine Hüfte.

»Fremder, wir müssen das nun ausfechten. Ziehe er seinen Degen, sodass der Streit beginne!«
Ich springe erschrocken auf und blicke an seiner Hüfte die Hose hinunter, kann jedoch keinen Degen erkennen. Seine Hand schnellt hervor. Ein dünner Zweig mit Blüten daran kommt zum Vorschein. Er schwingt ihn wild vor mir hin und her.

»*En garde!*«, ruft er und trifft mit der Spitze, die sich leicht durchbiegt, meine Schulter. Der Raum erschallt mit Gelächter. Er legt die Hand auf seine Brust und nickt mir zu.

»Mein milder Freund, der uns eine dialektische Anekdote über die Freiheit schenkte. Ich bin Sidus von Bouquin, ihr seid willkommen an unserem Tisch.«
Erleichtert nehme ich mein Bier und setze mich dazu.

»Darf ich euch vorstellen, Misian und Gerard von Talus. Es ist Paul von ...«

»Memoria«, sage ich.

»Es ist Paul von Memoria«, wiederholt er.

»*Salut*«, erwidern beide zeitgleich.
Wären Misian und Gerard nicht völlig unterschiedlich gekleidet, könnte ich sie nicht auseinanderhalten. Ich frage mich, wie es wohl sein muss, als Zwilling seine Erinnerung zu verlieren und dann plötzlich auf jemanden zu treffen, der genauso aussieht wie man selbst? Sidus legt seinen Zweig auf den Tisch und zeigt auf eine der Blüten.

»Ich dürfte damit nicht so umgehen. Wir waren den vollen Tag unterwegs, Zysterienknospen sammeln. Gewiss, ein imposantes Gewächs. Ihre genetischen Allelen vermögen zu wechseln wie der Tag und die Nacht. Aus weißen Blüten sprießen rote und umgekehrt, ganz erstaunlich.«

»Sie ... ihr kennt euch mit Genetik aus?«

»Es ist meine Profession. Aus der Biologie entspringt die Fülle des Lebens und aus ihr werden wir alles gewinnen.«

»Und ich glaubte immer, die *Freiheit* sei eure Profession?«, wirft Gerard ein.

»Mein milder Gerard, die *Freiheit* – ist unser aller Qualität und niemandes Profession«, widerspricht Sidus.
Gerard legt die Stirn in Falten.

»Mildester Sidus, ich genieße es wirklich mit euch durch die Wälder zu wandeln, aber dieses ewige Analysieren, Sezieren und Mikroskopieren, wozu soll es nur gut sein?«
Sidus zieht eine Augenbraue hoch.

»Aber ihr wisst doch: Die gefährlichste aller Weltanschauungen kommt von den Leuten, welche die Welt nie angeschaut haben.«

»Wieder ein Aphorismus aus eurer Bibliothek?«, entgegnet Gerard.

Sidus nickt. »Alexander von Humboldt.«

»Er war gewiss ein kultivierter Mann«, meint Gerard und nippt an seinem Glas.
Misian beugt sich zu mir herüber.

»Von Memoria brachte es bis zu mir noch keine Mitteilung. Es liegt wohl jenseits der dunklen Sümpfe?«

»Von wo ich herkomme, ist nicht leicht zu erklären«, erwidere ich.

Sidus lehnt sich lächelnd zurück.

»So? Ihr haltet uns doch nicht für unbedarft?«

»Ich komme vom Plateau ... oben am Wasserfall.«

»*Ah bon?* Das bekundet einiges«, meint Misian.

Ich schüttle den Kopf.

»Nein, ich bin nicht dort oben aufgewacht. In Memoria gibt es ebenfalls einen gewaltigen Wasserfall, und er besitzt ebenso ein Plateau. Über die Konsole dort kann man die gesamte Ebene bis ganz nach oben zum Rand des Wasserfalls fahren. Ja und dort oben befindet sich ein Turm mitten in dem Ozean. Der Turm wiederum ist von einer Art Portal umgeben, durch welches ich hierherkam, durch das wir einst alle von der Erde hierherkamen.«

Ich nehme mein Glas und trinke den letzten verbliebenen Schluck aus. Misian und Gerard brechen in Gelächter aus. Sidus erstarrt und schaut mich musternd an. Gerard legt mir die Hand auf die Schulter.

»Es ist die vortrefflichste Anekdote seit Jahren. Wir geben euch etwas zum Schreiben. Es muss verbreitet werden!«

»Gerard, mein milder Freund, ihr seid ein ausgezeichneter Oboe-Spieler, aber in Menschenkenntnis schwirrt ihr wie eine Motte von Licht zu Licht. Er spricht die Wahrheit!«, erklärt Sidus.

Beide hören abrupt auf zu lachen, schauen ihn an, um dann erneut in Gelächter auszubrechen. Sidus leert mit einem hastigen Schluck sein Glas.

»Wenn wir uns verabschieden dürften«, sagt er zu den beiden, blickt mich an und zeigt auf die Tür. Ich nicke und folge ihm aus dem Lokal.

»Wart ihr schon einmal in Bouquin?«, fragt er, als wir vor der Tür stehen.

Ich schüttle den Kopf.

»Dann begleitet mich doch, es ist eine recht ansehnliche Stadt.«

»Wie weit ist es bis dorthin? Ich kann nicht allzu lange bleiben.«

»Es sind nur wenige Minuten.«

»Gut«, erwidere ich.

Der Kiesweg mündet in eine kleine Allee, die von Palmenbäumen gesäumt wird. Ihre breiten, langen Blätter überdachen nahezu geschlossen die gesamte Passage.

»Ihr sollt wissen, dass Misian und Gerard keine Kenntnis von dem Turm besitzen«, meint er.

»Aber du ... ihr ... wisst davon?«

Er nickt. »Ich erblickte ihn aus der Entfernung, als ich den Gipfel des *Montagne Ardoise* bestieg.«

»Ich bin mit eurer Sprache nicht vertraut. Es fällt mir schwer mich umzustellen, kann ich euch das Du anbieten?«, frage ich.

»Ihr seid von einem anderen Land, mit anderen Sitten. Wie könnten wir uns bereichern, würden wir uns nahtlos fügen? Am besten bleibe ich bei dem, was mir milde gibt und ihr bei dem, was euch beliebt.«

Seine offene, wache Art beeindruckt mich. Die umständliche Sprache scheint nicht dazu zu passen, sowie seine altertümliche Kleidung im Widerspruch zur Genetik steht. Was für eine seltsame Welt hier entstanden ist, ein Sammelsurium von Interpretationen menschlicher Geschichte.

»Nun, Paul, warum seid ihr nach Acra gekommen?«

»Acra nennt ihr diese Welt?«

Er nickt und blickt mich fragend an.

»Ursprünglich wollte ich zur Erde, bin aber zunächst in Kairos gelandet und nun von dort über den Turm hierhergelangt.«

»Kairos? Der griechische Gott der Gunst der Stunde?«

»Das ... würde Sinn ergeben, sie beschäftigen sich dort sehr mit griechischer Philosophie. Auch dort gibt es einen Wasserfall mit einem Turm. Dies scheint in allen drei Wel-

ten bisher identisch zu sein, aber die Landschaften sind unterschiedlich und so auch ihre Gemeinschaften.«
Er nickt zögerlich.

»Ihr sagtet, ihr wolltet zur Erde reisen? Ihr müsst wissen, für eine Vielzahl von uns ist sie das ideale Land, aus den alten Büchern, ... mehr ein Mythos.«

»Es gibt sie, aber von einem Ideal würde ich eher nicht sprechen.«

»Ja ...«, seufzt er, »wir sind im Besitz diverser Schriften von der Erde, die mich auch zweifeln ließen. Woher habt ihr eure Kenntnis?«

»Wie ich sagte, wir alle kommen von der Erde.«
Er runzelt die Stirn.

»Wenn dem so ist, warum kann sich dann niemand mehr daran erinnern?«

»Ich kann mich seit heute Morgen wieder erinnern.«
Sidus bleibt stehen und hebt die Augenbrauen.

»Das ist ... ihr meint ... an alles, seit eurer Kindertage?«

»Ja, gestern hat unser Turm in Memoria angefangen zu leuchten. Darauf bekam ich starke Kopfschmerzen, und nach einer unruhigen Nacht konnte ich mich wieder an alles entsinnen.«

»Faszinierend! Ich bin noch keinem Einzigen begegnet, dessen Erinnerung wieder hergestellt wurde. Ihr müsst wissen, ich bin in Bouquin der Stadtschreiber und würde es gern niederschreiben. Würdet ihr mich zur Bibliothek begleiten und mir dort davon Bericht erstatten?«

»Kannst du es in ganz Acra verteilen? Damit alle davon erfahren?«

»Aber gewiss! Ich gedenke, es in die Druckerei zu geben und überall im Aushang zu platzieren.«
Die Sonne nähert sich überraschend schnell dem Horizont und lässt die Schatten der Palmenbäume ins Endlose wachsen. Schwere, schwülstige Wolken hängen am Himmel, glutrot wie die Vorboten einer Tragödie. Die Vegetation lichtet sich und wir passieren ockerfarbene Getreidefelder.

Der Wind zieht auf, und es wird merklich kühler.

»Wie viele Menschen leben eigentlich in Acra?«

»Unseligerweise sinkt die Zahl stetig, gegenwärtig könnten wir um die Fünftausend zählen. In Bouquin führen wir diverse Statistiken, sobald wir dort angelangt sind, kann ich es euch genauer sagen.«

»In Memoria sind wir in etwa Eintausend. Und in Kairos sind es nur um die Achtzig. Wir alle haben das gleiche Problem.«

Sidus knöpft sich seinen Gehrock zu.

»Nach meinen Untersuchungen sollte bei bestehender Geburtenziffer erst eine Population ab Zehntausend zur Festigung genügen.«

»Darum müssen wir einen Weg zur Erde finden«, erwidere ich.

Er runzelt die Stirn.

»Eine Vielzahl, meine Person eingeschlossen, wird dem ungeachtet schwer zu bereden sein, ihr angestammtes Heim zu verlassen«, entgegnet er.

Ich schüttle den Kopf.

»Sidus, nicht um zurückzukehren, sondern um mehr Menschen hierherzuholen.«

Wir passieren ein weiteres graues Steinhaus.

»Aber wenn, wie ihr sagt, es eine Pforte über den Turm gibt, weswegen fand dann ehedem niemand hierher?«

»Eine gute Frage. Ich kann mich erinnern, dass die Türme auf der Erde für einige Jahre einfach verschwanden.«

»Türme, die ... verschwinden ...«, murmelt er.

Der Weg wechselt zu einer gepflasterten Straße. Ich erkenne einige Häuser, aus dem mir so vertrauten gelben Bauschaum eines Brunnengebäudes. Es weht uns eine Böe entgegen. Der Geruch von Heu und Dung breitet sich aus.

»Wollt ihr euch fürs Erste niederlassen? Die Bibliothek gewährt hinreichend Räume und frische Betten. Meine Unterkunft befindet sich gleichfalls dort.«

»Danke, aber ich kann nicht lange bleiben, ich möchte

möglichst bald meinen Leuten in Memoria von alldem hier berichten.«

Wir laufen durch eine Gasse, die von zwei hohen Gebäuden flankiert wird. Holzplanken und Rankpflanzen bedachen den aus breiten Fliesen bestehenden Weg. Zu beiden Seiten tauchen einige Läden mit großen Fenstern auf. In einem hängen Gehröcke in allen Farben an Kleiderständern. In einem anderen steht eine Maschine, die mich an eine alte Druckerpresse erinnert. An dem Fenster klebt ein Zettel mit verschiedensten Schriftarten neben einer Farbtabelle. Der Durchgang führt zu einem Platz, in dessen Zentrum Holztafeln einen quadratischen Bereich umgeben. Die Tafeln sind mit Zetteln übersät, die von verweilenden Passanten eingängig betrachtet werden.

Wo ist der Brunnen? Offensichtlich wurde er hier nicht zum Zentrum der Stadt. Mein Blick sucht die Gegend ab, dann kann ich ihn in einer der Seitenstraßen ausmachen. Ich nehme mein Q aus der Tasche und berühre die Fläche. Es erscheint ein Kreis, von dessen Mittelpunkt eine vertikale Linie nach unten verläuft. Genau wie ich vermutete: Die Kreissymbole beim Starten des Qs stehen für die verschiedenen Welten. Ich hole mein Notizbuch heraus und vervollständige meine Liste:

    Q Memoria
    ⊖ Kairos
    Ǫ Acra
    ⊘

Selbst aus der Entfernung erkenne ich, dass der Brunnen bis zum Rand mit Globen gefüllt ist.

»Die blauen Kugeln im Becken«, sage ich und deute in die Richtung, »es scheint, als wenn ihr sie kaum verwendet?«

»Ihr meint die Billes im Reservoir? Nun, anfangs, als wir ihre Eignung aufdeckten, errichteten wir damit in Bouquin einige Domizile.«

»Sicher besitzt ihr auch eine Schmiede? Eine ... automatische Fabrik in der Nähe?«

»Ihr meint das Laboratorium? Gewiss, eine Vielzahl von Werkzeugen und Maschinen entstammen dem Bauwerk.«

Wir überqueren weiter den Platz.

»Aber schaut, unsere Bibliothek, *la Cité des Livres*, wie manche sie benennen. Ist sie nicht wunderschön?«

Sidus zeigt auf ein imposantes, dreistöckiges Gebäude. Auf die etwa hundert Meter breite Front führt eine halbkreisförmige Ebene, die sich in immer kleiner werdenden Schichten zu einer eleganten Treppe stapelt. Zu den Flanken erhöht sich das Bauwerk und endet in konkav geschwungene Seitenflügel. Das Dach steigt von der Mitte aus zu den Seiten an, wodurch deutlich wird, dass das Gebäude ein riesiges, aufgeschlagenes Buch darstellt.

»Beeindruckend!«, erwidere ich.

»Ein steingewordener Traum ... es ist, wofür wir hier in Bouquin stehen.«

Der Stolz in seiner Stimme ist nicht zu überhören und auf eine seltsame Weise ist er mir vertraut. Auf der Erde wäre ich diesem Stolz mit einer ironischen Floskel begegnet, hätte ihn als überheblich und gefährlich abgetan, ... aber, und das wird mir plötzlich bewusst, empfinde ich, für alles, was wir in Memoria erreicht haben, ganz genauso. Jedoch ist es eine Form von Stolz, die ich zuvor gar nicht kannte, eine die nicht den Vergleich sucht. Stattdessen vermittelt mir dieser Stolz ein ... ja, ein Gefühl von Wert und Sinn.

Wir gehen die Stufen zum Eingang hinauf und betreten das Gebäude. Er geht voran und begrüßt wortlos mit überschwänglichen Armbewegungen einige Personen, die mit gleicher Geste an uns vorübergehen. Nach einem Foyer, von dem Treppen in alle Richtungen zu verlaufen scheinen, betreten wir eine mächtige Halle. Dutzende von schmalen Gängen führen entlang hoher, büchergefüllter Regale.

»Die Gesellschaften in Memoria, Kairos und offensichtlich auch in Acra haben sich sehr unterschiedlich entwickelt, vor allem im Bezug zu jener auf der Erde«, erkläre ich.

»Milder Paul, darüber müsst ihr mir genauestens berichten. Der Mythos über das ideale Land ... das dürfte jeden in Acra interessieren.«

»Sofern ich mich erinnere, hielten die meisten auf der Erde ihre Gesellschaft nicht gerade für ideal, aber irgendwie wussten wir auch nicht, wie es besser gehen sollte.«
Er zeigt auf einen mittleren Gang, der in einer geraden Linie durch die Halle führt.

»Aus den 636 Schriften von der Erde sind die Errungenschaften der Erdenbürger nicht von der Hand zu weisen«, erklärt er, »zum anderen finden sich gleichwohl Werke, welche in eine Korrumpierung der Gesellschaft deuten.«

»So könnte man es wohl ausdrücken.«
Sidus hält für einen Moment inne.

»Wurde versucht, dem entgegenzuwirken?«
Ich überlege und versuche, mich an das Leben auf der Erde zu erinnern. Es erscheint mir unwirklich, irgendwie fern und fremd, mehr wie ein schlechter Traum.

»Ich, ... so wie wohl die meisten, verfiel in einen gewissen Zynismus. Alle Bestrebungen irgendetwas zu ändern, erschienen wie reine Utopien. Ich denke, viele waren der Ansicht, dass es keine Frage des Systems sei, sondern schlicht die Natur des Menschen und man daran eben nichts ändern könne.«
Er schüttelt empört den Kopf.

»Weit gefehlt! Wir werden als Bündel loser Blätter in diese Welt geworfen. Auch wenn die Tönung des Papiers von Geburt an variiert, so wird die Tinte des Lebens sich unnachgiebig darauf niederlassen. Die Gesellschaft selbst beschreibt unsere Seiten – so formt sich aus einer Fibel eine Novell und schließlich ein Foliant. Jede Begegnung, jede Geschichte und jede Erfahrung hinterlässt ihren Abdruck

in unserem neuronalen Gewebe. Der Mensch *ist*, wie es ihm die Gesellschaft ermöglicht zu sein!«
Er deutet auf die gegenüberliegende Treppe am Ende der Halle. Wir schreiten weiter, vorbei an schmale, durch hohe Bücherregale geformte, Reihen. Er erzählt mir, dass es in Acra drei Städte gebe, um die sich jeweils eine Präfektur befände. In Talus wäre das Ackerland, in Magnan würden die meisten Güter erzeugt und in Bouquin gebe es die Verwaltung und den Buchdruck. Der Präfekt, sagt er, sammle alle Daten über die vorhandenen und benötigten Rohstoffe. Regelmäßig halte man offene Versammlungen ab, um über neue Vorschläge und Ideen zu diskutieren. Alle zwei Jahre, so erklärt er, würden die Bürger über einen Präfekten abstimmen. Er selber wäre unlängst Präfekt von Bouquin gewesen und sei zu dieser Zeit viel durch das Land gereist.

»Damals bin ich Misian und Gerard das erste Mal vorstellig geworden. Wir diskutierten über einige der alten Bücher, die sich unversehens einer gewissen Beliebtheit erfreuten. Wir waren uns einig, dass sie in eine falsche Richtung wiesen, und sahen in mehreren Belangen die Grundlage der Freiheit gefährdet. Im gesamten Land hielt ich daraufhin Symposien ab. Es erwies sich als kein einfaches Unterfangen, gegen den Mythos der perfekten Erdenwelt zu argumentieren. Aber sobald die Argumente wechselten, tat sich ein befruchtender Austausch auf, welchen ich letztlich in meinem Band: *Die freie Gesellschaft* schriftlich niederlegte.«
Wir gehen die Treppe hinauf zu einer umlaufenden Balustrade im ersten Stock. Eine Vielzahl von Gängen führt von der Halle ab und hinterlassen einen Eindruck von der Größe des Bauwerks. Ich folge ihm in einen der langen Korridore hinein.

»Gleich dort ist mein Refugium«, meint er und zeigt auf eine Tür.
Wir betreten die Wohnung und durchqueren einen schmalen Flur zu einem großen, sechseckigen Zimmer. Jeweils

zwei breite Fenster, die von der Decke bis zum Boden reichen, verlaufen an drei von den sechs Wänden. Der Blick nach draußen fällt auf gegenüberliegende Gebäudeteile und einen schlichten Innenhof. Er bietet mir einen Sessel an. Als ich mich hinsetze, bemerke ich auf einem Tisch ein aufgeschlagenes Buch. Anhand des glänzenden Papiers und dem Einband vermute ich, dass es von der Erde stammen muss. Auf den Seiten sind Darstellungen verschiedener DNA-Sequenzen zu sehen. Auf einer Kommode befinden sich kleine beschriftete Gläser mit Pflanzenteilen. Daneben steht ein Gerät, das mich an Hannas Apparatur zur Blutanalyse erinnert.

Er setzt sich mir gegenüber an ein Schreibpult, sammelt einige lose Zettel zusammen und stapelt sie zu einem Haufen, den er in ein Fach des Pults schiebt. Danach öffnet er eine Mappe, nimmt einen Stapel leerer Blätter heraus und legt sie auf die Arbeitsfläche. Auf seinem Gesicht macht sich ein Lächeln bemerkbar. Er greift in ein Kästchen und holt einen Stift hervor. Sein Finger fährt prüfend über die Spitze, und seine Hand streicht schwungvoll über das oberste Blatt.

»Gut, ich wäre so weit. Was könnt ihr mir hinsichtlich Memoria kundtun?«

Ich erzähle ihm, wie ich am Wasserfall aufgewacht bin und wie ich mich zunächst schwertat, den Erinnerungsverlust zu akzeptieren. Ich berichte von dem Leben in Memoria, den Bona-Famas und meiner Pizzeria. Er zeigt sich besonders interessiert an dem Konvent und dem genauen Ablauf mit seinen drei Phasen. Schließlich schildere ich, wie ich den Abgrund fand.

»Abgrund? Ihr meint ... die dunklen Sümpfe?«, wirft er ein.

Er erklärt mir, dass man in Acra nicht gerne über den Ort, wo das Land einfach ende, spreche, daher habe sich dieses Synonym eingebürgert. Ich beschreibe ihm, wie ich nach Kairos und Acra kam.

»Ein ... weißer Partikelstrom umgab euch und dann ... wart ihr woanders?«, fragt er nach.

»Ja, ich verstehe auch nicht, wie das möglich ist.«
Sein Blick mustert mich, dann nickt er, und sein Stift wandert wieder geübt über das Papier.

»Könntet ihr mir nun von der Erde vortragen?«
Ich erzähle ihm von dem Wirtschaftskollaps, wie die Erde langsam verwüstete und von dem Erscheinen der Türme.

»Was ihr erzählt, dürfte für einige in Acra beschwerliche Kost sein. Der Glaube an die perfekte Gesellschaft sitzt tief.«

»Wie kamt ihr nur darauf? In Memoria hatten wir keine wirklich klare Vorstellung von der Erde, den meisten war sie ... einfach egal«, erwidere ich.

»Nun, sie argumentieren, dass eine Welt, die so reich und fortschrittlich sei, wie die alten Bücher es uns zeigen, in allen Belangen überlegen sein müsse.«

»Der Fortschritt hatte seinen Preis, wichtige Ressourcen wurden knapp, Milliarden von Menschen sahen sich plötzlich von Versorgungsnöten bedroht. Nun, am Ende waren wir dann wohl doch nicht so fortschrittlich.«

»Milliarden? Ich hätte nie geahnt, dass es dort so viele gab.«

»Ich hoffe doch, dass es sie noch gibt. Auch wenn der immerwährende Notstand zuletzt vielen das Leben kostete, sollte es sicher noch Milliarden von uns dort geben.«
Er schaut mich erstaunt an.

»Ich verstehe nun, warum ihr die Erdenbürger hierher holen wollt. Indes ... werden meine Mitbürger sich fragen, sofern sie euch Glauben schenken, ob sich die Menschen von der Erde überhaupt unserer Gesellschaft anschließen würden? Und täten sie es nicht, würde möglicherweise auch Acra eines Tages ... verwüsten?«

»Nicht alle sind dafür verantwortlich, ... also eigentlich sind das nur die wenigsten.«
Er runzelt die die Stirn.

»Dann ... waren sie nicht frei?«

Ich zögere. »Noch vor meinem Leben in Memoria hätte ich wohl gesagt, dass wir auf der Erde im Grunde frei sind – zumindest die, welche in einer Demokratie leben.«

»Im Grunde? Ihr scherzt mit mir ...«

»Nun ja, selbst in den demokratischen Ländern stehen alle unter einem permanenten Druck. Jeder versucht für sich und bestenfalls noch seinen Nahestehenden zu sorgen, für mehr ist einfach kein Spielraum. Früher habe ich zumindest darin die Freiheit gesehen, dass wir entscheiden können, wie wir zu unserem Wohl kommen, uns dem Wettbewerb des Marktes stellen, denn wer sich bemüht und etwas leistet, wird seinen Anteil bekommen, so dachte ich immer.«

»Ja ... der Wettbewerb des Marktes ... ein Konzept, das mir immer schwer verständlich schien«, flüstert er.

Ich nicke. »Das ... wird auch mir erst jetzt bewusst. Es ist ein steter Wettstreit um Arbeit, Ansehen, Einkommen, ja, um den bloßen Lebensunterhalt. Aber die Startbedingungen sind zu unterschiedlich, viele haben von Anfang an keine Chance. Und selbst die Wohlhabenden agieren unter Druck, schon aus der Angst, zurückzufallen.«

Er nickt langsam.

»*Amour-Propre* – die Selbstsucht als Grundlage. Ich las darüber in den alten Büchern. Ein Wettstreit um seine humane Existenz führen zu können untergräbt jedes Gemeinschaftsgefüge, denn dazu gehört fürwahr mehr als nur Nahrung und Unterkunft.«

»In diesem Wettkampf verschwendeten wir letztlich sinnlos all unsere Ressourcen«, erwidere ich und schüttle den Kopf. »Damals war es so selbstverständlich wie die Luft zum Atmen, aber heute erscheint mir dieser Konkurrenzkampf, in den wir uns gegenseitig zwangen als völlig absurd. Wie konnten wir je glauben, dass er zu irgendetwas Sinnvollem führen könnte?«

Er geht zur Kommode hinüber, nimmt ein kleines Buch heraus und blättert darin herum.

»Dazu habe ich in meinem Band etwas geschrieben, wo war es noch, ah ja, hier«, meint er und liest daraus vor:

»Freiheit ist fangen und fallen.
Innere und äußere Bestrebungen könnten uns verleiten zu denken, wir würden Freiheit gewinnen, sobald wir einzig unseren Bedarf deckten. Doch, wie viel wäre je genug? Und wann wäre es, im Angesicht einer ungewissen Zukunft, je ausreichend? In diesem Bestreben dürften wir bereit sein, uns zu erhöhen, andere zu übervorteilen und sähen in der Macht, dies zu verwirklichen, unsere Freiheit. Jedoch, lasst euch nicht täuschen, die Macht ist ein Gefängnis mit Verstrebungen aus Angst und Wänden aus purer Isolation. Ein freier Mensch ist nicht isoliert, sondern verbunden. Er erkennt, dass der Bedarf aller sein Bedarf ist und er handelt so, dass er andere fängt, damit auch er fallen kann. Ja, wahrlich, zu fangen und zu fallen ist der Herzschlag der Freiheit selbst.«

»So empfinde ich es in Memoria«, sage ich sofort. »Eine Erkenntnis, die nur schwer zu verstehen ist, wenn man sie nicht gelebt hat.«
Er nimmt die beschriebenen Blätter von seinem Schreibpult und reicht sie mir. *Die Erde und die Habitate hinter dem Partikelstrom – Paul von Memoria* lautet die Überschrift. Ich lese es mir Seite für Seite durch und bin erstaunt, wie lebendig und genau er alles niedergeschrieben hat.

»Sehr gut, Sidus«, meine ich und reiche ihm die Blätter.

Er nickt. »Ich bringe die Aufzeichnungen gleich zur Druckerei, dann kann ich sie noch heute verteilen. Soll ich euch auf dem Weg die Bibliothek zeigen? Wir haben diverse Bände, darunter einige der alten Bücher von der Erde«, erklärt er.

»Sicher.«

Als wir wieder zurück in der großen Halle sind, führt er mich durch die Regalreihen.

»Hier lagern Werke über die Landbewirtschaftung, hier etwas für euch, moderne Bekleidung, ... und dort sind die meisten der alten Bücher.«

Vereinzelt durchstöbern einige Leute die Regale, andere haben sich mit ihren Büchern in große Sessel gesetzt, die kleine Ruhezonen zwischen den Reihen bilden. Schon an den Buchrücken kann ich ausmachen, welche von der Erde sind. Sie besitzen keinen aufwendigen Ledereinband und es fehlt das eingravierte Acra-Symbol mit dem Kreis und der vertikalen Linie.

»Ah, dieses hier ist für mich von großem Wert«, erklärt er und nimmt es aus dem Regal. »Alexander von Humboldt, welch ein Forschergeist, dieser Tatendrang ist für mich ein Vorbild. Es fällt mir schwer zu verstehen, wie aus der Erde angesichts solcher Geister, werden konnte, was ihr beschrieben habt.«

Er reicht mir das Buch. Ich blättere darin und finde ein Gemälde von Humboldt – er sah Sidus erstaunlich ähnlich. Ich deute auf das Datum darunter.

»Das war im Jahr 1800, vieles hat sich seitdem verändert. Den Menschen fehlt zunehmend die Anregung zum Entdecken. Sicher gibt es immer einige Abenteurer, die einfach die Gefahr suchen oder Unternehmer, die sich große Profite erhoffen, aber den meisten geht es vorerst darum, die eigene Existenz und ihren Besitz abzusichern. Aufbruchstimmung und Entdeckergeist ist etwas, das man nur noch in historischen Büchern oder Dokumentationen bewundert.«

Er presst die Lippen zusammen und nickt langsam.

»Es ist das Anzeichen einer korrumpierten Gesellschaft, dass sie nicht mehr das Wertvollste aller Geschenke erkennt.«

»Die Liebe?«

»Paul, mein milder Freund, die Liebe ist kein Geschenk. Liebe ist eine Qualität«, erwidert er und stellt das Buch zurück ins Regal.

»Inspiration!«, erklärt er und tippt mit dem Zeigefinger an seine Schläfe. »Inspiration ist der Brennstoff des Geistes. Ohne Inspiration sind wir nur eine sich selbst aufzerrende Hülle, ein Schiff ohne Steuermann – ein wahrlich qualvoller Zustand und die Flucht ins Dingliche folglich seine Konsequenz.«

Mir wird zunehmend bewusst, wie mich das Leben in Memoria verändert hat. Über solche Dinge zu diskutieren, wäre mir zuvor nicht in den Sinn gekommen. Ist das der Grund, warum ich anfange, in mein Notizbuch zu zeichnen, anstatt Tabellen auszufüllen?

»Ja, inspiriert fühlt sich kaum noch jemand. Es schien bereits alles erkundet, erforscht und durchdacht worden zu sein. Welchen Beitrag könnte man da schon leisten, ohne gleich ein Genie zu sein?«, erwidere ich und gehe die Bücher in den Regalen durch.

»Schaut euch in Ruhe um, ich werde derweil euren Bericht zum Druck bringen«, meint er, nickt mir zu und verschwindet in Richtung des Ausgangs.

Ich stoße auf diverse Bücher über die Französische Revolution und über das Zeitalter der Aufklärung, entdecke ein Buch über Wirtschaftssysteme, dann ein weiteres über ökologische Landwirtschaft. Es sind die Bücher – geht es mir plötzlich durch den Kopf. Nun beginne ich, die Zusammenhänge zu verstehen. Als wir die Erinnerung verloren, gaben sie uns eine Orientierung. Wir fanden in ihnen Farbe und Pinsel, um damit unsere weiße Leinwand mit Leben zu füllen. In Memoria waren es die Bücher über Kunstgeschichte, in Kairos war es das Buch über altgriechische Philosophie und hier ist es das Zeitalter der Aufklärung. Wobei offensichtlich nicht jedes Buch die gleiche Beachtung gefunden hat. Die Farbe, in der wir unsere Welt zeichneten, war von einer Idee, einem Ideal motiviert, das die ganze Zeit in uns schlief und erst mit dem Vergessen erwachte.

Ich blättere etwas in einem der Bücher über das Zeitalter der Aufklärung. Als ich es zurückstelle, fällt mir ein kleiner Band daneben auf. Es ein Exemplar von Sidus Buch: *Die freie Gesellschaft*. Ich nehme es und suche nach der nächsten Sitzgelegenheit. Eine Frau mit einer altertümlich anmutenden Puffärmelbluse und hochgesteckten, schwarzen Haaren sitzt an einem Tisch mit zwei Sesseln. Sie blickt kurz zu mir hoch und räumt das zweite Sitzmöbel von Büchern frei.

»*Salut!*«, meint sie und deutet auf den Sessel.

»Danke!«

Während ich mich setze, wandert ihr Blick prüfend über meine Kleidung. Sie schmunzelt und wendet sich wieder ihrem Buch zu.

»Ja, ich bin für diese Gegend nicht passend gekleidet«, flüstere ich und schlage das Buch von Sidus auf.

»Ah! Die freie Gesellschaft«, meint sie plötzlich.

»Sie kennen es?«

Sie stößt einen hohen Lachton aus und hält sich erschrocken von der eigenen Lautstärke die Hand vor den Mund.

»Milder Herr, das kennt hier jeder. Ihr müsst es unbedingt studieren. Wer könnte ahnen, was aus Acra wohl sonst geworden wäre«, flüstert sie.

Ich nicke, lehne mich zurück und beginne darin zu lesen.

Maximale Autonomie gleich Freiheit?

Wie können wir die Freiheit des Einzelnen mit der Freiheit der Gesellschaft vereinen? Als Individuum mag ich meine Freiheit mit maximaler Autonomie gleichsetzen. Aber wie frei wäre mein Handeln, losgelöst von dem Beitrag einer Gesellschaft? Ich müsste für Nahrung sorgen, ich müsste für Kleidung sorgen, ich müsste für Unterkunft und Schutz sorgen. Ja, und dies, würde ich auf

Autonomie bestehen, ohne Gebrauch der Güter einer Gesellschaft selbst.
Es ist leicht zu ersehen, dass diese Autonomie hohe Unfreiheit bedeutete. Würden sich die Tage damit erschöpfen, nicht zu verhungern und nicht zu erfrieren. Es wäre von brutaler Geistlosigkeit, welche jedes Vermögen des Menschen beschämte.
Es ist grundlegend zu erkennen, dass Menschen nur innerhalb einer Gesellschaft Freiheit erfahren, nicht außerhalb.

Der gerechte Sockel.

Wenn meine Freiheit alleinig in einer Gesellschaft wirkt, wie muss ihr Wesen sein?
Es bedarf eines gerechten Sockels. Gerechtigkeit ist ohne Frage ein Anliegen, über welches sich in allen Details zu debattieren lohnte. Jedoch nicht über den gerechten Sockel. Solange jemand in der Gesellschaft hungert, friert, schutzlos ist oder von ihren Errungenschaften ausgeschlossen bleibt, ist niemand frei. Ohne einen gerechten Sockel sind alle korrumpiert. Dann müssen wir Türen verschließen, Zäune errichten, Eigentum begründen, Zahlungsmittel erfinden und Gewalt ausüben, um all dies zu schützen.
Wie gelangen wir zu dem gerechten Sockel?
Jeder bringt ein, was er freien Willens vermag. Der Lohn ist nicht die Besserstellung, sondern die Freiheit der Gesellschaft selbst.

Die kritische Masse

Und wenn sich einige herausnähmen, nichts beizutragen?
Dem Einatmen folgt das Ausatmen. Ein höchst fruchtender Zustand der Sinnfindung bedarf einer Auszeit. Jedoch, wenn die Anzahl derer, die lebenslang nur um ihren Selbstzweck kreisen, eine kritische Masse erreicht, wird der gerechte Sockel abgetragen und generiert eine zunehmend korrumpierte Gesellschaft.
Wenn ich indes von Anfang an erfahre, dass die freie Gesellschaft der Boden, der Körper und die Luft sind, werde ich den Boden kultivieren, den Körper hegen und die Luft beleben. Nicht aus einer Verpflichtung, sondern weil dies mein Menschsein bedarf.

Die Kritik der Relativität

Einige könnten anmerken, dass der gerechte Sockel nicht definierbar sei. Da nicht zu bestimmen sei, wann Menschen der Meinung wären, dass die Güter gerecht verteilt würden. Ja, selbst, ob jemand hungere oder friere, sei von relativer Natur.
Jedoch, obwohl wir das benötigte Volumen an Luft im Vorhinein nicht exakt bestimmen, können wir den nächsten Atemzug erfolgreich verrichten. Nur weil Gerechtigkeit eine Unschärfe besitzt, heißt dies nicht, dass wir sie nicht im eigentlichen Handeln fänden.
Es ist das Anzeichen einer korrumpierten Gesellschaft, alles zu relativieren und somit für nichts zu stehen. In der freien Gesellschaft ist es die unsichtbare Hand der Sinnfindung ihrer Individuen, welche den gerechten Sockel schafft.

***

Ein Summen wie von einem Bienenschwarm. Einzelne Laute heben sich ab, dann wird es zu einem Gemurmel. Ich wache, zur Seite gelehnt, im Sessel auf. Die Stimmen müssen von draußen kommen. Ich reibe mir die Augen, laufe durch die Regalreihen zum Ausgang und drücke die Tür auf. Der Platz ist voll mit diskutierenden Menschen. In einer Gruppe sehe ich Sidus und gehe zu ihm hinüber.

»Haltet ihr hier eine Versammlung ab?«, frage ich.

»Paul, ihr seid erwacht. Eine Versammlung, sagt ihr? Die wird aufgrund dessen sicher noch einberufen werden.«

»Wegen meines Berichtes?«

Er zeigt in die Richtung des Wasserfalls.

»Das wohl auch, aber schaut ... euer Turm. Es ist, wie ihr beschrieben habt.«

Ein Haus versperrt mir die Sicht. Ich laufe einige Meter zur Seite, dann sehe ich die Lichtsäule am Himmel emporragen. Auch der Turm in Acra wurde nun aktiviert. Ich beginne mich zu fragen, ob ich es überhaupt erst mit meiner Ankunft auslöse? Oder liegt es an dem roten Glob? Letztlich begann alles damit, dass Salvento ihn in seiner Schmiede erzeugte. Sind wir nun auf einem vorbestimmten Kurs? Ich merke, wie in meinem Kopf Puzzleteile passend ineinander fallen. Nein, es begann bereits, als wir auf der Erde eines der Turm-Portale betraten. Mein Blick wandert über die diskutierende Menge und findet Sidus' besorgte Mine.

»Ich wollte so lange gar nicht bleiben«, erkläre ich. »In Memoria macht man sich sicher schon Sorgen. Wenn der Turm nun aktiviert wurde, ist es Zeit für mich zurückzukehren.«

»Und wenn ihr so nur in ein weiteres Habitat gelangt?«, erwidert er.

»Auf der Konsole oben gibt es für jede Welt ein Symbol. Ich muss sicher nur das von Memoria wählen.«

Sidus hält mir einige bedruckte Zettel entgegen.

»Hier ist das Tageblatt mit eurem Bericht. Ich diskutierte es mit dem Präfekten. Wir möchten es zu einem befruchtenden Austausch zwischen Bouquin, Memoria und Kairos kommen lassen.«

»Sehr gut«, erwidere ich. »Aber wir müssen auch einen Weg zur Erde finden.«

»Ich bin mit dem Präfekten der Meinung, dass wir dies nicht ohne eine Versammlung entscheiden können.«

»Das verstehe ich«, sage ich und zeige zum Turm. »Ich muss nun wirklich los.«

»Ihr kennt den Weg?«

»Sicher, ist ja nicht weit.«

»Gut, ich muss einige Vorbereitungen treffen, der Präfekt bat mich, nach Talus zu reisen. Ich werde gewiss auch dort angesichts der Geschehnisse euren Bericht verbreiten.«

»Danke Sidus, es war sehr ... inspirierend euch zu treffen.«

»Milde, Paul, wir begegnen uns ehestmöglich«, grüßt er mich, legt seine Hand auf die Brust und nickt.

»Milde, Sidus, das werden wir«, erwidere ich mit gleicher Geste.

JULES

(|)-(:)

Das Plateau rastet mit einem schleifenden Geräusch ein. Erneut stehe ich vor dem leuchtenden Turm. Ich wende mich der Konsole am Quader zu. Wenn die Symbole den verschiedenen Orten entsprechen, müsste ich eigentlich einfach nur das Zeichen für Memoria wählen. Ich berühre das Q-Symbol, und es wird mit einem Punkt daneben hervorgehoben. Nur noch das Zeichen, mit dem auf dem Kopf stehenden V bleibt mir weiterhin rätselhaft. Ob es für die Erde steht? Ich muss es ein anderes Mal herausfinden.

Ich laufe auf den Turm zu und tauche in den Partikelstrom ein, spüre wieder den metallischen Geschmack im Mund. Der Blick klart sich auf, und vor mir erscheint der Weg zur Wasserkante. Das Plateau ist hochgefahren und hinter mir befindet sich der leuchtende Turm – es ist Memoria! Erleichtert aktiviere ich den Aufzug.

Die Luft ist diesig und kühl. Ich knöpfe mir das Jackett zu und betrete das Plateau. Die Ebene setzt sich in Bewegung, und ich bringe ein wenig Distanz zwischen mich und der schäumenden Wasserwand. Mich fröstelt es, ich suche im verdeckten Himmel nach der Sonne, da bemerke ich etwas Dunkles, das am Horizont aufsteigt. Dicke, dunkelgraue Rauchschwaden breiten sich aus. Irgendwo muss es brennen. Aber wo? Ich kann es nicht erkennen – Memoria?

Ich laufe über die Felsbrocken, suche nach einer besseren Sicht auf die Stadt. Von einem umgekippten Baum aus kann ich in der Rußwolke einige Häuser erahnen. Was ist bloß passiert? Ich hätte Memoria nicht verlassen sollen! Ich kann mir nicht vorstellen, dass die Häuser derartig brennen können. Vielleicht hat das Lagerfeuer am Brunnenplatz etwas entfacht ... oder der Brunnen ...

Endlose Minuten verstreichen, bis das Plateau einrastet und sich der Spalt im Wasserfall öffnet. Ich renne, so schnell ich kann, die Treppen hinunter, sprinte durch den Tunnel zum Ufer. Auf dem Feldweg schwindet meine Kondition. Der Geruch von verbranntem Holz steigt mir in die Nase. Der Wind dreht sich. Die Rauchschwaden ziehen zur Seite und geben die Quelle preis – das Theater! Es ist nahezu komplett niedergebrannt. Nur noch verkohlte Holzreste glimmen vor sich hin. Sind wir von jemandem angegriffen worden?

Ich schreite durch den Torbogen und laufe die menschenleere Straße zum Brunnenplatz hinauf. Die Aufbauten des Gründungsfestes sind nicht abgeräumt worden. Die Tische und Stühle liegen verstreut über den Platz. In einer Seitenstraße wurde, aus Karren und Kisten, eine Barrikade errichtet. Überall liegen leere Säcke und zerbrochene Gefäße auf den Wegen herum. Bei einigen Häusern sind die Fenster mit Brettern vernagelt. Ich laufe auf den Brunnen zu und sehe zwei Gestalten unter dem Pavillon sitzen. Sie bemerken mich und stehen auf, dann erkenne ich sie, es sind Alex und Austin.

»Alex, was zur Hölle ist hier passiert?«, rufe ich.
Er nickt mir zu.
»Paul? Kommst du gerade von der Erde?«
»Nein, der Turm hat mich woanders hingebracht, aber könnte mir jemand erklären, warum das Theater brennt?«
»Das waren die Plünderer«, erwidert Alex.
Ich blicke in den Brunnen, er ist leer. Austin tritt mir entgegen.
»Zurück! Wir müssen den Brunnen beschützen, niemand darf da mehr ran«, ruft er.

»Sagt wer?«

»Jules.«

Alex streift sich mit der Hand über die Stirn.

»Paul, das musst du verstehen. Hier war die Hölle los, es wurde geplündert. Jules hat alle Globen zum Schutz beschlagnahmt.«

»Zum Schutz? Dass ich nicht lache!«, höre ich eine mir vertraute Stimme.

»Maria!«

»Paul, höre nicht auf die beiden Lakaien.«

Ich erkenne sie kaum wieder, ihre Haare sind mit einem scharfen Scheitel zur Seite gekämmt, ihre Augen sind geschminkt – und da ist noch etwas anderes.

»Was verdammt noch mal ist hier los?«, schreie ich spuckend.

»Das, was du immer wolltest, was du die ganze Zeit gesucht hast, Paul, nunmehr sind wir alle aufgewacht«, erwidert Maria.

Jetzt sehe ich es – ihre Prothese – die hautfarbene Gummimanschette, sie hat sie wieder angelegt.

»In einer Stunde gibt Jules eine Rede«, meint Alex. »Er weiß, wie wir wieder zur Normalität zurückfinden.«

»Er weiß schlichtweg einen Dreck, Alex. Er versucht, hier nur seine kleine Diktatur zu errichten. Ich kenne solche Typen«, entgegnet Maria.

»Jules?«, frage ich.

Austin zieht aus seinem Bund ein Tischbein hervor und schwingt es drohend.

»Ihr verschwindet jetzt einfach, alles wird euch in einer Stunde erklärt werden.«

»Komm Paul, lass uns rein gehen«, meint sie und winkt mich zu sich.

Als wir im Haus sind, lässt sie sich erschöpft auf das Sofa sacken.

»Stell dir vor, die Bona-Famas wurden geplündert und jetzt auch noch der Brunnen!«

»Wieso sind hier alle plötzlich durchgedreht?«

Maria zeigt in Richtung der Küche.

»Warum stellst du plötzlich Töpfe mit Wasser auf den ausgeschalteten Herd?«

»Was hat das damit zu tun? – Nur zur Sicherheit.«

»Genau!«, entgegnet sie.

»Das kann man wohl kaum vergleichen. Was hat es mit Jules auf sich?«, frage ich. »Wieso denkst du, dass er die Macht an sich ziehen will? Das scheint mir gar nicht seine Art zu sein.«

Maria schüttelt den Kopf.

»Paul, du verstehst es immer noch nicht. Welche Art jemand zuvor hatte, zählt einfach nicht mehr.«

»Das kann ich nicht glauben, ... nur, weil wir uns plötzlich erinnern können?«

Sie nickt. »Jules hat nach den Plünderungen Leute für sich eingenommen, einen Trupp etabliert, der nun vor den Bona-Famas und dem Brunnen Wache steht.«

»Plünderungen ... ich verstehe das nicht, die Bona-Famas sind doch frei, wieso sollte dort jemand etwas plündern?«

Sie zieht ihr linkes Bein auf das Sofa und kratzt sich oberhalb der Prothese.

»Es hat damit angefangen, dass sich einige mehr genommen haben, als sie schlichtweg hätten brauchen können. Das sahen andere und wollten, solange noch genug da war, kein Nachsehen haben.«

Ich schüttle den Kopf.

»Ich dachte immer, wir sind ... dann ... dann hat Jules vielleicht recht?«

»Einen Schlägertrupp zusammenzustellen und sich zum Anführer zu ernennen? Wohl kaum«, entgegnet sie.

Ich setze mich zu ihr auf das Sofa.

»Das ist verrückt, es war doch alles gut, so wie es war.

Was ist mit Will und Mina?«

»Mina hatte plötzlich mitten auf der Straße angefangen zu predigen. Unsere hübsche Schneiderin ist nunmehr eine Priesterin von dieser neuen Religion: *Der Weg*. Will ist beinahe durchgedreht, bis es ihn auch erwischt hat.«
Das feine Lächeln ist aus ihrem Gesicht spurlos verschwunden, und ich frage mich, ob es jemals zurückkehren wird. Ihren ironischen Ton kann ich angesichts der Situation verstehen, aber dennoch gefällt er mir nicht. Sie presst die Lippen zusammen.

»Paul, warst du dort? Hast du einen Weg zur Erde gefunden?«

»Nein, ... oder vielleicht doch. Der Turm hat mich nach Kairos und dann nach Acra gebracht.«
Maria zieht die Augenbrauen hoch.

»Es gibt da draußen tatsächlich noch andere?«

»Ja, diese Orte sind Memoria sehr ähnlich, dort gibt es ebenso Brunnen und Globen, und sogar ein vergleichbares Plateau, das aus einem Wasserfall hervorragt.«

»Wie groß sind die Siedlungen?«

»In Kairos leben um die achtzig Personen in einem Kuppelbau, in Acra sind es über fünftausend, die verstreut in drei Städten wohnen.«

»So viele? Wie kommt es dann, dass wir noch nie jemandem begegnet sind?

»Ich bin mir nicht sicher, ob wir überhaupt auf demselben Planeten leben.«

»Was? Wieso?«

»Auch dort endet das Land irgendwann an einem Abgrund.«
Sie runzelt die Stirn.

»Und was ist mit ihren Erinnerungen?«

»Ausgelöscht, wie bei uns. Aber kurz nach meiner Ankunft aktivierte sich der Turm. Ich denke, es wird nicht mehr lange dauern, bis sie sich auch wieder erinnern können.«

Ihr Blick fällt zu Boden und sie schüttelt langsam den Kopf.

»Mein Gott, fünftausend Menschen, die plötzlich erwachen ... wie war es dort?«

Ich erzähle ihr von Kairos, den Drohnen und dem Kuppelbau. Sie meint, dass es mit nur achtzig Personen sicher sehr hart gewesen sein müsse. Ich schildere ihr von Acra, Sidus und der großen Bibliothek. Sie streift sich nachdenklich über das Kinn und überlegt eine Weile.

»Also gibt es keinen Weg zurück zur Erde?«, fragt sie schließlich.

»Oben an der Konsole wird jede Welt mit einem eigenen Symbol dargestellt. Ich habe mein Q in Kairos und Acra aktiviert, doch dort tauchte jeweils ein anderes Symbol am Anfang auf, eines das auch oben auf der Konsole aufleuchtet. Warte, ich habe sie mir notiert ...«, erkläre ich, greife in meine Jackentasche und ziehe ein Buch heraus.

»Moment, das ist nicht mein Notizbuch.«

»Die freie Gesellschaft?«

»Ja, das ist das Buch von Sidus«, erwidere ich und schrecke auf.

Habe ich mein Notizbuch in Acra vergessen? Wie konnte das passieren? Auf dem Sessel in der Bibliothek, als ich eingeschlafen bin, muss ich sie vertauscht haben. Meine Hände prüfen hektisch die anderen Taschen, dann spüre ich erleichtert die mir so vertrauten Konturen.

»Hier ist es!«

Ich blättere darin und zeige ihr die Liste mit den Symbolen.

»Das Einzige, das ich noch nicht zuordnen kann, ist dieses umgedrehte V.«

»Das ist das Symbol für Turm«, erwidert sie sofort.

»Ach, vielleicht kann man so in den Turm gelangen? Solange er aktiv ist, kommt man nicht an ihn heran, ohne durch das Portal zu gehen.«

»Ja, ich erinnere mich, so wie es auf der Erde war«, sagt sie.

Ihr Q auf dem Tisch summt auf, dann höre ich die Stimme

von Jules.

»Ich bitte für einen Moment um euer Gehör. In dreißig Minuten werde ich eine Ansprache im Auditorium halten. Ein jeder sollte kommen oder mir wenigstens über das Q zuhören. Es geht um die Zukunft von Memoria.«
Die Verbindung endet abrupt mit einem Knacken.
»Sollen wir hingehen?«, frage ich.
»Fraglos gehen wir hin.«

***

Wir betreten das Auditorium. In der großen Halle verlieren sich gerade einmal um die fünfzig Personen. Ich kann weder Will noch Mina ausmachen. Alle scheinen möglichst weit voneinander entfernt zu sitzen. Und auch wir setzen uns mit etwas Abstand auf eine der hinteren Bänke. Die einzelnen Sitzreihen sind jeweils gegeneinander verschoben, sodass die Sicht nach vorne auch bei vollen Rängen frei bleiben würde. Dadurch ist die genaue Sitzanzahl jedoch schwieriger abzuschätzen. Mir kommt der Gedanke, die Plätze durchzuzählen, dann wird mir bewusst, dass ich es bereits tue.

Nach dem einunddreißigsten komme ich durcheinander – hatte ich die beiden Plätze rechts vom Podium schon gezählt? Ich fange am besten noch einmal von vorne an. Neben der Bühne positionieren sich mit einem Mal einige Personen, darunter kann ich Austin und Sarah ausmachen.

Es sind 76 Sitze vom Podium bis zum ersten Zwischengang. Ich möchte es mir notieren, da erscheint Jules im Auditorium. Er betritt das Pult und legt sein Q darauf ab.

»Meine Mitbürger, die letzten Tage waren für uns alle – wie soll ich es ausdrücken – recht einschneidend. Nachdem wir nun unsere Erinnerungen wiedererlangt haben, dachten einige von uns, sie müssten sich wohl *Vorräte* anlegen. Der Brunnen war in nur wenigen Stunden komplett entleert, die Bona-Famas geplündert, und das Theater stand in Flammen.

Zweifelsohne werden sich nun einige an mich erinnern. Ich bin Jules Grandis, Begründer der Neuen politischen Liga und Präsident der nördlichen Sektionen. Ich werde es nicht länger dulden, dass Memoria ausgeplündert wird. Ich haben heute den Brunnen unter Aufsicht nehmen lassen.«

»Und woher bekommen wir dann die Globen?«, ruft jemand.

»Alle Globen werden ab sofort zum Schutz in ein geheimes Lager gebracht. Jeder bekommt von mir zwanzig von diesen Marken«, erklärt er und hält einen bedruckten, quadratischen Zettel hoch. »Mit jeder Marke besteht das Anrecht auf einen Glob. Damit können wir einen Warenaustausch ermöglichen. Jeder, der mir bei dem Neuaufbau von Memoria hilft, wird natürlich mit weiteren Marken für seine Arbeit entlohnt werden.«

Maria steht auf.

»Jules, wer hat eigentlich entschieden, dass du nun die Hoheit über die Globen besitzt?«

»Das tue ich nicht. Ich bekomme genauso wie jeder andere die Marken und werde mich genauso damit bezahlen. Meines Erachtens ist es offensichtlich, dass ich durch meine politische Arbeit am qualifiziertesten bin, den Übergang zu leiten.«

»Der Übergang wohin? Ich plädiere für einen Konvent, ob wir solche Marken überhaupt wollen oder brauchen«, ruft Maria.

Jules lacht. »Ein Konvent? Mitten in dem Chaos? Ich bin natürlich für Wahlen, nachdem wir wieder eine intakte Stadt sind. Jetzt brauchen wir Ordnungsstrukturen und Sicherheiten für die Bürger.«

»Eine Ordnung, die du bestimmst. Ich nenne das: Diktatur!«, ruft sie.

»Maria, nenne es, wie du willst ... ja, nenne es meinetwegen Diktatur. Memoria braucht in dieser schweren Zeit eine starke Führung. Ich kann dir mein Versprechen geben, dass es zum Vorteil aller sein wird und dass auch du mir

noch dankbar sein wirst.«
Er nickt in das spärliche Publikum, nimmt sein Q und verlässt das Pult. Maria schüttelt den Kopf.
»Das können wir nicht zulassen«, haucht sie.
»Was willst du tun?«
»Wir müssen einen Widerstand formen.«
»Solange er die Kontrolle über den Brunnen hat, hat er auch die Kontrolle über die Stadt«, erwidere ich.
Sie schüttelt den Kopf.
»Nein, er hat nur so viel Kontrolle, wie wir ihm geben.«
Wir gehen zum Ausgang. Im Foyer kommt uns jemand entgegen.
»Paul, Jules möchte dich sprechen«, meint er.
»Mich? Du meinst mit Maria?«
»Nein, mit dir.«
Sie zieht an meinem Arm.
»Das kann er vergessen!«
»Maria, warte, ich möchte mit ihm reden. Wir müssen herausfinden, was er überhaupt will.«
Sie nickt zögerlich.

Er führt mich zurück in das Auditorium, dann über einen Gang in einen kleinen Raum mit einem Tisch und zwei Stühlen. Auf einem davon sitzt Jules.
Er nickt. »Paul, schön, dass du gekommen bist, setzt dich doch.«
»Wie ich hörte, hast du deine ärztliche Laufbahn um eine politische erweitert«, bemerke ich und nehme Platz.
»Nun ja, das Medizinstudium war der Wunsch meines Vaters«, erwidert er, fasst in seine Jackentasche und holt eine alte Tabakpfeife hervor. »Er war ... nicht gerade erfreut, als ich es nur einige Monate vor dem Abschluss abbrach.«
»Warum hast du es abgebrochen?«
Er zögert, seine Augen wandern suchend umher.
»Mein Vater, ein Vorbild an Fleiß und Disziplin,

arbeitete sich hoch, von einem unbedeutenden Arbeiter zu einem namhaften Vorstandsvorsitzenden. Wie ich ihn kenne, hatte er es zweifelsohne schon vor meiner Geburt so geplant: Mein Sohn wird Arzt! Alles andere wäre für ihn eine persönliche Niederlage gewesen. Nein, er war kein einfacher Mensch, behandelte mich und meine Mutter, als wären wir seine Angestellten. Ich erinnere mich nun wieder, wie er mir in endlosen Stunden erklärte, wie genau seine Autos zu waschen, zu wachsen und zu polieren seien. Der Lack müsse glänzen wie in Öl getaucht, meinte er immer. Aber egal wie viel Mühe ich mir gab, es war ihm nie gut genug. Dann, als hätte er nur darauf gewartet, erzählte er mir alles noch einmal von vorne. Jedes Detail, welches Tuch mit welchem Mittel, mit welchen Bewegungen.«
Jules blickt konzentriert auf die Pfeife in seiner Hand.

»Doch an dem Tag, wo ich mein Studium abbrach, da bot ich ihm die Stirn. Ich verfluchte ihn für seine Gnadenlosigkeit. Wir kämpften direkt unter den Beinen meiner Mutter, ich schlug ihm einen Zahn aus. Er wehrte sich nicht einmal richtig.«

»Unter den Beinen ...?«
Sein Zeigefinger streift über die runde Pfeifenöffnung.

»An dem Tag habe ich meine Mutter oben auf dem Dachboden gefunden und meinen Vater wie erstarrt darunter. Sie hatte endgültig genug von ihm und sich am nächsten Querbalken erhängt. Ich war völlig außer mir und prügelte auf ihn ein.«

»Das ist ... schrecklich.«

»Das ist ... lange her. Von da an waren mir das Studium und die ganze Medizin einfach zuwider.

»Ich verstehe.«

»Aber deshalb wollte ich dich nicht sprechen. Sage mir Paul, warst du am Turm? Hast du einen Weg zur Erde gefunden?«
Ich erzähle ihm von dem Plateau als Aufzug und berichte kurz von Kairos und Acra.

»Und zu dem Turm gelangt man mit diesem roten Glob?«

Ich spüre den Glob in meiner Hosentasche.

»Ja.«

»Hast du ihn dabei? Kann ich ihn mal sehen?«

»Nein, ich habe ihn nicht dabei«, entgegne ich.

Er fixiert mich mit einem Schmunzeln.

»Und diese anderen Welten, haben die auch einen solchen roten Glob?«, fragt er und saugt kurz an seiner leeren Pfeife.

»Nein.«

»Gut, wenn die Menschen anfangen, sich zu erinnern, wird es dort ebenso zu Chaos führen. Zweifelsohne sind das Letzte, was wir gebrauchen können Horden, die uns überrennen. Dennoch müssen wir vorbereitet sein und uns schützen.«

»Horden? Ich glaube, das ist genau, was wir brauchen, wenn wir als Menschheit eine Zukunft haben wollen – mehr Menschen!«

Er nickt kurz.

»Denkst du, ich weiß das nicht? Aber wir müssen zunächst unseren Stall aufräumen.«

»Dazu sollten wir zusammenarbeiten. Einige dich mit Maria, und wir halten einen Konvent ab«, erwidere ich.

»Zuerst brauchen wir Ordnung, ansonsten rafft sich jeder, was er kriegen kann. Wie willst du dabei einen Konvent veranstalten?«

Ich beuge mich seufzend nach vorn und reibe mir die Augen.

»Aber ... ich verstehe das alles nicht. Es funktionierte doch einfach so. Was hat sich eigentlich geändert? Nur weil wir uns erinnern, ist nun alles vorbei?«

Er zieht wieder, mit einem leisen Sauggeräusch, an seiner leeren Pfeife.

»So sind die Menschen nun einmal.«

Ich schüttle den Kopf.

»Oder wir wurden erst so.«

»Paul, ich muss gestehen, ich hätte nie gedacht, dass eine Laufbahn als Arzt mir etwas bedeuten würde, aber in Memoria tat es das. Jedoch ... Pandoras Büchse wurde geöffnet, und wir können es nicht mehr zurückdrehen.«

»Jules, wir haben die rote Grippe geheilt. Aber nun, wo sich die Vergangenheit in uns ausbreitet, schaffen wir es nicht einmal mehr zusammenzuleben. Ich frage mich langsam, welche Krankheit die schlimmere von beiden ist.«
Jemand öffnet die Tür, beugt sich zu Jules und flüstert ihm etwas ins Ohr. Er steht auf und reicht mir die Hand.

»Daher bedarf es der richtigen Behandlung«, erklärt er und lächelt. »Gut, dass wir geredet haben, Paul. Jetzt muss ich mich um einiges kümmern, wir sehen uns«, fügt er an und verlässt den Raum.
Als ich wieder am Ausgang ankomme, hockt Maria auf einer der Stufen zum Auditorium.

»Und, was hat er dir erzählt?«

»Ich denke, er ist durchgedreht ... so wie wir alle.«

***

Maria sitzt nach vorn gebeugt im Sessel und tippt auf ihrem Q herum. Ich hole mein Notizbuch hervor und zeichne eine neue Tabelle. Erster Punkt: Der Herd, ich muss ihn überprüfen und stehe von dem Sofa auf. Marias Blick springt zu mir.

»Will hat auf meine Mail geantwortet«, meint sie. »Er findet die Ansprache von Jules sehr bedenklich, aber er will zuerst abwarten.«

»Abwarten? Das hört sich nicht nach Will an.«

»Mina reagiert nicht, Ben, Hanna und Joseph stehen jedoch auf unserer Seite.«

»Und welche Seite ist das?«
Maria fixiert mich mit einem mienenlosen Blick, dessen Kälte mich überrascht.

»Paul, du hast es doch selbst gesagt, Jules ist durchge-

dreht. Wir können ihm nicht die Stadt überlassen.«
Die Konsole an der Wand gibt ein Fiepen von sich, und das Symbol zum Einwerfen eines Globen blinkt auf. Ich gehe zum Bedienpult, nehme einen aus der Schale und werfe ihn in die Öffnung.

»Du hast recht«, erwidere ich, »uns gehen langsam die Globen aus. Solange er den Brunnen kontrolliert, ist es nur eine Frage der Zeit, bis wir alle für seine Marken arbeiten müssen.«

»Wo wird er die Globen wohl versteckt haben?«, fragt sie.

»Bei sich zu Hause? Vielleicht hinten im Lager oder in dem kleinen Gewächshaus?«

»Nachdem, was du mir erzählt hast, glaube ich nicht, dass er sein Zuhause noch ausstehen kann – da riecht es zu sehr nach Medizin«, erwidert sie.

Ich öffne mein Notizbuch und trage in die Tabelle *Schale: 10 Globen* ein.

»Paul, was schreibst du da eigentlich andauernd in dieses Notizbuch?«

»Ich ... ich protokolliere nur, ... wie viele Globen wir noch haben.«

Sie schüttelt den Kopf und blickt wieder auf ihr Q.

»Ben schreibt mir gerade, dass sich Jules in der Schmiede einrichtet.«

»Was ist mit Sid? Konntest du ihn erreichen?«

»Nein, bisher nicht.«

Sie schreibt weiter und bemüht sich möglichst viele zu überzeugen, oder zumindest eine Kommunikation mit ihnen herzustellen. Einige stellen sich auf Jules Seite und unterstellen ihr, sie würde nur versuchen, die Kontrolle an sich zu ziehen. Andere sind völlig geschockt von den Vorfällen, sie fordern von Maria, dass sie doch endlich etwas unternehmen müsse. Sie liest mir eine Nachricht nach der anderen vor, aber ich bin eigentlich zu müde, um ihr noch folgen zu können. Ein Unbehagen steigt in mir auf. Wenn ich zu Bett gehe, ob Maria nachkommen wird? Ich möchte jetzt einfach keine Nähe, ich brauche Zeit für mich alleine. Etwas Fremdes schaut mich durch ihre Augen an, und ich merke an ihrem ausweichenden Blick, dass es ihr nicht anders geht. Wir versuchen es mit der Wichtigkeit der Situation zu überspielen, aber irgendwann muss auch dieser Tag ein Ende finden.

Ich gähne. »Maria, ich bin zu müde, ich werde mich erst mal schlafen legen«, höre ich mich sagen.
Ihr Blick springt kurz zu mir, dann schaut sie wieder auf die leuchtenden Buchstaben des Qs.

»Ist gut, ich werd noch einige anschreiben, ... wir müssen herauszufinden, was er vorhat.«

***

Eine Taubheit und Schwere liegt in meinen Gliedern. Die Morgendämmerung fällt farblos und kalt durch die Vorhänge in das Zimmer. Das Bett neben mir ist leer. Ich richte mich mühsam auf. Vom Fenster aus werfe ich einen Blick zum Brunnen. Dort stehen weiterhin zwei Personen mit Decken über ihren Schultern unter dem Pavillon. Einer von ihnen kam regelmäßig in meine Pizzeria. Lukas, glaube ich, war sein Name. Ich fühle, die Kälte an meinen Füßen emporsteigen. Die Fenster und Türen sind offensichtlich nicht isoliert, da hilft die Wandheizung nur bedingt. Ich gehe aus dem Raum die Treppe hinunter ins Wohnzimmer. Maria schläft in eine Decke gehüllt auf dem Sofa. Eine Ecke des Qs ragt neben ihr zwischen den Kissen hervor. Ich gehe die Treppe wieder hinauf und begebe mich ins Bad.

Es fühlt sich gut an, das warme Wasser aus der Dusche über den Körper rinnen zu lassen. Wie lange werden wir wohl mit den restlichen Globen noch auskommen? Vor allem, wo es immer kälter wird. Bisher benötigten wir für unser Haus alle zwei bis drei Tage einen Glob. Also bleiben uns um die zwei Wochen, bis uns die Energie ausgeht.

Ich ziehe mich an und gehe hinunter in die Küche. Maria hat sich umgedreht, scheint aber immer noch zu schlafen. Nachdem ich den Herd geprüft habe, versuche ich ein Frühstück zusammenzustellen. Dank meiner Bemühungen Pizza zu backen wird uns vorerst das Mehl nicht ausgehen, aber der Fruchtsaft von Lena ist aufgebraucht und Hon-Eier haben wir auch keine mehr. Ich frage mich, ob überhaupt irgendjemand in Memoria weiterhin seiner Beschäftigung nachgeht. Wir sind alle aufeinander angewiesen, aber nun steht die ganze Stadt wie unter Schock. Könnte es sein, dass Jules zum Teil doch recht hat? Vielleicht brauchen wir ein ordentliches Zahlungsmittel, damit der Warenaustausch wieder in Gang kommt. Ich stelle das Tablett auf den Wohnzimmertisch. Maria dreht den Kopf zu mir und reibt sich die Augen.

»Oh, ich bin wohl gestern auf dem Sofa eingeschlafen«, raunt sie.

Wir frühstücken, und sie erzählt mir, dass sie in der Nacht die Heizung hochstellen musste. Sie könne sich nicht erinnern, wann es jemals so kalt in Memoria gewesen sei. Wir unterhalten uns über die Erde und das Erscheinen der Türme. Sie erzählt mir, dass sie es zuerst für eine Werbekampagne des AURA-Konzerns hielt.

»Damals lief ja überall diese dämliche Werbung von denen: Saubere Luft durch saubere Technik«, fügt sie an.

»Ich erinnere mich.«

Ich nehme den roten Glob aus der Tasche und zeige ihn ihr.

»Vielleicht sollten wir einfach zum Turm und herausfinden, wohin uns das letzte Zeichen führt?«, sage ich.

Sie nimmt den Glob und mustert ihn.

»Er sieht so anders aus. Wie aus Glas. Und damit konntest du den Fahrstuhl aktivieren?«

Ich nicke. Sie überlegt kurz und schüttelt dann den Kopf.

»Ich kann jetzt nicht einfach aus Memoria verschwinden, die Leute zählen auf mich.«

Sie legt den Glob auf den Tisch und rollt ihn zu mir herüber.

Ihre Augen springen zu dem Buch von Sidus.

»Ach Paul, da fällt mir ein, ich habe gestern noch etwas in diesem Buch gelesen. Das musst du dir anhören!«
Sie nimmt es und blättert darin herum.

»Ja, hier ist es«, fügt sie an, räuspert sich und beginnt mir vorzulesen.

»Zahlenspiele
Nichts von Wert kann zur Zahl werden. Auch wenn ich für ein Brot ein Geldstück bekäme, entspräche dies nicht seinem Wert, sondern nur einem Verhältnis, einem ersonnen Preis. Ist nun jedoch in Zahl, welches zuvor noch Gegenstand war, beginnen die Zahlenspiele. Formeln werden erdacht, um mit erstaunlichster Schärfe zu ermitteln, wo der Wert von allem läge. Und direkt aus dem Berechnungskalkül gebiert sich die bezifferte Schuld. Anfangs nur eine Marginale wird sie durch einen Rechentrick unendlich vermehrt. Im Lichte der Zahlen ist nun ein jeder um seinen Vorteil bemüht. Und der Austausch von Gütern ändert sein Wesen von Beziehung zu Gewinn. Es ist eine Schimäre genauestens zu vergleichen, was nicht vergleichbar ist. Ein Brot ist keine Zahl, es ist nur ein Brot, und das ist sein Wert. Erst im Wissen des nie exakt Vergleichbaren ist ein nutzbringender Tausch möglich. In der freien Gesellschaft gibt es keine bezifferte Schuld, sondern Beziehungen und das Bestreben, sie zu vermehren.«

Sie schließt das Buch.

»Ist das nicht fantastisch?«

»Ja, Sidus ist eine inspirierende Persönlichkeit. Ich frage mich, ob er sich mittlerweile auch wieder erinnern kann.«

»Also, wenn das mit Memoria nicht klappt, dann können wir es ja in Acra versuchen«, meint sie lächelnd.

»Konntest du gestern noch etwas über Jules rausfinden?«

Sie nickt. »An der Schmiede geht einiges vor sich. Jules richtet sich dort eine Art Hauptquartier ein. Und er fährt mit dem Tog durch die Stadt, um Personal anzuheuern.« Ich blicke wieder aus dem Fenster zum Brunnen.

»Und wie viele hat er mittlerweile beisammen?«

»Es läuft wohl nicht so gut, wie Hanna meint. Wir schätzen, dass es um die zwanzig sind.«

»So wenige? Das ist doch absurd, wir sollten einfach geschlossen als Stadt zur Schmiede gehen und die Globen einfordern.«

»Du sagst es, aber die meisten zögern. Sie wollen abwarten. Wenn wir jetzt aufmarschieren, würde ich auch nicht mehr zusammenbekommen.«

In der Entfernung bemerke ich am Brunnen eine blonde Frau, sie diskutiert wild gestikulierend mit den Wachen. Ich höre einen lauten Aufschrei – es ist Mina. Maria steht auf und zieht ihr Kleid zurecht.

»Was ist da los?« Sie schaut kurz aus dem Fenster und geht entschlossen zur Tür hinaus.

»Warte!«, rufe ich und folge ihr.

»Warum soll ich für Jules arbeiten? Ich brauche wenigstens einen Glob!«, ruft Mina. Ihre blonden Haare sind hochgesteckt, sie trägt einen bis zum Hals geschlossenen, braunen Mantel, ihr Oberkörper ist nach vorne gebeugt, und ihre Hände sind zu Fäusten geballt.

»Noch einmal! Du musst dir von Jules die Marken geben lassen, dann bekommst du dafür deine Globen«, erwidert Lukas.

»Aber da ist doch ein Glob im Brunnen!«

Sie stürmt los, will sich in das Becken beugen, aber Lukas packt sie und stößt sie zurück. Sie stolpert nach hinten und fällt zu Boden. Die Hände hochhaltend springe ich schnell zwischen beide.

»Lukas, hör auf damit!«
Ich greife ihr unter die Arme und helfe Mina auf die Beine.
»Paul, nichts für ungut, aber du solltest mich nicht berühren.«
»Was?«
»Ich bin in der Initiationsphase, ich muss *bar* bleiben, damit ich den Weg finde.«
»Mina, ... ich habe diese Glaubensrichtung nie so recht verstanden, ich wollte nur helfen.«
Sie klopft sich Sand von ihrem Mantel.
»Natürlich, natürlich – dir sei vergeben, ist nicht schlimm. Ich werde dich führen, sofern ich endlich meinen Glob bekomme.«
»Komm doch erst mal mit zu uns, Mina«, meint Maria, »lass sie ihr unsinniges Spiel spielen.«
Mina mustert sie kritisch, nickt dann, und wir gehen zurück ins Haus.
»Wie geht es Will?«, frage ich.
»Ich weiß nicht.«
Maria kommt mit einer Tasse Tee zurück aus der Küche und reicht sie ihr.
»Es ist so verflucht kalt geworden«, meint Mina, setzt sich auf das Sofa und nippt vorsichtig an der Tasse.
»Die Stadt steht kurz vor dem Übergang. Nur die, die besonnen bleiben werden hinüber finden«, erklärt sie.
Maria nimmt zwei Globen aus der Schale und gibt sie ihr.
»Was soll das?«, fragt Mina. »Ich kann euch nichts wegnehmen, das ist mir ausdrücklich nicht erlaubt.«
Sie legt die Globen auf den Tisch zurück.
»Du brauchst sie, und wir haben noch welche übrig. Es wird sich ohnehin bald alles aufklären«, erwidert Maria.
»Es wird sich ohnehin bald alles aufklären«, wiederholt Mina spöttisch. »Du tust immer so schlau, Maria, und doch wusstest du von all dem hier nichts ... nichts!«
»Niemand wusste davon«, erwidere ich.
Mina blickt mich lächelnd an.

»Wir müssen auf die Zeichen warten! Ja, ja ... viele bespötteleten mich, wenn ich das sagte, und ich will zugeben, auch ich zweifelte in manchen Stunden. Aber ihr kennt natürlich nicht das erste Zeichen?«
Maria schaut mich mit offenem Mund an und ich schüttle den Kopf.
»Es ist der leuchtende Berg von Aranama!«, sagt sie und zeigt in Richtung des Wasserfalls.
»Mina, es ist ein Turm, kein Berg.«
»Natürlich ist es der Turm, aber sag, wodrauf steht er?«, entgegnet sie.
»Gut, dann klär uns doch auf, was ist das zweite Zeichen?«, fragt Maria.
»Dann klär uns doch auf«, wiederholt sie. »Er setzt den Himmel in Flammen!«
Maria runzelt die Stirn.
»Mina, wir bauen einen Widerstand auf«, erklärt sie, »wir werden von Jules den Brunnen wieder zurückfordern. Dazu müssen wir schlicht zusammenhalten, daher nimm die Globen.«
Mina schüttelt den Kopf.
»Ich brauche eure Almosen nicht«, entgegnet sie. »Aber sagt, ihr seid ja immer so belesen, da besitzt ihr doch sicher einige Bücher aus dem Depot? Ist darunter zufällig auch eine Ausgabe von *Der Weg*?«
»Nein«, erwidere ich leise.
Mina steht ruckartig auf.
»Nun gut, haltet euch bereit, wenn der Himmel brennt, dann werde ich euch führen«, erklärt sie und läuft mit großen Schritten zur Tür, »oder die schlaue Maria rechnet alles mit ihrem Brunnen aus«, fügt sie lachend an und geht hinaus.
Maria schüttelt den Kopf und lässt sich auf das Sofa fallen. Ich reibe mir die Augen. Was ist nur los mit dieser Stadt? Mir kommt es so vor, als wenn alle unter Drogen stehen – mich eingeschlossen.

»Moment! Es ist nur noch ein Glob übrig, den anderen muss sie genommen haben«, meint Maria und zeigt auf den Tisch.

»Na ein Glück, dann ist wenigstens noch etwas Verstand in ihr.«

Sie nickt. »Paul«, fragt sie zögerlich, »wo ist eigentlich die Waffe von Salvento?«

»Die ... habe ich an einem Baum in der Nähe seiner Schmiede vergraben.«

»Vergraben? Weißt du noch wo?«

»Ich ... ich glaube nicht mehr so genau, da müsste ich erst suchen.«

»Na gut, das Letzte was wir gebrauchen können, ist Jules und seinen Mob mit einer Schusswaffe.«

Wir sitzen eine Weile schweigend da. Ich nehme mein Notizbuch und korrigiere die Anzahl der Globen in der Schale auf neun. Der Herd? Ich habe ganz vergessen es einzutragen. Während ich zur Küche gehe, blättere ich durch die Seiten. Sie sind angefüllt mit Tabellen und Zahlen. An einige Notizen kann ich mich noch genau erinnern, andere dagegen kann ich kaum mehr entschlüsseln. Habe ich überhaupt jemals eine davon nachgeschlagen? Das macht alles eigentlich wenig Sinn, aber ich kann einfach nicht anders.

Ich starre irritiert auf den Herd. Wo sind die Töpfe? Maria muss sie wieder zurück in den Schrank gestellt haben. Ich berühre vorsichtig die Heizplatten und stelle zu meiner Erleichterung fest, dass sie kalt sind.

»Paul«, höre ich sie, »nachdem du nunmehr deine Erinnerung zurückhast, was glaubst du, wo wir hier eigentlich sind?«

»Du meinst, wo Memoria liegt?«, frage ich und gehe zurück ins Wohnzimmer.

Sie nickt.

»Ich weiß es nicht, ich kann dir dafür keine Theorie anbieten. Die Erde ist es jedenfalls nicht«, erwidere ich.

»Der Brunnen und die Schmiede sind sehr fortschrittlich, dennoch könnten Menschen sie eventuell noch erbaut haben ... aber die Türme? Niemals!«, meint sie kopfschüttelnd.

»Du sprichst von Außerirdischen?«

»Ist das nicht offensichtlich?«

»Und sie überlassen uns dann einfach ihre Welt? Mehr noch, sie laden uns auch noch ein und zeigen sich nicht?«

»Vielleicht beobachten sie uns? Wie in so einem perversen Experiment.«

»Würdest du denn zurück zur Erde wollen?«

Ihre Augen bewegen sich nachdenklich.

»Wenn ich wüsste, dass es ein Experiment ist ... wohl schon. Aber diese klare Luft, diese Natur. Fraglos, das werden wir auf der Erde nie wieder erleben. Nein, ... ich möchte eigentlich nicht weg von hier.«

Ich setze mich zu ihr auf das Sofa.

»Ja, Memoria ist mein Zuhause. Dieses Gefühl hat sich für mich kein bisschen geändert.«

Ein Lächeln blitzt auf ihrem Gesicht auf. Ihre Hände durchsuchen die Kissen, und sie zieht das Q hervor. Ihre Augen verengen sich, als sie darauf herumtippt.

»Komisch, ich kann mich nicht mehr mit dem Brunnen verbinden.«

Ich nehme mein Q von der Kommode.

»Ich auch nicht.«

»Das war Jules! Er hat die Kommunikation abgeschaltet.«

»Nur unsere?«

»Nein, das funktioniert so nicht. Sid hat es mir gezeigt, man kann sie nur komplett abschalten. Also hat er Angst, vermutlich findet sich niemand, der seine bescheuerten Marken haben möchte«, sagt sie und wirft ihr Q auf den gegenüberliegenden Sessel.

»Nachdem Irrsinn mit Mina heute, muss ich einfach wissen, was mit Will ist. Lass uns zu ihm gehen und nachschauen«, sage ich.

»Wenn Jules denkt, er könne damit etwas ändern, hat er sich nunmehr geschnitten. Geh du zu Will und versuch ihn zu überzeugen. Ich werde eine Runde durch die Stadt machen. Wir müssen unbedingt unsere Globen aufteilen, damit wir über Jules die Oberhand gewinnen.«

»Gut«, erwidere ich, öffne die Tür und spüre die eisige Luft im Gesicht. »Oh, das ist kalt ... sicher unter null Grad.«

»Sieht so aus, als wenn wir doch noch einen Winter bekommen«, meint sie.

»Moment! Die Globen.«

Ich gehe zur Schale zurück, nehme alle Globen heraus und gebe sie ihr.

»Hier, ich denke, es ist besser, wenn du sie nimmst. Wir können ja nicht abschließen.«

»Ja, du hast recht.«

Ich reiche ihr meine gefütterte Jacke.

»Ich habe es ja nicht so weit.«

»Und du?«

»Ich nehme mein Jackett und trage noch die Weste darunter.«

»Gut, ich werde zuerst bei Ben vorbeischauen«, erwidert sie, nickt mir zu und biegt in eine der Seitengassen. Ich knöpfe mir das Jackett zu und laufe an dem Brunnen vorbei.

»Paul, das mit Mina tut mir leid, aber wir dürfen keine Ausnahmen machen!«, ruft Lukas mir zu.

Ich möchte mit ihm keine Diskussion anfangen, nicke ihm zu und gehe weiter.

Ich klopfe an Wills Tür. Ein leises Knirschen dringt von der anderen Seite hindurch, aber die Tür bewegt sich nicht.

»Will? Hier ist Paul.«

Ich höre es laut poltern, dann wie etwas weggeschoben wird. Die Tür öffnet sich einen Spalt.

»Paul? Ich dachte schon, du bist Jules und willst, dass ich was für diese Marken mache.«

Er drückt die Tür weiter auf, und ich trete hinein. Die orangefarbenen Vorhänge sind zugezogen und tauchen das Zimmer, mitten am Tag, in eine Abendstimmung. Will bewegt sich langsam und vorsichtig, er ist sichtlich bemüht möglichst leise zu sein.

»Ganz schön was passiert, ... ich hätte dir mehr zuhören sollen, als du mir von der Erde erzählt hast«, sagt er und setzt sich steif auf einen Stuhl am Esstisch. Seine sonst immer so zerzausten Haare sind glatt nach hinten gebürstet. Er trägt ein weißes, knitterfreies Hemd und wirkt irgendwie wie ein Musterschüler.

»Was hätte das schon geändert?«, erwidere ich. »Will, ich war oben am Turm.«

»Ja, Maria hat davon geschrieben, ... und von den anderen Orten. Paul, in meinem Kopf dreht sich alles ... ich ... ich muss das erst mal verarbeiten.«

Ich nicke. »Geht mir genauso. Ich verstehe auch nicht, wie das alles zusammenpasst.«

»Meine Erinnerungen ... «, erwidert er dünn, »es ist wie in einem dunklen Wald, hinter jeder Ecke kann etwas lauern.«

»Ich weiß, was du meinst. Ich konnte mich plötzlich wieder an Katrin erinnern. Wir waren gerade erst einen Monat zusammen, da bekam sie die rote Grippe.«

»Glaubst du, das war es, was uns hier erwischt hat?«

»Da bin ich mir sicher.«

»Schon seltsam, dass wir sie alle gleichzeitig bekommen haben«, bemerkt er.

»Ein Arzt hatte mir damals erklärt, dass die Infektion Jahre zurückliegen kann, und man nicht genau weiß, was eigentlichen zum Ausbruch führt«, erkläre ich.
Will schaut zu Boden und fährt mit seinem Fuß über das Teppichmuster.

»Ich erinnere mich an Jenny. Sie war meine Schwester.«

»Was ist passiert?«

»Es war nicht die rote Grippe, sondern ein Gerinnsel im Gehirn«, haucht er. »Als unser Vater uns noch vor meiner Geburt verließ, hat das meine Mutter schwer getroffen. Sie hatte ständig Kopfschmerzen, war depressiv und schnell mit allem überfordert. Sie lag oft tagelang einfach nur im Bett. Ja, ... wir waren früh auf uns allein gestellt, aber das war okay. Jenny wusste, wie man sich durchschlägt.«
Sein Blick geht zur Decke, und er schmunzelt.

»Einmal, da streunten wir durch diese neue Kaufhalle – ich muss so sieben gewesen sein und Jenny elf – keine Chance, dass wir uns dort hätten was leisten können. Es gab da diesen Backwarenladen und im Schaufenster sah ich die wohl schönste Marzipantorte, die je gebacken wurde. Ich drückte mir die Nase an der Scheibe platt. Jenny meinte nur: Keine Sorge, heute Abend essen wir die. Ich hab ihr gesagt, dass sie verrückt sei, aber insgeheim freute ich mich, weil wenn jemand was Verrücktes wahr werden lassen konnte, dann Jenny. Wir gingen weiter durch die Läden, bis wir zu nem Musikgeschäft mit den ganzen Instrumenten davor kamen. Eine Geige mit nem Loch an der Seite gab's im Angebot, aber die konnten wir uns natürlich auch nicht leisten. Jenny grinste mich an und nahm sie einfach, als der Verkäufer durch nen Kunden abgelenkt war. Ich war empört und hab ihr gesagt, dass wir doch nichts stehlen. Sie meinte, die wäre nur ausgeborgt. Dann stellte sie sich vor den Eingang der Kaufhalle, hielt das Loch zu und spielte und sang drauf los. Es klang schräg. Sie zupfte einfach an den Saiten, ... zumindest hatte sie ne schöne Stimme. Ich weiß nicht, ob die Menschen Mitleid hatten oder es mochten, aber kurze Zeit später hatten wir ein wenig Geld zusammen. Sie lenkte den Verkäufer im Musikgeschäft ab, und ich stellte die Geige wieder zurück. Und ob du es glaubst oder nicht, das Geld reichte für zwei große Stücke von der Torte. Die haben wir natürlich, genau wie Jenny es versprochen hatte, noch am Abend kichernd und grinsend genossen.«

»Sie klingt irgendwie nach dir«, sage ich.

Er schaut mich verwundert an.
»Nein, nein, sie hatte vor nichts Angst, war immer auf dem Sprung. Mit ihr war das Leben wie ein spannendes Abenteuer«, erwidert er. »Paul, ... ich vermisse sie.«
»Das versteh ich. Aber Will, wenn sie deine Zeit hier in Memoria sehen könnte, wäre sie sehr Stolz.«
Er hebt den Kopf.
»Glaubst du?«
»Will, ich würde dich nicht anders beschreiben«, entgegne ich. »Und darum bin ich auch hier. Maria plant einen Widerstand gegen Jules aufzubauen, können wir auf dich zählen?«
»Ich weiß nicht. Was ist mit Mina? Ich konnte sie mit dem Q nicht erreichen.«
»Sie ... sie sieht in dem Turm das erste Zeichen ihrer Prophezeiung ... ich denke, sie ist sehr durcheinander.«
»Ja, diese neue Religion. Ich versteh's nicht, scheint ihr gar nicht ähnlich.«
Ich stehe auf und zeige auf die Konsole an der Wand.
»Hast du noch genügend Globen?«
»Ja, um die fünfzig, damit kann ich's ne Weile aushalten.«
»Gut, wir wollen die Globen gerechter unter uns aufteilen, sodass Jules weniger Druck ausüben kann. Wenn du vielleicht zehn entbehren kannst?«
Er schüttelt den Kopf.
»Was? Nein! Es sind meine Globen, die brauche ich.«
»Will, wir haben nur noch neun und Mina nur noch einen. Seitdem Jules die Kommunikation abgeschaltet hat, ist Maria auf dem Weg durch die Stadt. Sie sucht nach Unterstützung. Vielleicht haben einige gar keine Globen mehr, und draußen wird es immer kälter.«
Er springt vom Stuhl und schnappt nach Luft.
»Also ... euch gebe ich gerne was oder Mina, aber die anderen hätten eben vorsichtiger sein sollen.«
Ich bin überrascht, so aufgeregt und selbstbezogen habe ich

ihn noch nie erlebt.

»Will, die Globen waren immer frei zugänglich, warum hätte jemand vorsichtig sein sollen? Wir haben uns genommen, was wir brauchten, und es hat funktioniert.«

»Also, wenn du oder Maria Globen brauchen, ist das okay. Wenn es ein Anderer ist, dann ... dann soll er quasi zu mir kommen ... aber nicht so spät!«

Draußen sind plötzlich Schreie zu hören, jemand rennt am Fenster vorbei. Will duckt sich. Er blickt zur Tür, springt auf und versucht, den Schrank wieder vor die Tür zu schieben.

»Warte! Will, lass mich zuerst raus.«

»Du kannst ruhig hier bleiben.«

»Nein, ich muss wissen, was da los ist, Maria ist da draußen.«

»Okay.«

Er hält die Tür einen Spalt auf, und ich drücke mich hindurch.

»Ihr müsst nur klopfen und rufen, dann mach ich auf«, sagt er und schiebt den Schrank zurück vor die Tür.

Die Kälte frisst sich durch mein Jackett. Mein Atem zeichnet rhythmische Dunstschleier in die Luft. Dennoch bin ich erleichtert, wieder draußen zu sein. Er ist nicht mehr derselbe – schlimmer, er scheint mir eher das Gegenteil von dem Will, den ich einst kannte, zu sein. Es ist ein beklemmendes Gefühl, wenn von einem Tag zum anderen plötzlich alle Menschen, die man kannte, die einem wichtig waren, nicht mehr dieselben sind. Habe ich mich auch so verändert? Meine Kontroll- und Zählzwänge sind wieder zurück. Eigentlich schaffe ich es zurzeit überraschend gut mich abzulenken, kein Wunder bei dem Chaos der letzten Tage. Mir fällt meine Therapeutin ein, sie meinte immer, nicht Ablenkung befreie mich auf Dauer von den Zwängen, sondern die Gedanken auszuhalten, ohne sie umzusetzen. Ich mochte ihre hohe Stimme nicht. Irgendwie verwundert es mich nicht, dass ich, ohne die Erinnerung an das Feuer in der Schule, völlig frei von den Zwängen war.

Ich blicke die Straße entlang, kann jedoch außer einen Haufen von kaputten Möbeln und Geschirr nichts ausmachen. In dem Moment biegt der Tog um die Ecke. Er fährt einige Meter an mir vorbei und bremst ab. Die Tür öffnet sich, und Jules blickt mich vom Rücksitz aus an.

»Paul? Gut, dass ich dich treffe, ich brauche deine Hilfe, es ist sehr wichtig!«

»Worum geht's?«

»Um Sid.«

Ich zögere, schau kurz die Straße hinunter und steige schließlich ein.

»Wo ist er?«

Jules tippt Austin auf die Schulter, und wir fahren los.

»Natürlich in der Schmiede. Er hat den Übergang zur Erinnerung meines Erachtens sehr schlecht verkraftet.«

»Das würde auf so einige zutreffen.«

»Das stimmt wohl. – Wenn ich fragen darf, wie hat Maria das geschafft?«

»Was?«

Jules zieht einen Mundwinkel hoch.

»Die Kommunikation? Das Abschalten, ohne überhaupt am Brunnen gewesen zu sein?«

Ich fixiere ihn.

»Das ... hat sie nicht. Wir dachten, du warst es.«

»Tatsächlich? Im Grunde genommen auch egal. Wir sind uns doch im Kern einig, wir wollen Memoria wieder zur alten Stärke führen.«

»Natürlich, dann gib den Brunnen frei, und es kann beginnen«, entgegne ich.

Er verzieht das Gesicht und schüttelt den Kopf.

»Du verstehst es immer noch nicht. Was wäre dann? Dann würde sich der Erstbeste einfach alles nehmen. Das werde ich nicht zulassen!«

Schließlich hält der Tog an, und wir steigen aus. Vor der Schmiede steht Alex und nickt mir zu. Wir gehen die Rampe hinauf, und Austin schiebt das Tor zur Seite. Ich erkenne den Innenraum der Halle kaum wieder. Diverse halbhohe Wände wurden aufgestellt. Sie bilden einen Korridor, durch den wir uns bewegen. Er endet in einem großen Raum, der wie ein Büro eingerichtet ist.

»Wo ist Sid?«, frage ich.

»Gleich, zuerst müssen wir reden. Also, er ist nicht mehr der Sid, den wir kannten. Er kommt mir zuweilen vor wie ein Minderjähriger. Dennoch kennt er sich zweifelsohne mit der Schmiede am besten aus.«

»Gut, und was soll ich ...?«

»Du musst ihn zur Vernunft bringen. Wir müssen für Sicherheit sorgen. Ich selbst habe am Theater mitgearbeitet, du hast es ja brennen sehen.«

Ich ahne, worauf er hinaus will – er kann doch nicht ernsthaft denken, ich würde ihn dabei noch unterstützen?

»Paul, frage dich einmal, wie es in diesem Moment in Kairos und Acra aussieht?«, meint er und holt wieder seine Tabakpfeife hervor. »Wir müssen uns verteidigen können und Memoria schützen. Sag ihm, dass wir zweifelsohne Waffen brauchen. Er ist der Einzige, der weiß, wie man sie bauen kann, er ist der Einzige, der Memoria retten kann.«

Für einen Moment will ich ihm sagen, dass er sich zum Teufel scheren soll, aber ich möchte mit Sid reden, daher nicke ich langsam.

»Gut«, sagt er und nickt Austin zu.

Austin zeigt auf einen Ausgang auf der anderen Seite, und wir gehen wieder durch einen Korridor. Der Gang führt uns zu dem Werkzeugraum der Schmiede. Ein schwerer Bolzen steckt quer über dem Griff. Austin drückt ihn weg und öffnet die Tür. Auf einer Bank sitzt Sid. Hinter mir schließt sich die Tür. Sid lehnt sich zurück und schaut mich mit hochgezogenen Augenbrauen an.

»Paul? Ham'se dich also auch gepackt.«

Die Wände scheinen dick genug, um mit ihm offen reden zu können und durch das Fenster in der Tür kann ich niemanden sehen.

»Das ... weiß ich noch nicht«, erwidere ich.

»Stell dir vor, Jules will, dass ich ihm diese scheiß Waffe bau. Ich hab ihm gesagt, dass er's sich stecken kann.« Ich setze mich neben ihn und senke meine Stimme.

»Ich weiß, und mich hat er geschickt, um dich umzustimmen.«

»Was für'n Arsch unser Dok doch geworden is'.«

»Und er hält dich hier gefangen?«

Er nickt. »Seit'n paar Stunden. Anfangs gab er mir einige Nahrungsaufträge, ... damit hat ich kein Problem. Aber dann kam er mir mit diesem Ordnungs- und Sicherheitsgequatsche.«

»Ja, das hat er mir auch erzählt. Er lässt den Brunnen bewachen, schöpft alle Globen für sich ab und will, dass wir für solche Marken arbeiten. Maria versucht, einen Widerstand aufzubauen«, erkläre ich.

Er schüttelt den Kopf.

»Hast du gesehen? Alex, Austin und Lukas sind auch auf seiner Seite. Was hat er nur mit den' gemacht?«

»Ich weiß nicht, ob er da viel machen musste. Wir sind irgendwie alle nicht mehr die, die wir mal waren.«

»Ach, Blödsinn!«, entgegnet er und klopft mir auf den Arm. »Paul, du bist wie eh und je.«

Es fühlt sich gut an, das zu hören und dennoch weiß ich, dass es nicht stimmt. Er beugt den Kopf vor.

»Es gibt da so Gerüchte, dass du auf der Erde warst?«

Ich erzähle ihm von dem Turm und von Kairos und Acra. Er zeigt sich nicht sonderlich überrascht darüber, dass es noch andere Orte wie Memoria gibt.

»Ich sag dir, das hier is'ne Anlage für den Erstkontakt«, erklärt er.

»Du meinst, mit Aliens?«

Er nickt. »Nur, dass *wir* die Aliens sind. Die testen uns hier und prüfen, ob wir irgendwelche Viren haben oder feindselig sind.«

»Aber eine ganze Welt dafür zu errichten, erscheint

mir etwas aufwendig«, erwidere ich.

Er zuckt mit den Schultern.

»Auch wenn's jetzt komisch klingt, ich vermisse die Erde, diese staubige Kugel und meine Clique. Wir haben das System ausgetrickst, wo wir nur konnten«, meint er. »Paul, dir kann ich's ja sagen, wir waren ... Antipode!«

»Ich kann mich entsinnen, diese Hackergruppe, die das Budenbach-Video online gestellt hat. Du hast den Schwindel mit den Generatoren aufgedeckt?«

Er rümpft die Nase.

»Hacker? Wir haben uns als die letzten Journalisten bezeichnet. Stell dir vor, es hieß ja immer, die Dinger brauchen so viel Strom und das hätt' Priorität. Wollt ihr nun Sauerstoff oder eure Videospiele, bläuten die uns ein. Das kam mir alles nich' sauber vor. Ja, und eines Tages schlug mein Trojaner an. Ich konnt's kaum glauben, aber mit dem Passwort kam ich ganz tief ins System. Die Energiebilanzen konnten nich' stimmen. Auch die Umgebungsionisierung – deswegen ja die großräumigen Absperrungen – nix davon in den Daten!«

»Wie kamt ihr zu den Aufnahmen?«

»Ja, die waren nich' doof, hatten'nen Überwachungssystem im getrennten Netz und keine Kameras im Innenbereich. Aber wir hatten'n paar Mikrokameradrohnen. Die feuerten wir einfach von'na Ballonplattform rein. Diese Schweine, ... zapfen achtzig Prozent der Energie ab und feiern in der Sperrzone ihr Luxusleben, während der Rest im Dunkeln hockt.«

Als er davon erzählt, erinnere ich mich wieder, wie entsetzt ich über das Video war. Nicht nur, weil es die luxuriöse Party zeigte, sondern wegen der Art, wie dort geredet wurde. Sie sprachen von Werkzeugmasse, Puppen und Normalvolk. Ich brauchte eine Weile, um überhaupt zu begreifen, dass sie uns damit meinten.

»Wenn das mit den Generatoren nur ein Schwindel war«, erwidere ich, »können sie doch nicht an dem Sterben

der Vegetation schuld gewesen sein.«
Er schüttelt den Kopf und lehnt sich gegen die Wand.
»Nee, die waren keine Täuschung. Die spuckten schon Sauerstoff aus. Nur brauchten die vielleicht'n Sechstel von dem, was man uns weiß machen wollte. Die meisten Atmosphärewandler waren schon über zwanzig Jahre alt, die wurden dafür nur umgebaut, reinigten zuvor die Luft von Treibhausgasen und pusteten dabei so'n Katalysator bis in die Stratosphäre.«
»Das wusste ich nicht, ich dachte immer, die Sauerstoffgeneratoren wären was völlig Neues.«
»So haben die es in der Werbung verkauft, aber das mit dem Umbau und dem Katalysator war nicht mal geheim, die Informationen waren öffentlich zugänglich, ... hat nur niemanden interessiert.«
Wir sitzen eine Weile wortlos da. Sids Blick wandert immer wieder besorgt umher.
»Hat Maria nen Plan?«, fragt er schließlich.
»Wir brauchen mehr Zeit. Jules tut sich schwer, weitere Anhänger zu finden. Die meisten sind einfach zu passiv und verschanzen sich in ihren Häusern. Wenn wir zu hundert aufmarschieren würden, kann auch Jules nichts mehr ausrichten.«
»Es sei denn, ... er hat'ne Waffe«, stöhnt Sid.
»Tu so, als wenn ich dich überzeugt hätte, und beginne daran zu arbeiten. Bau einfach etwas, das nicht funktioniert.«
»Also ... wird nicht einfach, Jules is' nich' doof.«
Ich klopfe gegen die Tür. Kurz danach geht sie auf, und Austin nickt mir zu. Ich gehe mit ihm zurück in das Zimmer, in dem Jules sitzt und sich aus einer Dose getrocknete Pflanzenteile in seine Pfeife stopft.
»Und was denkst du, wird er uns helfen?«
»Ich denke, ja.«
Er gibt Austin ein Zeichen.
»Gut, dann hole ihn gleich her.«

Jules greift in seine Jackentasche und holt ein Feuerzeug hervor.

»Du magst es kaum glauben, Paul«, sagt er, »die Pfeife ist von meinem Vater. Das letzte Stück, das ich von ihm noch besitze. Ich probiere derzeit einige Mischungen aus, aber es schmeckt einfach nicht so wie früher.«

Er zündet sich die Pfeife an und saugt an dem Mundstück. Austin kommt mit Sid zurück in das Zimmer. Jules steht auf und bläst den Rauch heraus.

»Sid, du hast völlig recht – ich bin nicht so doof und lass euch einfach unbeobachtet konspirieren. Paul, ich bin sehr enttäuscht, wenn auch nicht sonderlich überrascht.«

»Du hast uns belauscht? Wie falsch ist das denn?«, erwidert Sid aufgeregt.

»Nun ja, ich hatte gehofft, dass ihr endlich zur Vernunft kommt. Jetzt muss ich andere Maßnahmen ergreifen.«

Lukas verlässt auf ein Zeichen das Zimmer.

»Sage mir, Paul, hast du zufällig den roten Glob dabei? Ich glaube, der ist in meinen Händen sicherer aufgehoben.«

Ich will ihm antworten, da packt mich Austin mit einem Mal von hinten, greift mir unter die Arme und drückt meinen Kopf nach vorn. Ich schreie auf und halte meine Hände offen nach oben. Er greift in meine Jackentaschen, findet den Glob und legt ihn auf den Tisch vor mir ab.

»Du bist damit hierher gekommen, Paul? Das war nich' schlau«, meint Sid.

Jules steht auf und geht um den Tisch herum. In diesem Moment springe ich nach vorne und greife mir den Glob.

»Paul, was soll das bringen?«, ruft Jules.

Ich rolle über den Tisch und lande in der gegenüberliegenden Ecke des Zimmers. Austin zieht seinen Knüppel aus dem Bund und kommt langsam auf mich zu.

»Austin, warum machst du das überhaupt? Jules hat dir nichts zu befehlen!«, schreie ich.

»Das habe ich nun mal gelernt. Einmal Wachschutz immer Wachschutz«, erwidert er.

»Wachschutz? Was bewachst du denn hier?«, entgegne ich.

Ich blicke auf die gläserne Kugel in meiner Hand. Jules darf sie einfach nicht bekommen. Ich hole aus und werfe sie mit voller Wucht auf den Boden. Sie zerspringt sofort in tausend Teile. Jules stößt ein seufzendes Lachen hervor.

»Schön! Dann hat ihn wenigstens keiner von uns, ... auch gut«, meint er.

Lukas kommt hereingestürmt.

»Nichts passiert, alles wieder gut«, sagt Jules, blickt zu Austin und zeigt auf Sid.

Lukas reicht Jules etwas Längliches, es blitzt im Licht auf. Ein Injektionszylinder, wie wir ihn für die Blutabnahme verwendet hatten. Nun packt Austin Sid.

»Was soll das? Finger weg, du Arsch!«, brüllt er.

»Wir brauchen diese Waffe, da kommen wir nicht drum herum, Sid. Ich habe ein Serum zusammengestellt, bei dem du die nächsten Stunden kaum Probleme haben wirst, für mich zu arbeiten«, erklärt Jules.

»Was? Bleibt mir weg mit dem Zeug!«

Mit angespanntem Blick nimmt Jules den Zylinder und drückt ihn auf Sids Schulter. Austin lässt ihn los. Sid verharrt in der nach vorn gekrümmten Position. Seine Halsschlagader tritt hervor. Er läuft rot an. Ein Röcheln entweicht ihm. Er sackt auf die Knie, fängt an, krampfhaft zu zittern und kippt zu Boden.

»Scheiße! Ein anaphylaktischer Schock«, schreit Jules.

Schlagartig stoppen Sids Bewegungen. Er liegt regungslos da. Jules kniet sich neben ihn, prüft seinen Puls und beginnt mit einer Herzmassage.

»Wir brauchen Adrenalin! Scheiße ... scheiße ... Sid, tu mir das nicht an!«

»Können wir es nicht in der Schmiede herstellen?«, meint Austin.

»Sicher, ... aber rate mal, wer der Einzige ist, der das so schnell könnte!«, faucht Jules.

Ich stehe in der Zimmerecke, alles läuft wie in Zeitlupe ab. An der Reaktion von Jules wird mir klar, dass es hoffnungslos ist. Er hört nach einer gefühlten Ewigkeit erschöpft auf, schließt Sids Augen und lehnt sich kauernd zurück an die Wand.
»Du hast ihn umgebracht«, sage ich mit dünner Stimme.
Jules steht auf. Er nimmt den Injektionszylinder, kommt mit glasigen Augen auf mich zu und sticht sich damit selbst in den Arm.
»Es ist nur ein Entspannungs-Cocktail, Paul. Er war gegen irgendetwas allergisch, das konnte ich nicht wissen.«
»Jules, lass es nun gut sein, ... verliere die Welt, erlange die Freiheit, erinnerst du dich?«
Er blickt mich erstaunt an.
»Pfff ... und wer, glaubst du, hat das geschrieben? ... Paul, der Satz stammt von mir! Wir haben die Welt längst verloren. Nur können die meisten mit der Freiheit nicht umgehen, siehst du das nicht?«
Ein Ruck geht durch Jules.
»Wir müssen Salvento finden«, meint er.
»Den Verrückten?«, fragt Austin.
»Den Ingenieur ... und ich bezweifle, dass der renommierte Salvento Chessa noch länger eine gespaltene Persönlichkeit besitzt«, erwidert Jules.
Er geht zum Ausgang und wendet sich Austin zu.
»Bringe Sid bitte in die Kammer, er bekommt morgen eine vernünftige Beerdigung.«
»Und was ist nun mit Paul?«, fragt Austin.
»Lass ihn einfach. Es gibt ja keinen roten Glob mehr«, meint Jules und verlässt mit Lukas den Raum.
Austin wuchtet Sid über seine Schulter und bringt ihn zu der Kammer. Ich höre, wie der Tog beschleunigt. Jetzt ist also auch Salvento in Gefahr. Austin kommt zurück und verlässt, ohne mich anzuschauen, den Raum. Ich bin mit mir allein im Zimmer und verharre dort wie betäubt.

Plötzlich höre ich von draußen aufgeregte Stimmen und schließlich Schreie. Ich laufe aus dem Zimmer zum Tor und schiebe es auf. Direkt vor der Rampe drückt Austin Ben mit dem Knie zu Boden und schlägt ihm mit der Faust ins Gesicht. In diesem Moment kommt Maria mit einem massiven Ast von der Seite aus dem Gebüsch gestürmt. Sie schwingt ihn und trifft Austin an der Schulter. Er schreit auf und dreht sich zu ihr. Maria holt erneut aus. Diesmal ist er darauf vorbereitet. Er greift nach seinem Knüppel, zieht ihn in einer fließenden Bewegung aus dem Bund und blockiert den Schlag in der Ausholbewegung. Durch die Wucht des Aufpralls springt Maria der Ast aus der Hand, schleudert herum und streift mich am Fuß. Austin schlägt mit dem Knüppel nach ihr. Sie weicht aus und fällt zu Boden. Ich hebe den Ast auf und nähere mich Austin von hinten. Er beugt sich über Maria und holt noch einmal aus. Ich umgreife den Ast mit beiden Händen und schlage mit aller Kraft zu, treffe ihn quer auf den Hinterkopf. Der Ast bricht splitternd. Von Austin kommt kein Laut, er fällt einfach direkt vor Maria reglos zusammen. Ben wischt sich über sein blutendes Gesicht, beugt sich über Austin und versucht, seinen Puls zu fühlen. Er tastet den verdrehten Hals ab.

»Sein Genick ist völlig zertrümmert, da kann man nichts mehr machen«, meint er.
Blut tropft aus seiner Nase auf Austins Brust. Ich lasse den Ast fallen.
»Ich wollte ihn nur aufhalten.«
Ben wischt sich wieder Blut aus dem Gesicht.
»Also, wenn er droht, Maria den Schädel einzuschlagen, dann, ganz ehrlich, geschieht ihm das recht«
Maria steht auf und blickt auf den leblosen Körper.
»Dieses Schwein! Paul, ist Jules drinnen?«
»Nein ... er ist ... er hat Sid getötet. Und nun ist er auf

der Suche nach Salvento.«
Maria packt mich am Arm.
»Er hat Sid getötet?«
»Ja ... obwohl, es war wohl mehr ein Unfall. Er spritzte ihm irgendein Zeug, von dem er dachte, es könne ihm helfen, Sid zu beeinflussen. Dann bekam er einen allergischen Schock. Jules schien darüber ebenso entsetzt wie ich. Er ... er meinte, es sei nur ein Entspannungs-Cocktail ... er spritzte es sich sogar selbst.«
Ben schaut auf seine blutverschmierten Hände.
»Das klingt beinahe nach unserem Plan«, sagt er, greift in die Tasche und holt einen Injektionszylinder heraus. »Ich wollte ihm hiermit ein Schlafmittel verpassen. Leider hat er es gemerkt und ist dann völlig durchgedreht.«
»Austin war mit dabei, als Sid starb. Vermutlich dachte er, du willst ihn damit umbringen«, erkläre ich. »Wieso seid ihr eigentlich hier?«
»Hanna hat dich in den Tog steigen sehen. Ich wollte Jules zur Rede stellen. Verdammt! Wir wollten dich befreien«, entgegnet sie.
»Ich war kein Gefangener.«
Maria presst die Lippen zusammen und zeigt auf das Tor.
»Ist noch jemand in der Schmiede?«
»Nein.«
»Hast du die Globen gesehen?«
»Nein.«
Maria läuft durch das Tor in die Schmiede. Ich bemerke Blutspritzer auf meinen Handrücken und wische sie am Jackett ab. Innerhalb kurzer Zeit habe ich zwei Menschen sterben sehen, Menschen, die ich gut kannte. Ich hätte nicht auf den Kopf zielen dürfen. Aber in diesem einen winzigen Augenblick wollte ich, dass er aufhört, dass er dafür bezahlt, dass er stirbt.
Ben tastet seine blutende Nase ab.
»Nichts gebrochen«, flüstert er in sich hinein.
Maria kommt zurück.

»Was haben die dort eingebaut? Sieht aus wie ein Konferenzraum. Ich habe nur eine kleine Schale mit vielleicht zwanzig Globen gefunden.«
Ich verstehe nicht, wie sie jetzt über Globen diskutieren kann.
»Sid ... liegt in der ...«, höre ich mich stammeln.
»Werkzeugkammer. Ich weiß,« erwidert sie. »Lasst uns zur Pizzeria gehen.«
Ich muss mich verhört haben.
»Wohin?«
»Wir haben uns mit allen, die gegen Jules vorgehen wollen, an der Pizzeria verabredet. Sie liegt etwas abseits und jeder weiß, wo sie sich befindet. Sobald wir genügend zusammenhaben, holen wir uns den Brunnen zurück.«
»Wir können Austin doch nicht so liegen lassen«, sage ich.
Sie rümpft die Nase.
»Er war ein Mistkerl! Ich trauere ihm nicht nach«, erwidert sie.
»Ich weiß nicht ... sicher, er war etwas mürrisch, aber doch ein wichtiges Mitglied unserer Gemeinschaft.«
Marias Schultern sacken herab, und sie schaut erneut zum leblosen Körper.
»Richtig, das war er. Aber ... da hatte er uns, so wie Jules, noch nicht sein wahres Gesicht gezeigt«, entgegnet sie.
Ich blicke auf meine Hände.
»Welches ist unser wahres Gesicht?«
»Ich muss Paul recht geben«, sagt Ben. »Wir können weder Austin noch Sid hier einfach liegen lassen. Wenn Jules auf dem Weg zu Salvento ist, haben wir noch genügend Zeit. Dort hinten habe ich einen Karren gesehen, lasst uns wenigstens beide damit zum Friedhof bringen.«
Maria atmet seufzend aus.
»Gut, einverstanden.«
Wir holen den Karren, legen Sid und Austin hinein und

decken sie mit einer Plane ab. Ich schaue immerzu auf meine Hände und, obwohl ich nichts erkennen kann, muss ich sie immer wieder an meinem Jackett abwischen. Das Jackett – werde ich nie wieder tragen.

MARIA

(.|)-(:)

»Paul, bist du bald fertig? Wir müssen dann los!«, ruft sie.

Ich stehe erneut unter dem heißen Wasserstrahl der Dusche. Maria hatte nicht verstanden, warum ich mich nach alldem noch einmal waschen wollte. Sie meinte nur, dass ich doch sauber sei und dafür noch den ganzen Tag Zeit hätte. Ich mag ihre Abgeklärtheit nicht. Ob sie vielleicht gewohnt ist, mit Tod und Gewalt umzugehen? Eigentlich kenne ich sie ja kaum ... zumindest nicht die Maria mit dem Scheitel und der Manschette an der Prothese.

»Ja, bin gleich da!«

Ich ziehe mir die frische Kleidung an und verlasse das Bad.

»Na endlich«, meint sie. »Judith hat mir vorhin einen Mantel gegeben, du kannst deine Jacke wieder zurückhaben.«

»Gut. Mit dem Jackett war es wirklich zu kalt«, erwidere ich.

Sie öffnet die Tür, und wir gehen hinaus.

»Schau! Schneeflocken«, bemerkt sie.

Hier und da schweben weiße, unscharfe Gebilde durch die Luft, sie scheinen beinahe stillzustehen, wie Plankton, dahin schwebend in einer versunkenen Stadt. Neben dem Brunnen sitzen drei in Decken gehüllte Wachen unter dem Pavillon. Wir ignorieren sie und folgen dem Fluss weiter zur Brücke.

»Wie viele, denkst du, werden kommen?«, frage ich.

»Ich hoffe um die dreißig.«

Eine weiße Schicht legt sich über die Stadt. Die unisolierten Fenster und Türen lassen den frischen Schnee in ihrer Umgebung schnell schmelzen. Werden wir auf diese Art irgendwann feststellen, wer für Jules arbeitet und wer nicht, wer noch über Globen verfügt und wer nicht?

Wir nähern uns dem Bona-Fama kurz vor der Brücke. Eine Wache steht vor dem Eingang. Anhand der Größe erkenne ich sie sofort, es ist Anica. Sie misst sicher über zwei Meter. Als sie uns bemerkt, geht ihre Hand zum Schlagstock an ihrem Bund. Maria beachtet sie nicht, und wir überqueren die Holzbrücke.

Als wir auf den knorrigen Baum zulaufen, bemerke ich, wie einige seiner sonst so waagerechten Äste sich nun deutlich zu Boden neigen. Auch wenn sich in seiner Krone langsam eine weiße Schneedecke bildet, kann sie eigentlich noch nicht schwer genug dafür sein. Dann erkenne ich, wie sein Stamm an einigen Stellen geborsten ist. Wasser ist eingedrungen und hat beim Gefrieren einzelne Ableger des Stamms nach außen gedrückt und das Bündel aufgebrochen.

»Das ist gut ... ganz hervorragend!«, meint sie und zeigt auf mindestens fünfzig Personen, die auf den Stühlen und Bänken sitzen, als würden sie auf ihre Pizza warten. Wir betreten den Vorgarten meiner alten Pizzeria.

»Endlich seid ihr da!«, meint Ben.

»Wir hatten uns schon Sorgen gemacht«, sagt Hanna.

Maria stellt sich auf eine Bank.

»Wenn ich eure Aufmerksamkeit haben dürfte?«, ruft sie.

Von den Seitenstraßen strömen immer mehr Leute zum Platz.

»Schön, dass ihr alle erschienen seid«, erklärt Maria. »Wir haben uns heute hier versammelt, um dem despotischen Treiben von Jules ein Ende zu bereiten.«

Ihre Stimme ist hart, und ihre Bewegungen sind zackig. Nur noch die Leidenschaft ist es, die ich an ihr wiedererkenne.

»Was sollen wir tun?«, ruft jemand.

»Wir holen uns den Brunnen!«, schallt es zurück.

»Wo ist Jules?«, fragt ein anderer.

»Er versucht, Salvento zu finden, damit er für ihn die Induktions-Waffe baut«, erwidert Maria. »Wir haben keinen Tog und können es nicht verhindern, nur darauf hoffen, dass es ihm nicht gelingt.«

»Wir sollten uns zuerst bewaffnen!«, ruft Joseph.

Maria hebt die Hand und nickt.

»Ben hat einige Injektionsspritzen zu Wurfpfeilen umgebaut. Darin befindet sich ein schnell wirkendes Schlafmittel. Ich bin überzeugt, sobald wir erst einmal Jules in unserer Gewalt haben, wird sein ganzer Mob zusammenfallen.«

»Wie sollen wir ihn gefangen nehmen?«, fragt jemand.

»Er hat in der Schmiede eine Art Hauptquartier eingerichtet. Wir werden ihm dort einen überraschenden Empfang bereiten«, erwidert Maria.

»Aber Jules hat mir mein Leben gerettet«, ruft Lena.

»Meines auch!«, erschallt es.

»Wir wollen ihn ja nicht umbringen«, entgegnet Ben.

Die Menge redet aufgeregt durcheinander, und einige schütteln den Kopf. Maria hebt beschwichtigend die Hände.

»Das weiß ich nur zu gut, darum möchte ich euch von meinen Eltern erzählen«, erklärt sie. »Mein Vater, lange bevor ich geboren wurde, eröffnete nach seinem Wirtschaftsstudium einen Lebensmittelmarkt. Dieser wurde dank der niedrigen Preise sehr erfolgreich. Daraufhin errichtete er weitere Märkte im ganzen Land. Aber erst als er einige Jahre später auf meine Mutter traf, wurde daraus ein Weltkonzern. Sie war eine hervorragende Chemikerin. Beide kombinierten ihre Talente und schufen das Fünf-Feld-Ernährungssystem. Nahrung für wenig Geld, praktisch und schnell. Viele von euch werden sich nunmehr an die Werbung erinnern. Dann brach die rote Grippe in einigen Teilen des Landes aus. Meine Eltern spendeten für die Forschung und setzten sich sehr für die Entwicklung eines Heilmittels ein. Sie waren gesellschaftlich hoch angesehen, und dass sie viel Geld besaßen, sah man als verdienten Lohn für ihre erfolgreiche Arbeit an. Und auch ich war stolz auf sie.

Ich wuchs in Wohlstand, ja, in Luxus auf und das zu einer Zeit, in der es der Mehrheit rapide schlechter ging. In der Firma meiner Eltern kam es schließlich zu ersten Unruhen. Die Arbeiter verlangten nach höheren Löhnen. Damals hörte ich zum ersten Mal, dass die Angestellten so wenig verdienten, dass sie vom Staat Energie- und Essensmarken erhielten. So engagiert und verständnisvoll, wie meine Eltern bei der roten Grippe waren, so hart und unbeugsam zeigten sie sich bei den Gehaltsforderungen. Sie schienen es als einen Angriff auf ihr Eigentum, ihren Status, zu sehen. Ich erfuhr erst Jahre später, dass sie zu dem Zeitpunkt bereits Milliardäre waren.

Ich studierte Datentechnik und begab mich in die Forschung. Wir entwickelten eine neue Generation des Kristallspeichers. Wir dachten, wir würden die Welt verändern, aber sie veränderte sich von ganz allein. Es brach die vierte Weltwirtschaftskrise aus, ihr werdet euch erinnern. Die fossilen Brennstoffe waren nunmehr um das Hundertfache teurer. Es kam zu Engpässen in der Nahrungsproduktion und der Verteilung von Strom. Weltweit hungerten Menschen in bisher nie da gewesenem Ausmaß. Ich kann mich noch genau an den Tag entsinnen, ich saß auf einer Parkbank nahe meiner Wohnung und machte mir zum ersten Mal in meinem Leben Sorgen über die Zukunft. Da sah ich ein Buch auf einer der Bänke liegen. Jemand musste es dort vergessen haben. Ich nahm es an mich und blickte auf den Einband. Es war eine Biografie über Nelson Mandela. Ich las darin und begann darüber nachzudenken, warum es so wenigen Menschen gut und so vielen schlecht geht, warum wir es trotz aller Freiheitskämpfe, politischer Reden, Wahlen und Demokratie nicht schaffen zu verhindern, dass wir einander immerzu ausbeuten.

Ich fuhr zu meinen Eltern und erklärte ihnen, dass wir in Verantwortung stehen und nun etwas unternehmen müssen. Da erfuhr ich, dass meine Eltern die Firma längst verkauft hatten. Es sei doch abzusehen gewesen, so mein Vater, dass die Lebensmittelindustrie keine Zukunft mehr habe. Deswegen investiere er nun in Silikate und Algen, denn Solartechnik und Sauerstoff seien die Märkte der Zukunft. Ich sagte ihm, mir seien die Märkte der Zukunft egal. Ich wolle nicht mehr Geld, sondern mehr Gerechtigkeit in der Welt. Er wurde wütend, hielt mich für eine gedankenlose Träumerin und meinte, ich hätte seinem Gespür für die Märkte meine hohe Lebensqualität zu verdanken. Von diesem Tag an fragte ich mich, auf welcher Seite ich eigentlich stehe. Ich brach mit meinen Eltern nicht über Nacht, es war ein Prozess von Monaten. Meine Mutter drückte ihr Bedauern mit den Menschen in Not aus, meinte jedoch, es könne eben nicht allen gut gehen und man müsse sich eben auch durchsetzten – jeder sei letztlich selber verantwortlich für seine Situation. Ich sagte ihr, dass diese Aussage alle Menschen zu Konkurrenten mache und keinen Platz ließe für eine soziale Gemeinschaft. In der Tat sei es schlichtweg die Rechtfertigung zur Ausbeutung. Von da an hatten wir uns nichts mehr zu sagen. Nur wenige Monate später sah ich sie dann in dem Internetvideo, das um die Welt ging, von den Partys der Reichen im Sperrgebiet der Generatoren. Mein Vater war es, der sich später mit den so bekannt gewordenen Worten verteidigte: Warum sollen die Menschen, die besser sind, nicht besser leben?«

»Clemens Budenbach war dein Vater?«, bricht es aus Ben heraus.

»Ja.«

Ein Raunen geht durch die Menge, und auch mich trifft es wie ein Schlag in den Magen.

»An jenem Tag habe ich die Quelle allen Übels erkannt«, fährt sie fort, »es ist der Glaube, mehr wert zu sein, sobald man etwas besser kann. Ja, man sei dann ein auserlesener

Mensch, dem mehr zustünde. Und sogar die, welche das Nachsehen haben, denken so. Sie stellen ihren Anspruch auf Lebensqualität zurück und lassen sich ausbeuten. Weil sie verinnerlicht haben, dass sie es nicht besser verdienten, dass sie nicht genug hinzuzufügen hätten. Wir halten uns für aufgeklärte Menschen, die ein feudales Klassensystem für unzivilisiert halten und doch haben wir schleichend eines etabliert. Eine Klasse derer, die so schlecht seien, dass sie es nicht anders verdienten, als im Elend zu leben. Eine Klasse für die Strebsamen, die sich stets bemühen und die eigentliche Arbeit der Gesellschaft für ein Minimum erledigen. Eine Klasse der Begabten, welche die Führung der Strebsamen übernimmt und dann die Klasse derer, denen alles gehört, an der Spitze der Pyramide. Sie sehen sich schlichtweg als die überlegenen Erfolgsmenschen und das Klassensystem als eine natürliche Auslese. Sicher hat Jules vielen von uns einst geholfen und vielleicht glaubt er tatsächlich, er würde uns auch jetzt helfen. Aber lasst euch nicht täuschen. Er will das Klassensystem einführen, an dessen Spitze er sich sieht. Das ist für ihn die natürliche Ordnung, aber es ist der Weg der Ausbeutung und das Ende des Gemeinschaftsgefüges, wie wir es hier erlebt haben. Das dürfen wir nicht zulassen, nicht hier, nicht in Memoria!«
Die Menge klatscht und klopft auf die Tische. Es fallen Rufe.
»Genau!«
»Wir stehen auf deiner Seite, Maria!«
»Dann lasst uns holen, was uns allen gehört!«, ruft sie. Sie springt von der Bank und läuft mit weiten Schritten in Richtung der Brücke. Eine Traube von Menschen folgt ihr, und ich bin mittendrin.
»Wusstest du, dass sie eine Budenbach ist?«, fragt mich Hanna.
»Ich hatte keine Ahnung.«
Wir überqueren die Brücke und laufen auf das Bona-Fama zu. Ich löse mich etwas aus der Menge und sehe Anica

immer noch vor der Tür stehen. Als sie erkennt, dass alle auf sie zu marschieren, läuft sie ein paar Meter zurück, zögert und bleibt dann doch stehen. Die Menge kreist sie schnell ein, aber sie wagt es nicht, ihren Stock zu ziehen.

»Was wollt ihr von mir? Ich ... ich stehe doch für euch hier.«

»Für uns? Du meinst für Jules«, ruft Ben.

Es ist dasselbe Bona-Fama, welches ich an meinem ersten Tag in Memoria betreten hatte. Ich öffne die Tür, bis auf ein Fass Traubenwein ist es komplett leer geräumt.

»Für uns alle!«, erwidert sie. »Damit ihr etwas reinstellen könnt und es nicht gestohlen wird.«

Maria stellt sich direkt vor sie hin, und es wirkt, als wäre sie diejenige die alle um einen Kopf überragt.

»Anica, hat man dir das wirklich erzählt? Ich hörte dagegen, dass ihr die Leute wegschickt, die etwas hineinstellen wollen.«

»Ja, Maria, sie lügt! Sie hat mich weggeschickt«, ruft jemand.

»Mich auch«, ruft Hanna.

»Jules will keine Bona-Famas. Er will, dass wir mit seinen Marken für alles bezahlen«, meint Ben.

»Gut, wir klären das später, bis dahin müssen wir das Bona-Fama zu einem Gefängnis umfunktionieren«, erklärt Maria.

Anica wird der Schlagstock abgenommen und sie wird in den Raum hinein geschubst. Zwei Fässer und einige Kisten werden vor die Tür geschoben.

»Das wird nicht reichen, wir müssen es bewachen«, sagt Ben.

»Jules könnte nun schon auf dem Rückweg sein, vielleicht sollten wir zuerst zur Schmiede gehen?«, meint Joseph.

Maria diskutiert eine Weile, dann wird der Entschluss gefasst, sich aufzuteilen. Zwei Personen werden weiterhin das Bona-Fama bewachen. Joseph macht sich mit der Hälfte der Leute zur Schmiede auf, und Maria marschiert mit dem Rest zum Brunnen.

»Nun brauchen wir also ein Gefängnis«, bemerke ich.
Maria zieht die Schultern hoch.

»Wir müssen uns schlicht zur Wehr setzen und verhindern, dass sie sich neu formieren.«
Mir wird mit einem Mal bewusst, dass es vermutlich in ganz Memoria keine Tür mit einem Schloss gibt, ein Fakt, dem ich zuvor nie Beachtung schenkte. Und nun bereitet es mir großes Unbehagen, unser Haus in diesem Chaos unverschlossen zurückzulassen. Der Wahnsinn breitet sich in unserer Stadt aus, und unser Widerstand scheint ihn noch zu beschleunigen.

Maria schreitet wieder voran, noch etwa dreißig Personen folgen ihr und bewegen sich auf den Brunnen zu. Leon, Alex und Markus bemerken uns erst, als wir nur noch wenige Meter entfernt sind. Sie schrecken auf, ziehen sofort ihre Schlagstöcke und positionieren sich direkt vor dem Zylinder.

»Steckt eure Knüppel weg, es ist vorbei!«, sagt Maria.

»Du hast uns nichts zu sagen!«, entgegnet Alex.
Maria zieht die Augenbrauen hoch.

»Völlig richtig, Alex. Niemand sollte das, auch Jules nicht. Da ihr aber gewaltsam unsere Gemeinschaft bedroht, müssen wir nun handeln.«

»Jedem, der näherkommt, ziehe ich das Holz über den Schädel!«, erwidert Leon.

»Leon, das würdest du tun? Bei jedem von uns?«, meint Maria und zeigt in die Runde. »Sollen wir uns vielleicht besser in einer Reihe aufstellen und hinknien, damit du uns alle niederknüppeln kannst?« Sie kniet sich vor ihm hin und hält ihren Kopf vor. »Bitte, dann fange mit mir an.«
Er blickt irritiert um sich und hebt zögerlich seinen Schlagstock, da trifft ihn einer von Bens Betäubungspfeilen am Arm. Erschreckt zieht er ihn hektisch heraus. In dem Moment stürmt Alex auf Maria zu und wird ebenfalls von

einem Pfeil am Hals getroffen. Zuerst scheint ihn das nicht aufzuhalten. Er greift unkontrolliert nach Maria, verfehlt sie schwankend, sinkt auf die Knie und kippt zur Seite. Hinter ihm lehnt sich Leon benommen gegen den Zylinder. Markus lässt seinen Stock fallen.

»Ich gebe auf!«, erklärt er und hebt die Hände.

Jemand packt Leon, der in diesem Moment das Bewusstsein verliert.

»Bringt sie ins Gefängnis«, meint Ben.

Alex und Leon werden auf einen Karren gelegt, und die Gruppe macht sich auf den Weg zurück zum Bona-Fama. Schließlich stehe ich mit Maria und Ben alleine vor dem Brunnen.

»Vielleicht solltest du als Erstes ein solides Gefängnis bauen?«, sagt Ben.

»Nein, wir brauchen zuerst die Kommunikation zurück, vielleicht kann ich noch Salvento warnen«, erwidere ich.

Maria geht zur Brunnensteuerung und tippt auf der Konsole herum.

»Irgendetwas stimmt nicht, ich komme nicht in den Kommandomodus.«

»Kann Jules den blockiert haben?«, fragt Ben.

»Ich weiß nicht ... Moment ...«

»Was?«

»Die Glob-Produktion ist ebenfalls tot. Der Brunnen wurde abgeschaltet. Dieser Mistkerl!«

Ben schüttelt den Kopf.

»Verdammt! Was machen wir jetzt, da hat er uns ausgetrickst.«

»Wir müssen ihn stellen, wenn er zurückkommt«, entgegnet Maria.

»Aber das ergibt doch keinen Sinn, warum sollte er den Brunnen bewachen, wenn er ihn sperren kann?«, frage ich.

»So kann er vermeintlich wichtige Aufgaben vergeben,

damit Vertrauen schaffen, ohne wirklich etwas zu riskieren«, erwidert Ben.

»Das ist mir zu weit hergeholt. Er hat mich vorhin gefragt, wie es Maria gelungen ist die Kommunikation abzuschalten.«

Sie tritt vom Sockel herunter, ihr Blick ist hart und starr.

»Paul, er wollte dich schlicht umstimmen, das ist alles.«

Aus der Gasse neben unserem Haus kommt plötzlich der Tog hervor gefahren. Maria greift zu einem der Knüppel am Boden. Ben holt einen weiteren Betäubungspfeil heraus. Direkt vor mir sehe ich einen Schlagstock liegen. Ich will danach greifen, aber mein Blick fällt auf meine Hand – Blutspritzer? Ich zucke zusammen, wische reflexartig über den Handrücken – nur Dreck, kein Blut, nur Dreck.

»Es ist Joseph!«, ruft Maria, und ihre Haltung entspannt sich.

Der Tog hält an, und er steigt aus.

»Habt ihr Jules gestellt?«, fragt sie.

»Nein, er war vorbereitet. Seine Leute haben uns im Wald aufgelauert. Es ... es war chaotisch ... wir haben gekämpft. Ben, Lisa liegt ohnmächtig auf dem Anhänger, schau' Mal nach ihr.«

»Hat er Waffen? Hat er Salvento?«, fragt Ben und geht zum Anhänger.

»Nein, ich glaube nicht, die hätte er sicher benutzt. Er hat sich mit seinen Leuten in der Schmiede verschanzt, aber wir konnten zumindest den Tog an uns bringen.«

»Wie viele sind es noch?«, fragt sie.

»Wir haben zwei mit den Pfeilen erwischt ... ich weiß nicht, ... zehn vielleicht. Es war eine Falle, aber wir waren mehr, als er wohl erwartet hatte.«

Ben tastet Lisas Kopf ab. Eine Wunde klafft über ihrer rechten Schläfe, und eine Blutspur verläuft aus dem Ohr. Er prüft ihren Puls, öffnet dann eines der Augenlider.

»Sie ist nicht ohnmächtig, ... sie ist tot!«

»Was? Wer ...«, rufe ich.
Joseph schüttelt den Kopf.
»Ich ... weiß nicht ... wir wurden angegriffen ... dann lag sie plötzlich vor mir ...«
Marias Blick wandert umher, ihre Augenbrauen verengen sich.
»Das reicht! Dann müssen wir es eben tun«, sagt sie mit harter Stimme.
»Was hast du vor?«, frage ich.
»Wir müssen alle Globen zusammensammeln. Sid hatte mir gezeigt, wie man die Waffe baut. Da wir nun den Tog haben, werde ich eben zu Salventos Schmiede fahren.«
»Wie viele Globen werden wir dafür brauchen?«, fragt Joseph.
»Etwa einhundert«, sagt sie.
»Bekommen wir so viele überhaupt noch zusammen?«, erwidert er.
»Wird eng, aber ich sehe keinen anderen Weg«, meint sie.
Ben nickt. »Ja, wir müssen das nun zu Ende bringen.«
Ich schüttle den Kopf.
»Ihr seid wahnsinnig! Das führt alles in eine Katastrophe. Wir schlagen uns doch schon mit den Knüppeln die Köpfe ein. Was wird erst passieren, sobald wir solche Waffen besitzen?«
»Damit wäre die Sache sicher schnell gelöst, dann können wir sie ja wieder wegpacken«, meint Joseph.
»Glaubt ihr ernsthaft, ihr stürmt einfach dort rein, erschießt ein paar Menschen und dann ist alles wie zuvor?«
»Paul, ich wünschte auch, wir könnten es zurückdrehen«, erwidert Maria, »aber Pandoras Büchse ist nun mal aufgestoßen, jetzt müssen wir für unsere Freiheit kämpfen.«
Ich setze mich auf den Rand des Beckens.
»Maria, Jules hat mir auch von Pandoras Büchse erzählt und dass er eben tun müsse, was er tat.«

Aus ihrem roten Gesicht blicken Augen wie Messer.

»Was willst du mir damit sagen? Dass ich wie Jules bin?«

»Budenbach ... Waffen bauen ... schau dich an mit dem Schlagstock in der Hand. Ich weiß nicht mehr, wer oder wie du bist.«

Joseph tritt zwischen uns.

»Und was würdest du vorschlagen, was wir tun sollten? Jules einfach die Stadt überlassen?«

»Der Brunnen erzeugt keine neuen Globen, wir müssen sie aufteilen und nicht für Waffen verschwenden. Wer weiß, wie kalt es noch wird«, erwidere ich.

»Sobald wir Jules haben, werden wir sicher erfahren, wie man die Blockierung löst«, höre ich Ben.

»Was, wenn Jules damit nichts zu tun hat? Maria, denke an Mina, ihr Glob ist sicher längst aufgebraucht.«

»Mina? Ich wusste es!«, haucht sie.

»Was?«

»Denkst du ich habe nicht bemerkt, wie du sie angeschaut hast?«

»Mina?«

Sie greift in ihre Tasche, holt zwei Globen heraus und wirft sie mir vor die Füße.

»Hier, dann könnt ihr zusammen eine Kirche gründen.«

Sie wendet sich ab, nickt Joseph und Ben zu und geht zum Tog.

»Maria, wenn du die Waffe baust, möchte ich damit nichts mehr zu tun haben«, sage ich.

Sie dreht sich um.

»Ich habe das alles nicht begonnen, aber ich werde um meine Freiheit kämpfen. Ja, vielleicht bin ich nunmehr gezwungen Dinge zu tun, die ich nicht möchte, und ich werde dafür bezahlen. Denkst du, ich bin naiv? Aber jemand muss es tun, für das Wohl aller. Der Paul, den ich einst kannte, hätte es verstanden und sich nicht mit Töp-

fen voll Wasser auf dem Herd beschäftigt. Ich erkenne dich auch nicht mehr, du bist wie ein Fremder für mich.«
Sie steigt ein, und der Tog beschleunigt.

KATHARSIS

(:|)-(:)

Ich hebe den Glob vor meinen Füßen auf und suche nach dem zweiten. Das war es dann also mit Maria. Eigentlich überrascht es mich nicht. Wo kann er nur hin sein? Ich gehe einige Schritte vom Brunnen weg und taste mit den Augen den Boden ab. Obwohl ich doch weiß, dass etwas Wertvolles vorbei ist, fühle ich gar nichts. Die Schneedecke zeigt einige Beulen, aber es sind nur Steine darunter zu finden. Irgendwie bin ich sogar erleichtert, wir sind uns einfach zu fremd geworden. Es macht keinen Sinn, noch länger nach dem zweiten Glob zu suchen. Ich muss meine Gedanken sortieren und laufe in irgendeine Richtung.

Mittlerweile ist die gesamte Umgebung mit einer dünnen Schneeschicht überzogen, schleichend legt sich der Winter über Memoria. Die Dämmerung bricht herein, verliert aber durch den weißen Untergrund jeden Anschein einer Nacht. Ich mochte ihre starke und durchdachte Art und wie sie sich für andere einsetzte. Aber jetzt ist sie so gnadenlos, wie eine Kriegerin – sie ist selbst schuld.

Ich stehe vor dem hölzernen Torbogen mit dem Memoria-Schriftzug. Der Schnee hat sich auf die geschnitzten Ornamente gelegt und gibt dem Relief noch mehr Tiefe. Ich blicke auf meine Hände, und obwohl sie sauber sind, muss ich sie an meiner Jacke abwischen. Habe ich ein schlechtes Gewissen? Ich musste doch Maria helfen. Warum ist Austin nur Jules gefolgt? Es schien, als wenn er förmlich Gewalt ausüben wollte, als wenn er sich nur deswegen Jules angeschlossen hätte. Und nun hat sich die Gewalt gegen ihn gerichtet – auch er ist selbst schuld.

Ich stecke meine Hände ich die Jackentaschen und laufe weiter den Weg entlang. Dort ist der Eingang zum Theater. Ich erinnere mich an eine Zeit ohne Vergangenheit, intensiv und unbeschwert. Nun mischen sich die verkohlten Reste mit dem Schnee zu einem fleckigen Teppich. Welchen Grund konnte jemand haben es anzuzünden? Vielleicht wollte er so vom Brunnen ablenken, um sich die Globen zu holen? Vielleicht war es Jules, um danach seinen Führungsanspruch zu verkünden? Vielleicht war es sogar Maria? Ich weiß nicht mehr, zu was sie fähig ist.

Verkohlte Stümpfe ragen aus der Schneedecke heraus. Eins, zwei, drei, ... vier, fünf ... sechs ... sieben ... ich zähle acht, aber hinten sehe ich noch zwei weitere, also zehn. Ich hole mein Notizbuch hervor. Mit Mühe ziehe ich den Stift heraus. Ich will eine neue Tabelle zeichnen, aber meine Hände zittern zu stark. Das Notizbuch fällt mir aus der Hand in den Schnee. Ich kauere mich nieder und säubere es hektisch. Rußreste verschmieren die nassen Seiten. Meine Finger schmerzen. Die Hände umklammern den Einband – einige Blätter lösen sich. Nein ... ich will das nicht mehr! Ein Schrei verlässt meinen Körper. Ich umgreife das Buch, zerreiße es in zwei Hälften und werfe es mit aller Kraft in die schwarze Trümmerlandschaft. Für einen Moment fühle ich mich befreit, aber ich weiß, dass es so nicht funktioniert. Das Problem ist nicht das Notizbuch, es ist in mir.

Ich kehre dem Theater den Rücken zu und folge weiter dem Weg, hinauf zum Wasserfall. Meine Gedanken kreisen noch einige Zeit um das Buch, dann sehe ich Austins schneebedeckte Getreidefelder. Der eisige Wind legt sich wie ein Schwarm von Stecknadeln auf mein Gesicht. Bin ich ein Mörder? Das Feuer in der Schule, Katrins Krankheit und Austins Gewalt – warum passiert mir ständig so etwas? Plötzlich sehe ich einen Schatten mitten im Getreidefeld.

Die Umrisse ... das ... ist das Austin? Nein ... das kann nicht sein. Es kommt auf mich zu! Ich weiche erschreckt zurück. Es sinkt zu Boden. Was war das? Da ist es wieder, es bäumt sich auf!

Ich renne.

Meine Beine bewegen sich wie von alleine, mein Körper glüht, meine Adern pulsieren. Erst auf dem Hügel meldet sich mein Verstand, und ich halte inne. Mein Blick geht angespannt zurück. Die Bäume rascheln im Wind, Schnee wirbelt herum. Da ist nichts.

Ich schleiche mich abseits des Weges weiter den Hügel hinauf. Meine Schritte knirschen im Schnee. Jede Böe, die eine Bewegung in dem Geäst erzeugt, lässt mich für einen Moment stocken und nach Umrissen suchen. Hinter einigen Sträuchern versuche ich, einen Blick hinab auf das weiße Feld zu werfen. Ich drücke die Zweige zur Seite und erkenne seltsame Schleifspuren im Schnee, die quer über das Feld verlaufen. Nein, das ist keine Einbildung, dort ist etwas!

Der Wind bläst wieder über die Ebene, dann sehe ich erneut die Bewegung im Schnee. Etwas schiebt sich empor. Ich drücke mich tief in den kalten Boden, zwinge mich dennoch aufzublicken. Da erkenne ich es. Eine Plane hat sich durch den Wind gelöst und wurde über das Feld geweht. Es ist bloß ein Stück Plane! Ich richte mich auf, klopfe mir den Schnee von der Kleidung und schüttle lachend den Kopf. Aus dem Lachen wird ein Stöhnen, aus dem Stöhnen ein Wimmern und schließlich ein Weinen.

Die Kälte treibt mich an. Mehr benommen als bewusst stolpere ich zum Tunnel, der mich zur Treppe am Wasserfall führt.

Ich erinnere mich an Katrin, unsere vielen Streitereien um nichts; ich sehe das Feuer, das aus den Fenstern der Schule flackert; ich sehe mich tagelang endlose Tabellen ausfüllen; ich sehe, wie der Ast auf dem Kopf zersplittert; dann sehe ich Maria, wie sie mich anlächelt und mit schwingendem Schritt zum Brunnen geht; sie streift mich, und eine Böe weht mir ihren Duft ins Gesicht.

Ich finde mich in der Kammer hinter dem Wasserfall wieder. Es zieht mich zum Plateau, also trete ich durch den Wasserspalt. Das tosende Donnern der Wassermassen lähmt erholsam meinen Gedankenstrom. Hier ist es deutlich wärmer. Die Bäume schimmern im Schein der Lichtsäule über mir.

Ich erinnere mich wieder, wie sie mit der roten Schleife im Haar auf den Turm zugeht, mich anblickt und sich auflöste. Hier oben, wo alles anfing, lasse ich mich auf einen Baumstumpf nieder und wische mir die Tränen aus dem Gesicht.

»Paul, du bist auch hier?«
Ich schrecke auf, aber erkenne sofort die Stimme.

»Salvento?«
Er steht einige Meter entfernt auf einem Felsplateau. Seine Körperhaltung ist aufrecht und steif, irgendwie eine Mischung aus Väterchen und *Reset*. Seine Kleidung ist sauber, und der Bart ist weg. Er trägt einen langen, grauen Mantel mit aufgeschlagenem Kragen. Ich kann seine Augen in dem Licht nicht erkennen, aber ich bin mir sicher, dass er wieder eine Person ist.

»Tut mir leid, ich wollte dich nicht erschrecken«, sagt er.

»Dann hat dich Jules also nicht erwischt?«

»Nein. Ich hab seine Ansprache über das Q verfolgt, da war mir klar, dass er nach mir suchen würde. Es steht nicht gut um Memoria, oder?«

»Nein. Uns gehen die Globen aus, und Maria kämpft gegen Jules. Aber wenigstens scheint es dir besser zu gehen?«

»Schon, aber an so einiges würde ich mich lieber nicht mehr erinnern.«

»Anna?«, höre ich mich sagen.
Er schüttelt den Kopf.

»Nein, die Erinnerung an Anna ist es nicht, auch wenn unser Streit zum Schluss ... es gibt andere Dinge, ich meine, du weißt ja, wie es auf der Erde aussieht.«

»Denkst du, dass sie noch dort ist?«

»Ich weiß nicht. Sie ist nach dem Streit einfach weggerannt. Gleich danach gab es den großen Stromausfall. Ich habe in dem Chaos überall nach ihr gesucht, dachte zuletzt, ich hätte sie am Turm gesehen.«

Ich blicke auf meine Hände und zucke wie von einem Stromschlag getroffen zusammen. Ein Blutfleck? Ich will ihn abwischen und bemerke, dass es nur der Schatten eines Baumes ist.

»Aber dir geht es offensichtlich nicht gut, Paul?«

»Die letzten Tage, ... es ist zu viel passiert. Ich kämpfe gegen Kontrollzwänge, will ständig alles abzählen und notieren. Salvento, ich habe Sid sterben sehen; ich musste Maria verteidigen und dabei Austin töten; ich habe meine Freunde verloren; ich ... ich habe Maria verloren; ja, ... ich glaube, ich habe mich sogar selbst verloren. Du siehst, jetzt bin ich der Verrückte und du bei Verstand.«

Er verharrt eine Weil regungslos und nickt dann nachdenklich.

»Ja, bei Verstand. Besser man ist bei Verstand oder gänzlich verrückt, aber beides zugleich ist wie zu ersticken, und doch nicht zu sterben.«

»Wieso bist du eigentlich zum Plateau gekommen?«, frage ich.

Er zeigt nach oben.

»Der Turm. Seitdem ich den roten Glob erzeugt habe, ist etwas in Gang gesetzt worden. Die Kälte breitet sich aus und die Brunnen schalteten sich ab. Es hat mit dem Turm zu tun.«

»Die Brunnen schalten ab? Also war es doch nicht Jules?«

»Jules? Nein. Paul, besitzt du noch den roten Glob? Ich möchte hinauf zum Turm.«

»Nein. Jules, er hat ... er hat mich unter Druck gesetzt, da musste ich den Glob zerstören. Ich konnte nicht zulassen, dass er ihn bekommt. Tut mir leid.«
Er verharrt wieder eine Weile.
»Verstehe ... dann ist es vorbei.«
»Ich befürchte.«
Er blickt zu Boden, nickt und geht wortlos zurück in Richtung des Wasserfalls. Ich stehe auf und klettere über die Felsen zu der Stelle, an der ich einst mein Notizbuch fand. Ich blicke von der Kante des Plateaus in den Abgrund. Die gesamte Landschaft ist mit einem weißen Überzug versehen, nur die Flüsse durchschneiden die Ebene wie die Bruchkanten gegeneinanderlaufender Platten. In Richtung der Stadt kann ich keinen einzigen Lichtpunkt ausmachen. Memoria stirbt so wie die Erde, so wie alles, was der Mensch anfasst.

Wäre ich auf einer Bühne, würde mir jetzt wohl Mina in ihrem weißen Gewand erscheinen und sagen: Paul, es ist an der Zeit; verliere die Welt, erlange die Freiheit. Ich möchte den Gedanken mit einem *Aber* fortsetzen, doch irgendwie ändert diese Zeile aus dem Theaterstück meine Stimmung. Bei allem was ich verloren habe, ist da doch etwas, das sich abzeichnet und hervortritt. Es fühlt sich verlässlich ... ja, unverwüstlich an. Ich weiß nun, was mir wichtig ist. Obwohl, zu wissen glaubte ich es auch schon zuvor. Es ist mehr als das, ich *spüre*, was wichtig ist – es durchfließt mich wie eine unverfälschte Energie. Warum sollte ich dafür nicht eintreten? Egal was geschehen ist und was noch kommen mag ...

In diesem Moment höre ich einen dumpfen Schlag und durch den Boden läuft ein vibrierender Ruck. Das Plateau bewegt sich – der Aufzug wurde aktiviert. Ich blicke zum Wasserfall, da sehe ich Salvento nur einige Felsen von mir entfernt.

»Paul, ich wollte gerade durch den Spalt im Wasserfall, da hat er sich direkt vor mir geschlossen.«

»Dann hast du den Aufzug nicht aktiviert?«
»Nein.«
»Wer dann?«
Ich schließe zu ihm auf, und wir gehen auf die uns immer näherkommende Wasserkante zu.
»Das werden wir gleich wissen«, erwidert er.
Wir sind nur noch wenige Meter vom Wasserfall entfernt, als das Plateau mit einem dumpfen Rumpeln zum Stehen kommt.
»Hier ist niemand«, sage ich.
Salvento zeigt auf den Quader neben dem Weg. Eine Gestalt bewegt sich zögerlich aus der Deckung der Konsole. Eine Decke hängt über seinen Schultern und seine Hand umklammert einen Gehstock, den er langsam hervorschiebt.
»Cajo?«
»Paul? Dann muss dies hier Memoria sein, vermute ich?«
Ich nicke. »Also ist es euch gelungen, alle Kennungen zu finden.«
Sein faltiges Gesicht wirkt unter dem fahlen Licht des Turms noch zerklüfteter. Auf seiner Wange sind schwarze, verschmierte Streifen zu erkennen, die sich auf seinem Gewand fortsetzen.
»Ja, das war, nachdem du uns davon berichtet hattest, letzten Endes nicht schwierig. Unsere Drohnen schwärmten aus und nur einen Tag später wurden die restlichen zwei Sequenzen gefunden.«
Ich zeige auf Salvento.
»Darf ich dir vorstellen, das ist ...«
»Salvento Chessa, ich weiß. Ich erkenne den Chef-Architekten des AURA-Konzerns. Er war oft genug in den Medien.«
Ich schaue Salvento an. Er blickt zu Boden.
»Architekt bei AURA? Das wusste ich nicht.«
»Ich bin bereits vor den Skandalen dort ausgestiegen«, erwidert er.

»Cajo, leider kann ich dir Memoria im Moment nicht zeigen. Seit der Rückkehr unserer Erinnerungen ... es führte zu Konflikten, die nicht einfach zu erklären sind.«
Seine grauen Augenbrauen heben sich, und seine Mundwinkel fallen herab.
»Bei uns sind es sieben, wie viele hat es euch gekostet?«, fragt er.
»Sieben? Ich verstehe nicht«, erwidere ich.
»Paul, er meint, wie viele gestorben sind«, bemerkt Salvento.
»Nein?«
Cajo stützt sich mit beiden Händen auf dem Gehstock ab.
»Zuerst schienen wir alle sehr gefasst. Du hattest uns ja bereits davon berichtet. Wir beschlossen, mit Memoria Kontakt aufzunehmen. Dann wollte Mariel plötzlich mit den neuen Möglichkeiten der Fabrik einen Reaktor bauen, der, wie sie meinte, nahezu unendliche Energie erzeugen würde. Wir waren uns uneinig. Einige, darunter auch ich, meinten, dass es viel zu gefährlich wäre.«
»Hieltet ihr keine Ekklesia ab?«
Er schüttelt den Kopf.
»Wir ... hatten nicht mehr daran gedacht ... bei Gott, wir hätten eine abhalten sollen. Die eine Hälfte versuchte herauszufinden, wo wir hier eigentlich sind und die Anderen, wohl, weil sie es uns beweisen wollten, bauten mit Mariel an dem Reaktor.«
Er zögert und atmet tief ein.
»Schon bei dem ersten Testlauf lief etwas schief. Wie ich vermute, entstand eine Mikrosingularität. Sie riss Mariel und sechs weitere von uns in Stücke, zerstörte Teile unseres Gebäudes, bevor sie sich schließlich auflöste.«
»Mariel? Nein!«, hauche ich.
»Eine Mikrosingularität? Dann hattet ihr noch Glück«, meint Salvento.
Cajo blickt ihn an.
»Vielleicht. Aber angesichts dessen, dass ich die Leute

gut kannte, ist Glück kein Wort, welches ich wählen würde. Es war letzten Endes unnötig, es war dumm!«

»Wie schlimm ist die Zerstörung? Könnt ihr euch noch versorgen?«, frage ich.

»Wir konnten das Nötigste reparieren. Aber nun sind wir zerstrittener als zuvor. Es wird immer kälter, und ich bin der Meinung, wir müssen uns Memoria anschließen. Wir sind einfach zu wenige.«

»Unser Brunnen ist ausgefallen«, entgegne ich.

»Ja, unser Zylinder war auch blockiert, aber wir konnten ihn mit dem roten Token wieder reaktivieren«, erwidert er.

»Was? Verdammt! Ich hätte den Glob nie zerstören dürfen.«

Cajo dreht sich zur Lichtsäule.

»Warum können wir uns plötzlich alle erinnern und wohin haben uns diese Türme gebracht?«

Salvento wendet sich der Konsole zu.

»Ich bin mir sicher, die Antworten dazu finden wir im Turm«, erklärt er und tippt auf das Symbol mit dem umgedrehten V.

Mit einem Schlag ist es wesentlich dunkler. Obwohl die Lichtsäule weiterhin von der Turmspitze in den Himmel ragt, ist das pulsierende Glühen um ihn herum verschwunden. Salvento zeigt auf die runde Kuppel.

»Ich würde sagen, wir haben nun Zutritt.«

Der Turm
|-(|)

Wir bewegen uns auf den Sockel des mindestens dreißig Meter hohen Bauwerks zu.
»Seltsam, das ist weder Stein, Stahl noch Beton«, meint Salvento.
Das Material, aus dem der ganze Turm zu bestehen scheint, schimmert graublau, als wenn es von einer Lackschicht umgeben wäre. Ich berühre die Wand am gewölbten Sockel. Die Oberfläche fühlt sich warm, matt und überraschend flexibel an, als wäre sie mit einer Plastikschicht bedeckt. Meine Finger hinterlassen kleine Vertiefungen, die sich langsam wieder glätten. In den bläulichen Schichten fließen schwache Lichtimpulse auf Bahnen durch das gesamte Gebäude. Auch Salvento lässt nun die Hand über das Material gleiten.
»Ungewöhnliche Struktur, so weich, als wäre es mit einer Haut überzogen«, meint er.
»Hier drüben«, ruft Cajo.
Wir gehen einige Meter um den Sockel herum, bis wir wieder zu ihm aufschließen.
»Hier, ein Korridor!«, meint er und zeigt mit dem Gehstock in die türlose Öffnung.
Wir folgen dem kurzen Gang in einen runden Raum, von dem ein Schacht durch die Decke steil nach oben verläuft. An den Wänden glimmen die verschiedenen Symbole für Glob, Brunnen, Schmiede und Turm. Cajo berührt eines der Zeichen, aber es bleibt ohne Reaktion.

»Offensichtlich nur Beleuchtung«, murmelt er.
In der Mitte des Raums, direkt unter dem Schacht, befindet sich eine runde Plattform, die von einem Geländer umgeben ist.

»Noch ein Fahrstuhl«, bemerkt Salvento.

Cajo nickt, und wir stellen uns auf die Plattform. An einem Panel am Geländer leuchtet ein Symbol auf. Ich berühre es, sofort rasen die Wände an uns vorbei. In weniger als einer Sekunde landen wir in einem weiteren runden Raum. Eine Art Wendeltreppe führt in einem großen Bogen zur nächsten oberen Ebene.

»Ein Fahrstuhl? Es hat eher so gewirkt, als wenn sich die Wände an uns vorbeibewegt hätten«, sage ich.

»Ja, er kompensiert irgendwie die Massenträgheit«, meint Cajo.

Er schreitet voran und drückt sich mühsam mit seinem Stock Stufe für Stufe hinauf.

»Wenn man solch einen Fahrstuhl baut, wozu dann diese Treppen?«, grummelt er.

Ich erklimme die letzten Stufen und blicke in einen kreisrunden, etwa zehn Meter durchmessenden Saal.

»Na endlich! Der Kontrollraum«, fährt es aus Salvento heraus.

In die Wand sind umlaufend schmale Fenster eingelassen. Direkt darunter schimmern silberne Konsolen, die denen in der Schmiede gleichen. In der Mitte des Raums befindet sich ein runder Tisch von etwa einem Meter Durchmesser, darüber schwebt eine holografische Projektion. Sie zeigt eine kleine, leuchtende Kugel und drei markierte Objekte, die sich auf einer dargestellten Kreisbahn darum zu bewegen scheinen.

Ich blicke aus den Fenstern in die Landschaft. Obwohl es mitten in der Nacht ist, schimmert der offene Ozean unter dem grafitfarbenen Himmel wie verflüssigtes Blei. Ihm gegenüber kann ich die gelbroten Gipfel eines weit entfernten Gebirgszugs ausmachen. Erst jetzt wird mir bewusst, dass sich die Sonne in Memoria auf einer seltsamen, ja eigentlich unmöglichen Bahn durch den Himmel bewegt. Vermutlich verläuft die Rotation des Planeten anders als auf der Erde – eher ein Trudeln, als eine Drehung um die eigene Achse. Salvento konzentriert sich auf eine der Konsolen und wählt sich durch die Menüs.

»Unglaublich, einfach unglaublich«, murmelt er.

Cajo wendet sich dem Bedienpult vor dem holografischen Tisch zu. Er tippt auf die Oberfläche und die Darstellung zoomt auf eines der Objekte in der Umlaufbahn. Es sieht wie ein unförmiges, aus einer Melone herausgeschnittenes Stück aus. Darüber erscheint ein Symbol, das ich sofort erkenne.

»Kairos!«, sage ich.

Cajo nickt und berührt die Konsole erneut. Die Darstellung springt zum nächsten Objekt. Es ist ein weiteres großes Stück der Melone.

»Das ist Acra«, meine ich.

Er schaltet weiter auf das letzte Objekt in der Umlaufbahn. Es ist das passgenaue, dritte Stück der Melone, über dem das mir so vertraute Symbol schwebt.

»Und Memoria«, ergänzt Salvento.

»Ich verstehe, dies sind die verschiedenen, mit den Türmen verbundenen, Welten. Wir schauen alle auf dieselbe Sonne«, erkläre ich.

»Und offenbar hat es sich einst um einen einzigen Planeten gehandelt«, fügt Cajo an.

Salvento hebt den Zeigefinger.

»Oder aber, es soll mal ein Planet werden.«

»Wie kommst du darauf?«, frage ich.

»Hier gibt es eine konkrete Aufforderung, den Prozess *Planet* oder *Welt* zu initiieren, davor befindet sich noch ein Symbol, das ich nicht kenne«, erwidert er. Cajo blickt auf Salventos Konsole.

»Unbearbeitet, unfertig oder besser: unbeschrieben«, meint Cajo.

»Also eine *Unbeschriebene Welt*. Was kann das bedeuten?«, frage ich.

»Es ist ein Prozess, der schon seit einiger Zeit im Gang ist«, erklärt Salvento.

Ich nicke langsam.

»Natürlich ... seitdem wir die Turmportale betreten haben«, hauche ich.

»Vermutlich sogar, seitdem die Türme überhaupt auf der Erde erschienen«, entgegnet Cajo. »Aber wenn er schon im Gange ist, warum dann die Aufforderung?«

»Sieht so aus, als wenn es ein mehrstufiger Prozess ist. Nun geht es um die finale Phase, den ... Abschluss«, erklärt Salvento und tippt auf der Konsole herum. »Die Planetenabschnitte bewegen sich schon seit einiger Zeit aufeinander zu. Ah ... hier ist eine Simulation.«

Wir blicken auf das Hologramm und sehen, wie sich die drei Objekte in der Umlaufbahn immer näherkommen. Sie beginnen zu rotieren, bis sie schließlich passgenau ineinandergreifen. Ich schüttele den Kopf.

»Unmöglich! Ein Planet kann sich nicht einfach so zusammensetzen ... die Gravitation ... sie ... die Abschnitte würden einfach aufeinanderprallen und alles ...«, stottere ich.

Cajo zeigt mit seinem Stock zum Fenster hinaus.

»Und dennoch macht es Sinn. So wäre letzten Endes der Schlund da draußen zu erklären.«

»Also, nach dem Ablauf hier geschieht die Vereinigung sanft und kontrolliert«, erklärt Salvento. »Paul, bedenke, wo wir uns befinden und wie wir hier herkamen. Wer solche Portaltürme bauen kann, der kann auch Planeten formen.«

»Kinder, letztlich ist es nicht von Belang, ob wir es verstehen oder nicht«, erwidert Cajo. »Ein neuer Planet, so fruchtbar und lebendig, was für ein Geschenk!«

»Kannst du denn die letzte Phase überhaupt von hier starten?«, frage ich.

»Ja, ... Moment, was ... ?«

Das Hologramm verschwindet, und auf den runden Tisch fällt ein Lichtkegel. Auf Salventos Konsole erscheinen die Symbole von Kairos, Acra und Memoria, daneben taucht eine weitere mir vertraute Zeichenfolge auf.

»Das bedeutet *Ergebnis* oder *Erzeugnis*, richtig?«, frage ich.

»Ja, offensichtlich muss jede Welt etwas auf den Tisch dort legen«, erwidert Salvento.

»Schon wieder ein Schlüssel?«, erwidere ich.

»Ein *Erzeugnis*«, entgegnet Salvento.

»Eine *Errungenschaft*«, meint Cajo.

»Probieren wir doch den roten Glob«, meine ich zu Cajo.

»Den Token? Gut«, erwidert er, greift in seine Brusttasche und legt die gläserne Kugel auf den Tisch. Der Lichtkegel erlischt und direkt über dem Glob erscheinen Daten und Zeichen als holografische Projektion. Ich erkenne das Symbol von Kairos, dann gibt es einen doppelten Summlaut und das Licht geht wieder an.

»Das war es nicht«, meint Salvento.

»Habt ihr das Zeichen von Kairos gesehen? Woher weiß der Turm, dass der Glob von dort ist?«, frage ich.

Cajo vergräbt die Finger in seinem weißen Bart.

»Hm ... in allem steckt eine Sequenz, eingebettet in die Struktur der Materie selbst«, murmelt er.

»So wie bei den Kennungen? Ja, wäre denkbar«, antwortet Salvento.

»Für jede der drei Welten unterschiedlich markierte Materie? Aber das heißt doch dann, dass die Welten ... künstlich erschaffen wurden?«, entgegne ich.

»Vielleicht, oder jemand ließ sie letzten Endes so wachsen«, erwidert Cajo.

Salvento räuspert sich und fährt mit der Hand nervös über seine Stirn.

»Das ist nicht gut ...«, sagt er und zeigt auf seine Konsole.

»Warum? Wir brauchen nur eine Errungenschaft von jeder Welt«, meint Cajo. »Da wird sich doch was finden lassen.«

»Das Problem ist, wir haben dafür nicht viel Zeit«, entgegnet Salvento. »Bereits vor Tagen wurde ein Subprozess mit der Bezeichnung *Säuberung* gestartet.«

»Das bedeutet?«, frage ich.

Er tippt auf das Symbol und eine Liste kommt zum Vorschein.

»Die Brunnen und Schmieden werden abgeschaltet, das ist bereits geschehen. Alle Gebäude verschwinden wieder im Boden und das Klimasystem wird ... es wird neu gestartet.«

»Klimasystem?«, wiederhole ich.

»Wenn wir den Prozess: *Unbeschriebene Welt* nicht rechtzeitig zum Abschluss bringen, dann wird es immer kälter«, erklärt er.

»Wie kalt?«, fragt Cajo.

»Zu kalt, um zu überleben.«

Cajo nickt langsam.

»Säuberung. Ich verstehe. Wenn wir nichts vorzuzeigen haben, verdienen wir diesen Planeten nicht, ... das ist nur gerecht.«

»Wie viel Zeit haben wir?«

»Schwer zu sagen, jedenfalls nicht viel ... vielleicht vier oder fünf Tage«, erwidert Salvento.

»Was sollen wir denn vorzeigen? Was ist eine Errungenschaft? Nach welchen Kriterien?«, frage ich.

»Sicher etwas, dass wir letzten Endes hier erschaffen haben. Ich werde eine unserer Drohnen auf den Tisch schaffen«, erklärt Cajo.

»Salvento, wir wäre es mit deinem schwebenden Tog?«

»Der steht unten am Ufer, aber er ist zu groß, den bekommen wir nicht hier hoch«, erwidert er. »Allerdings, die Testplattform in der Schmiede, die sollte kein Problem sein.«

»Gute Idee. Ich werde alle in Memoria informieren. Wir müssen mit den unsinnigen Streitigkeiten aufhören und endlich wieder zusammenarbeiten.«

»Denkst du denn, du kannst Jules und Maria überzeugen?«, fragt Salvento.

»Wenn ich es schaffe, ihnen die Situation begreiflich zu machen, dann schon.«

Salvento blickt mich musternd an.

»Vorhin klangst du aber viel pessimistischer.«

Ich nicke. »Tja, manchmal muss man erst die Welt verlieren, um zu verstehen, dass man sie sich selbst wieder erschaffen kann.«

»Das hier ist interessant!«, ruft Cajo. »Es gibt offensichtlich doch einen Weg zurück zur Erde.«

Die holografische Projektion über dem Tisch blendet ein und zeigt einen Planeten – es ist die Erde. Verstreut auf der Oberfläche werden Markierungen angezeigt.

»Das sind sicher die Positionen der Türme«, meint Salvento.

Cajo nickt. »Ja, aber zurzeit sind sie nicht aktiv, nicht einmal materialisiert.«

»Darum kommt niemand mehr zu uns«, füge ich an.

Cajo studiert die leuchtenden Symbole und Darstellungen.

»Irgendwie ist die Verbindung zur Erde noch im System, es muss mit dem Abschluss des Projekts: *Unbeschriebene Welt* zusammenzuhängen.«

Salvento kommt hinzu.

»Hier ist der Auftrag und da ist die Ablaufsteuerung.« Er zeigt auf die Zeichenketten. »Ein Zeitfenster. Nachdem die Vereinigung stattgefunden hat, werden die Portale zur Erde ein weiteres Mal geöffnet.«

Ich deute auf den Eintrag am Ende der Tabelle.

»Und dann werden die Türme ... gelöscht?«

»Sie verschwinden, diesmal sicher für immer«, meint Cajo.

In meinem Kopf fallen plötzlich unzählige Puzzleteile passgenau zusammen und formen ein klares Bild. Wir haben soeben die Geheimnisse der – wie Jules es ausdrückte – Scharade gelüftet. Alles ergibt auf eine so fundamentale Art Sinn, dass es mir Gänsehaut bereitet. Er hatte recht, es ist ein Test, aber kein Spiel. Das Erscheinen der Türme auf der Erde war kein Zufall, jemand hat unser Dilemma erkannt, unsere sterbende Welt. Dass wir beim Sprung durch die Portale unsere Erinnerung verloren haben, ist Teil der Prüfung. Wir sollten unbelastet von unserer Vergangenheit eine Gesellschaft formen, welche jeweils eine Errungenschaft hervorbringt, um uns für diesen neuen Planeten zu qualifizieren. Damit wir nun die Aufgabe und die Zusammenhänge begreifen, sind wir wieder erweckt worden.

»Jetzt verstehe ich es«, sage ich. »Wenn wir bestehen, werden die Türme ein letztes Mal aktiviert, damit noch einmal Menschen hierher gelangen und wir diese Welt besiedeln können.«

»Allerdings ist das Zeitfenster mit knapp zwei Stunden recht kurz, aber ja, ich denke auch, dass uns jemand einen neuen Planeten vermachen will«, erwidert Salvento.

»Jedoch nur, wenn wir uns dem Wert erweisen«, entgegnet Cajo.

Hinter ihm bemerke ich ein Regal mit kleinen, rötlichen Scheiben. Sie sehen wie kleinere Versionen des Qs aus. Ich nehme mir eines, berühre die Oberfläche und es leuchtet das auf dem Kopf stehende V in einem Kreis auf.

»Das Turm-Symbol«, murmele ich.

Eine Anzeige mit den Symbolen für Kairos, Acra und Memoria erscheint. Ich tippe auf Kairos, in diesem Moment wechselt die Dämmerung außerhalb des Turms zu einer weißen Fläche, dann blendet es über zu einem bewölkten Taghimmel mit der Sonne hoch oben als trübe Scheibe.

»Was ...?«, stottert Salvento und blickt sich verwirrt um.

»Ich habe Kairos gewählt, offensichtlich kann man damit den Turm steuern«, erwidere ich.

Cajo blickt aus dem Fenster.

»Ganz erstaunlich. Ja, es ist Kairos.« Er streift sich wieder durch seinen Bart. »Das bedeutet ... es gibt eigentlich nur einen einzigen Turm.«

»Nein, das kann nicht sein, allein auf der Erde sind doch sicher mehr als fünfzig zur selben Zeit erschienen«, entgegne ich.

Salvento blickt prüfend zu allen Seiten aus dem Fenster.

»Cajo hat recht. Egal, ob wir von der Erde oder von einer der Welten aus in den Turm gelangen, wir würden mit Sicherheit immer in demselben – diesem hier – landen.«

Cajo nickt. »Ja, das ist die einzig logische Erklärung.«

»Ihr verwirrt mich. Wie kann etwas, das gleichzeitig an verschiedenen Orten ist, dasselbe sein?«

»Paul, ich sollte vielleicht erwähnen, dass ich Professor der Physik bin«, erwidert Cajo lächelnd, »daher kann ich dir sagen, dass es außerhalb der Quantenphysik völlig unmöglich ist. Jedoch, angesichts von Portalen und der Erschaffung eines Planeten, würde ich meine bisherige Definition von *unmöglich* letzten Endes neu überdenken.«

Ich berühre auf dem roten Q das Symbol für Memoria, erneut werden die Fenster für einen Augenblick weiß, dann blicke ich hinaus in Memorias Morgendämmerung. Salvento und Cajo schauen mich für einen Moment an und nehmen sich eilig ebenso eines der roten Qs aus dem Regal.

»Das Menü ist identisch mit dem an der Konsole am Wasserfall. Ich glaube, hiermit können wir auch das Plateau kontrollieren«, sage ich.

»Ja, das ist großartig, eine Fernbedienung für den Turm«, erwidert Salvento.

»Wir müssen nun unbedingt den anderen davon berichten«, erkläre ich.

Cajo nickt. »Ganz recht, ich werde meinen Leuten davon erzählen und mit einer Drohne zurückkommen.«

»Gut, dann sollten wir die schwebende Plattform holen gehen«, füge ich an.

Salvento schüttelt den Kopf.

»Nein, Paul, ich werde nach Acra gehen. Wir haben nur wenig Zeit, und jemand muss sie informieren.«

Ich nicke. »Stimmt, aber ich war schon einmal dort. Es wäre wohl besser, wenn ich nach Acra gehe.«

»Paul, ich werde wohl niemanden in Memoria überreden können, sie würden mich schlicht weiterhin für verrückt halten«, entgegnet Salvento. »Nur du kannst sie überzeugen, und die Zeit drängt.«

Cajo greift in seine Brusttasche und hält mir den roten Glob entgegen.

»Hiermit kannst du den Zylinder in Memoria wieder aktivieren. Nimm ihn ruhig, wir besitzen ja nun die Fernbedienung für den Turm.«

»Danke Cajo.« Ich nicke. »Also gut. Salvento, versuche Sidus zu finden, er wohnt in der großen Bibliothek in Bouquin, einer Stadt, nicht weit vom Wasserfall entfernt. Ich hoffe, dass das Chaos dort nicht so groß wie in Memoria ist. Immerhin sind sie dort weitaus weniger abhängig von den Brunnen.«

»Gut, Sidus in Bouquin, in der großen Bibliothek«, wiederholt er.

»Lasst uns ... sagen wir in acht Stunden wieder hier treffen? Das sollte genug Zeit sein, um die Leute zu informieren und die ersten Errungenschaften hierher zu bringen«, sage ich.

Cajo holt eine silberne Taschenuhr hervor und klappt sie auf.

»Ja, gut, in acht Stunden.«

Salvento fasst in seine Manteltasche und nimmt ein Q heraus.

»Alles klar. Paul, du kannst meinen Tog nehmen, steuert sich genauso wie der alte, nur pass bitte bei der Beschleunigung auf. Das Induktionsfeld führt zu einer Abschwächung der Massenträgheit.«

»Das heißt?«

»Du spürst die Beschleunigung nicht oder genauer gesagt nur ein Zehntel davon.«

Ich nicke. »Ich habe mein Q nicht dabei, wie spät ist es?«

»Kurz nach acht, also lasst uns hier im Turm um 16 Uhr nach Memoria Zeit treffen«, erklärt Salvento.

Paul
(.)-(|)

Als ich das Ufer erreiche, beginne ich nach Salventos Vehikel zu suchen. Die Morgensonne blendet mich, und es ist abseits des Wasserfalls schmerzhaft kalt. Nur einige Meter vom Tunneleingang entfernt, bemerke ich etwas hinter einem Busch hervorschimmern, es ist das schwebende Fahrzeug. Vom Gehäuse her sieht er genauso aus wie ein normaler Tog, aber anstatt der Reifen sind weiße Halbkugeln an einer komplizierten Aufhängung montiert. Sie lassen das Vehikel knapp zwanzig Zentimeter über dem Boden schweben. Ich steige ein und beschleunige vorsichtig. Es fühlt sich merkwürdig an, so als wenn ich mit dem Steuerknüppel die Welt dazu bringe, geräuschlos an mir vorbeizuziehen. Dennoch erscheint mir die Geschwindigkeit viel höher als bei dem normalen Tog. Ich spüre tatsächlich kaum irgendeine Auswirkung auf meine Steuerbewegungen, selbst wenn ich innerhalb eines Meters den Tog zum Halten bringe, bleibe ich im Sitz davon unberührt.

Auf der Landschaft liegt eine dicke Schneedecke. Nur um den Fluss herum befindet sich weiterhin ein grüner Bereich. Dort wo das Wasser verwirbelt und aufspritzt, erscheinen dampfende Schwaden. Der Fluss kühlt offensichtlich weit weniger schnell ab als seine Umgebung. Auf dem Torbogen vor Memoria hat sich eine bauschige Schneekrone gebildet, von der zu den Seiten kleine Eiszapfen herunterhängen. Ich fahre hindurch und steuere auf den Brunnen zu.

Direkt vor der Konsole halte ich an und blicke mich auf dem verlassenen Platz um. Niemand steht hier mehr Wache, wozu auch, wenn der Brunnen außer Betrieb ist. Der Zylinder und das Becken sind von einer Schneeschicht bedeckt. Hoffentlich ist es nicht zu spät und der Brunnen blockiert, so wie der am Abgrund. Ich will den roten Glob einwerfen, aber die Öffnung ist nahezu komplett mit Eis bedeckt. Ich reibe und klopfe dagegen. Einige Zapfen brechen heraus. Mir gelingt es schließlich den Rand so weit freizubekommen, dass ich die rote Kugel einwerfen kann.

Zunächst gibt es keine Reaktion, dann kommt mit einem *Klack* der Glob wieder heraus. Ich berühre die vereiste Konsole, aber es bleibt ohne Wirkung. Vielleicht ist die Eisschicht zu dick? Ich nehme den roten Q aus der Tasche und kratze damit das Eis von der Oberfläche. Eine Stelle wird frei, ich berühre sie und ein Leuchten durchdringt die Schicht. Ich suche auf dem roten Q nach dem Kommunikations-Menü, das Sid auf den silbernen Geräten eingerichtet hatte, aber außer den Symbolen für die Turmsteuerung kann ich nichts finden. Die roten Qs sind offensichtlich nur für den Turm gedacht.

Ich steige in den Tog und steuere ihn in eine Gasse hinter Marias Haus. Es ist besser, wenn nicht gleich jeder das schwebende Vehikel bemerkt. Schließlich laufe ich zur Tür und drücke dagegen, sie blockiert leicht, lässt sich jedoch mit etwas Kraft öffnen. Vor mir liegt eine zusammengerollte Decke am Boden. Vermutlich lag sie wegen der Kälte vor der Schwelle. Ich schließe die Tür hinter mir und drücke die Decke zurück vor den Türspalt. Innen ist es angenehm warm. Ein Q liegt auf dem Tisch neben dem Sofa. Ich nehme es und versuche eine Kommunikation zu starten, sofort zeigt es mir eine Liste aller Personen an. Die Treppe knarzt, und jemand kommt langsam herunter.

»Paul?«, sagt Maria mit dünner Stimme.
Sie wirkt blass, trägt einen Morgenmantel, und ihre Haare sind völlig zerzaust.

»Maria, wir haben herausgefunden, wie alles zusammenhängt.«

»Wir?«

Ich wähle auf dem Q: *An alle Senden* aus, dann höre ich ein Summen von einem zweiten Q auf der Kommode. Maria nimmt es sichtlich überrascht und berührt die Oberfläche.

»Was? Die Kommunikation funktioniert wieder?«

Ich setze mich auf das Sofa und lege das Gerät vor mir auf den Tisch.

»Hier ist Paul, ich spreche zu jedem in Memoria. Wie ihr hört, konnte ich den Brunnen reaktivieren. Jedoch ist dies nur der erste Schritt einer viel größeren Aufgabe, die uns bevorsteht. Es ist mir zusammen mit Salvento und Cajo gelungen, in den Turm am Wasserfall zu gelangen. Oben an der Spitze befindet sich eine Art Kontrollraum. Wir sind dort allerdings niemandem begegnet, vermutlich wurde er überhaupt nur für uns angelegt. Über die Konsolen in dem Raum konnten wir auf nahezu alle Fragen eine Antwort finden. Wie ihr sicher mittlerweile wisst, erschienen überall auf der Erde Türme, und jeder, der sich ihnen näherte, landete entweder in Memoria, Kairos oder Acra. Ich denke, jedem ist inzwischen klar, dass wir uns angesichts der blühenden Natur nicht mehr auf der Erde befinden. So unglaublich es erscheinen mag, jede dieser drei Welten ist kein vollständiger Planet, sondern nur ein Abschnitt, nur ein abgetrenntes Segment, welches dieselbe Sonne umkreist. Der Abgrund da draußen ist nichts weiter als eine Schnittkante, eines gigantischen Puzzlespiels, das uns weit überlegene Mächte einst erbaut haben. Die Vereinigung der Segmente zu einem neuen Planeten ist das Ziel eines Projektes mit dem Namen: *Unbeschriebene Welt,* an dem wir alle teilnehmen. Doch damit sich die Abschnitte vereinen können, wird uns eine letzte Aufgabe gestellt. Jede der drei Welten muss oben im Turm eine Errungenschaft vorweisen. Sollten wir scheitern, wird es innerhalb der nächsten Tage immer kälter, zu kalt, um zu überleben. Sind wir jedoch erfolgreich, erhalten wir

eine neue Chance, einen neuen fruchtbaren Planeten. Die Türme auf der Erde werden dann ein letztes Mal erscheinen und wir können diesen Planeten besiedeln. Ich setze eine Versammlung im Auditorium in sechs Stunden an. Maria und Jules werden ebenfalls anwesend sein. Wir müssen Memorias Errungenschaft finden und unsere Streitigkeiten sofort beenden.«
Ich tippe auf das Q und schließe die Kommunikation. Maria blickt aus dem Fenster.

»Der Brunnen ist wieder aktiv, … vermutlich sind auch wieder Globen im Becken. Wie hast du das geschafft?«

»Ich konnte ihn mit dem roten Glob vorläufig reaktivieren. Jules hat ihn nicht deaktiviert, sondern ein Prozess mit der Bezeichnung: *Säuberung*.«
Ihr Blick springt kurz zu mir, dann wieder hinaus zum Fenster.

»Säuberung? Wer oder was hat ihn ausgelöst?«

»Vielleicht die Erzeugung des roten Globen, oder vielleicht ist es auch einfach so vorgegeben. Wir haben einige Jahre und dann wird Bilanz gezogen.«
Ihr Blick wandert wieder zu mir.

»Und was ist nunmehr unsere Bilanz?«
Ich zögere.

»Vorhin oben auf dem Plateau ist mir klar geworden, dass wir uns nicht von den letzten Tagen abbringen lassen dürfen. Durch das Leben in Memoria und meinen Besuchen in Kairos und Acra konnte ich alle drei Welten erleben. Und jede ist auf ihre Art … wundervoll. Es haben sich unterschiedliche Gemeinschaften gebildet, die Unglaubliches erreicht haben. Trotz der vergangenen Tage, denke ich heute anders über die Menschen. Unsere Möglichkeiten sind enorm, ich hatte keine Ahnung, dass wir zu so etwas in der Lage sind. Ja … ich habe wieder Hoffnung. Das ist zumindest meine Bilanz.«
Maria nickt zögerlich und streift sich durch die zerzausten Haare.

»Aber ich dachte, du musstest den roten Glob zerstören?«

»Ich bin oben am Plateau auf Salvento getroffen. Plötzlich aktivierte sich der Fahrstuhl, und wir bewegten uns aufwärts. Cajo hatte ihn über uns am Turm in Gang gesetzt. Stell dir vor, in Kairos konnten sie, kurz nach meiner Ankunft, ebenfalls einen solchen Glob erzeugen«, erkläre ich.

Sie setzt sich in den Sessel.

»Salvento?«

»Er ist wieder ganz normal, seine Persönlichkeitsstörung hing tatsächlich mit dem Erinnerungsverlust zusammen.«

»Wo ist er jetzt? Es wäre nicht gut, wenn Jules ihn ...«

»Er ist nach Acra gegangen und sucht nach Sidus. Cajo ist zurück nach Kairos, er will eine von ihren Drohnen zum Turm bringen.«

»Als Errungenschaft?«, fragt Maria.

»Genau, und wir sollten uns Salventos magische Plattform aus seiner Schmiede besorgen.«

»Wenn es nicht doch ein Trick war«, erwidert sie.

»Maria, ich bin mit seinem schwebenden Tog hierher gefahren, er steht hinter dem Haus.«

Sie hebt die Augenbrauen.

»Er hat ihn tatsächlich gebaut?«

Ich nicke. »Man muss bei der Steuerung vorsichtig sein, das Kraftfeld, auf dem er schwebt, schirmt einen irgendwie vor jedem Beschleunigungsgefühl ab.«

»Erstaunlich ...«

»Ist Jules immer noch in der Schmiede?«, frage ich.

Sie presst die Lippen zusammen.

»Ja, und als Gefängniswärter taugen wir nichts. Sie sind einfach alle aus dem Fenster geklettert«, erklärt sie. »Seitdem sich das mit Lisa, Sid und Austin herumgesprochen hat, ist die ganze Stadt noch mehr erstarrt als je zuvor. Wir stecken nunmehr in einem Patt.«

»Was ist mit deinem Plan, die Waffe zu bauen?«
Sie schüttelt den Kopf.

»Wir ... kamen nur mit Mühe auf etwa einhundert Globen. Es ist einfach zu kalt da draußen, ... da haben wir uns doch entschieden, sie aufzuteilen.«
Ihr sanftes Lächeln huscht für einen Augenblick über das Gesicht.

»Mit diesem Tog brauchen wir sicher nicht länger als eine Stunde bis zu seiner Schmiede«, sage ich.
Ich muss gähnen und merke, wie mit der Wärme die Müdigkeit über mich kommt. Mein Q summt auf. Ich schaue auf die Anzeige und blicke zu Maria.

»Es ist Jules!«

»Dachte ich mir«, erwidert sie.
Ich tippe auf: *Annehmen*.

»Hallo Paul, welch interessante Rede«, sagt er.

»Ich hoffe, es ist deutlich geworden, was auf dem Spiel steht und dass wir keine Zeit für weitere Streitigkeiten haben.«

»Da hast du zweifelsohne eine neue Situation geschaffen. Auch wenn ich es nicht mag, dass andere in meinem Namen sprechen, werde ich selbstverständlich zur Versammlung kommen. Was ist mit Maria?«
Sie setzt sich neben mich auf das Sofa.

»Sie wird auch kommen!«, meint sie laut.

»Maria ... wo der Brunnen wieder aktiv ist, wie verfahren wir nun mit den Globen?«, fragt er.

»Was meinst du damit?«, erwidere ich.

»Natürlich will er wieder seine Wachen postieren«, erklärt sie.

»Euch ist doch klar, wenn wir ihn unbewacht lassen, werden sich einige einfach alles nehmen. Nun gut, ich möchte keine weiteren Auseinandersetzungen, daher würde ich vorschlagen, dass jeweils einer meiner Leute und einer von deinen Leuten gemeinsam die Wache übernehmen.«

»Ich habe keine *Leute*, Jules. Wir sind nur Bürger, die nicht wollen, dass du über uns bestimmst.«
Für einen Moment ist es still und ich frage mich, ob die Verbindung abgebrochen ist.
»Und was ist dein Vorschlag?«, fragt Jules schließlich.
»Wir belassen es gewissermaßen so wie zuvor und jeder nimmt sich, was er braucht.«
Ein Seufzen erschallt aus dem Q.
»Vereinbaren wir doch Folgendes: Für einen Tag belassen wir es so, und wenn der Brunnen tatsächlich nicht geplündert wird, bin ich einverstanden, aber wenn doch, dann teilen wir uns die Bewachung.«
Maria schaut mich stirnrunzelnd an.
»Gut«, erwidert sie.
»Jules«, sage ich, »wir müssen uns über die Errungenschaft Gedanken machen und nicht um die Globen. Wir werden diese fliegende Plattform von Salventos Schmiede holen.«
»Die Schwebekonstruktion? Ja, eine gute Idee. Wir sollten auch das Serum gegen die rote Grippe in Betracht ziehen.«
»Aber ja, das hatte ich ganz vergessen«, fährt es aus mir heraus.
»Ich werde eine Ampulle davon mit zur Versammlung bringen.«
»Gut.«
»Wir sehen uns dort«, meint Jules und beendet die Verbindung.
Maria blickt mich an. Unser Hüften berühren sich kurz.
»Das Serum, natürlich«, haucht sie. »Es hat uns alle gerettet, das sollte etwas wert sein.«
Ich muss wieder gähnen und lasse mich in die Sofakissen sinken.
»Ich mache uns erst einmal einen Tee«, meint sie, steht auf und geht zur Küche.
»Maria, mir ist eingefallen, dass ich dich damals auf

der Erde gesehen habe«, rufe ich ihr nach.
Sie erscheint mit einer Tasse Tee an der Tür, blickt mich an und lehnt sich gegen den Türrahmen.

»Wo?«

»Am Turm im Park, mit der roten Schleife im Haar«, sage ich, nehme die Beine hoch und schiebe ein Kissen unter meinen Kopf. »Du warst direkt vor mir und bist dann in dieser weißen Aura verschwunden.«
Ich schließe meine Augen und spüre, wie eine Decke über mich gelegt wird.

»Weißt du, ... diese rote Schleife ging mir nicht mehr aus dem Kopf. Ich musste einfach herausfinden, zu wem sie gehört.«

***

»Aufwachen Paul!«, höre ich Maria.

»Wie lange noch?«, raune ich und drehe mich verschlafen zur Seite.

»Noch etwa eine Stunde bis zur Versammlung. Aber schau, was ich geholt habe.«
Ich hebe mühsam den Kopf. Maria sitzt mitten im Raum – nein, sie schwebt im Schneidersitz wie ein heiliger Buddha. Ich reibe mir die Augen, da bemerke ich erst die Plattform unter ihr.

»Was ... du bist zu Salventos Schmiede gefahren?«

»Ja, sein Tog ist einfach verrückt, es hat keine Stunde gedauert. Wie die Reise auf einem magischen Teppich. Wie hat er das nur gebaut?«
Ich umrunde musternd die Plattform.

»Es würde mich nicht überraschen, wenn es dazu ein Buch im Depot gibt«, erkläre ich.

»Ein Buch darüber, wie man eine Schwebe-Apparatur baut? Das glaube ich kaum.«

»Nein, das nicht, aber etwas, das ihn inspiriert hat. Als ich in der Bibliothek von Bouquin war, wurde mir mit

einem Mal bewusst, wie sehr die Bücher von der Erde uns hier geprägt haben. In Acra waren es die Bücher über das Zeitalter der Aufklärung, in Kairos ein Buch über altgriechische Philosophie und in Memoria die Nachschlagewerke über Kunst, Theater und Museen.«
Maria springt von der Plattform.

»Warte mal!«

Sie geht zu einem Regal und holt ein Buch heraus.

»Hier muss es doch gewesen sein? Ja, schau!«

Sie zeigt auf ein Gemälde mit einem Mann, der auf einem fliegenden Teppich steht. Er hält eine Laterne in der Hand und blickt suchend in die Landschaft.

»Ich kann mir gut vorstellen, dass Salvento das Buch auch schon in den Händen hatte«, erwidere ich.

Sie nickt und setzt sich auf das Sofa.

»Ja, ich weiß, was du meinst. Damals auf der Parkbank, wo ich das Buch von Mandela gefunden habe, fühlte ich mich auch völlig orientierungslos. Alles, an was ich bis dahin geglaubt hatte, verlor an Bedeutung. In gewisser Weise ähnlich dem Gefühl, als ich hier aufgewacht bin. Die Klarheit, mit der Mandela gegen die Ungerechtigkeiten seiner Zeit aufbegehrt hatte und nichts und niemand ihn davon abbringen konnte, bewegte mich und änderte meine Welt. Ich habe das immer gleiche Schema der Unterdrückung erkannt. Wir denken, dass wir mehr oder weniger wert sind als andere, da wir irgendwelchen Leistungsansprüchen nacheifern oder eben nicht.«

Ich setze mich neben sie.

»Ja, ich dachte immer, ich muss etwas Besonderes leisten, um akzeptiert zu werden, ja sogar, um mich selbst zu akzeptieren«, erwidere ich. »Nach meinem Studium der Chemie wollte ich unbedingt in die Forschung, hab dann aber bemerkt, dass ich es nicht schaffe, dass die Konkurrenz zu groß und ich einfach nicht schlau genug dafür bin. Nachdem man mir dann kündigte, brach eine Welt für mich zusammen. So wurde ich schließlich Lehrer, und

auch wenn es durchaus gute Tage gab, fühlte ich mich im Herzen immer als gescheitert. – Niemals wäre es mir auch nur in den Sinn gekommen, dass so was Einfaches wie das Pizzabacken mir etwas geben könnte. Ich dachte tatsächlich immer, es muss was Außergewöhnliches sein, etwas das mich reich und berühmt macht.«
Sie blickt mich fragend an.

»Aber Lehrer ist doch auch ein ehrenhafter Beruf.«

»Das ist er, aber ... das erscheint mir heute so eitel und unsinnig ... eben nichts, was mich reich und berühmt machen konnte.«
Sie zieht ihre Beine auf das Sofa.

»Auf meiner Kommode im Flur hatte ich immer eine Postkarte mit einem Bild von Nelson Mandela«, erklärt sie. »Die hatte ich mir einmal auf einer Reise selbst zugeschickt. Als ich zum ersten Mal das Budenbach-Video bei Freunden gesehen habe, tat ich so, als würde es mir nichts ausmachen, als wenn ich mit meinen Eltern längst abgeschlossen hätte. Später, als ich nach Hause kam, blickte ich auf die Postkarte von Mandela und zerriss sie wütend. Ich hatte nunmehr nicht nur mit meinen Eltern gebrochen, sondern mit der gesamten Menschheit. – Aber vielleicht hast du recht, und es liegt nur an unseren Wertmaßstäben und nicht an dem Menschen selbst. Schließlich waren wir gezwungen ohne Erinnerung völlig neue Werte aufzubauen und es hat funktioniert.«

»Maria, wenn wir es schaffen das Portal zur Erde zu öffnen, sollten wir unbedingt versuchen, weitere Bücher hierher zu holen.«
Sie zieht die Augenbrauen hoch.

»Genau an so etwas habe ich gearbeitet!«, erwidert sie. »Moment, ich hatte doch diesen Anhänger dabei, ... wo war der noch?«
Sie durchsucht einige Regale und Schubladen.

»Ach, hier ist er. Schau dir das an!«, sagt sie und reicht mir eine Kette mit einem Anhänger aus einem bläulichen

Kristall.

»Sehr schön. Aber was hat das mit den Büchern zu tun?«

»Schau von oben in den Kristall.«

Ich blicke in die bläuliche Struktur und sehe ein großes M, welches dreidimensional in dem Kristall zu schweben scheint.

»Paul, das ist der Prototyp des Kristallspeichers, an dem ich gearbeitet habe. Ich hatte ihn dabei, als ich durch das Portal ging. Das M ist nur ein holografisches Imprint, aber alle Informationen werden auf die gleiche Weise in den Speicher geschrieben. Das heißt, wenn das M noch zu sehen ist ...«

»Dann sind die Daten trotz des Portals noch intakt?«, unterbreche ich sie.

»Ja, es funktioniert eben weder magnetisch noch elektronisch.«

»Was ist hier drauf gespeichert?«

»Die Zahl Pi bis auf eine Trilliarde Nachkommastellen. Wie gesagt, es war nur ein Prototyp. In unserer Werkstatt im Wandtresor liegt ein Kristall, den wir mit über 200 Millionen Büchern und Texten beschrieben haben, eigentlich mit allem, was überhaupt digitalisiert war. Paul, das Wissen der Menschheit in einem kleinen Kubus von zehn Zentimetern!«

Ich blicke noch einmal in den Kristall.

»Das wäre perfekt, wenn wir ihn hier auslesen können.«

Maria nickt. »Ja, dafür ist das Imprint gedacht. Die Idee hinter dem ganzen Projekt war, eine Technik zu finden, um das Wissen der Menschheit dauerhaft festzuhalten. Das Imprint zeigt in Bildern den Aufbau einer einfachen Apparatur, um die Kopfdaten zu lesen.«

»Die Kopfdaten?«

»In denen steht genau beschrieben, wie man die sehr viel feineren Daten ausliest. Es ist sozusagen ein selbster-

klärendes System ... genügend Intelligenz vorausgesetzt.«
Sie legt ihre Hand auf meinen Arm.

»Paul, mit der Schmiede wäre es ein Kinderspiel. Dort könnten wir die Information schlichtweg direkt lesen und gleich auf die Qs übertragen.«

»Denkst du denn, dass der Kristall dort immer noch im Safe liegt?«

»Ich weiß nicht. Wir mussten das Projekt beenden, weil dem Institut das Geld ausging. In dem Chaos der letzten Tage hat sich sicher niemand mehr darum geschert.«

»Kennst du die Safe-Kombination?«

Sie lacht. »3 – 1 – 4 – 1 – 5 – 9.«

»Pi als Kombination? Nicht gerade sicher.«

Ihr Lächeln verschwindet abrupt.

»Paul, das Institut ist über 60 Kilometer vom Turm entfernt. Das schaffen wir niemals in zwei Stunden.«

»Doch, mit Salventos Tog wäre es zu schaffen.«

Ihre Augen öffnen sich.

»Natürlich! Damit wäre es denkbar, aber wie bekommen wir den zum Turm hinauf?«

»Uns wird etwas einfallen.«

Sie blickt auf ihr Q.

»Oh ... wir müssen los!«

***

Ich blicke vom Podest des Auditoriums in die Menge. Es sind mehr Personen gekommen, als Sitze vorhanden sind. In den Durchgängen drängen sich immer mehr hinein, und um das Podest herum haben sich einige auf den Boden gesetzt.

»Dass ihr heute so zahlreich erschienen seid, zeigt mir, wie bewusst jedem ist, dass sich unser aller Schicksal in den nächsten Tagen entscheiden wird. Die Kälte wird unerträglich werden, die Brunnen und die Schmieden schalten sich ab, und alle Gebäude verschwinden zurück in den Untergrund.«

Große Unruhe kommt auf, und eine Frau bricht in Tränen aus.

»Damit es nicht dazu kommt ... «, sage ich, aber die Worte gehen im Tumult unter. Ich hebe meine Stimme. »Damit es nicht dazu kommt, müssen wir unsere Errungenschaft finden.«

»Was ist denn damit gemeint?«, ruft jemand.

»Es muss sicher etwas sein, das von uns hier erzeugt wurde. Etwas, das als eine besondere Leistung anzusehen ist«, erwidere ich. »Bisher haben wir zwei Kandidaten: die Schwebeplattform von Salvento, welche Maria bereits hierher gebracht hat und das Serum gegen die rote Grippe.«
Viele nicken und eine gewisse Erleichterung ist im Saal zu spüren. Hanna drängt sich nach vorne.

»Ich verstehe das nicht. Wir bringen also einen Gegenstand oben in den Turm? Aber wer oder was urteilt darüber?«

»In der Turmkuppel, mitten im Kontrollraum, befindet sich ein runder Tisch. Darüber ist eine Art holografischer Projektor montiert. Jeder Gegenstand, den wir dort hinlegen, wird analysiert. Wie genau und nach welcher Art wissen wir nicht.«
In der Menge bemerke ich, wie sich Alex meldet. Ich nicke ihm zu.

»Wenn wir nun die Errungenschaft finden, wie geht es dann weiter?«, fragt er.

»Auch Acra und Kairos müssen eine Errungenschaft vorzeigen«, erkläre ich.

»Gut, und dann?«, erwidert er.

»Dann vereinen sich die drei Welten zu einem neuen Planeten.«

»Aber wird dabei nicht alles zerstört und die Erdkruste aufgerissen, wenn so große Körper aufeinanderprallen?«
Ich schüttle den Kopf.

»Nein. Wir konnten uns oben eine Simulation

anschauen. Die Abschnitte passen genau zueinander und vereinen sich langsam und kontrolliert. Die ganze Prozedur wäre sinnlos, wenn dadurch der Planet zerstört würde.«

»Können wir zurück zur Erde?«, fragt eine Frauenstimme.

»Ja, sobald die Vereinigung abgeschlossen ist, öffnen sich für etwa zwei Stunden die Portale zur Erde. Wer auch immer zurück will, sollte es Maria mitteilen. Ich begrüße jeden, der seine Angehörigen hierherholen möchte. Und ich bedaure jene, die uns verlassen wollen. Ihr wisst, wie es um die Erde steht. Selbst die Intelligenz, die uns die Türme schickte, sieht die Situation als aussichtslos an, darum holte sie uns hierher. Eine echte Zukunft der Menschheit sehe ich nur hier auf diesem neuen Planeten.«

»Aber was, wenn das alles nicht real ist? Wenn wir nur in einer Simulation stecken?«, ruft Judit.

»Und was, wenn es genau umgekehrt ist? Vielleicht ist ja die Erde die Simulation? Wie wollen wir das beurteilen?«, entgegne ich.

»Der Turm, er führte uns in die Simulation!«, antwortet sie.

»Selbst wenn, wie willst du dir dann je sicher sein, die Simulation durch ein simuliertes Portal zu verlassen? Ich denke, diese Vermutungen führen in eine Sackgasse. Wenn ich diese Luft atme, diese Natur schmecke und mich in ihr lebendig fühle, ist es die Realität!«
Anschwellendes Gemurmel dringt durch das Auditorium.

»Der Turm, so haben mir Salvento und Cajo erklärt, ist etwas Besonderes, wie ein Anker durch Zeit und Raum. Auf diese Art erzeugt er die Portale.«

»Wer wird die Errungenschaften zum Turm bringen?«, ruft Joseph.

»Ich, Maria und Jules.«
Zustimmendes Nicken in allen Reihen. Ben steht auf.

»Was tun wir eigentlich, wenn weder die Schwebeplattform noch das Serum akzeptiert werden?«

»Ich hoffe, dass wir dann den Grund dafür erfahren. Aber jeder kann jederzeit neue Vorschläge unterbreiten und die Gegenstände zum Foyer des Auditoriums bringen.« Ich blicke in die Runde und warte auf neue Fragen, aber der Drang sich untereinander auszutauschen, macht sich unaufhaltsam breit. Die anfangs verzweifelte Stimmung ist merklich zu einer optimistischen Betriebsamkeit gewechselt. Maria kommt auf mich zu und streift mir über den Rücken.

»Sehr gut, Paul! Jetzt lass uns diese Errungenschaft finden.«

***

Jules zieht an seiner Pfeife und bläst den Rauch zur Seite heraus. Als Maria den Tog vorfährt, kniet er ungläubig nieder und blickt unter das schwebende Vehikel.

»Es ist kein Trick«, sage ich.

»Paul, solange man etwas nicht versteht, ist es immer ein Trick«, erwidert er.

Auf der Ladefläche liegt Salventos auf den Kopf gedrehte Plattform.

»Der Schwebeeffekt«, so erklärt Maria, »geht verloren, sobald die Ebene zu weit geneigt wird.«

Ich setzte mich neben sie auf den Beifahrersitz. Jules nimmt auf der Rückbank Platz. Es ist weiterhin schmerzhaft kalt. Ich trage ein Jackett unter der dicken Jacke und eine blaue Strickmütze, die mir nicht sonderlich steht. Maria hat die Kapuze des Mantels über ihren Kopf gezogen und mehrfach einen breiten Schal um ihren Hals gewickelt. Jules trägt einen grünen Parka, der sicherlich noch von der Erde stammt.

»Und Salvento wird auch dort sein?«, fragt er und klopft die Pfeife am Türrahmen aus.

Ich nicke. »Er ist nach Acra gegangen. Ich hoffe, er hat Sidus gefunden«, erwidere ich.

»Ich hoffe, sie haben überhaupt etwas vorzuzeigen.

Nachdem, was du mir erzählt hast, sind sie dort technologisch zurück«, meint Jules.

»So würde ich das nicht sagen. Sie bauen ihre eigenen Häuser, drucken ihre eigenen Bücher und brauen hervorragendes Bier. Sie haben sich einfach anders orientiert.«

Die Umgebung fliegt geräuschlos an uns vorbei. Als wir schließlich den Durchgang zum Wasserfall erreichen, bremst Maria den Tog kurz ab, dann steuert sie langsam in den Tunnel hinein.

»Siehst du, hier passt der Tog schon einmal durch«, meint sie.

Wir schweben durch die Unterführung und widerstandslos die Rampe hinauf. Erst direkt neben dem Treppenaufgang stoppt sie das Vehikel. Hier ist es durch das herabströmende Wasser deutlich wärmer. Ich nehme die Schwebekonstruktion von der Ladefläche und kippe sie mit der weißen Halbkugel nach unten. Sie fällt einige Zentimeter und bremst weich ab. Jules geht, ohne sich umzuschauen, die Treppen hinauf. Ich schiebe mit Maria die Plattform über die ersten Stufen. Sie bleibt dabei völlig waagerecht und steigt bei jeder Stufe sanft empor. Oben an der Konsole treffen wir wieder auf Jules.

»Und da kommt der rote Glob hinein?«, fragt er.

»Ursprünglich schon, aber jetzt besitzen wir ja das hier«, sage ich und hole die rote Fernbedienung für den Turm heraus.

»Das Wasser ist gar nicht kalt«, ruft Maria, als wir durch die Gischt des Wasserspalts laufen.

»Zum Glück«, erwidere ich.

Wir folgen dem Weg bis auf halber Strecke zur Vegetation, und ich aktiviere den Fahrstuhl. Maria und Jules laufen erstaunt auf dem emporsteigenden Plateau umher, während sie versuchen, sich möglichst gegenseitig keine Beachtung zu schenken.

Die Ebene rastet schließlich ein. Über dem Ozean liegt eine Nebelbank. Der Weg führt in einen immer dichter werdenden, weißen Schleier hinein. Direkt vor uns ragt der Turm aus dem Nebel empor, so als würde er auf einer Wolke schweben. Maria schiebt die Schwebeplattform vor sich her, und wir setzen unseren Weg zum Turm fort.

»Ihr seid zehn Minuten zu spät«, meint Cajo, als wir oben im Kontrollraum ankommen.
Er trägt eine graue Jacke mit einer Kapuze und braune, schlichte Hosen. In dieser Kleidung erkenne ich ihn kaum wieder. Ohne das weiße Gewand wirkt er nun tatsächlich eher wie ein Professor, als ein Philosoph. Neben ihm wippt das Einrad in einer pendelnden Bewegung vor und zurück.
    »Cajo, hast du die Drohne bereits testen lassen?«
Er blickt gebannt auf die schwebende Plattform.
    »Nein, das sollten wir gemeinsam beginnen.«
Jules nickt kurz Cajo zu und umkreist den Tisch mit der holografischen Darstellung. Er bleibt vor der Konsole stehen und schaltet durch die verschiedenen Ansichten. Maria steht wie angewurzelt im Raum. Ihr Blick wandert aus dem Fenster hinaus über den Ozean zu den Hügelketten von Memoria. Plötzlich verschwimmt die Umgebung zu einer weißen Fläche, und es erscheint ein roter Himmel mit einer tiefen Abendsonne. Maria runzelt die Stirn.
    »Was ist passiert?«
    »Jemand in Acra hat das Turm-Symbol gewählt, deswegen hat sich unsere Ansicht geändert«, erklärt Cajo.
Sie nickt zögerlich.
    »Also sind wir nun in Acra?«
    »Wo wir hier im Turm sind, ist letzten Endes ... unklar, aber man könnte es so formulieren: Es gibt nun eine direkte Verbindung nach Acra.«
Maria bleibt mit offenem Mund vor dem holografischen Diagramm in der Mitte des Raums stehen.
    »Das ist der Projektor«, sage ich und zeige auf die flimmernde Kugel mit ihren orbitalen Begleitern.

»Und dort auf den Tisch legen wir die Objekte hin?«, fragt sie.

Ich nicke.

»Hier ist es!«, höre ich mit einem Mal Salventos Stimme und sehe ihn, langsam die Treppe heraufkommen. Zu meiner Erleichterung taucht direkt hinter ihm Sidus auf. Er trägt einen braunen, ausgefransten Mantel mit einem breiten Kragen. Um seinen Kopf verläuft ein schmaler Verband. In der Hand hält er ein kleines Buch.

»Sidus, schön dich wieder zu sehen«, sage ich.

Seine Augen springen nervös von Person zu Person. Er wirkt irgendwie kleiner, als ich ihn in Erinnerung hatte. Mit einer zögerlichen Handbewegung grüßt er mir zu. Seine Unerschütterlichkeit ist wie weggewischt, natürlich – auch er ist aufgewacht.

»Hallo Paul, ja ... ist so einiges passiert, nachdem du fort warst. Acra ... das ist kompliziert ... aber momentan gewinnen wir langsam die Oberhand über die Süds. Wenn es nur nicht so verflucht kalt wäre.«

»Die Süds?«

»Eine einflussreiche Familie in Talus. Sie produzieren die Nahrung und wir die Geräte, aber nun errichten sie große Speicher und wollen uns nur noch Nahrung liefern, wenn wir für sie arbeiten. Ja, und dann gibt es da noch die Erdlinge ...«

Cajo legt die Stirn in Falten.

»Sind wir nicht alle Erdlinge?«

Sidus blickt ihn für einen Moment verwundert an.

»Ach so ... das schon, ... wir ... wir nennen die nur so, weil ... die wollen zurück. Kann man das glauben? Zu diesem staubigen, toten Land zurück?«

»Hat dich Salvento über alles aufgeklärt?«, frage ich.

Er nickt. »Ich muss zugeben, dass ich ihm nicht recht glauben mochte. Dann meinte er, dass du ihn geschickt hättest. Na ja, da alles was du mir erzählt hast, sich letztlich als wahr herausgestellt hat, bin ich ihm natürlich gefolgt.«

»Hast du eine Errungenschaft dabei?«, frage ich.

»Ja ...«, sagt er, wobei es sich mehr wie ein Seufzen anhört. »In dem ganzen Chaos habe ich schlicht das gewählt, womit ich am meisten Arbeit hatte.«

»Ist es das Buch? Die freie Gesellschaft?«

»Genau! Obwohl ich sagen muss«, erwidert er und kratzt sich am Kopf, »dass es ganz schön schwülstig ist. Ich weiß auch nicht, ob ich dem noch in allem so zustimmen würde, ... für Korrekturen fehlt uns natürlich die Zeit.«
Jules räuspert sich.

»Ein Buch? Ist es in Symbolsprache?«
Sidus schüttelt erschreckt den Kopf.

»Glaubt ihr allen Ernstes, dass die unsere Sprache beherrschen? Dann bräuchten wir uns wohl kaum mit den Symbolen herumschlagen, oder?«, entgegnet Jules schroff.

»Jules, die Symbole sind eventuell nur Teil der Prüfung«, erwidert Salvento, der sich aufmerksam der Drohne zugewendet hat. »Es wäre schon denkbar, dass sie unsere Sprache beherrschen. Sie könnten zum Beispiel die Q Kommunikation verfolgt haben. Vielleicht beobachten sie die Erde schon seit Langem, schließlich haben sie uns die Türme geschickt.«

»Und warum sagen sie dann nicht einfach *Hallo*?«, antwortet Jules.

»Weil es ihnen gar nicht darum geht, Kontakt herzustellen«, sagt Salvento.

»Und worum geht es ihnen dann?«, erwidert Jules.

»Um uns«, wirft Cajo ein.

»Ach, und was wollen sie von uns?«, fragt Jules.

»Dass wir überleben! Ich denke, es ist eine Art Rettungssystem für Zivilisationen in Not«, erkläre ich.

»Ein ziemlich kompliziertes Rettungssystem«, grummelt er.
Maria geht zu Salvento hinüber und reicht ihm die Hand.

»Endlich treffen wir uns. Ich wollte dir unbedingt danken, dass du uns gerettet hast.«

Er lächelt bemüht, schüttelt ihre Hand und nickt.

»Ich hätte Memoria nie verlassen dürfen. Ich hätte viel mehr tun können.«

Cajo klopft mit dem Gehstock auf den Boden.

»Kinder, lasst uns anfangen. Wir wollen uns diesen faszinierenden Planeten verdienen.«

Salvento geht zur Konsole und aktiviert den Prozess. Der Lichtkegel fällt erneut auf den runden Tisch.

»Fangen wir am besten mit der Drohne an«, sage ich.

Cajo holt ein Q hervor und tippt darauf herum. Die Drohne rollt etwas zurück, springt schwungvoll auf den Tisch und dreht sich einige Male um die eigene Achse.

»Gut, ich starte den Vorgang«, meint Salvento.

Um die Drohne herum erscheinen holografische Symbole und Risszeichnungen. Die Segmente der Maschine werden nacheinander als Hologramm dargestellt und in ihre Einzelteile zerlegt. Der Arm wird analysiert, dann die Kamera und schließlich die innere Steuerung mit dem komplexen Antrieb. Über allem sehe ich das Zeichen für Kairos und das Symbol für die Ziffer 1, dann wechselt es zu 2, 3, 4 und 5. Eine helle Tonfolge erklingt.

»Kairos hat bestanden. Offensichtlich gibt es eine Bewertung. Kairos hat fünf von sechs Punkten erzielt«, erklärt Salvento.

»Punkte?«, fragt Maria, »Wie viele Punkte sind nötig, um zu bestehen?«

»Moment ... ja, hier steht es, vier Punkte«, erwidert er.

Die Drohne springt herunter und rollt zu Cajo.

»Gut gemacht, mein Kleiner«, meint er.

»Dann lasst uns nunmehr die Plattform testen«, sagt Maria und schiebt sie direkt über den beleuchteten Tisch. Wieder erscheinen Symbole und Diagramme. Die weiße Halbkugel unter der Plattform wird wie in einer Explosionszeichnung ausgedehnt und zusammengefahren. Über allem erscheint das Zeichen für Memoria und daneben das für die Ziffer 1, dann höre ich einen doppelten Summton.

»Abgelehnt, mit einem von sechs Punkten«, meint Salvento.

»Was? Wieso? Das kann doch nicht sein!«, bricht es aus mir heraus.

Maria zieht die Plattform wieder herunter.

»Nur um Technik geht es also offensichtlich nicht. Steht dort irgendwo der Grund für die Ablehnung?«

»Nein, ich kann nichts finden«, erwidert Salvento.

Sidus wischt sich über den Mund. Er stellt sich vor den Tisch und legt das Buch darauf ab.

»Gut, bringen wir es einfach hinter uns. Automatische Einräder, ... schwebende Geräte«, er schüttelt den Kopf. »Ich befürchte, da kann Acra nicht mithalten. Es ist nur ein Buch. Wir müssen etwas anderes finden«, grummelt er, wendet sich ab und schaut aus dem Fenster.

Salvento startet die Analyse. Das Buch wird holografisch in seine Bestandteile zerlegt. Es wird deutlich, wie viel Arbeit in dem Binden der Seiten und dem geprägten Ledereinband steckt. Der Text auf dem Papier wird extrahiert, die Buchstaben und Wörter fliegen herum. Darüber schwebt das Symbol von Acra. Eine 1 erscheint, dann eine 2, 3, 4 und 5. Es erklingt wieder die helle Tonfolge. Sidus dreht sich mit weit geöffneten Augen um.

»Bestanden mit fünf von sechs Punkten«, sagt Salvento.

Jules holt ein Gefäß mit einem gelben Pulver aus seiner Jackentasche.

»Nach welchen Kriterien wird hier eigentlich gemessen?«, murmelt er, nimmt das Buch vom Tisch und reicht es Sidus. Der blättert mit offenem Mund darin, so als wenn er es soeben erst geschenkt bekommen hätte. Jules stellt die Ampulle in die Mitte des Lichtkegels. Das Hologramm wird wieder sichtbar. Wie mit einem Mikroskop wird in die Struktur der gelben Substanz hineingezoomt: Kristalline Formen wechseln zu schroffen Oberflächen und schließlich zu schwingenden Gebilden, die sich zu komplexen Ketten verbinden. Dann erscheinen Rechtecke und bilden eine Art Karte. Ich erkenne sofort den Grundriss von Memoria. Die Perspektive zoomt weit heraus und es wird ein lang gezogenes Dreieck dargestellt.

»Das müssen die Schmieden sein«, sage ich.

Die Ziffer wechselt von 1 zu 2 und 3, gefolgt von einem doppelten Summton.

»Abgelehnt mit drei von ...«

»Ja, Salvento, von sechs, das haben wir verstanden. Du musst das nicht immer wiederholen«, unterbricht ihn Jules. »Was ist das für ein übles Spiel? Nach welchen Richtlinien wird hier entschieden?«

Maria steht mit zusammengekniffenen Augen da und schüttelt unaufhörlich den Kopf.

»Das verstehe ich nicht, ... das ... das verstehe ich nicht«, raunt sie.

Salvento zeigt auf seine Konsole.

»Also, die Testprotokolle sind hier einsehbar. Aber es ist eigentlich nur eine Analyse der Objekte. Einen Grund für die Ablehnung kann ich nicht erkennen.«

»Also müssen wir etwas anderes finden. Es macht ja keinen Sinn, darüber zu hadern«, meine ich.

Jules blickt mich mürrisch an.

»Du kommst mir jetzt doch nicht mit deiner Pizza oder was?«

»Was haben wir zu verlieren?«, meint Maria. »Wir müssen einfach so viel wie möglich zusammentragen, wenn nötig alles, was wir besitzen.«

Irgendetwas sagt mir, dass es auch mit der Pizza nicht funktionieren würde. Ein tieferes Verstehen scheint in mir zu stecken, aber es ist noch nicht bis zu meinem Verstand vorgedrungen.

Wir diskutieren eine Weile. Jules geht mit Salvento jedes Detail im Protokoll durch, ohne jedoch einen Hinweis zu finden. Maria versucht es mit den verschiedensten Dingen: einem Q, dann mit dem Schal und einem Kamm, ohne dass etwas davon mehr als einen Punkt erreicht. Als sie schließlich meine Strickmütze auf den Tisch legt und erneut den Test starten will, erschallt ein fiepender Ton und rote Symbole erscheinen.

»Was ist jetzt passiert?«, sagt sie.
Salvento schaut auf das Hologramm und zieht die Augenbrauen hoch.

»Die Symbole bedeuten *Denken* und *Zeit*. Hier steht, dass wir erst in zwölf Stunden nach Symbolzeit, also etwa in zehn Stunden unserer Zeit wieder erneut testen können.«

»Warum?«, fragt Maria.

»Denkzeit ... Bedenkzeit, das ist damit gemeint«, sage ich.
Jules räuspert sich.

»Hier steht es, nach sechs Fehlversuchen gibt es eine Bedenkzeit. Maria, wegen dir müssen wir nun Stunden warten, ... du bist immer so ... unüberlegt.«
Sie blickt mich mit großen Augen an.

»Das wusste ich nicht. Ich dachte, wir können alles ausprobieren. Wie sollen wir sonst herausfinden, wie etwas bewertet wird?«

»Wir müssen unsere Wahl das nächste Mal gut bedenken«, meint Salvento. »So viele Versuche haben wir nicht mehr.«
Wir beschließen uns in zehn Stunden mit einer Auswahl von Gegenständen erneut zu treffen. Salvento erklärt, dass er im Turm bleibe und versuchen möchte, mehr über den Bewertungsprozess herauszufinden. Sidus ist weiterhin in sein Buch vertieft und meint, dass er es sich noch einmal gründlich ansehen müsse. Cajo ist zuversichtlich, dass Memoria etwas finden werde. Jules scheint diese Zuversicht nicht teilen zu wollen. Er meint, dass es wohl kaum eine größere Errungenschaft als das Serum gebe.

»Vielleicht sollten wir schlussendlich so eine Drohne nachbauen? Salvento könnte es mit Cajo zusammen sicher in zwei Tagen schaffen«, meint Jules, als wir wieder im Tog

sitzen.
»Ich glaube nicht, dass sich das System so austricksen lässt. Die gleiche Errungenschaft, ... das wird nicht funktionieren«, erwidere ich.
»Ich sage ja nicht, dass es eine exakte Kopie sein soll, nur so etwas Ähnliches«, grummelt er in einem selbstzweifelnden Ton.

Als wir am Brunnen ankommen, schüttelt Maria den Kopf.
»Er müsste wenigstens zu einem Drittel voll sein«, sagt sie.
»Ich habe es euch ja gesagt«, meint Jules.
Sie geht zur Konsole und blickt prüfend auf die Anzeigen.
»Aber wir können doch niemanden bei der Kälte draußen Wache stehen lassen?«, entgegnet sie.
»Dann soll jede Stunde einer von meinen Leuten den Brunnen entleeren und die nächste Stunde einer von deinen«, erwidert er.
Maria nickt zögerlich.
»Gut, aber nur wenn wir jedem davon geben, sobald wir gefragt werden – ohne irgendwelche Marken«, erklärt sie.
Jules zögert. Ich stelle mich zwischen beide.
»Jetzt reicht es mir aber mit eurem unsinnigen Machtkampf!«, bricht es mit lauter Stimme aus mir heraus. »Wir werden sowieso alle erfrieren, wenn wir nichts vorweisen können. Da werden die paar Globen keinen Unterschied machen.«
Jules nickt, zu meiner Überraschung.
»Lasst uns erst einmal für ein paar Stunden zu Ruhe kommen. Wir können alles Weitere per Sprachübertragung mit den Qs besprechen, hier draußen ist es einfach zu kalt«, füge ich an.
Nun nickt Maria.

***

»Die meisten meinen, wir sollten einige unserer besten Kunstwerke oben zum Turm schaffen. Zwei Gemälde, eine Holz- und eine Stein-Skulptur sind bereits im Auditorium«, sagt Maria. »Wir sollten vielleicht auch deine Trockenhefe mitnehmen.«

»Meinst du? Das ist doch gar nichts Besonderes«, erwidere ich.

»Auf der Erde vielleicht nicht, aber hier schon«, erwidert sie und nippt an ihrer Tasse Tee. »Ich habe ja gewissermaßen nichts vorzuzeigen«, fügt sie an.

»Natürlich hast du das. Du bist das Herz von Memoria«, sage ich.

Sie lächelt und streift sich die Haare aus dem Gesicht.

»Aber die Errungenschaft wird wohl kaum mit mir zu tun haben.«

Jemand klopft vorsichtig gegen die Tür.

»Paul, ich weiß es ... ich ...«

»Ist das Will?«, fragt Maria.

Ich öffne ihm die Tür, und er stürmt zitternd herein.

»Will, endlich traust du dich wieder aus dem Haus«, sage ich.

Sein Gesicht ist rot angelaufen. Er geht aufgeregt umher und ringt nach Worten. Maria legt ihm eine Decke über die Schultern.

»Du kannst doch so nicht draußen rumlaufen, Will«, meint sie.

Ein Dreitagebart sprießt in seinem Gesicht, seine Haare sind notdürftig zur Seite gekämmt, und er trägt eine dünne Strickjacke.

»Du hast einen Vorschlag, was wir zum Turm bringen sollen?«, fragt Maria.

Er schüttelt den Kopf.

»Nein, nein ... ich weiß, wo Anna ist!«, erwidert er.

»Anna?«, wiederholt Maria.

»Das ist Salventos Tochter. Ist sie doch in Memoria?«, frage ich.

»Nein ...«, antwortet er.

»Wie kannst du es dann wissen?«, fragt Maria.

»Salvento war auf der Erde nicht grad ein Unbekannter. Er war so ein Ober-Ingenieur beim AURA-Konzern. Das ging doch durchs Netz«, erklärt er.

»Ich erinnere mich, ... ach, das war Salvento? Er sieht jetzt irgendwie ganz anders aus«, erwidert Maria.

»Und wo ist Anna?«, frage ich.

»Ja ... also, ich hab doch in diesem Krankenhaus gearbeitet, nahe am Park. Eines Tages wurde ein Mädchen, sie war vielleicht 16 oder 17, eingeliefert. Sie hatte die rote Grippe, ... war privat versichert und bekam somit die Stasisbehandlung.«

»Was ist eine Stasisbehandlung?«, fragt Maria.

»Du bist Arzt?«, frage ich.

Er schüttelt den Kopf.

»Leute, ich ... ich bekomme das kaum so zusammen. Wenn ihr mich einfach erzählen lasst?«

»Sicher, Will.«

»Nein, ich bin kein Arzt. Ich hab da nur den Boden aufgewischt. Das wurd' halbwegs bezahlt. Aber da lag in dem Raum eben das Mädchen und hat der Krankenschwester erzählt, wie sie ihren Vater vermisst, dass es Streit gab und sie wegrannte. Ausgerechnet, wo es den großen Stromausfall gab. Sie hat der Schwester noch gesagt, wer ihr Vater ist und wurde dann in Stasis versetzt. Ist keine aufwendige Prozedur, aber das Stase-Mittel ist unvorstellbar teuer und streng geheim, ... bekommen nur die mit dem höchsten Versicherungsindex. Das ist ... das war quasi der einzige Weg die rote Grippe zu stoppen.«

»Verstehe, und du glaubst, sie ist immer noch in dem Krankenhaus, in Stasis?«, frage ich.

Er setzt sich vorsichtig auf das Sofa.

»Ich denke schon. Die Station ist unterirdisch und

automatisiert, mit nem kleinen Stromreaktor. Für die Oberklasse nur das Beste. Ich weiß, wo sie liegt, ich kenne den Nebeneingang und ich erinnere mich noch an den Türcode. Wie gesagt, ich hab da sauber gemacht – jeden Tag«, erklärt er.

»Und man kann sie einfach so wiederbeleben?«, fragt Maria.

»Ja, ob ihr's glaubt oder nicht, es wurde sogar an mir getestet. Dafür gab es einen fetten Bonus am Monatsende auf dem Gehaltscheck. Also, es ist nicht so ein Quatsch, wo man eingefroren wird oder so was. Es ist nur ein superstarkes Schlafmittel. Alle Körperfunktionen gehen quasi nahezu auf null. Aber sobald man es nicht mehr ins Blut leitet, wacht man wieder auf. Es fühlt sich an, als hätte man nur geschlafen ... also angeblich selbst, nachdem man Jahre in Stasis war.«

»Wie weit ist das Krankenhaus vom Turm entfernt?«, fragt sie.

»Vielleicht ein oder zwei Kilometer. Mit dem Tog kein Problem.«

»Sicher, die Frage ist nur, wie wir ihn zum Turm hochbekommen«, entgegnet Maria.

Wills Unternehmungslust ist sichtlich zurückgekehrt. Er streicht immer wieder über seine Haare, aber je mehr er versucht, sie zu ordnen, desto zerzauster werden sie.

»Wir müssen ihn halt zerlegen und hochtragen. Wisst ihr, wo Salvento ist?«, fragt er.

»Im Turm, also außerhalb der Kommunikationsreichweite«, sage ich.

»Will, warte einfach ein paar Stunden, bis wir die nächsten Dinge zum Turm bringen, dann kannst du mitkommen und ihm alles erklären«, meint Maria.

Will steht auf und blickt aus dem Fenster.

»Okay. Wisst ihr, was mit Mina ist?«

»Nein, sie war nicht auf der Versammlung«, sage ich.

Er zieht sich die Decke über seinen Schultern zurecht.

»Ich hatte gestern bei ihr geklopft und zwei Globen vor die Tür gelegt. Die liegen immer noch dort.«
Ich blicke zu Maria.
»Wir sollten besser nach ihr schauen«, meine ich.
Sie nickt. »Dann lasst uns gleich losgehen«, erwidert sie.

Ich klopfe gegen die Tür.
»Mina?«, ruft Will.
Die Fenster sind verhangen und alles wirkt still und unbewohnt.
»Wir müssen rein und nachschauen«, meint Maria.
Ich versuche, die Tür zu öffnen, aber etwas blockiert sie. Will stellt sich neben mich, und wir drücken sie mit einem schleifenden Geräusch auf. Durch den Spalt kann ich einen Sessel erkennen, der vor die Tür gekippt wurde. Ich packe die Lehne und stoße ihn weg. Wir betreten das Zimmer. Die Möbel sind umgeworfen und die Polster aufgerissen, zerbrochenes Geschirr liegt verstreut auf dem Boden. Es wirkt, als hätte es einen Kampf gegeben. Will blickt prüfend in die Küche.
»Hier ist sie nicht.«
Es ist so kalt, dass wir selbst im Haus unseren Atem sehen. Ich gehe zur Wandsteuerung hinüber, nehme einen Glob aus der Jackentasche und werfe ihn ein. Ein polterndes Geräusch über uns schreckt uns auf.
»Mina?«, ruft Will.
Wir gehen die Treppe hinauf. Auf dem Boden liegen überall Kleidungsstücke herum. Der Spiegel an der Wand wurde von irgendetwas mittig getroffen.
»Was ist hier nur passiert? Ich hätte mich früher kümmern müssen«, meint er.
»Ich kann die Dusche hören«, sagt Maria und zeigt in Richtung Badezimmer. Ich steige über einen Kleiderhaufen und öffne die Tür. Mein Blick fällt in einen Spiegel über

dem Waschbecken. Ein roter, verschmierter Fingerabdruck ist darauf zu erkennen. Ein Stöhnen erschallt im Bad. Ich dringe tiefer in den länglichen Raum vor, dann sehe ich sie in der Ecke neben der Dusche hocken. Sie trägt ein langes Unterhemd, ihre Haare sind auf einer Seite durchnässt. Ihre Augen blicken starr auf den Boden.

»Mina? Was ist passiert?«

Sie hält ein großes Küchenmesser in der Hand. Aus ihrem Unterarm tropft Blut aus zwei klaffenden Schnittwunden über dem Handrücken.

»Mina, um Gottes willen, was machst du da?«, ruft Will.

Sie hebt den Kopf und blickt uns mit leerem Ausdruck an.

»Es spielt doch keine Rolle ...«, erwidert sie.

Will geht auf sie zu. Sie steht auf und richtet das Messer auf ihn.

»Lasst mich! Lasst mich einfach in Ruhe!«, schreit sie.

»Bist du überfallen worden? Was ist passiert?«, fragt Maria.

»Sie ... sie haben mein Lager geplündert ... überall nach Kleidung gesucht. Aber was macht das schon ... es ... es ist sowieso nicht wirklich«, stottert sie und streckt ihren blutenden Arm vor. »Schaut, es tut nicht einmal weh!«

»Was ist nicht wirklich?«, fragt Will.

Mina runzelt die Stirn.

»Durchschaut ihr das nicht? Wir stecken in dieser Illusion fest. Dieser verdammte Turm, ... wieso bin ich nur dorthin gegangen?«

»Glaubst du denn nicht mehr, dass er das Zeichen ist?«, frage ich.

Sie schüttelt den Kopf.

»Ich habe es mit einem Mal begriffen. Die Zeichen, der Weg ... alles Schwachsinn! Nur ein Trick, um uns hier hereinzulocken.«

Ihr Gesicht verzerrt sich.

»Ich will zurück zur Erde!«

»Es gibt eventuell einen Weg zurück«, meint Maria.

»Du bist so naiv. Die lassen uns nicht mehr gehen, die wollen uns das nur glauben machen.«

Will geht weiter auf sie zu. Sie dreht das Messer und hält es sich an die Kehle.

»Ich werde euch beweisen, dass ich recht habe ... die ... die lassen uns nicht sterben.«

»Mina, hör auf damit!«, rufe ich ihr entgegen. »Sid und Austin sind gestorben, ... ich sah sie sterben!«

Ihre Augen weiten sich.

»Dann ... dann ist das der Ausweg.«

Will umgreift in einer ruhigen Bewegung Minas Hand am Messer. Er richtet die Klinge widerstandslos gegen seinen Hals.

»Wenn dem so ist, musst du es erst bei mir versuchen«, haucht er.

Mina atmet ein und umgreift das Messer entschlossen. Will schließt die Augen. Ich überlege, ob ich ihn einfach wegziehen sollte, aber das Messer ist zu nahe. Ihre Wangen zucken und Tränen fließen über das Gesicht.

»Will, wie kannst du nur mit diesen Zweifeln leben? Wir müssen doch wissen, was richtig ist ... «, sagt sie weinerlich.

»Wieso?«, erwidert er. »Wir müssen nicht wissen, was das Herz zum Schlagen bringt, es schlägt doch einfach.«

Ihre Hand sinkt nach unten. Das Messer fällt klirrend zu Boden.

»Ich weiß nicht mehr, was ich tun soll«, haucht sie, »da ist so eine Leere.«

Will nimmt die Decke von seinen Schultern und wickelt sie um Mina.

»Ich weiß, ich weiß.«

Wir suchen für sie etwas Kleidung zusammen, und Will verbindet mit einigen Stoffresten ihren Arm.

»Hier ist es zu kalt Mina, lass uns zu mir gehen«, sagt er.

»Aber ich muss doch meine Wohnung bewachen«, entgegnet sie.

»Mina, die ist bereits geplündert, du kannst nicht hierbleiben«, erwidere ich.

»Wir bringen es wieder in Ordnung, sobald es wärmer ist«, meint Will.

Sie nickt.

Auf dem Weg zu seinem Haus haben wir Mühe, uns über die teilweise vereiste Schneedecke zu bewegen. Nur Will schlittert elegant über die glatte Fläche und erzählt von Jenny und wie sie ihm das Schlittschuhlaufen beigebracht hat.

»Ich hatte immer solche Angst, ... war so unbeholfen auf dem Eis. Es war mir peinlich, was, wenn ich hinfalle? Da fuhr sie auf mich zu und zog mich mit. Ich konnte mich geradeso auf den Beinen halten. Will, sagte sie, stell dir einfach vor du bist ein Rennfahrer auf Kufen ... natürlich haut es dich mal aus der Kurve, aber du musst ja sehen, wo die Grenzen sind. Ist doch schließlich dein Job«, erzählt er und grinst. »Noch an dem Tag habe ich das Schlittschuhlaufen gelernt.«

»Du vermisst sie sicher«, meint Mina, als wir an seinem Haus ankommen.

»Ja, sehr«, erwidert er ohne jede Bitterkeit in seiner Stimme. »Ich dachte die letzten Tage viel über Memoria nach. Ich hatte die ganze Zeit natürlich keine Erinnerung an Jenny, und dennoch war ich ihr womöglich auf eine Art näher als je zuvor. Ich dachte immer, ich verliere sie, wenn ich nicht an sie denke. Aber so wird alles nur schwer, bin dann wie blockiert. Jetzt weiß ich, dass ich mich nicht an alles erinnern muss. Jenny steckt in mir und in allem, was ich tu.«

Er öffnet die Tür, und wir gehen ins Haus. Mina setzt sich in einen Sessel und blickt regungslos auf den Boden. Will läuft

in die Küche und kommt mit einer Kiste zurück.
»Was ist das?«, frage ich.
Er stellt sie auf den Wohnzimmertisch und nimmt den Deckel ab.
»Mohnkuchen? Wo hast du den her?«, fragt Mina.
Will versucht, ein Stück abzuschneiden, aber der Kuchen ist angefroren, und ich höre Mina zum ersten Mal wieder lachen.
»Wir müssen zurück«, sagt Maria. »Ben kommt gleich mit den Globen. Ihr habt doch noch genug?«
»Ja, kein Problem«, erwidert Will.
»Ich rufe dich dann, wenn es zum Turm geht. Der Schwebe-Tog wird dir sicher gefallen«, sage ich.
Wills Blick springt zu mir.
»Ich fahre!«, platzt es aus ihm heraus.

***

Draußen ist die Dämmerung hereingebrochen, und wir müssen an unserer Wandkonsole einen weiteren Glob einwerfen. Mittlerweile hält er nur noch einen halben Tag.
»Zumindest sind wir vier uns wieder nähergekommen«, sage ich.
»Ja, aber Mina macht mir schon Angst. Sie scheint mir zu allem fähig, wenn sie so verzweifelt ist.«
Maria setzt sich auf das Sofa und kratzt sich oberhalb der Prothese. Ich setze mich neben sie und blicke auf die Gummimanschette des künstlichen Glieds. Sie lächelt verlegen und zieht ihr Bein zurück.
»Warum hast du die Manschette wieder angebracht?«
Sie rümpft die Nasse.
»Nur so eine Stange, das sieht doch grässlich aus.«
»Wie ist es eigentlich passiert?«
»Paul, ich wünschte, ich könnte dir dazu etwas Spektakuläres erzählen, so wie, dass ich in eine Maschine geraten wäre, aber es ist schlichtweg trivial.«

»Ein Bein zu verlieren wird kaum trivial sein.«
Sie umklammert ihre Tasse mit beiden Händen und nimmt einen Schluck.

»Es hat damit angefangen, dass ich eines Abends einen stechenden Schmerz im Magen spürte. Am folgenden Morgen habe ich zwar etwas gemerkt, aber es tat nicht weh, also ging ich zur Arbeit. Ich saß grade am Tunnelfeld-Mikroskop, als mich ein heftiger Schmerz durchfuhr. Auf dem Boden liegend versuchte ich, einen Notarzt zu erreichen, aber alle Leitungen waren besetzt. Zum Glück kam einige Minuten später ein Arbeitskollege herein und brachte mich sofort ins Krankenhaus. Die stellten eine akute Blinddarmentzündung fest«, erzählt sie und blickt auf ihre Prothese. »Ich ... wollte nicht bevorzugt behandelt werden, daher hab ich einen falschen Namen angegeben und sagte, ich hätte meine Krankenkarte verloren. Zwei Tage später verließ ich ohne Blinddarm die Klinik. Alles schien gut, dann fing das linke Bein an zu pochen und schwoll etwas an. Ich dachte, ich wäre nach der OP einfach zu lange auf den Beinen gewesen und machte mir keine Sorgen. Am nächsten Morgen waren die Probleme verschwunden. Erst unter der Dusche hab ich dann die schwarzen Zehe bemerkt. Ein Gerinnsel hatte sich durch die Operation im Bein verfangen, das hatten sie wohl übersehen. Für eine Therapie war es zu spät, es musste amputiert werden«, erzählt sie und presst die Lippen zusammen.

»Das muss ein Schock für dich gewesen sein.«

»Ich war am Boden zerstört und wollte von einer Prothese schlicht nichts wissen. Als ich dann doch eine bekam, war ich überrascht, dass ich sie, nach nur wenig Übung, beim Laufen kaum spürte. Das gab mir wieder etwas Mut.«

»Wie lange ist das her?«

»Etwa ... drei Jahre vor Memoria. Ich muss sagen, es war einfacher als ich mich nicht daran erinnern konnte. Ich hatte ja auch keine Erinnerung, dass es je anders war. Aber was ist mit dir?«

»Mit mir?«

»Ja, wo sind die Brandwunden her?«

Ich zögere und überlege für einen Moment, ob ich mich rausreden soll, denn ich möchte mit meiner Erinnerung eigentlich nicht dort hin. Aber nachdem sie mir von ihrem Leid erzählte, kann ich sie nicht einfach abweisen.

»Ich ... unterrichtete Chemie an einer Schule. An dem Tag fand eine Lehrerkonferenz statt und ich erfuhr von den Gehaltskürzungen und dass man eventuell einige entlassen müsste. Ich war völlig frustriert, kam ich doch so kaum über die Runden. Am Abend leitete ich noch einen Nachhilfekurs. Als ich schließlich im Bus auf dem Weg nach Hause war, fiel mir ein, dass ich vergessen hatte, die Labore zu prüfen, ... wie ich es sonst eigentlich jeden Abend tat. Ich dachte wieder an die Konferenz und wie ich mit noch weniger Geld die Miete bezahlen soll. Zu Hause öffnete ich meine letzte Flasche Wein und wollte mich in Selbstmitleid ergießen, da habe ich mich wieder an die Labore erinnert und dass ich nicht mal abgeschlossen hatte. Mir war klar, dass ich so keinen ruhigen Schlaf finden würde. Also nahm ich den nächsten Bus und fuhr zurück. Den ganzen Weg haderte ich mit mir – was für eine Zeitverschwendung, warum sollte ausgerechnet an dem einen Tag etwas passieren? Ich werde einfach schnell die Labore abschließen und gehen. Als ich aus dem Bus stieg, roch es verbrannt und ich dachte, dass die Gegend doch immer mehr verkam. Ich bin in die Straße abgebogen ... was ich dann sah ... konnte nicht wirklich geschehen, es musste ein Traum sein ... aber es war keiner. Die Schule brannte ab dem dritten Stock, genau bei den Laboren. Ich rannte hinein, nahm dabei mein Handy und rief die Feuerwehr. Die sagten mir, dass sie bereits unterwegs waren. In der zweiten Etage im Treppenhaus fand ich Martin, er hustete und war in Panik. Ich packte ihn und trug ihn bis auf die Straße. Er hat mir erzählt, dass Peter noch drin sein müsse, er hätte mit dem Gasbrenner herumgespielt, ihn an ein Pulver gehalten, da sei es plötzlich explodiert. Ich konnte, einige Straßen entfernt, bereits die Feuerwehr hören, dann bin ich wieder hineingerannt. Im dritten Stock war der Rauch so dicht, dass ich kaum atmen und etwas sehen konnte. Ich rief nach ihm, da spürte ich einen Schmerz auf dem Rücken. Die Deckenverschalung war mir heiß in den Kragen getropft. Ich wurde ohnmächtig. Wachte erst im Krankenhaus wieder auf.«

»Und was war mit Peter?«

»Ihn ... fand man ... keine zehn Meter weiter, aber es war zu spät, er hatte zu viel von dem Rauch eingeatmet.«
Maria blickt mich mit großen Augen an.

»Das ist schrecklich. Sicher gibst du dir die Schuld daran, aber wir sind nur Menschen. Jeder vergisst mal etwas, ja, auch Wichtiges, und die meisten haben einfach nur Glück, dass nichts Schlimmes dabei passiert.«

»An dem Tag, das wurde mir erst später klar, zerbrach etwas tief in mir. Ich wollte nie, nie wieder etwas vergessen. Also habe ich angefangen, mir alles zu notieren ... bis es zum Zwang wurde, bis ich kaum noch mein Leben leben konnte. Ich zeichnete Tabellen, zählte alles ab und machte mir Checklisten, bis mir die Finger schmerzten. Über einen Freund bekam ich einen Therapieplatz. Es war mühsam, aber danach ging es mir besser.«
Maria beugt sich herüber und legt ihre Hand auf meine.

»Ich verstehe jetzt, warum du nach dem Notizbuch gesucht hast ... suchen musstest.«
Ich möchte ihr Gesicht berühren, aber sie zieht es zurück.

»Ich werde mal schauen, was ich noch zum Abendbrot in der Küche finde«, meint sie und steht auf.
Ich folge ihr.

»Ich kann uns eine Suppe machen«, sagt sie.
Ich stelle mich hinter sie und lege meine Hand auf ihre Hüfte.

»Maria, ich habe gar keinen Hunger.«
Sie dreht sich um, unsere Gesichter berühren sich kurz. Ich will sie küssen, aber sie weicht zur Seite aus und öffnet die

Schranktür.

»Wir haben auch noch etwas Pizzabrot«, sagt sie mit dünner Stimme.
Ich schaue sie fragend an.

»Paul, ich ... ich kann nicht.«
»Was kannst du nicht?«
»Ich möchte das nicht.«
»Verstehe«, sage ich und wende mich ab.
»Es liegt nicht an dir«, sagt sie schnell.
»Und woran liegt es?«
»Ich ... ich habe Angst.«
»Wovor?«
»Dass ich dir nicht geben kann, wonach du suchst. Ich bin ... entstellt«, sie blickt zu Boden.

»Jetzt fällt es mir plötzlich wieder ein«, sage ich, »ich hatte mal was mit einer Frau, die war mindestens doppelt so schön wie Mina.«
Maria rümpft die Nase.

»Paul, das ist wohl der schlechteste Zeitpunkt ...«
Ich lächele sie an.

»Sie war einfach wundervoll und makellos, gut, sie hatte nur einen Fuß, aber der war auch doppelt so schön.«
Sie hebt den Blick und ihre Augen weiten sich.

»Denkst du immer noch, dass sie so makellos ist, nachdem sie dumme Dinge sagte?«
Ich gehe einen Schritt auf sie zu.

»Ja, stimmt. So makellos ist sie dann wohl doch nicht.«
Ich gehe einen weiteren Schritt auf sie zu.

»Aber das ahnte ich schon. Ich mag einfach die Idee von Makellosigkeit, die sie mir gibt.«

Sie lächelt. »Ach, nur eine Idee?«

»Wieso nur?« Ich umfasse ihre Hüfte. »Ideen sind es, die uns antreiben.« Ich küsse ihre Stirn. »Ideen sind es, in die wir uns verlieren.« Ich küsse ihr Kinn. »Ideen sind alles, was wir haben.«
Sie umgreift meinen Nacken, und wir küssen uns. Zuerst

langsam, dann intensiv – unkontrolliert. Unsere aufgestauten Emotionen entladen sich noch in der Küche. Sie greift unter mein Hemd, und ich öffne ihr Kleid. Wir hangeln uns ins Wohnzimmer, und ich verliere auf dem Sofa die Orientierung zwischen dem Mir und dem Ihr, dem Ich und dem Sie.

DIE ERDE
(:)-(|)

Ich wache verschwitzt auf. Irgendein Traum verfolgt mich, aber die Erinnerung verblasst bereits. Es hatte etwas mit Memorias Errungenschaft zu tun und einem fliegenden Teppich, auf dem Maria mit einer Laterne in der Hand auf mich zu schwebte – ich muss lachen. Sie schläft tief und fest neben mir, die Bettdecke bis zu den Ohren gezogen.

Die Dämmerung wird langsam von dem Licht des Tages abgelöst. Ich schaue auf mein Q – noch zwei Stunden bis zum Treffen im Turm. Der Traum spukt noch immer in meinem Kopf herum. Ich denke, dass ich in ihm die Errungenschaft gefunden hatte und dass es etwas ganz Einfaches war, etwas völlig Offensichtliches.

Gedankenversunken ziehe ich mich an und gehe die Treppe hinunter. Auf der Konsole an der Wand blinkt wieder die Energie-Warnung, ich werfe einen weiteren Glob hinein. In der Küche finde ich ein Stück Pizzabrot und setze mich auf das Sofa. Vor mir auf dem Wohnzimmertisch liegt das Buch von Sidus. Ob es wohl alleine wegen der aufwendigen Verarbeitung bestanden hat? Oder wurde tatsächlich der Inhalt ausgewertet? Ich schlage es auf und beginne darin zu lesen.

Die Kritik der Leistung

Wäre es nicht gerecht, für seine Leistung in der Gesell-

schaft entlohnt zu werden? Allerdings, um sie gerecht zu entlohnen, müssten wir sie bemessen und folglich vergleichen können. Ist die Leistung besonders schnell zu laufen vergleichbar mit der, Kranke zu pflegen?
Zu ermitteln, wer der Schnellste von allen ist, begeistert vielleicht die Massen, aber auch ohne diese Darbietung wäre eine Gesellschaft lebenswert. Wiegt die Begeisterung der Massen schwerer als der Nutzen des Einzelnen? Leistet jemand mehr, wenn er etwas erfindet oder wenn er viel Besitz ansammelt? Und was leistet jemand, wenn er über die Leistung anderer verfügt?
Vereinfachen wir zunächst die Fragestellung: Kann überhaupt, selbst nur unter den Läufern, eine Leistung gerecht verglichen werden? Dazu müssten alle die gleichen Vorbedingungen erfüllen. Aber selbst wenn wir dies in allen Punkten erreichten – Übungsumfang und Nahrung individuell optimierten, gebe es doch weiterhin körperliche Unterschiede. So würden letztendlich die angeborenen Eigenschaften den Sieg erbringen – für welche das Individuum jedoch keinen Leistungsanspruch geltend machen könnte.
Der Wettkampf mag ein unterhaltsames Spiel sein, sofern er die soziale Kompetenz schult. Wird dem Siegen hingegen ein ernsthafter Lohn beigemessen, wandelt sich das Spiel zur Fehde und korrumpiert seinen Zweck.

Die Kritik des Lohns

Was wäre der gerechte Lohn für eine Leistung?
Mancher würde erwidern: ein wohlhabendes Leben zu führen. Aber stünde dies nicht jedem – ob Läufer oder Pfleger – zu? Oder wird hier wohlhabend als etwas aufgefasst, das eben nicht jedem zustünde?

Wahrlich, das Prinzip der Leistungsgerechtigkeit bedarf einer Gesellschaft, in der es an gleicher Lebensqualität mangelt, um diesen Wettkampf erst zu ermöglichen. Weiterhin verstärkt es ihn durch seine Umverteilung. Wie kann ein System des Gegeneinander, welches grundlegend Ungleichverteilung bedingt und vergrößert, je gerecht sein?
Die Leistung eines Menschen kann nicht in der Gesamtheit seines Wirkens ermittelt werden. Was als Leistung gilt, ist fremdbestimmt und allzu oft der gesellschaftlichen Mode unterworfen.
In einer freien Gesellschaft werden keine Leistungen bewertet. Da sie unvermittelt in die Steigerung der Lebensqualität aller einfließt, generiert sie den höchstmöglichen Lohn: die freie Gesellschaft selbst.

Der Ansporn

Worin läge dann – ohne Lohn – der Ansporn, Leistung zu erbringen?
Hier entlarvt sich die Idee eines korrumpierten Menschenbildes. Nur aus Mangel und für den Eigennutz sei Leistung zu erwarten. Ein systemischer Mangel, welcher auch bei gedeckten Ressourcen bewusst auszuüben sei, weil wir sonst nichts täten.
Wird eine Tätigkeit auferzwungen, erfährt sich der Mensch als Mittel zum Zweck; als Opfer eines in sich sinnlosen Tuns; als ein Objekt. Und daher offensichtlich wider seiner Natur. Die Idee des Ansporns wird überhaupt erst im Angesicht des sinnlosen Handelns geboren. Der Mensch braucht keinen Antrieb, er ist der Antrieb. Der Mensch will, ja, muss sich erfahren, sein Schaffen einbringen, lernen und reifen. Nur auf diese Weise spüren wir das schöpferische Spiel unserer

Menschwerdung, unserer Identität. Die vom Ansporn erschlichene Leistung beraubt uns dieser Entwicklung und erfüllt uns mit einem Mangel. Die Spirale des destruktiven Handelns entsteht aus dem Bemühen, diesen zu kompensieren. So wird das Dingliche gehortet, über das Ihr Macht errungen und das Ich betäubt.

Gerechtigkeit als Idee absoluter Gewalt?

Sollten wir eine höhere Macht ersinnen, die als oberste Instanz des Richtig oder Falsch, einen Fehltritt ahndet und uns mittels dieser Gewalt zum gerechten Handeln zwingt? Einen Hirten, der seine Schafe hütet? Einem Gesetzbuch, dessen Zeilen absolutes Recht sprechen? Einer Maschine von makelloser Kompetenz? Jedoch, der Mensch ist kein Schaf; über ihn kann kein absolutes Urteil gefällt werden und Maschinen besitzen keine Kompetenz.
Wenn auch Gerechtigkeit durchaus Regeln bedarf, werden diese nicht von Gewalt und Furcht gezeugt. Es ist ein Trugbild zu glauben, man müsse nur die Klinge eines Schwertes scharf genug polieren, um es Gerechtigkeit zu nennen.

Gerechtigkeit als Idee der Mehrheit oder des Individuums?

Ist es gerecht, wenn die Mehrheit gegen eine Minderheit ihrem Streben nach medizinischer Versorgung nachkäme und Krankenhäuser errichtete? Ist es dann ebenso gerecht, wenn die Mehrheit unbeliebte Bürger wilden Tieren zum Fraß vorwürfe?

Gerechtigkeit scheint nicht zwingend durch das Votum der Mehrheit gedeckt zu sein. Sollten wir dagegen dem Einzelnen das Recht der absoluten Selbstbestimmung gewähren? Die Freiheit sein Land zu bestimmen, seinen Bedarf zu decken und alleinig seinem Willen zu folgen? Aber was, wenn Wille auf Wille träfe, Bedarf auf Bedarf und Land auf Land? Der Weg des losgelösten Selbst ist der Weg des Gegeneinander, an dessen Ende eine Minderheit über die Mehrheit obsiegt.

Gerechtigkeit erwächst weder aus einem Gesetz der Mehrheit noch aus dem des vermeidlich freien Individuums.

Gerechtigkeit als Frucht unserer Beziehungen

Gerechtes Handeln entsteht nicht aus der Idee des Eroberns. Es ist weder ein Krieg gegen die inneren Mängel noch ein Kampf der Tugenden gegen die Unkultivierten. Gerechtigkeit ist nicht das Schwert, sondern das Brot. Erfahre ich Zugehörigkeit, schließt mein Handeln unwillkürlich das Wohl anderer ein. Ich erlebe mich als Teil eines größeren Ganzen, als etwas, das mir Sinn und meinem Handeln Bedeutung verleiht.

Aus der Qualität unserer Beziehungen erschaffen wir Geschichten. Was gerecht ist, entspringt einer Sinnesart, einem Gewebe aus dem feinen Garn all dieser Handlungsfäden. Trotz unserer Eigenständigkeit erleben wir uns nur in einer tragenden Gemeinschaft als vollständig, als Mensch. Und nur wer sich als Mensch erfährt, webt am Webstuhl der Gerechtigkeit.

Es klopft leise. Ich schiebe die aufgerollte Decke vor der Schwelle zur Seite und öffne die Tür.

»Ben? So früh? Ist was passiert?«

Er reicht mir einen Beutel.

»Nein, ich möchte nur die Globen vorbeibringen. Vorhin konnte ich euch nicht erreichen, wollte euch aber auch nicht wecken.«

»Danke. Wir müssen sie heute unbedingt aufteilen, die Heizung frisst sie im Nu weg.«

Er zeigt zum Zylinder.

»Die Brunnenkonsole flimmert schon, ich befürchte, lange wird er nicht mehr durchhalten.«

»Ja, alles hängt von der Errungenschaft ab«, meine ich und bitte ihn herein. Er lehnt ab und meint, dass er die ganze Nacht hindurch den Brunnen entleert hätte und sich nun hinlegen werde. Ich streife mir die Jacke über und folge ihm bis zu dem silbernen Zylinder. Die Anzeige flackert und Schnee sammelt sich im Becken. Vielleicht könnten wir mit der Energieentladung eines gelben Glob noch etwas Zeit gewinnen. Aber die Häuser in der Umgebung würden dabei sicher Schaden nehmen. Die Kälte liegt schmerzhaft auf meinem Gesicht, und ich gehe zurück zum Haus.

Als ich wieder vor der Tür stehe und sie öffnen will, wird mir schlagartig klar, was es mit den Errungenschaften auf sich hat und welche Memorias ist.

***

»Sag mal, täusche ich mich oder ist es nicht schon deutlich wärmer?«, fragt mich Will. Ich möchte ihm antworten, da summt mein Q.

»Es ist Maria«, sage ich und nehme das Gespräch an.

»Ja.«

»Paul? Wo bist du? Ich verstehe deine Nachricht nicht. Was heißt, du bist los, um was zu prüfen? Wir müssen gleich zum Turm!«

»Ich bin grad mit Will im Tog auf dem Weg zu dir. Wir sind in einer Minute da.«

»Gut. Paul, du wirst es nicht glauben – diese Stadt dreht schlichtweg durch – nun wurde uns sogar der Türknauf geklaut.«
Ein kurzes Lachen entweicht mir.
»Maria, ich habe den Türknauf abmontiert. Wir kommen soeben vom Turm. Stell dir vor, der Knauf wurde mit vier Punkten bewertet. Maria, wir haben es geschafft! Die *Unbeschriebene Welt* wird sich für uns zusammensetzen.«
»Was? Du machst doch über so etwas keine Scherze, oder?«
»Nein, kein Scherz. Wir sind gleich da.«
Ich höre sie einen Jubelschrei ausstoßen.
»Bis gleich«, fügt sie an.
Ich öffne meine Jacke.
»Du hast recht, Will, es wird wärmer.«
»Dann wird alles wieder so, wie es zuvor war«, sagt er in einem Ton, dass ich nicht weiß, ob es eine Frage sein soll.
»Ich glaube nicht, dass es je wieder so wie zuvor wird, aber zumindest haben wir nun eine Zukunft.«
Will hält kurz vor dem Brunnen an und wir steigen aus. Maria kommt uns vom Haus entgegengerannt.
»Ich habe es gerade allen mitgeteilt, Paul.«
Ich blicke in den Himmel. Es ist klar und nur leicht bewölkt. Das beinahe saphirblaue Gewölbe über mir verliert sich in dem leuchtenden Türkis des Horizonts. Die glühende Scheibe schiebt sich aus einer Wolkendecke hervor und überflutet die Landschaft mit ihrer Wärme. Ich ziehe meine Jacke aus und der Brunnenplatz füllt sich mit immer mehr Menschen. Einige klopfen mir auf die Schulter, andere halten ihr tränendes Gesicht ungläubig in die Sonne. Ich sehe Jules und Ben in der Menge. Mina läuft zu Will und umarmt ihn.
»Paul«, ruft Jules, »ich habe gehört, du warst mal wieder erfolgreich. Was hast du oben vorgezeigt?«
Ich greife in meine Tasche und zeige den Türknauf.
»Was? Das ist ja noch verrückter als eine Pizza. Das

macht doch überhaupt keinen Sinn«, meint er.

»Es macht absolut Sinn!«, entgegne ich. »Als ich heute Morgen unsere Tür öffnen wollte, fiel mein Blick auf den Knauf. Ich erinnerte mich wieder daran, was mir Maria einst erzählt hat, dass sie eines Nachts diese Idee dazu hatte und alle Kunstfertigkeiten Memorias für die Umsetzung nötig gewesen waren. Da wusste ich, was das Kriterium ist. Cajo hat mir gesagt, dass in den Drohnen die Erfahrungen und Ideen von nahezu jedem in Kairos stecken. Salventos Schwebeapparatur ist eine außergewöhnliche Leistung, keine Frage, aber eben nur von einem einzigen. Das Buch von Sidus wurde nicht mit der Schmiede gefertigt. Es floss viel Handarbeit und Kunstfertigkeit allein in die Herstellung des Buches samt dem Druck, aber auch der Inhalt ist die Summe von Erkenntnissen, die Sidus auf seinen Reisen durch das Land gesammelt hat.«

»Schön und gut, aber das Serum hätte doch demnach funktionieren müssen, schließlich hat es alle geheilt«, erwidert Jules.

»Ja, und wie wir zusammenhielten, uns der Aufgabe stellten, ist ein großer Verdienst. Aber das Serum selbst wurde nur von Hanna und Sid hergestellt.«
Er schüttelt den Kopf.

»Du vergisst die Berechnung mit den drei Schmieden.«
»Gut, dann kommen noch Salvento und Maria dazu. Aber auch das reicht offenbar nur für drei Punkte. Das wichtigste Kriterium ist, dass möglichst viele dazu beigetragen haben, ob direkt oder indirekt, und das trifft auf den Türknauf zu.«
Ben tritt hervor.

»Aber Paul, wie sollte das erkannt werden?«

»Nun ja, Salvento meinte, dass möglicherweise jede Interaktion mit den Qs, den Brunnen und der Schmiede erfasst und so jede Berührung einer Person zugeordnet wurde. Letztlich können wir über das Wie nur spekulieren. Sicher ist jedoch, dass es so einen Sinn ergibt.«

»Aber wo ist der gesellschaftliche Nutzen? Ich meine, es ist ja fraglos nur ein Türknauf«, meint Maria und öffnet ihren Mantel.

»Ein Stück gemeinschaftlicher Arbeit ist bereits der Nutzen. Das ist es, worum es bei dem Test ging. Nicht um die beste Technologie oder das beste Heilmittel, sondern darum, ob wir zusammenarbeiten können.«

»Aber meine Steinfiguren beruhen auch auf der Arbeit anderer, wie der von Johan und Sid, von denen ich die Werkzeuge habe, Alex, der mir den Sockel angefertigt hat und vielen weiteren mehr«, meint jemand.

Ich nicke. »Das ist es doch, was ich versuche, zu erklären. Ich bin mir sicher, dass viele der Dinge in Memoria bestanden hätten. Es ist kein magischer Türknauf, er war nur gerade ... zur Hand.«
Ein Murmeln geht durch die Menge. Überall um uns herum tropft es. Hin und wieder fallen Eiszapfen von den Dächern, und der Schnee verwandelt sich in eine dunkle, matschige Masse.

»Und was passiert jetzt?«, ruft Mina.

»Die Welten werden sich vereinen«, sagt Maria.

»Wie lange wird dies dauern?«, fragt jemand.

»Die Segmente bewegen sich schon seit Tagen aufeinander zu. Vermutlich nur noch Stunden, bis wir sie am Himmel sehen können«, sage ich.
Maria tritt vor.

»Jeder, der zur Erde will, soll sich bei mir melden. Wir werden euch dann informieren.«

»Bringt Bücher mit! So viele ihr finden könnt«, erkläre ich.

»Warum?«, fragt jemand.

»Nun, wie ihr wisst, werden alle elektronischen Geräte, beim Durchgang durch das Portal zerstört. In allen drei Welten inspirierten uns jedoch die wenigen Bücher, die wir bei uns hatten. Sie bildeten den Ausgangspunkt unserer so überaus erfolgreichen Gemeinschaften«, erkläre ich.

Maria erzählt von dem Kristallspeicher, dem Kubus, wie sie ihn nennt und dass darauf das Wissen der Menschheit gespeichert sei.

»Aber leider ist das Labor einfach zu weit weg vom Turm«, erklärt sie.

»Können wir die Position der Türme nicht irgendwie verschieben?«, fragt Jules.

»Das sollten wir nachher Salvento fragen«, erwidere ich.

Maria zieht ihren Mantel aus und legt ihn sich über den Arm.

»Paul, konntest du Sidus und Cajo schon davon berichten?«

»Nein, sie müssten erst jetzt im Turm eintreffen.«

»Gut, dann lass uns gleich dorthin fahren, damit sie von diesem großartigen Tag erfahren.«

***

Salvento aktiviert die holografische Projektion über dem Tisch.

»Seht ihr, wie dicht beieinander sie bereits sind.«

»Was wäre eigentlich passiert, wenn wir nicht bestanden hätten?«, frage ich.

»Ich bin mir nicht sicher, vermutlich wäre es trotzdem zur Vereinigung gekommen, aber es wäre zu kalt geworden und alles Leben längst ausgelöscht«, erwidert er.

»Nur ein toter Planet? Eine Eiswüste?«, sage ich.

»In den Daten taucht immer wieder das Symbol für *Neustart* auf, ... aber ich sehe nicht, wie das möglich gewesen wäre«, antwortet Salvento.

»Es ist mir überhaupt unbegreiflich, wie man solch große Objekte so schnell abbremsen beziehungsweise beschleunigen kann. Die Energiemengen müssen unvorstellbar sein«, meint Cajo.

»Was ist eigentlich mit der Gravitation? Wird die nach der Vereinigung nicht viel größer?«, frage ich.

Salvento tippt auf der Konsole herum und die Projektion wechselt zu einer Ansicht des neuen Planeten.

»Das hatte ich schon geprüft ... wo war es ... hier!«, sagt er und zeigt auf einige Symbole. »Der Durchmesser ist nur fünfzig Kilometer kleiner als der der Erde. Die Gesamtmasse etwa zwei Prozent geringer, das sollte kein Problem sein.«

Cajo zeigt auf den Boden.

»Die Frage ist vielmehr, warum die Gravitation auf den einzelnen Segmenten derzeit so hoch ist?«

Salvento nickt. »Ja, wer auch immer die *Unbeschriebene Welt* erbaut hat, kann offensichtlich die Gravitation nach Belieben ändern.«

»So wie bei deinem Tog«, meint Maria.

»Nein, auf sehr viel tieferer Ebene, ... vermutlich in der Struktur des Raumes selbst.«

Sidus kommt die Treppe hinauf, seine Hände sind bandagiert und die Kleidung ist übersät mit dunklen Flecken. Er blickt mich mit schweren Augen an.

»Milde, Sidus«, sage ich und lege die Hand auf meine Brust.

Er nickt kurz, dann wendet er sich dem Hologramm zu.

»Habt ihr bereits etwas getestet?«

»Ja, wir haben die letzte Errungenschaft gefunden«, erwidere ich.

Seine Augen springen auf.

»Was? Du meinst ... ihr ... wir haben es geschafft?«

Ich nicke. »Sidus, bald sind wir Bewohner desselben Planeten.«

Er ballt die Hand zur Faust, hält sie sich vor den Mund und drückt die Knöchel gegen die Zähne.

»Ihr wisst ja nicht, was auf dem Spiel stand. Als ich wieder in Bouquin war, hatte ich natürlich allen von den Vorgängen hier berichtet. Und wir waren guter Dinge, dass Memoria seinen Beitrag finden würde. Allerdings hat es sich bis zu den Süds herumgesprochen und ... die waren anderer

Ansicht.« Er presst die Lippen zusammen und blickt mich ernst an. »Wir erfuhren von der geplanten Invasion gerade noch rechtzeitig.«

»Wie bitte? Eine Invasion? Von Memoria?«, fährt es aus Maria heraus.

Sein Blick springt nervös zu ihr.

»Wir ... wir konnten den Anführer noch rechtzeitig, ... aber das ist ja nun unwichtig, wo wir alles zusammenhaben.«

»Was habe ich euch gesagt? Ihr seid zweifelsohne zu naiv«, meint Jules kopfschüttelnd.

Eine Invasion – welch ein Wahnsinn. Was hätten sie damit nur erreichen wollen? Ich beginne Jules Position zu verstehen, auch wenn sie mir nicht gefällt, bedeutet es doch irgendwie, den gleichen Wahnsinn in sich zu tragen, um ihn vorherzusehen.

»Salvento, können wir von hier die Position der Türme auf der Erde verändern?«, fragt Maria.

Er schaut sie mit hochgezogenen Augenbrauen an.

»Ich glaube schon«, murmelt er und hantiert auf dem Bedienfeld herum, »aber nur um etwa hundert Meter. Vermutlich eine Sicherheitsvarianz, damit der Turm nicht inmitten eines Gebäudes entsteht.«

»Also schaffen wir es so nicht zum Kristallspeicher«, sage ich.

Salvento dreht sich zu uns um.

»Kristallspeicher?«, wiederholt er langsam.

Cajos tappender Gehstock nähert sich.

»Was genau meint ihr damit?«, fragt er.

Maria zeigt ihren kristallenen Anhänger und erklärt, woran sie gearbeitet hat. Jules zeigt sich sehr beeindruckt und fragt, warum er davon nie etwas gehört habe. Salvento meint, dass die Entfernung zu dem Labor mit seinem Tog sicher zu schaffen sei. Cajo streift sich nachdenklich durch den Bart.

»Das Wissen der Menschheit in einem kleinen Kubus,

... also müssen wir letzten Endes nur das Fahrzeug herauf zum Plateau bringen.«

»Ich muss meine Tochter finden«, wirft Salvento ein. »Will hat mir erzählt, dass er weiß, wo sie sich befindet. Wenn wir das angehen wollen, dann sollten wir beide Togs zum Turm schaffen.«

Cajo nickt. »Auch in Kairos besitzen wir einige dieser Vehikel. Ich denke, mit den Drohnen können wir sie sicher alle zum Plateau hochschaffen.«

»Eure Drohnen sind sehr faszinierend, aber sind sie nicht zu klein, um ein Fahrzeug zu transportieren?«, fragt Jules.

»Sie werden Planken über die Stufen legen. Aber sagt, wie viele von diesen schwebenden Plattformen habt ihr in Memoria?«, erwidert Cajo.
Salvento kratzt sich am Kopf.

»Wenn ich mich richtig erinnere, habe ich, vor dem Tog, zwei von den Antischwerefeld-Generatoren gebaut.«

»Können sie auch das Gewicht eines Vehikels tragen?«, fragt Cajo.

»Natürlich«, erwidert Salvento.

Cajo lächelt. »Dann sehe ich da kein Problem«, meint er.
Maria legt die Hand auf seinen Arm.

»Dann sollten wir so viele Togs wie möglich nach oben schaffen. In Memoria haben mir bereits einige mitgeteilt, dass sie nach ihren Angehörigen suchen wollen, sobald sich das Portal zur Erde öffnet«, erklärt sie.

»Wie sieht es in Acra aus?«, frage ich.
Die Blicke richten sich auf Sidus. Er schüttelt den Kopf.

»Acra liegt im Chaos. Ich ... ich wüsste nicht einmal, wo sich die Fahrzeuge befinden, geschweige denn, ob sie noch funktionieren«, erklärt er.

»Ich werde einen von den Togs, die wir hier raufschaffen, brauchen«, meint Jules.

»War ja klar«, erwidert Maria.

Jules hebt abwehrend die Hand.

»Ich kenne jemanden im Nachrichtenzentrum. Er ist mir noch einen Gefallen schuldig. Ich werde ihm sagen, er soll überall verbreiten, dass alle zu den Türmen gehen sollen, wenn sie eine Zukunft haben wollen.«

Ich nicke. »Das wäre wirklich am Wichtigsten.«
Maria schaut mich zweifelnd an.

»Jules, zwei Stunden sind nicht viel Zeit. Wie schnell, denkst du, kannst du ihn erreichen?«, fragt sie.

»Mit einem Tog ... in weniger als einer Stunde, sofern er noch da lebt, wo ich ihn vermute«, erwidert er.
Salvento tippt auf eine Konsole. Das Hologramm der Erde erscheint, dann wird auf eine Markierung gezoomt.

»Die meisten, die letztlich in Memoria landeten, kamen von diesem Turm dort im Park«, erklärt er und zeigt auf die blinkende Markierung.

»Nein, ich bin nicht von diesem Turm gekommen. Er lag weiter nördlich, direkt an der Küste«, erwidert Jules.
Die holografische Karte dreht sich und neue Markierungen kommen zum Vorschein.

»Ja, dort!«, meint Jules und zeigt auf eine Markierung.

Salvento nickt. »Also, was ich bisher herausfinden konnte: Die Türme sind Empfänger und Sender zugleich ...«

»Aber sagtest du nicht, es gebe nur einen Turm?«, frage ich.

»Ja, eigentlich geht es auch um die Portale, die sich mit dem Turm verbinden. Der Turm ist ein Anker an verschiedenen Orten und doch in derselben Zeit, genau das erzeugt die Portale. Aber immer von dem einen Turm zu sprechen, obwohl er uns mehrfach erscheint ... würde meine Erklärung nur unnötig kompliziert machen.«

»Verstehe.«

»Also, ein Turm funktioniert zum einem als Empfänger und unabhängig davon auch als Sender. Um zu empfangen, braucht der Turm nicht an dem Ort aktiviert sein, um zu senden jedoch schon«, erklärt Salvento.

»Und *aktiviert sein* bedeutet, dass er dieses Glühen aussendet?«, fragt Maria.

»Genau!«, erwidert er. »Alle Türme auf der Erde sind mit einem der Türme in Acra, Kairos oder Memoria verbunden. Das Memoria-Portal zum Beispiel ist mit zwölf Türmen auf der Erde verbunden. Wir müssen zuerst einen davon auswählen, um von hier dorthin springen zu können. Zurück nach Memoria führt der jeweilige Turm auf der Erde immer.«

Sidus tastet prüfend über seinen Kopfverband.

»Aber nicht jeder Turm auf der Erde führt nach Memoria?«, fragt er.

»Nein, nur die zwölf, die mit ihm verbunden sind. Mit Kairos sind sechs Türme verbunden, und mit Acra achtzehn«, erklärt Salvento.

Wir diskutieren einige Zeit darüber, warum die Türme so ungleich verteilt sind. Cajo meint, dass es an der unterschiedlichen Größe der Welten nicht liegen könne, da Memoria mindestens so groß wie Acra sei. Salvento bemerkt, dass einige der Acra-Türme schon vor über 10 Jahren auf der Erde erschienen sind.

»Wenn es uns gelingt, mehr Menschen zu überzeugen hierherzukommen«, sagt Sidus mit heißer Stimme, »müssen wir Vorbereitungen treffen, damit nicht noch mehr Chaos ausbricht.«

Maria nickt. »Ja, ich werde in Memoria neue Häuser errichten, und wir müssen die Ankunft der Menschen koordinieren.«

Sidus blickt auf das Hologramm.

»Wie lange wird es noch dauern?«

»Ich bin mir nicht sicher, vielleicht einen Tag. Ich müsste mir noch einmal die Ablaufsteuerung ansehen«, meint Salvento.

Marias Finger bewegen sich geübt über die Oberfläche einer Konsole.

»Bin schon dran, ... ja, da ist der Ablauf«, sagt sie.

Mein Blick folgt ihren Handbewegungen. Sie tippt auf dem Bedienfeld herum und prüft aufmerksam jeden Eintrag in der Liste.

»Moment, was ist das?«, meint sie plötzlich und zeigt auf eine Zeichenfolge am Ende der Tabelle. »Das Symbol für Erinnerung und Löschung.«

»Das muss der falsche Auftrag sein«, erwidere ich.

»Nein, ist er nicht. Gleich, nachdem sich die Portale zur Erde schließen, werden unsere Erinnerungen erneut gelöscht.«

»Nein, das kann nicht sein, ... das macht doch keinen Sinn«, raune ich.

Maria legt die Stirn in Falten und schluckt.

»Mist! Es musste ja einen Haken bei der Sache geben.«

Jules und Salvento tauchen hinter uns auf.

»Seitdem alle Errungenschaften beisammen sind, haben wir eigentlich vollen Zugriff auf die Steuerung. Kannst du den Eintrag nicht einfach entfernen?«, fragt Salvento.

Sie berührt die Zeile und zieht die Symbole aus der Tabelle heraus.

»Oh, ja!«, ruft sie erleichtert. »Funktioniert wie bei dem Brunnen.«

»Was für ein Schreck«, pruste ich.

»Meines Erachtens sollten wir nun keine weitere Zeit verlieren und die Togs hier raufschaffen«, erklärt Jules.

»Ja, richtig«, erwidere ich.

»Ich werde aus meiner Schmiede den anderen Antischwerefeld-Generator herschaffen«, meint Salvento.

»Gut, wir werden in Kairos unsere Vehikel zum Turm zu schaffen und danach auch die von Memoria«, erwidert Cajo.

»Also, sobald sich die Portale zur Erde öffnen, versucht Jules die Medien zu informieren, ich besorge mit Maria den Kubus und Salvento, du suchst mit Will nach Anna«, erkläre ich.

Jules nickt. »Das wäre dann unser Plan.«

***

»Schau dir die seltsamen Wolken an«, sagt Maria, als wir am Brunnenplatz stehen. Sie verlaufen in einem spiralförmigen Band, als hätte ein riesiger Finger sie direkt am Himmel verrührt. Der gesamte Schnee hat sich aufgelöst und in vereinzelte tiefe Pfützen verwandelt. Ich nehme den Knauf aus der Tasche und schraube ihn wieder an unsere Tür. Maria informiert alle in Memoria über unsere Pläne, die Togs auf das Plateau zu schaffen. Ben kommt vorbei und erzählt, dass die Stimmung bei den meisten sehr positiv sei.

»Das Vertrauen in eine Zukunft ist zurückgekehrt«, meint er.

»Wir sollten diese Stimmung nutzen. Ich werde nunmehr die Leute fragen, ob sie ihre alte Tätigkeit wieder aufnehmen wollen. Unsere Vorräte gehen schlichtweg zur Neige«, erklärt Maria.

Ben verabschiedet sich schließlich. Als er die Tür öffnet, kommt ihm Mina entgegen.

»Maria, ich muss mit dir reden«, meint sie.

Maria nickt und bittet sie herein. Sie trägt wieder ihr blaues Kleid und streift sich über den verbundenen Arm.

»Ich ... ich möchte mich entschuldigen, ... ich war so unsagbar durcheinander ...«

»Ja, es war für uns alle eine drastische Erfahrung«, erwidert Maria.

»Will hat mir von seinem Plan, Salventos Tochter zu finden, erzählt«, erklärt sie.

»Das ist ihm sehr wichtig. Ich glaube nicht, dass ihn da jemand umstimmen kann«, entgegnet Maria.

»Nein, nein, darum geht es mir nicht, ... ich ... ich will was tun. Als du vorhin davon gesprochen hast, neue Häuser zu bauen ... also, ich möchte helfen.«

»Oh, sicher, du kannst dich mit Ben zusammenschlie-

ßen. Versucht, so viele Qs wie möglich aufzutreiben. Wir sollten unbedingt jedem, der nach Memoria kommt, eines geben.«
Mina lächelt und nickt, als hätte sie gerade ein Stück Mohnkuchen bekommen.
»Ich kümmere mich drum.«

Es ist mittlerweile so warm, dass ich die Raumheizung an der Konsole komplett abschalten kann. Maria nimmt ihr Q und spricht mit einer Person nach der anderen. Sie versucht jeden zu überzeugen, seine alte Tätigkeit in Memoria fortzusetzen. Sie hat sich die Haare zu einem Zopf gebunden. Ihre Bewegungen sind weich und schwungvoll, sie ist in ihrem Element, und alles ist beinahe wie früher. Allerdings kann sie die meisten einfach nicht mehr überzeugen. Egal wie sie argumentiert und wie sinnvoll es erscheint, ihr begegnet ein tiefes Misstrauen. Maria hätte ihnen nichts zu befehlen, schlägt es ihr entgegen. Einige erklären, dass sie nur etwas abgeben, wenn sie eine Garantie erhielten, dafür auch etwas zu bekommen. Andere wollen alles ganz genau ausrechnen und sehen die Globen als Währung an. Wenn ich das tue, hat es einen Wert von 7 Globen pro Tag, was kannst du mir dafür bieten, fragen sie.
Maria meint, dass die Brunnen doch wieder funktionierten und es keinen Sinn ergebe, eine Währung aus etwas zu machen, das mehr als ausreichend vorhanden sei. Einige fragen sogar, ob Maria eine Bank bauen könne, um all ihre Globen zu verwalten, da sie vielleicht jetzt ausreichen, aber eventuell nicht in der Zukunft. Andere wiederum stimmen ihr zu und meinen, dass auch sie keine Währung aus den Globen machen wollten, es aber dennoch sinnvoll sei, einen Glob-Wert für die eigene Leistung als Orientierung zu besitzen. Nahezu jeder entgegnet ihr früher oder später: Und was ist, wenn ich dafür nichts bekomme und die anderen nur auf ihrer faulen Haut liegen?

Die Angst, in eine Vorleistung zu geraten und dabei übervorteilt zu werden, sitzt tiefer als jede Vernunft. Mich wundert es nicht, denn so haben wir es ein Leben lang gelernt. Alles genau auszurechnen, Werte abzugleichen, zu prüfen, ob wir nicht ausgenutzt werden und die Schwachstellen suchen, um den eigenen Vorteil daraus zu schlagen. Der ewige Wettbewerb, der uns so normal erschien, dass wir ihn gar nicht mehr bemerkten. Nur in Memoria hatten wir ihn für einige Zeit schlicht vergessen.

Am Ende des Tages ist Maria völlig erschöpft und ihre Stimme rau und bedrückt.

**

»Paul? Maria? Das müsst ihr euch anschauen!«, höre ich Will von draußen rufen.
Maria runzelt die Stirn.
»Kann man sie schon sehen?«
Ich öffne die Tür und wir laufen auf den gut besuchten Brunnenplatz. Will winkt uns zu sich und zeigt in den Himmel.
»Dort!«
Ein dunkles Objekt, zum Teil von Wolken verdeckt, ist am Himmel zu sehen.
»Es wird von Minute zu Minute größer«, meint er.
In dem Moment gibt es einen Ruck im Boden, dann bewegt sich mit einem Mal der gesamte Himmel, schiebt sich mit der Sonne darin langsam zur Seite. Die Schatten wandern und werden länger.
»Eine Korrekturbewegung«, sagt Maria.
»Ja, aber viel deutlicher als vorhin«, erwidert Will.
»Ich hoffe, dass, wer auch immer die Unbeschriebene Welt erbaut hat, seine Berechnungen korrekt sind«, meine ich.
»Da ist der andere!«, ruft jemand.
Direkt hinter uns am Horizont schiebt sich ein weiteres

Objekt hoch. Zuerst wirkt es, wie ein sich aufbäumendes Gebirge, dann trennt es sich vom Horizont ab und wandert zur Seite. Mit einem Mal leuchtet die Kante in der Sonne auf und offenbart in den zahllosen Spalten, Furchen und Facetten die gewaltige Größe.

»Mein Gott!«, höre ich Maria und spüre, wie sie meine Hand umgreift. Etwas so Gigantisches am Himmel zu sehen ist von einer erschreckenden, surrealen Schönheit. Wir betrachten gebannt eine Weile das Schauspiel, bis die Bewölkung zunimmt und es immer schwieriger wird, die schwebenden Kontinente zu erkennen.

***

Maria stellt den Topf mit Suppe auf den Tisch und setzt sich neben mich.

»Es ist mühsam, aber ich konnte Lena überzeugen, die Honzucht wieder aufzunehmen und Tim will sich nun um das Mehl kümmern. Ja, und für die Karmon-Ernte habe ich auch gesorgt. Ich hoffe, dass sich andere daran ein Beispiel nehmen und nun schlichtweg alles wieder in Gang kommt«, sagt sie und presst die Lippen zusammen.

»Was machen wir eigentlich, wenn Tausende von Menschen nach Memoria kommen? Wie viel Nahrung können wir überhaupt bereitstellen?«

Sie zieht erschrocken die Augenbrauen hoch und schüttelt den Kopf.

»Ich ... ich weiß es nicht. Zumindest habe ich vorhin am Brunnen den Auftrag für weitere achthundert Häuser gegeben. Salvento hat uns all seine Qs von seiner Schmiede gebracht. Irgendwann müssen wir fraglos auch an seinem Brunnen eine neue Stadt errichten.«

Mein Q summt auf.

»Ja?«

»Hier ist Cajo, die Fahrzeuge, ... das war letzten Endes kein Problem, die stehen nun alle oben auf dem Plateau.«

»Gute Arbeit, Cajo«, erwidere ich. »Wie viel Zeit haben wir noch?«

»In einer Stunde öffnen sich die Portale«, höre ich Salvento.

»Gut, wir machen uns auf den Weg«, erwidert Maria.

***

Als wir vom Plateau aus auf den schwebenden Kontinent blicken, schüttelt Maria den Kopf.

»Mein Gott!«, fährt es wieder aus ihr heraus.

»Es geschieht wirklich«, raunt Mina.

Die Luft pfeift und grummelt. Die Wolken verlaufen in gebogenen Bändern, die mit zunehmender Höhe ihre Richtung abrupt wechseln. Die Sonne steht tief am Horizont und daneben klafft ein gigantisches, schwarzes Etwas, das den halben Himmel umläuft. Es senkt sich mit für diese Größe erstaunlicher Geschwindigkeit Stück für Stück herab. In dem Moment fällt Licht auf die Oberfläche des schwebenden Erdteils. Zuerst nur auf den Rand, dann rast der Sonnenaufgang über die Landschaft. Ockerfarbene Wälder, olivgrüne Weiden und blassblaue Seen blitzen in einem unnatürlich steilen Winkel auf.

»Wo ist eigentlich der andere Kontinent?«, frage ich.

»Kairos liegt bereits weit unterhalb des Horizonts, vermutlich sind wir schon mit ihm verbunden«, meint Salvento.

Erneut gibt es einen Ruck im Boden, und die Sonne wandert auf einer gebogenen Bahn zurück an den Himmel. Die gelblich schimmernden Wälder des neuen Kontinents neigen sich zunehmend, bis sie am Horizont verschwinden. In der Entfernung glitzert plötzlich eine große Wasserfläche auf.

»Das muss der Anschluss zum Abgrund sein ... ein Ozean!«, sage ich.

»Es gibt keinen Abgrund mehr«, erwidert Salvento.

Die Ebene kippt nun gänzlich unter den Horizont, und ich

spüre eine letzte Erschütterung im Boden. Maria legt die Arme um mich.

»Das wäre geschafft! Nun sind wir an der Reihe, diesem Planeten eine Zukunft zu geben«, sagt sie.

»Wie wollen wir ihn eigentlich nennen? *Unbeschriebene Welt* doch sicher nicht?«, frage ich.

»Memoria, natürlich«, meint Will.

»Ihn nach einer Stadt zu benennen wäre etwas ... ungeschickt, würde ich meinen«, erwidert Cajo.

»Lasst uns das ein anderes Mal erörtern«, entgegnet Jules und ruft: »Alle Mann in die Togs!«
Die Fahrzeuge sind in einer Reihe aufgestellt. Will und Salvento setzen sich in eines davon. Ich steige mit Maria in den schwebenden Tog, und Jules setzt sich ebenfalls in eines der Gefährte. Drei weitere Vehikel füllen sich mit Personen. Cajo holt sein rotes Q hervor.

»Zuerst wähle ich den Turm im Norden«, ruft er, »dann den im Park und schließlich den im Osten.«

»Denkt daran, wir haben nur zwei Stunden und sechs Minuten«, ruft Salvento. »Die Qs zeigen euch die Restzeit und vergesst nicht, eine Kommunikation mit den Qs ist auf der Erde nicht möglich. Dort seid ihr auf euch gestellt. Viel Glück!«
Mit einem Mal glüht der Turm vor uns auf, blitzende Entladungen summen von der Kuppel aus durch die Luft. Cajo gibt ein Zeichen und Jules fährt los. Keine zwanzig Meter weiter löst er sich in einer weißen Aura auf. Das Glühen flackert kurz auf und Cajo schwenkt seinen Stock in Richtung des Turms. Will beschleunigt. Ich blicke zu Maria, sie schaut mich mit großen Augen an und nickt. Ich drücke den Steuerknüppel nach vorne. Alles um uns herum zerfällt in weiße Fragmente, die wie Styroporkügelchen herumwirbelnden, dann fallen sie schlagartig zu Boden und geben den Blick frei auf eine dunkelbraune, staubige Ebene. Stickige Hitze schlägt mir entgegen. Der Himmel ist graugrünlich und von zerfransten Wolken durchzogen.

»Oh, schlimmer als ich es in Erinnerung hatte«, meint Maria hustend.
Direkt vor mir sehe ich Wills Tog. Er fährt aus dem braunen Park hinaus. Ich folge ihm, und wir überqueren einen leeren Parkplatz. Erlebnisse aus meiner Kindheit kommen hoch, als wir hier unsere Fahrräder abstellten und ich mit meiner Mutter in dem einst dichten Gestrüpp im Park Verstecken spielte.
Die Straßen sind leer und staubig, die Luft ist so trocken, dass ich nach jedem Atemzug gegen einen Hustenreflex ankämpfe. Nur wenige Passanten befinden sich in den Gassen, und sie nehmen kaum Notiz von uns. Ich fahre für einige Zeit Will hinterher, dann winkt er uns mit erhobener Hand zu und biegt in eine Seitenstraße ab.
»Wir müssen weiter ins Zentrum, da vorne nach links auf die Autobahnzufahrt«, meint Maria, »dann immer geradeaus, bis das blaue Hochhaus rechts erscheint.«
»Ja, ist gut«, erwidere ich und lenke den Tog die Auffahrt hinauf.
Die Autobahn ist teilweise versandet und hin und wieder tauchen Autowracks am Straßenrand auf. An einigen Stellen ist der Asphalt aufgebrochen. Wären wir in einem normalen Fahrzeug unterwegs, müsste ich sicher oft auf Schrittgeschwindigkeit herunterbremsen.
»Fällt es dir auch so schwer zu atmen?«, fragt Maria.
Ich nicke. »Die Luft ist wirklich dünn geworden.«
Wir fahren an einem Wald aus entlaubten Bäumen vorbei, der mit Müll und verrottendem Geäst durchsetzt ist. Es wirkt wie in einem dieser alten Katastrophenfilme – denen ohne Happy End. Alles Grüne ist aus dem Boden gewichen. Ein leichter Geruch von Lösemittel liegt in der Luft. Am Horizont taucht plötzlich die Spitze eines riesigen Pfeilers auf, von dem unzählige Verstrebungen ausgehen.
»Ist es das?«, frage ich.
Sie schüttelt den Kopf.
»Nein, ich weiß nicht, was das ist. Sieht wie ein gigan-

tisches Gerüst aus. Das war zu meiner Zeit noch nicht da.«
Wir fahren eine Weile schweigend die schnurgerade Straße entlang.

»Es ist schon seltsam«, sagt sie schließlich, »ausgerechnet hier kommt es mir so vor, als wenn wir auf einem fremden Planeten wären.«

»Ja, ... ich weiß, was du meinst.«
Sie lässt den Blick über die braune Landschaft schweifen.

»Paul, wieso möchte uns überhaupt jemand eine neue Chance geben? Ich meine, wir sind fraglos selbst schuld und unsere Auslöschung die gerechte Strafe. Wie kann uns jemand dafür einen neuen Planeten geben? Das ist doch ... ungerecht!«

»Nun ja, wir haben ihn nicht einfach so bekommen. Die ganze Prozedur war ein Test, und wir haben bestanden. Ich denke, wir sollten diesem Urteil vertrauen.«
Sie schüttelt den Kopf.

»Ich weiß nicht, auch wenn wir im Moment mit Jules das gleiche Ziel verfolgen, wird es doch irgendwann wieder zur Konfrontation kommen. Glaub nicht, dass er einfach so Ruhe geben wird.«

»Maria, vielleicht denken die, welche die *Unbeschriebene Welt* konstruiert haben, nicht in solchen Kategorien wie gerecht oder ungerecht. Vielleicht sehen sie das Leben als etwas Wertvolles an, das prinzipiell eine neue Chance verdient. Zumindest, sofern auch nur ein Funken Potenzial darin steckt. Vielleicht bauen sie darauf, dass wir uns als Spezies weiterentwickeln.«

»Denkst du denn, wir können uns weiterentwickeln? Sind wir nicht schon zu weit davon abgekommen?«

»Maria, wir müssen uns verzeihen. Wenn Memoria, Acra und Kairos etwas gezeigt haben, dann, dass die Menschen trotz aller Fehler großartig sind, voller Potenzial. Ich finde, wir verdienen eine zweite Chance.«
Sie lehnt ihren Kopf gegen meine Schulter und schließt die Augen. Die Sonne steht hoch am Himmel. Ich schätze es auf

mittags. Die seltsam ausgefransten Wolken scheinen sich nicht zu bewegen, sie wirken wie eingemeißelt in das graugrüne Firmament. Ich erinnere mich, dass es vor dem Bau der Atmosphäre-Generatoren hieß, es könne aufgrund des chemischen Katalysators zu einer leichten Grünfärbung der Luftschichten kommen. Zumindest damit waren wir erfolgreich.

Am Horizont steigt ein blaues Hochhaus auf. Die oberen Fenster fehlen, und man kann tief in die leeren Räume schauen. Auf dem Dach steht ein großes G als letzter Buchstabe eines zerfallenden Schriftzugs.

»Das sieht anders aus. Viel älter, als ich es in Erinnerung habe«, meint sie und zeigt auf eine Abzweigung vor uns.

Schließlich steuere ich den Tog in ein Dorf hinein, das überwiegend aus Bürogebäuden zu bestehen scheint. An einem Platz, der von einem Drahtzaun geteilt wird, halte ich an, und wir steigen aus.

»Der Zaun war damals noch nicht da«, sagt sie.

»Dort drüben ist ein Zugang«, erwidere ich und zeige auf ein Torgitter. Sie nickt, geht darauf zu und drückt die Klinke hinunter.

»Nicht abgeschlossen«, meint sie und öffnet das Gatter.

»Wo sind wir hier eigentlich? Für einen Bürokomplex ist es doch zu abgelegen«, sage ich.

Wir laufen über den staubigen Platz direkt auf den Eingang des Hochhauses zu.

»Das hier war eine unabhängige Forschungseinrichtung, unterstützt von Spenden. Anfänglich wurde es von Carla Gruber, einer der reichsten Personen des Landes finanziert. Aber plötzlich starb ihr Sohn an einer seltenen Krankheit, und dann wollte sie, dass wir alle nur noch daran forschen. Da jedoch die ganze Idee an dem Projekt die Unabhängigkeit war, hat der Rat sich letztlich dagegen entschieden. Sie zog sich zurück und alles, was von ihr blieb, war der Gruber-Turm«, erklärt sie und zeigt auf das Hochhaus.

»Und nun ist es eine Geisterstadt«, erwidere ich.

Sie drückt die Eingangstür auf, und wir gehen in das Foyer. Schmale Tafeln hängen an aluminiumverschalten Wänden. Eine Skulptur in der Form eines Atomkerns, um den Elektronenbahnen verlaufen, hängt von der Decke. Die vier Fahrstühle scheinen außer Betrieb zu sein.

»Als die Spenden immer weniger wurden, musste die Einrichtung schließlich eines Tages geschlossen werden. Dabei war der Kristallspeicher nunmehr bereit für den Markt«, fügt sie an.

»In welcher Etage liegt das Labor?«

»Keine Sorge, gleich in der Ersten. Da vorne ist der Aufgang«, erwidert sie.

Wir gelangen durch eine Tür in das Treppenhaus und folgen den Stufen in den ersten Stock. Sie zeigt in einen breiten Korridor.

»Dort lang! Oh ... da kommen Erinnerungen auf«, sagt sie, »immerhin bin ich hier sechs Jahre nahezu jeden Tag entlanggegangen. Dort ist das Labor von Mark, er arbeitete an einer verrückten Idee für die kalte Fusion«, erklärt sie und deutet auf einen Gang. »Und hier war unsere kleine Kantine, ... der Kaffee war scheußlich, aber die Linsensuppe war hervorragend.«

Ich wische mir den Schweiß von der Stirn. In der dünnen, schwülen Luft komme ich schnell außer Atem. Sie öffnet die Tür zu einem Labor, und wir betreten einen großen Raum. Zwei Tische befinden sich in der Mitte, und einige leere Regale stehen vor den Wänden. Auf dem braunen, gefliesten Boden hallen unsere Schritte durch das Gebäude.

»Verflucht! Alles weg, die ganze Ausrüstung.«

»Das war wohl zu erwarten, ... aber wo ist der Safe?«, frage ich.

Sie geht zu einem Regal, drückt ein Brett heraus und nimmt einen Teil der Rückwand ab.

»Der Tresor ist noch unversehrt«, meint sie. Ihre Hand fährt über die Tastatur. Ich höre draußen ein entferntes Bellen.

»Streunen hier Hunde herum oder gehört der zu jemandem?«

Mit einem *Klack* öffnet sich die Tresortür. Sie blickt hinein und schaut mich entsetzt an.

»Er ist leer!«

»Verdammt! Wer wusste denn noch davon?«, frage ich.

»Außer mir haben noch zwei weitere an dem Projekt gearbeitet, aber die sind gleich nach der Pleite der Einrichtung schnell woanders hin gewechselt. Ich kann mir nicht vorstellen, dass sie sich noch für den Kubus interessiert haben.«

»Vielleicht nur um ihn zu verkaufen?«

Sie schüttelt den Kopf.

»Der reine Materialwert ist nicht sehr hoch. Der Kristall ist künstlich, und die Daten darauf waren öffentlich zugänglich. Wertvoll war nur die Technik, mit der wir die Information hineingeschrieben haben.«

Ich höre wieder das Bellen und diesmal ist es deutlich näher.

»Wir haben es versucht«, sage ich, »dann müssen wir eben ohne das Wissen der Menschheit auskommen. Lass uns besser gehen, bevor noch jemand den Tog entdeckt.«

Falten legen sich um ihre Augen.

»Es ist schlichtweg absurd«, raunt sie und wischt sich eine Träne von der Wange. »Ich wurde damals belächelt und immer wieder gefragt, wo der praktische Nutzen liege. Und nunmehr, wo es kaum einen besseren Grund dafür geben kann, ist der Kubus einfach verschwunden.«

Ich lächele sie an und reiche ihr meine offene Hand entgegen. Sie nickt und legt ihre hinein. Ich ziehe sie langsam zu mir. Sie schließt die Augen und schmiegt sich an mich. Ich umarme sie, inhaliere den Geruch ihrer Haut.

Schließlich folgen wir dem Korridor zurück zum Treppenhaus. Ich blicke mich um – irgendwas stimmt nicht.

Wir gehen die Treppe hinunter und laufen durch das Foyer.

»Die Fenster ...«, sage ich.

»Ja?«

»Die müssten doch längst verdreckt sein und schau, einige sind eingeschlagen, aber es liegen keine Scherben auf dem Boden. Es ist hier zu sauber – das ist keine Geisterstadt.«

Maria drückt die Eingangstür auf, will mir antworten, da wird sie von einem lauten Bellen unterbrochen. Über ihre Schulter hinweg sehe ich, in der Entfernung, einen Schäferhund auf sie zu rennen. Ich umgreife sie und ziehe sie vom Eingang weg. Wir kommen ins Straucheln und fallen auf den Boden. Die Tür fällt zu und der Hund prallt dumpf dagegen.

»Mist! Von wo kam der denn her?«, haucht sie.

»Ich bin mir sicher, der gehört zu jemandem.«

»Ben hat mir drei Betäubungspfeile mitgegeben«, meint sie und sucht in ihrer Umhängetasche.

»Wirken die auch bei Hunden?«

Ein Bellen und Schaben dringt durch die Tür.

»Er knurrt nicht, vielleicht will er nur spielen?«, sage ich.

»Oder er ist hungrig und will uns nur fressen.«

Ich blicke auf mein Q.

»Wir haben noch eine Stunde und 15 Minuten. Gibt es einen Hinterausgang?«

»Nicht, dass ich wüsste.«

Eine kratzige Stimme erschallt von draußen.

»Greg, mein Junge ... ist da wieder jemand drin? Kommen sie da bitte raus, das ist Privateigentum! Hier dürfen sie nicht übernachten, wohnen oder ihr Geschäft erledigen!«

Auf Marias Gesicht zeichnet sich ein Grübchen ab, und sie lächelt breit.

»Henry? Bist du das?«, ruft sie und öffnet die Tür.

»Maria?«

Ein alter, knochiger Mann mit fleckiger Glatze steht auf

dem Platz und hält den Schäferhund am Halsband fest.

»Henry, Privateigentum? Wer sollte denn diesen verlassenen Flecken hier gekauft haben?«, ruft sie.

Er lächelt. »Natürlich niemand, aber es klingt überzeugend genug, um die Leute zu verjagen, wisst ihr?«
Maria beugt sich zu mir herüber.

»Henry war unserer Hausmeister, ohne ihn lief hier nichts«, flüstert sie.
Als wir auf ihn zugehen, reißt sich der Hund los.

»Keine Angst«, meint er, »der tut nichts. Ich hätt' nicht gedacht, dass ich dich noch einmal wiedersehen würde, Maria.«
Eine riesige Brille vergrößert seine braunen Augen zu grotesken, flackernden Scheiben.

»Lass dich anschauen. Aus dem Mädchen ist eine Frau geworden«, meint er und mustert sie mit einer schwenkenden Kopfbewegung.
Der Hund wirbelt aufgeregt um uns herum und gibt einige Belllaute von sich.

»Wir haben nach dem Kubus gesucht. Es ist alles weg, selbst der Tresor ist leer geräumt«, erklärt sie.

»Den Kristall? Ja, den hab ich, hab ihn bei mir im Haus verwahrt«, erwidert er, »schien mir doch sicherer. Komm' nicht immer dazu, den Turm zu prüfen. Wisst ihr, auch wenn ich den Strom zuschalte, die Fahrstühle funktionieren nicht mehr.«

»Henry, du hast ihn?«
Er nickt.

»Großartig!«, erwidert sie und springt beinahe in die Luft. Sie greift meine Hand und zieht mich zu sich.

»Das ist Paul.«

»Dein Mann?«

Sie lächelt. »Kann man so sagen. Wir kommen von weit her, aber das ist kompliziert zu erklären, und wir haben nicht viel Zeit.«
Henry zeigt auf ein Haus am Ende des Platzes.

»Gut, dann lasst uns gleich zu mir gehen. Ihr jungen Leut', immer ist alles kompliziert, und dann habt ihr nie Zeit. Wenn ihr euch einfach nur die Zeit nehmen würdet, wär vieles nur halb so kompliziert, wisst ihr?«
Maria schüttelt den Kopf.
»Diese Geschichte ist kompliziert.«
Auf dem Weg zu seinem Haus erzählt sie von den Türmen, von Memoria, dem Erinnerungsverlust und dem neuen Planeten. Die Worte sprudeln überschwänglich, wohl aus Erleichterung, dass unsere Reise nun doch nicht vergebens war, aus ihr heraus. Henry schaut mich hin und wieder prüfend an, so als wäre ich eine Art Relikt von dieser ihm unbekannten Welt, ein Beweis, dass Maria sich nicht nur alles eingebildet hat. Er nickt interessiert und gelegentlich entweicht ihm ein »So« oder ein »Aha«.

Er führt uns zu einem modernen Bungalow. Die Vorderseite des Gebäudes besteht aus einer einzigen Glasfront, in der eine dazu unpassende Holztür eingelassen wurde. Auf dem Dach befinden sich aufgereihte Solarmodule und zwei Windräder. Schließlich öffnet er die Tür, und wir betreten das Haus.

»Der Kristall steht dort hinten im Regal«, sagt er und zeigt auf einen Schrank.

»Du benutzt ihn als Buchständer?«, fährt es aus Maria heraus.

»Ja, warum nicht? So fällt er doch am wenigsten auf.«

»Und irgendwie ist es ja auch ein Buch«, meine ich.
Maria geht zum Regal, verschiebt einige Bücher und nimmt einen schwarzen Kasten heraus. Sie stellt ihn auf den Tisch ab und öffnet den Deckel. Darunter kommt ein gläserner Würfel von etwa zehn Zentimeter Kantenlänge zum Vorschein.

»Ja! Das ist er«, jubelt sie.
Mit Zeigefinger und Daumen zieht sie den Würfel aus der schwarzen Halterung heraus und hält ihn gegen das Licht.

»Vorsichtig, wir wollen ja nichts mehr riskieren«, sage

ich.

»Keine Angst, da kann nichts passieren, die Struktur ist härter als Diamant. Wir haben extra die Kanten abgerundet, damit sich niemand verletzen kann«, erklärt sie und reicht mir den Würfel.

Er ist ungewöhnlich schwer. Ich spüre eine Mulde auf einer der Seiten. Die leichte Vertiefung hat die Form einer menschlichen Silhouette. Ich richte die Seite so aus, dass die Figur aufrecht steht, da erscheint das Imprint. Es ist ein schimmerndes, plastisches Bild mitten im Würfel. Es stellt eine Lupe dar, die sich über einen winzigen Text befindet, welcher darunter symbolisch vergrößert wird. Daneben weist ein Pfeil auf ein feines Kachelmuster.

»Verstehe. So etwas wie Mikrofilm«, sage ich.

Maria nimmt den Würfel und packt ihn wieder in die schwarze Schatulle.

»Richtig, dort ist die Anleitung für eine einfache Apparatur zur Lichtwellenabtastung der Kopfdaten.«

»Wie lange hält so ein Kubus?«

»Das ist es ja, praktisch für immer! Also, nur bei über fünftausend Grad verliert er die Struktur, ansonsten ist er schlicht unverwüstlich.«

»Wie konntest du dann die Daten überhaupt hineinschreiben?«

»Direkt beim Erzeugen der Kristallstruktur. Er ist gewissermaßen in einem komplizierten Verfahren so gewachsen.«

Henry nimmt eine Schüssel aus dem Schrank, füllt sie mit etwas aus einer Pappschachtel auf und stellt sie auf den Boden. Der Hund bellt, wedelt mit dem Schwanz und frisst schmatzend.

»Endlos gespeichertes Wissen«, meint Henry, »kein Wunder, dass das Projekt beendete wurde. So etwas interessiert heutzutage niemanden mehr.«

Ich blicke auf mein Q.

»Maria, wir müssen los, nur noch 55 Minuten.«

Sie nickt. »Henry, was machst du eigentlich noch hier?«

Er blickt sie fragend an.

»Was ich immer gemacht habe, ich kümmer'mich um alles.«

»Aber hier ist doch niemand mehr, willst du nicht mitkommen?«

»Was? Nein, ich leb' hier. Einmal die Woche kommt Michaela und bringt mir alles, was ich brauche, wisst ihr?«

»Aber die Welt, von der wir kommen, blüht vor Leben, und dort musst du dich nicht mehr um etwas kümmern, dort wird für dich gesorgt«, erwidert sie.

Er nimmt seine Brille ab und putzt die Gläser mit seiner Strickjacke.

»Wenn ich mich um nichts mehr zu kümmern brauch, wozu soll ich dann dorthin? Nein, nein, es ist eure schöne, neue Welt. Alte Pflanzen haben tiefe Wurzeln, man kann sie nicht einfach umtopfen, wisst ihr?«

Er setzt seine Brille wieder auf und krault den Hund.

»Wir gehören hierher, nicht wahr, Greg? Ja, guter Junge. Willst du spielen?«

Der Hund wirbelt aufgeregt herum. Henry nimmt einen Ball von der Kommode und geht mit Greg vor die Tür. Maria zieht an meinem Arm.

»Wir können ihn nicht hier lassen«, flüstert sie.

»Aber er will offenbar nicht mitkommen.«

»Weil er nicht versteht, was ich ihm sage. Verdammt, ich würde es nicht verstehen, wenn es mir nicht selbst passiert wäre.«

»Wir haben nicht mehr viel Zeit und können ihn wohl kaum zwingen.«

Sie hebt den Kopf.

»Warum nicht? Ich habe ja noch die Betäubungspfeile.«

»Maria, er mag noch rüstig wirken, aber er ist sicher über achtzig. Was, wenn du ihn damit umbringst?«

Sie atmet seufzend aus.

»Du hast recht.«
Wir folgen Henry aus dem Haus. Er steht mitten auf dem Platz, holt den Ball aus dem Maul des Hundes und wirft ihn in hohem Bogen die Straße hinunter. Der Hund rennt wie vom Blitz getroffen los und zieht eine Staubwolke hinter sich her.

»Ich versuch's noch einmal«, sagt Maria und geht auf ihn zu. »Henry, ich habe mich vorhin falsch ausgedrückt. Natürlich kannst du dir in Memoria eine Aufgabe suchen. Eigentlich gibt es sogar viel zu tun. Wir können mit dem Brunnen Gebäude bauen und in der Schmiede Rohstoffe zu etwas Neuem formen. Ja, und wir haben ein Serum gegen die rote Grippe gefunden. Überall blüht die Natur, und die Luft ist frisch. Ich weiß, dass ein Wechsel sehr schwer ist, und nur mit Worten kann ich es dir nicht richtig vermitteln. Du musst mir einfach vertrauen, dafür ist es fraglos wert, sich von Gewohntem zu trennen.« Sie legt die Hand auf seine Schulter. »Wir brauchen dich, Henry!«
Sein Blick geht zu Boden.

»Warum?«

»Weil du so bist wie dieser Kristall«, erwidert sie und hält die schwarze Schatulle hoch. »Voll mit Wissen und Erfahrungen. Deine Gründlichkeit wird für viele ein Vorbild sein. Bei uns kannst du Menschen inspirieren. Die Erde ist wie dieses Dorf, verfallen und dem Untergang geweiht, du kannst hier nichts mehr erreichen.«

»Und was ist mit Greg?«
Maria blickt zu dem Hund, der mit wedelndem Schwanz auf sie zuläuft.

»Der kommt natürlich mit.«

Er nickt. »Gut, ich brauche ein wenig ... um zu packen ... wisst ihr?«

»Ja, aber beeil dich, maximal fünf Minuten. Du benötigst nicht viel, wir können in Memoria alles erzeugen. Ich hole mit Paul schon mal das Fahrzeug, du wirst staunen.«
Er geht zurück ins Haus und Maria strahlt mich mit großen

Augen an.

»Kommen wir mit dem Tog vorne durch das Tor?«, fragt sie.

»Ich denke schon.«

»Er braucht zu lange«, sagt Maria, als wir im Tog vor Henrys Haus warten.

»Der Hund ist auch nicht mehr zu hören, ist er überhaupt noch im Haus?«, erwidere ich.

Maria springt vom Vehikel.

»Ich werde mal nachschauen.«

»Gut, aber in spätestens fünf Minuten müssen wir wirklich los.«

Sie läuft in das Haus und ruft nach ihm. Keine Minuten später kommt sie mit blassem Gesicht heraus. Sie steigt ein und gibt mir einen Zettel.

»Fahr los, wir müssen zurück.«

Ich schaue auf das Stück Papier, dort steht:

Tut mir leid Maria, ich kann das einfach nicht. Ich wünsch dir mehr Glück, als du tragen kannst – Henry.

Ich lege meine Hand auf ihren Rücken.

»Du hast alles versucht.«

Sie zieht die Beine hoch und kauert sich auf dem Sitz zusammen, dreht sich zur Seite und lässt den Kopf auf meinen Schoß sinken. Ich beschleunige. Der Fahrtwind weht erfrischend von den Seiten herein und erlöst uns für einen Moment von der stickigen Hitze. Da ich den Rückweg kenne, erhöhe ich allmählich die Geschwindigkeit.

Als wir auf die Autobahn biegen, erscheint erneut der riesige Pfeiler am Horizont.

»Ich weiß jetzt, was die da bauen«, sage ich.

Ihr Kopf liegt immer noch auf meinem Schoß, und ihre Augen sind geschlossen.

»Eine Kuppel«, erwidert sie.

In der Entfernung bemerke ich eine Bewegung auf der Straße – ein Auto? Ich erinnere mich an Tage aus meiner Kindheit, wo die Autobahnen noch dicht befahren waren und sich blecherne Ströme durch die Städte schoben. Jeden Sommer mieteten sich meine Eltern ein Auto, wenn wir zu den Großeltern aufs Land fuhren. Nachdem das Benzin unbezahlbar wurde, änderte sich innerhalb eines Jahres das Bild der Welt. Ich war noch zu jung und begriff das Ausmaß der Katastrophe damals nicht. Ich hatte keine Vorstellung davon, wie der fossile Treibstoff unser aller Leben berührte, ja, sprichwörtlich durch unsere Adern floss. Obwohl die Generation vor mir es sicher hatte kommen sehen, gab es zu wenige Elektrofahrzeuge, um die Versorgung weiterhin sicherzustellen. Bis zuletzt wurden jährlich Millionen herkömmlicher Autos gebaut, die nun mit einem Mal unbrauchbar waren. Die Zeit der leeren Läden und rationierten Nahrungsmittel begann. Die einst so vernetzte Welt zerfiel zu einer Ansammlung isolierter Kontinente, Städte, Dörfern und Gemeinden.

In diesem Moment wird mir meine hohe Geschwindigkeit bewusst. Ich rase mit einer Staubwolke hinter mir an dem entgegenkommenden Fahrzeug vorbei, zu schnell um auch nur die Konturen zu erahnen. Wer dort auch immer am Lenker saß, wird sich sicher fragen, was da soeben an ihm vorbeiraste.

Ich reduziere die Geschwindigkeit, nehme die Ausfahrt und steuere den Tog in die Stadt.
»Wir sind gleich da«, sage ich.
Maria richtet sich auf.
»So schnell? Unglaublich.«
Sie blickt auf ihr Q.
»Noch 32 Minuten, das sollte reichen.«
Die Straße führt einen Hügel hinab. Unten kann ich bereits

den leuchtenden Turm erkennen.

»Moment! Langsam, Paul.«

Ich ziehe den Steuerknüppel zurück.

»Da stimmt was nicht«, meint sie. »Die blauen Lichter an der Zufahrt. Die haben alles abgesperrt!«

Ich biege an einer Kreuzung in eine Seitenstraße und verharre an der Ecke. Von hier aus kann man auf den Turm und den quadratischen Platz davor blicken.

»Schau, die haben schon Zelte auf dem Parkplatz errichtet und den Zugang zum Park abgeriegelt«, bemerkt Maria.

»Um sie über die *Unbeschriebene Welt* und die Türme aufzuklären, wird die Zeit wohl kaum reichen. Die werden uns eher für verrückt halten«, sage ich. »Wenn wir schnell genug sind, könnten wir vielleicht einfach durchbrechen.«

»Ich weiß nicht, das wird riskant«, erwidert sie.

In dem Moment erscheint ein großes Polizeifahrzeug auf dem Platz. Einige Polizisten steigen aus, gefolgt von zwei Personen, die mir bekannt vorkommen.

»Mist! Sind das nicht Will und Salvento?«, raunt Maria.

»Ja, das sind sie.«

Ich sehe, wie Salvento eine Frau im Morgenmantel umgreift und ihr beim Laufen hilft.

»Anna!«, fährt es zeitgleich aus uns heraus.

Sie werden zu einem großen Zelt gebracht, dann steigen die Polizisten wieder in den Wagen und fahren ab.

»Ich kann sie durch das Fenster im Zelt sehen«, sage ich. »Sie sitzen auf einer Bank und werden von einem Polizisten vernommen. Vielleicht klärt sich alles auf, und wir brauchen nur zu warten, bis sie herauskommen?«

»Dafür fehlt uns schlicht die Zeit. Wir müssen sie da rausholen. Jetzt gleich!«

Ich nicke zögerlich.

»Also ... der Polizist am Tisch scheint der Einzige im Zelt zu sein.«

»Und nur eine Wache am Eingang«, erwidert sie.

Wir schauen uns an. Sie nickt, greift in ihre Tasche und holt die Betäubungspfeile heraus.

»Dort unten«, sagt sie, »gleich neben dem Parkplatz, auf dem Hof mit dem Müll, da können wir den Tog verstecken.«

Ich nicke. Wir fahren quer über eine weitere Straße zu dem Hof und halten zwischen zwei Müllbergen. Ich finde einige zerdrückte Pappkisten und bedecke notdürftig den Tog damit.

Schließlich laufen wir den Bürgersteig auf der gegenüberliegenden Seite des Parkplatzes entlang. Als wir in etwa auf Höhe des Zeltes sind, schleichen wir uns gebückt über die Straße. In der Deckung eines alten Stromkastens hocken wir uns hin. Direkt neben uns liegt die Zeltwand. Ich spähe kurz durch den transparenten Fensterausschnitt. Das Zelt besitzt jeweils einen Eingang zu beiden Seiten. Wir befinden uns im Rücken von Will und Salvento. Ihnen gegenüber sitzt der Polizist vertieft in eine Akte. Ich höre, wie Salvento auf ihn einredet.

»Ich bin Salvento Chessa, glauben sie mir doch, es ist außerordentlich wichtig, dass wir schnell zum Turm gelangen.«

»Ihr vom AURA-Konzern seid doch an allem schuld!«, entgegnet der Polizist.

Schritte nähern sich und mit einem Mal steht die Wache vom Eingang direkt vor uns. Ein junger Mann blickt mich erstaunt an. Seine Polizei-Mütze ist viel zu klein für seinen großen Kopf. Er greift so ruckartig zu seiner Elektroschockpistole, dass ihm die Mütze vom Kopf rutscht. Marias Arm huscht mit einer schnellen Bewegung an mir vorbei. Er zuckt zusammen – ein Betäubungspfeil steckt in seiner Schulter.

»Was zum ...«, raunt er, seine Augen verdrehen sich und er kippt nach vorne auf mich zu. Ich fange ihn im Fallen und lasse ihn langsam zu Boden sinken.

»Nimm den Schocker«, flüstert Maria.

Ich zögere. »Ich weiß nicht ...«
»Paul, du hast es selbst gesagt, wir haben keine Zeit es ihnen zu erklären.«
Ich nehme die Elektroschockpistole aus dem Holster. Maria hebt den Kopf und wirft einen kurzen Blick durch das Fenster.
»Er hat nichts bemerkt«, flüstert sie und schaut auf ihr Q. »Noch fünfzehn Minuten.«
»Also sofort rein.«
Sie nickt. Wir verlassen die Deckung und gehen zum Eingang. Ich schiebe die Plane zur Seite und betrete das Zelt. Der Polizist blickt mich an.
»Hey, sie können hier nicht einfach ...«
Ich richte den Schocker auf ihn und drücke ab. Zwei Drähte schießen heraus und treffen ihn an der Schulter und am Bein. Er schreit auf, kippt vom Stuhl, krümmt sich und verliert das Bewusstsein.
»Paul? Maria? Gott sei Dank!«, höre ich Will rufen.
Salvento springt von der Bank.
»Wir müssen uns beeilen! Die haben uns an der Straßensperre gestoppt. Habt ihr den Tog noch?«
»Ja, er ist gleich da drüben neben dem Müllplatz«, sage ich.
Salvento hilft Anna hoch und stützt sie.
»Wo gehen wir denn hin?«, fragt sie müde.
Ihre schwarzen Haare sind vom Schweiß durchnässt. Sie kann ihre Augen kaum offen halten.
»Anna?«, frage ich.
Er schaut mich lächelnd an.
»Lasst uns schnellstens zum Tog«, sagt er, drückt die Plane zur Seite und geht mit Anna heraus. In diesem Moment höre ich ein Zischen hinter mir. Etwas sticht in meinen Rücken. Ein Draht fliegt an mir vorbei. Ein Schmerz im Körper. Ich schreie und falle auf die Knie.
»Stehen bleiben!«, ruft eine Frauenstimme.
Sie muss von der anderen Seite ins Zelt gekommen sein. Ihr

Schocker hat mich nur halb erwischt, aber dennoch fühle ich mich benommen. Sie zieht am Griff der Waffe. Die Drähte fallen heraus. Nun zielt sie auf den Eingang. Ich sehe, wie etwas auf sie zufliegt – ein Betäubungspfeil. Er trifft sie am Helm und prallt ab. Es löst sich ein weiterer Schuss – unkontrolliert. Die Drähte verfangen sich im Zeltdach. Ich spanne den Körper an und springe auf sie zu. Sie kippt nach hinten. Ich versuche, sie auf den Boden zu drücken. Sie packt mich an der Kehle. Ich röchele nach Luft. Neben ihr sehe ich etwas am Boden aufblitzen, es ist der Betäubungspfeil. Ich bekomme ihn zu fassen und treffe damit ihren Nacken. Ihre Hände fallen von meinem Hals, sie blinzelt und verliert das Bewusstsein. Maria hilft mir hoch und entfernt den Draht von meinem Rücken. Will steht mit aufgerissenen Augen steif in der Zeltecke.

»Wo ist Salvento?«, frage ich.

»Der ist mit Anna rausgerannt. Er ... er meinte, dass er eine Idee hat«, erwidert Will.

Ich höre wie große Fahrzeuge auf dem Platz zum Halten kommen.

»Raus hier!«, schreit Maria.

Plötzlich erscheint ein Polizist mit der Waffe im Anschlag am Zelteingang. Hinter ihm betreten zwei weitere das Zelt.

»Was ist hier los? Die Hände hoch, dass ich sie sehen kann«, ruft einer.

Von draußen höre ich Lärm. Aufgeregte Wachen rufen durcheinander. Ich blicke zum Fenster hinaus. Etwas fliegt mit hohem Tempo über den Parkplatz.

»Salvento«, hauche ich.

»Das war also sein Plan? Einfach abhauen?«, meint Will.

Das Fahrzeug rast auf die Absperrung vor dem Turm zu. Es trifft krachend auf das Gatter. Der Tog bäumt sich auf und gerät ins Schlingern. Noch bevor er umzukippen droht, verschwindet er in einer weißen Aura.

»Dieser Mistkerl! Das hätte ich von ihm nicht gedacht«,

sagt Will.

»Noch acht Minuten«, meint Maria.

»Das schaffen wir niemals«, haucht Will.

Einer der Polizisten packt mich am Arm, der andere ruft:

»Alle sofort festnehmen. Bringt sie auf das Revier!«

Als wir aus dem Zelt gehen, flackert der ganze Turm auf und verschwindet mit einem Zischen aus der Landschaft.

»Das waren doch noch keine acht Minuten?«, sage ich.

Will schreit auf und schlägt die Hände vor den Kopf.

»Ist das jetzt nicht egal!«

Wir bewegen uns auf einen der Wagen zu, plötzlich fängt die Luft an zu flimmern und ein Summen ist zu hören. Eine leuchtende Säule entsteht mitten auf dem Parkplatz. Blitze entladen sich, dann sehe ich den Turm vor mir – keine zwanzig Meter entfernt. Panik bricht aus, die Polizisten rennen um ihr Leben. Einer von ihnen bleibt vor mir stehen und hält mir eine Schockpistole vor das Gesicht.

»Ihr wisst, was es mit diesen Dingern auf sich hat, ihr kommt jetzt mit und spuckt es aus!«, brüllt er.

Ich schaue kurz zu Maria, sie lächelt.

»Das mache ich gerne, aber ich befürchte, sie werden mit uns mitkommen«, erwidere ich.

Eine glühende Wand breitet sich schlagartig vom Turm aus, sie umschließt uns, mit diesem prickelnden Geschmack im Mund – dieses Mal süß wie Zuckerwatte.

Um mich erstrahlt die blaue Hemisphäre von Memoria. Ich atme ein, spüre die satte, würzige Luft. Hunderte von Personen strömen den Weg entlang zum Plateau. Immer wieder tauchen neue Menschen aus Richtung des glühenden Turms auf. Will fällt auf die Knie, blickt zum Himmel und schreit vor Erleichterung. Maria umfasst mich und drückt ihren Kopf gegen meine Schulter. Ich streife durch ihre Haare. Wir küssen uns.

»Was zur Hölle ist hier los?«, brüllt der Polizist hinter

mir.

»Willkommen in Memoria«, erwidere ich.

Er zittert und richtet die Schockpistole erneut auf mich.

»Es fehlt uns die Zeit, um ihnen jetzt alles zu erklären. Sie haben nun die Wahl: Gehen sie zum Turm und sie gelangen zurück zur Erde, oder bleiben sie hier und helfen uns, eine neue Zivilisation aufzubauen. Entscheiden sie sich schnell, ihnen bleiben nur wenige Minuten.«

Er blickt verwirrt um sich, atmet tief ein und schaut in den blauen Himmel. Mina kommt auf ihn zu und reicht ihm ein Q. Im Hintergrund sehe ich Ben, wie er die Neuankömmlinge zu Gruppen zusammensammelt und sie zum Plateau führt. Am Quader mit der Konsole liegt Salventos Tog, auf den Kopf gedreht. Cajo kommt auf uns zu.

»Wo ist Salvento?«, frage ich. »Er hat den Turm verschoben, richtig?«

»Ja, das war sein Plan, und der hat offensichtlich funktioniert. Er ist noch oben im Turm, sah nicht gut aus, hielt sich die Rippen.«

»Wo ist Anna? Geht es ihr gut?«, fragt Maria.

Er zeigt auf eine zusammengekauerte Gestalt, die sich gegen den Quader lehnt.

»Sie ist dort, verstört, aber ihr fehlt nichts.«

»Ich kümmere mich um sie«, sagt Maria und läuft zum Quader.

»Wenn der Turm verschwindet und er noch drinnen ist ... er muss da raus!«, sage ich.

»Ich weiß«, erwidert Cajo.

»Schalt den Turm ab, ich gehe hinein.«

»Gut. Aber beeil dich, du hast nur noch sechs Minuten.«

Er tippt auf die rote Fernbedienung.

»Paul, ich werde danach zurück nach Kairos gehen. Es wird sicher etwas dauern, bis wir uns letzten Endes wiedersehen. Ich wünsche dir viel Glück!«, sagt er und nickt mir zu.

»Cajo, das wünsch ich dir auch, danke für alles!«
Ich drehe mich zum Turm und renne. Die Oberfläche des Turms hat sich sichtlich verändert, sie glitzert an einigen Stellen wie aus Glas. Ich springe in den Fahrstuhl. Die Wände des Schachtes rauschen an mir vorbei. Ich laufe die Treppe hinauf und will im Kontrollraum nach ihm rufen, da sehe ich ihn auf dem Boden hocken.
»Salvento!«
»Paul? Was machst du hier? Du musst hier raus, der Turm ... er wird sich auflösen.«
»Nicht ohne dich. Bist du verletzt?«
Er hustet. »Es geht schon, aber ich ... ich kann nicht ... Anna ist hier, das ist alles, was zählt.«
»Was heißt das, du kannst nicht?«
»Paul, ich kann ihr nicht in die Augen sehen und ...«, sein Gesicht verzerrt sich, sein Brustkorb bäumt sich rhythmisch auf, »ich ... ich hab die Erde auf dem Gewissen«, wimmert er.
»Red' kein Unsinn.«
»Der Katalysator in den atmosphärischen Generatoren, er ... er reagiert mit Substanzen aus dem Plastikmüll ... es ist überall ... überall ... in jedem Gramm Erde.«
»Zu was reagiert es?«
Er wischt sich immer wieder über die Augen.
»Es ist nicht ohne Ironie. Wir haben extra etwas gesucht, das völlig ungiftig war. Du könntest ein Glas voll von dem Katalysator trinken ... nur mit der Wechselwirkung tötet es die Mikroorganismen.«
»Das konntest du nicht wissen.«
»Ich hätte ... es gab Anzeichen, als wir nur Kohlendioxid damit gebunden haben ... ich hätte es testen müssen ... ich war so arrogant.«
Ich schüttle den Kopf.
»Aber es gibt so viele Mikroben, die passen sich an.«
»Nein, es geschieht zu schnell, ... es verbreitete sich wie eine Infektion über den ganzen Planeten. Die Mikroor-

ganismen sind die Grundlage allen Lebens. Darum sterben die Pflanzen ... und dann der Rest. Es ist unumkehrbar! Ich hab die Erde getötet, es gibt kein schlimmeres Verbrechen.«
Ich tippe auf einer der Konsolen herum.
»Kann ich es nicht ein wenig verlängern, wir brauchen mehr Zeit.«
»Nein, lass mich einfach hier. Ich hab schon eine Welt zerstört, das reicht.«
»Ich habe eine Idee ...«, murmle ich und suche die Ablaufsteuerung. »Ich helfe dir, ... ich werde uns allen helfen.«

»Wusstest du, dass Katrin Meeresbiologie studierte?«, frage ich und knie mich neben ihn.
»Wer ist Katrin?«
»Sie hat die Auswirkungen von Mikroplastik in den Ozeanen untersucht. Und jetzt fällt es mir wieder ein, sie hat mir erzählt, schon vor den ersten Generatoren, dass es die Mikroben gefährden würde, weil die Partikel jedes Gift an sich binden. Vielleicht hast du es etwas beschleunigt, aber schuldig sind wir alle.«
Ich nehme seinen Arm, lege ihn um meinen Nacken und ziehe ihn hoch.
»Jetzt lass uns nach Hause gehen. Anna braucht dich, ... wir brauchen dich.«
Ich scheine ihn überzeugt zu haben, er setzt sich in Bewegung, und wir gehen die Treppen hinunter zum Fahrstuhl. Nur wenige Sekunden später sind wir aus dem Turm heraus und laufen dem Plateau entgegen.
»Das war knapp! Jules ist noch nicht zurück«, meint Will.
»Wie lange noch?«
»Keine Minute«, sagt Maria.
»Und wie viele Neuankömmlinge haben wir?«, frage ich.
Salvento hustet und fasst sich an die Rippen.

»Ich konnte es oben im Turm an einer Konsole sehen. In Memoria sind es um die sechshundert, in Acra kamen zweitausend hinzu und in Kairos etwa vierhundert«, erklärt er.

»Das sind weniger als erhofft«, sage ich.

»Also hat Jules die Medien nicht erreichen können«, erwidert Maria.

In diesem Moment sehe ich zwei große Objekte vom Turm kommen. Sie schieben sich aus einer weißen Aura heraus.

»Militär-Transporter?«, meint Maria.

Sie rollen ein paar Meter, dann bleiben sie stehen. Die Türen öffnen sich und ich höre eine mir bekannte Stimme.

»Ich habe ja gesagt, dass infolge des Sprungs die Motoren nicht mehr funktionieren werden, auch wenn sie abgeschirmt sind.«

Jules steigt aus. Er hält eine Pistole in der Hand und geht auf uns zu. Von allen Seiten strömen bewaffnete Soldaten aus den Fahrzeugen und versammeln sich vor dem Plateau.

»Nun sind die Karten neu gemischt«, sagt er grinsend.

»Jetzt ist die Maske endlich gefallen, Jules, wo du deine kleine Privatarmee hierher gebracht hast«, erwidert Maria. »Aber glaube nicht, dass dir das etwas nützt, der Widerstand ist längst zu groß.«

Der Turm flackert auf, und die leuchtende Säule erlischt. Das Gebäude verliert an Kontur, scheint sich in zähes Glas zu verwandeln.

»Das würde dir so passen, dass ich dich hier noch zur Märtyrerin mache«, meint er. »Stattdessen biete ich dir die Stellung als Bürgermeisterin an. Das ist es doch, was du willst, Maria.«

»Verstehe, unter deiner Kontrolle«, entgegnet sie.

»Kompromisse müssen wir alle eingehen«, schalt er zurück.

Eine laute, zischende Entladung dringt vom Turm. Um die Spitze herum entsteht eine glühende Kugel, die sich langsam ausdehnt. Ich berühre Marias Hand. Meine Augen fangen an zu tränen.

»Jules, da muss ich dich enttäuschen, das wird gleich alles keine Rolle mehr spielen«, sage ich.

Maria dreht sich um und schaut mich an. Ich kann ihrem Blick nicht standhalten.

»Es tut mir so leid, Maria.«

»Paul? Was meinst du?«

»Ihr habt es ja selbst gesagt, Pandoras Büchse wurde aufgestoßen ... nun ... ich habe sie wieder geschlossen.«

»Das ... nein, nein, wir hätten darüber abstimmen müssen«, stottert sie mit versiegender Stimme.

»Was meint er?«, höre ich Jules.

»Dafür war keine Zeit. Maria, wir schaffen es nicht. Wir stecken zu sehr mit unserem Denken in der alten Welt, wie soll uns so je ein Neuanfang gelingen?«, erwidere ich. »Jules, ich habe die Erinnerungslöschung wieder aktiviert.«

»Nein!«, schreit er und blickt zum Turm. »Du Idiot, was hast du getan?«

»Heißt das, wir müssen alles noch einmal lernen?«, meint Will.

»Nicht ganz«, höre ich Salvento, »wir können uns weiterhin an das einmal Gelernte entsinnen. Dieses Mal wird es viel leichter werden.«

»Aber, dennoch«, sagt Ben laut, »dann ... dann war doch alles, was wir hier erlebt haben umsonst, und ist für immer aus unseren Köpfen. Paul, das hättest du nicht für uns alle entscheiden dürfen.«

»Nein, nichts ist verloren!«, höre ich Mina. »Versteht ihr es nicht? Unserer Erinnerung können wir nicht vertrauen, sie steht uns im Weg. Alles Wichtige ist in uns und wird sich in unserem Handeln wiederfinden.«

Maria schaut mich mit rotem Gesicht an, ihre Augen sind glasig. Mir wird schwindelig; ich sinke auf die Knie.

»Maria, es tut mir so leid.«

Von meiner Brust strahlt ein tiefer, pochender Schmerz durch den Körper. Ich stöhne, und Tränen fließen unkontrolliert aus meinem Gesicht.

»Du hast recht, ... das hätte ich nicht tun sollen ... es war dumm ... so dumm«, wimmere ich.

Eine Hand legt sich auf meine Schulter – der Duft von Sonnenblumen. Marias Arme umgreifen mich, halten mich fest.

»Nein Paul, ich hatte unrecht. Wir dürfen nicht nur an uns denken. Wie soll die Menschheit es schaffen, mit den Werten einer gescheiterten Gesellschaft in ihren Köpfen? Nein, du hattest völlig recht. Das ist der Preis, den wir alle bezahlen müssen.«

»Ich will dich nicht vergessen«, stöhne ich.

Sie greift in ihre Tasche. Die rote Schleife taucht in ihrer Hand auf. Sie legt ihren Kopf nach hinten und bindet sie sich ins Haar. Hinter ihr breitet sich die glühende Kugel aus. Der Turm ist nicht mehr zu erkennen. Jules lässt die Waffe fallen und geht auf die sich ausdehnende, weiße Wand zu.

»Verliere die Welt ...«, stammelt er und wird von ihr erfasst.

Ich streichele über Marias Nacken und vergrabe meine Hände in ihren Haaren.

»Ich liebe dich«, raune ich.

Sie drückt ihre Lippen auf die meinen.

DIE UNBESCHRIEBENE WELT

(|)-(|)

Ich öffne die Augen, helle Schlieren flirren über die Netzhaut. Ein roter Schmetterling – braune Augen beugen sich über mich.
»Weißt du, was passiert ist?«

***

Das Wesen der freien Gesellschaft

Die freie Gesellschaft ist nicht die bloße Summe freier Menschen. Sie ist kein Vertrag und kein kluges Gedankengebäude.
Sie ist das gelebte Gefühl von bedingungsloser Zugehörigkeit.
Sie ist der Boden, auf dem wir uns erkennen, sich das Ich im Ihr reflektiert und wir das Dingliche schöpferisch zu etwas Neuem wandeln.
Sie ist die Luft, mit der wir uns nach jedem Atemzug als Mensch erfahren.

Sidus von Bouquin – Die freie Gesellschaft